DRAGÓN

DRAGÓN

Clive Cussler

Diseño de cubierta: Víctor Viano
Fotografía de cubierta: A.G.E. FotoStock

Título original: *Dragon*
Traducción: Francisco Rodríguez de Lecea
© 1990 by Clive Cussler Enterprises, Inc.
The Author is grateful for permission to reprint the lines from the following song:
«MINNIE THE MERMAID»
(B. G. DeSylvia)
© 1923 LEO FEIST, INC.
STEPHEN BALLENTINE MUSIC PUBLISHING
All rights reserved. Used by permission.
© EDICIONES VIDORAMA, S.A., 1991
Para la presente versión y edición en lengua castellana
ISBN: 84-7730-088-7
Depósito legal: B. 14.886-1993
GERSA
Impreso en España - *Printed in Spain*
EDICIONES VIDORAMA, S.A. Perú, 164 - 08020 Barcelona

A los hombres y mujeres de los servicios de inteligencia de nuestra nación, cuya dedicación y lealtad rara vez son reconocidos. Y cuyos esfuerzos han evitado a los ciudadanos americanos más tragedias de las que puedan imaginarse, y que nunca serán reveladas.

Los *Demonios de Dennings*

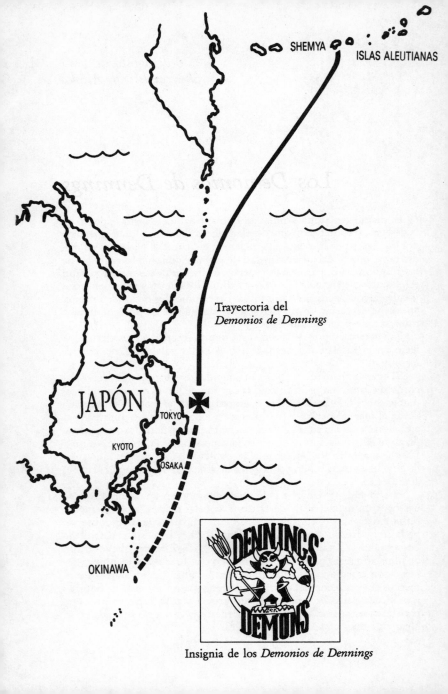

SHEMYA

ISLAS ALEUTIANAS

Trayectoria del
Demonios de Dennings

JAPÓN

TOKYO

KYOTO

OSAKA

OKINAWA

Insignia de los *Demonios de Dennings*

El diablo tenía una bomba en la mano izquierda, un tridente en la derecha, y sonreía con aire despiadado. Hubiera resultado amenazador de no ser por las cejas exageradamente enarcadas y los ojos en media luna, que le daban un aspecto de *gremlin* soñoliento en lugar de la expresión cruel que sería de esperar en el señor de los infiernos. Aun así, llevaba el habitual traje rojo y exhibía los cuernos reglamentarios y la larga cola acabada en horquilla. En cambio, los dedos de los pies, en forma de garras, se curvaban sobre un lingote de oro que llevaba impresa la especificación 24 K.

Por encima y por debajo de esta figura, inscrita en un círculo, se leían en el fuselaje del bombardero B-29 las palabras *Demonios de Dennings*.

El aparato, llamado así por su comandante y tripulación, reposaba como un fantasma perdido bajo la cortina de lluvia que caía oblicuamente sobre las islas Aleutianas, empujada por el viento que soplaba desde el mar de Bering. Una batería de focos portátiles iluminaba el área situada bajo la panza abierta del avión, reflejando las sombras huidizas de la tripulación de tierra en la superficie brillante de aluminio. Los fogonazos de los relámpagos aumentaban la impresión fantasmal de aquella escena, al herir con frecuencia de pesadilla la oscuridad del aeródromo.

El comandante Charles Dennings, apoyado en una de las dos ruedas del tren de aterrizaje de estribor, con las manos profundamente hundidas en los bolsillos de su chaquetón de vuelo de cuero, observaba la actividad que rodeaba su aparato. Toda el área estaba patrullada por policías militares armados y centinelas K-9. Un pequeño grupo de filmación registraba el acontecimiento con su cámara. Dennings observó con cierta incomodidad la gruesa bomba, que en aquellos momentos era izada con delicadeza hasta reposar en la bodega de bombas modificada del B-29. Era demasiado gruesa para alojarse en los compartimientos normales de los bombarderos, y debía ser sujetada en su lugar por unas abrazaderas especiales.

A lo largo de dos años, en los que había destacado como uno de los más expertos pilotos de bombardeo de Europa, con más de cuarenta misiones en su hoja de servicios, nunca había visto una monstruosidad semejante. La veía como una gigantesca pelota de rugby con unas absurdas aletas clavadas en uno de los extremos. La superficie curva del ingenio estaba pintada de color gris claro, y las abrazaderas que la sujetaban por la parte central parecían una enorme cremallera.

Dennings se sentía amenazado por ese objeto que debería transportar a lo largo de casi cinco mil kilómetros. Los científicos de Los Álamos que montaron la bomba en el aeródromo habían informado a Dennings y a su tripulación de las características de la misión aquella misma tarde. Se les mostró a los jóvenes una filmación de la explosión de prueba en Trinity, y quedaron boquiabiertos al ver la espantosa detonación; una sola arma de tal potencia podía destruir una ciudad entera.

Permaneció en aquel lugar media hora más, hasta que las puertas de la escotilla de la bodega de bombas se cerraron. La bomba atómica había sido montada y fijada en su lugar; el avión, ya abastecido de combustible, estaba dispuesto para despegar.

Dennings sentía cariño por su aparato. En el aire, aquella enorme máquina compleja y él se compenetraban hasta identificarse totalmente. Él era el cerebro, y el avión el cuerpo; ambos formaban una unidad indescriptible. En tierra, sin embargo, era otra historia. Expuesto como estaba a las luces de los focos y golpeado por una lluvia fría como un cuchillo, cuando Dennings miraba aquel hermoso y fantasmal bombardero plateado se le antojaba estar contemplando su propia tumba.

Apartó aquel morboso presentimiento y corrió bajo la lluvia hasta uno de los barracones, para asistir a la reunión final con su tripulación. Entró y tomó asiento junto al capitán Irv Stanton, el bombardero, un hombre jovial, de cara redonda y con enormes mostachos de morsa.

Al otro lado de Stanton, con las piernas extendidas al frente y la espalda encorvada, estaba el capitán Mort Stromp, el piloto de Dennings, un amable sureño que se movía con la misma agilidad que un caracol asmático. Inmediatamente detrás de él se sentaban el teniente Joseph Arnold, el navegante, y el comandante de la Armada Hank Byrnes, ingeniero de armas, a quien se había encomendado el cuidado de la bomba durante el vuelo.

La reunión comenzó cuando un oficial de inteligencia proyectó sobre una pantalla fotografías aéreas de los objetivos. El objetivo principal era el sector industrial de Osaka; el secundario, en caso de cielo muy nuboso y falta de visibilidad, era la histórica ciudad de Kyoto. Se recomendaron en ambos casos las trayectorias idóneas para el lanzamiento de la bomba, y Stanton tomó notas con su calma habitual.

Un oficial de meteorología desplegó unos mapas del tiempo y predijo ligeros vientos frontales con algunas nubes dispersas sobre los objetivos. También advirtió a Dennings que se esperaban turbulencias en el norte de Japón. Para mayor seguridad, dos B-29 habían despegado una hora antes con el fin de proporcionar información directa del tiempo en la ruta de vuelo y de la nubosidad existente sobre los objetivos.

Dennings se levantó al tiempo que se repartían gafas de protección polarizadas.

—No voy a endilgaros la acostumbrada arenga del entrenador en los vestuarios, antes del partido —dijo, y advirtió la sonrisa aliviada de los rostros de su tripulación—. Hemos tenido un año de entrenamiento condensado en menos de un mes, pero estoy convencido de que podemos llevar a cabo esta misión. En mi humilde opinión, sois la maldita tripulación de vuelo mejor de todas las Fuerzas Aéreas. Si todos hacemos bien nuestro trabajo, podemos acabar la guerra nosotros solos.

Luego hizo una seña al capellán de la base, que recitó una plegaria por el éxito de la misión y el regreso feliz de sus componentes.

Mientras sus hombres salían hacia el B-29, Dennings fue abordado por el general Harold Morrison, adjunto especial del general Leslie Groves, el director del proyecto Manhattan.

Morrison estudió a Dennings durante unos momentos. Los ojos del piloto mostraban cansancio, pero brillaban de entusiasmo. El general le estrechó la mano.

—Buena suerte, comandante.

—Gracias, señor. Haremos el trabajo.

—No lo he dudado ni un solo segundo —dijo Morrison, forzándose a adoptar una expresión confiada; esperó algún comentario de Dennings, pero el piloto guardaba silencio.

Después de una tensa pausa, Dennings preguntó:

—¿Por qué nosotros, general?

La sonrisa de Morrison apenas era visible.

—¿Desea retirarse de la misión?

—No, mi tripulación y yo estamos dispuestos. Pero ¿por qué nosotros? —repitió—. Perdone que insista, señor, pero no puedo creer que seamos la única tripulación de vuelo de las Fuerzas Aéreas en la que usted confía para volar con una bomba atómica a través del Pacífico, lanzarla en medio de Japón y aterrizar después en Okinawa con poco más de unas gotas de humedad en los tanques de gasolina.

—Es mejor que sepa usted sólo lo que se le ha dicho.

—De ese modo no podremos contar secretos de la máxima importancia si somos capturados y torturados, ¿no es así? —dijo Dennings con tranquilidad. La mirada del general se hizo torva.

—Usted y su tripulación conocen las órdenes. A cada uno de ustedes se le ha repartido una cápsula de cianuro.

—Abrir y tragar si alguno de nosotros sobrevive a un aterrizaje forzoso o accidente sobre territorio enemigo —recitó Dennings fríamente—. ¿Por qué no soltar la bomba sin detonarla? Al menos tendríamos una oportunidad de ser rescatados por la Marina.

Morrison denegó solemnemente con la cabeza.

—Debemos descartar la más mínima posibilidad de que el arma caiga en manos del enemigo.

—Ya veo —murmuró Dennings—. Entonces la opción que nos queda, si somos alcanzados por la artillería antiaérea o por cazas japoneses sobre territorio enemigo, es hacerla estallar, antes que desperdiciarla.

Morrison le miró con fijeza.

—Éste no es un ataque kamikaze. Se han planificado cuidadosamente todas las medidas concebibles para salvaguardar su vida y la de su tripulación. Créame, hijo: lanzar la *Mother's Breath*[1] sobre Osaka será un auténtico caramelo.

Dennings casi le creyó; por un breve instante estuvo a punto de tragarse la convincente parrafada de Morrison, pero advirtió un ligero matiz de reserva en los ojos y en la voz del veterano militar.

—*Mother's Breath* —Dennings repitió lentamente las palabras, sin ninguna entonación, como repetiría el nombre de un terror indecible—. ¿Qué mente retorcida puede haber ideado un nombre en clave tan empalagosamente sentimental para una bomba?

Morrison se encogió de hombros con resignación.

—Creo que ha sido el presidente.

Veintisiete minutos más tarde, Dennings atisbaba a través de los limpiaparabrisas en marcha. La lluvia iba en aumento, y apenas podía ver, a través de aquella cortina húmeda, hasta unos doscientos metros de distancia. Sus dos pies presionaban los pedales de los frenos al tiempo que elevaba la potencia de los motores a 2.200 rpm. El ingeniero de vuelo, sargento Robert Mosely, informó que el motor número cuatro giraba a cincuenta revoluciones por debajo de lo normal. Dennings decidió ignorar el dato. La humedad del aire era sin duda la responsable de aquella ligera caída de régimen. Empujó hacia atrás las palancas del acelerador, colocándolas en punto muerto.

En el asiento del copiloto, a la derecha de Dennings, Mort Stromp recibía el permiso para el despegue que le anunciaban desde la torre de control. Bajo las aletas, las dos personas de la tripulación apostadas en las torretas ventrales confirmaron que las aletas estaban bajadas.

Dennings se inclinó y puso en marcha el intercomunicador.

1. *Mother's Breath*: Suspiro de madre. (*N. del t.*)

12

—Muy bien, muchachos, allá vamos.

Empujó de nuevo las palancas del acelerador hacia adelante, dando una presión ligeramente mayor a los motores de la izquierda respecto de los de la derecha para compensar el giro pronunciado que debía dar el aparato. Luego soltó los frenos.

El *Demonios de Dennings*, con sus 68 toneladas a plena carga, los tanques llenos hasta el tope con más de 7.000 galones de combustible, la bodega de bombas delantera ocupada por una bomba de seis toneladas, y servido por una tripulación de doce hombres, empezó a rodar. Tenía un exceso de peso de casi 7.800 kilos.

Los cuatro motores Wright Cyclone de 595 centímetros cúbicos trepidaron en sus góndolas, y sus 8.000 caballos de vapor hicieron girar las hélices de 5 metros de diámetro a través de la cortina de lluvia empujada por el viento. El enorme bombardero se precipitó rugiendo en la oscuridad; llamitas azules irrumpían por los escapes de los motores, y las alas aparecían envueltas en una finísima lluvia.

Con agonizante lentitud, su marcha se fue acelerando. Bajo su panza se extendía la larga pista de despegue, excavada en la árida piedra volcánica hasta finalizar abruptamente en un abismo de cerca de treinta metros sobre el mar helado. El barrido horizontal de la luz de un faro bañó con una irreal luz azul los camiones de los bombarderos y las ambulancias dispuestos a lo largo de la pista. A ochenta nudos, Dennings sujetó con fuerza el control del timón y dio la máxima potencia a los motores de la derecha. Asía el volante con gesto reconcentrado, decidido a elevar el *Demonios* en el aire.

Delante de los pilotos, en la sección del morro, el bombardero Stanton miraba aprensivo cómo disminuía rápidamente la pista de despegue. Incluso el letárgico Stromp se enderezó; sus ojos intentaron en vano penetrar la oscuridad que se extendía frente a él para distinguir el punto negro en el que finalizaba la pista y comenzaba el mar.

Habían recorrido ya tres cuartas partes de la pista, y el aparato seguía pegado al suelo. El tiempo parecía disolverse en la neblina. Todos se sentían como si viajaran hacia el vacío. Luego, súbitamente, percibieron a través de la cortina de lluvia las luces de los *jeeps* aparcados al final de la pista.

—¡Dios todopoderoso! —gritó Stromp—. ¡Tira hacia arriba!

Dennings esperó tres segundos más y luego, suavemente, tiró del volante hacia su pecho. Las ruedas del B-29 giraron en el vacío. Apenas se había elevado unos diez metros en el aire cuando la pista se desvaneció y el avión se encontró sobrevolando las gélidas aguas.

Morrison estaba en pie fuera del cálido ambiente del barracón del radar, bajo la lluvia, mientras sus cuatro ayudantes se mantenían unos pasos a sus espaldas, tal como señalan las ordenanzas. Contemplaba el despegue del *Demonios de Dennings* más con la mente que con los ojos. Vio poco más que la silueta gris del bombardero en el momento en que Dennings empujó las palancas del gas hacia adelante y soltó los frenos, antes de que el aparato se hundiera en la oscuridad.

Aguzó el oído para oír el rugido de los motores, que disminuía en la distancia. Había un débil sonido desigual. Nadie, a excepción de un experimentado mecánico de vuelo o de un ingeniero aeronáutico, lo hubiera captado, pero Morrison había servido en ambos puestos en los comienzos de su carrera en el Cuerpo Aéreo de la Armada.

Uno de los motores sonaba ligeramente fuera de tono. Alguno de sus dieciocho cilindros, o quizá más de uno, no funcionaban con la regularidad debida.

Morrison temió entonces que el bombardero no tuviera suficiente potencia para despegar. Si el *Demonios de Dennings* se estrellaba en el despegue, todos los organismos vivos de la isla quedarían incinerados.

Un momento después el hombre del radar gritó a través de la puerta abierta:

—¡Está en el aire!

Morrison exhaló un tenso suspiro. Sólo entonces dio la espalda al pésimo tiempo y entró en el barracón.

No había nada que hacer, salvo enviar un mensaje al general Groves, en Washington, informándole que *Mother's Breath* estaba ya rumbo a Japón. Y luego, esperar.

Pero en su interior, el general se sentía alarmado. Conocía a Dennings. Aquel hombre era demasiado tozudo para regresar por un motor averiado. Dennings querría llevar al *Demonios* hasta Osaka aunque fuera cargando con el avión a la espalda.

—Que Dios les ayude —murmuró Morrison entre dientes. Sabía con amarga certeza que su propia parte en aquella inmensa operación no merecía ninguna plegaria.

—Tren arriba —ordenó Dennings.

—Siempre me gusta oír esas palabras —gruñó Stromp mientras accionaba la palanca. Los motores del tren chirriaron y los tres juegos de ruedas fueron a alojarse en sus compartimientos, debajo del morro y de las alas.

—Tren arriba y alojado.

A medida que se incrementaba la velocidad del aparato, Dennings fue aflojando ligeramente las palancas del gas con el fin de ahorrar combustible. Esperó antes de iniciar un lento y suave ascenso hasta que la velocidad alcanzó los 200 nudos. Más allá del ala de estribor, la cadena de las islas Aleutianas se curvaba suavemente hacia el nordeste. No volverían a ver tierra durante los próximos 4.000 kilómetros.

—¿Cómo va el motor número cuatro? —preguntó a Mosely.

—Cumple de momento, pero se está calentando mucho.

—Tan pronto como alcancemos los mil quinientos cincuenta metros, le bajaré algunas revoluciones.

—Eso no le hará daño, mi comandante —contestó Mosely.

Arnold dio a Dennings el rumbo que deberían mantener durante las próximas diez horas y media. A 1.500 metros de altitud, Dennings pasó el control del aparato a Stromp. Se relajó y escudriñó el cielo negro. No había estrellas visibles. El avión acusaba la turbulencia, mientras Stromp lo dirigía a través de las masas ominosas de nubes y truenos.

Cuando finalmente dejaron atrás lo peor de la tormenta, Dennings se desabrochó el cinturón de seguridad y saltó de su asiento. Mientras daba una vuelta para estirar las piernas, echó un vistazo a través de una ventanilla del lado de babor, bajo el pasillo que conducía a la parte central y a la sección de cola del aparato. Apenas se alcanzaba a ver un extremo de la bomba, suspendida en su mecanismo de sujeción.

El pasillo había sido estrechado para alojar la inmensa arma en la bodega de bombas, y apenas permitía el paso. Dennings reptó hasta pasar al otro lado de la bodega de bombas, abrió la pequeña trampilla colocada allí, y se deslizó dentro de la bodega.

Sacando una linterna del bolsillo de su pernera, avanzó a lo largo de la estrecha pasarela acondicionada a través de las dos bodegas de bombas, unidas ahora en una sola. El enorme tamaño del arma había obligado a ajustar el espacio hasta lo increíble. El diámetro exterior era apenas unos cinco centímetros menor que el de los mamparos longitudinales.

Aprensivamente, Dennings se inclinó hasta tocarla. El revestimiento exterior de acero estaba tan frío como el hielo al tacto de la punta de sus dedos. No pudo imaginar los cientos de miles de personas que ese arma podía reducir a cenizas en menos de un segundo, ni las horribles secuelas en quemaduras y radiaciones. Las temperaturas termonucleares y la fuerza de la onda expansiva de la prueba de Trinity no podían apreciarse en una película en blanco y negro. Él únicamente veía en ella un medio de finalizar una guerra y ahorrar cientos de miles de vidas entre sus conciudadanos.

De vuelta a la cabina de mando, se detuvo a charlar con Byrnes, que estaba examinando un esquema de los circuitos de detonación de la bomba. Con solícita frecuencia, el experto en explosivos examinaba la pequeña consola instalada frente a él.

—¿Hay alguna posibilidad de que estalle antes de que lleguemos allí? —preguntó Dennings.

—El impacto de un rayo podría hacerlo —contestó Byrnes.

Dennings le miró horrorizado.

—Un poco tarde para advertirme, ¿no le parece? Hemos volado a través de una tormenta eléctrica desde la medianoche.

Byrnes lo miró y sonrió.

—Podía haber ocurrido con la misma facilidad en tierra. Qué caramba, hemos pasado sanos y salvos, ¿no?

Dennings no podía creer la actitud conformista de Byrnes.

—¿Era consciente de ese riesgo el general Morrison?

—Más que ninguna otra persona. Él ha participado en el proyecto de la bomba atómica desde el principio.

Dennings se encogió de hombros y dio media vuelta. Pensó que aquella operación era una cosa de locos y que sería un milagro si alguno de ellos sobreviviría para contarlo.

Cinco horas más tarde, y con sus depósitos aligerados en 2.000 galones de combustible quemado, Dennings estabilizó el B-29 a una altitud de 3.000 metros. La tripulación se animó considerablemente cuando el resplandor anaranjado del amanecer tiñó el cielo por el este. La tormenta había quedado atrás; podían ver las cintas de espuma de un mar rizado, y sólo algunas nubes blancas dispersas.

El *Demonios de Dennings* seguía su rumbo hacia el sudoeste a una velocidad de 220 nudos. Afortunadamente, tenían un ligero viento de cola. A plena luz del día pudieron comprobar que estaban solos en el vasto desierto del océano Pacífico Norte. «Un avión solitario salido de la nada y con rumbo a ninguna parte» pensó el bombardero Stanton, mientras atisbaba distraído el panorama desde el acristalado puesto de observación del morro.

A quinientos kilómetros de Honshu, la isla principal de Japón, Dennings inició un lento y gradual ascenso hasta los 9.750 metros, la altitud desde la que Stanton iba a lanzar la bomba sobre Osaka. El navegante Arnold les informó que llevaban veinte minutos de adelanto sobre el horario fijado. De seguir con la velocidad actual, aterrizarían en Okinawa al cabo de tan sólo cinco horas.

Dennings miró los indicadores de combustible. Repentinamente se sintió optimista. A menos que tropezaran con un viento en contra de cien nudos, les sobrarían unos cuatrocientos galones de combustible.

No todos, sin embargo, se sentían igualmente animados. Sentado ante su panel, el ingeniero Mosely estudiaba el nivel de temperatura del motor número cuatro. No le gustaba lo que leía en él. Rutinariamente, golpeó la esfera con el dedo.

La aguja tembló y luego osciló hacia el rojo.

Mosely reptó por el pasillo hacia la parte trasera del avión y miró por una escotilla la parte inferior del motor. La barquilla estaba manchada de aceite, y salía humo por el escape. Regresó a la cabina de mando y se arrodilló en el estrecho espacio entre Dennings y Stromp.

—Malas noticias, comandante. Tenemos que cerrar el motor número cuatro.

—¿No podemos mantenerlo aunque sea por unas horas más?

—No, señor, puede obstruirse una válvula y prenderse fuego en cualquier momento.

Stromp miró a Dennings con rostro sombrío.

—Voto porque cerremos el cuatro algún tiempo y lo dejemos enfriarse.

Dennings sabía que Stromp tenía razón. Se verían obligados a mantener su actual altitud de 3.600 metros y bajar el régimen de los tres motores restantes para evitar que se sobrecalentasen. Y después volver a poner en funcionamiento el número cuatro para ascender a 9.750 metros y lanzar la bomba.

Se dirigió a Arnold, que estaba inclinado sobre su tablero de navegante, trazando el rumbo sobre el mapa.

—¿Cuánto falta para Japón?

Arnold anotó el ligero descenso de la velocidad e hizo un rápido cálculo.

—Una hora y veintiún minutos hasta la isla principal.

—De acuerdo —asintió Dennings—. Cerraremos el número cuatro hasta que lo necesitemos.

Todavía no había acabado de hablar cuando Stromp cerró la palanca del gas, apagó el interruptor de la ignición y puso la hélice en bandera. A continuación conectó el piloto automático.

Durante la siguiente media hora, todos miraron con aprensión el motor número cuatro, mientras Mosely iba cantando la temperatura del mismo, que descendía poco a poco.

—Estamos llegando a tierra —anunció Arnold—. Debe haber una pequeña isla unas veinte millas al frente.

Stromp miró con sus binóculos.

—Parece un perrito caliente que sobresale del agua.

—Son todos acantilados rocosos —observó Arnold—. No hay signos de playas en ninguna parte.

—¿Cómo se llama? —preguntó Dennings.

—Ni siquiera aparece en el mapa.

—¿No hay ningún signo de vida? Los japoneses podrían utilizarla como estación de alerta avanzada.

—Parece árida y desierta —contestó Stromp.

Dennings se sintió seguro por el momento. No habían avistado ningún barco enemigo, y estaban demasiado lejos de la costa como para ser interceptados por cazas japoneses. Se arrellanó en su asiento y contempló el mar con aire ausente.

Los hombres se tomaron un descanso e hicieron circular café y bocadillos de salchichón, sin advertir el ligero zumbido de motores y la diminuta manchita que aparecía a dieciséis kilómetros de distancia y 2.000 metros por encima de la punta del ala de babor. Aunque los componentes de la tripulación del *Demonios de Dennings* lo ignoraban, sólo les quedaban escasos minutos de vida.

El subteniente de complemento Sato Okinaga vio relucir un objeto que reflejaba el sol por debajo suyo. Enderezó el rumbo e inició un breve picado para examinarlo más de cerca. Era un avión. Sin ninguna duda. Lo más probable es que se tratara de un aparato de otra patrulla. Buscó el botón de su radio, pero se detuvo. En pocos segundos podía proceder a una identificación positiva.

Okinaga, un piloto joven y sin experiencia, había tenido fortuna. De su promoción de veintidós pilotos recientemente graduados, que habían realizado sus cursos intensivos de adiestramiento en los días más desesperados de la guerra para Japón, sólo otros tres y él fueron destinados a las patrullas costeras. El resto fue a engrosar los escuadrones de kamikazes.

Okinaga había sufrido una profunda desilusión. Gustosamente habría dado la vida por el emperador, pero aceptó la aburrida rutina de las patrullas considerándola una asignación temporal, a la espera de que se le convocara para misiones más gloriosas cuando los americanos invadieran su patria.

Al aproximarse más al solitario aparato, Okinaga se resistía a creer lo que veía. Se frotó los ojos y bizqueó. Pronto pudo distinguir con claridad el fuselaje de treinta metros de largo, de aluminio brillante, las enormes alas con una envergadura de 43 metros, y el estabilizador vertical de tres pisos de un B-29 americano.

Okinaga se quedó mirándolo, desconcertado. El bombardero venía del nordeste, cruzando un mar desierto, y volaba a unos seis mil metros por debajo de su techo de combate. Por su mente rondaron multitud de preguntas imposibles de contestar. ¿De dónde venía? ¿Por qué volaba hacia el centro de Japón con un motor en bandera? ¿Cuál era su misión?

Con la presteza con que un tiburón ataca a una ballena herida, Okinaga se aproximó hasta kilómetro y medio de distancia. Y sin embargo, no hubo ninguna maniobra evasiva. La tripulación debía de estar dormida, o decidida a suicidarse.

Okinaga no tenía tiempo para hacerse más preguntas. El bombardero de las grandes alas estaba situado debajo de él. Empujó la palanca de su Mitsubishi A6M Zero hasta dar a su motor la máxima potencia, e inició un picado circular. El Zero planeó como una golondrina, y su motor Sakae de 1.130 caballos de vapor lo impulsó hasta colocarlo detrás y algo por debajo del esbelto y reluciente B-29.

Demasiado tarde, el artillero de cola vio al caza y abrió fuego. Okinaga presionó a fondo el botón de las ametralladoras colocado en su palanca de mando. Su Zero trepidó cuando las dos ametralladoras y los dos cañones de veinte milímetros rasgaron y destrozaron metal y carne humana.

Un ligero toque al timón, y sus balas trazadoras señalaron el camino de los proyectiles hasta el ala y el motor número tres del B-29. La góndola del motor reventó y se hizo pedazos; el combustible empezó a salir por los agujeros abiertos, acompañado de llamas. El bombardero pareció flotar por un momento, y luego se escoró del lado de estribor y se precipitó hacia el mar.

Sólo después de oír la exclamación apagada del artillero de cola y su corta ráfaga de disparos se dieron cuenta los *Demonios* de que estaban siendo atacados. No tenían ningún medio de saber de dónde procedía el caza enemigo. Apenas habían tenido tiempo de hacerse cargo de la situación cuando los proyectiles del Zero mordieron el ala de estribor. Stromp lanzó un grito ahogado.

—¡Caemos!

Dennings gritó por el intercomunicador, mientras luchaba por enderezar el aparato.

—¡Stanton, suelta la bomba! ¡Suelta la maldita bomba!

El bombardero, lanzado por la fuerza centrífuga contra la cubierta acristalada de su puesto de observación, aulló en respuesta:

—No caerá a menos que consiga mantener horizontal el avión.

El motor número tres se había incendiado. La pérdida súbita de dos motores, ambos del mismo lado, había desestabilizado el avión, que volaba totalmente escorado. Trabajando conjuntamente, Dennings y Stromp lucharon con los controles hasta colocar el moribundo aparato en una posición más o menos horizontal. Dennings tiró hacia atrás las palancas de los gases, de modo que el bombardero se estabilizó, pero a costa de iniciar un precario descenso planeando de forma inestable.

Stanton pudo recuperar la posición adecuada y accionó la palanca que abría las compuertas de la bodega de bombas.

—Manténgalo firme —gritó inútilmente. No perdió tiempo en ajustar el visor. Apretó el botón de lanzamiento de la bomba.

No ocurrió nada. La violenta sacudida había hecho que la bomba golpeara las abrazaderas contra las paredes de la bodega, bloqueando su mecanismo.

Pálido, Stanton golpeó el mecanismo de lanzamiento con el puño, pero la bomba siguió tozudamente en su lugar.

—¡Está bloqueada! —gritó—. No se suelta.

Luchando instintivamente por unos momentos más de vida, consciente de que si sobrevivían tendrían que suicidarse con las cápsulas de cianuro, Dennings intentó amarar el aparato mortalmente herido.

Casi lo consiguió. Llegó hasta sesenta metros de altura, a punto de colocar suavemente la panza del *Demonios* sobre el mar en calma. Pero el magnesio de los accesorios y la cubierta de la biela del motor número tres estallaron como una bomba incendiaria, segando las sujeciones y la viga del ala. Ésta se desprendió, rompiendo los cables de control del ala.

El subteniente Okinaga inclinó su Zero y voló en espiral en torno al B-29 alcanzado. Vio cómo se elevaban hacia el cielo en espiral el humo negro y las llamas anaranjadas. Contempló cómo el avión americano se hundía en el mar, levantando un enorme surtidor de agua blanca.

Voló en círculo buscando supervivientes, pero únicamente pudo ver algunos fragmentos del aparato que flotaban. Orgulloso por el que había de ser su primer y único derribo, Okinaga sobrevoló una vez más la pira funeraria coronada de humo antes de poner rumbo a Japón, hacia su aeródromo.

Mientras el destrozado aparato de Dennings y su tripulación muerta reposaban en una tumba marina a más de trescientos metros de profundidad, otro B-29, desde un huso horario más tardío, y novecientos sesenta kilómetros al sudeste, se preparaba para lanzar su bomba. Con el coronel Paul Tibbets a los mandos, el *Enola Gay* sobrevolaba en ese momento la ciudad japonesa de Hiroshima.

Ninguno de los dos comandantes de vuelo conocía la existencia del otro. Los dos hombres estaban convencidos de que únicamente su aparato y su tripulación llevaban la primera bomba atómica que iba a ser lanzada en la guerra.

El *Demonios de Dennings* no había conseguido completar su cita con el destino. La quietud de la profunda tumba líquida que lo cobijaba era tan silenciosa como las nubes que presenciaron el suceso. El heroico intento de Dennings y su tripulación quedó enterrado entre otros secretos burocráticos, y fue olvidado.

Primera parte

Big John

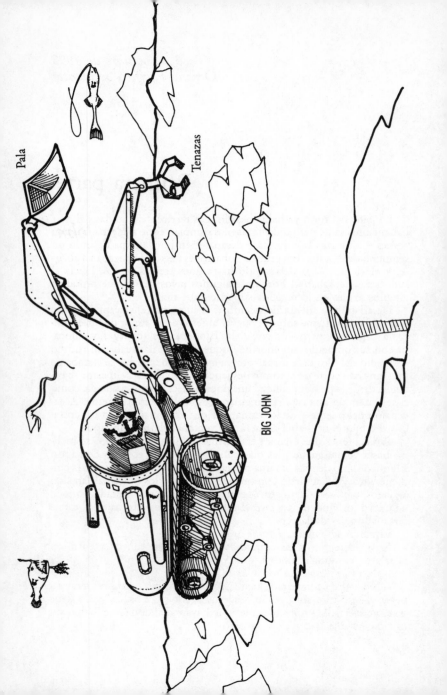

Pala

Tenazas

BIG JOHN

1

Lo peor del tifón ya había pasado. Las terribles sacudidas del mar habían amainado, pero todavía las olas rompían contra la proa, barrían verdes y plomizas la cubierta y desaparecían por la popa dejando un remolino de espuma. Los gruesos nubarrones negros empezaban a abrirse, y el viento había descendido hasta unos treinta nudos. Hacia el sudoeste, quebraban el horizonte algunos rayos de sol que pintaban círculos azules en la revuelta superficie del mar.

Desafiando la fuerza del viento y la intemperie, el capitán Arne Korvold estaba firme sobre el puente abierto de su vapor de línea mixto de carga y pasajeros *Narvik*, de las Rindal Lines noruegas, y enfocaba con sus binóculos un enorme buque que se balanceaba sin rumbo en medio del oleaje. A juzgar por su apariencia exterior, se trataba de un gran transporte de automóviles japonés. La cubierta superior se extendía desde la proa roma hasta una popa perfectamente cuadrada, como si se tratara de una caja rectangular acostada horizontalmente. A excepción del puente y de los camarotes de la tripulación, en los costados del buque no había troneras ni ventanas de ningún tipo.

Parecía tener una escora permanente de diez grados, pero se inclinó hasta veinte cuando las olas batieron sobre su costado de babor. El único signo de vida era una nubecilla de humo que surgía de la chimenea. Korvold advirtió con preocupación que los botes habían sido arriados, y no se veía ninguna señal de ellos en el mar agitado. Enfocó de nuevo los binóculos y leyó el nombre inglés escrito bajo los caracteres japoneses de la proa.

El barco se llamaba *Divine Star*.

Korvold regresó a las comodidades del puente central y entró en la sala de comunicaciones.

—¿No hay respuesta todavía?

—No. —El operador de radio sacudió la cabeza para reforzar su negativa—. Ni un solo guiño desde que lo avistamos. La radio debe de estar averiada. Imposible creer que hayan abandonado el barco sin ni siquiera una llamada de socorro.

Korvold observó en silencio, a través de las ventanas del puente, el barco japonés que flotaba a la deriva a menos de un kilómetro de su borda de estribor. Noruego de nacimiento, era un hombre bajo y apuesto, de los que nunca hacen un gesto precipitado. Sus ojos de un azul helado apenas pestañeaban, y los labios, bajo la barba cuidadosamente recortada, parecían fijos constantemente en una media sonrisa. Después de veintiséis años en el mar, casi siempre en barcos de crucero, conservaba un carácter cálido y amistoso, y contaba con el respeto de su tripulación y la admiración de sus pasajeros.

Se mesó la barba corta y grisácea, y maldijo en silencio para su capote. La tormenta tropical los había arrastrado inesperadamente al norte de su ruta y los había retrasado casi dos días con respecto al itinerario previsto desde el puerto de Pusan, en Corea, hasta San Francisco. Korvold no había abandonado el puente en las últimas cuarenta o ocho horas, y estaba agotado. Justo en el momento en que se disponía a tomar el ansiado descanso, habían avistado al *Divine Star*, aparentemente abandonado.

Ahora se veía enfrentado a un enigma y a la búsqueda, que consumiría mucho tiempo, de los botes del carguero japonés. También se veía abrumado por la responsabilidad ante sus 130 pasajeros, la mayoría postrados por el mareo, que no estaban de humor para soportar una operación de rescate voluntaria.

—¿Da su permiso para que me acerque con algunos hombres en un bote, capitán?

Korvold contempló la faz nórdica bien delineada del primer oficial Oscar Steen. Los ojos que sostuvieron su mirada eran de un azul más oscuro que los de Korvold. El primer oficial estaba en pie, tan derecho como un mástil delgado, con la piel curtida y el cabello rubio descolorido por la prolongada exposición al sol.

Korvold no contestó de inmediato, sino que se aproximó a la ventana del puente y observó el trozo de mar que separaba los dos buques. De la cresta al seno de las olas habría unos tres o cuatro metros.

—No tengo intención de arriesgar vidas, señor Steen. Será mejor esperar a que el mar se calme un poco.

—He conducido botes en días peores que éste.

—No tenga prisa. Es un barco muerto, tan muerto como un cadáver en la morgue. Y por su aspecto, diría que se ha abierto una vía de agua. Es mejor dejarlo como está y buscar los botes.

—Puede haber personas heridas ahí dentro —insistió Steen. Korvold negó con un gesto.

—Ningún capitán abandonaría el barco dejando detrás hombres heridos.

—Quizá ningún capitán en su sano juicio. Pero ¿qué clase de hombre abandonaría un barco en buen estado y arriaría los botes en medio de un tifón con vientos de sesenta y cinco nudos, sin radiar siquiera un mensaje de socorro?

—Es un completo misterio —asintió Korvold.

—Y hemos de tener en cuenta la carga —continuó Steen—. La línea de flotación indica que va a plena carga. Y parece capaz de transportar más de siete mil automóviles.

Korvold dirigió a Steen una mirada de inteligencia.

—¿Está pensando en un salvamento, señor Steen?

—Sí, señor. Si está totalmente abandonado y a plena carga, podemos remolcarlo hasta el puerto, y recibir por el salvamento la mitad de su valor, o más incluso. La compañía y la tripulación nos repartiríamos quinientos o seiscientos millones de coronas.

Korvold reflexionó un momento; la codicia luchó en su interior con un profundo presentimiento de mal agüero. La codicia, sin embargo, se impuso.

—Elija usted mismo a la tripulación para abordar el buque; incluya en ella al ayudante de mantenimiento. Puesto que sale humo de la chimenea, es probable que las máquinas sigan funcionando sin problemas. —Hizo una pausa—. Pero sigo opinando que debe esperar a que se calme un poco el mar.

—No hay tiempo —respondió Steen con sencillez—. Si la escora aumenta en otros diez grados, será demasiado tarde. Es mejor que nos demos prisa.

El capitán Korvold suspiró. Lo que se disponía a hacer iba en contra de sus criterios habituales, pero también se le ocurrió que, en cuanto se conociese la situación del *Divine Star*, cualquier cosa que flotara en un radio de mil millas marinas se precipitaría hacia su posición como las grúas cuando ha ocurrido un accidente en una autopista.

Finalmente se encogió de hombros.

—Cuando se haya asegurado de que no queda a bordo ningún componente de la tripulación del *Divine Star*, y haya conseguido hacerse con el control de la nave, infórmeme e iniciaré la búsqueda de los botes.

Steen había salido casi antes de que Korvold terminara la frase. Reunió a sus hombres y descendió a las aguas turbulentas pasados apenas diez minutos. La tripulación del bote estaba formada por él mismo y cuatro hombres más; entre ellos el ayudante de mantenimiento, Olaf Anderson, y el radiotelegrafista, David Sakagawa, único componente de la tripulación del *Narvik* que hablaba japonés. Los marineros debían explorar el barco mientras Anderson examinaba la sala de máquinas. Steen tomaría posesión formal del transporte de automóviles en el caso de que comprobaran que éste había sido realmente abandonado.

Con Steen a la barra, la lancha surcó el mar tempestuoso, luchando contra las crestas de las olas que amenazaban volcarla, y sumergiéndose luego en su seno. El gran motor marino Volvo roncaba con regularidad mientras se dirigían al enorme transporte de automóviles, con el viento y el mar de cara.

A cien metros del *Divine Star* descubrieron que no estaban solos. Una bandada de tiburones rodeaba el buque a la deriva, como si un sentido interior les hubiera dicho que iba a hundirse dejando escapar, tal vez, algunos bocados apetitosos.

El marinero que estaba al timón deslizó la lancha bajo la proa roma, por el lado de sotavento. Les pareció que el *Divine Star* iba a volcarse encima de ellos a cada ola que rompía contra su casco. Cuando el enorme buque cabeceó hacia ellos, Steen lanzó una ligera escala de nailon con un gancho de aluminio en uno de sus extremos. Al tercer intento, el gancho fue a chocar con el borde superior de la amurada, y quedó fijo allí.

Steen trepó el primero por la escala de cuerda y pasó la borda. Rápidamente fue seguido por Anderson y los demás. Después de agruparse junto a los grandes cabrestantes de las anclas, Steen los condujo hasta una escalerilla parecida a las de incendios, sujeta al mamparo delantero desprovisto de ventanas. Después de ascender cinco cubiertas, penetraron en la zona del puente, la más amplia que Steen había visto en quince años en el mar. En comparación con el pequeño y eficiente puente de mando del *Narvik*, éste parecía tan grande como un gimnasio; y sin embargo la impresionante estructura del equipo electrónico cubría tan sólo una pequeña parte del centro.

No había allí ningún signo de vida, pero estaba abarrotado de mapas, sextantes y demás equipo de navegación, esparcido por las cabinas abiertas. Sobre un estante estaban abiertos dos maletines, como si sus dueños hubieran salido tan sólo por unos momentos de la habitación. El éxodo parecía haberse producido por un pánico repentino.

Steen estudió la consola principal.

—Es totalmente automático —dijo a Anderson. El ayudante de mantenimiento asintió.

—Y más aun. Los controles se operan a través de la voz. No hay palancas ni botones, ni instrucciones que gritar a los timoneles desde aquí.

Steen se volvió a Sakagawa.

—¿Puede usted hacer funcionar esta cosa, y hablarle?

El asiático nacido en Noruega se inclinó sobre la consola computadorizada y la estudió en silencio durante algunos segundos. Luego apretó un par de botones en rápida sucesión. Las luces de la consola parpadearon y la unidad empezó a zumbar. Sakagawa miró a Steen con una media sonrisa.

—Mi japonés es muy rudimentario, pero creo que podré comunicarme con él.

—Pídale un informe sobre el estado del buque.

Sakagawa susurró algo en japonés al pequeño micrófono y esperó con impaciencia. Después de unos instantes, una voz masculina respondió en un tono bajo y claro. Cuando se detuvo, Sakagawa dirigió a Steen una mirada sin expresión.

—Dice que las portas están abiertas, y el nivel de agua en la sala de máquinas se aproxima a los dos metros.

—¡Ordénale que las cierre! —aulló Steen.

Después de un corto diálogo, Sakagawa meneó consternado la cabeza.

—El ordenador dice que las portas están bloqueadas. No pueden cerrarse mediante el mando electrónico.

—Parece que no he conseguido ahorrarme el trabajo —comentó Anderson—. Será mejor que baje allí y las cierre. Y dile a ese condenado robot que empiece a accionar las bombas.

Mientras hablaba, hizo seña a dos de los marineros de que le siguieran, y los tres juntos desaparecieron a la carrera en dirección a la sala de máquinas.

Uno de los marineros restantes se acercó a Steen, con los ojos desorbitados y el rostro tan blanco como el papel.

—Señor..., he encontrado un cadáver. Creo que se trata del radiotelegrafista.

Steen se apresuró a seguirle a la sala de comunicaciones. Un cuerpo casi sin forma estaba sentado en una silla, inclinado sobre el panel transmisor de la radio. Podía haber sido un ser humano cuando se paseaba por el puente del *Divine Star*, pero ahora ya no lo era. No había pelo, y salvo por los dientes totalmente visibles en el lugar donde habían estado los labios, Steen no podría haber dicho si miraba hacia adelante o atrás. Parecía como si la piel de aquel patético horror hubiera sido arrancada, y alguien hubiera quemado la carne que había debajo hasta fundirla parcialmente.

Y sin embargo, no existía la más ligera indicación de un incendio o un calor excesivo. Las ropas estaban tan limpias y planchadas como si acabara de ponérselas.

El hombre parecía haber sido víctima de una poderosa combustión interna.

2

El horrible hedor y el alucinante espectáculo hicieron tambalearse a Steen. Le costó un buen minuto recuperarse. Entonces empujó a un lado la silla con su repugnante propietario y se inclinó sobre la radio.

Por fortuna, el dial de frecuencia digital tenía números arábigos. Después de unos minutos de intentos infructuosos, encontró la frecuencia correcta y pudo saludar al capitán Korvold en el *Narvik*.

Korvold contestó de inmediato.

—Adelante, señor Steen —dijo en tono formal—. ¿Qué ha descubierto usted?

—Algo siniestro ha ocurrido aquí, capitán. Hasta el momento hemos encontrado el barco desierto, a excepción de un cadáver, el del radiotelegrafista, quemado hasta resultar irreconocible.

—¿Hay algún incendio a bordo?

—Ni el menor signo. El sistema de control automático computadorizado muestra únicamente luces verdes en sus sistemas de alerta de incendios.

—¿Hay algún indicio del motivo que impulsó a la tripulación a arriar los botes? —preguntó Korvold.

—Nada evidente. Parecen haber huido presas del pánico, después de intentar echar a pique el barco.

Korvold apretó los labios, y sus manos presionaron el auricular hasta que los nudillos adquirieron el tono del marfil.

—Repítalo.

—Las portas están levantadas y bloqueadas en la posición de abiertas. Anderson está intentando cerrarlas de nuevo.

—¿Por qué diablos intentaría una tripulación echar a pique un barco en perfecto estado y con miles de automóviles nuevos a bordo? —preguntó Korvold, abstraído.

—La situación parece sospechosa, señor. Hay algo anormal a bordo. El cadáver del radiotelegrafista es espantoso. Parece que lo hayan asado en un espetón.

—¿Quiere que le envíe al médico de a bordo?

—No hay nada que pueda hacer aquí el buen doctor, salvo firmar un certificado *post-mortem*.

—Entendido —contestó Korvold—. Seguiré a la espera de su informe durante treinta minutos más, y luego empezaremos la búsqueda de los botes perdidos.

—¿Ha hablado ya con la compañía, señor?

—No lo haré hasta que se asegure usted de que no queda a bordo ningún componente vivo de la tripulación original que pueda contradecir nuestro alegato de salvamento. Acabe su investigación. Tan pronto como compruebe que el barco está desierto, transmitiré un mensaje al director de nuestra compañía notificándole que tomamos posesión del *Divine Star*.

—El ingeniero Anderson está ya trabajando en el cierre de las portas y bombeando el agua de la sala de máquinas. Los motores funcionan, y en breve tiempo tendremos el buque bajo control.

—Cuanto antes, mejor —dijo Korvold—. Está usted derivando hacia un barco de reconocimiento oceanográfico británico, que mantiene una posición estacionaria.

—¿A qué distancia?

—Aproximadamente doce kilómetros.

—Entonces no hay riesgo de colisión.

A Korvold no se le ocurrió nada más que decir. Solamente añadió:

—Buena suerte, Oscar. Llévelo a puerto a salvo.

Y luego cortó la comunicación.

Steen se dio la vuelta, evitando al hacerlo mirar el cuerpo mutilado en la silla. Sentía que se apoderaba de él un escalofrío gélido. Casi esperaba ver al capitán espectral de *El holandés errante* recorriendo a largas zancadas el puente. «No hay nada tan morboso como un barco abandonado», se dijo ceñudo.

Ordenó a Sakagawa que buscara y tradujera el libro de navegación. Envió a los dos marinos restantes a recorrer los puentes de los automóviles, mientras él se dedicaba a registrar los camarotes de la tripulación. Se sentía como si caminara por una casa encantada.

Excepto por algunas ropas derramadas, parecía que la tripulación podía regresar de un momento a otro. A excepción del cadáver del puente, todo parecía normal y rutinario. En el camarote del capitán había una bandeja con dos tazas de té que milagrosamente no habían caído al suelo durante la tormenta, un uniforme extendido sobre la cama y un par de zapatos brillantes por el reciente cepillado, juntos sobre la moqueta del suelo. Una fotografía enmarcada de una mujer y tres hijos adolescentes había caído desde el lugar del que colgaba a un escritorio vacío y limpio.

Steen dudaba sobre si debía hurgar en los secretos y los recuerdos de otras personas. Se sentía un intruso indeseado.

Su pie tropezó con algo que había caído bajo el escritorio. Se agachó y recogió el objeto. Se trataba de una pistola de nueve milímetros. Una Steyr GB austríaca de doble acción. La sujetó entre su cuerpo y el cinturón de sus pantalones.

El tictac de un cronómetro de pared le sobresaltó, hasta el punto de que sintió erizársele el cabello. Acabó su búsqueda y regresó a toda prisa al puente.

Sakagawa estaba sentado en la sala de mapas, con los pies colocados sobre un pequeño armario, mientras estudiaba el libro de navegación.

—Lo ha encontrado —dijo Steen.

—En uno de los maletines abiertos.

Pasó hacia atrás las páginas y empezó a leer.

—*Divine Star*, setecientos pies, entregado el dieciséis de marzo de mil novecientos ochenta y ocho. Compañía propietaria y fletadora, Sushimo Steamship Company, Sociedad Limitada. Puerto de origen, Kobe. En este viaje transporta siete mil doscientos ochenta y ocho automóviles Murmoto, recién salidos de fábrica, con destino a Los Ángeles.

—¿Algún dato sobre por qué lo abandonó la tripulación? —preguntó Steen. Sakagawa le respondió con un desconcertado movimiento de cabeza.

—No hay ninguna mención de desastre, plaga o motín. No se informa del tifón. El último apunte es algo extraño.

—Léalo.

Sakagawa se tomó unos instantes para estar seguro de que su traducción de aquellos caracteres japoneses era razonablemente correcta.

—Lo más que alcanzo a deducir es esto: «Tiempo con tendencia a empeorar. Oleaje en aumento. La tripulación afectada por una enfermedad desconocida. Todo el mundo enfermo, incluido el capitán. Se sospecha de algún alimento en mal estado. Nuestro pasajero, señor Yamada, uno de los principales directores de la compañía, en plena crisis de histeria, pide que abandonemos y hundamos el barco. El capitán cree que el señor Yamada sufre un ataque de nervios y ordena que se le recluya bajo vigilancia en su camarote».

Steen miró a Sakagawa con un rostro sin expresión.

—¿Eso es todo?

—La última anotación —dijo Sakagawa—. No hay nada más.

—¿Cuál es la fecha?

—Primero de octubre.

—Eso fue hace dos días.

Sakagawa asintió con aire distraído.

—Deben de haber abandonado el barco poco después. Ha sido una suerte que no se llevaran el libro de registro con ellos.

Lentamente, sin ninguna prisa, Steen regresó a la sala de comunicaciones, mientras su mente intentaba desentrañar el significado de la anotación final del libro. De repente se detuvo y extendió el brazo para apoyarse en el quicio de la puerta. La habitación pareció girar ante sus ojos, y sintió náuseas. La bilis se agolpó en su garganta, pero se forzó a tragarla de nuevo. Luego, el malestar desapareció tan súbitamente como había venido.

Caminó tambaleante hasta la radio y comunicó con el *Narvik*.

—Aquí el primer oficial Steen llamando al capitán Korvold, cambio.

—Sí, Oscar —respondió Korvold—. Adelante.

—No pierda tiempo en buscar los botes. El libro de navegación del *Divine Star* sugiere que la tripulación abandonó el buque antes de que el tifón alcanzara su máxima violencia. Partieron hace dos días. Los vientos los habrán arrastrado a más de doscientos kilómetros a estas horas.

—Eso si han conseguido sobrevivir.

—La probabilidad es bastante remota.

—De acuerdo, Oscar. Estoy de acuerdo, buscarlos desde el *Narvik* sería inútil. Hemos hecho todo lo que podía esperarse de nosotros. He alertado a las unidades americanas de rescate en el mar de Midway y Hawai, y a todos los buques que puedan encontrarse en la zona. Tan pronto como recupere usted el gobierno de la nave, volveremos a poner rumbo a San Francisco.

—Enterado —replicó Steen—. Ahora me dirijo a la sala de máquinas para cambiar impresiones con Anderson.

Cuando Steen acabó de transmitir, zumbó el teléfono interior del barco.

—Aquí el puente.

—Señor Steen —dio una voz débil.

—Sí, ¿qué ocurre?

—Marinero Arne Midgaard, señor. ¿Puede usted venir de inmediato al puente de carga C? Creo que he descubierto algo...

La voz de Midgaard se detuvo, y Steen pudo oír sus arcadas.

—Midgaard, ¿se encuentra mal?

—Dése prisa, señor, por favor.

Después, la línea quedó silenciosa. Steen gritó a Sakagawa:

—¿Qué botón debo apretar para la sala de máquinas?

No hubo respuesta. Steen se precipitó a la sala de mapas. Sakagawa estaba sentado allí, pálido como un muerto, respirando fatigosamente. Miró hacia arriba y habló, articulando las palabras entre pausa y pausa para tomar aliento.

—El botón de... la sala de máquinas... es el cuarto.

—¿Qué te ocurre? —preguntó Steen lleno de ansiedad.

—No lo sé. Me siento... fatal..., he vomitado dos veces.

—Vámonos —masculló Steen—. Voy a reunir a todos los demás. Salgamos de este barco de la muerte.

Descolgó el teléfono y llamó a la sala de máquinas. No hubo respuesta. El miedo se apoderó de su mente. Miedo de algo desconocido que los atacaba. Imaginó el olor a muerte invadiendo todo el barco.

Steen echó una rápida ojeada al diagrama de los puentes montado sobre un mamparo y luego brincó escaleras abajo, saltando de seis en seis los escalones. Intentó correr hacia los enormes locales donde estaban estibados los automóviles, pero una náusea le hizo encogerse de forma que recorrió la pasarela vacilante como un borracho en un callejón trasero.

Finalmente atravesó la puerta del puente C de carga. Un océano de automóviles multicolores se extendía a lo largo de centenares de metros, a izquierda y derecha. Sorprendentemente, a pesar de las sacudidas de la tormenta y de que el barco iba a la deriva, todos estaban firmemente sujetos en su lugar.

Steen gritó frenéticamente a Midgaard, y su voz levantó ecos en los mamparos metálicos. El silencio fue la única respuesta. Entonces se dio cuenta de una circunstancia extraña, que llamaba la atención como si en medio de una multitud un solo hombre agitara en lo alto una bandera.

Uno de los coches tenía el capó levantado.

Avanzó tambaleante entre las largas filas, apoyándose en las portezuelas y golpeándose las rodillas en los parachoques salientes. Cuando ya estaba cerca del automóvil del capó levantado, gritó de nuevo:

—¿Hay alguien ahí?

Esta vez oyó un débil gemido. En diez zancadas llegó hasta el coche y se quedó helado al ver a Midgaard tendido junto a uno de los neumáticos.

El rostro del joven marinero estaba cubierto de llagas sangrantes. Una espuma sanguinolenta le salía de la boca. Los ojos estaban fijos, sin ver nada. Los brazos tenían un color purpúreo debido a la hemorragia interna. Parecía estarse pudriendo ante los ojos de Steen.

Steen se apoyó en el coche, paralizado por el horror. Se llevó las manos a la cabeza, lleno de impotencia y desesperación, y se dio cuenta del puñado de pelo que quedó entre sus dedos cuando bajó los brazos.

—¿Por qué estamos muriendo, en nombre de Dios? —susurró al ver su propia espantosa muerte reflejada en la de Midgaard—. ¿Qué es lo que nos está matando?

3

El sumergible en aguas profundas *Old Gert*[2] estaba suspendido de una larga grúa instalada en la popa del buque oceanográfico británico *Invincible*. El mar se había calmado lo suficiente como para que el *Old Gert* pudiera descender a efectuar una prueba científica en el fondo marino, a 5.200 metros de profundidad, y su tripulación se dedicaba en ese momento a efectuar una secuencia compleja de comprobaciones de seguridad.

El sumergible no tenía nada de «viejo», a pesar de su nombre. Su diseño respondía a los últimos avances de la ingeniería. Había sido construido por una compañía aeroespacial británica el año anterior, y ahora estaba siendo sometido a prueba para su primer descenso con el fin de examinar la zona de fractura de Mendocino, una enorme grieta en el suelo del océano Pacífico que se extiende desde la zona costera del norte de California hasta la mitad de la distancia a Japón.

Su exterior era enteramente distinto del de otros sumergibles aerodinámicos. En lugar de un casco en forma de cigarro puro, con una góndola sujeta a su tripa, constaba de cuatro esferas de titanio transparente y polímero enlazadas entre sí y conectadas por medio de túneles circulares, lo que le daba el aspecto de un peón de un juego de bolos infantil. Una de las esferas contenía un equipo complejo para la filmación, mientras que otra estaba llena de tanques de aire y de agua para lastrar el sumergible y baterías. La tercera contenía el equipo de oxígeno y los motores eléctricos. La cuarta esfera, la mayor, se asentaba sobre las tres restantes y albergaba a la tripulación y los controles.

Old Gert estaba construido para soportar las inmensas presiones que se encuentran en las áreas más profundas de los fondos oceánicos. Sus sistemas de alimentación podían mantener viva a una tripulación durante cuarenta y ocho horas, y su motor le permitía viajar por la negrura de los fondos abisales a una velocidad de hasta ocho nudos.

Craig Plunkett, el ingeniero jefe y piloto del *Old Gert*, firmó el

2. *Old Gert*: Viejo Gert. (*N. del t.*)

33

último de los impresos de comprobación. Era un hombre entre los cuarenta y cinco y los cincuenta años, de cabello grisáceo peinado hacia adelante para cubrir su calvicie. Tenía las facciones de color rojizo, y sus ojos castaños recordaban los de un sabueso. Había contribuido a diseñar el *Old Gert* y ahora lo trataba como si fuera su yate privado.

Se puso un grueso jersey de lana para prevenir el frío que le esperaba en aguas profundas y deslizó sus pies en un par de mocasines de cuero blando y flexible. Descendió al interior del sumergible por el túnel de acceso y cerró la escotilla una vez dentro. Luego se deslizó hasta la esfera de control y puso en marcha el sistema de oxigenación computadorizado.

El doctor Raúl Salazar, de la Universidad de México, geólogo marino de la expedición, ocupaba ya su asiento y ajustaba los mandos de la unidad del sonar.

—Listo cuando tú lo estés —dijo Salazar. Parecía una pequeña dínamo, con su enorme masa de cabellos negros, sus rápidos movimientos, sus ojos negros que se movían continuamente y nunca se detenían más de dos segundos en ninguna persona u objeto. A Plunkett le gustaba. Salazar era la clase de hombre que acumulaba datos con el mínimo esfuerzo, tomaba las decisiones correctas sin subestimar los datos, y estaba acostumbrado a llevar el control técnico de experimentos abisales desde el punto de vista profesional antes que como un proyecto académico.

Plunkett echó una ojeada al asiento vacío que estaba en la parte derecha de la esfera.

—Creía que Stacy estaba ya a bordo.

—Lo está —respondió Salazar sin apartar los ojos de su consola—. Ha pasado a la esfera de la cámara para una última comprobación de los sistemas de vídeo.

Plunkett se inclinó para asomarse al túnel que conducía a la esfera de la cámara y se encontró ante un par de pies calzados con zapatillas deportivas.

—Estamos listos para sumergirnos —dijo.

Una voz femenina, acompañada por un débil eco, dijo en respuesta:
—Acabo en un segundo.

Plunkett deslizó los pies bajo su panel de control y estaba buscando la posición adecuada de su respaldo bajo y semirreclinable cuando Stacy Fox apareció gateando hacia atrás en la esfera de control. Tenía el rostro encendido: había estado trabajando prácticamente cabeza abajo.

Stacy no era lo que podría llamarse una belleza turbadora, pero sí bonita. Un cabello rubio, largo y liso, enmarcaba su rostro, y muy a menudo lo apartaba hacia atrás con una breve sacudida de la cabeza. Era delgada y tenía hombros anchos para una mujer. En cuanto a sus pechos, la tripulación únicamente podía especular sobre ellos. Nadie los había visto nunca, por supuesto, y ella llevaba siempre jerséis gruesos y anchos. Pero en algunas ocasiones, cuando bostezaba y se desperezaba, su tórax mostraba signos evidentes de contar con una sustancia firme.

Parecía más joven de los treinta y cuatro años que tenía. Sus cejas eran gruesas, los ojos grandes y separados, y los iris reflejaban un color verde pálido. Los labios, sobre una barbilla que revelaba determinación, se entreabrían con facilidad en una sonrisa brillante, casi constante, que revelaba unos dientes perfectos.

Stacy había sido en sus tiempos un miembro de la juventud dorada que frecuentaba las playas de California, y había estudiado arte fotográfico en el Instituto Chouinard de Los Ángeles. Después de graduarse, recorrió el mundo fotografiando la fauna marina que nunca antes había sido captada por las cámaras. Casada en dos ocasiones y dos veces divorciada, tenía una hija, que vivía con su hermana, y su presencia a bordo del *Old Gert* para fotografiar las profundidades abisales era en realidad la tapadera que ocultaba otro tipo de trabajo más comprometido.

Tan pronto como ocupó su asiento en la parte derecha de la esfera, Plunkett dio la señal de «listos». El operador de la grúa colocó el sumergible en una rampa oblicua que pasaba por la popa abierta del buque y descendía hasta el nivel del agua.

La tormenta había terminado, pero las olas tenían todavía de uno a dos metros de altura. El gruista coordinó la entrada de tal modo que el *Old Gert* tocó la cresta de una ola y siguió su camino a través de ella, de modo que sus movimientos de descenso y ascenso se acompasaron perfectamente al ritmo de las olas. Los cables de enganche se soltaron a través del mando electrónico, y varios hombres-rana efectuaron una inspección final del exterior.

Cinco minutos más tarde el controlador de superficie, un alegre escocés llamado Jimmy Knox, informó a Plunkett que el sumergible estaba listo para el descenso. Se llenaron los tanques de lastre, y el *Old Gert* se sumergió rápidamente bajo las aguas agitadas y comenzó su exploración de las profundidades.

Aunque el *Old Gert* era el sumergible más moderno entre todos los equipos de investigación submarina, todavía descendía por el antiguo y seguro procedimiento que consistía en llenar los tanques del lastre con agua marina. Para ascender a la superficie, se soltaban pesas de hierro de tamaño variable con el fin de incrementar la flotabilidad, ya que la tecnología de bombeo no podía, al menos en el estado actual, superar las presiones opuestas de las grandes profundidades.

La prolongada caída a través del inmenso vacío líquido le pareció a Stacy una especie de trance hipnótico. Uno a uno, los colores del espectro procedentes de la luz difractada por la superficie fueron debilitándose hasta desvanecerse en la más absoluta oscuridad.

A excepción de las consolas de control independientes montadas alrededor del diámetro interior de la esfera, disponían de un campo de visión frontal de 180 grados, sin ningún impedimento. El polímero transparente, con las delgadas tiras de titanio, proporcionaba una visión equivalente a la de una gran pantalla de televisión de alta definición.

Salazar no prestaba atención a la oscuridad que atravesaban ni a los ocasionales peces luminiscentes que nadaban en el exterior; le preocupaba más pensar en lo que iba a encontrar en el fondo. Plunkett manejaba los instrumentos de profundidad y de acondicionamiento para la respiración, y vigilaba con atención cualquier posible anormalidad, puesto que la presión aumentaba y la temperatura descendía a cada momento que pasaba.

El *Invincible* no contaba con un sumergible de apoyo para un caso de emergencia. Si inesperadamente ocurría un desastre y quedaban encallados de alguna forma en las rocas, o si fallaba el funcionamiento del equipo de tal forma que impidiera el retorno del *Old Gert* a la superficie, podían desprender la esfera de control y dejarla flotar hacia la superficie como una gigantesca burbuja. Pero este complejo sistema nunca había sido puesto a prueba en condiciones de presión muy alta. Si se producía un fallo, no tendrían ninguna esperanza de rescate; únicamente la certeza de una muerte por ahogo y una tumba sumergida en las profundidades de la noche eterna del abismo.

Un pequeño pez parecido a una anguila se deslizó ante el batiscafo, y su cuerpo luminoso despidió relámpagos de luz como si la corriente del tráfico de una gran ciudad pasase ante ellos a lo largo de una serie de curvas. Los dientes eran increíblemente largos en proporción a la cabeza, y se curvaban como los colmillos de un dragón chino. Fascinado por la luz del sumergible, nadó sin miedo hacia la esfera de control y escudriñó su interior con un ojo fantasmal.

Stacy enarboló sus cámaras fotográfica y de vídeo, y apretó siete veces el disparador antes de que el pez se fuera.

—¿Podéis imaginaros cómo sería esa cosa si tuviera siete metros de largo? —murmuró espantada.

—Por fortuna los dragones negros viven en las profundidades —dijo Plunkett—. La presión abisal les impide crecer más de algunos centímetros.

Stacy dio las luces exteriores y la oscuridad se transformó repentinamente en una neblina verdosa. Aquel espacio aparecía vacío. No se veía ninguna forma de vida. El dragón negro se había ido. Stacy apagó las luces para no gastar las baterías.

La humedad se deslizó en el interior de la esfera, y un frío cada vez mayor empezó a filtrarse a través de las gruesas paredes. Stacy observó que en sus brazos se le había puesto carne de gallina. Miró hacia arriba, se abrazó los hombros con las manos y sintió un escalofrío. Plunkett captó el estremecimiento y puso en marcha una pequeña unidad de calefacción que a duras penas conseguía hacer desaparecer el frío.

Las dos horas que tardaron en llegar al fondo habrían resultado tediosas si cada cual no estuviera ocupado en sus propias tareas. Plunkett se había colocado en una posición cómoda y observaba el monitor del sonar y la sonda de eco. Sus ojos también vigilaban la posición de las agujas de los niveles eléctrico y del oxígeno. Salazar empezó a manejar el rastrillo de toma de muestras en cuanto tocaron el fondo, mientras Stacy intentaba captar con sus cámaras a los habitantes de aquellas aguas profundas.

Plunkett prefería los acordes de Johann Strauss como música estéreo de fondo, pero Stacy insistió en oír su cinta de música *new age*, argumentando que resultaba sedante y que aminoraría la tensión. Salazar la llamaba «música cascada», pero no protestó.

La voz de Jimmy Knox desde el *Invincible* tenía ecos fantasmales, como si se filtrara a través del teléfono acústico submarino.

—Fondo en diez minutos —anunció—. Estáis acercándoos un poco demasiado aprisa.

—No hay problema —contestó Plunkett—. Lo tengo en el sonar.

Salazar y Stacy dejaron momentáneamente su trabajo para observar la pantalla del sonar. El subrayado digital mostraba el lecho marino en un contorno tridimensional. La mirada de Plunkett se dirigía alternativamente de la pantalla al agua, y volvía de inmediato a la pantalla. Confiaba en el sonar y en el ordenador, ya que no podía utilizar su propia visión.

—Manteneos alerta —les avisó Knox—. Estáis descendiendo por las paredes de un cañón.

—Lo tengo —replicó Plunkett—. Los acantilados descienden hacia un valle bastante amplio.

Accionó una palanca y soltó uno de los pesos del lastre para hacer más lento el descenso. A treinta metros del fondo soltó más peso, dando al sumergible una flotabilidad casi perfectamente neutral. A continuación puso en marcha los tres propulsores instalados en la parte trasera de las esferas inferiores.

Poco a poco el fondo empezó a materializarse a través de la oscuridad polvorienta, en forma de ondulaciones desiguales y quebradas. Hasta donde alcanzaba la vista, se extendían extrañas rocas negras dobladas y retorcidas en formas grotescas.

—Hemos ido a parar junto a un depósito de lavas —comentó Plunkett—. El borde está más o menos un kilómetro frente a nosotros. Más allá deberemos descender trescientos metros más hasta el fondo del valle.

—Tomo nota —contestó Knox.

—¿Qué son todas esas rocas agujereadas? —preguntó Stacy.

—Bloques de lava —contestó Salazar—. Se forman cuando la lava ardiente choca con el agua fría del océano. La costra exterior se enfría y forma una especie de tubo, del que sigue fluyendo la lava líquida.

Plunkett accionó el sistema de posicionamiento en altitud, que mantenía automáticamente el sumergible cuatro metros por encima del fondo. Mientras se deslizaban entre los atormentados bloques de aquel rellano, podían advertir las huellas dejadas, en los espacios dispersos en que se había depositado el cieno, tal vez por frágiles estrellas de mar, cangrejos o bien holoturias habituadas a las profundidades, que huían de las luces a esconderse en la oscuridad.

—Preparaos —dijo Plunkett—. Vamos a descender.

Pocos segundos después de su aviso, el fondo se desvaneció otra vez, dio paso a una negrura total y el sumergible se precipitó en el abismo, manteniendo la distancia de cuatro metros respecto de los riscos casi verticales del cañón.

—Os tengo a cinco-tres-seis-cero metros —oyeron el eco de la voz de Knox por el teléfono subacuático.

—Correcto. Yo leo lo mismo —contestó Plunkett.

—Cuando lleguéis al fondo del valle —dijo Knox—, estaréis en la parte llana de la zona de fractura.

—Eso suena razonable —murmuró Plunkett, con su atención centrada en el panel de control, la pantalla del ordenador y un monitor de vídeo que ahora mostraba el terreno situado bajo los patines de aterrizaje del *Old Gert*—. Pero de momento no hay ningún maldito sitio en el que podamos posarnos.

Pasaron doce minutos; finalmente apareció ante ellos un fondo liso, y el sumergible adoptó de nuevo una posición horizontal. Delante de la esfera revoloteaban partículas submarinas impulsadas por una débil corriente, como copos de nieve. La zona circular revelada por las luces del sumergible mostraba una serie ininterrumpida de ondulaciones arenosas. Esa arena no estaba vacía. Millares de objetos negros de forma esférica, como las antiguas balas de cañón, reposaban sobre la espesa capa del fondo marino.

—Nódulos de manganeso —explicó Salazar como si estuviese en su cátedra—. Nadie sabe exactamente cómo se formaron, pero se sospecha que el núcleo central lo constituyen dientes de tiburón o bien huesos de ballena.

—¿Tienen algún valor? —preguntó Stacy, al tiempo que activaba los sistemas de la cámara.

—Además del manganeso, contienen cantidades menores de cobalto, cobre, níquel y zinc. Supongo que esta concentración puede darse ininterrumpidamente a lo largo de cientos de kilómetros cuadrados en la zona de fractura, y puede llegar a valer hasta ocho millones de dólares el kilómetro cuadrado.

—Siempre que consigas subir todo ese material a la superficie, cinco kilómetros y medio más arriba —añadió Plunkett.

Salazar dio instrucciones a Plunkett sobre la zona que convenía explorar, mientras el *Old Gert* se deslizaba en silencio sobre la arena alfombrada de nódulos. Luego, algo brilló por el costado de babor. Plunkett varió levemente la dirección para acercarse a aquel objeto.

—¿Has visto alguna cosa? —preguntó Salazar, absorto en sus instrumentos.

Stacy se esforzaba en escudriñar el suelo.

—¡Una bola! —exclamó—. Una gran bola metálica con unas extrañas abrazaderas. Me parece que mide unos tres metros de diámetro.

—Habrá caído de un barco —comentó Plunkett sin darle importancia.

—No debe de hacer mucho tiempo de eso, a juzgar por la falta de corrosión —añadió Salazar.

De pronto apareció ante ellos una franja ancha de arena totalmente desprovista de nódulos. Era como si una aspiradora gigante hubiera hecho una pasada en mitad de aquel campo.

—¡Los bordes son rectos! —exclamó Salazar—. Nunca se dan unas líneas rectas tan prolongadas en los fondos marinos.

Stacy observaba asombrada aquel fenómeno.

—Demasiado perfecto, demasiado preciso para no ser obra del hombre.

—Imposible —meneó la cabeza Plunkett—, al menos a esta profundidad. Ninguna empresa de ingeniería del mundo está capacitada técnicamente para dragar las profundidades abisales.

—Y ningún fenómeno geológico del que tenga noticias podría formar un camino tan recto y preciso en el fondo del mar —respondió Salazar con firmeza.

—Las huellas dentadas en la arena, a lo largo de los bordes, parecen corresponderse con las medidas de la enorme bola que encontramos.

—Tal vez —murmuró Plunkett con escepticismo—. ¿Qué clase de equipo puede dragar los fondos a esta profundidad?

—Una draga hidráulica gigante que aspire los nódulos a través de tuberías hasta una barcaza situada en la superficie —teorizó Salazar—. Se ha estado dando vueltas a esa idea desde hace años.

—También se ha especulado con un viaje tripulado a Marte, pero todavía no se ha construido la cohetería capaz de conseguirlo. Y tampoco se ha construido ninguna draga gigante. Conozco a un montón de gente que trabaja en ingeniería marina, y nunca he oído el menor rumor sobre un proyecto semejante. Y no es posible mantener en secreto una operación de minado de tal calibre. Requeriría una flota de superficie de cinco buques al menos, y a miles de personas que trabajaran durante varios años. Y no hay ninguna forma de que puedan evitar ser detectados por los barcos que pasen o por satélites.

Stacy miró a Salazar sin ninguna expresión.

—¿Hay alguna forma de saber cuándo ha sucedido?

—Tanto puede haber sido ayer mismo, como hace años —respondió Salazar con un encogimiento de hombros.

—¿Quién, entonces? —preguntó Stacy en tono vago—. ¿Quién es el responsable de esa tecnología?

Nadie contestó de inmediato. Aquel descubrimiento no se ajustaba a los datos conocidos. Miraron la franja de arena limpia con silenciosa incredulidad, mientras en sus gargantas se anudaba el temor a lo desconocido.

Finalmente, Plunkett dio una respuesta que pareció llegar de algún punto lejano, en el exterior del sumergible.

—Nadie que pertenezca a este mundo; ningún ser humano.

4

Steen había caído en un estado de shock emocional extremo. Miró con estupor las llagas que se estaban formando en sus brazos. Temblaba de manera incontrolable, en parte por el shock y en parte por un súbito dolor abdominal. Se dobló sobre sí mismo y le acometieron unas tremendas arcadas; el aliento surgía a boqueadas, todo parecía dolerle al mismo tiempo. El corazón empezó a palpitarle de forma errática, y el cuerpo le ardía de fiebre.

Se sentía demasiado débil para regresar al compartimiento de comunicaciones y advertir a Korvold. Cuando el capitán del buque noruego no recibiera respuesta de sus señales a Steen, enviaría otro equipo de abordaje para averiguar qué era lo que iba mal. Más hombres morirían inútilmente.

Steen estaba ahora bañado en sudor. Miró con fijeza el coche con el capó levantado y sus ojos brillaron en una extraña malevolencia. Le dominó el estupor, y su mente enloquecida vio una maldad indescriptible en aquel objeto de metal, cuero y caucho.

Como en una actitud final de desafío, Steen decidió vengarse del vehículo inanimado. Extrajo de su cinturón la Steyr automática que había encontrado en el camarote del capitán y alzó el cañón. Luego apretó el gatillo y vació el cargador en el morro del automóvil.

Dos kilómetros al este, mientras el capitán Korvold estaba mirando a través de sus binóculos el *Divine Star*, éste se desintegró en un abrir y cerrar de ojos y desapareció de la superficie del océano.

En su lugar estalló una monstruosa bola de fuego de un color azul brillante más intenso que la luz solar. Instantáneamente, blancos gases ardientes se expandieron por un área de cuatro kilómetros de diámetro. Se formó una nube hemisférica de condensación que se extendió como un gran buñuelo, abrasando todo lo que se encontraba en su interior.

La superficie del mar se abrió en una gran depresión cóncava de unos trescientos metros de diámetro. Luego una inmensa columna formada por millones de toneladas de agua se elevó hacia el cielo, y de sus paredes brotaron miles de géiseres horizontales, cada uno de ellos tan grande como el *Narvik*.

La onda de choque se extendió en torno a la bola de fuego como uno de los anillos que rodean Saturno, a una velocidad aproximada de cinco kilómetros por segundo, y al alcanzar el *Narvik* lo dejó reducido a una masa metálica informe.

Korvold, de pie sobre el puente abierto, no llegó a ver el holocausto. Sus ojos y su cerebro no tuvieron tiempo de registrarlo. Quedó carbonizado en un microsegundo por la radiación térmica emitida por la bola de fuego formada por la explosión. Su barco se elevó del agua y fue aplastado luego como si lo hubiera golpeado un gigantesco martillo. Una lluvia de fragmentos y polvo de acero procedente del *Divine Star* cayó sobre los maltratados puentes del *Narvik*. El fuego irrumpió por el casco perforado y se extendió a todo el barco. Entonces empezaron las explosiones internas. Los contenedores de la bodega de carga fueron barridos como hojas por el soplo de un huracán.

No hubo tiempo para lamentos ni para llantos dolientes. Todas las personas sorprendidas en el puente ardieron como cerillas, crepitaron y desaparecieron. El barco entero se convirtió, en tan sólo un instante, en una pira funeraria para sus 250 pasajeros y tripulantes.

El *Narvik* empezó a escorarse rápidamente. A los cinco minutos de la explosión quedó volcado. Pronto, sólo fue visible una pequeña porción de su popa, y enseguida también ésta se deslizó bajo las agitadas aguas y desapareció en las profundidades.

Desapareció casi con la misma rapidez con que se había evaporado el *Divine Star*. La gran nube en forma de coliflor que se había formado sobre la bola de fuego fue dispersándose lentamente, y pronto se confundió con la niebla. Los furiosos resplandores del agua se calmaron, y luego la superficie del océano se alisó, salvo por la ondulación del oleaje.

A unos doce kilómetros de distancia a través del mar, el *Invincible* todavía flotaba. La increíble presión de la onda de choque todavía no había empezado a disminuir, de modo que golpeó con toda su fuerza al buque oceanográfico. La superestructura reventó y se hizo pedazos, dejando expuestos los mamparos interiores. La chimenea se desprendió de sus soportes y se precipitó volteando en el agua hirviente, al tiempo que el puente desaparecía entre una violenta salpicadura de acero y carne humana.

Los mástiles quedaron retorcidos y deformados, la gran grúa utilizada para alojar el *Old Gert* se dobló en dos y quedó torcida hacia un lado, y las planchas del casco se combaron hacia dentro, entre la armazón y las vigas longitudinales. Como el *Narvik*, el *Invincible* quedó reducido a un informe montón de chatarra en la que a duras penas podía reconocerse el barco que había sido.

La pintura de los costados se había agrietado y ennegrecido debido a la potente llamarada. Un delgado chorro de aceite negro y humeante brotó del machacado costado de babor y se extendió como una alfombra hirviente sobre el agua, alrededor del casco. El intenso calor desintegró a todas las personas expuestas al aire libre. Quienes estaban en los puentes inferiores quedaron gravemente heridos por el golpe y los fragmentos proyectados por la explosión.

Jimmy Knox se vio empujado con violencia contra un mamparo de acero que resistió la presión, al tiempo que jadeaba en busca de aire, como si estuviera en el vacío. Quedó tumbado sobre su espalda, piernas y brazos extendidos, mirando con asombro un agujero que había aparecido como por arte de magia en el techo.

Allí permaneció a la espera de que pasara el sobresalto, luchando por conservar despiertos sus sentidos y preguntándose aturdido qué le había sucedido al mundo. Lentamente miró en torno suyo los mamparos deformados del compartimiento, vio el equipo electrónico destrozado, semejante a un robot con las tripas arrancadas, aspiró el humo de los incendios, y sintió una angustia similar a la del niño que ha perdido a sus padres en medio de una multitud.

A través del boquete del techo podía ver la cámara del puente y la sala de mapas. Habían quedado destruidas hasta convertirse en un esqueleto torturado de deformadas vigas. El compartimiento del timón era un caos humeante, convertido ahora en la cripta funeraria de hombres abrasados y despedazados, cuya sangre goteaba en los compartimientos inferiores.

Knox se giró de lado y gimió por el súbito dolor que le causaron tres costillas rotas, un tobillo dislocado, y un mar de magulladuras. Muy lentamente se irguió hasta conseguir sentarse. Alcanzó sus gafas y las ajustó en su lugar correcto, sorprendido al comprobar que habían quedado colgadas de su nariz en medio de aquella incomprensible devastación.

Lentamente, la oscura cortina del golpe fue descorriéndose, y su primer pensamiento para el *Old Gert*. Como en una pesadilla, le pareció ver al sumergible averiado y sin contacto con la superficie, en la negrura de las profundidades.

Reptó a través del puente ayudándose frenéticamente con manos y rodillas, aguantando el dolor, hasta alcanzar el receptor del teléfono submarino.

—¿*Gert*? —balbuceó atemorizado—. ¿Me escucha?

Esperó varios segundos, pero no hubo respuesta. Juró en voz baja.

—¡Maldita sea, Plunkett! ¡Háblame, bastardo!

El silencio fue la única respuesta. Todas las comunicaciones entre el *Invincible* y el *Old Gert* se habían cortado. Sus peores temores se realizaban. La misma fuerza que había golpeado el barco debía haber viajado por el interior del agua y destrozado el sumergible, sometido ya a increíbles presiones.

—Muertos —susurró—. Aplastados sin remisión.

Su mente se volvió de súbito a sus compañeros del barco, y llamó. Tan sólo oyó como respuesta los crujidos y chirridos metálicos del buque moribundo. Dirigió su mirada a través de la puerta abierta y la centró en cinco cuerpos esparcidos por el suelo en posturas antinaturales y rígidas, como las de los maniquíes de un escaparate.

Se sentó, invadido por la angustia y la incertidumbre. De forma confusa, advirtió que el buque se estremecía convulsivamente, y que la popa giraba y se mecía entre las olas como alcanzada por un remolino. Alrededor suyo, empezaron a girar los objetos y los despojos arrancados por la explosión. El *Invincible* se disponía a iniciar su propio viaje hacia el abismo.

El instinto de supervivencia despertó en su interior; Knox trepó por el puente destrozado, demasiado despavorido para sentir el dolor de sus heridas. Presa del pánico, cruzó la puerta del puente de la grúa, esquivando los cadáveres y los hierros retorcidos, dispersos por todas partes. El miedo ocupó el lugar del shock y fue creciendo hasta formar un grueso nudo en su interior.

Llegó hasta los restos retorcidos de la barandilla de la borda, y sin mirar hacia atrás saltó por encima y se lanzó al mar. Un trozo astillado de un cajón de madera flotaba a pocos metros de distancia. Nadó torpemente hasta conseguir aferrarlo con un brazo y dejarse flotar. Sólo entonces se volvió y miró el *Invincible*.

Se estaba hundiendo de popa, con la proa alzada sobre las olas del Pacífico. Pareció quedar suspendido así durante un minuto, mirando las nubes al tiempo que se deslizaba hacia abajo a una velocidad cada vez mayor y desaparecía, dejando tras de sí unos pocos fragmentos de su carga y un vórtice de agua arremolinada, que pronto se redujo a unas pocas burbujas teñidas de los colores del arco iris por el aceite vertido.

Knox buscó frenéticamente en la superficie del mar a otros miembros de la tripulación del *Invincible*. Ahora que habían cesado los crujidos del barco que se hundía se produjo un silencio fantasmal. No vio ningún bote salvavidas, ninguna cabeza de algún hombre que nadara en el mar.

Él era el único superviviente de una tragedia que no tenía explicación.

5

Bajo la superficie, la onda de choque viajó a través del agua incompresible a una velocidad aproximada de 6.500 kilómetros por hora, en un círculo expansivo que aplastaba a su paso toda forma de vida marina. El *Old Gert* se salvó de una destrucción instantánea gracias a las paredes del cañón. Erguidas sobre el sumergible, actuaron como un escudo, protegiéndolo de la presión explosiva.

Sin embargo, el sumergible se vio zarandeado con una enorme violencia. En un momento dado estaba en posición horizontal, y al siguiente giraba sobre su eje como una pelota de fútbol golpeada por la turbulencia. El contenedor en el que estaban instaladas las principales baterías y los sistemas de propulsión golpeó los nódulos rocosos, crujió y estalló debido a la tremenda presión. Por fortuna, las compuertas que cubrían los extremos del tubo de conexión aguantaron firmes, pues de otra forma el agua habría irrumpido en la esfera de los tripulantes con la fuerza de un martillo pilón, y los hubiera dejado reducidos a una pulpa sanguinolienta.

El estruendo de la explosión se percibió a través del teléfono subacuático como un trueno, casi simultáneamente al traqueteo, como el de un tren expreso, de la onda de choque. Cuando ambos cesaron, las profundidades volvieron a un silencio engañoso. Luego la calma se vio rota de nuevo por los crujidos del metal torturado, a medida que los destrozados barcos descendían desde la superficie a través del abismo, abarquillándose y comprimiéndose antes de chocar contra el fondo marino, en medio de una gran nube de lodo en forma de seta.

—¿Qué es eso? —gritó Stacy, agarrándose a su asiento para evitar salir despedida.

Ya fuera debido al impacto o bien a una devoción radical hacia su trabajo, los ojos de Salazar no se habían apartado de su consola.

—No es un terremoto. Parece una perturbación en la superficie.

Con la desaparición de los propulsores, Plunkett había perdido el control del *Old Gert*. Únicamente podía permanecer allí sentado con un desamparo total mientras el sumergible era zarandeado a través del campo de nódulos de manganeso. De forma automática, gritó por el teléfono submarino, olvidando todos los formalismos anejos a la llamada:

—¡Jimmy, estamos en medio de una turbulencia inexplicable! ¡Hemos perdido el contenedor de la propulsión! ¡Responde, por favor!

Jimmy Knox no podía oírle. Luchaba entre las olas, mucho más arriba.

Plunkett intentaba todavía desesperadamente contactar con el *Invincible* cuando por fin el sumergible finalizó su errático recorrido; fue a topar con el fondo de un ángulo de cuarenta grados, de modo que quedó apoyado con la esfera que contenía el equipo eléctrico y el oxígeno.

—Es el fin —murmuró Salazar, sin saber en realidad lo que quería decir, turbada su mente por la sorpresa y la confusión.

—¡Qué demonios va a serlo! —estalló Plunkett—. Todavía podemos soltar lastre y subir hasta la superficie.

Mientras hablaba, era consciente de que aun soltando todo el lastre de hierro no podría superar el peso añadido del agua en el contenedor destrozado, además de la succión del lodo. Activó las palancas, y centenares de kilos de peso muerto se desprendieron de la panza del sumergible.

Durante unos momentos no ocurrió nada; después, centímetro a centímetro, el *Old Gert* se alzó del fondo, ascendiendo con lentitud como si lo impulsaran las respiraciones anhelantes y los latidos de los corazones de las tres personas instaladas en la esfera principal.

—Treinta metros arriba —anunció Plunkett después de lo que pareció una hora pero en realidad habían sido tan sólo treinta segundos.

El *Old Gert* se estabilizó y todos se atrevieron a respirar de nuevo. Plunkett seguía intentando inútilmente establecer contacto con Jimmy Knox.

—Jimmy..., aquí Plunkett. Respóndeme.

Stacy miraba con tal intensidad el marcador de la profundidad que llegó a temer que la esfera estallara.

—Vamos..., adelante... —rogaba.

Y entonces sus peores pesadillas se precipitaron sobre ellos sin previo aviso. La esfera que contenía el equipo eléctrico y el oxígeno cedió de súbito. Debilitada por el impacto contra el fondo marino, aquella presión despiadada la aplastó como si fuera un huevo.

—¡Maldición! —masculló Plunkett al tiempo que el sumergible se hundía de nuevo en el lodo con una fuerte sacudida.

Como para confirmar el terrible contratiempo, las luces parpadearon y luego sumergieron la esfera en un mundo de negrura total. La siniestra oscuridad de las profundidades es un horror que únicamente podrían soportar personas totalmente ciegas. Para los que tienen la capacidad de ver, la súbita desorientación empuja a la mente a creer que fuerzas inexpresables se acercan desde todas partes, formando un círculo amenazador cada vez más estrecho.

Finalmente, la voz ronca de Salazar rompió el silencio.

—Madre de Dios, ahora sí que estamos perdidos.

—Aún no —dijo Plunkett—. Todavía podemos llegar a la superficie desprendiendo la esfera de control.

Su mano tanteó la consola hasta que sus dedos tocaron una determinada palanca. Con un chasquido audible, las luces auxiliares se encendieron e iluminaron de nuevo el interior de la esfera.

Stacy suspiró aliviada y se relajó por unos segundos.

—Gracias a Dios. Al menos podemos ver.

Plunkett programó el ordenador para una ascensión de emergencia. Después puso en marcha el mecanismo de suelta, y se volvió hacia Stacy y Salazar.

—Sujetaos con fuerza. El viaje hasta la superficie puede ser bastante agitado.

—Cualquier cosa será buena con tal de salir de este infierno —gruñó Salazar.

—Cuando ustedes gusten —añadió Stacy en tono de broma.

Plunkett arrancó la cubierta de seguridad de la palanca de suelta, respiró hondo, y tiró hacia sí con fuerza.

No ocurrió nada.

Por tres veces Plunkett repitió febrilmente el mismo gesto. Pero la esfera de control se negaba con tozudez a separarse de la sección principal del sumergible. Desesperado, se volvió al ordenador para averiguar la causa de la disfunción. La respuesta llegó en un abrir y cerrar de ojos.

El mecanismo de suelta había sufrido un golpe durante el impacto lateral contra el fondo, y estaba bloqueado, sin medios para poder repararlo.

—Lo siento —dijo Plunkett desalentado—. Pero parece que tendremos que esperar a ser rescatados.

—Bonitas probabilidades tenemos para eso —gruñó Salazar, mientras se secaba el sudor que brotaba de su rostro con la manga de su anorak.

—¿Cuánto oxígeno nos queda? —preguntó Stacy.

—Nuestro depósito principal se perdió con el estallido del contenedor —contestó Plunkett—. Pero los balones de emergencia de esta unidad y el depurador de hidróxido de litio que elimina el dióxido de carbono que exhalamos pueden permitirnos respirar durante diez o doce horas más.

Salazar movió la cabeza desalentado y se encogió de hombros.

—Ni siquiera todas las oraciones de todas las iglesias del mundo conseguirían que nos rescataran a tiempo. Se necesitará un mínimo de setenta y dos horas para traer otro sumergible a este lugar. Y aun así, es dudoso que consigan elevarnos hasta la superficie.

Stacy miró a Plunkett a los ojos en busca de algún pequeño signo de esperanza, pero no encontró ninguno. Su mirada era remota y distante. Ella tuvo la impresión de que le entristecía más la pérdida de su precioso sumergible que la perspectiva de morir. Pero al darse cuenta de la mirada fija de la mujer, Plunkett se repuso rápidamente.

—Raúl tiene razón —dijo con sencillez—. Odio tener que admitirlo, pero necesitaremos un milagro para volver a ver la luz del sol.

—Pero está el *Invincible* —insistió Stacy—. Moverán cielo y tierra para llegar hasta nosotros.

—Alguna tragedia ha ocurrido allá arriba —respondió Plunkett con un movimiento de cabeza—. Los últimos ruidos que oímos eran los de un buque destrozado hundiéndose en el abismo.

—Pero había más barcos a la vista cuando dejamos la superficie —protestó Stacy—. Puede haber sido uno de ellos.

—No hay ninguna diferencia —explicó Plunkett con voz cansada—. El camino hacia arriba está cerrado. Y el tiempo se ha convertido en un enemigo al que no podemos derrotar.

Una profunda desesperación invadió la esfera de control. Cualquier esperanza de rescate no pasaba de mera fantasía. La única certidumbre era que un futuro proyecto de salvamento recuperaría el *Old Gert* con sus cuerpos, mucho después de que todos hubieran muerto.

6

Dale Nichols, ayudante especial del presidente, chupó su pipa y miró por encima de sus anticuadas gafas de lectura a Raymond Jordan, que entraba en ese momento en su despacho.

Jordan sonreía a pesar de la espesa nube de humo de tabaco dulzón que cubría la habitación como el *smog* cubre las ciudades en los días de bochorno.

—Buenas tardes, Dale.

—¿Todavía llueve? —preguntó Nichols.

—Más bien llovizna.

Jordan notó que Nichols estaba en tensión. El «protector del reino presidencial» era una persona serena y eficiente, pero su pelambrera de color castaño oscuro parecía un sembrado de heno azotado por una tempestad; los ojos relucían más de lo habitual y el rostro mostraba signos de dureza que Jordan nunca había visto anteriormente.

—El presidente y el vicepresidente esperan —se apresuró a decir Nichols—. Están ansiosos por escuchar un informe reciente de la explosión en el Pacífico.

—Traigo el último informe —dijo Jordan en tono tranquilizador.

Pese a ser uno de los cinco hombres con mayor poder en el Washington oficial, Jordan era un desconocido para el público en general. Tampoco le conocían la mayoría de los funcionarios y de los políticos. Como director de la Inteligencia Central, Jordan presidía el Servicio de Seguridad Nacional e informaba directamente al presidente.

Vivía en el mundo espectral del espionaje y la inteligencia, y muy pocos eran los privilegiados que conocían los desastres y las tragedias que él y sus agentes habían evitado revelar al pueblo americano.

Jordan no llamaba la atención de los extraños; nadie hubiera identificado su aspecto con el de un hombre de memoria fotográfica y capaz de conversar en siete lenguas. Su apariencia era tan ordinaria como la de los hombres y mujeres que utilizaba como agentes de campo. De mediana estatura y de unos sesenta años, tenía una cabeza bien asentada, coronada por cabellos de color gris plateado, y una sólida figura en la que despuntaba una ligera barriga, además de unos ojos castaños en los que brillaba una luz de simpatía. Había sido un marido fiel a su esposa durante treinta y siete años y tenían dos hijas en la universidad, ambas estudiantes de biología marina.

El presidente y el vicepresidente estaban enfrascados en una conversación en voz baja cuando Nichols introdujo a Jordan en el Despacho Oval. Se giraron al instante y miraron a Jordan, que pudo observar que estaban tan nerviosos como el ayudante especial del presidente.

—Gracias por venir, Ray —dijo el presidente sin más protocolo, al tiempo que se trasladaba nerviosamente a una poltrona verde situada bajo un retrato de Andrew Jackson—. Por favor, siéntate y cuéntanos qué demonios está pasando en el Pacífico.

A Jordan siempre le divertía la dolorosa incomodidad que atenazaba a los políticos durante el desarrollo de una crisis. Ningún cargo oficial electo poseía la madura firmeza y la experiencia de los hombres de carrera tales como el director de la Inteligencia Central. Y sin embargo nunca estaban dispuestos a respetar o a aceptar el inmenso poder que Jordan y otros profesionales como él poseían para controlar y orquestar los acontecimientos internacionales.

Jordan hizo una señal afirmativa al presidente, que era por lo menos una cabeza más alto que él, y tomó asiento. Con una calma que pareció a los dos hombres una agonizante lentitud, depositó en el suelo un amplio maletín parecido a los que utilizan los contables, y lo abrió de par en par. Luego extrajo de él una carpeta determinada.

—¿Estamos delante de una situación? —preguntó impaciente el presidente, utilizando la palabra clave que expresaba una amenaza inminente a la población civil, tal como un ataque nuclear.

—Sí, señor, por desgracia lo estamos.

—¿Qué es lo que sabemos?

Jordan hojeó la carpeta por pura fórmula. Había ya memorizado por completo las treinta páginas de que constaba.

—Exactamente a las once horas cincuenta y cuatro se produjo una explosión de gran potencia en el Pacífico Norte, aproximadamente a novecientos kilómetros al noroeste de las islas Midway. Uno de nuestros satélites espías Pyramider captó la llamarada y la perturbación atmosférica con sus cámaras y registró la onda de choque a partir de boyas hidrofónicas ocultas. Los datos fueron transmitidos directamente a la Agencia de la Seguridad Nacional, donde se procedió a su análisis. Éste fue seguido por lecturas de las estaciones sismográficas fijas conectadas al NORAD[3], que a su vez pasaron la información a técnicos de la CIA en Langley.

3. NORAD: Siglas de North American Air Defense Command, Mando de Defensa Aérea Norteamericano. (*N. del t.*)

—¿Y la conclusión? —interrumpió el presidente.

—Todas las fuentes coinciden en que se trató de una explosión nuclear —respondió con tranquilidad—. Ninguna otra cosa pudo producir un efecto tan masivo.

A excepción de Jordan, que tenía un aspecto tan relajado como si estuviera contemplando un capítulo de una serie televisiva, las expresiones de los otros tres hombres presentes en el Despacho Oval mostraban claramente el horror que les inspiraba el hecho que acababan de anunciarles.

—¿Estamos en Alerta DEFCOM? —preguntó el presidente, aludiendo a la escala de prevención nuclear.

Jordan asintió.

—Me he tomado la libertad de ordenar al NORAD que pasara de inmediato a Alerta DEFCOM-Tres, con posibilidad de mantenerla o bien de pasar a DEFCOM-Dos en función de la reacción de los soviéticos.

Nichols miró con fijeza a Jordan.

—¿Se ha enviado algún avión de reconocimiento?

—Hace veinte minutos ha despegado de la base de Edwards un aparato de reconocimiento Casper SR-Ninety, con el fin de verificar la explosión y recoger datos adicionales.

—¿Podemos estar seguros de que la onda de choque fue causada por una explosión nuclear? —preguntó el vicepresidente, un hombre de poco más de cuarenta años, que había pasado tan sólo seis años en el Congreso antes de ser elegido para la tarea de «número dos». Se trataba de un político hábil, pero se encontraba fuera de su ambiente en el análisis de los datos de la inteligencia—. Podría tratarse de un terremoto submarino o de una erupción volcánica.

Jordan negó con un gesto de la cabeza.

—Los registros sismográficos muestran el pico muy acusado que acompaña a las detonaciones nucleares. La gráfica de un terremoto presenta oscilaciones de mayor longitud temporal. La consulta al ordenador confirma el hecho. Tendremos una idea más precisa de la energía en kilotones cuando el Casper haya recogido muestras de la radiación atmosférica.

—¿Algún pronóstico?

—Hasta que poseamos todos los datos, los pronósticos más fiables oscilan entre los diez y los veinte kilotones.

—Lo suficiente para arrasar Chicago —murmuró Nichols.

El presidente temía formular la siguiente pregunta, y dudó unos segundos.

—¿Podría..., podría haber sido uno de nuestros submarinos nucleares el agente de la explosión?

—El Jefe de Operaciones Navales me ha asegurado que ninguno de nuestros navíos se encontraba en un radio de quinientos kilómetros en torno al área crítica.

—¿Un submarino ruso, tal vez?

—No —contestó Jordan—. He charlado con mi colega de la URSS, Nikolai Golanov. Sostiene que todos los buques de superficie y submarinos soviéticos en el Pacífico están bajo control, y naturalmente nos echa a nosotros la culpa del accidente. Estoy seguro al cien por cien de que él y sus hombres saben perfectamente que no es cierto, pero nunca admitirán que en este asunto están tan a oscuras como nosotros mismos.

—El nombre no me resulta familiar —dijo el vicepresidente—. ¿Pertenece al KGB?

—Golanov es el director de la Seguridad Estatal y Extranjera en el Politburó —explicó con paciencia Jordan.

—Tal vez esté mintiendo —sugirió Nichols.

Jordan le dirigió una mirada dura.

—Nikolai y yo llevamos veintiséis años juntos. Podemos haber hecho equilibrios o jugado de farol en algunas ocasiones, pero nunca nos hemos mentido.

—Si no somos nosotros los responsables, y tampoco los soviéticos —musitó el presidente con una voz suave y extraña—, entonces ¿quién ha sido?

—Al menos hay diez naciones más que tienen la bomba —dijo Nichols—. Cualquiera de ellas puede haber realizado una prueba nuclear.

—No es probable —contestó Jordan—. No es fácil mantener en secreto los preparativos frente a la vigilancia del KGB y de los departamentos de inteligencia occidentales. Sospecho que descubriremos que se trata de un accidente en un ingenio nuclear cuya existencia era desconocida.

El presidente pareció pensativo por un momento, y luego preguntó:

—¿Se sabe la nacionalidad de los buques afectados por la explosión?

—No tenemos todavía todos los detalles, pero al parecer estuvieron implicados, o fueron testigos inocentes de la explosión, tres barcos. Un mercante noruego de carga y pasaje, un transporte de automóviles japonés y un buque oceanográfico británico que estaba llevando a cabo una exploración de los fondos marinos.

—Debe de haber habido pérdidas humanas.

—Las fotos de nuestro satélite antes y después de la explosión muestran que los tres barcos han desaparecido, y se presume que se hundieron durante o inmediatamente después de la explosión. La existencia de algún superviviente es muy dudosa. Si no acabaron con ellos la bola de fuego y la onda de choque, la radiación los matará en un muy corto plazo.

—Supongo que se ha planteado una operación de rescate —dijo el vicepresidente.

—Se ha ordenado a unidades navales de Guam y Midway que acudan al lugar.

El presidente clavó los ojos en la alfombra por un largo rato, como si viera algo en ella.

—No puedo creer que los británicos hayan estado preparando en secreto una prueba nuclear sin notificárnoslo. El primer ministro nunca hubiera ido tan lejos a mis espaldas.

—Por supuesto, los noruegos tampoco han sido —dijo el vicepresidente con firmeza.

El rostro del presidente adquirió una expresión equívoca.

—Ni los japoneses. No existe ninguna evidencia de que hayan construido nunca una bomba nuclear.

—La bomba pudo ser robada —sugirió Nichols—, y transportada clandestina e inocentemente por los noruegos o los japoneses.

Jordan se encogió de hombros con desenfado.

—No creo que haya sido robada. Estoy dispuesto a apostar un mes de paga a que la investigación probará que estaba siendo transportada deliberadamente a un destino prefijado.

—¿A qué destino?

—Uno de los dos principales puertos de California.

Todos miraron a Jordan con frialdad, mientras la enormidad que implicaban sus palabras se abría paso en sus mentes.

—El *Divine Star* viajaba de Kobe a Los Ángeles cargado con más de siete mil automóviles Murmoto —continuó Jordan—. El *Narvik* con ciento treinta pasajeros y una carga mixta compuesta de zapatos coreanos, ordenadores y accesorios de cocina, navegaba de Pusan a San Francisco.

El presidente se permitió una ligera sonrisa.

—Ese accidente significará un pequeño alivio para nuestro déficit comercial.

—¡Por Dios! —murmuró el vicepresidente con un cabeceo de incredulidad—. Qué idea más aterradora. Un barco extranjero transportando de matute una bomba nuclear para Estados Unidos.

—¿Qué recomiendas, Ray? —preguntó el presidente.

—Que enviemos de inmediato equipos de especialistas al lugar de los hechos. De preferencia, navíos de salvamento submarino de la Marina, para investigar en los buques hundidos y averiguar cuál de ellos transportaba la bomba.

El presidente y Nichols intercambiaron miradas de inteligencia. Luego el presidente dijo a Jordan:

—Creo que el almirante Sandecker y su equipo de ingeniería oceánica de la Agencia Marítima y Submarina Nacional (AMSN) son los mejor preparados para una operación en aguas profundas. En cuanto nos dejes, Ray, le avisaremos.

—Si puedo expresar respetuosamente mi desacuerdo, señor presidente, en mi opinión la Marina nos proporcionará un margen de seguridad mayor.

El presidente dirigió a Jordan una mirada de suficiencia.

—Comprendo tu preocupación. Pero confía en mí. La Agencia Marítima y Submarina Nacional es perfectamente capaz de encargarse del trabajo sin dejar que se difunda la noticia.

Jordan se levantó del sofá, molesto profesionalmente por el hecho de que el presidente supiera alguna cosa que él desconocía. Tomó nota mental, para husmear a la primera oportunidad.

—Si Dale va a pasar aviso al almirante —dijo—, yo puedo acompañarle de inmediato.

El presidente extendió la mano.

—Gracias, Ray. Tus hombres y tú habéis hecho un trabajo soberbio en el mínimo tiempo.

Nichols acompañó a Jordan cuando éste abandonó el Despacho Oval, y ambos se dirigieron al edificio de la AMSN. Tan pronto como llegaron al vestíbulo, Nichols preguntó en voz baja:

—Sólo entre tú, los muebles y yo: ¿quién piensas que intentaba pasar la bomba de matute?

Jordan pensó un momento y luego respondió en tono llano, exento de inquietud.

—Sabremos la respuesta a esa pregunta en veinticuatro horas. La pregunta importante, la que realmente me asusta, es por qué, y con qué propósitos.

7

La atmósfera en el interior del sumergible se había hecho rancia y húmeda. La condensación formaba gotas en las paredes laterales de la esfera, y el dióxido de carbono ascendía poco a poco hacia el nivel letal. Nadie se movía y apenas hablaban, a fin de conservar el aire. Pasadas once horas y media, el depósito de oxígeno de emergencia estaba prácticamente agotado, y la escasa y preciosa potencia eléctrica que quedaba en las baterías no podría realizar la depuración del CO_2 durante mucho tiempo más.

El miedo y el horror habían cedido paso paulatinamente a la resignación. Cada quince minutos Plunkett encendía las luces para verificar los sistemas de supervivencia y todos permanecían sentados en silencio en la oscuridad, a solas con sus pensamientos.

Plunkett se concentraba en el manejo de los instrumentos, y forcejeaba con su equipo, negándose a creer que su amado sumergible no pudiera responder a su mando. Salazar estaba sentado, tan inmóvil como una estatua, hundido en su asiento. Parecía abstraído y apenas consciente. Aunque faltaban tan sólo unos minutos para caer en el marasmo final, no quería ver prolongarse lo inevitable. Deseaba morir y acabar con todo de una vez.

Stacy conjuraba las fantasías de su infancia, y pretendía encontrarse en otro lugar y en otro tiempo. Su pasado se le aparecía en imágenes fugaces. Jugaba al béisbol en la calle con sus hermanos, montaba su nueva bicicleta, regalo de Navidad, y asistía a su primera fiesta universitaria con un chico que no le gustaba, pero era el único que se lo había pedido. Casi podía escuchar los acordes de la música en la sala de baile del hotel. Había olvidado el nombre del grupo, pero recordaba las canciones. *Tal vez nunca volvamos a pasar por este lugar*, de Seals y Crofts, era su favorita. Había cerrado los ojos e imaginaba que estaba bailando con Robert Redford.

Inclinó la cabeza como si escuchara. Había algo fuera de lugar. La canción que escuchaba en su mente no era de mediados de los setenta. Sonaba como una vieja melodía de jazz, no de rock.

Despertó y abrió los ojos, pero solamente vio la oscuridad.

—Están tocando una música equivocada —murmuró.

Plunkett encendió las luces.

—¿Qué ocurre?

—Tiene alucinaciones —contestó Salazar, que también había abierto los ojos y miraba sin comprender.

—Se supone que debían tocar *Tal vez nunca volvamos a pasar por este lugar*, pero la música es diferente.

Plunkett miró a Stacy y su rostro se dulcificó con una expresión de conmiseración y lástima.

—Sí, también yo la oigo.

—No, no —protestó ella—. No es la misma. La melodía es distinta.

—Como gustes —dijo Salazar, jadeante. Los pulmones le dolían debido al esfuerzo por captar el máximo de oxígeno de aquel aire viciado. Asió a Plunkett del brazo—. Por el amor de Dios, cierra los sistemas y acabemos de una vez. ¿No ves que ella está sufriendo? Todos estamos sufriendo.

También a Plunkett le dolía el pecho. Sabía muy bien que era inútil prolongar el tormento, pero no podía sustraerse al instinto primario de aferrarse a la vida hasta el último aliento.

—Esperemos —contestó con torpeza—. Tal vez han traído por vía aérea otro sumergible hasta el *Invincible*.

Salazar le miró con ojos vidriosos; su mente apenas seguía unida por un débil hilo a la realidad.

—Estás loco. No hay otro sumergible de aguas profundas en siete mil kilómetros a la redonda. E incluso aunque trajeran uno y el *Invincible* siguiera a flote aquí arriba, se necesitarían al menos ocho horas para realizar el descenso y establecer contacto con nosotros.

—No puedo discutir contigo. Ninguno de nosotros quiere morir en una tumba perdida en las profundidades del océano. Pero me niego a renunciar a la esperanza.

—Loco —repitió Salazar. Se inclinó hacia adelante en su asiento y sacudió la cabeza, como para ahuyentar el creciente dolor. Parecía envejecer un año a cada minuto que pasaba.

—¿No lo oís? —susurró Stacy en voz baja y quebrada—. Se está acercando.

—También ella se ha vuelto loca —estalló Salazar. Pero entonces Plunkett lo sujetó del brazo.

—¡Calla! También yo oigo algo. *Hay* alguien ahí afuera.

Salazar no contestó. Le resultaba imposible pensar o hablar con coherencia. En torno a sus pulmones se apretaba cada vez con mayor fuerza un cinturón que lo asfixiaba. El deseo de respirar dominaba a todos los demás pensamientos, a excepción de uno; allí sentado, deseaba que la muerte llegara pronto.

Stacy y Plunkett escrutaban con ansiedad la oscuridad que envolvía la esfera. Una criatura fantasmal con cola de rata nadaba a la pálida luz que emitía el *Old Gert*. No tenía ojos, pero rodeó la esfera manteniéndose a una distancia de dos centímetros, antes de desaparecer en las profundidades.

Repentinamente, las aguas se iluminaron con un resplandor. Algo se agitaba en la lejanía, algo monstruoso. Luego, un extraño halo azulado fue aproximándose en la oscuridad, acompañado por voces que cantaban palabras demasiado deformadas por el medio acuático como para resultar comprensibles.

Stacy miraba fascinada, mientras Plunkett sentía un escalofrío que le recorría la nuca. Pensó que debía de tratarse de algún horror sobrenatural, un monstruo creado por su cerebro carente de oxígeno. No era posible que la cosa que se aproximaba fuera real. De nuevo pasó por su mente la idea de un ser de otro mundo. En tensión y atemorizado, esperó a que se acercara un poco más, con la idea de emplear la carga final de las baterías de emergencia para encender las luces exteriores. Fuera o no un monstruo de las profundidades, se daba cuenta de que sería la última cosa que viera en este mundo.

Stacy se arrastró con esfuerzo hasta el borde de la esfera, y aplastó la nariz contra el panel interior. Un coro de voces resonó en sus oídos.

—Te lo dije —susurró con esfuerzo—. Te dije que oía cantar. Escucha.

Plunkett podía ya oír las palabras, muy débiles y distantes, y pensó que se había vuelto loco. Intentó explicarse a sí mismo que la falta de aire respirable estaba provocando alucinaciones en su vista y sus oídos. Pero la luz azul iba haciéndose cada vez más brillante, y llegó un momento en que pudo reconocer la canción.

> *¡Ah, qué tiempos pasé con la sirena Minnie*
> *allá abajo en el fondo del mar!*
> *Olvidé mis problemas en medio de las burbujas.*
> *Ella fue endiabladamente buena conmigo.*

Plunkett apretó el interruptor de las luces exteriores y se quedó sentado, inmóvil. Se sentía agotado y sin esperanza. Su mente se negaba a aceptar la cosa que se había materializado en la oscuridad del abismo. Se desvaneció.

Stacy no estaba tan aturdida por el shock como para no poder fijar sus ojos en la aparición que reptaba hacia la esfera. Era una enorme máquina, que se movía sobre cadenas tractoras e iba coronada por una estructura oblonga provista de dos extraños brazos metálicos, que surgían de su parte inferior. Se acercó hasta detenerse a escasa distancia del *Old Gert*, iluminada por las luces de éste.

Una forma humana de facciones borrosas estaba sentada en el morro transparente de aquel extraño artilugio, a tan sólo dos metros de la esfera. Stacy cerró con fuerza los ojos y volvió a abrirlos. Entonces fue adquiriendo forma la silueta vaga, como en sombra, de un hombre. Ahora podía verlo con claridad. Llevaba un traje de inmersión color turquesa, parcialmente abierto en la parte frontal. Los rizos negros que asomaban en su pecho hacían juego con la cabellera oscura y revuelta. El rostro tenía una expresión masculina, y estaba curtido por el aire libre; y las ligeras arrugas que rodeaban sus ojos de un increíble tono verde se correspondían con la ligera sonrisa de sus labios.

El hombre le devolvió la mirada, con un interés teñido de humor. Luego se inclinó hacia atrás, tomó un tablero de apuntes y escribió algo en él con un rotulador. Después de unos segundos, arrancó el papel y lo colocó a la vista de ellos, pegado al cristal.

Stacy tuvo que forzar la vista para poderlo leer. Decía:

«Bienvenida a Rancho Empapado. Un poco de paciencia mientras conectamos un tubo de oxígeno.»

¿Era aquello la muerte?, se preguntó Stacy. Había leído que algunas personas atravesaban largos túneles hasta salir a la luz, y que otras veían a parientes y amigos que habían muerto en el pasado. Pero aquel hombre era un perfecto desconocido. ¿De dónde había venido?

Antes de que pudiera encajar las piezas de aquel rompecabezas, una puerta se cerró y ella se precipitó en el olvido.

8

Dirk Pitt, de pie en el centro de una amplia cámara abovedada y con las manos en los bolsillos de su traje de inmersión de la AMSN, estudiaba el *Old Gert.* Sus ojos opalinos miraban sin expresión el sumergible que reposaba, inmóvil como un juguete roto, sobre el bruñido suelo de lava negra. Finalmente, se introdujo muy lentamente por la escotilla, se dejó caer en el asiento reclinable del piloto, y estudió los instrumentos alineados en la consola.

Pitt era un hombre alto, musculoso, de hombros anchos y espalda recta, tal vez un poco excesivamente delgado, y cuyos movimientos poseían una gracia felina que sugería una permanente disposición a la acción. Había en él una agudeza de cuchilla de afeitar que incluso un extraño podía sentir, pero nunca había fallado a sus amigos y compañeros de dentro y de fuera de un gobierno que le respetaba y admiraba por su lealtad e inteligencia. Adornaban su personalidad un humor ácido y una gran facilidad de adaptación —rasgo que muchas mujeres encontraban especialmente atractivo—, y aunque adoraba la compañía de ellas, su amor más ardiente lo reservaba al mar.

Como director de Proyectos Especiales de la AMSN pasaba casi tanto tiempo bajo el agua como en tierra. Su ocupación principal era la inmersión; casi nunca cruzaba el umbral de un gimnasio. Había dejado de fumar años atrás, controlaba su dieta y bebía con discreción. Estaba constantemente atareado y en movimiento; en el curso de su trabajo llegaba a caminar hasta ocho o diez kilómetros diarios. Su mayor placer, al margen del trabajo, era bucear a través del fantasmal casco de un buque hundido.

Del exterior del sumergible llegó un eco de pasos sobre el suelo de roca excavado bajo los muros curvos del techo abovedado. Pitt se dio la vuelta en su asiento y contempló a su viejo amigo y compañero de la AMSN, Al Giordino.

El cabello negro de Giordino tenía tantos rizos como ondas el de Pitt. Su cara lampiña aparecía rubicunda bajo la frente que brillaba a la luz de vapor de sodio, y sus labios se curvaban en la habitual sonrisa astuta. Giordino era de baja estatura; la parte superior de su cabeza apenas llegaba a la altura de los hombros de Pitt. Pero tenía un cuerpo fornido, con bíceps macizos y un tórax que precedía al resto de su persona como un espolón, característica que subrayaba su andar resuelto y llegaba a dar la impresión de que, de no detenerse por su propia voluntad, atravesaría con toda sencillez cualquier muro u obstáculo que encontrara en su camino.

—Y bien, ¿qué opinas de él? —preguntó a Pitt.

—Los ingleses han hecho un bonito trabajo —respondió Pitt con admiración, al tiempo que salía por la escotilla.

Giordino examinó las esferas reventadas y meneó la cabeza.

—Tuvieron suerte. Cinco minutos más, y habríamos encontrado sus cadáveres.

—¿Cómo están ahora?

—Se recuperan muy deprisa —contestó Giordino—. Están en la cocina devorando nuestras reservas de comida y pidiendo que los llevemos a su barco de superficie.

—¿Todavía no les ha informado nadie? —preguntó Pitt.

—Tal como tú ordenaste, los hemos instalado en los compartimientos de la tripulación, y cualquier persona que pasa por las inmediaciones se comporta como un sordomudo. Una comedia que ha conseguido que nuestros huéspedes se suban por las paredes. Darían un riñón por saber quiénes somos, de dónde venimos y cómo hemos conseguido construir un habitáculo a esta profundidad del océano.

Pitt contempló de nuevo el *Old Gert* y luego abarcó con una mano el conjunto de la sala.

—Años de trabajo secreto desperdiciados de golpe —exclamó, con repentina rabia.

—No ha sido culpa tuya.

—Es mejor que los deje morir ahí fuera, antes que comprometer nuestro proyecto.

—¿A quién intentas engañar? —rió Giordino—. Te he visto recoger a perros atropellados en la calle y llevarlos al veterinario. Incluso pagabas la factura, como si hubieras sido tú el autor del atropello. Eres un sentimental sin remedio, amigo. Al demonio las operaciones secretas. Hubieras salvado a esas personas aunque estuvieran enfermas de rabia, lepra y peste negra.

—¿Soy así de transparente?

La mirada burlona de Giordino se suavizó.

—Yo soy el tipo que te puso el ojo morado en el jardín de infancia, ¿recuerdas?, y tú me aplastaste la nariz en venganza con un bate de béisbol. Te conozco mejor que tu propia madre. Puedes aparentar ante el mundo que eres un maldito bastardo, pero por dentro sigues siendo un pedazo de pan.

Pitt miró fijamente a Giordino.

—Por supuesto, sabes que al jugar al buen samaritano nos hemos buscado un montón de problemas con el almirante Sandecker y el Departamento de Defensa.

—No hace falta que me lo digas. Y hablando del diablo, Comunicaciones acaba de recibir un mensaje en clave. El almirante llega de Washington. Su avión amerizará dentro de dos horas. Apenas te queda tiempo para preparar el informe. He pedido ya que preparen un sumergible para subir a la superficie a recogerle.

—Debe de tener poderes psíquicos —murmuró Pitt.

—Apuesto a que detrás de esa visita sorpresa se amontonan nubarrones de tormenta.

Pitt asintió con una sonrisa.

—En ese caso no tenemos nada que perder si alzamos el telón para nuestros huéspedes.

—Nada —convino Giordino—. En cuanto el almirante conozca la historia, ordenará que los tengamos aquí bajo custodia hasta que encontremos, como sea, una tapadera adecuada al proyecto.

Pitt empezó a caminar hacia una puerta circular, con Giordino a su lado. Sesenta años atrás, aquella sala abovedada podía haber formado parte de una concepción arquitectónica futurista para un hangar de aviación; pero su estructura no protegía ningún avión de la lluvia, la nieve o los rigores del sol en verano. Sus muros de carbono y plástico reforzado con cerámica albergaban aparatos adaptados para una profundidad de 5.400 metros bajo la superficie del mar. Además del *Old Gert*, sobre el pulido suelo reposaba un inmenso vehículo vagamente parecido a un tractor, con un cuerpo superior en el que se alojaba una cabina en forma de cigarro puro. A un lado había además dos sumergibles más pequeños, parecidos a submarinos nucleares pero de forma más rechoncha, como si sus proas y popas se hubieran vuelto a soldar después de suprimir las secciones centrales. Varios hombres y una mujer se atareaban en el mantenimiento de ambos vehículos.

Pitt caminó delante, a través de un estrecho túnel circular que parecía un conducto de desagüe normal y corriente, y cruzó dos compartimientos de techo abovedado. En ninguna parte había ángulos rectos ni esquinas salientes. Todas las superficies interiores tenían forma redondeada, a fin de resistir estructuralmente la presión masiva del agua del exterior.

Entraron en un comedor de dimensiones reducidas y con un mobiliario espartano. La única mesa, alargada, y las sillas que la rodeaban, eran de aluminio, y la cocina no tenía unas dimensiones mucho mayores que la de un tren nocturno de pasajeros. Dos hombres de la AMSN estaban de pie a ambos lados de la puerta, vigilando con cara de pocos amigos a sus indeseados huéspedes.

Plunkett, Salazar y Stacy formaban un grupo compacto en el lado opuesto de la mesa, y hablaban entre ellos en voz baja cuando entraron Pitt y Giordino. Enmudecieron al instante, y miraron con suspicacia a los dos extraños.

Para poder hablar con ellos al mismo nivel, Pitt se sentó en una silla próxima y dirigió una rápida mirada al rostro de cada uno de ellos, como haría un inspector de policía en una rueda de sospechosos. Luego habló en tono cortés:

—¿Cómo están ustedes? Me llamo Dirk Pitt. Dirijo el proyecto en el que han venido casualmente a caer.

—¡Gracias a Dios! —exclamó Plunkett—. Por fin alguien que puede hablar.

—Y además inglés —añadió Salazar.

Pitt señaló a Giordino con un gesto.

—El señor Albert Giordino, principal encargado de la organización de todo esto. Con mucho gusto los acompañará a dar una vuelta, les asignará camarotes y les proporcionará todo lo que necesiten: ropa, cepillos de dientes o cualquier otra cosa.

Por un momento se cruzaron a través de la mesa presentaciones y apretones de mano. Giordino ofreció un ronda de tazas de café a la concurrencia, y los tres visitantes del *Old Gert* empezaron finalmente a relajarse.

—Hablo en nombre de todos —dijo Plunkett con sinceridad—, al expresarles nuestro profundo agradecimiento por habernos salvado la vida.

—Al y yo nos sentimos enormemente felices por haber podido llegar a tiempo.

—Su acento me dice que es usted americano —dijo Stacy.

Pitt le dirigió una mirada incendiaria.

—Sí, todos nosotros venimos de los Estados Unidos.

Stacy tenía miedo de Pitt, por la misma razón que una gacela teme a un león de las montañas, pero al mismo tiempo se sentía extrañamente atraída hacia él.

—Es usted el hombre al que vi en aquel raro sumergible antes de perder el sentido.

—Era un VMAP —la corrigió Pitt—, es decir, un Vehículo para el Minado de Aguas Profundas. Todos lo llamamos *Big John*. Lo utilizamos para extraer muestras geológicas del fondo marino.

—¿Trabajan ustedes para una empresa minera estadounidense? —preguntó Plunkett con incredulidad.

Pitt asintió.

—Se trata de un proyecto de exploración y minado suboceánico ultrasecreto, financiado por el gobierno de los Estados Unidos. Ocho años desde el plan inicial hasta su construcción y puesta en marcha.

—¿Cómo lo llaman?

—Tiene un nombre en clave muy fantasioso, pero nosotros lo llamamos afectuosamente «Rancho Empapado».

—¿Cómo mantienen el secreto? —preguntó Salazar—. Deben contar ustedes con una flota de superficie de apoyo que podrá ser detectada con facilidad por los buques de paso a los satélites.

—Nuestro pequeño hábitat es totalmente autosuficiente. Un sistema de supervivencia de alta tecnología que extrae oxígeno del mar y nos permite trabajar a una presión equivalente a la del aire al nivel del mar; una unidad de desalinización para obtener agua potable; calor a partir de respiraderos hidrotermales en el fondo marino; una alimentación basada en los mejillones, almejas, gambas y cangrejos que merodean cerca de los respiraderos; y también baños de luz ultravioleta y duchas antisépticas para impedir el crecimiento de las bacterias. Los suministros y el equipo de repuesto que no podemos proporcionarnos nosotros mismos se lanza al mar desde el aire y es recuperado bajo el agua. Cuando necesitamos trasladar personal, uno de nuestros sumergibles asciende a la superficie y allí se encuentra con un hidroavión propulsado a reacción.

Plunkett se limitó a asentir. Estaba viviendo un sueño.

—Deben tener ustedes un único medio de comunicarse con el mundo exterior —dijo Salazar.

—Una boya de transmisiones en la superficie, conectada mediante cable. Transmitimos y recibimos vía satélite. Nada espectacular, pero funciona.

—¿Cuánto tiempo llevan ustedes aquí abajo?

—No hemos visto el sol ni por un segundo desde hace cuatro meses.

Plunkett miró absorto su café, maravillado.

—No tenía idea de que su tecnología se hubiera desarrollado hasta el punto de permitirles mantener una estación investigadora a estas profundidades.

—Digamos que somos una expedición pionera —explicó Pitt con orgullo—. Tenemos en marcha varios proyectos al mismo tiempo. Además de probar el equipo, nuestros ingenieros y científicos analizan la vida marina, la geología y los minerales del fondo, y registran sus descubrimientos en informes computadorizados. Las actuales operaciones de dragado y minado anticipan fases futuras del proyecto.

—¿Cuánta gente compone su equipo?

Pitt bebió un sorbo de café antes de responder.

—No mucha. Doce hombres y dos mujeres.

—Veo que han asignado a las mujeres las tareas tradicionales —comentó Stacy en tono burlón, señalando a una bonita pelirroja cercana a los treinta años, que troceaba verduras en la cocina.

—Sarah se prestó voluntaria para ese trabajo. También supervisa los informes proporcionados por nuestros ordenadores. Como la mayoría de nosotros, se dedica a más de una tarea.

—Supongo que la otra mujer hace la limpieza, además de encargarse del equipo mecánico.

—Casi lo ha adivinado —dijo Pitt con una sonrisa cáustica—. Jill trabaja como ingeniera de equipo marino, y también es nuestra bióloga. Y si yo fuera usted, no intentaría darle lecciones sobre los derechos de la mujer en el fondo del mar. Quedó primera en una competición de culturismo en Colorado, y es capaz de levantar cien kilos en pesas.

Salazar apartó su silla de la mesa y extendió las piernas.

—Apuesto a que las fuerzas armadas de su país participan en el proyecto.

—No encontrará ningún uniforme aquí abajo —le cortó Pitt—. Somos todos funcionarios y científicos.

—Me gustaría que me explicara una cosa —pidió Plunkett—. Cómo han sabido que teníamos problemas y dónde podían encontrarnos.

—Al y yo retrocedíamos sobre nuestros pasos, después de un recorrido de recogida de muestras, en busca de un sensor para la detección de oro que de una u otra forma había caído del *Big John*; y entonces entramos en el radio de alcance de su teléfono subacuático.

—Escuchamos sus llamadas de socorro, aunque muy débilmente, y nos dirigimos hacia su posición —acabó la frase Giordino.

—Cuando encontramos su sumergible —continuó Pitt—, Al y yo no podíamos transportarlos a nuestro vehículo, porque la presión del agua los hubiera reducido a papilla. Nuestra única esperanza era utilizar los brazos articulados del *Big John* para enchufar un tubo de oxígeno en su conector exterior de emergencia. Por fortuna, su adaptador y el nuestro eran compatibles.

—Después empleamos los dos brazos articulados para colocar un cable de arrastre en sus ganchos de sujeción —siguió explicando Giordino al tiempo que gesticulaba con las manos para subrayar el efecto—, y remolcamos su sumergible hasta nuestra cámara de equipo, pasando por la esclusa que regula la presión del aire.

—¿Han salvado el *Old Gert*? —preguntó Plunkett, considerablemente más animado.

—Está en la cámara —contestó Giordino.

—¿Cuándo podremos regresar a nuestro buque de superficie? —exigió, más que preguntó, Salazar.

—Me temo que no será enseguida —repuso Pitt.

—Pero tenemos que hacer saber a nuestra tripulación de apoyo que seguimos vivos —protestó Stacy—. Sin duda pueden ustedes ponerse en contacto con ellos.

Pitt cambió una mirada tensa con Giordino.

—Cuando acudíamos a rescatarlos, pasamos junto a un barco destrozado que se había hundido recientemente.

—No, no puede ser el *Invincible* —murmuró Stacy, incrédula.

—El barco parecía haber sufrido los efectos de una fuerte explosión —insistió Giordino—. Dudo que haya algún superviviente.

—Había dos barcos más en las cercanías, cuando iniciamos la inmersión —intervino Plunkett—. Debe de haber sido alguno de ellos.

—No sabría decirlo —reconoció Pitt—. Algo ocurrió allá arriba. Alguna especie de perturbación muy poderosa. No hemos tenido tiempo de investigar y no disponemos aún de ninguna explicación fiable.

—Seguramente ustedes también experimentaron la misma onda de choque que averió nuestro sumergible.

—Esta construcción se asienta en un valle protegido, fuera de la zona de fractura, a treinta kilómetros del lugar en que los encontramos a ustedes y al barco hundido. Todo lo que sentimos fue un choque suave de la corriente de agua y una tormenta de sedimentos, al removerse el fondo debido a lo que en tierra firme se llama «condiciones de ventisca».

Stacy dirigió a Pitt una mirada furiosa.

—Pretenden ustedes tenernos prisioneros.

—No es exactamente la palabra en la que yo pensaba. Pero dado que éste *es* un proyecto ultrasecreto, debo pedirles que acepten nuestra hospitalidad por algún tiempo.

—¿Qué entiende usted por «algún tiempo»? —preguntó Salazar en tono cansado.

Pitt dirigió al pequeño mexicano una sonrisa sarcástica.

—No está programado que ascendamos de nuevo a la superficie hasta dentro de sesenta días.

Hubo un largo silencio. Plunkett miró a Salazar y Stacy, y luego a Pitt.

—¡Demonios! —gritó irritado—. ¡No puede tenernos dos meses aquí encerrados!

—Mi mujer —gimió Salazar—. Creerá que he muerto.

—Tengo una hija —dijo Stacy, súbitamente implorante.

—Lo siento mucho —dijo Pitt con voz tranquila—. Me doy cuenta de que debo parecerles un tirano sin corazón, pero su presencia aquí me coloca en una situación difícil. Cuando dispongamos de más información sobre lo ocurrido en la superficie y hable con mis superiores, podremos buscar alguna solución.

Pitt se detuvo al ver que Keith Harris, el sismólogo del proyecto, le hacía señas, desde el umbral de la puerta, de que deseaba hablar con él a solas.

Pitt se excusó y fue a reunirse con Harris. De inmediato leyó la preocupación en los ojos de éste.

—¿Algún problema? —preguntó sin preámbulos.

La respuesta de Harris llegó a través de una poblada barba gris, que hacía juego con su cabello.

—Esa perturbación ha generado una gran cantidad de movimientos del fondo marino. Hasta el momento, la mayoría de ellos son pequeños y débiles. De hecho, aún no hemos llegado a percibirlos. Pero su intensidad y su fuerza van en aumento.

—¿Qué lectura haces de esos síntomas?

—Estamos sentados sobre una grieta tan inestable como el infierno —explicó Harris—. La presión sobre la corteza terrestre está liberando energía a un ritmo que nunca había visto con anterioridad. Me temo que nos encontramos ante un seísmo importante, de una magnitud de seis puntos y medio.

—No tenemos ninguna posibilidad de sobrevivir a algo así —dijo Pitt impertérrito—. Una sola resquebrajadura en alguna de nuestras cúpulas, y la presión del agua aplastará toda la base como si fuera un guisante debajo de un martillo pilón.

—Ése es también mi diagnóstico —comentó con tristeza Harris.

—¿De cuánto tiempo disponemos?

—No se pueden predecir estas cosas con precisión. Ya sé que no es un gran consuelo, y sólo estoy haciendo un cálculo muy aproximado, pero a juzgar por el ritmo de los movimientos, creo que el seísmo se producirá dentro de unas doce horas.

—Es un tiempo suficiente para preparar la evacuación.

—Podría estar equivocada —Harris insistía, dubitativo—. Si empezáramos a sentir las ondas de choque iniciales, la sacudida mayor podría tardar tan sólo unos minutos. Por otra parte, también existe la posibilidad de que los choques se vayan amortiguando y acaben por desaparecer.

Apenas había dicho las últimas palabras cuando los dos sintieron un ligero temblor bajo sus pies, y las tazas de café colocadas sobre la mesa del comedor tintinearon sobre sus platillos.

Pitt miró a Harris, y sus labios se curvaron en una sonrisa tensa.

—Parece que el tiempo no está de nuestro lado.

9

Los temblores fueron aumentando su intensidad con aterradora rapidez. Parecía aproximarse progresivamente un rugido lejano. Luego se oyeron ruidos nítidos de impactos, que indicaban que de los riscos del cañón caían piedras de pequeño tamaño, rebotando contra las cúpulas de los edificios suboceánicos. Todo el mundo tenía la vista fija en el gran techo abovedado de la cámara del equipo, con el temor de que una avalancha abriera brecha en los muros. A la menor grieta, el agua se precipitaría en el interior con la fuerza explosiva de un millar de cañones.

Todos guardaban la calma, no había pánico. A excepción de las ropas que llevaban puestas, únicamente se cargaron los registros del ordenador del proyecto. Ocho minutos bastaron para que la tripulación dejara listos para el embarque los vehículos submarinos.

Pitt había comprendido de inmediato que algunos morirían durante la evacuación. Los dos sumergibles tripulados podían transportar un máximo de seis personas cada uno. Podía admitirse una persona más en cada sumergible, hasta un total de catorce —el número exacto de miembros que componían el equipo del proyecto—, pero desde luego ninguna más. Y ahora contaban con la imprevista presencia de la tripulación del *Old Gert*.

Las sacudidas eran ahora más fuertes y al mismo tiempo más frecuentes. Pitt calculó que las probabilidades de que un sumergible llegara a la superficie, desembarcara a sus pasajeros y regresara a tiempo de salvar a los que quedaran atrás serían prácticamente nulas. El viaje de ida y vuelta suponía un mínimo de cuatro horas. Las estructuras suboceánicas se estaban debilitando progresivamente por la fuerza de los temblores, y era sólo cuestión de minutos que cedieran y se vieran aplastadas por la presión marina.

Giordino vio la angustia reflejada en la expresión fija del rostro de Pitt.

—Tendremos que hacer dos viajes. Será mejor que yo espere al segundo...

67

—Lo siento, viejo amigo —le cortó Pitt—. Tú pilotarás el primer sumergible. Yo te sigo en el segundo. Llega a la superficie, deja a tus pasajeros en balsas neumáticas, y sumérgete a toda prisa en busca de los que queden atrás.

—No dará tiempo de regresar —dijo Giordino en tono lacónico.

—¿Se te ocurre alguna idea mejor?

Giordino movió la cabeza con gesto de derrota.

—¿Y quién ha sacado el palito más corto?

—El equipo de reconocimiento británico.

Giordino resopló.

—¿No pides voluntarios? No es propio de ti abandonar a una mujer.

—Debo pensar primero en la seguridad de mi propia gente —contestó Pitt con frialdad. Giordino se encogió de hombros, pero su rostro expresaba desaprobación.

—Los salvamos y después firmamos su sentencia de muerte.

Un largo y profundo temblor agitó el fondo marino, seguido por un rugido sordo y amenazador. Diez segundos. Pitt observó con la mirada fija su cronómetro de muñeca. El temblor había durado diez segundos. Luego todo volvió a quedar inmóvil y silencioso, mortalmente silencioso.

Giordino miró sin expresión, por un instante, a los ojos de su amigo. No percibió en ellos el menor miedo. Pitt parecía increíblemente indiferente. En su interior, no tenía la menor duda de que Pitt le había mentido. Nunca había pensado en pilotar el segundo sumergible. Pitt estaba decidido a ser el último hombre en salir de allí.

Era demasiado tarde ya, demasiado tarde para discutir e incluso para despedirse. Pitt sujetó a Giordino por el brazo y casi a empujones y en volandas hizo pasar al pequeño y robusto italiano por la escotilla del primer sumergible.

—Llegarás justo a tiempo de recibir al almirante —dijo—. Deséale lo mejor, de parte mía.

Giordino no le oyó. La voz de Pitt quedó apagada por una lluvia de rocas que cayeron contra la cúpula y fueron rebotando por toda su superficie. Luego, Pitt cerró la escotilla hermética y desapareció.

Los seis hombres robustos apelotonados en el sumergible parecían llenar todos los centímetros cuadrados de su interior. Estaban callados, y cada uno rehuía la mirada de los otros. Luego, como cuando todos los ojos siguen la trayectoria del balón en los segundos finales de un partido de fútbol decisivo, miraron expectantes cómo se abría paso Giordino por entre sus cuerpos apretujados, hasta el asiento del piloto.

Rápidamente puso en marcha los motores eléctricos que llevaron al sumergible, sobre raíles, hasta la esclusa de aire. Efectuó a toda prisa la serie de comprobaciones, y apenas había acabado de programar el ordenador cuando la maciza puerta interior se cerró y el agua del helado mar exterior empezó a fluir a través de válvulas especiales. En el instante en que la esclusa quedó anegada, igualando su presión con la de la inmensa profundidad abisal, el ordenador abrió automáticamente la compuerta exterior. Entonces Giordino se hizo cargo del control manual, puso en marcha los motores a la máxima potencia, y dirigió el sumergible hacia las olas de la superficie.

Mientras Giordino y sus pasajeros estaban aún en la esclusa, Pitt dirigió rápidamente su atención al embarque en el segundo sumergible. Ordenó a las mujeres del equipo de la AMSN que entraran primero. Luego hizo una silenciosa seña a Stacy para que las siguiera.

Ella dudó, ya junto a la escotilla, y le dirigió una mirada tensa e interrogativa. Conservaba la serenidad, a pesar del aturdimiento que le producía todo lo que ocurría a su alrededor.

—¿Va usted a morir por dejarme ocupar a mí su lugar? —preguntó en voz baja.

Pitt le dirigió una sonrisa cautivante.

—Resérveme una fecha en su agenda para saborear un combinado de ron a la puesta del sol en la terraza del Hotel Halekalani, en Honolulú.

Ella intentó responder algo, pero antes de que pudiera pronunciar una palabra, el siguiente hombre de la cola la empujó sin miramientos al interior del sumergible.

Pitt hizo después una seña a Dave Lowden, el ingeniero jefe de los vehículos del proyecto. Más sereno que una ostra, Lowden se subió la cremallera de su chaquetón de cuero con una mano, al tiempo que con la otra colocaba en su lugar, sobre el puente de la nariz, sus gafas sin montura.

—¿Quieres que vaya como copiloto? —preguntó Lowden en voz baja.

—No, lo llevarás tú solo —replicó Pitt—. Yo esperaré a que vuelva Giordino.

Lowden no pudo controlar la expresión de tristeza que invadió su rostro.

—Es preferible que me quede yo, y no tú.

—Tienes una mujer muy bonita y tres chicos. Yo estoy solo. Mete tu culo en ese sumergible, y procura hacerlo deprisa.

Pitt volvió la espalda a Lowden y caminó hasta donde esperaban Plunkett y Salazar.

Plunkett tampoco mostraba ningún signo de miedo. El grueso ingeniero oceánico parecía tan plácido como un pastor que contemplara su rebaño durante un chaparrón de primavera.

—¿Tiene usted familia, doctor? —preguntó Pitt.

Plunkett hizo un ligero movimiento negativo con la cabeza.

—¿Yo? Ni por asomo. Soy un viejo solterón empedernido.

—Eso me había parecido.

Salazar se frotaba nerviosamente las manos, con una luz de pánico en sus ojos. Era dolorosamente consciente de su indefensión, y estaba seguro de que había llegado su última hora.

—Me pareció haber oído que tenía mujer —preguntó Pitt a Salazar.

—Y un hijo —murmuró—. Están en Veracruz.

—Hay sitio para una persona más. Dese prisa y suba.

—Serán ocho personas conmigo —tartamudeó Salazar—. Creí que sus sumergibles no podían cargar más de siete.

—Puse a los hombres más pesados en el primer sumergible, y a los más ligeros con las tres mujeres en el segundo. Calculo que quedará espacio suficiente para un hombre pequeño como usted.

Sin detenerse a dar las gracias, Salazar se precipitó al interior del sumergible, y Pitt cerró la cubierta exterior de la escotilla apenas pasaron sus talones. Luego Lowden acabó de ajustar la portezuela herméti-ca desde el interior.

Cuando el sumergible penetró en la esclusa de aire y la compuerta se cerró con un estruendo ominoso, Plunkett palmeó la espalda de Pitt con su enorme manaza.

—Es usted un valiente, señor Pitt. Ningún hombre podría haber representado con tanta propiedad el papel de Dios.

—Lamento no haber podido encontrar una plaza extra para usted.

—No importa. Considero un honor morir en tan buena compañía.

Pitt miró a Plunkett, con una ligera sorpresa en sus ojos.

—¿Quién ha hablado de morir?

—Vamos, hombre. Conozco el mar. No hace falta ser un genio de la sismografía para saber que su proyecto está a punto de desplomarse estrepitosamente sobre nuestras cabezas.

—Doctor —contestó Pitt en tono de conversación, al tiempo que sucedía un nuevo y poderoso temblor—, confíe en mí.

Plunkett miró a su compañero con escepticismo.

—¿Sabe usted algo que yo ignoro?

—Digamos simplemente que vamos a coger el último autobús des-de el Rancho Empapado.

Doce minutos más tarde, las ondas del choque empezaron a suce-derse en una procesión interminable. Toneladas de rocas se despren-dieron de las paredes del cañón, y golpearon repetidamente las estruc-turas abovedadas con tremenda fuerza.

Finalmente, los castigados muros del hábitat submarino se quebra-ron, y millones de litros de agua negra y helada irrumpieron en su interior, borrando aquella creación del hombre de forma tan comple-ta como si nunca hubiera sido construida.

10

El primer submarino emergió entre dos olas, brincando en el aire como un delfín antes de posarse sobre su panza en el mar azul verdoso. Las aguas se habían calmado considerablemente, el cielo era nítido como un cristal, y las olas no sobrepasaban la altura de un metro.

Giordino se abalanzó a toda prisa hacia la compuerta de la escotilla, aferró el cuadrante del volante manual, y lo hizo girar. Después de las dos primera vueltas, los giros se hicieron más fáciles. Al llegar al tope, empujó hacia fuera la portezuela, y ésta se abrió de par en par. Un tenue hililo de agua penetró en el sumergible, y los agarrotados pasajeros respiraron dichosos el aire puro y limpio. No en vano era su primera visita a la superficie después de varios meses.

Giordino trepó por la escotilla y la torreta oval que la protegía del oleaje. Había esperado encontrar un océano desierto, pero al otear el horizonte su boca se torció en una mueca de horror y de asombro.

A menos de cincuenta metros de la posición en que se encontraba, un junco, el clásico barco de vela chino de Fuzhou, avanzaba directamente hacia el sumergible. Tenía un puente cuadrado que se proyectaba sobre la proa, una popa alta de forma oval, y tres palos con velas cuadradas de esfera reforzada con tiras de bambú, más un foque de tipo moderno. Los grandes ojos pintados en la proa parecían espiar a Giordino.

Durante un breve instante, Giordino se negó a aceptar aquella increíble coincidencia. De entre toda la vasta extensión del océano Pacífico, había ido a emerger en el lugar preciso para entrar en colisión con un barco. Se asomó a la torreta del sumergible y gritó al interior:

—¡Todo el mundo fuera! ¡Aprisa!

Dos marineros del junco avistaron el sumergible azul turquesa en el momento en que una ola lo levantaba, y empezaron a gritar a su timonel que virara todo a estribor. Pero la distancia entre los dos buques era ya mínima. Impulsado por un viento vivo, el reluciente casco de madera de teca se precipitaba sobre las personas que salían a trompicones del sumergible y se lanzaban al agua.

Cada vez más cercano, la proa del barco hacía volar la espuma marina, mientras la maciza pieza del timón giraba torpemente contra la corriente. La tripulación del junco se había agolpado en la amurada, y miraba atónita la inesperada aparición del sumergible en su rumbo, temerosa de un impacto capaz de hundir la proa del barco y hacerlo naufragar.

La sorpresa, el tiempo que tardaron los vigías en reaccionar antes de dar la alarma, el lapso transcurrido antes de que el timonel comprendiera lo que ocurría e hiciera girar la moderna rueda que sustituía a la caña tradicional, todo contribuyó a que la colisión resultara inevitable. El poco maniobrable bajel inició demasiado tarde una virada agonizantemente lenta.

La sombra de la enorme proa alcanzó a Giordino mientras éste aferraba la mano tendida del último hombre que quedaba en el interior del sumergible. En el momento en que tiraba de él hacia fuera, la proa del junco se levantó al ritmo de una ola y se precipitó contra la popa del sumergible. No se oyó el agudo crujido de la madera al resquebrajarse, y de hecho apenas si se oyó ningún ruido, a excepción de un topetazo sordo, seguido de un burbujeo cuando el sumergible se escoró hacia babor y el agua irrumpió por la escotilla abierta.

Luego se escuchó un griterío en los puentes del junco, mientras la tripulación recogía las velas, doblándolas como persianas venecianas. El motor del barco se puso en marcha con un sordo carraspeo e impulsó el barco marcha atrás, mientras por la borda se lanzaban salvavidas.

Giordino se vio proyectado al agua por el junco, cuya proa le pasó apenas a la distancia de un brazo mientras él tiraba con todas sus fuerzas para pasar por la escotilla al último pasajero, y cayó de espaldas en el océano, sumergiéndose bajo el peso del hombre al que acababa de salvar. Tuvo la precaución de mantener la boca cerrada, pero el agua salada penetró en sus narices. Estornudó al emerger y miró en torno suyo. Afortunadamente aparecían seis cabezas flotando entre las olas; algunos hombres nadaban con soltura, y otros se asían a los salvavidas.

Pero el sumergible se había inundado rápidamente, perdiendo así su flotabilidad. Giordino contempló, lleno de rabia y de frustración, cómo desaparecía bajo una ola, con la popa por delante, e iniciaba su viaje hacia el fondo.

Miró hacia arriba y leyó el nombre del junco en la popa adornada con pinturas. Se llamaba *Shanghai Shelly.* Se maldijo a sí mismo por aquel increíble alarde de mala suerte. ¿Cómo era posible, maldijo, que le embistiera el único barco presente en cientos de kilómetros a la redonda? Se sentía culpable y desesperado por no poder socorrer a su amigo Pitt.

Su sola obsesión era ponerse a los mandos del segundo sumergible y regresar al fondo para rescatar a Pitt, pese a que el intento sería sin duda vano. Habían tenido una intimidad mayor que la de dos hermanos, y debía demasiadas cosas a aquel singular aventurero como para dejarle desaparecer sin luchar por evitarlo. Nunca podría olvidar las numerosas veces en que Pitt había acudido en su ayuda, incluso cuando él mismo estaba convencido de que no había esperanza posible. Pero antes debía atender a otros problemas. Miró a su alrededor.

—Si hay alguien herido, que levante el brazo —gritó.

Tan sólo levantó la mano un joven geólogo.

—Creo que me he dislocado un tobillo.

—Si eso es todo lo que tienes —gruñó Giordino—, puedes considerarte un hombre de suerte.

El junco llegó junto a ellos y disminuyó su marcha, hasta detenerse diez metros a barlovento de los supervivientes del sumergible. Un hombre anciano, con el cabello blanco como la nieve revuelto por el viento y un largo mostacho blanco rizado, se inclinó sobre la barandilla de la amurada. Colocando las manos alrededor de la boca, gritó:

—¿Hay algún herido? ¿Arriamos un bote?

—Arríe una escala —contestó Giordino—. Treparemos a bordo.

Y después de una pausa, añadió.

—Tengan cuidado. Hay otro sumergible camino de la superficie.

—Entendido.

Cinco minutos después, toda la tripulación de la AMSN estaba a bordo del junco, a excepción del geólogo del tobillo torcido, que estaba siendo izado en una red por el otro costado. El hombre que les había hablado se acercó a ellos levantando las palmas de las manos en un gesto de disculpa.

—Le pido disculpas por la pérdida de su barco. Cuando les vimos ya era demasiado tarde.

—No es culpa suya —contestó Giordino, adelantándose hacia él—. Emergimos casi debajo de su quilla. Sus vigías estaban más alerta de lo que teníamos derecho a esperar.

—¿Tienen alguna baja?

—No, todos estamos bien.

—Gracias a Dios. Hemos tenido un día loco. Recogimos del agua a otro hombre, menos de veinte kilómetros al oeste. Está en condiciones muy precarias. Dice llamarse Jimmy Knox. ¿Es alguno de sus hombres?

—No —contestó Giordino—. El resto de mi equipo viene en otro sumergible.

—He ordenado a mi tripulación que tengan los ojos bien abiertos.

—Es usted muy amable —dijo mecánicamente Giordino, mientras su mente volaba ya hacia otro lugar.

El desconocido, que parecía estar al mando del junco, miró el mar desierto en torno suyo, y en su rostro se dibujó una expresión de estupor.

—Pero ¿de dónde vienen ustedes?

—Dejemos las explicaciones para más tarde. ¿Puedo utilizar su radio?

—Por supuesto. Dicho sea de paso, mi nombre es Owen Murphy.

—Al Giordino.

—Por aquí, señor Giordino —dijo Murphy, procurando reprimir su curiosidad. Se dirigió a una puerta que conducía a la amplia cabina del puente de popa—. Mientras usted está ocupado con la radio, cuidaré de que distribuyan ropas secas a sus hombres.

—Muy agradecido —contestó Giordino por encima del hombro, mientras se apresuraba a dirigirse hacia la popa.

Más de una vez, después de escapar por los pelos del sumergible, Giordino había imaginado a Pitt y Plunkett esperando impotentes la avalancha de millones de toneladas de agua. Era consciente de que con toda probabilidad era ya demasiado tarde, y que las probabilidades de que siguieran vivos podían cifrarse en algún punto impreciso entre el cero y la nada absoluta. Pero nunca tomó ni remotamente en cuenta la idea de abandonarlos y darlos sin más por muertos. Si acaso, estaba más decidido que nunca a regresar al fondo marino, sin importarle la pesadilla que pudiera esperarle allí.

El sumergible de la AMSN pilotado por Dave Lowden alcanzó la superficie a medio kilómetro del costado del junco. Gracias a la habilidad del timonel de Murphy, el *Shanghai Shelly* maniobró hasta colocarse a menos de dos metros de la escotilla abierta del sumergible. En esta ocasión toda la tripulación, a excepción de Lowden, subió a bordo con la ropa seca.

Giordino corrió al puente después de informar al almirante Sandecker de la situación y avisar al piloto del hidroavión que amerizara junto al junco. Se dirigió directamente a Lowden, que estaba de pie, con un pie en el sumergible y el otro fuera.

—Quédate ahí —le urgió Giordino—. Vamos a volver abajo.

Lowden hizo un gesto negativo.

—Imposible. Hay una grieta en la cubierta de las baterías. Cuatro de ellas están inutilizadas. No tendrá potencia suficiente para otra inmersión.

La voz de Lowden resonó en un silencio helado. Con la rabia ciega de una frustración total, Giordino golpeó la barandilla con su puño cerrado. Los científicos y técnicos de la AMSN, más Stacy y Salazar, e incluso la tripulación del junco, contemplaban en silencio la expresión de derrota que se dibujaba en su rostro.

—No es justo —murmuró con súbita rebeldía—. No es justo.

Y así permaneció inmóvil durante largo tiempo, con la mirada fija en el mar inmisericorde, como si ello pudiera ayudarle a penetrar en sus profundidades. Todavía seguía en la misma posición cuando el aparato del almirante Sandecker apareció en el cielo nuboso y empezó a volar en círculos sobre el junco.

Stacy y Salazar acudieron al camarote en el que yacía Jimmy Knox, apenas consciente. Un hombre de cabello gris bastante escaso y con un cálido centelleo en la mirada se levantó de una silla situada junto al lecho y los saludó.

—Hola. Soy Harry Deerfield.

—¿Podemos hablar con él? —preguntó Stacy.

—¿Conocen al señor Knox?

—Formábamos parte del equipo del mismo buque británico de reconocimiento oceanográfico —contestó Salazar—. ¿Cómo está?

—Descansa y se mantiene tranquilo —dijo Deerfield, pero la expresión de su rostro no sugería que esperara un rápido restablecimiento.

—¿Es usted médico?

—En realidad, soy pediatra. Me tomé unas vacaciones de seis semanas para ayudar a Owen Murphy a llevar su bote desde los astilleros hasta San Diego.

Se volvió a Knox y dijo:

—¿Puedes atender a unas visitas, Jimmy?

Knox, pálido y silencioso, alzó los dedos de una mano para hacer una señal afirmativa. Su rostro estaba hinchado y con ampollas, pero los ojos parecían firmes, y brillaron de forma perceptible al ver a Stacy y Salazar.

—Gracias a Dios, estáis a salvo —musitó—. Pensaba que nunca volvería a veros. ¿Dónde está el loco de Plunkett?

—Vendrá enseguida —contestó Stacy, al tiempo que dirigía a Salazar una mirada de advertencia—. ¿Qué ocurrió, Jimmy? ¿Qué le pasó al *Invincible*?

Knox sacudió débilmente la cabeza.

—No lo sé. Creo que hubo alguna especie de explosión. En un momento dado estaba hablando con vosotros por el teléfono subacuático, y al siguiente el barco entero se había hecho pedazos y ardía. Recuerdo que intenté contactar con vosotros, pero no hubo respuesta. Y luego salí disparado, saltando por encima de escombros y de cadáveres, porque el barco se hundía bajo mis pies.

—¿Desaparecidos? —murmuró Salazar, negándose a aceptar lo que oía—. ¿El barco hundido y la tripulación desaparecida?

Knox hizo una imperceptible seña afirmativa.

—Vi como se hundía. Grité y busqué durante mucho rato a otros posibles supervivientes. El mar estaba desierto. No sé durante cuánto tiempo me mantuve en el agua, hasta que el señor Murphy y sus hombres me vieron y me recogieron. Ellos han registrado toda la zona, pero no han encontrado nada. Dicen que debo de ser el único superviviente.

—Pero ¿qué ha ocurrido con los dos barcos que estaban cerca nuestro en el momento en que empezamos la inmersión? —preguntó Stacy.

—No vi la menor señal de ellos. También desaparecieron.

La voz de Knox era apenas un susurro, y era obvio que estaba perdiendo la batalla por mantenerse consciente. Ponía toda su voluntad, pero su cuerpo estaba exhausto. Sus ojos se cerraron y la cabeza se inclinó ligeramente a un lado.

El doctor Deerfield indicó la puerta a Stacy y Salazar.

—Podrán hablar nuevamente con él más tarde, cuando haya descansado.

—¿Se recuperará? —preguntó Stacy en voz baja.

—No puedo asegurarlo. —Deerfield esquivó la respuesta, en la mejor tradición médica.

—¿Qué es exactamente lo que tiene?

—Dos o más costillas rotas, es lo más que puedo precisar sin un aparato de rayos X. El tobillo está hinchado, tal vez por dislocación o fractura. Contusiones, y quemaduras de primer grado. Todas ésas son heridas de menor importancia. Los restantes síntomas son bastante inesperados en el superviviente de un naufragio.

—¿Qué quiere decir? —preguntó Salazar.

—Fiebre, hipotensión arterial que es un bonito nombre para decir presión baja, eritemas graves, bascas y unas extrañas llagas.

—¿Cuál puede ser la causa?

—No es exactamente mi especialidad —dijo Deerfield con lentitud—. Tan sólo he leído un par de artículos en revistas médicas. Pero creo estar seguro de que la gravedad real en que se encuentra Jimmy ha sido causada por la exposición a una dosis de radiación supraletal.

Stacy quedó silenciosa por unos momentos, y luego preguntó:

—¿Radiación nuclear?

Deerfield asintió.

—Desearía equivocarme, pero es lo que sugieren todos los datos.

—Sin duda podrá hacer algo para salvarlo.

Deerfield indicó con un gesto el camarote en el que se encontraban.

—Mire a su alrededor —dijo en tono triste—. ¿Se parece esto a un hospital? Vine a este crucero como simple marinero. Mi botiquín contiene únicamente píldoras y vendas para tratamientos de emergencia. No puede ser trasladado en helicóptero hasta que estemos más cerca de la costa. E incluso entonces, dudo que se le pueda salvar con los tratamientos terapéuticos en uso.

—¡Colgadles! —gritó Knox, sobresaltando a todos. Sus ojos se habían abierto súbitamente de par en par, y miraban a través de las personas del camarote hacia una imagen invisible, situada más allá del mamparo—. ¡Colgad a esos hijos de puta asesinos!

Le miraron asombrados. Salazar se quedó quieto, como sobrecogido. Stacy y Deerfield se precipitaron hacia la cama para tranquilizar a Knox, mientras éste forcejeaba tratando de incorporarse.

—¡Colgad a esos bastardos! —repetía Knox en tono vengativo. Parecía estar pronunciando una maldición—. Matarán de nuevo. ¡Colgadlos!

Antes de que Deerfield pudiera inyectarle un sedante, Knox se puso rígido; sus ojos brillaron por un instante, y luego los cubrió una película de niebla. Cayó hacia atrás, exhaló un gran suspiro y quedó exánime.

Deerfield le aplicó rápidamente un masaje cardiopulmonar, temeroso de que Knox estuviera demasiado debilitado por la radiación aguda como para recuperarse. Continuó hasta que empezó a jadear debido a la fatiga y a sudar a chorros en aquella atmósfera húmeda. Finalmente se convenció con tristeza de que había hecho todo lo que estaba en su limitado poder. Ningún hombre podía resucitar a Jimmy Knox.

—Lo siento —murmuró entre resoplidos.

Como impulsados por un mandato hipnótico, Stacy y Salazar salieron del camarote. Salazar guardaba silencio, mientras que Stacy empezó a llorar con desconsuelo. Después de unos momentos, se secó las lágrimas con la mano y se enderezó.

—Vio algo —murmuró.

—¿Qué vio? —dijo Salazar mirándola.

—Lo supo, de alguna manera increíble lo supo. —Se volvió y miró a través de la puerta abierta la figura tendida sobre la litera—. Justo antes de morir, Jimmy pudo ver quién era el responsable de todas estas muertes y de esta destrucción en masa.

11

Al ver su cuerpo, delgado casi hasta el extremo de parecer demacrado, se hubiera asegurado que se trataba de un fanático del ejercicio físico y de la dieta. Era un hombre de baja estatura, con una barbilla y un tórax proyectados hacia afuera que le daban el aspecto de un gallo de pelea, y vestido con pulcra elegancia: un polo azul claro con pantalones a juego, y un sombrero de paja de Panamá encasquetado sobre el pelo rojo para evitar despeinarse. Lucía una barba roja cuidadosamente recortada a lo Vandyke, acabada en una punta tan aguda que daba la impresión de que podría hacerla servir como un cuchillo si bajaba la cabeza con brusquedad.

Trepó a la carrera por la escalerilla del junco, entre las tenues nubecillas de humo que desprendía el grueso cigarro plantado en su boca, con un aire tan majestuoso como un monarca ante su corte. Si se concedieran premios de estilo en apariciones teatrales, el almirante James Sandecker, director de la Agencia Marítima y Submarina Nacional, habría conseguido el galardón de forma indiscutible.

Su rostro aparecía tenso debido a las graves noticias que le había transmitido Giordino mientras volaba hacia la zona. Tan pronto como sus pies pisaron el puente del *Shanghai Shelly*, hizo una seña con la mano al piloto del hidroavión, que replicó con un gesto de conformidad. El avión puso la proa al viento y avanzó sobre las crestas de las olas hasta elevarse en el aire y poner rumbo, con un elegante giro al sudeste, hacia las islas Hawai.

Giordino y Murphy se adelantaron. Sandecker centró su atención en el propietario del junco.

—Hola, Owen. Nunca imaginé que te encontraría aquí.

Murphy sonrió y le dio un apretón de manos.

—Lo mismo digo, Jim. Bienvenido a bordo. Encantado de verte.

Hizo una pausa y señaló las caras ceñudas del equipo de la AMSN, que formaban un corro apretado alrededor de ellos, en el puente abierto.

—Ahora tal vez alguien me contará qué fue la gran luz acompañada de un trueno que vimos ayer en el horizonte, y por qué brotan todas estas personas del fondo del mar a tanta distancia de tierra firme.

Sandecker no respondió directamente. Miró alrededor suyo, el puente del junco y las velas de estera.

—¿De dónde has sacado este trasto?

—Encargué que lo construyeran en Shanghai. Mi tripulación y yo estamos haciendo la travesía a Honolulú, y luego lo llevaremos a San Diego, donde pienso conservarlo en un dique seco.

—¿Se conocen ustedes? —preguntó finalmente Giordino.

Sandecker hizo un gesto afirmativo.

—Este viejo pirata y yo fuimos juntos a Annápolis. Sólo que Owen fue más listo. Dejó la Marina y montó una empresa de electrónica. Ahora tiene más dinero que el Tesoro de los Estados Unidos.

—Ya quisiera yo —sonrió Murphy.

Sandecker se puso súbitamente serio.

—¿Qué novedades hay sobre la base, desde que me informaste por radio? —preguntó a Giordino.

—Me temo que ya no exista —contestó Giordino en tono tranquilo—. Las llamadas por el teléfono subacuático del sumergible que nos queda no han tenido respuesta. Keith Harris cree que la onda de choque mayor debe haberse producido poco después de que evacuáramos la base. Como ya le informé, no había espacio suficiente para evacuar a todo el personal en dos sumergibles. Pitt y un científico marino británico se ofrecieron voluntarios para quedarse abajo.

—¿Qué medidas están en marcha para rescatarlos? —preguntó Sandecker.

El rostro de Giordino mostraba una sensación de derrota, aunque contenía la emoción con esfuerzo.

—Nos hemos quedado sin ninguna opción.

Sandecker se enfureció visiblemente.

—No ha cumplido usted su deber, señor. Me dio a entender que íbamos a descender de nuevo en el sumergible de apoyo.

—¡Eso fue antes de que Lowden se presentara en la superficie sin baterías! —exclamó Giordino en tono lastimero—. Nuestro primer sumergible estaba hundido y el segundo inutilizable, de modo que nos hemos visto impotentes.

La expresión de Sandecker se suavizó; la irritación había desaparecido, y su mirada adquirió un tono de tristeza. Se dio cuenta de que Giordino había quedado bloqueado por la mala suerte. Sugerir siquiera que el pequeño italiano no hizo todos los esfuerzos posibles había sido un error, y lo lamentaba. Pero también se sentía conmovido por la aparente pérdida de Pitt.

Para él, Pitt era la encarnación del hijo que nunca tuvo. Si el destino le hubiera concedido un plazo de treinta y seis horas más, habría recurrido a un ejército completo de hombres especialmente adiestrados y a un equipo ultrasecreto de cuya existencia el público estadounidense no tenía la más mínima idea. El almirante Sandecker tenía esa clase de poder en la capital de la nación. No había llegado al lugar que ocupaba actualmente contestando a un anuncio por palabras del *Washington Post*.

—¿Hay alguna posibilidad de reparar las baterías? —preguntó.

Giordino hizo un gesto, señalando con la cabeza el sumergible que se mecía sobre las olas a veinte metros de distancia, amarrado a la popa del *Shanghai Shelly* por un cable.

—Lowden está trabajando como un loco en una reparación de urgencia, pero no es optimista.

—Si alguien tiene la culpa de lo sucedido, soy yo —dijo Murphy con solemnidad.

—Pitt puede aún estar vivo —dijo Giordino, ignorando a Murphy—. No es de los que mueren fácilmente.

—Sí. —Sandecker hizo una pausa, y después siguió hablando, como en sueños—. Lo ha demostrado muchas veces en el pasado.

Giordino miró con fijeza al almirante, y sus ojos brillaban.

—Si pudiéramos traer aquí otro sumergible...

—El *Deep Quest* puede descender hasta diez mil metros —dijo Sandecker, volviendo a la realidad—. Está amarrado a nuestro muelle, en la bahía de Los Ángeles. Puedo hacer que lo carguen en un C-5 de las Fuerzas Aéreas y estará aquí antes de que el sol se ponga.

—No sabía que los C-5 pudieran amerizar —le interrumpió Murphy.

—No pueden —replicó Sandecker con autoridad—. El *Deep Quest*, con sus doce toneladas de peso, será lanzado en paracaídas por las escotillas de carga. —Echó una rápida ojeada a su reloj—. Puede estar aquí en un plazo de ocho horas a partir de este momento.

—¿Vas a lanzar un sumergible de doce toneladas en paracaídas desde un avión?

—¿Por qué no? Tardaríamos una semana si lo trajéramos en barco.

Giordino se quedó ensimismado, con la vista clavada en el puente.

—Eliminaríamos un montón de problemas si pudiéramos trabajar desde un buque de superficie con capacidad de lanzamiento y recuperación de sumergibles.

—El *Sounder* es el buque de reconocimiento oceánico más próximo a esta zona que posee esas características. Está trazando el mapa de los fondos marinos al sur de las Aleutianas, con ayuda del sonar. Ordenaré a su capitán que interrumpa la misión y se dirija a nuestra posición tan aprisa como pueda.

—¿Puedo ayudar de alguna forma? —preguntó Murphy—. Después de hundir su sumergible, lo menos que puedo hacer es ofrecer los servicios de mi barco y mi tripulación.

Giordino sonrió interiormente cuando Sandecker alzó sus brazos y los colocó sobre los hombros de Murphy. La imposición de manos, solía llamar Pitt a ese gesto. Sandecker no sólo acostumbraba pedir favores a las personas más inesperadas, sino que además hacía que sus víctimas se sintieran como si acabaran de recibir el bautismo de una nueva fe.

—Owen —dijo el almirante en su tono más reverente—, la AMSN estará en deuda contigo si nos permites utilizar tu junco como buque insignia de la flota.

Owen Murphy no era una persona fácil de engañar, y aquella declaración tenía todo el aspecto de una tomadura de pelo.

—¿Qué flota? —preguntó, con fingida inocencia.

—¡Cómo! La mitad de la Marina de los Estados Unidos está convergiendo hacia este punto —contestó Sandecker, como si su entrevista secreta con Raymond Jordan fuera un tema del dominio público—. No me sorprendería que algún submarino nuclear cruzara en este momento bajo nuestro casco.

Murphy pensó divertido que aquélla era la mayor patraña que había oído en toda su vida. Pero nadie a bordo del *Shanghai Shelly*, exceptuando el propio almirante, tenía la más ligera idea de hasta qué punto eran proféticas sus palabras. Ni tampoco eran conscientes de que la operación de rescate sería sólo la escena inicial de la representación principal.

A veinte kilómetros de distancia, el submarino de ataque *Tucson* se aproximaba a la posición del junco, a una profundidad de 400 metros. Llegaba anticipadamente a la cita. Su patrón, el comandante Beau Morton, había viajado a toda velocidad después de recibir órdenes en Pearl Harbor de dirigirse con urgencia al área de la explosión. A su llegada, su misión debía consistir en realizar pruebas de contaminación radiológica submarina y recoger cualquier pecio flotante que pudiera ser izado a bordo.

Morton estaba recostado en un mamparo, con una taza de café vacía entre las manos, y observaba al vicecomandante Sam Hauser, del Laboratorio Radiológico de la Defensa Naval. El científico de la Marina no era consciente de la presencia de Morton. Estaba absorto en el manejo de sus instrumentos radiológicos, e intentaba computar las intensidades beta y gamma recibidas a través de las sondas que colgaban de la popa del submarino.

—¿Se percibe ya alguna luz en la oscuridad? —preguntó Morton con sarcasmo.

—La radiactividad se distribuye de modo muy desigual —contestó Hauser—. Pero en todo caso está muy por debajo del máximo admisible. Las concentraciones más altas están arriba.

—¿Una detonación en la superficie?

—Sí, en un barco y no en un submarino. La mayor parte de la contaminación está en el aire.

—¿Corren algún peligro los tripulantes del junco que se halla al norte de nuestra posición?

Hauser hizo un gesto negativo.

—Deben de haber estado demasiado alejados en la dirección del viento como para recibir nada, salvo un leve rastro.

—¿Y ahora que están cruzando la zona de la detonación? —insistió Morton.

—Debido a los fuertes vientos y al mar agitado durante e inmediatamente después de la explosión —explicó Hauser con paciencia—, la mayor parte de la radiación se dispersó por las capas altas de la atmósfera y hacia el este. En este lugar deben de estar bastante por debajo del nivel de seguridad.

El teléfono del compartimiento emitió un repiqueteo. Hauser lo descolgó.

—¿Sí?

—¿Está ahí el capitán, señor?

—Un momento.

Tendió el auricular a Morton.

—Aquí el capitán.

—Señor, aquí Kaiser, del sonar. Tengo un contacto. Creo que debería escucharlo.

—Voy para allá.

Morton colgó el teléfono y se preguntó distraídamente por qué razón Kaiser no le habría llamado a través del interfono, como de costumbre.

El comandante encontró al operador de sonar de primera clase Richard Kaiser inclinado sobre su consola y escuchando a través de los auriculares, con una expresión de asombro en el rostro. El oficial ejecutivo de Morton, teniente Ken Fazio, escuchaba a través de un par adicional de auriculares. Parecía haberse quedado literalmente sin habla.

—¿Tiene un contacto? —preguntó Morton.

Kaiser no contestó de inmediato, sino que siguió escuchando durante unos segundos. Finalmente se descolgó los auriculares y murmuró:

—Es una locura.

—¿Locura?

—Recibo una señal imposible.

Fazio sacudió la cabeza, como asintiendo.

—Esto es demasiado para mí.

—¿Les importa que comparta su secreto? —preguntó Morton con impaciencia.

—Lo pasaré al amplificador —dijo Kaiser.

Morton, varios oficiales y hombres que habían recibido por ósmosis la noticia de un contacto extraño se agruparon alrededor del compartimiento del sonar, mirando con expectación el amplificador. El sonido no era perfecto, pero era lo suficientemente claro como para resultar comprensible. No se trataba del agudo chillido de los cetáceos, ni el eco vibrante del zumbido de una hélice, sino el de unas voces que cantaban:

> *Y todas las noches, cuando aparecía la estrella de mar,*
> *yo la cubría de besos y caricias.*
> *¡Ah, qué tiempos pasé con la sirena Minnie*
> *allá abajo, en su bungalow marino!*

Morton dirigió a Kaiser una mirada helada.

—¿Dónde está la gracia?

—No es una broma, señor.

—Debe venir de ese junco chino.

—No, señor, ni del junco ni de ningún buque de superficie.

—¿Otro submarino? —preguntó Morton con escepticismo—. ¿Tal vez uno ruso?

—No, a menos que los construyan diez veces más resistentes que los nuestros —contestó Fazio.

—¿A qué distancia y rumbo? —inquirió Morton.

Kaiser dudaba. Su mirada recordaba la de un niño en apuros, que teme contar la verdad.

—No hay rumbo horizontal, señor. La canción viene del fondo del mar, a cinco mil metros de profundidad, directamente debajo de nosotros.

12

Un limo amarillento, compuesto por microscópicos esqueletos de una planta marina llamada diatomea, se alzó lentamente en forma de nubes serpentinas, ocultas por la negrura total de las profundidades abisales.

El fondo del cañón donde había estado situada la estación minera de la AMSN se había llenado de aluviones y rocas desprendidas, hasta formar una llanura irregular cubierta de bloques rocosos semienterrados y restos metálicos dispersos. Cuando los temblores finales del seísmo se extinguieron, un silencio mortal debía haber envuelto la escena como un sudario, pero de aquel paisaje desolado brotó el estribillo desafinado de *Minnie la sirena* y ascendió a través del vacío líquido.

Si alguien hubiera podido caminar sobre aquel campo cubierto de escombros en busca de la procedencia del sonido, habría encontrado una única varilla de una antena, doblada y deformada, que asomaba por entre el cieno acumulado. Un pez rata de color gris rosado inspeccionó la antena pero, encontrándola poco apetecible, agitó su cola puntiaguda y nadó perezosamente en la oscuridad.

Casi inmediatamente después de que desapareciera el pez rata, los aluviones depositados a pocos metros de la antena empezaron a removerse y a girar en un torbellino progresivamente más amplio, que se iluminó desde abajo con una claridad fantasmal. De repente, por entre el limo irrumpió un rayo de luz, seguido por una extremidad mecánica en forma de pala articulada. Aquella aparición mecánica hizo una pausa y luego se irguió como un perro de las praderas sentado sobre sus ancas y husmeando el horizonte en busca de un coyote.

Luego la pala se arqueó hasta hundirse en el fondo marino, y empezó a excavar una profunda trinchera que ascendía por uno de sus extremos en forma de rampa. Cuando tropezaba con un bloque rocoso demasiado grande como para que la pala pudiera recogerlo, aparecían mágicamente a su lado unas enormes tenazas de metal. Las pinzas en forma de garra de las tenazas mordían los contornos de la roca, la alzaban del sedimento sobre el que reposaba, y la dejaban caer fuera de la zanja entre un torbellino de barro removido. Después las tenazas desaparecían, y la pala seguía excavando.

—Buen trabajo, señor Pitt —dijo Plunkett con una sonrisa de alivio—. Veo que podremos salir a dar una vuelta por los alrededores y estar de vuelta a la hora del té.

Pitt estaba recostado en un asiento abatible, los ojos fijos en el monitor de su ordenador, con la misma atención concentrada que dedicaba generalmente a los partidos de fútbol televisados.

—Aún no estamos fuera.

—Embarcar en uno de sus Vehículos para el Minado de Aguas Profundas, y llevarlo a la esclusa de la presión del aire antes de que llegara la sacudida principal del seísmo, fue un golpe de genio.

—Yo no diría tanto —murmuró Pitt mientras programaba el ordenador del vehículo para modificar ligeramente el ángulo de incidencia de la pala—. Llamémoslo un préstamo de la lógica del doctor Spock.

—Las paredes de la esclusa resistieron —argumentó Plunkett—. Pero es un milagro que no nos hayamos visto aplastados como cucarachas.

—Esa cámara fue construida para resistir una presión cuatro veces superior a la del resto de las estructuras —dijo Pitt con una tranquilidad inconmovible—. El milagro, como usted lo llama, es que tuviéramos tiempo para presurizar la esclusa, abrir la puerta exterior y avanzar lo suficiente como para trabajar con la pala y la tenaza antes de que nos viniese encima la avalancha. De no haber sido así, habríamos quedado atrapados durante más tiempo del que me atrevo a imaginar.

—Bah, maldita sea —rió Plunkett. Había pocas cosas capaces de quitarle el buen humor—. Qué importa después de todo, cuando estamos haciendo piruetas al borde de la tumba.

—Me gustaría que no mencionara la palabra «tumba».

—Lo siento. —Plunkett estaba sentado al lado y en posición ligeramente retrasada con respecto a Pitt. Miró en torno suyo el interior del VMAP—. Una máquina condenadamente buena. ¿Cuál es su fuente de energía?

—Un pequeño reactor nuclear.

—Nuclear, ¿eh? Ustedes los yanquis nunca dejan de asombrarme. Apostaría a que este monstruo puede transportarnos por el fondo oceánico directamente hasta la playa de Waikiki.

—Ganaría la apuesta —respondió Pitt con una ligera sonrisa—. El reactor del *Big John* y sus sistemas de supervivencia son capaces de llevarnos hasta allí. El único problema es la velocidad: cinco kilómetros por hora en terreno llano. Moriríamos de inanición una semana larga antes de llegar.

—¿No lleva unos bocadillos en una tartera? —preguntó Plunkett de buen humor.

—Ni siquiera una manzana.

Plunkett dirigió a Pitt una mirada rencorosa.

—Incluso la muerte será un alivio con tal de no seguir oyendo esa maldita canción.

—¿No le gusta *Minnie*? —preguntó Pitt con burlona sorpresa.

—Después de oír el estribillo por vigésima vez, no.

—Como tenemos averiado el teléfono, nuestro único contacto con la superficie es el transmisor acústico de radio. El alcance no resulta suficiente para una conversación, pero es todo lo que tenemos. Puedo ofrecerle valses de Strauss o el sonido de una *big band* de jazz de los cuarenta, pero no me parecen tan adecuados.

—Tampoco me parece gran cosa su repertorio musical —gruñó Plunkett. Luego miró a Pitt—. ¿Por qué no probar con Strauss?

—Por el instrumental —respondió Pitt—. La música de violín distorsionada por el agua puede confundirse con los gritos de las ballenas u otros mamíferos acuáticos. *Minnie* es cantada. Si alguien en la superficie escucha, sabrá que hay alguien que todavía respira aquí abajo. Por muy distorsionado que esté, no hay manera de confundir el tono de la voz humana.

—Para lo que servirá, de todos modos... —dijo Plunkett—. Si envían una misión de rescate, no habrá forma de trasladarnos desde este vehículo hasta un sumergible sin una cámara de presión. Y ese accesorio brilla por su ausencia en su, por lo demás, notable tractor. Si me permite hablar con realismo, no consigo ver en el futuro próximo ninguna circunstancia que nos ofrezca alguna esperanza de librarnos del inevitable final.

—Me gustaría que no empleara la palabra «final».

Plunkett hundió una mano en el bolsillo de su grueso suéter de lana y extrajo un frasco.

—Solamente quedan cuatro tragos, pero nos levantará la moral por un rato.

Pitt tomó el frasco ofrecido al tiempo que un sordo estremecimiento hacía trepidar el enorme vehículo. La pala había chocado con una masa de roca e intentaba levantarla. Aunque superaba en mucho su límite de carga, luchaba y pujaba por remover el obstáculo. Como un levantador de pesos olímpico que compite por la medalla de oro, la pala consiguió al fin levantar el bloque del fondo y arrojarlo al creciente montón de escombros apilado al borde de la zanja.

Las luces exteriores no llegaban a penetrar en las nubes de cieno removido, y desde el interior de la cabina de control tan sólo se percibía una mezcolanza continua de colores grises y amarillos. Pero el monitor del ordenador reflejaba la imagen tridimensional proporcionada por el sonar y mostraba los progresos de la excavación.

Habían pasado cinco horas completas desde que Pitt inició la operación de dragado, y por fin la imagen del sonar le mostró un corredor estrecho, pero bastante libre de obstáculos, que ascendía hasta la superficie del fondo marino.

—Tal vez rasquemos un poco la pintura de los costados —comentó Pitt en tono confiado—, pero creo que podremos pasar.

El rostro de Plunkett se iluminó.

—Apriete el pedal a fondo, señor Pitt. Me pone enfermo estar sumergido en este barro sucio.

Pitt ladeó ligeramente la cabeza y guiñó uno de sus ojos verdes.

—Como usted quiera, señor Plunkett. —Recuperó del ordenador el control manual y se frotó las manos como un pianista a punto de interpretar una pieza—. Cruce los dedos para que la cadena se adhiera bien al barro del fondo, porque si no nos veremos obligados a establecer aquí nuestra residencia permanente.

Empujó con suavidad hacia adelante la palanca de control. Las anchas bandas de las cadenas laterales de *Big John* empezaron a moverse con lentitud, removiendo los sedimentos blandos y girando más aprisa a medida que Pitt aumentaba la potencia. Gradualmente avanzaron algunos centímetros. Luego una de las bandas tropezó y se enganchó en una capa pedregosa, de modo que la gigantesca máquina excavadora se ladeó y fue a dar contra la pared opuesta de la zanja. Pitt intentó corregir el rumbo, pero la pared cedió y el barro cubrió uno de los costados del vehículo.

Hizo retroceder la palanca de control hasta la posición de parada, tiró luego de ella para mover la máquina en marcha atrás, y luego la empujó de nuevo adelante de modo que el *Big John* empezó a dar violentas sacudidas. El reactor nuclear compacto tenía potencia sobrada, pero las cadenas no encontraban la tracción precisa. Piedras y cieno salían despedidos de las rodadas, de modo que las cadenas giraban en el vacío y el vehículo no avanzaba. El VMAP había quedado atascado en su estrecha prisión.

—Tal vez deberíamos parar y despejar un poco todo ese barro —dijo Plunkett, mortalmente serio—. O mejor aún, tomarnos un descanso y revisar la situación.

Pitt se detuvo unos segundos para dirigir al corpulento inglés una mirada dura y helada. A Plunkett le pareció que aquella mirada de Pitt fundía un considerable número de células de su cerebro.

—Un montón de amigos míos y yo hemos trabajado duro mucho tiempo para construir la primera comunidad en el fondo del mar —dijo con un acento que casi podía calificarse de satánico—. Y alguien, en algún lugar, es el responsable de que haya quedado destruida. Ese alguien es además la causa de la pérdida de su sumergible, su barco de apoyo y su tripulación. *Ésa* es la situación. Ahora, y hablo por·mí mismo, voy a salir de esta mierda aunque tenga que reventar las tripas de este chisme, voy a volver a la superficie sano y salvo, voy a encontrar al pendejo que ha originado todo este desastre, y voy a hacer que los dientes se le claven en los pulmones de un puñetazo.

Después de esa declaración de intenciones, se dio la vuelta e hizo girar de nuevo las cadenas, que expulsaron hacia los lados más cieno y piedrecillas. Luego de un torpe forcejeo, la enorme máquina escarbó el suelo y avanzó un metro primero, y en seguida dos más.

Plunkett estaba sentado tan inmóvil como un poste, aún intimidado pero ya convencido. «¡Por Dios —pensó—, creo que este hombre es capaz de conseguirlo!»

13

A ocho mil kilómetros de distancia, en las profundidades de un túnel excavado en roca volcánica, una cuadrilla de trabajadores dejaron por unos momentos de picar y se echaron a un lado para que dos hombres se adelantaran e inspeccionaran el orificio abierto en un muro de cemento. Por la abertura se filtraba un hedor nauseabundo, que sobrecogió con el temor a lo desconocido a los veinte hombres que excavaban.

Los focos que iluminaban el estrecho túnel proyectaban sombras deformadas y fantasmales en lo que parecía ser una amplia abertura que atravesaba un muro de cemento de un metro de grosor. En el interior podía distinguirse un viejo camión herrumbrado, dentro de un ancho círculo formado por algo que parecía leña de un color grisáceo.

A pesar del aire frío y húmedo que corría bajo las lomas de la isla de Corregidor, situadas a la entrada de la bahía de Manila, cubiertas de cicatrices bélicas, los dos hombres que miraban por la brecha abierta sudaban copiosamente. Después de años de búsqueda, sabían que estaban a punto de descubrir una parte del enorme tesoro escondido desde la Segunda Guerra Mundial y conocido como el «oro de Yamashita», por el nombre del general Yamashita Tomoyuki, comandante de las fuerzas japonesas en Filipinas a partir de octubre de 1944.

El inmenso botín acumulado por los japoneses durante la guerra —en China, los países del Sureste asiático, las Indias Orientales Neerlandesas y las Filipinas— consistía en millares de toneladas de piedras preciosas y joyas exóticas, lingotes de oro y de plata, y Budas y cálices católicos fabricados de oro macizo con incrustaciones de piedras preciosas de valor inestimable.

Manila había sido el punto de almacenamiento de todas esas riquezas, para su futuro transporte por mar a Japón. Pero, debido a las cuantiosas pérdidas de buques, en las últimas fases de la guerra, causadas por la actividad de los submarinos americanos, tan sólo había llegado a Tokyo menos del veinte por ciento del botín amasado. Sin un punto de destino seguro y ante la perspectiva de una invasión inminente de las tropas americanas, los japoneses que guardaban el tesoro se vieron ante un difícil dilema. No estaban dispuestos a devolverlo a las naciones y ciudades que habían saqueado. Su única opción consistía en ocultar el inmenso botín en más de un centenar de lugares diferentes, en la isla de Luzón y alrededor de ella, con la idea de regresar allí una vez acabada la guerra y llevárselo clandestinamente.

Las estimaciones más prudentes del tesoro escondido calculaban que a los precios actuales del mercado podía alcanzar un valor cercano a los 400.000 o los 500.000 millones de dólares.

La excavación de este escondite en particular, en Corregidor, unos pocos centenares de metros al oeste y un kilómetro más hondo que el túnel lateral utilizado como puesto de mando por el general Douglas MacArthur antes de ser evacuado a Australia, había durado cuatro largos meses. Agentes de inteligencia estadounidenses y filipinos trabajaban en colaboración en las obras de excavación, a partir de los datos suministrados por copias de viejos mapas recogidos por la OSS (la Oficina de Servicios Estratégicos) y descubiertos recientemente en los archivos de la CIA en Langley. El trabajo era agotador, y muy lento.

Se descifraron las instrucciones de los mapas, escritas en un antiguo dialecto japonés en desuso desde hacía más de mil años. El túnel para llegar hasta el escondite del tesoro debía excavarse en ángulo desde una posición lateral, porque el acceso original estaba sembrado de minas y de varias bombas de cuatrocientos cincuenta y novecientos kilogramos preparadas para estallar si se intentaba la entrada directa. La penetración hasta el laberinto de treinta y cinco kilómetros excavado por los japoneses durante su ocupación de Luzón debía calcularse de forma muy precisa, pues de otro modo los mineros corrían el riesgo de perder meses de trabajo, bien por abrir el túnel en un nivel erróneo o bien por no acertar, tal vez por centímetros, a encontrar el pasadizo del tesoro.

El más alto de los dos hombres, Frank Mancuso, reclamó con un gesto una linterna potente. Cuando la tuvo en la mano, dirigió su luz a través de la brecha abierta en el muro. Su rostro palideció en la penumbra amarillenta. Con un horror mudo, se dio cuenta de lo que era en realidad la leña apilada.

Rico Acosta, un ingeniero de minas agregado a las fuerzas de seguridad filipinas, se aproximó a Mancuso:

—¿Qué es lo que ves, Frank?

—Huesos —contestó Mancuso, en un tono de voz apenas más alto que un cuchicheo—. Esqueletos. Dios, debe haber cientos de ellos aquí.

Retrocedió e hizo una señal a Acosta. El hombrecillo señaló la brecha a los obreros.

—Ensanchadla —ordenó.

El equipo de mineros filipinos tardó menos de una hora en abrir con sus pesadas mazas un hueco lo bastante grande como para que pudiese pasar un hombre. El cemento que formaba los muros del túnel era de mala calidad, y se resquebrajaba y desmenuzaba con los golpes, de forma que era fácil abrirse paso a través de él. Aquello se consideró una suerte, ya que nadie quería correr el riesgo de utilizar explosivos.

Mancuso tomó asiento a un lado y encendió una pipa curva y achatada mientras esperaba. A los cuarenta y dos años, conservaba todavía el cuerpo longuilíneo y delgado de un jugador de baloncesto. Su largo cabello castaño, anudado a la altura de la nuca en una trenza grasienta, necesitaba un lavado urgente, y su rostro germánico de líneas suaves y redondeadas podía asociarse con más propiedad y a un contable que a un ingeniero de minas. Sus ojos azules parecían perdidos en una continua ensoñación, a pesar de lo cual registraban minuciosamente todo lo que estaba a la vista, e incluso algo más.

Graduado en la Escuela Superior de Minas de Colorado, había pasado sus primeros años recorriendo el mundo, en prospecciones y trabajos en minas, en busca de piedras preciosas —ópalos en Australia, esmeraldas en Colombia y rubíes en Tanzania—, con diversa fortuna. También había perdido tres años en la isla más nórdica del archipiélago japonés, Hokkaido, buscando la gema más rara: la painita roja.

Antes de cumplir los treinta fue abordado y reclutado por una oscura agencia de inteligencia en Washington, y contratado como agente especial. Su primera misión consistió en la búsqueda del oro de Yamashita, formando parte de un equipo de las fuerzas de seguridad filipinas.

La excavación se había llevado a cabo en el más estricto secreto. No existía la menor intención de devolver el oro o las piedras preciosas a sus antiguos propietarios. Todo lo que se encontrara debía transferirse al gobierno de Filipinas con el fin de aminorar la deuda externa y dar nuevo impulso a una economía devastada por el inmenso expolio financiero llevado a cabo por el régimen de Marcos.

Su compañero, Acosta, había trabajado también como ingeniero de minas antes de enrolarse en las fuerzas de seguridad. Era un hombre alto para ser filipino, y sus ojos revelaban que llevaba en su sangre más de un ancestro chino.

—De modo que las leyendas eran ciertas —dijo Acosta.

Mancuso miró en su dirección.

—¿Perdón?

—Los japoneses obligaron a prisioneros aliados a cavar estos túneles y luego los enterraron vivos, para que nunca pudieran revelar su localización.

—Parece que así debió de ocurrir. Lo sabremos mejor cuando entremos.

Acosta alzó unos centímetros su pesado casco y se secó la frente con la manga de su mono de trabajo.

—Mi abuelo estaba en la Compañía Cincuenta y siete de Exploradores Filipinos. Cayó prisionero y fue a parar a una de las mazmorras españolas de Fuerte Santiago. Nunca salió de allí. Más de dos mil prisioneros de guerra murieron, ahogados o por hambre. Nunca se supo el número exacto.

Mancuso asintió con vigor.

—Las generaciones posteriores no pueden imaginar la barbarie despiadada que se desató sobre el teatro bélico del Pacífico. —Chupó su pipa y exhaló una nubecilla de humo azul antes de continuar—. Las terribles estadísticas nos dicen que el cincuenta y siete por ciento de los soldados aliados detenidos en los campos de prisioneros japoneses murieron, frente a sólo un uno por ciento en los campos alemanes.

—Es extraño que los japoneses no volvieran e hicieran un esfuerzo supremo para apoderarse del tesoro —dijo Acosta.

—Varios grupos, presentándose como compañías constructoras, *intentaron* de hecho conseguir contratos de reconstrucción después de la guerra, con la idea de tener una tapadera para excavar en busca del oro, pero cuando Ferdinand Marcos se enteró de la existencia del tesoro, les cerró la puerta en las narices y se puso a buscarlo por su cuenta.

—Y algo encontró —añadió Acosta—. Tal vez esos treinta mil millones de dólares que sacó a escondidas del país, antes de que lo echaran de la presidencia.

—Además de lo que robó a su propio pueblo.

Acosta escupió en el suelo del túnel, con una mueca de desprecio.

—Él y su mujer eran dos locos codiciosos. Nos costará cien años recuperarnos de las consecuencias de su gobierno.

El capataz de los mineros agitó una mano, llamándolas.

—Creo que ya pueden pasar al otro lado —dijo.

—Adelante —se volvió Acosta a Mancuso—. Pasa tú primero.

Por el hueco abierto se filtraba un nauseabundo olor a podrido. Mancuso se ajustó un pañuelo sobre la boca y se deslizó por el estrecho agujero abierto en el muro del túnel. Saltó al interior y provocó un suave chapoteo al plantar sus botas en un pequeño charco. Se incorporó, quedó quieto por un momento y escuchó el goteo del agua que se filtraba por las grietas del techo abovedado. Después encendió la linterna y dirigió su rayo de luz hacia el suelo.

Había pisado y roto el hueso del brazo extendido de un esqueleto, vestido con los restos polvorientos de un uniforme y cubierto de lodo. A un lado de la calavera aparecían dos placas metálicas grabadas, sujetas aún al cuello por una delgada cadenilla.

Mancuso se arrodilló y expuso una de las placas a la luz de la linterna. Frotó con el índice y el pulgar el barro acumulado, hasta leer el nombre escrito en ella: «William A. Miller».

Había además un número de serie del Ejército, pero Mancuso dejó caer la placa sin leerlo. Una vez que notificara su hallazgo a su superior, vendría a Corregidor un equipo de registro de tumbas, y William A. Miller y el resto de sus camaradas muertos regresarían a sus hogares para ser enterrados con todos los honores, con cincuenta años de retraso.

Mancuso se volvió y trazó un círculo completo con la luz de su linterna. Hasta donde alcanzaba el rayo de luz, el túnel estaba alfombrado de esqueletos, algunos dispersos, otros apilados en macabros montones. Tuvo tiempo de examinar algunas placas de identificación más, antes de que entrara Acosta con una pequeña lámpara sujeta a un cable.

—¡Santa Madre de Jesús! —exclamó al ver aquellos espantosos despojos—. Un ejército de muertos.

—Un ejército aliado —dijo Mancuso—. Americanos, filipinos, e incluso algunos británicos y australianos. Parece que los japoneses trajeron a Manila prisioneros de otros sectores del frente para hacerlos trabajar como esclavos.

—Sólo Dios sabe el infierno por el que debieron pasar —murmuró Acosta, con la faz enrojecida por la ira, sintiendo la bilis agolparse en su garganta—. ¿Cómo murieron?

—No hay señal de heridas de bala. Debieron morir sofocados por la falta de aire, después de quedar encerrados.

—Quienes dieron la orden de esta ejecución en masa deben pagar su crimen.

—Es probable que hayan muerto ya, en la carnicería que hizo el ejército de MacArthur en torno a Manila. Pero si todavía viven, su pista se habrá borrado hace ya muchos años. Los Aliados fueron demasiado condescendientes en el Pacífico. No se desencadenó ninguna persecución para encontrar a los responsables de estas atrocidades, como hicieron los judíos con los nazis. Si hasta ahora no han sido encontrados y colgados, ya no lo serán nunca.

—Deben pagar por sus crímenes —repitió Acosta, y su rabia fue transformándose en frustración y odio.

—No pierdas el tiempo con ideas de venganza —dijo Mancuso—. Nuestra tarea ahora es encontrar el oro.

Se dirigió hacia el primer camión de la larga columna aparcada en medio de los muertos. Los neumáticos estaban deshinchados y las cubiertas de lona del cajón se habían podrido por el constante goteo del agua. Abatió la herrumbrosa portezuela trasera e iluminó el interior. A excepción de una camilla improvisada con mimbres rotos, estaba vacío.

Un presentimiento atenazó la boca del estómago de Mancuso. Corrió al siguiente camión, con cuidado de no pisar a los muertos tendidos en el suelo, y sus botas salpicaron el agua del suelo embarrado. El sudor provocado por la humedad se había vuelto frío. Necesitó un tremendo esfuerzo de voluntad para proseguir, debido al creciente temor que le producía justamente aquello que no iba a encontrar.

El segundo camión estaba vacío, y lo mismo ocurrió con los seis siguientes. Doscientos metros más allá encontró el túnel bloqueado por un derrumbe que su experiencia de minero reconoció como provocado con explosivos. Pero la sorpresa mayor fue la presencia de una pequeña caravana articulada, cuya moderna construcción de aluminio resultaba anacrónica en aquel contexto de los años cuarenta. No llevaba matrícula ni signos de identificación, pero Mancuso observó las marcas del fabricante en los neumáticos.

Trepó por los escalones metálicos de una escalerilla hasta la portezuela, y paseó el rayo de luz de su linterna por el interior del vehículo. Tenía un mobiliario de oficina, como el que puede verse en algunas empresas de la construcción.

Acosta se acercaba, seguido por cuatro hombres que iban desenrollando el cable de su lámpara. Se detuvo cuando el transporte quedó iluminado por el aura brillante de la luz.

—¿De dónde demonios ha salido esto? —dijo Acosta asombrado.

—Trae la lámpara aquí dentro —pidió Mancuso, que veía concretarse sus peores temores.

A la luz de la lámpara pudieron comprobar que el transporte articulado estaba vacío. Las mesas de trabajo se habían limpiado cuidadosamente, las papeleras estaban vacías, y ni siquiera se veían colillas de cigarrillos por ninguna parte. Los únicos signos de ocupación previa eran el casco de un trabajador de la construcción colgado de un gancho, y una gran pizarra sujeta a una de las paredes laterales. Mancuso estudió las columnas alineadas. Las cifras estaban escritas en caracteres arábigos, y los encabezamientos en símbolos katakana.

—¿Una lista? —preguntó Acosta.

—Un inventario del tesoro.

Acosta se dejó caer en una silla, junto a una de las mesas de trabajo.

—¡Ha desaparecido, se lo han llevado todo!

—Hace veinticinco años, según la fecha escrita en la pizarra.

—¿Marcos? —preguntó Acosta—. Él pudo llegar aquí primero.

—No, no ha sido Marcos —contestó Mancuso como si siempre hubiera sabido la verdad—. Los japoneses. Volvieron, se llevaron el oro y nos dejaron los huesos.

14

Curtis Meeker aparcó el Mercury Cougar de su mujer y recorrió a paso rápido las tres manzanas que le separaban del Teatro Ford, en la Décima Avenida, entre las calles E y F. Se abrochó la gabardina para resguardarse del viento frío que soplaba, y tropezó con un grupo de jubilados que realizaban, a aquella hora avanzada de la tarde del sábado, una visita guiada de la capital de la nación.

El guía se detuvo ante la fachada del teatro en el que John Wilkes Booth disparó sobre Abraham Lincoln, y dio una breve explicación del suceso antes de llevarlos a la casa Peterson, al otro lado de la calle, donde había fallecido el presidente. Libre ya de obstáculos, Meeker se separó del grupo, mostró al portero su placa federal y pasó al vestíbulo del teatro. Dialogó brevemente con el gerente y por fin se sentó en un sofá, en el que aparentó leer un programa con toda tranquilidad.

Para los espectadores retrasados que pasaban apresuradamente en busca de sus asientos, Meeker parecía una persona más del público que, aburrida tal vez por la reposición de un drama ambientado a finales del XIX, en la época de la guerra hispano-norteamericana, había preferido ir a sentarse fuera, en el vestíbulo.

Pero Meeker no era un turista ni un espectador indiferente. Ocupaba el cargo de vicedirector de Operaciones Técnicas Avanzadas, y apenas salía de noche salvo para ir a su despacho, en el que estudiaba las fotografías de los satélites de inteligencia.

Básicamente era un hombre tímido, que rara vez pronunciaba parlamentos de más de dos frases seguidas, pero en los círculos de la inteligencia se le consideraba el mejor analista de fotografías de satélite que había. Era lo que las mujeres llaman un hombre atractivo, con una cabellera negra salpicada de gris, rostro agradable, sonrisa fácil y ojos que rebosaban simpatía.

Mientras simulaba tener su atención concentrada en el programa, había deslizado una mano en el bolsillo y apretado el botón de un transmisor.

En la platea del teatro, Raymond Jordan luchaba por no quedarse dormido. Ante la mirada de desaprobación de su esposa, bostezó para defenderse de aquel diálogo casi centenario. Por fortuna para el auditorio acomodado en las grandes butacas de estilo antiguo, las obras que se representaban en el Teatro Ford eran cortas. Jordan buscó una posición más cómoda en la pesada butaca de madera y dejó que su mente volara de la escena hacia la excursión de pesca que había planeado para el día siguiente.

De repente su ensueño se vio interrumpido por tres suaves zumbidos del reloj digital que llevaba en la muñeca. Se trataba de un aparato llamado reloj Delta por la clave en la que recibía, y su diseño externo era corriente, de forma que no llamaba la atención. Cubrió con una mano la pantalla de cristal que se iluminó en la esfera del reloj. La clave Delta significaba que se había producido una situación de emergencia y que alguien le buscaba para entrevistarse con él.

Susurró una excusa a su esposa y se abrió camino hasta el pasillo, y de ahí al vestíbulo. Cuando Jordan reconoció a Meeker, su faz se ensombreció. Aunque agradecía la interrupción de su aburrimiento, no le hacía feliz comprobar que ésta se debía a alguna crítica situación.

—¿De qué se trata? —preguntó sin preámbulos.

—Sabemos cuál era el barco que llevaba la bomba —contestó Meeker al tiempo que se ponía en pie.

—No podemos hablar aquí.

—He conseguido que el gerente del teatro nos deje la suite de ejecutivos. Allí podré informarle en privado.

Jordan conocía la sala. Se dirigió hacia allí con Meeker pisándole los talones, y entró en una antesala decorada al estilo de 1860. Cerró la puerta y se volvió para mirar a Meeker.

—¿Está seguro? ¿No hay posibilidad de confusión?

Meeker sacudió la cabeza con solemnidad.

—Las fotografías de un satélite meteorológico previas a la explosión mostraban a tres barcos en la zona. Activamos nuestro viejo satélite de inteligencia *Sky King* cuando sobrevoló el área después de la explosión, y sólo aparecieron dos barcos.

—¿Cómo?

—Gracias a un refuerzo especial del sistema de radar-sonar computadorizado, que nos permite ver a través del agua como si ésta fuera transparente.

—¿Ha informado a sus hombres?

—Sí, señor.

Jordan miró con fijeza a Meeker.

—¿Está usted seguro de sus conclusiones?

—No me cabe la menor duda —respondió Meeker con sencillez.

—¿La prueba es sólida?

—Sí, señor.

—Sabe la responsabilidad que le tocará si se equivoca.

—Tan pronto como acabe mi informe, me iré a casa y dormiré como un niño..., bueno, casi como un niño.

Jordan se relajó y tomó asiento en una silla, junto a la mesa. Miró a Meeker con expectación.

—Muy bien, ¿qué es lo que ha averiguado?

Meeker sacó una cartera de cuero de un bolsillo interior de su gabardina y la colocó sobre la mesa. Jordan no pudo evitar una sonrisa.

—Veo que no es usted partidario de los maletines.

—Prefiero tener las manos libres —contestó Meeker con un encogimiento de hombros. Abrió la cartera y extrajo de ella cinco fotografías. Las tres primeras mostraban a los barcos de superficie de una forma sorprendentemente detallada.

—Aquí tiene el buque de línea mixto de carga y pasajeros noruego, muy cerca del transporte de automóviles japonés. A doce kilómetros de distancia, el buque científico británico está bajando un sumergible al fondo del mar.

—Son las fotografías del *antes* —comentó Jordan. Meeker asintió.

—Las dos siguientes son las tomadas por el *Sky King* después de la explosión, y muestran dos cascos maltrechos en el fondo del mar. El tercer barco se desintegró. A excepción de algunos fragmentos de piezas de sus motores dispersas por el fondo oceánico, virtualmente no quedó nada de él.

—¿Cuál de ellos era? —preguntó Jordan despacio, como si adivinara la respuesta.

—Tenemos identificación positiva de los dos que se hundieron intactos —Meeker hizo una pausa, recogió las fotografías y miró a Jordan a los ojos como para sopesar su respuesta—. El barco que transportaba la bomba era el carguero de automóviles japonés.

Jordan suspiró y se recostó en su asiento.

—No supone una sorpresa tan grande que Japón disponga de la bomba. Hace años que cuentan con la tecnología precisa.

—El pistoletazo de salida vino cuando construyeron un reactor con alimentador rápido de metal líquido. Al realizar la fisión de neutrones rápidos, el alimentador crea más fuel de plutonio que el que quema. El primer paso para producir armamento nuclear.

—Veo que ha estado investigando por su cuenta —dijo Jordan.

—Tengo que saber qué es lo que busco.

—Como por ejemplo una factoría para la producción de armas nucleares muy bien camuflada, pero que acabaremos por descubrir —dijo Jordan en tono amargo.

Meeker le miró sin pestañear, y luego sonrió.

—Así pues, sus agentes de inteligencia no tienen todavía ninguna pista respecto al lugar donde las están fabricando.

—Cierto —admitió Jordan—. Los japoneses han realizado una labor de camuflaje increíble. Apuesto a que los dirigentes de su gobierno están tan a oscuras como nosotros.

—Si su planta de producción estuviera en la superficie, el dispositivo de nuestro nuevo satélite de detección lo habría descubierto.

—Es extraño que no se perciban áreas de radiactividad inusual.

—No hemos detectado nada, a excepción de los reactores nucleares de sus centrales eléctricas y un cementerio de desechos radiactivos cerca de una ciudad costera llamada Rokota.

—He visto los informes —dijo Jordan—. Perforaron un túnel de cuatro mil metros para depositar sus desechos. ¿Es posible que haya algo más que se nos haya pasado por alto?

Meeker movió negativamente la cabeza.

—Tendríamos que haber detectado indicios de construcciones del tipo adecuado en la zona, o tráfico de entrada y salida.

—¡Maldición! —explotó Jordan—. Japón navega con toda libertad por los mares con bombas destinadas a puertos de los Estados Unidos, mientras nosotros estamos sentados frotándonos los pulgares sin saber el lugar donde fabrican las armas, su destino final o el plan sobre el que se fundamenta toda la operación.

—¿Ha dicho usted «bombas», en plural? —preguntó Meeker.

—Los datos recogidos por el centro sismográfico de Colorado muestran que hubo una segunda detonación, un milisegundo después de la primera.

—Es una lástima que no pudiera usted haber preparado una operación importante para encontrar la respuesta, hace diez años.

—¿Con qué fondos? —gruñó Jordan—. La anterior administración se zampó todos los presupuestos destinados a inteligencia. Lo único que interesa a todos los políticos es Rusia y el Oriente Medio. Las últimas personas a las que nos dejaría investigar el Departamento de Estado son nuestros grandes amigos de Japón. Todo lo que se nos permite tener allí son dos agentes retirados con los que aún mantenemos contactos. Israel es otra nación intocable. No creería el número de veces que se nos ha ordenado mirar a otra parte mientras el Mossad montaba tinglados de los que luego responsabilizaba a los árabes.

—El presidente *tendrá* que darle plenos poderes discrecionales cuando usted le informe de la gravedad de la situación.

—Lo sabré mañana a primera hora de la mañana, después de informarle. —La máscara cortés e imperturbable de Jordan mostraba una pequeña fisura, y su voz se había transformado en puro hielo—. Hagamos lo que hagamos en este asunto, estaremos jugando al escondite. Y lo que me asusta, lo que realmente me infunde el temor de Dios, es que ya es demasiado tarde para poder abortar esta conspiración en sus comienzos.

Se oyó un ruido confuso de voces en el vestíbulo. La representación había terminado y el auditorio se encaminaba hacia la salida. Jordan se puso en pie.

—Tengo que dejarle y hacer acto de presencia, o mi mujer me obsequiará con la representación de un iceberg durante el regreso a casa. Gracias por informarme del descubrimiento de su «pájaro».

—Una cosa más —dijo Meeker. Extrajo otra fotografía de su cartera y la expuso a la luz. Jordan pudo distinguir un objeto en el centro de la foto.

—Parece una especie de tractor agrícola muy grande. ¿Cuál es su significado?

—Lo que está viendo es un vehículo desconocido de aguas profundas moviéndose por el fondo oceánico a cinco mil metros bajo la superficie, y a no más de veinte kilómetros del área de la explosión. ¿Sabe usted a quién pertenece, o lo que está haciendo ahí?

—Sí... —respondió Jordan con lentitud—. Lo ignoraba, pero ahora lo sé. Muchas gracias, Curtis.

Jordan dio la espalda a un Meeker totalmente desconcertado, abrió la puerta y se mezcló con la multitud que abandonaba el teatro.

15

Fiel a su palabra, Pitt consiguió sacar el maltrecho VMAP de la prisión en que estaba enterrado. Las cadenas metálicas rechinaron al chocar con las rocas de lava y aferrarse a ellas, centímetro a centímetro. Con una lentitud torturada, el gran vehículo se abrió paso, se sacudió las piedras y el cieno que arrastraba a su cola como un gran río de aguas turbias, y ascendió hasta la desolada superficie del fondo marino.

—Estamos libres —gritó Plunkett con alborozo—. ¡Espléndido trabajo!

—Espléndido trabajo —le remedó Pitt. Se puso ante el teclado del ordenador y examinó una serie de esquemas geográficos en el monitor—. Es un milagro que hayamos conseguido salir sin pérdidas de presión ni averías mecánicas.

—Mi querido amigo, mi fe en usted es tan profunda como el mar..., ah, y precisamente estamos en el fondo. No he dudado de su firmeza ni por un minuto.

Pitt le dirigió una mirada de curiosidad.

—Si se lo toma de esa manera, tengo un puente en Nueva York que me gustaría venderle.

—¿Hablaba usted de jugar al bridge?[4]

—¿Juega usted?

—Sí, y bastante bien. He ganado no pocos torneos. ¿Y usted?

—Soy la mano derecha de la Vieja Dama.

El diálogo resultaba poco menos que extravagante habida cuenta de la situación en que se encontraban, pero se trataba de dos hombres absortos en su elemento y conscientes del peligro de quedar atrapados sin remedio en las profundidades abisales. Si Pitt o Plunkett sentían algún temor en ese momento, no lo demostraban.

---

4. Plunkett retuerce la broma de Pitt fingiendo confundir el puente (*bridge* en inglés) con el juego del mismo nombre. (*N. del t.*)

—Ahora que hemos escapado del corrimiento de tierras, ¿cuál es el plan? —preguntó Plunkett con tanta calma como si pidiera otra taza de té.

—El plan es subir hasta la superficie —contestó Pitt señalando el techo.

—Dado que este magnífico viejo reptador no posee flotabilidad y que tenemos sobre nuestras cabezas sus buenos cinco kilómetros de océano, ¿cómo espera usted conseguir ese imposible?

Pitt sonrió.

—Relájese y disfrute del paisaje marino. Vamos a efectuar una pequeña cabalgata por las montañas.

—Bienvenido a bordo, almirante. —El comandante Morton saludó de forma impecable y extendió la mano, pero su expresión de bienvenida era puramente formal. No se sentía feliz, y no intentó disimularlo—. En raras ocasiones se nos ordena ascender a la superficie durante un crucero y recibir a visitantes. Debo decirle que no me gusta.

Sandecker esbozó una sonrisa al tiempo que descendía del *Shanghai Shelly* al puente de la torre de mando del parcialmente emergido *Tucson*. Estrechó la mano de Morton con despreocupación aparente y un aspecto de dominar la situación que, al menos, parecía convertir su presencia en el submarino en un asunto rutinario.

—No he tirado de los hilos y le hecho desviarse de su rumbo operacional simplemente para saborear juntos unos cócteles, comandante. Estoy aquí por orden del presidente. Si resulto inoportuno, me sentiré feliz regresando al junco.

Una expresión apenada asomó al rostro de Morton.

—No se ofenda, almirante, pero los satélites soviéticos...

—Nos fotografiarán a todo color para entretenimiento de sus analistas de inteligencia. Lo sé, lo sé, pero en realidad no nos preocupa lo que vean o piensen. —Sandecker se volvió a Giordino en el momento en que éste saltaba a bordo—. Mi director adjunto del proyecto, Al Giordino.

De forma casi automática, Morton dirigió a Giordino un semisaludo y precedió a ambos por la escotilla que conducía al centro de control del submarino. Ambos siguieron al comandante hasta un pequeño compartimiento con una mesa transparente de ángulos biselados en cuyo interior el sonar proporcionaba una vista tridimensional del fondo marino.

El teniente David DeLuca, oficial de navegación del *Tucson*, estaba inclinado sobre la mesa. Cuando Morton hizo las presentaciones, se puso firme y dirigió a Sandecker una calurosa sonrisa.

—Almirante, es para mí un honor. Nunca me perdí ninguna de sus clases en la academia.

—Espero no haberle hecho dormirse demasiadas veces —contestó Sandecker, radiante.

—En absoluto. Sus relatos sobre los proyectos de la AMSN eran fascinantes.

Morton guiñó un ojo a DeLuca y dirigió de inmediato la vista a la mesa.

—El almirante está muy interesado en su descubrimiento.

—¿Qué puedes enseñarme, hijo? —dijo Sandecker, colocando una mano en el hombro de DeLuca—. El mensaje decía que has escuchado sonidos inusuales en el fondo marino.

La voz de DeLuca tembló por un momento al contestar:

—Hemos recibido una música extraña...

—¿*Minnie la sirena*? —interrumpió Giordino.

DeLuca asintió.

—Al principio sí, pero ahora parecen las marchas de John Philip Sousa.

Los ojos de Morton se estrecharon.

—¿Cómo es posible que usted lo supiera?

—Dirk —contestó Giordino con rotundidad—. Todavía está vivo.

—Esperemos que sea así —exclamó Sandecker con creciente alegría. Miró con fijeza a DeLuca—. ¿Puede oír todavía esa música?

—Sí, señor. Una vez que consigamos fijar el sonido, podremos rastrear la fuente.

—¿Se mueve?

—A una velocidad de unos cinco kilómetros por hora, siguiendo el fondo.

—Plunkett y él deben haber sobrevivido al seísmo y escapado en *Big John* —concluyó Giordino.

—¿Ha intentado usted establecer contacto? —preguntó Sandecker a Morton.

—Lo hemos intentado, pero nuestros sistemas no están diseñados para transmitir en el agua a una profundidad superior a los mil metros.

—Podemos comunicar con ellos a través del teléfono subacuático del sumergible —dijo Giordino.

—A menos que... —dudó Sandecker. Echó una ojeada a Morton—. ¿Podría oírles si intentaran comunicar con un buque de superficie, comandante?

—Si hemos podido oír su música, también podríamos oír sus voces transmitiendo. Tal vez deformadas y distorsionadas, pero estimo que nuestro ordenador podría componer un mensaje coherente con las voces emitidas.

—¿Se han oído sonidos de ese género?

—Ninguno —contestó Morton.

—Su sistema telefónico debe de estar averiado —especuló Sandecker.

—Entonces, ¿cómo pueden transmitir música?

—El vehículo cuenta con un sistema amplificador de emergencia para un caso de avería —respondió Giordino—. De esa forma el vehículo de rescate puede guiarse por el sonido. Pero no sirve para transmitir o recibir voces.

Morton sentía crecer lentamente la ira en su interior. No le gustaba perder el control de la situación a bordo del buque que mandaba.

—¿Puedo preguntar quiénes son esas personas del *Big John*, como usted lo llama, y cómo han llegado a la situación de darse un paseo por el fondo del océano Pacífico?

Sandecker hizo un gesto negligente con la mano.

—Lo siento, comandante, pero se trata de un proyecto secreto. —Y volvió a concentrar su atención en DeLuca—. Dice usted que están moviéndose.

—Sí, señor.

DeLuca apretó una serie de botones y la pantalla encajada en la mesa reveló una sección del fondo del mar en una holografía de tres dimensiones. Los hombres apiñados alrededor de la mesa tenían la sensación de estar contemplando un Gran Cañón sumergido desde el borde de un acuario. Los detalles aparecían reforzados por un ordenador avanzado y un sonar digital, que mostraban las imágenes en intensos colores azules y verdes.

La zona de fractura del Mendocino empequeñecía la famosa vista turística del norte de Arizona, con sus pronunciados escarpes de una altura media de 3.000 metros. Los bordes desiguales de la profunda grieta en la superficie submarina de la corteza terrestre estaban accidentados por cientos de crestas montañosas, que le daban la apariencia de una gigantesca cicatriz atravesando una serie de ondulaciones arenosas.

—Lo último en tecnología visual submarina —anunció Morton con orgullo—. El *Tucson* fue el primer buque en instalarlo.

—Nombre en clave, El Gran Karnak —dijo suavemente Sandecker—. Todo lo ve, todo lo sabe. Nuestros ingenieros de la AMSN contribuyeron a desarrollarlo.

El rostro de Morton, ahora curiosamente rojo y sombrío, revelaba su abyecta derrota en el juego por representar el personaje más importante del barco. Pero recuperó el control de sí mismo y dijo con una sombra de ironía:

—Teniente, muestre al almirante su juguete en acción.

DeLuca tomó una corta sonda en forma de varita y trazó un rayo de luz a través del fondo reflejado en la pantalla.

—Su vehículo submarino emergió en este punto, en un pequeño cañón situado lateralmente con respecto a la zona principal de la fractura, y ahora está ascendiendo en zigzag las colinas que conducen a la parte superior del borde de la zona de fractura.

Giordino miraba con pesar el área lisa donde hasta hacía poco se había alzado la construcción del proyecto minero.

—No ha quedado mucho del Rancho Empapado —dijo en tono triste.

—No fue construido para durar eternamente —le consoló Sandecker—. Los resultados han compensado sobradamente su pérdida.

Sin que nadie se lo pidiera, DeLuca amplió la visión hasta que pudo verse la imagen borrosa del VMAP trepando por la ladera de un risco.

—Ésa es toda la nitidez que puedo conseguir.

—Está muy bien —le felicitó Sandecker.

Al mirar aquella pequeña manchita en medio de una inmensidad desolada, resultaba imposible para cualquiera de ellos creer que había en su interior dos hombres vivos, que respiraban realmente. La proyección móvil tenía tal realismo que casi debieron luchar con la tentación de meter el brazo y tocarla.

Sus pensamientos seguían caminos muy distintos. DeLuca imaginaba ser un astronauta que observaba la vida en otro planeta, mientras que a Morton la visión le recordaba un camión en una autopista desde un avión que volaba a diez mil metros de altura. Tanto Sandecker como Giordino, por su parte, imaginaban a su amigo luchando contra una atmósfera hostil para salvar la vida.

—¿No pueden rescatarlos con su sumergible? —inquirió Morton.

Giordino apretó el borde de acero de la pantalla hasta que sus nudillos adquirieron la palidez del marfil.

—Podemos descender hasta ellos, pero no existe un aparato con una cámara aislante que permita su traslado al sumergible bajo una presión líquida de varias toneladas. Si intentaran abandonar *Big John* a esa profundidad, quedarían reducidos a la tercera parte de su talla actual.

—¿Y no podríamos izarlos a la superficie con una grúa?

—No conozco ningún barco equipado con seis kilómetros de cable lo bastante grueso como para soportar su propio peso y el del VMAP.

—El *Glomar Explorer* podría hacerlo —comentó Sandecker—. Pero está ocupado en una prospección petrolífera en aguas de Argentina. Es imposible que suspenda las operaciones, se reequipe y llegue aquí en un tiempo inferior a cuatro semanas.

Morton empezaba a comprender la urgencia y la frustración de aquellos hombres.

—Lamento que mi tripulación y yo no podamos hacer nada.

—Muchas gracias, comandante. —Sandecker emitió un hondo suspiro—. Aprecio su actitud.

Quedaron todos en silencio durante un minuto largo, con los ojos fijos en la imagen del vehículo en miniatura que reptaba a lo largo de la pantalla como una hormiga por la pared de una zanja.

—Me pregunto a dónde se dirige —murmuró DeLuca.

—¿Qué es lo que ha dicho? —exclamó Sandecker como si acabara de despertar bruscamente.

—Desde que empecé a seguir su pista, se ha movido en una dirección determinada. Ha dado toda clase de rodeos al abordar cuestas demasiado pronunciadas, pero siempre que el terreno lo permitía ha mantenido una dirección constante.

Sandecker, con la mirada fija en DeLuca, comprendió de pronto.

—Dirk busca subir a algún punto elevado. Dios, casi lo había borrado del mapa sin tener en cuenta sus intenciones.

—Busque un posible punto de destino —ordenó Morton a DeLuca.

DeLuca programó su ordenador de navegación con los datos recibidos, y miró luego el monitor, a la espera de la proyección del rumbo aproximado. Casi de inmediato, unos números brillaron en la pantalla.

—Su hombre, almirante, sigue un rumbo tres-tres-cuatro.

—Tres-tres-cuatro —repitió Morton con firmeza—. No hay nada al frente en esa dirección, salvo terreno baldío.

Giordino se dirigió a DeLuca.

—Por favor, amplíe el sector situado frente al VMAP.

DeLuca obedeció, y amplió el área mostrada por la pantalla en la dirección pedida por Giordino.

—Parece más o menos igual, a excepción de algunas lomas.

—Dirk se dirige al guyot Conrow —dijo Giordino sin ningún énfasis.

—¿Guyot? ¿Qué significa eso? —preguntó DeLuca.

—Así se denomina a los montes submarinos de cima aplanada —explicó Sandecker—. Un cono volcánico submarino cuya cumbre haya sido nivelada por la acción de las aguas cuando se hundió lentamente bajo la superficie.

—¿Cuál es la profundidad de la cima? —preguntó Giordino a DeLuca.

El joven oficial de navegación extrajo un mapa de una gaveta situada bajo la mesa, y lo desplegó sobre la superficie transparente.

—Guyot Conrow —leyó en voz alta—. Profundidad, trescientos diez metros.

—¿A qué distancia está el VMAP? —dijo Morton.

DeLuca midió la distancia con un compás, y calculó la escala correspondiente al mapa.

—Noventa y seis kilómetros aproximadamente.

—A ocho kilómetros por hora —calculó Giordino—, y doblando la distancia para contar con las irregularidades del terreno y los rodeos para evitar barrancos, podrán llegar al Conrow con mucha suerte mañana a esta hora.

La mirada de Morton reflejó su escepticismo.

—Subir al guyot los acercará a la superficie, pero todavía les quedarán trescientos metros. ¿Cómo podrá ese tipo...?

—Su nombre es Dirk Pitt —le ayudó Giordino.

—De acuerdo, Pitt. ¿Cómo podrá llegar a la superficie? ¿Buceando?

—No desde esa profundidad —respondió Sandecker de inmediato—. El *Big John* está presurizado a una atmósfera, es decir, la misma presión que tenemos al nivel del mar. La presión del agua allá abajo es treinta y tres veces superior. Incluso si les suministramos equipos de buceo de alta tecnología y una mezcla de oxígeno y helio para respirar en aguas profundas, sus posibilidades son nulas.

—Y aun contando con que el súbito aumento de presión, al abandonar el *Big John*, no los mate —añadió Giordino—, lo haría el efecto producido por la descompresión al ascender hacia la superficie.

—¿Qué puede esconder Pitt debajo de la manga? —se preguntó Morton.

La mirada de Giordino pareció fijarse en un punto situado más allá del mamparo.

—No conozco la respuesta, pero creo que debemos darnos una condenada prisa en encontrarla.

16

La extensión grisácea y estéril dejó paso a un paisaje con aberturas esculpidas en formas extrañas, que se alzaban sobre el suelo del fondo marino. Parecían chimeneas deformadas y despedían nubes de un vapor negro y caliente —365 grados centígrados— que rápidamente se desvanecía en el océano helado.

—Humaredas negras —anunció Plunkett al divisarlas a la luz de los faros del *Big John*.

—Están rodeadas de comunidades de criaturas marinas —dijo Pitt sin apartar los ojos de los datos de navegación que aparecían en su monitor de control—. Localizamos una docena de ellas durante nuestras exploraciones mineras.

—Preferiría que diera un rodeo. Aborrezco ver como las aplasta este bruto.

Pitt sonrió y, recuperando el control manual, hizo girar el VMAP para evitar la singular colonia de exóticas especies de animales marinos que medraban lejos de la luz del sol. Aquella especie de oasis exuberante situado en medio del desierto de los fondos oceánicos medía cerca de un kilómetro cuadrado. Las anchas rodadas del monstruo intruso orillaron las chimeneas humeantes y los racimos entrelazados de gigantescos gusanos tubulares, que se balanceaban suavemente contra la corriente como juncos de los pantanos agitados por la brisa.

Plunkett miró con aprensión los tallos huecos cuando los gusanos de su interior desplegaron sus delicadas plumas de color rosa y carmín en el agua negra.

—¡Algunos deben tener sus buenos tres metros de longitud! —exclamó.

Dispersos también entre las chimeneas y los gusanos tubulares, se veían grandes mejillones blancos y variedades de almejas que Plunkett nunca había visto anteriormente. Criaturas de color limón que parecían bolas de pelusa nadaban entre peces de consistencia gelatinosa, cangrejos blancos espinosos y gambas de color azulado. Ninguno de ellos necesitaba la fotosíntesis para vivir. Se nutrían de bacterias que convertían el sulfuro de hidrógeno y el oxígeno, emitidos por las chimeneas, en nutrientes orgánicos. Si el sol se extinguiera de repente, esas criaturas seguirían viviendo en su lóbrega oscuridad cuando todas las demás formas de vida desplegadas por encima de ellas se hubieran extinguido.

Plunkett intentó guardar en la memoria la imagen de los diferentes habitantes de las chimeneas antes de que desaparecieran en la nube de cieno que levantaban a su paso, pero no pudo concentrarse en la tarea. Herméticamente cerrado en la solitaria cabina del vehículo minero, experimentaba una tremenda emoción al contemplar aquel mundo extraño. A pesar de estar habituado a las profundidades abisales, se sintió de súbito tan solo como el astronauta perdido más allá del límite de nuestra galaxia.

Pitt solamente dirigió algunas breves ojeadas al increíble escenario que se desplegaba en el exterior. No tenía tiempo para distracciones. Sus ojos y sus reflejos estaban pendientes de los peligros que pudiera mostrar el monitor, para reaccionar a tiempo ante ellos. Por dos veces estuvo a punto de hundir al *Big John* en profundas grietas; en una de ellas, se detuvo a menos de un metro del borde. Aquel terreno irregular resultaba en ocasiones tan inaccesible como un lecho de lava hawaiano, y entonces se veía obligado a reprogramar a toda prisa el ordenador para dar un rodeo por un lugar menos traicionero.

Debía tener especial cuidado con las zonas de corrimientos y los bordes acantilados que no podían sostener el peso del vehículo. Una vez tuvo que rodear un volcán pequeño pero activo, cuya lava fundida fluía por una larga grieta y se derramaba por la ladera hasta solidificarse en contacto con el agua gélida. A su alrededor aparecían pozos peñascosos y altos conos en los que se abrían anchos cráteres: los tipos de textura y perfil del terreno que uno esperaría encontrar en Marte.

Conducir guiado por las sondas del sonar y el radar del ordenador en lugar de confiar en la limitada visión que proporcionaban las luces del VMAP no convertía el viaje en una excursión placentera. La tensión empezaba ya a provocarle dolores musculares y picazón en los ojos, de modo que decidió pasar temporalmente el control a Plunkett, que había aprendido con rapidez las sutilezas del guiado del *Big John*.

—Acabamos de rebasar el nivel de los dos mil metros —informó Pitt.

—Es una buena noticia —contestó, alegre, Plunkett—. Hemos hecho más de la mitad del camino.

—No cante victoria todavía. La pendiente se ha hecho más pronunciada. Si asciende cinco grados más, nuestras cadenas perderán su adherencia.

Plunkett rechazaba toda idea de fracaso. Tenía una confianza plena en Pitt, extremo que provocaba en el hombre de la AMSN una continua irritación.

—La superficie de la ladera es más suave. Podremos ascender directamente hasta la cima.

—Tal vez las rocas de lava han perdido su perfil aguzado y se han redondeado algo —murmuró Pitt con voz cansada, pronunciando cada palabra con la lentitud de un hombre agotado—, pero bajo ninguna circunstancia deben considerarse suaves.

—No se preocupe. Hemos salido de la zona abisal y entrado en aguas medianas.

Plunkett hizo una pausa y señaló a través del cristal de la cabina un relámpago de bioluminiscencia azul-verdosa:

—*Porichthys myriaster,* un pez capaz de encenderse durante dos minutos.

—Debe usted compadecerlo —comentó Pitt entre dientes.

—¿Por qué? —polemizó Plunkett—. El *Porichthys* se ha adaptado muy bien. Utiliza su luminiscencia para asustar a los predadores, como cebo para procurarse alimento y como medio para identificar a su propia especie y, por supuesto, para atraer al sexo opuesto en la oscuridad más completa.

—Nadar toda la vida en un vacío negro y frío. Yo lo llamaría una auténtica pesadilla.

Plunkett se dio cuenta de que le tomaba el pelo.

—Una observación muy aguda, señor Pitt. Lástima que no podamos ofrecer a los peces de las aguas medianas alguna clase de distracción.

—Pues yo creo que podemos hacerlos reír un poco.

—¿Ah, sí? ¿Qué es lo que se le ha ocurrido?

—Haremos que contemplen su forma de conducir. —Señaló con un gesto amplio la consola de control—. Toda para usted. Procure vigilar con atención los datos geológicos del monitor en lugar de estar pendiente de esos peces de gelatina con anuncios de neón.

Pitt se encogió en su asiento, parpadeó un instante, cerró los ojos y se durmió de inmediato.

Pitt despertó un par de horas más tarde al oír un sordo crujido que resonó como un disparo. De inmediato intuyó que había problemas. Se puso en pie y sus ojos recorrieron la consola hasta fijarse en una luz roja que parpadeaba.

—¿Una avería?

—Se ha abierto una grieta —se apresuró a informarle Plunkett—. La luz de alarma se encendió en el momento de escucharse el crujido.

—¿Qué dice el ordenador respecto a los daños y a la localización?

—Lo siento, no me enseñó la clave para activar el programa.

Pitt tecleó a toda prisa la clave adecuada, y al instante la pantalla del monitor quedó ocupada por listados y números.

—Hemos tenido suerte —dijo Pitt—. Las cámaras con el equipo eléctrico y el de supervivencia están intactas. La grieta está en el compartimiento del reactor, en algún punto bajo, cerca del motor y del generador.

—¿A eso lo llama suerte?

—Hay espacio para moverse ahí dentro, y las paredes pueden permitir taponar el agujero. Los traqueteos que le hemos dado a este viejo autobús deben de haber acabado por abrir una hendidura microscópica en la cubierta del casco.

—La fuerza de la presión del agua exterior a través de un orificio del diámetro de una aguja puede llenar el volumen interior de esta cabina en dos horas —dijo Plunkett inquieto. El optimismo había desaparecido de sus ojos, y miraba el monitor desanimado—. Y si la grieta se ensancha y el casco revienta...

Su voz se apagó.

—El casco no va a reventar —dijo Pitt con énfasis—. Las paredes fueron construidas para resistir seis veces la presión de esta profundidad.

—Con todo, ese delgado chorro de agua penetra con la potencia de un rayo láser. Su fuerza es tal que puede segar un cable eléctrico o el brazo de un hombre en un abrir y cerrar de ojos.

—Eso quiere decir que debo tener cuidado, ¿no? —comentó Pitt al tiempo que abandonaba su asiento y reptaba hacia el extremo posterior de la cabina de control. Debía sujetarse continuamente para evitar salir despedido por los continuos zarandeos del vehículo, mientras éste trepaba por el terreno abrupto. Justo antes de llegar a la portezuela de salida, se inclinó y levantó una trampilla; luego encendió una luz para iluminar el compartimiento de las máquinas.

Pudo oír un silbido agudo por encima del zumbido de la turbina de vapor, pero no consiguió ver de dónde procedía. Unos veinticinco centímetros de agua cubrían ya el piso de acero. Hizo una pausa y escuchó, tratando de localizar el sonido. No quería abalanzarse a ciegas sobre aquel chorro cortante como una cuchilla.

—¿Lo ve? —gritó Plunkett.

—¡No! —contestó Pitt, nervioso.

—¿Detengo el vehículo?

—De ninguna manera. Siga avanzando hacia la cima.

Se inclinó más sobre la abertura del suelo. Había implícito un amenazante terror, una advertencia mortal en aquel ruido silbante, más peligroso que el mundo hostil del exterior. ¿Había dañado ya el chorro que entraba a presión por aquella fisura algún equipo vital? ¿Era demasiado fuerte como para poderlo detener? No podía perderse más tiempo, no quedaba siquiera tiempo para pensar ni para sopesar los riesgos. Si vacilaba, estaba perdido. No existía ninguna diferencia entre morir ahogado, con las costillas seccionadas, o aplastado por la implacable presión de las profundidades marinas.

Se deslizó por la trampilla y quedó acurrucado abajo unos momentos, feliz por seguir entero. La fisura estaba muy cerca, casi a la distancia del brazo, y podía sentir las salpicaduras del chorro que golpeaba alguna cosa sobre su cabeza. Pero el vaho que invadía el compartimiento le impedía examinar el agujero de entrada.

Pitt avanzó despacio a través del vaho. Se le ocurrió una idea, y se quitó un zapato. Lo sostuvo en alto y lo movió de un lado al otro, con el talón hacia afuera, como un ciego mueve su bastón. De pronto, el zapato casi le fue arrancado de la mano. Una sección del tacón había quedado totalmente horadada. Vio entonces la pequeña grieta, encima suyo y a la derecha.

El chorro, casi tan fino como una aguja, iba a chocar con la base de la turbina de vapor compacta que movía las grandes cadenas tractoras del VMAP. El grueso montaje de titanio resistía la potencia concentrada del chorro que entraba por la grieta, pero su dura superficie aparecía ya corroída y picada por la presión del líquido.

Pitt había identificado el problema, pero estaba lejos de poder resolverlo. No hay calafateado, aislante ni plancha capaz de detener un chorro que brota con suficiente fuerza para perforar el metal si se le da el tiempo suficiente. Rodeó la turbina en busca del compartimiento de herramientas y repuestos. Estudió su interior durante unos instantes y finalmente escogió un pedazo de tubo acodado para altas presiones que se guardaba como repuesto para el generador de vapor. A continuación tomó un martillo pesado de cabeza cuadrada.

El nivel del agua en el compartimiento había ascendido hasta medio metro cuando acabó con los preparativos. Su plan para taponar la fisura tenía que resultar. Si no, toda esperanza se habría desvanecido y no habría nada que Plunkett o él pudieran hacer, salvo esperar el momento en que el agua los cubriese o la presión los aplastase.

Muy despacio, con infinita precaución, se aproximó a la brecha con el tubo en una mano y el martillo en la otra. Asentó bien sus pies en el suelo que el agua cubría con enorme rapidez, inspiró profundamente, retuvo un momento la respiración y finalmente exhaló con fuerza. Al mismo tiempo aplicó un extremo del tubo acodado sobre el orificio de entrada, cuidando de apartar de él el extremo opuesto, e inmediatamente empujó éste contra el borde en ángulo del grueso mamparo acorazado que separaba los compartimientos de la turbina y el reactor. Martilleó con furia hacia arriba el extremo inferior del tubo hasta dejarlo sujeto con firmeza. Únicamente escapaban, tanto por el extremo inferior como por el superior, dos delgados hilillos de humedad.

Su personal método de taponar fugas podía ser ingenioso, pero no perfecto. El tubo acodado había convertido la inundación en un débil goteo suficiente para permitirles llegar, con suerte, a la cima del guyot, pero no era una solución definitiva. Bastarían algunas horas para que inevitablemente el orificio de entrada se ensanchara o el tubo reventara bajo aquella potencia similar a la del láser.

Pitt se sentó, frío, mojado, y demasiado agotado mentalmente para percibir el agua que rodeaba su cuerpo. Era divertido comprobar, pensó después de un largo minuto, que incluso sentado en el agua helada podía seguir sudando.

Veintidós eternas horas después de haber emergido de su entierro, el fiel VMAP había conseguido trepar hasta llegar a la vista de la cima del monte submarino. Con Pitt de nuevo a los mandos, las cadenas gemelas clavaban, resbalaban y clavaban de nuevo sus abrazaderas en las rocas de lava cubiertas de limo, ascendiendo un metro de la abrupta cuesta en cada ocasión, hasta que finalmente el gran tractor alcanzó la extensión llana de la cumbre.

Sólo entonces pararon completamente los motores del *Big John* y quedaron en silencio mientras la nube de barro que los rodeaba volvía a posarse lentamente sobre el suelo plano de la cima del guyot Conrow.

—Lo hemos hecho, viejo —rió Plunkett excitado al tiempo que palmeaba la espalda de Pitt—. Lo hemos hecho realmente bien.

—Sí —asintió Pitt, cansado—, pero nos queda un obstáculo por superar. —Y señaló el indicador digital de la profundidad—. Trescientos veintidós metros todavía.

La alegría de Plunkett se desvaneció rápidamente.

—¿No hay ninguna señal de su gente? —preguntó muy serio.

Pitt puso en marcha la sonda sonar-radar. La pantalla mostró que los diez kilómetros cuadrados de la cumbre estaban tan desiertos y desolados como una hoja de papel en blanco. El esperado vehículo de rescate no había llegado.

—No hay nadie en casa —dijo en voz baja.

—Es difícil creer que nadie en la superficie haya oído nuestra condenada música y seguido nuestros movimientos —dijo Plunkett, más irritado que desilusionado.

—Han dispuesto de muy poco tiempo para montar una operación de rescate.

—Sin embargo, esperaba que uno de sus sumergibles regresara y nos hiciera compañía.

Pitt esbozó un fatigado encogimiento de hombros.

—Fallos en el equipo, tiempo adverso..., pueden haber encontrado mil problemas de muy diferentes clases.

—No hemos recorrido todo este camino para fracasar ahora en este rincón del infierno. —Plunkett miró en dirección a la superficie. La oscuridad cerrada se había convertido en un azul índigo crepuscular—. No cuando estamos tan cerca.

Pitt sabía que Giordino y el almirante Sandecker removerían cielo y tierra para salvarlos a Plunkett y a él. Se negaba a aceptar la posibilidad de que no hubieran adivinado su plan y actuado de acuerdo con él. En silencio se levantó, se dirigió a la parte posterior y levantó la trampilla del compartimiento del motor. La grieta se había ensanchado y el nivel del agua estaba por encima del metro. Al cabo de cuarenta minutos a una hora, llegaría a la turbina. Cuando ésta quedara sumergida, el generador también dejaría de funcionar. Sin los sistemas de supervivencia, Pitt y Plunkett perecerían muy pronto.

—Llegarán a tiempo —se dijo Pitt a sí mismo con inflexible determinación—. Llegarán.

17

Pasaron diez, veinte minutos, y el horror de la soledad cayó sobre ellos. La sensación de estar perdidos en el fondo del mar, la oscuridad inacabable, la extraña vida marina que bullía en torno suyo: todo era como una espantosa pesadilla.

Pitt había aparcado al *Big John* en el centro de la cumbre del monte submarino y luego programado el ordenador para controlar la grieta del compartimiento de los motores. Miró perezosamente la pantalla y los números le mostraron que el nivel del agua había subido ya hasta escasos centímetros del generador.

Aunque el ascenso a una profundidad menor había aliviado considerablemente la presión del agua en el exterior, el orificio se había ensanchado, y todos los esfuerzos posteriores de Pitt no consiguieron detener la inundación. Evacuó aire para contrarrestar el incremento de la compresión atmosférica originado por el nivel creciente del agua.

Plunkett se había vuelto a medias y estudiaba a Pitt, cuyo rostro duro y curtido mantenía una expresión tranquila, grabada con tanta firmeza como sus pestañas, que nunca parecían parpadear. Los ojos parecían reflejar rabia, no contra ninguna persona u objeto, sino rabia dirigida sencillamente contra unas circunstancias que escapaban a su control. Parecía abrumadoramente lejos de Plunkett, como si el oceanógrafo británico estuviera situado a mil kilómetros de distancia. La mente de Pitt se había acorazado contra toda sensación de miedo a la muerte. Dedicaba sus energías a imaginar miles de posibles planes de escape, calculando cada detalle desde todos los ángulos posibles hasta que, uno tras otro, los iba descartando y los arrojaba, por así decirlo, al cesto de los papeles de su cerebro.

Tan sólo una alternativa ofrecía alguna remota posibilidad de éxito, pero dependía exclusivamente de Giordino. Si su amigo no aparecía en el curso de la próxima hora, sería demasiado tarde.

Plunkett se acercó y colocó su enorme manaza sobre el hombro de Pitt.

—Una magnífica proeza, señor Pitt. Nos ha traído desde las profundidades del abismo casi hasta la vista de la superficie.

—Aún no es bastante —murmuró Pitt—. Hemos sacado el billete de dólar y nos hemos quedado cortos por un penique.

—¿Le importa decirme cómo había planeado hacerlo sin disponer de una cámara de presurización para evacuar el vehículo y de una cápsula de transferencia de personal para llevarnos hasta la superficie?

—Mi idea original era volver a la superficie buceando.

Plunkett levantó una ceja, desconcertado.

—Supongo que no esperaría que retuviéramos el aliento durante todo el trayecto.

—No.

—Bueno —dijo Plunkett, satisfecho—. Por lo que a mí respecta, habría expirado antes de ascender treinta metros. —Dudó y miró a Pitt con curiosidad—. Bucear..., ¿lo dice en serio?

—Una esperanza ridícula, nacida de la desesperación —replicó Pitt con filosofía—. Sé muy bien que nuestros cuerpos no resistirían el doble asalto de la presión extrema y la descompresión.

—Dijo que esa era su idea original. ¿Tiene alguna otra, como intentar sacar a flote este monstruo?

—Se va usted acercando.

—Levantar un vehículo de quince toneladas sólo puede conseguirlo una imaginación desbocada.

—En realidad, todo depende de Al Giordino —contestó Pitt con paciencia—. Si lee en mi mente, vendrá a buscarnos en un sumergible equipado con...

—Pero le ha dejado abandonado —interrumpió Plunkett mostrando con un amplio gesto la extensión desierta que los rodeaba.

—Debe haber tenido alguna razón condenadamente buena para hacerlo.

—Sabe usted tan bien como yo, señor Pitt, que no vendrá nadie. No al menos en las próximas horas, o días, o tal vez nunca. Ha apostado a un milagro, y ha perdido. Si deciden buscar en alguna parte, será entre los escombros de su comunidad minera, y no aquí.

Pitt no respondió, y miró al exterior. Las luces del VMAP habían traído a una bandada de peces plateados, con cuerpos gruesos que se aplanaban hacia los lados y con gráciles colas; ondulaban en el agua lanzando destellos luminosos cuando las luces del vehículo se reflejaban en sus estómagos. Los ojos eran desproporcionadamente grandes y sobresalían de unos tubos que se alzaban sobre las cabezas. Miró cómo nadaban en espirales perezosas y elegantes en torno al enorme morro del *Big John*.

Se inclinó despacio hacia adelante como si escuchara algo, y luego volvió a recostarse.

—Me pareció oír algo.

—Es un misterio que podamos oír todavía, después de aquella música estruendosa —gruñó Plunkett—. Mis tímpanos deben de estar destrozados.

—Recuérdeme que le envíe una tarjeta de condolencia en otro momento —dijo Pitt—. ¿O prefiere que nos rindamos, inundemos la cabina y acabemos de una vez?

Se hundió en una inmovilidad absoluta, con la mirada fija en las evoluciones de los peces. Una enorme sombra planeó sobre ellos, y cuando los dos a una trataban de escrutar la oscuridad, se desvaneció de nuevo.

—¿Algo va mal? —preguntó Plunkett.

—Tenemos compañía —contestó Pitt con una sonrisa que significaba «ya-te-lo-decía». Se giró en su asiento, inclinó la cabeza hacia un lado y miró por la ventanilla superior.

Uno de los sumergibles del Rancho Empapado de la AMSN estaba suspendido en el vacío, en una posición ligeramente superior y detrás del VMAP. Giordino lucía una sonrisa tan amplia como un buzón de correos. Junto a él, el almirante Sandecker les hizo un airoso saludo a través del amplio ojo de buey.

Era el momento que tanto había deseado Pitt, por el que incluso había rezado en silencio, y el enorme abrazo de oso que le dio Plunkett demostró hasta qué punto compartía su alegría.

—Dirk —dijo solemnemente—, pido humildes disculpas por mis comentarios negativos. Lo suyo supera el instinto. Usted es el maldito bastardo más genial que he conocido.

—Hago lo que puedo —admitió Pitt con modestia y buen humor.

Pocas veces en su vida había visto Pitt nada tan maravilloso como la cara sonriente de Giordino en el interior del sumergible. ¿De dónde venía el almirante?, se preguntó. ¿Cómo podía haber llegado tan aprisa hasta aquel lugar?

Giordino apenas gastó tiempo. Se acercó a una portezuela que daba a un receptáculo eléctrico exterior. Pitt asintió y apretó un botón. La puerta desapareció en una ranura oculta, y en menos de un minuto uno de los brazos articulados robóticos del sumergible conectó un cable.

—¿Me escucháis? —la voz de Giordino irrumpió con claridad por los altavoces.

—No sabes lo bueno que es oír tu voz, amigo —contestó Pitt.

—Lamento el retraso. El otro sumergible volcó y naufragó al llegar a la superficie. Éste se quedó sin baterías y hemos perdido mucho tiempo reparándolo.

—Todo está olvidado. Encantado de verle, almirante. No esperaba que nos honrara con su presencia.

—Deje de adularme —cortó Sandecker—. ¿Cuál es su situación?

—Tenemos una fisura que cortará nuestra fuente de energía dentro de cuarenta o cincuenta minutos. Aparte de eso, estamos en buena forma.

—Será mejor que nos demos prisa.

Sin perder más tiempo en conversaciones, Giordino hizo maniobrar el sumergible hasta que su proa quedó al mismo nivel y enfrentada a la parte inferior del costado del VMAP. Luego activó los brazos del manipulador montado en el sector frontal, bajo la esfera de control. Era mucho más pequeño que el sistema de brazos del *Big John*, y más complicado.

Los brazos modulares del sumergible habían sido diseñados para ajustar a ellos diversos tipos de mecanismos manuales y operarlos hidráulicamente. La mano izquierda iba sujeta al brazo mediante una muñeca rotatoria, que a su vez se conectaba a tres dedos provistos en las puntas de sensores capaces de identificar todo tipo de material, desde la madera y el acero hasta el plástico, el algodón y la seda. Bajo el delicado toque del operador, reforzado por un sistema sensorial computadorizado, los dedos podían enhebrar una aguja o anudar un hilo; y, si la ocasión lo exigía, también hacer pedazos una roca.

Con suavidad, el brazo robótico tendió una manguera desde un pequeño depósito hasta una barra ancha con un orificio en su parte central.

La muñeca del brazo derecho disponía de una serie de cuatro discos circulares para cortar metal. Cada disco tenía un borde cortante de diferentes características, y podía ser intercambiado en función de la dureza del material que debía aserrar.

Pitt examinó con curiosidad el aparato instalado en el brazo izquierdo.

—Sabía que teníamos los discos almacenados en el sumergible, pero ¿dónde has encontrado ese equipo de corte a base de oxígeno? —preguntó sorprendido.

—Lo he pedido prestado a un submarino que pasaba —contestó Giordino en tono normal.

—Lógico —había una cansada aceptación en la voz de Pitt, inseguro de si su amigo le estaba tomando el pelo.

—Comienza la separación —dijo Giordino.

—Mientras nos cortas, bombearé un par de atmósferas de vuestro volumen de aire, para compensar el peso extra de la inundación debida a la grieta.

—Excelente idea —concedió Sandecker—. Necesitarán toda la flotabilidad que puedan conseguir. Pero tengan en cuenta los límites de seguridad de la presión, pues de otro modo tendrán problemas de descompresión.

—Nuestro ordenador controlará las pautas de descompresión —le aseguró Pitt—. Ni al doctor Plunkett ni a mí nos seduce la idea de convertirnos en casos clínicos.

Al tiempo que Pitt empezaba a bombear aire comprimido en los compartimientos de control y del motor, Giordino manipuló el sumergible de modo que los dos brazos robóticos pudieran operar de forma independiente. La mano con los tres dedos articulados aproximó la gruesa barra soldada a un perno que sobresalía de la estructura. La barra tenía una carga eléctrica positiva, mientras que la del VMAP era negativa. Al establecerse el contacto entre la barra y el perno, chisporroteó de súbito un arco luminoso. A medida que el metal se ponía al rojo y se fundía, por el agujero de la barra brotaba un chorro de oxígeno que dispersaba el material fundido.

—Un soplete de arco —explicó Pitt a Plunkett—. Van a aserrar todos los montajes, ejes y conexiones eléctricas hasta dejar libre la cabina de control del chasis y el mecanismo tractor.

Plunkett hizo señal de que había entendido, mientras Giordino acercaba el otro brazo hasta que una lluvia de chispas indicó que los discos habían empezado a cortar su objetivo.

—De modo que ésa es la idea. Flotaremos hasta la superficie con tanta facilidad como una botella de champaña Veuve Cliquot-Ponsardin Etiqueta Dorada.

—O una botella vacía de cerveza Coors.

—En el primer bar que encontremos, señor Pitt, las bebidas corren a mi cuenta.

—Gracias, doctor Plunkett. Acepto, siempre y cuando contemos con la suficiente flotabilidad como para ascender hasta allá arriba.

—Hínchele bien las tripas —pidió temerariamente Plunkett—. Prefiero los riesgos de la descompresión a la seguridad de ahogarme.

Pitt no estaba de acuerdo. La penosa agonía que los buceadores habían sufrido a través de los siglos por culpa de la descompresión superaba a las torturas infligidas por el hombre. La muerte resultaba un alivio, y la supervivencia significaba un cuerpo deformado y doblado por un dolor constante. Mantuvo la mirada fija en la lectura digital, a medida que los números rojos iban subiendo hasta las tres atmósferas: la presión correspondiente a unos veinte metros de profundidad. A ese nivel, estimó que los cuerpos podrían soportar sin problemas el aumento de presión, durante el corto tiempo que transcurriría antes de que en su sangre empezara a formarse gas nitrogenado.

Veinticinco minutos más tarde, estaba a punto de rectificar su estimación cuando un fuerte crujido resonó en el interior del compartimiento, seguido por un chirrido de intensidad creciente, magnificada además por la densidad del agua.

—Sólo faltan un montante y una riostra de la estructura para que quedéis libres —les informó Giordino—. Preparaos para volar.

—Enterado —respondió Pitt—. Me dispongo a cerrar todos los sistemas de energía y los eléctricos.

Sandecker encontraba insoportable no poder distinguir con claridad las caras de los dos hombres a través del corto espacio que separaba a los vehículos; sabía que eran muchas las posibilidades de que murieran.

—¿Cómo está actualmente vuestra provisión de aire? —preguntó con ansiedad.

Pitt comprobó el dato en el monitor.

—Hay el suficiente para llevarnos hasta casa si es que no paramos en el camino a comprar una pizza.

Con un chirrido que puso blandos los dientes de sus dos ocupantes, el compartimiento de control dio una sacudida y se levantó con el morro delante. Algo cedió entonces, y de repente la estructura se estremeció como si quisiera flotar libremente. Pitt cortó rápidamente la potencia del generador principal y puso en marcha las baterías de emergencia para mantener en funcionamiento el ordenador y el telefonillo. Pero el movimiento se detuvo de forma abrupta, y quedaron colgados sobre el enorme chasis del tractor.

—Un poco de paciencia —se oyó la tranquilizadora voz de Giordino—. Faltan algunos cables hidráulicos.

Luego añadió:

—Intentaré mantenerme tan cerca como pueda, pero si nos vemos obligados a separarnos demasiado, el cable del teléfono se desconectará y perderemos el contacto por la voz.

—Hazlo deprisa. El agua se está filtrando por algunos de los cables y conexiones cortados.

—Entendido.

—En cuanto lleguéis a la superficie, abrid la puerta y salid a escape —ordenó Sandecker.

—Como ocas con diarrea —le aseguró Pitt.

Pitt y Plunkett se relajaron durante unos segundos, mientras escuchaban el ruido de las sierras de disco cortando los tubos. Después se produjo un fuerte bandazo seguido por un ruido de algo que se desgarraba, y lentamente empezaron a ascender desde la cima del monte submarino, dejando atrás el chasis tractor del que colgaban como entrañas metálicas los cables arrancados y las sujeciones aserradas del *Big John*.

—¡En marcha! —rugió Plunkett.

La boca de Pitt se apretó.

—Demasiado despacio. El agua de la inundación ha disminuido nuestra flotabilidad.

—El viaje será largo —dijo Giordino—. Calculo que vuestro ritmo de ascenso es tan sólo de diez metros por minuto.

—Vamos cargados con el motor, el reactor y una tonelada de agua. Nuestro volumen apenas supera el exceso de peso.

—Es probable que subáis algo más aprisa cuando nos acerquemos a la superficie.

—No lo creo. El agua que entre compensará el descenso de presión.

—No hay riesgo de que perdamos el cable de comunicación —dijo Giordino en tono alegre—. Puedo seguir con toda facilidad vuestro ritmo de ascensión.

—Magro consuelo —murmuró Pitt entre dientes.

—Veinte metros arriba —dijo Plunkett.

—Veinte metros —repitió Pitt como un eco.

La mirada de los dos estaba fija en la lectura de las cifras que brillaban en la pantalla del ordenador. Nadie hablaba; mientras, los minutos transcurrían con lentitud. Quedaba detrás de ellos el mundo crepuscular, y el tono azul índigo de las profundidades empezó a palidecer ligeramente al aproximarse a la luz filtrada de la atmósfera exterior. Hizo su aparición el color verde, y después el amarillo. Un pequeño banco de atunes les dio la bienvenida y desapareció en la distancia. A 150 metros, Pitt pudo empezar a distinguir la esfera de su reloj de pulsera.

—Vais más despacio —los alertó Giordino—. El ritmo de ascenso ha bajado a siete metros por minuto.

Pitt comprobó los números del agua filtrada, y no le gustó lo que vio.

—El agua embarcada sobrepasa el nivel de seguridad.

—¿Podéis aumentar el volumen de aire? —preguntó Sandecker, en un tono de voz que expresaba su preocupación.

—No sin llegar a una dosis de descompresión fatal.

—Lo conseguiréis —dijo Giordino esperanzado—. Habéis pasado ya la marca de los ochenta metros.

—Cuando ascendamos cuatro metros más, sujétanos con el brazo articulado y remólcanos.

—Lo haré.

Giordino se adelantó y colocó el sumergible de forma que la popa apuntaba hacia la superficie y él podía ver hacia abajo a Pitt y Plunkett. Entonces encendió el piloto automático en marcha atrás con el fin de mantener el mismo ritmo de ascenso que la cabina del *Big John*. Pero antes de que pudiera extender el brazo robótico, vio que el VMAP disminuía su velocidad y la distancia entre ambos empezaba a aumentar. Rápidamente compensó la distancia y volvió a acercarse.

—Dos metros por minuto —comentó Pitt con calma helada—. Será mejor que nos sujetes.

—Operación en marcha —le interrumpió Giordino antes de que acabara la frase.

En el momento en que el sistema de mano articulada del sumergible consiguió sujetar con firmeza el borde inferior saliente de la cabina aserrada, ésta quedó inmóvil.

—Tenemos una flotabilidad neutral —informó Pitt.

Giordino soltó el peso sobrante del lastre metálico del sumergible y programó la velocidad máxima marcha atrás. Los propulsores mordieron el agua y el aparato, con el VMAP a remolque, empezó a ascender de nuevo con torturante lentitud hacia los guiños de luz de la superficie.

Ochenta metros, setenta, la lucha por llegar a la luz del día parecía no acabar nunca. Luego, a veintisiete metros, el ascenso se detuvo de forma definitiva. El agua que inundaba el compartimiento del motor entraba a través de nuevas grietas abiertas y de tubos recién reventados, con la presión de una manguera contra incendios.

—Os estoy perdiendo —exclamó Giordino alarmado.

—¡Salgan, evacúen! —gritó Sandecker.

Pitt y Plunkett no necesitaban la advertencia. No tenían ningún deseo de que el *Big John* se convirtiera en su tumba. La cabina tripulada empezó a descender, arrastrando detrás al sumergible. Su única esperanza de salvación residía en la presión interior del aire; estaba casi al mismo nivel que la del agua exterior. Pero lo que la suerte les había dado, se lo volvió a arrebatar. La inundación no podía haber elegido peor momento para alcanzar el sistema de baterías de emergencia, cortando de ese modo la potencia hidráulica que accionaba la escotilla de salida.

Plunkett luchó frenéticamente para abrir la escotilla, pero la presión ligeramente más alta del agua circundante la mantenía bloqueada. Pitt se colocó a su lado, y los dos aplicaron todas sus fuerzas a la escotilla cerrada.

Desde el sumergible, Giordino y Sandecker observaban el forcejeo con una aprensión cada vez mayor. La flotabilidad negativa iba aumentando con rapidez, y la cabina empezaba a hundirse en las profundidades con una velocidad alarmante.

La escotilla cedió finalmente, a pesar de parecer pegada a un mar de cola líquida. Cuando el agua empezó a penetrar por la abertura en el compartimiento, Pitt gritó:

—Aspire todo el aire que pueda ahora, y no olvide irlo exhalando poco a poco mientras sube.

Plunkett hizo una breve señal de asentimiento, aspiró profundamente varias veces en rápida sucesión para eliminar el dióxido de carbono de sus pulmones, y retuvo el aire de la última aspiración. Entonces introdujo la cabeza por la escotilla abierta y se deslizó al exterior.

Pitt le siguió después de ventilar varias veces sus pulmones para poder retener más aire en ellos. Flexionó las rodillas en el umbral de la escotilla y se impulsó hacia arriba mientras Giordino soltaba la presa del brazo robótico dejando que los últimos restos del VMAP cayeran al vacío.

Pitt no podía saberlo, pero salió de de la cabina a cuarenta y dos metros de profundidad. El reflejo de la superficie parecía a diez kilómetros de distancia. Hubiera dado un año de paga por disponer de pies de pato. También deseaba tener quince años menos. Más de una vez, cuando tenía veinte años de edad, había practicado el buceo libre y llegado hasta veinticinco metros de profundidad en aguas de Newport Beach, en California. Su cuerpo seguía en buena forma física, pero el tiempo y el duro trabajo se habían cobrado su tributo. Nadó hacia arriba, dándose regularmente impulso con manos y pies y exhalando el aire poco a poco, a fin de que los gases que se expandían en sus pulmones no rompieran los capilares y llevaran las burbujas directamente al flujo sanguíneo, lo que causaría una embolia.

El brillo del sol bailaba en la superficie y enviaba al interior de las aguas rayos de luz. Descubrió que se encontraba en la sombra de dos buques. Al no disponer de mascarilla, la visión borrosa por el agua sólo le permitía distinguir vagamente las siluetas de sus quillas. Uno parecía una lancha plana, y el otro decididamente parecía un mamut. Varió su trayectoria con el fin de llegar a la superficie entre los dos barcos y evitar un golpe en la cabeza. Debajo de él, Giordino y Sandecker le observaban desde el sumergible, como la tripulación de apoyo anima al nadador que intenta la travesía del Canal de la Mancha.

Pasó al lado de Plunkett, que mostraba signos evidentes de encontrarse en dificultades. El oceanógrafo parecía haber perdido toda la fuerza de sus músculos. Pitt comprendió que Plunkett estaba a punto de desvanecerse. Lo sujetó por el cuello y tiró del británico hacia arriba.

Pitt exhaló las últimas reservas de aire de sus pulmones. Pensó que nunca iba a llegar a la superficie. La sangre le zumbaba en los oídos. Y entonces, súbitamente, cuando estaba reuniendo todos sus recursos físicos para el esfuerzo final, Plunkett quedó inerte. El británico había hecho un magnífico esfuerzo antes de quedar inconsciente, pero no era un buceador experto.

La visión de Pitt empezó a oscurecerse, y detrás de sus ojos empezaron a estallar fuegos artificiales. La falta de oxígeno empezaba a afectar el cerebro, pero la voluntad de llegar a la superficie era más poderosa que todos los obstáculos. El agua del mar le irritaba los ojos e invadía los orificios de la nariz. Estaba a pocos segundos de ahogarse, pero seguía resistiendo.

A punto de desvanecerse, utilizó las escasas fuerzas que le quedaban en un último empujón hacia las nubes. Arrastrando el peso del cuerpo de Plunkett, pateó furiosamente y se impulsó como un loco con la mano libre. Podía ver el reflejo espejeante de las olas. Parecían tentadoramente próximas, y sin embargo se alejaban cada vez más.

Oyó el ruido de un chapuzón, como si algo hubiera caído al agua, y luego, de súbito, se materializaron en el agua cuatro figuras negras, a uno y otro lado de donde se encontraba. Dos de ellas tomaron a Plunkett y se lo llevaron. Una de las restantes colocó en la boca de Pitt una mascarilla con un regulador de la respiración.

Aspiró una gran bocanada de aire, y luego otra y otra más, hasta que el hombre-rana apartó suavemente la mascarilla para respirar a su vez. Era sencillamente el viejo aire común, la mezcla habitual de nitrógeno, oxígeno y una docena de gases distintos, pero a Pitt le pareció el aire vivo y seco de un bosque de pinos en las Rocosas de Colorado, después de una lluvia.

La cabeza de Pitt asomó fuera del agua, y miró y volvió a mirar el sol como si nunca lo hubiera visto antes. Nunca le había parecido el cielo tan azul y las nubes tan blancas. El mar estaba en calma, y las crestas de las olas apenas sobresalían medio metro de la superficie.

Sus rescatadores intentaron sostenerlo, pero él los rechazó. Se dio la vuelta y flotó sobre su espalda, y entonces vio la gran torre de navegación de un submarino nuclear alzada junto a él. Después vio el junco. ¿De dónde demonios había salido aquello?, se preguntó. El submarino explicaba la presencia de hombres-rana de la Marina, pero ¿qué hacía allí un junco chino?

Había una multitud agolpada en la barandilla de la borda del junco, y reconoció en aquellas personas a los miembros de su equipo perdido, que le saludaban y vitoreaban como locos. Vio también a Stacy Fox, y le envió a su vez un saludo.

De inmediato volvió a pensar en Plunkett, pero no necesitaba preocuparse por él. El grueso británico estaba ya tendido sobre el casco del submarino, rodeado de tripulantes de la Marina de Estados Unidos. Rápidamente recuperó el sentido, y empezó a toser y escupir agua.

El sumergible de la AMSN emergió a escasa distancia. Giordino asomó por la escotilla de la torreta, con el aspecto de un hombre que acaba de ganar el premio gordo de la lotería. Estaba tan cerca de Pitt que pudo hablarle en tono de conversación.

—¿Has visto los desastres que has causado? —dijo entre risas—. Todo esto va a costarnos un pico.

Pese a la felicidad que sentía por contarse aún entre los vivos, el rostro de Pitt enrojeció súbitamente de ira. Habían quedado destruidas demasiadas cosas y, aunque él todavía no lo supiera, también habían muerto demasiadas personas. Cuando contestó, lo hizo en voz tensa y forzada.

—No a ti ni a mí. Pero quienquiera que haya sido el responsable de todo esto, va a tener que pagar una factura muy elevada por lo que ha hecho.

Segunda parte

La amenaza Kaiten

18

La despedida final que los pilotos kamikazes se gritaban antes de trepar a la cabina de sus aviones era: «Nos veremos en Yasukuni».

Aunque no esperaban volver a verse en carne y hueso, su intención era reunirse en espíritu en Yasukuni, el venerado monumento levantado en honor de quienes habían muerto luchando por la causa del emperador desde los días de la guerra revolucionaria de 1868. Las construcciones del santuario se alzan sobre una loma conocida como colina Kudan, en el centro de Tokyo. Conocida también como Shokonsha, «Santuario que invoca el espíritu», el área ceremonial central fue edificada bajo las normas estrictas de la arquitectura sintoísta, y está casi totalmente desprovista de ornamentos.

El sintoísmo, una religión cultural basada en tradiciones antiquísimas, ha evolucionado con el paso de los años a través de numerosos ritos de paso y de sectas agrupadas en torno al *kami*, o «la forma del poder divino a través de los distintos dioses». En la época de la Segunda Guerra Mundial, se había convertido en un culto estatal y en una filosofía ética muy alejada de la de una religión estrictamente considerada. Durante la ocupación americana se suprimió toda ayuda gubernamental a los santuarios sintoístas, pero, posteriormente, fueron considerados un patrimonio nacional y venerados como centros de cultura.

El santuario interior de los centros de culto sintoístas está vedado a todos, con excepción del sacerdote principal. En el interior del santuario se guarda un objeto que infunde temor por representar el símbolo del espíritu divino. En Yasukuni, ese objeto temible es un espejo.

No se permite a los visitantes pasar más allá de las enormes puertas de bronce que conducen al santuario de los héroes de guerra. Curiosamente, se suele olvidar el hecho de que, entre los aproximadamente 2.500.000 héroes de guerra nipones deificados, se cuentan dos capitanes mercantes extranjeros muertos al hundirse sus buques cuando intentaban pasar suministros a las fuerzas japonesas en el curso de la guerra ruso-japonesa de 1904. También se veneran en Yasukuni un buen número de criminales. Entre los espíritus allí reunidos se cuentan los de asesinos políticos, personajes del submundo militar, y los criminales de guerra mandados por el general Hideki Tojo, responsable de atrocidades que recuerdan, y en ocasiones hasta dejan pequeñas, las carnicerías de Auschwitz y Dachau.

Desde el final de la Segunda Guerra Mundial, Yasukuni se ha convertido en algo más que un simple monumento militar. Ha sido el símbolo unificador de los conservadores de derechas y los militantes que todavía sueñan con un imperio dominado por la superioridad de la cultura japonesa. La visita anual de homenaje realizada por el primer ministro Ueda Junshiro y los líderes de su partido, en el aniversario de la derrota de Japón en 1945, era siempre objeto de una amplia cobertura informativa por parte de la prensa y las cadenas de televisión nacionales. A continuación se producía por lo general una avalancha de protestas protagonizadas por la oposición política, los izquierdistas y los pacifistas, las facciones religiosas no sintoístas, y los representantes de naciones vecinas que habían sufrido la dominación japonesa durante la guerra.

Para evitar convertirse en el punto de mira de las críticas y de una opinión generalizada en contra suya, los ultranacionalistas que anhelaban la resurrección del imperio y la glorificación de la raza japonesa se vieron obligados a acudir clandestinamente a Yasukuni para efectuar sus ritos por la noche. Iban y venían como fantasmas, a pesar de ser personajes increíblemente ricos, altos dignatarios del gobierno y también siniestros manipuladores que se amparaban en la sombra, con sus pies firmemente asentados en una estructura de poder intocable incluso para los dirigentes gubernamentales.

El más secreto y poderoso de todos ellos era Hideki Suma.

Caía una ligera llovizna cuando Suma cruzó la puerta y caminó por el sendero de grava hacia el santuario Shokonsha. Había pasado ya bastante tiempo desde la medianoche, pero las luces de Tokyo, reflejadas por las nubes bajas, iluminaban su camino. Se detuvo momentáneamente bajo un gran árbol, y miró a su alrededor el terreno circundado por los altos muros. El único signo de vida que veía era una colonia de palomas, anidadas bajo los discos que coronaban el techo curvado.

Satisfecho de estar a salvo de la mirada de cualquier observador, Hideki Suma cumplió con el ritual del lavatorio de manos en un estanque de piedra, y se enjuagó la boca con un buche de agua. Luego penetró en el vestíbulo del santuario exterior y allí fue recibido por el sacerdote principal, que aguardaba su llegada. Suma depositó una ofrenda en el oratorio y extrajo del bolsillo interior de la gabardina un rimero de papeles envueltos en un pergamino. Los entregó al sacerdote, y éste los llevó al altar.

Sonó una campanilla para convocar a la deidad específica o *kami* de Suma, y después ambos hombres juntaron sus manos para orar. Tras una corta ceremonia de purificación, Suma habló en voz baja con el sacerdote durante un minuto, recogió su pergamino y abandonó el santuario de forma tan inadvertida como había entrado en él.

La tensión de los tres días anteriores se desprendió de él como el agua que se desliza por la cascada de un jardín. Suma se sintió rejuvenecido por el poder místico y la guía de su *kami*. Su sagrada pretensión de purificar la cultura japonesa del veneno de las influencias occidentales, y al mismo tiempo proteger los beneficios de su imperio financiero, estaba guiada por el poder divino.

Si un paseante casual hubiera visto a Suma bajo aquella fina llovizna, lo habría olvidado con facilidad. Parecía un hombre ordinario, vestido con un mono de obrero y una gabardina barata. No llevaba sombrero, y el cabello era una espesa mata de color negro y blanco, cuidadosamente cepillada. La melena negra común a casi todos los hombres y mujeres japoneses se había aclarado a una edad temprana, lo que daba a Suma el aspecto de un hombre mucho mayor de los cuarenta y nueve años que contaba. Con su estatura de 1,70 centímetros era un hombre bajo para los estándares occidentales, pero de talla algo superior a la media según el ideal japonés.

Únicamente al observar sus ojos se percibía alguna diferencia respecto de sus compatriotas. Los iris eran de un magnético color azul oscuro, herencia probable de algún antiguo comerciante holandés o de un marino británico. Fue un niño enfermizo, pero cuando tenía quince años empezó a levantar pesas, y desde entonces trabajó con fría determinación para transformar su cuerpo en una escultura musculosa. Su mayor satisfacción no residía en su fuerza, sino en moldear la carne y los tendones hasta convertirlos en una creación propia.

Su guardaespaldas y chófer le recibió con una reverencia y cerró tras él la pesada puerta de bronce. Moro Kamatori, el amigo más íntimo de Suma además de su principal ayudante, y su secretaria Toshie Kudo, esperaban pacientemente, sentados en el asiento trasero de una limusina negra fabricada por encargo, marca Murmoto, provista de un motor de doce cilindros con una potencia de 600 caballos de vapor.

Toshie era mucho más alta que sus hermanas de raza. Esbelta, de largas piernas, con un cabello negro como ala de cuervo, largo hasta la cintura, y una piel sin defectos realzada por unos ojos mágicos de color castaño café, parecía salida de una película de James Bond. Pero al revés que las bellezas exóticas que rodean al superespía *bon vivant*, Toshie poseía un alto nivel de capacidad intelectual. Su coeficiente de inteligencia se situaba en torno a los 165 puntos, y las dos partes de su cerebro podían funcionar con una capacidad similar.

No miró a Suma cuando éste entró en el automóvil, porque su atención estaba fija en un ordenador compacto que descansaba en su bien formado regazo.

Kamatori estaba hablando por teléfono. Su intelecto no alcanzaba el nivel de Toshie, pero era una persona meticulosa, y siniestramente hábil en el manejo de los proyectos secretos de Suma. Estaba especialmente dotado para moverse entre las bambalinas de las altas finanzas, tirar de hilos ocultos y dar la cara por Suma, que prefería esconderse de la vista del público.

Kamatori tenía una cara estólida y resuelta, flanqueada por unas orejas desproporcionadamente grandes. Bajo las gruesas cejas negras, sus ojos oscuros y desprovistos de brillo miraban a través de los gruesos cristales de unos lentes sin montura. Jamás una sonrisa iluminaba sus labios apretados. Era un hombre sin emociones ni convicciones. Fanáticamente leal a Suma, el talento más destacado de Kamatori consistía en el juego de la caza del hombre. Si alguien, no importa cuál fuera la cuantía de sus riquezas o el lugar destacado que ocupara en la jerarquía gubernamental, representaba un obstáculo para los planes de Suma, Kamatori lo eliminaba hábilmente de forma que pareciera un accidente o que la culpa recayera en una facción opuesta.

Kamatori llevaba un listado de sus asesinatos con anotaciones sobre los detalles más sobresalientes de cada uno de ellos. En el curso de veinticinco años, el total se elevaba a 237.

Colgó el auricular en un soporte adaptado en el brazo del asiento, y miró a Suma.

—El almirante Itakura, de nuestra embajada en Washington. Sus fuentes han confirmado que la Casa Blanca está informada de que la explosión fue nuclear y tuvo su origen en el *Divine Star.*

Suma se encogió de hombros con estoicismo.

—¿Ha presentado el presidente una protesta formal al primer ministro Junshiro?

—El gobierno americano ha guardado un extraño silencio —contestó Kamatori—. En cambio, los noruegos y los británicos están armando barullo por la pérdida de sus barcos.

—Pero no los americanos.

—Nada más que breves reseñas en sus medios de información.

Suma se inclinó hacia adelante y dio unas palmaditas en la rodilla forrada de nailon de Toshie.

—Por favor, una foto del lugar de la explosión.

Toshie asintió respetuosamente y programó la clave correspondiente en el ordenador. En menos de treinta segundos, una fotografía en color surgió de un aparato de fax colocado en el tabique que separaba la cabina del chófer del departamento de los pasajeros. Toshie la pasó a Suma, que encendió las luces interiores del automóvil y tomó la lente de aumento que le tendía Kamatori.

—Esta fotografía realzada en infrarrojos fue tomada hace hora y media, al paso de nuestro satélite espía Akagi —explicó Toshie.

Suma miró unos momentos a través de la lente, sin decir palabra. Luego levantó la vista con aire extrañado.

—¿Un submarino nuclear de ataque y un junco asiático? Los americanos no actúan como yo había esperado. Es muy raro que no hayan enviado allí media flota del Pacífico.

—Varias unidades navales se dirigen a toda máquina al lugar de la explosión —dijo Kamatori—, incluido un buque de reconocimiento oceanográfico de la AMSN.

—¿Algún indicio de vigilancia espacial?

—La inteligencia americana ya ha recogido gran número de datos de sus satélites espías Pyramider y aviones SR-Ninety.

Suma señaló con un dedo un pequeño objeto que aparecía en la foto.

—Un sumergible asoma entre los dos barcos. ¿De dónde venía?

Kamatori observó el punto indicado por el dedo de Suma.

—Desde luego, no del junco. Es probable que proceda del submarino.

—No encontrarán ningún resto del *Divine Star* —murmuró Suma—. Debió quedar reducido a partículas por la explosión.

Devolvió la fotografía a Toshie y añadió:

—Por favor, un informe de la situación actual y de los destinos de los transportes de automóviles que cargan nuestros productos.

Toshie miró por encima del monitor como si hubiera leído en su mente.

—Tengo los datos que pide, señor Suma.

—¿Y bien?

—El *Divine Moon* acabó de embarcar un cargamento de automóviles la noche pasada en Boston —informó a medida que iba leyendo los caracteres japoneses en la pantalla—. El *Divine Water*... atracó hace ocho horas en el puerto de Los Ángeles, y en el momento actual está descargando.

—¿Alguno más?

—Hay dos barcos en travesía —prosiguió Toshie—. El *Divine Sky* llegará a Nueva Orleans dentro de dieciocho horas, y el *Divine Lake* tardará aún cinco días en llegar a Los Ángeles.

—Tal vez debamos indicar a esos dos barcos que pongan rumbo a puertos fuera de Estados Unidos —dijo Kamatori—. Es posible que los agentes de aduanas americanos reciban la orden de buscar signos de radiación.

—¿Quién es nuestro agente de cobertura en Los Ángeles? —preguntó Suma.

—George Furukawa es quien dirige sus negocios secretos en los estados del suroeste.

Suma se relajó, visiblemente satisfecho.

—Furukawa es un buen elemento. Advertirá cualquier alteración en los procedimientos de rutina de las aduanas americanas —se volvió a Kamatori, que hablaba de nuevo por teléfono—. Desvía el *Divine Sky* a Jamaica hasta que tengamos más datos, pero deja que el *Divine Lake* prosiga el viaje a Los Ángeles.

Kamatori se inclinó por toda respuesta y volvió a empuñar el teléfono.

—¿Va a correr el riesgo de que lo detecten? —preguntó Toshie.

Suma apretó los labios y negó con la cabeza.

—Los agentes de la inteligencia americana buscarán en los barcos, pero nunca descubrirán las bombas. Nuestra tecnología los derrotará.

—La explosión a bordo del *Divine Star* se ha producido en un mal momento —dijo Toshie—. Me pregunto si sabremos alguna vez qué fue lo que la causó.

—No me interesa ni me importa —contestó Suma con frialdad—. El accidente ha sido desafortunado, pero no retrasará el cumplimiento de nuestro Proyecto Kaiten.

Suma hizo una pausa, y en su rostro se dibujó una expresión brutal.

—Disponemos de suficientes piezas ya emplazadas como para destruir a cualquier nación que amenace a nuestro nuevo imperio.

19

El vicepresidente George Furukawa recibió una llamada de su esposa, en su despacho enmoquetado de los prestigiosos laboratorios Samuel J. Vincent. Ella le recordó su cita con el dentista. Él le dio las gracias, se despidió con unas palabras cariñosas y colgó.

La mujer que estaba en el otro extremo de la línea no era en realidad su esposa, sino una de las agentes de Suma, capaz de imitar la voz de la señora Furukawa. La cita con el dentista era una clave que había recibido anteriormente en cinco ocasiones. Significaba que había llegado al puerto un mercante con automóviles Murmoto y se disponía a descargar.

Después de informar a su secretaria de que pasaría el resto de la tarde en el dentista, Furukawa caminó hasta el ascensor y apretó el botón correspondiente al garaje subterráneo. Dio unos pasos hasta su plaza de aparcamiento privada, abrió la portezuela de su deportivo Murmoto y se sentó al volante.

Furukawa buscó bajo el asiento. Allí estaba el sobre, colocado en su automóvil por uno de los agentes de Suma después de que él hubiera entrado a trabajar. Comprobó el contenido, en busca de los documentos precisos para sacar tres automóviles del área de descarga en los muelles. Los papeles estaban completos y correctos, como de costumbre. Satisfecho, puso en marcha el poderoso motor V-8 de 32 válvulas, 400 caballos de vapor y 5,8 litros. Condujo hasta la gruesa barrera de acero que se alzaba sobre la pista de cemento, amenazadoramente inclinada hacia el morro del Murmoto.

Un vigilante sonriente salió de la garita y se inclinó.

—Sale usted temprano, señor Furukawa.

—Tengo una cita con mi dentista.

—Su dentista debe de haberse comprado un yate con todo lo que usted le paga por sus dientes.

—Quizás una villa en Francia —replicó en tono de broma Furukawa.

El vigilante rió y luego hizo la pregunta de rutina.

—¿Se lleva a casa algún trabajo esta noche?

—Nada. He dejado mi maletín en el despacho.

El vigilante presionó un botón para levantar la barrera e hizo un gesto con el brazo, indicando el doble carril que conducía a la calle.

—Enjuáguese la boca con un chorrito de tequila al llegar a casa. Eso mata el dolor.

—No es mala idea —dijo Furukawa al tiempo que colocaba la primera de las seis velocidades de su caja de cambios—. Gracias.

Los Laboratorios Vincent, con sede en un alto edificio de cristal, apartado de la calle por un bosquecillo de eucaliptus, era un centro de investigación y diseño propiedad de un consorcio de compañías espaciales y de aviación. Sus trabajos eran considerados del máximo secreto y los resultados se guardaban con un cuidado extremo, sobre todo porque los fondos procedían de contratos gubernamentales destinados a programas militares. Allí se concebían y estudiaban avances futuristas en la tecnología aeroespacial; los proyectos de mayor potencial pasaban después a las fases de diseño y producción, mientras que los fracasos se guardaban aparte para un posterior estudio.

Furukawa era lo que en los círculos de la inteligencia se conoce como un «dormilón». Sus padres eran dos de los muchos miles de japoneses que emigraron a los Estados Unidos poco después de la guerra. Rápidamente se mezclaron con los otros inmigrantes que trataban de reanudar el hilo de sus vidas, interrumpido durante su reclusión en los campos de internamiento. Pero los Furukawa no habían cruzado el Pacífico porque hubieran dejado de amar a Japón. Lejos de eso, odiaban a América y su mezcolanza de culturas.

Se convirtieron en ciudadanos disciplinados y trabajadores con el propósito expreso de educar a su único hijo de forma que llegara a ser un dirigente empresarial americano. No escatimaron ningún gasto en el intento de proporcionar a su hijo la mejor educación que podía ofrecer la nación, y el dinero necesario para ello afluyó de algún lugar misterioso, a través de bancos japoneses, a las cuentas corrientes de la familia. Una increíble paciencia y largos años de mantenimiento de aquella fachada se vieron finalmente recompensadas cuando su hijo George se doctoró en física aerodinámica, y con el tiempo consiguió ocupar una posición destacada en los Laboratorios Vincent. Furukawa, muy respetado entre los diseñadores aeronáuticos, pudo entonces reunir enormes cantidades de información sobre la tecnología aeroespacial americana más avanzada, y pasarla en secreto a Industrias Suma.

Los datos secretos que Furukawa robó para un país que todavía no había visitado nunca, ahorraron a Japón miles de millones de dólares en costes de investigación y desarrollo. Sus siniestras actividades, realizadas casi en solitario, proporcionaron a Japón un adelanto de cinco años en la carrera por convertirse en un país líder en el mercado mundial de la industria aeroespacial.

Furukawa había sido reclutado además para el Proyecto Kaiten en el curso de una entrevista que sostuvo con Hideki Suma en Hawai. Se sintió honrado al ser elegido por uno de los dirigentes más influyentes de Japón para una misión sagrada. Sus órdenes fueron las de recoger con discreción automóviles de un color determinado y transportarlos a destinos secretos. Furukawa no hizo preguntas. Su ignorancia respecto a los detalles de la operación estaba lejos de molestarle. No podía comprometerse demasiado porque de hacerlo así pondría en peligro su misión específica, consistente en robar tecnología de Estados Unidos.

Mientras avanzaba por el bulevar de Santa Mónica, el tráfico, entre dos horas punta, había disminuido. Al cabo de varios kilómetros, tomó la autopista de San Diego, hacia el sur. Un ligero toque de su pie al acelerador permitió a su Murmoto adelantar el flujo de coches más lentos que circulaban por la carretera. Cuando su detector zumbó, Furukawa redujo la velocidad hasta el límite permitido, trescientos metros antes de entrar en el radio de acción de un coche radar de la policía aparcado en el arcén. Los saludó con una sonrisa ambigua y volvió a acelerar.

Furukawa se colocó en el carril derecho y trazó la curva del trébol del enlace con la autopista de la Bahía. Diez minutos más tarde llegaba a la terminal de carga del puerto y torcía por un callejón, en el que adelantó a un gran camión y un semirremolque aparcados detrás de un almacén vacío. Las puertas del camión y los costados del remolque llevaban pintado el logotipo de una compañía muy conocida de transportes y mudanzas. Hizo sonar la bocina dos veces. El conductor del camión dio tres toques de bocina como respuesta y arrancó detrás del deportivo de Furukawa.

Tras esquivar la fuerte concentración de camiones que entraban y salían de los muelles de carga, Furukawa se detuvo finalmente ante una de las puertas de la zona asignada a los automóviles importados por firmas extranjeras. Las áreas vecinas estaban abarrotadas de Toyotas, Hondas y Mazdas desembarcados ya y a la espera de ser cargados en remolques de doble piso, con destino a sus miles de puntos de venta.

Mientras el guarda examinaba los documentos de entrega contenidos en el sobre, Furukawa contempló el mar de automóviles descargados ya del *Divine Water*. Más de la tercera parte de la carga reposaba bajo el sol de California. Contó perezosamente el flujo continuado de coches que surgían, guiados por un ejército de conductores, a través de las escotillas abiertas y a lo largo de las rampas, hasta el muelle, a un ritmo de dieciocho por minuto.

El guarda le tendió el sobre.

—De acuerdo, señor. Tres sedanes deportivos SP-Quinientos. Por favor, entregue sus papeles al encargado de abajo. Él le atenderá.

135

Furukawa le dio las gracias e hizo un gesto al camión de que lo siguiera.

El rubicundo encargado, que fumaba un cigarro puro, reconoció a Furukawa.

—¿Otra vez viene a buscar esos podridos coches marrones? —preguntó alegremente.

Furukawa se encogió de hombros.

—Tengo un cliente que los compra para su flota de ventas. Lo crea o no, es el color de su compañía.

—¿Qué vende, mierda de lagarto de Kyoto?

—No, café de importación.

—No me diga la marca. No quiero saberla.

Furukawa deslizó un billete de cien dólares en la mano del encargado.

—¿En cuánto tiempo podré tener lista la entrega?

El encargado sonrió.

—Sus coches son fáciles de encontrar en medio de todo el cargamento. Los tendré listos en veinte minutos.

Pasó una hora antes de que los tres automóviles marrones quedaran bien sujetos dentro del remolque cerrado y pudieran abandonar el muelle. El conductor del camión y Furukawa no cruzaron una sola palabra. Evitaron incluso el contacto visual.

Fuera ya del recinto, Furukawa apartó su automóvil a un lado de la carretera y encendió un cigarrillo. Observó, con fría curiosidad, cómo el camión y el semirremolque giraban para dirigirse a la autopista de la Bahía. La matrícula del remolque era de California, pero sabía que la cambiarían en cualquier parada en el desierto antes de cruzar la frontera del estado.

A pesar de su pretendido desinterés, Furukawa se descubrió a sí mismo preguntándose inconscientemente qué tenían de especial los automóviles marrones. ¿Y cuál era su punto final de destino, guardado con tanto secreto?

20

—Primero practicaremos el surf al amanecer en la punta Makapuu —dijo Pitt, sosteniendo la mano de Stacy—. Después bucearemos en la bahía de Hanauma, antes de que me untes todo el cuerpo con aceite bronceador y pasemos la tarde sesteando en alguna playa cálida de arenas blancas. Después contemplaremos la puesta de sol, mientras saboreamos un combinado de ron en la terraza del Hotel Halekalani, y a continuación iremos a cenar a un pequeño restaurante íntimo que conozco, en el valle de Manoa.

Stacy le dirigió una mirada divertida.

—¿Ha pensado alguna vez en enrolarse en un servicio de compañía?

—No me gusta cobrar de una mujer —contestó Pitt con aire amistoso—. Por esa razón estoy siempre solo.

Guardó silencio y miró por la ventanilla del enorme helicóptero bimotor de las Fuerzas Aéreas que tronaba en la noche. Al atardecer del día del rescate de Pitt y Plunkett, aquel enorme pájaro había aparecido y cargado del puente del junco chino a todo el equipo minero del Rancho Empapado y a la tripulación del *Old Gert*. Pero no sin que antes todos ellos agradecieran profundamente la hospitalidad de Owen Murphy y sus hombres. El acto final fue el traslado de los restos de Jimmy Knox. Una vez que su cuerpo envuelto en un lienzo fue izado a bordo, el enorme aparato se elevó por encima del *Shanghai Shelly* y el *Tucson*, y partió rumbo a Hawai.

El mar reflejaba la luz brillante de una luna casi llena cuando el piloto sobrevoló un barco de crucero. Al frente, hacia el sudeste, Pitt percibió las luces de la isla de Oahu. No le habría venido mal descabezar un sueño como Sandecker, Giordino y los demás; pero la alegría de haber conseguido escapar del huesudo personaje de la guadaña mantenía su sangre en ebullición. Eso, y además el hecho de que también Stacy estaba despierta y le hacía compañía.

—¿Ve algo? —le preguntó ella entre dos bostezos.

—Oahu en el horizonte. Sobrevolaremos Honolulú dentro de quince minutos.

Ella le miró con sorna.

—Hábleme más de lo que haremos mañana. Especialmente del plan para después de cenar.

—No había llegado a ese punto.

—¿Y bien?

—De acuerdo. Hay dos palmeras...

—¿Palmeras?

—Claro que sí —dijo Pitt sorprendido por la pregunta—. Y entre las dos una preciosa hamaca de dos plazas.

El helicóptero, en cuyo ultramoderno cuerpo faltaba el habitual rotor de cola, se detuvo unos momentos en vuelo estático sobre una pequeña pista herbosa contigua a Hickam Field. El perímetro estaba vigilado por un pelotón especial de combate del Ejército, invisible en la sombra. Una señal luminosa enviada desde el suelo informó al piloto de que el área era segura. Sólo entonces depositó con suavidad el enorme aparato sobre la hierba húmeda.

Un autobús de pequeño tamaño, con el rótulo KAWANUNAI TOURS pintado en los costados, se aproximó hasta detenerse junto al radio de acción de las aspas del rotor. Le seguían un sedán Ford de color negro y una ambulancia del Ejército para trasladar el cuerpo de Jimmy Knox al Hospital Militar Tripler, donde se procedería a la autopsia. Cuatro hombres vestidos con ropas de paisano se apearon del automóvil y se colocaron junto a la portezuela del helicóptero.

A medida que desembarcaban, los cansados miembros de la AMSN iban siendo introducidos en el autobús. Pitt y Stacy fueron los últimos en salir. Un guarda uniformado y con el arma en ristre les bloqueó el paso, indicándoles el lugar en que ya los esperaban el almirante Sandecker y Giordino.

Pitt apartó el arma del guarda y se acercó al autobús.

—Adiós —dijo a Plunkett—. Y conserve los pies secos.

Plunkett dio un caluroso apretón de manos a Pitt.

—Le estaré agradecido toda la vida, señor Pitt. La próxima vez que nos veamos, las bebidas corren de mi cuenta.

—Lo recordaré. Champaña para usted y cerveza para mí.

—Bendito sea Dios.

Cuando Pitt se aproximó al automóvil negro, dos hombres mostraban al almirante Sandecker las placas doradas que los identificaban como agentes del gobierno federal.

—Estoy aquí por órdenes directas del presidente, almirante. Debo transportarlos a usted, a los señores Pitt y Giordino y a la señorita Fox a Washington de inmediato.

—No comprendo —dijo Sandecker irritado—. ¿A qué viene tanta prisa?

—Lo ignoro, señor.

—¿Qué pasa con mi equipo de la AMSN? Han estado trabajando en un proyecto submarino, bajo condiciones extremas, durante cuatro meses. Merecen un descanso junto a sus familias.

—El presidente ha ordenado un bloqueo total de información. Su equipo de la AMSN, junto con los señores Plunkett y Salazar, serán escoltados hasta un complejo aislado, situado en la parte de barlovento de la isla, hasta que se levante el bloqueo. Entonces tendrán plena libertad para ir, a expensas del gobierno, a donde usted indique.

—¿Durante cuánto tiempo van a tenerlos aislados? —preguntó Sandecker.

—Tres o cuatro días —contestó el agente.

—¿No debería estar la señorita Fox con los demás?

—No, señor. Mis órdenes son llevarla con ustedes.

Pitt dirigió a Stacy una mirada de sospecha.

—¿Nos ha estado usted tomando el pelo, damisela?

Una extraña sonrisa afloró a los labios de ella.

—Creo que voy a perderme nuestra cita en Hawai.

—Me lo temía.

Los ojos de Stacy se agrandaron ligeramente.

—Tal vez tengamos otra oportunidad, en Washington por ejemplo.

—No lo creo —dijo Pitt; su voz se había vuelto gélida de repente—. Me has engañado, me has engañado desde el principio, desde la mismísima falsa llamada de ayuda en el *Old Gert*.

Ella le miró con ojos que reflejaban una curiosa mezcla de dolor e ira.

—Todos habríamos muerto si Al y tú no hubierais aparecido en aquel momento.

—¿Y la misteriosa explosión? ¿Fuiste tú quien la preparó?

—No tengo idea de quién fue el responsable —contestó ella con toda sinceridad—. Todavía no me han pasado el informe.

—El informe —repitió él con lentitud—. Un término bastante inusual en una fotógrafa que trabaja por libre. ¿Para quién trabajas?

La voz de Stacy adquirió una súbita dureza.

—Lo sabrás muy pronto.

Y después de decir esas palabras, dio media vuelta y entró en el coche.

Pitt apenas pudo dormir tres horas durante el vuelo a la capital de la nación. Se adormiló sobre las Montañas Rocosas y despertó cuando amanecía sobre Virginia Occidental. Se había sentado en la cola del reactor gubernamental *Gulfstream*, lejos de los demás, prefiriendo sus propios pensamientos a la conversación. Sus ojos miraban el periódico *USA Today* que tenía sobre el regazo, pero sin ver en realidad los textos ni las fotografías.

Pitt estaba furioso, enormemente furioso. Estaba irritado con Sandecker porque mantenía la boca cerrada y evitaba responder a las preguntas candentes que él le había planteado sobre la explosión que causó el seísmo. Estaba indignado con Stacy, seguro de que la investigación británica de los fondos oceánicos era en realidad una operación de espionaje del Rancho Empapado. La coincidencia de que el *Old Gert* efectuase su inmersión en aquella zona precisa superaba todas las probabilidades, salvo las de las conjunciones astronómicas más extrañas. El trabajo fotográfico de Stacy era una tapadera. Era una espía disfrazada, pura y simplemente. El único enigma que quedaba por resolver era el de las iniciales de la agencia para la que trabajaba.

Mientras seguía perdido en sus pensamientos, Giordino recorrió el pasillo del aparato y fue a sentarse a su lado.

—Pareces decaído, amigo.

—Me encantará volver a casa —contestó Pitt con un encogimiento de hombros.

Giordino adivinó el humor sombrío de Pitt, y con habilidad dirigió la conversación hacia la colección de coches antiguos y clásicos de su amigo.

—¿En qué estás trabajando ahora?

—¿Te refieres a los coches?

Giordino asintió.

—¿El Packard o el Marmon?

—Ninguno de los dos —contestó Pitt—. Cuando salimos hacia el Pacífico, había reconstruido el motor del Stutz, pero no llegué a instalarlo.

—¿Aquel cochecito verde de mil novecientos treinta y dos?

—El mismo.

—Volvemos a casa con dos meses de adelanto. Justo a tiempo para que te inscribas en la carrera de coches clásicos de Richmond.

—Sólo faltan dos días —dijo Pitt pensativo—. No creo que pueda tener el coche listo a tiempo.

—Déjame echarte una mano —ofreció Giordino—. Los dos juntos llevaremos a esa vieja bomba verde hasta la línea de salida.

La expresión de Pitt mostraba su escepticismo.

—No creo que tengamos la oportunidad de hacerlo. Algo se está cociendo. Cuando el almirante cierra el pico de esa manera, quiere decir que algún huracán está a punto de echarle abajo la barraca.

Los labios de Giordino se curvaron en una sonrisa astuta.

—Yo también he intentado sonsacarle.

—¿Y qué?

—He tenido conversaciones más productivas con postes de telégrafos.

—La única migaja que dejó caer —dijo Pitt—, es que, en cuanto aterricemos, iremos directamente al edificio del Cuartel General Federal.

Giordino abrió la boca asombrado.

—Nunca he oído hablar de un edificio del Cuartel General Federal en Washington.

—Tampoco yo —contestó Pitt con un brillo agudo y desafiante en sus ojos verdes—. Y ésa es otra de las razones por las que pienso que nos toman el pelo.

21

Si Pitt barruntaba que les iban a colgar de los faldones de la chaqueta un monigote de los Inocentes, acabó de convencerse cuando vio el edificio del Cuartel General Federal.

Una camioneta, sin distintivos ni ventanillas laterales, los recogió en la base de las Fuerzas Aéreas de Andrews; luego giró desde Constitution Avenue después de pasar delante de unos almacenes de ropa usada, bajó por un callejón mugriento, y se detuvo delante de un andrajoso edificio de ladrillo de seis plantas, junto a un solar destinado a aparcamiento. Pitt juzgó que su construcción debía de remontarse a los años treinta.

Toda la estructura aparecía deteriorada. Varias ventanas tenían los postigos herméticamente cerrados detrás de unos cristales rotos, la pintura negra sobre el hierro forjado de las barandillas de los balcones se estaba desconchando, los ladrillos estaban gastados y presentaban profundas grietas y, como toque final, un sucio vagabundo dormía, extendido cuan largo era, sobre los escalones de cemento de la entrada, junto a una gran caja de cartón repleta de artilugios estrambóticos.

Los dos agentes federales que les escoltaban desde Hawai subieron delante por los escalones de la entrada. Ignoraron al vagabundo sin hogar, en tanto que Sandecker y Giordino le dedicaron tan sólo una rápida mirada de reojo. La mayoría de las mujeres habrían mirado a aquel hombre con compasión, o bien con desagrado, pero Stacy le hizo una señal con la cabeza y le sonrió ligeramente.

Pitt, curioso, se detuvo y dijo:

—Bonito día para broncearse.

El vagabundo, un negro de cerca de cuarenta años, miró hacia arriba.

—¿Estás ciego, tío? ¿Para qué quiero yo un bronceado?

Pitt reconoció la mirada aguda de un observador profesional, que diseccionó cada centímetro cuadrado de las manos, la ropa, el cuerpo y el rostro de Pitt, por ese orden. Sin ninguna duda, no se trataba de la ociosa mirada de un mendigo.

—Ah, pues no lo sé —contestó Pitt en tono bonachón—. Podría resultar útil cuando cobres tu pensión y te instales en las Bermudas.

El vagabundo sonrió, y al hacerlo puso al descubierto unos dientes blancos y bien cuidados.

—Que te vaya bien ahí dentro, *cariño*.

—Lo intentaré —contestó Pitt, divertido por la extraña réplica. Pasó junto al centinela disfrazado que constituía la primera barrera protectora y siguió a los demás hacia el interior del edificio.

El vestíbulo era tan ruinoso como el exterior. Predominaba un desagradable hedor a desinfectante. Las baldosas verdes del suelo estaban resquebrajadas en muchos lugares, y las paredes desnudas exhibían el tizne dejado por muchos años de huellas de manos sucias. El único objeto en buen estado en todo aquel astroso vestíbulo era un antiguo buzón de correos. El bronce relucía a la luz de los polvorientos apliques que pendían de las paredes, y el águila americana que campeaba sobre las palabras «U.S. Mail» brillaba tanto como el día en que la sacaron del molde en que fue fundida. Pitt encontró curioso aquel contraste.

La puerta de un viejo ascensor se abrió sin ruido. Los hombres de la AMSN quedaron sorprendidos al ver su radiante interior cromado y al marine uniformado de azul que hacía las veces de ascensorista. Pitt advirtió que Stacy actuaba como si ya hubiera estado anteriormente en el lugar.

Pitt fue el último en entrar, y vio sus propios ojos cansados y enrojecidos y la incipiente barba grisácea que adornaba sus mejillas reflejados en las pulidas paredes cromadas. El marine cerró las puertas y el ascensor se movió en un silencio fantasmal. Pitt no pudo advertir ningún movimiento. Tampoco se encendió ninguna luz sobre el dintel ni en ningún panel que indicara los pisos por los que pasaban. Tan sólo su intuición le dijo que estaban viajando con mucha rapidez hacia abajo, a una distancia considerable.

Finalmente, la puerta se abrió hacia un vestíbulo del que arrancaba un pasillo tan pulido y ordenado que habría hecho sentirse orgulloso al capitán de barco más maniático de la limpieza. Los agentes federales los condujeron hasta el segundo pasillo a partir del ascensor, y allí se quedaron plantados. El grupo pasó a un espacio situado entre la puerta exterior y otra interior, que Pitt y Giordino reconocieron de inmediato como un compartimiento estanco para aislar de sonidos la sala. Al cerrarse la segunda puerta, el aire fue expulsado con un sensible ruido seco.

Pitt se encontró en un lugar sin secretos, una enorme sala de conferencias de techo bajo, tan aislada de todo sonido exterior que se escuchaba el zumbido de las luces de neón del techo como si fuera un enjambre de avispas, y el menor susurro podía oírse a diez metros de distancia. No había sombras en ningún rincón, y el nivel normal de la voz resonaba como un grito. Ocupaba el centro de la habitación una maciza mesa antigua de biblioteca, comprada en cierta ocasión por Eleanor Roosevelt para la Casa Blanca. Casi echaba humo de tan pulida y encerada como estaba. Como centro de mesa, había un cuenco con manzanas Jonathan. Debajo de la mesa estaba colocada una hermosa y antigua alfombra persa de color rojo sangre.

Stacy caminó hasta el lado opuesto de la mesa. Un hombre se levantó, la besó ligeramente en la mejilla y la saludó con el perezoso acento característico de Texas. Parecía joven, al menos seis o siete años más joven que Pitt. Stacy no hizo ningún intento de presentarlo. Ella y Pitt no habían cruzado ni una sola palabra desde que embarcaron en el reactor *Gulfstream* en Hawai. Ella pretendía ostentosamente ignorar su presencia, por el procedimiento de darle la espalda en todo momento.

Dos hombres de rasgos asiáticos estaban sentados juntos, al lado del amigo de Stacy. Conversaban en voz baja y no se dignaron mirar siquiera a Pitt y Giordino, que paseaban por la sala examinándolo todo. Un tipo de Harvard, bien trajeado y con un chaleco del que asomaba una cadena de reloj con una llave Phi Beta Kappa colgando, estaba sentado algo más lejos, absorto en la lectura de un montón de papeles.

Sandecker se dirigió a un sillón situado junto a la cabecera de la mesa, tomó asiento y encendió uno de sus habituales cigarros habanos. Observó que Pitt parecía molesto e inquieto, rasgos nada habituales en su carácter.

Un hombre delgado y algo mayor, con el cabello largo hasta la altura de los hombros y una pipa en la mano, se acercó:

—¿Cuál de ustedes es Dirk Pitt?

—Soy yo —dijo Pitt.

—Frank Mancuso —se presentó el desconocido, con la mano extendida—. Me han dicho que vamos a trabajar juntos.

—Me lleva ventaja —respondió Pitt, con un firme apretón de manos y presentando a Giordino—. Mi amigo aquí presente, Al Giordino, y yo, aún estamos a oscuras.

—Nos van a reunir para formar un EIMA.

—¿Un qué?

—EIMA, sigla de Equipo de Investigación Multi-Agencia.

—Oh, Dios mío —gimió Pitt—. No me hace falta nada de ese estilo. Sólo quiero volver a casa, servirme un tequila con hielo y tumbarme en la cama.

Antes de que pudiera extenderse sobre el tema de sus agravios, entró en la sala de conferencias Raymond Jordan, acompañado por dos hombres con cara de pacientes a los que el médico acaba de informar que su hígado está afectado por unos hongos de la jungla de Borneo. Jordan se dirigió de inmediato a Sandecker y le saludó con efusividad.

—Me alegro de verte, Jim. Te agradezco profundamente tu cooperación en esta reunión. Sé que la pérdida de vuestro proyecto ha significado un duro golpe.

—La AMSN pondrá otro en marcha —declaró Sandecker en su habitual tono fanfarrón.

Jordan se sentó a la cabecera de la mesa. Sus ayudantes tomaron asiento a ambos lados y desplegaron frente a su jefe varias carpetas repletas de documentos.

Jordan no se relajó después de sentarse. Su postura era rígida; su columna vertebral no tocaba el respaldo de la butaca. Sus ojos oscuros se movían rápidamente de uno a otro de los presentes, como si quisiera leer los pensamientos de cada uno de ellos. Luego se dirigió a Pitt, Giordino y Mancuso, que todavía estaban de pie.

—Caballeros, ¿quieren ponerse cómodos?

Pitt tomó asiento, con el rostro inexpresivo y el pensamiento en otro lugar. Su estado de ánimo no era el adecuado para atender a una larga conferencia, y su cuerpo se resentía del cansancio de dos días de continua tensión. Lo que deseaba hasta la desesperación era una ducha caliente y ocho horas de sueño; pero, por respeto al almirante, que después de todo era su jefe, se esforzó en atender.

—Pido disculpas por cualquier inconveniente que podamos haber causado —empezó Jordan—, pero me temo que estamos ante una crítica emergencia que puede afectar a la seguridad de nuestra nación.

Hizo una pausa y examinó los expedientes de personal que tenía colocados frente a él.

—Algunos de ustedes me conocen, e incluso han trabajado conmigo en el pasado. Ustedes, señor Pitt y Giordino, están en desventaja, puesto que yo sé algunas cosas sobre ustedes, y en cambio ustedes saben muy poco acerca de mí.

—Desembuche —dijo lacónicamente Giordino, sin hacer caso de la mirada furiosa de Sandecker.

—Lo siento —dijo cortésmente Jordan—. Me llamo Ray Jordan y estoy facultado, por orden expresa del presidente, para dirigir y gestionar todas las materias relacionadas con la seguridad nacional, tanto en el exterior como en el interior del país. La operación que vamos a desarrollar cubre los dos aspectos. Ahora cedo la palabra a mi Director Auxiliar de Operaciones señor Donald Kern, para que él les explique la situación y el porqué de su presencia en este lugar.

Kern era un hombre de huesos pequeños, bajo y delgado. Sus ojos fríos, de un intenso color azul verdoso, parecían penetrar en los pensamientos ocultos de todos los presentes. De todos, con la excepción de Pitt. Era como si dos balas disparadas por armas enfrentadas se hubieran encontrado en el aire, y allí estuvieran detenidas, dado que ninguna podía obligar a la otra a ceder.

—En primer lugar —empezó Kern en una voz sorprendentemente profunda, mientras seguía intentando leer en la mente de Pitt—, les hemos reunido aquí para que formen parte de una nueva organización federal que reunirá a investigadores, especialistas, personal de apoyo, analistas y agentes de campo, con el propósito de desbaratar una grave amenaza para una gran número de personas de este país y de otros lugares del mundo. Dicho en pocas palabras, para formar un EIMA.

Apretó uno de los botones de una consola situada sobre un pupitre auxiliar, y se volvió a una de las paredes, que se deslizó a un lado dejando ver un esquema organizativo. En la parte superior había dibujado un círculo, y debajo de él, otro círculo mayor. Cuatro círculos más pequeños se extendían por debajo del círculo mayor, como patas de araña.

—El círculo superior representa el Centro de Mando, localizado aquí en Washington —anunció—. El inferior es nuestro Centro de Recogida y Clasificación de la Información, en la isla de Koror, en el Pacífico, perteneciente al archipiélago de Palau. Su responsable, que actuará como nuestro director de Operaciones de Campo, es Mel Penner.

Se detuvo y dirigió la mirada a Penner, el hombre que había entrado en la sala junto a Jordan y a él mismo.

Penner hizo un gesto de asentimiento con su rostro rojizo, curtido y arrugado como la pana, y alzó perezosamente una mano. No miró a los demás reunidos en torno a la mesa, ni sonrió.

—La cobertura de Mel consiste en un estudio de las culturas nativas, como sociólogo de la UCLA —añadió Kern.

—Mel nos resulta barato —sonrió Jordan—. Su vivienda y su mobiliario de oficina consisten en un catre, un teléfono, un aparato para despedazar documentos y una mesa de despacho que también sirve como comedor y soporte para su hornillo de cocinar.

«Tres hurras por Mel», pensó Pitt mientras se esforzaba por mantenerse despierto y se maravillaba a medias de que tardaran tanto tiempo en exponer el caso.

—Nuestros equipos llevarán nombres en clave —prosiguió Kern—. La clave consistirá en diferentes marcas de automóviles. Por ejemplo, las personas del Centro de Mando llevaremos el nombre de «Equipo Lincoln». Mel Penner será el «Equipo Chrysler». —Hizo una pausa para señalar los círculos correspondientes en el esquema mural—. El señor Marvin Showalter que, dicho sea de paso, es Director Adjunto de Seguridad del Departamento de Estado de los Estados Unidos, trabajará desde nuestra embajada en Tokyo y se ocupará de cualquier problema diplomático que pueda surgir en el lado japonés. Su nombre clave dentro del equipo es «Cadillac».

Showalter se puso en pie, manoseó su llave Phi Beta Kappa, y saludó con una inclinación de cabeza.

—Será un placer trabajar con todos ustedes —dijo educadamente.

—Marv, informarás a tu personal de que nuestros agentes de campo de EIMA se dedicarán a actividades que pueden parecer no autorizadas. No deseo ver comprometida nuestra situación por intercambios de telegramas desde las embajadas.

—Me ocuparé del tema —prometió Showalter.

Kern se volvió a Stacy y al hombre barbudo sentado a su lado.

—La señorita Stacy Fox y el doctor Timothy Weatherhill, para aquellos de ustedes que no los conocen aún, se responsabilizarán de la parte doméstica de la operación. Su cobertura será el trabajo de periodista y fotógrafo para el *Denver Tribune*. Serán el «Equipo Buick».

A continuación señaló a los dos hombres de rasgos asiáticos.

—El «Equipo Honda» estará formado por los señores Roy Orita y James Hanamura. Tendrán a su cargo la fase más crítica de la investigación..., el trabajo en Japón.

—Antes de que Don continúe su informe —dijo Jordan—, ¿hay alguna pregunta?

—¿Cómo nos comunicaremos? —preguntó Weatherhill.

—Cuando desee comunicarse con alguien háganoslo saber y nosotros lo gestionaremos —respondió Kern—. Telefonear es un acto rutinario que ya no despierta ninguna sospecha.

Apretó otro botón de la consola y en la pantalla apareció una serie de dígitos.

—Memoricen este número. Les proporcionaremos una línea segura, que estará atendida durante las veinticuatro horas del día por un operador dotado de toda la información precisa para contactar con cualquiera de nosotros en un momento dado.

—Quiero añadir —dijo Jordan— que deberán comunicarse con el centro de mando cada setenta y dos horas. Si no lo hacen, de inmediato se enviará a alguien a buscarles.

Pitt, que se balanceaba sobre las patas traseras de su silla, levantó la mano.

—Tengo una pregunta.

—¿Sí, señor Pitt?

—Quedaré muy agradecido si alguien tiene la bondad de informarme qué demonios está pasando.

Hubo un instantáneo silencio helado e incrédulo. Como era de prever, todas las personas sentadas en torno a la mesa, con la excepción de Giordino, dirigieron a Pitt una mirada de desaprobación.

Jordan se volvió hacia Sandecker, que movió negativamente la cabeza y declaró:

—Tal como usted solicitó, Dirk y Al no han sido informados de la situación.

Jordan asintió.

—Había olvidado que ustedes, caballeros, no estaban informados. La culpa ha sido mía. Perdónenme, caballeros. Han recibido un trato indigno después de todo lo que ha pasado.

Pitt dirigió una penetrante mirada a Jordan.

—¿Era usted quien estaba detrás de la operación de espiar la colonia minera de la AMSN?

Jordan dudó un momento, pero enseguida respondió:

—Nosotros no espiamos, señor Pitt, observamos; sí, fui yo quien dio la orden. Casualmente había un buque británico de exploración oceánica trabajando en el Pacífico Norte, y accedió a cooperar con nosotros trasladando su campo de operaciones a su zona.

—Y la explosión en la superficie que destrozó el buque británico y a su tripulación, y desencadenó el seísmo que borró de la faz del mapa ocho años de intensas investigaciones y esfuerzos, ¿fue también idea suya?

—No, ésa fue una tragedia imprevista.

—Tal vez estoy equivocado —dijo Pitt sarcástico—, pero tenía la disparatada idea de que los dos estábamos en el mismo bando.

—Lo estamos, señor Pitt, se lo aseguro —respondió Jordan con tranquilidad. Luego se volvió al almirante Sandecker—. Su proyecto, Rancho Empapado como ustedes lo llaman, se llevó a cabo en un secreto tan estricto que nuestras agencias de inteligencia no llegaron a saber que había sido autorizado.

Pitt cortó secamente sus explicaciones.

—De modo que en cuanto tuvo usted noticia del proyecto, no pudo tener quieta su nariz de sabueso y se puso a investigar.

Jordan no estaba acostumbrado a que le obligaran a mantenerse a la defensiva, a pesar de lo cual evitó la mirada fija de Pitt.

—Lo hecho, hecho está. Lamento la trágica pérdida de tantas personas, pero no se nos puede culpar enteramente por haber colocado a nuestros agentes operativos en una posición desafortunada en el momento crítico. No teníamos ninguna señal de alarma previa respecto a que un transporte de automóviles japonés llevaba una carga clandestina de bombas nucleares a través del océano, ni podíamos predecir que esas bombas estallarían por accidente prácticamente encima de dos barcos inocentes y de su colonia minera.

Por un momento, la revelación dejó a Pitt boquiabierto, pero su sorpresa desapareció casi tan aprisa como había llegado. Las piezas del rompecabezas iban encajando en su lugar. Miró a Sandecker y le dolió hablar.

—Usted lo sabía, almirante, lo sabía antes de salir de Washington y no dijo nada. El *Tucson* no estaba en aquel lugar para rescatarnos a Plunkett y a mí. Había acudido allí para registrar la radiactividad y buscar pecios de los naufragios.

Aquella fue una de las contadas ocasiones en que Pitt y Giordino vieron enrojecer de vergüenza a Sandecker.

—El presidente me pidió que guardara el secreto —dijo con lentitud—. Nunca te he mentido, Dirk, pero no me quedó más recurso que permanecer mudo.

Pitt sintió pena por el almirante; sabía lo difícil que debía haber sido para él ocultar la situación a dos amigos íntimos. Pero no hizo ningún esfuerzo por ocultar su resentimiento hacia Jordan.

—¿Para qué estamos aquí *nosotros*? —preguntó.

—El presidente ha aprobado personalmente la selección de cada una de las personas que compondrán el equipo —contestó Jordan—. Ustedes poseen unos conocimientos y una experiencia indispensables para el éxito de la operación. El almirante y el señor Giordino se encargarán de un proyecto destinado a registrar el fondo del océano y rescatar cualquier posible prueba de la explosión del barco. En el organigrama, su nombre clave será «Mercedes».

Los cansados ojos de Pitt seguían fijos en Jordan con la misma agresividad.

—Sólo ha contestado a medias a mi pregunta.

Jordan continuó en el mismo tono amable.

—A eso iba. Usted y el señor Mancuso, a quien creo que acaba de conocer, actuarán como equipo de apoyo.

—¿Apoyo para qué?

—Para la fase de la operación que exigirá una investigación subterránea y submarina.

—¿Cuándo y dónde?

—Esos extremos todavía están por determinar.

—¿Y nuestro nombre en clave?

Jordan miró a Kern, y éste revolvió los papeles de su dossier y luego movió negativamente la cabeza.

—Aún no se les ha asignado ninguno.

—¿Pueden los condenados elegir su propio nombre en clave? —preguntó Pitt.

Jordan cambió una mirada con Kern y luego se encogió de hombros.

—No veo por qué no.

Pitt sonrió a Mancuso.

—¿Tienes alguna preferencia?

Mancuso desplegó por un momento la pipa de sus labios.

—Te la cedo a ti.

—Entonces nos llamaremos «Equipo Stutz».

Jordan engalló la cabeza.

—¿Perdón?

—No lo había oído nunca —gruñó Kern.

—Stutz —pronunció claramente Pitt—. Uno de los mejores auto-

149

móviles americanos clásicos, construido desde mil novecientos once hasta mil novecientos treinta y cinco en Indianápolis, Indiana.

—Me gusta —dijo Mancuso, jovial.

Kern miró de soslayo a Pitt; sus ojos tenían una expresión glacial.

—Me temo que no se está tomando en serio esta operación.

Pero Jordan encogió los hombros y accedió.

—Cualquier cosa que los haga felices.

—Muy bien —dijo Pitt con cansancio—. Ahora que hemos acordado la cuestión vital de la agenda, me voy a pasear un rato al aire libre. —Hizo una pausa para consultar la esfera color naranja de su viejo reloj submarino Doxa—. Me han arrastrado hasta aquí en contra de mi voluntad. He dormido tres horas de las últimas cuarenta y ocho, y en ese tiempo sólo he tomado una comida. Necesito ir al baño. Y todavía no sé qué es lo que está ocurriendo. Por supuesto, sus guardas de seguridad camuflados y su destacamento de marines pueden detenerme, pero en ese caso tal vez resulte herido y no pueda formar parte del equipo. Ah, sí, y además existe otro punto que nadie ha mencionado.

—¿Cuál es ese punto? —preguntó Kern, al tiempo que su ira iba creciendo.

—No recuerdo que nadie nos haya pedido a Al y a mí nuestra conformidad.

Kern parecía haberse tragado un chile jalapeño.

—¿Conformidad? ¿De qué está hablando?

—Ya sabe que cuando uno se alista en su servicio lo hace por su propia y libre voluntad —explicó Pitt imperturbable. Se volvió a Giordino—. ¿A ti te han invitado formalmente a la fiesta, Al?

—No, a menos que la invitación se extraviara en Correos.

Pitt miró desafiante a los ojos de Jordan mientras hablaba.

—Son las reglas del juego. —Y luego, volviéndose a Sandecker—. Lo siento, almirante.

—¿Nos vamos? —dijo Giordino.

—Sí, vámonos.

—No pueden salir —dijo Kern con una seriedad lúgubre—, ustedes están bajo contrato del gobierno.

—Mi contrato no indica que tenga que actuar de agente secreto. —La voz de Pitt era tranquila, casi imperturbable—. Y a menos que se haya producido una revolución mientras estábamos en el fondo del mar, éste sigue siendo un país libre.

—Esperen un momento, por favor —dijo Jordan, aceptando con prudencia el punto de vista de Pitt.

Jordan disponía de una esfera de poder muy extensa, y estaba acostumbrado a sujetar con firmeza el mango de la sartén. Pero también era astuto y sabía cuándo le convenía seguir la corriente, incluso si ésta parecía desbordarle. Miró a Pitt con agudo interés. No vio en él odio ni arrogancia, sino tan sólo a un hombre agotado al que se había exigido demasiado. Había estudiado la hoja de servicios del director de Proyectos Especiales de la AMSN. El currículum de Pitt se leía como una novela de aventuras. Sus hazañas eran conocidas y famosas. Jordan era una persona lo bastante inteligente como para no discutir con un hombre por cuya presencia en el equipo se sentía dichoso.

—Señor Pitt, si es tan amable como para permitirme abusar de su paciencia unos minutos más, le diré lo que necesita saber. Algunos detalles deberán quedar en secreto. No me parece prudente que usted y las demás personas presentes en esta reunión tengan un conocimiento pleno de la situación. A mí personalmente no me preocupa, pero pienso en su propia seguridad. ¿Me comprende?

Pitt asintió.

—Le escucho.

—Japón posee la bomba —reveló el jefe del Servicio de Seguridad Nacional—. Ignoramos desde hace cuánto tiempo la tiene, y cuántas unidades han construido. Dada su avanzada tecnología nuclear, Japón tiene capacidad para construir cabezas atómicas desde hace más de una década. Y a pesar de su tan proclamada adhesión al tratado de no proliferación, alguna persona o grupo dentro de su estructura de poder ha decidido que necesitaba una fuerza de disuasión para dedicarla al chantaje. Lo poco que sabemos se relaciona con lo ocurrido después. Un barco japonés, cargado con automóviles Murmoto y dos o más ingenios nucleares, detonó en medio del Pacífico, llevándose consigo un buque de línea noruego mixto de carga y pasaje y el barco científico británico, con sus respectivas tripulaciones. ¿Qué hacían las bombas nucleares en un barco japonés? Eran trasladadas de forma clandestina hacia puertos americanos. ¿Con qué propósito? Probablemente una extorsión nuclear. Japón puede contar con la bomba, pero no dispone de una fuerza de misiles o de bombarderos de largo alcance capaces de llevarla hasta su objetivo. En consecuencia, si nosotros fuéramos los japoneses, ¿cuál es el medio que se nos hubiera ocurrido para proteger una estructura de poder financiero que se extiende hasta los bolsillos de los ciudadanos de todos los países del mundo? Transportar bombas nucleares de forma clandestina, y ocultarlas en lugares estratégicos en una serie de países o grupos de países, como los europeos. Luego, si un país en particular, por ejemplo los Estados Unidos, se escandalizara de que nuestros dirigentes japoneses intentan dictar su política a la Casa Blanca y al Congreso y la comunidad financiera, los americanos corresponden negándose a pagar cientos de miles de millones de dólares prestados a su Tesoro por nuestros bancos japoneses. También suelen amenazar con boicoteos y barreras comerciales a todos nuestros productos japoneses. Ésas son medidas extremas, pero se da la casualidad que el senador Mike Diaz y la congresista Loren

Smith están proponiéndolas en el Capitolio mientras yo hablo. Y tal vez, sólo digo tal vez, si el presidente se enoja mucho, puede llegar a ordenar a los comandantes supremos de sus fuerzas militares el bloqueo de las islas de Japón, y cortar por ese procedimiento el vital suministro de todo nuestro petróleo y materias primas, con lo que se colapsaría nuestra producción. ¿Me sigue hasta aquí?

—Le sigo —asintió Pitt.

—Esa posibilidad no está tan lejana como puede parecer, especialmente cuando el pueblo americano se dé cuenta de que trabaja un mes al año para pagar la deuda externa, entre cuyos acreedores el país principal es Japón. ¿Preocupa eso a los japoneses? No, en el caso de que dispongan de la posibilidad de apretar un botón y borrar del mapa cualquier unidad del mundo a tiempo para que la noticia aparezca en el telediario de las seis. ¿Por qué estamos aquí? Con el fin de detenerlos, averiguando dónde están escondidas las bombas. Y hemos de detenerlos antes de que descubran que vamos tras ellos. Aquí interviene el Equipo Buick. Stacy es una agente de la Agencia de Seguridad Nacional. Timothy es un científico nuclear especializado en detectar radiactividad. El Equipo Honda, dirigido por James y Roy, que son agentes de campo de alta graduación en la CIA, se concentrará en la tarea de descubrir el origen de las bombas y el centro de mando que controla las detonaciones. ¿Estoy hablando de una pesadilla sin base real? En absoluto. Las vidas de quinientos millones de personas, en naciones que compiten comercialmente con Japón, dependen de lo que podamos conseguir en las próximas semanas los que ahora estamos reunidos alrededor de esta mesa. Con una magnanimidad alimentada por la ignorancia, nuestro Departamento de Estado no nos permite la observación encubierta de naciones amigas. Como la línea del frente en nuestro país es el sistema de alerta temprana, nos vemos forzados a correr en la sombra y a morir en la oscuridad. Los timbres de alarma están a punto de ponerse a repicar y, lo crea usted o no, señor Pitt, este equipo EIMA es la última baza que podemos jugar antes de precipitarnos en un desastre a gran escala. ¿Puede ahora captar usted el cuadro?

—Sí... —admitió Pitt con lentitud—. Gracias, señor Jordan. Capto el cuadro.

—Entonces, ¿se unirá usted formalmente al equipo?

Pitt se levantó y, ante el asombro de todos los presentes, con las excepciones de Giordino y Sandecker, dijo:

—Lo pensaré.

Y salió de la sala.

Mientras descendía los escalones del callejón en el que se alzaba aquel escuálido edificio, Pitt se volvió a mirar sus paredes mugrientas y sus ventanas claveteadas. Meneó la cabeza asombrado, y luego miró hacia abajo, al guarda de seguridad vestido de harapos que seguía tumbado en los escalones, y murmuró para sí mismo:

—De modo que éstos son los ojos y los oídos de nuestra gran república.

Jordan y Sandecker permanecieron en la sala de conferencias cuando los demás se hubieron ido.

El pequeño y rudo almirante miró a Jordan con una tenue sonrisa.

—¿Te molesta mi cigarro?

—Es un poco tarde ya para preguntarlo, ¿no te parece, Jim? —comentó Jordan con una mirada de disgusto.

—Un hábito deplorable —asintió Sandecker—. Pero no me importa echar el humo a la cara de alguien, en especial si ese alguien se dedica a maltratar a mi gente. Y eso es exactamente lo que has hecho, Ray, maltratar a Pitt y Giordino.

—Sabes condenadamente bien que estamos metidos en una crisis —dijo Jordan muy serio—. No tenemos tiempo de bailarles el agua a las *primadonnas*.

La cara de Sandecker se ensombreció. Señaló el expediente sobre Pitt, que coronaba el montón de papeles dispuesto delante de Jordan.

—No has preparado con el debido cuidado esta reunión, o te habrías enterado ya de que Dirk Pitt es un patriota más grande que tú y yo juntos. Pocos hombres han rendido servicios mayores a su patria. Y quedan muy pocos de su especie. Todavía silba el *Yankee Doodle* en la ducha, y cree que un apretón de manos es un compromiso sagrado y la palabra de un hombre su mayor garantía. Pero también puede ser más tortuoso que el mismo demonio si cree que de ese modo contribuye a preservar las barras y las estrellas, la familia americana y el béisbol.

—Si comprende la urgencia de la situación —dijo Jordan perplejo—, ¿por qué se ha levantado sin más y se ha largado?

Sandecker le miró y luego miró el esquema organizativo expuesto en la pantalla mural, y más en concreto el pequeño círculo en el que Kern había escrito «Equipo Stutz».

—Has subestimado seriamente a Dirk —dijo, casi con tristeza—. No lo sabes y no podías saberlo, pero probablemente en este momento esté ya trabajando en un plan para reforzar tu operación.

22

Pitt no se dirigió directamente al viejo hangar de aviación, situado junto a los límites del Aeropuerto Internacional de Washington, que él llamaba su casa. Antes dio a Giordino una serie de instrucciones y lo despachó en un taxi.

Luego caminó por Constitution Avenue hasta llegar a un restaurante japonés. Eligió una mesa tranquila en un rincón, se sentó y encargó su comida. Entre una sopa clara de almejas y un revoltillo de pescado crudo sashimi, se levantó de la mesa y se dirigió a un teléfono público situado fuera del restaurante.

Sacó una pequeña libreta de direcciones de su cartera y hojeó sus páginas rápidamente hasta encontrar el número de teléfono que buscaba: doctor Percival Nash (apodado Percy *el Paquete*), Chevy Chase, Maryland. Nash era tío de Pitt por parte de madre. Era el excéntrico de la familia, y a menudo aseguraba que solía aromatizar con un chorrito de jerez los biberones del pequeño Dirk. Pitt introdujo las monedas y marcó el número que figuraba bajo aquel nombre.

Esperó pacientemente hasta seis timbrazos, convencido de que Nash estaba en su casa. Y en efecto, descolgó el auricular medio segundo antes de que Pitt renunciara.

—Aquí el doctor Nash —dijo una voz juvenil y estruendosa (tenía los ochenta y dos cumplidos).

—Tío Percy, soy Dirk.

—Dios mío, Dirk, bendito seas. Cuánto tiempo sin oír tu voz. No has llamado a tu anciano tío desde hace cinco meses.

—Cuatro —le corrigió Pitt—. He estado fuera, en un proyecto.

—¿Y cómo siguen mi guapa hermana y ese viejo político apestoso con el que se casó? Ellos tampoco me llaman nunca.

—Todavía no he pasado por casa, pero a juzgar por sus cartas, mamá y el senador siguen tan quisquillosos como siempre.

—¿Qué tal te va a ti, sobrino? ¿Estás bien de salud?

—En plena forma, y dispuesto a desafiarte a una carrera por Marinda Park.

—¿De verdad te acuerdas todavía? No tenías más de seis años.

—¿Cómo iba a olvidarlo? Cada vez que intentaba adelantarte, me enviabas de un empujón contra los arbustos.

Nash rió como el hombre alegre que era.

—Nunca intentes superar a tus mayores. Nos gusta pensar que somos más listos que vosotros los jóvenes.

—Ésa es la razón por la que necesito tu ayuda. ¿Crees que podemos vernos en el edificio de la AMSN? Necesito la ayuda de tu cerebro.

—¿Sobre qué tema?

—Reactores nucleares para automóviles de carreras.

Nash supo que Pitt no quería decir el motivo real por teléfono.

—¿Cuándo? —preguntó sin dudar un instante.

—Tan pronto como puedas.

—¿Te viene bien dentro de una hora?

—Perfectamente —contestó Pitt.

—¿Dónde estás ahora?

—Comiendo sashimi japonés.

—Eso es un comistrajo asqueroso —gruñó Nash—. Sólo Dios sabe las sustancias contaminantes que se habrán tragado esos peces.

—Sin embargo, sabe bien.

—Voy a decirle cuatro cosas a tu madre. No te educó de manera conveniente.

—Hasta dentro de una hora Percy.

Pitt colgó y regresó a su mesa. A pesar de estar hambriento, apenas probó el sashimi. Se preguntaba si una de las bombas ocultas podría estar enterrada bajo el suelo del restaurante.

Pitt fue en taxi al edificio de diez plantas en que tenía su sede la AMSN. Pagó al conductor y echó una rápida mirada al cristal solar de color verde esmeralda que formaba las paredes y terminaba en una espiral curva piramidal en la parte superior. El almirante Sandecker, a quien no le gustaba demasiado el aspecto clásico de la mayoría de los edificios de la capital del gobierno, había buscado uno de apariencia más estilizada y contemporánea, y ciertamente lo había conseguido. El vestíbulo era un atrio rodeado de cascadas y acuarios llenos de especies marinas exóticas. En el centro del suelo de mármol verde mar se alzaba un enorme globo en el que se veían en relieve los perfiles, simas y cordilleras de todos los mares, grandes lagos y principales ríos del mundo.

Pitt entró en un ascensor vacío y apretó el botón marcado con un 10. Pasó de largo de su despacho en la cuarta planta y subió directamente a la red de comunicaciones e información de la planta más alta. Aquí estaba el centro cerebral de la AMSN, un inmenso almacén en el que se guardaba la menor briza de información que jamás se hubiese dado sobre los océanos, tanto desde el punto de vista científico como desde el histórico, desde el ficticio como del real. Esta amplia sala llena de ordenadores y archivos en los que Sandecker había empleado buena parte del presupuesto de la AMSN, era una fuente constante de críticas, procedentes del pequeño grupo de sus enemigos en el Senado. Sin embargo, la enorme biblioteca electrónica había ahorrado enormes sumas de dinero en cientos de proyectos, conducido a numerosos descubrimientos importantes y contribuido a evitar varios desastres nacionales de los que nunca han dado cuenta los medios de comunicación.

El hombre que estaba detrás de ese formidable supermercado de datos era Hiram Yaeger.

«Brillante» era el cumplido que con mayor frecuencia se dedicaba a la mente de Hiram, en tanto que «astroso» era el que calificaba su aspecto exterior. Con su pelo rubio que empezaba a grisear sujeto en una cola de caballo, barba trenzada, gafas de abuelita, y unos tejanos Levi's gastados y llenos de remiendos, Yaeger desprendía el aura de una reliquia *hippy*. Curiosamente, nunca había sido uno de ellos. Era un veterano de Vietnam, reenganchado dos veces y condecorado, que sirvió en la Marina, en la Legión Americana del sureste asiático. Si se hubiera dedicado al diseño de ordenadores en California y creado su propia empresa, podría haber llegado a presidir una corporación importante y convertirse en un hombre muy acaudalado. Pero Yaeger no sentía ninguna vocación de empresario. Era una paradoja viviente, y una de las personas favoritas de Pitt.

Cuando el almirante Sandecker le ofreció la tarea de ponerse al frente del enorme centro computadorizado de datos de la AMSN, con un presupuesto casi ilimitado, Yaeger aceptó; trasladó su familia a una pequeña granja de Sharpsburg, Maryland, donde los visitaba cada ocho días. Invirtió muchas horas en poner a punto los sistemas de datos, trabajando con tres turnos de técnicos que se relevaban a lo largo de las veinticuatro horas del día para acumular y difundir datos oceánicos procedentes de y destinados a diversas expediciones americanas y extranjeras en todo el mundo.

Pitt encontró a Yaeger en su despacho, situado en el centro de una sala muy amplia, y sobreelevado. Yaeger lo había hecho construir especialmente con el fin de disfrutar de una panorámica completa de sus dominios, valorados en mil millones de dólares. Estaba comiendo una pizza y bebía una cerveza sin alcohol; en cuanto vio a Pitt, se puso en pie de un salto y le recibió con una amplia sonrisa.

—Dirk, estás de vuelta.

Pitt subió los escalones que conducían al altar de Yaeger, como lo llamaban a sus espaldas sus colaboradores, y ambos se saludaron con un caluroso apretón de manos.

—Hola, Hiram.

—He sentido mucho lo de Rancho Empapado —dijo Yaeger con rostro grave—, pero me siento feliz de verdad al ver que aún te cuentas entre los vivos. Dios, tienes el aspecto de un criminal recién salido de la cárcel. Siéntate y descansa.

Pitt miró golosamente la pizza.

—Podrías prescindir de un pedazo, ¿verdad?

—Puedes apostar a que sí. Sírvete tú mismo, mandaré a por otra. ¿Te apetece una cerveza falsa para remojarla? Lamento no poderte ofrecer el brebaje auténtico, pero ya conoces las normas.

Pitt se sentó y despachó una pizza grande más dos pedazos de la de Yaeger, y tres cervezas sin alcohol que el genio de la informática guardaba en un pequeño refrigerador encajado en su mesa de despacho. Entre bocado y bocado, Pitt fue contando a Yaeger los acontecimientos que habían culminado en su rescate del fondo del mar, y se detuvo al llegar al vuelo a Hawai.

Yaeger escuchó con atención, y luego sonrió con la expresión de un magistrado en un juicio de divorcio.

—Veo que has hecho un rápido viaje de vuelta a casa.

—Hay más novedades en camino.

—¡Ya hemos llegado! —rió Yaeger—. No te habrías precipitado de esa forma a hacerme una visita sólo para comerte mi pizza. ¿Qué es lo que se agita en tu mente diabólica?

—Espero a un pariente, el doctor Percy Nash, que llegará dentro de unos minutos. Percy fue uno de los científicos del Proyecto Manhattan, que construyó la primera bomba atómica. Ha sido director de la Comisión de Energía Atómica, y ahora está retirado. Reuniendo la inteligencia de tu supercomputadora y los conocimientos de Percy sobre armamento nuclear, quiero reconstruir un escenario.

—Una conceptualización.

—Una rosa, etcétera.

—¿En relación con qué tema?

—Una operación de camuflaje.

—¿Qué es lo que queremos camuflar?

—Es mejor que te lo cuente cuando Percy esté aquí.

—¿Un objeto tangible y sólido, como por ejemplo una cabeza nuclear? —preguntó Yaeger con picardía.

Pitt le miró.

—Es una posibilidad.

Yaeger se puso en pie perezosamente y empezó a bajar las escaleras.

—Mientras esperamos a tu tío, iré calentando mi CAD/CAM.

Había desaparecido entre los gigantescos ordenadores antes de que a Pitt se le ocurriera preguntarle de qué demonios estaba hablando.

23

Una gran barba blanca flotaba bajo el rostro de Percy, cubriendo a medias su corbata de pajarita. Tenía un garbanzo por nariz, y las cejas pobladas y los ojos chispeantes de un conductor de caravanas decidido a llevar a un grupo de colonos a través de territorio indio. Resplandecía ante el mundo desde un rostro que parecía sacado de un anuncio televisivo de cerveza, y parecía mucho más joven de los ochenta y dos años que en realidad tenía.

Vestía de forma excéntrica para estar en Washington. Nada del consabido traje gris pata de gallo ni del traje azul con corbata roja. Entró en el complejo de ordenadores de la AMSN con una chaqueta sport color lavanda, pañuelo de bolsillo y corbata a juego, pantalones grises y botas de cowboy de piel de lagarto. A pesar de que la mitad de las viudas en un centenar de kilómetros a la redonda suspiraban por él y le dedicaban sus atenciones, Percy había conseguido de alguna forma conservarse soltero. Era un hombre popular, solicitado en las fiestas y como orador; y además era un *gourmet,* propietario de una bodega de vinos que causaba la envidia de todos los organizadores de fiestas de la ciudad.

El aspecto serio de su carácter radicaba en sus inmensos conocimientos sobre el mortífero arte de la fabricación de armas atómicas. Percy estuvo desde el principio en Los Álamos, y llevó las riendas de la Comisión de Energía Atómica y de la agencia que le sucedió durante casi cincuenta años. Más de un líder del Tercer Mundo habría dado todos sus tesoros por hacerse con los talentos de Percy. Formaba parte del reducidísimo grupo de expertos capaces de montar una bomba nuclear en su garaje por el precio de una segadora de césped motorizada.

—¡Dirk, muchacho! —gritó—. ¡Qué contento estoy de verte!

—Pareces en forma —comentó Pitt mientras se abrazaban.

Percy se encogió de hombros con tristeza.

—El maldito Departamento de Vehículos de Motor me ha retirado la licencia para conducir motocicletas, pero todavía puedo llevar mi viejo Jaguar XK-Uno-Veinte.

—Te agradezco que hayas encontrado tiempo para echarme una mano.

—No tiene importancia. Siempre estoy dispuesto a recoger el guante de cualquier desafío.

Pitt presentó a Percy y Hiram Yaeger. El anciano inspeccionó a Yaeger de la cabeza a los pies sin perder detalle. Su expresión era de benévola diversión.

—¿Compra esas ropas gastadas y prelavadas en algún sitio especial? —preguntó en tono de conversación.

—En realidad es mi mujer la que las remoja en una solución de orina de camella, ortigas y zumo de piña —contestó Yaeger con cara de sinceridad—. Las ablanda y les da ese aire especial de *savoir-faire*.

Percy se echó a reír.

—Sí, el aroma me había hecho preguntarme por los ingredientes secretos. Es un placer conocerlo, Hiram.

—Lo mismo digo —contestó Hiram.

—¿Empezamos? —propuso Pitt.

Yaeger colocó dos sillas más junto a una pantalla de ordenador que tenía un tamaño tres veces superior al de la mayoría de modelos de mesa. Esperó a que Pitt y Percy se sentaran y entonces extendió al frente las dos manos como si les presentara una visión.

—El último grito de la técnica —explicó—. Se lo conoce con el nombre de CAD/CAM, siglas de *Computer-Aided Design/Computer-Aided Manufacturing* (diseño y manufactura computadorizadas). Básicamente se trata de un sistema gráfico por ordenador, pero también es una supersofisticada máquina visual, que permite a los diseñadores e ingenieros realizar dibujos precisos hasta el último detalle de cualquier objeto mecánico imaginable. No hay compases, reglas de cálculo ni cartabones. Puedes programar las tolerancias y después limitarte a trazar en la pantalla un esbozo aproximado con el lápiz electrónico. Entonces el ordenador traduce esas indicaciones en formas exactas y elaboradas, o bien en tres dimensiones.

—Asombroso —murmuró Percy—. ¿Puede aislar secciones diferentes del dibujo y aumentar los detalles?

—Sí, y también aplicar colores, alterar las formas, simular condiciones de tensión, y editar los cambios, para después almacenar los resultados en su memoria y recuperarlos como en un procesador de textos. Las posibles aplicaciones, en el proceso que va desde el diseño inicial hasta el producto final manufacturado, son innumerables.

Pitt giró su silla y se sentó a horcajadas con la barbilla apoyada en la parte superior del respaldo.

—Veamos si es capaz de ganar el premio gordo para nosotros.

Yaeger le observó a través de sus gafas de abuelita.

—En la profesión, lo llamamos conceptualización.

159

—Si eso te hace feliz...

—¿Qué es lo que estáis buscando? —preguntó Percy.

—Una bomba nuclear —contestó Pitt.

—¿Dónde?

—En un automóvil.

—¿Se supone que intentan pasar bombas camufladas por la frontera? —preguntó Percy intuitivamente.

—Algo parecido.

—¿Por tierra o por mar?

—Mar.

—¿Tiene eso alguna relación con la explosión ocurrida hace un par de días en el Pacífico?

—No puedo decirlo.

—Muchacho, soy invencible en el Trivial Pursuit y también conozco algo sobre temas nucleares. Y sabes, por supuesto, que, a excepción del presidente, yo he tenido los máximos poderes en relación con la seguridad en este terreno.

—¿Estás intentando decirme algo, tío?

—¿Querrás creer que fui la primera persona a quien consultó Jordan después de la explosión del Pacífico?

Pitt exhibió una sonrisa de derrota.

—En ese caso, sabes más que yo.

—Que Japón anda colocando armas nucleares escondidas en automóviles por todo el país, sí, eso lo sé. Pero Jordan no considera oportuno enrolar a un viejo en su operación, de modo que se limitó a utilizar mi cerebro y luego me puso de patitas en la calle.

—Considérate contratado. Acabas de convertirte en miembro de pleno derecho del Equipo Stutz. Y tú también, Hiram.

—Va a haber un buen zafarrancho cuando Jordan se entere de que has buscado refuerzos.

—Si tenemos éxito, hará la vista gorda.

—¿Qué es todo eso de unas bombas japonesas en automóviles? —preguntó incrédulo Yaeger.

Percy le puso una mano en el hombro.

—Lo que vamos a intentar hacer aquí, Hiram, debe ser objeto del más estricto secreto.

—Hiram tiene una acreditación Beta-Q —dijo Pitt.

—En ese caso, podemos empezar la caza cuando queráis.

—Me gustaría tener un poco más de información sobre el asunto —dijo Yaeger, con una mirada dura a Percy.

El antiguo experto en armas atómicas sostuvo su mirada.

—En los años treinta, Japón decidió ir a la guerra con el fin de crear un imperio económico autosuficiente. Ahora, cincuenta años después, están dispuestos a luchar de nuevo, sólo que esta vez lo harán para protegerse. Con el máximo secreto han construido un arsenal de armas atómicas mucho antes de que a nadie se le ocurriera verificar su existencia. El plutonio y el uranio necesarios para la construcción de esas armas les fueron proporcionados como parte del material nuclear para usos civiles. También pasó desapercibido el hecho de que poseían la bomba por la razón de que no disponían de un sistema de lanzamiento, como por ejemplo misiles de largo alcance, misiles de crucero, bombarderos o submarinos capaces de transportar cargas nucleares.

—Creí que los japoneses eran adeptos convencidos de la no proliferación nuclear —dijo Yaeger.

—Es cierto, el gobierno y la mayoría del pueblo están totalmente en contra de las armas atómicas. Pero ciertas fuerzas profundas que subyacen a la corriente principal de su administración han construido de forma clandestina una fuerza nuclear. El arsenal se construyó más como defensa contra amenazas económicas que como elemento de disuasión militar. Su idea consistía en que las bombas podrían ser utilizadas como elemento de chantaje en el caso de que se produjera una guerra comercial abierta y se prohibiera la importación de sus productos a Estados Unidos y Europa. O bien, en el peor de los casos, de que se llegara incluso a un bloqueo naval de su archipiélago.

Yaeger estaba inquieto; Pitt se dio cuenta de ello.

—¿Me estáis diciendo que quizás estamos sentados encima de una bomba nuclear?

—Probablemente tengamos una a pocas manzanas de distancia —contestó Pitt.

—Es inconcebible —murmuró Yaeger furioso—. ¿Cuántas pueden haber sido introducidas a escondidas en el país?

—Todavía no lo sabemos —replicó Pitt—. Podrían ser incluso un centenar. Están dispersas por todo el mundo.

—Peor todavía —añadió Percy—. Si las bombas están escondidas en las principales ciudades internacionales, los japoneses disponen de un poder de destrucción total asegurado. Se trata de un sistema muy eficaz. Una vez que las bombas están colocadas en sus objetivos, se evita la posibilidad de un lanzamiento accidental o no autorizado de un misil. No hay defensa posible contra ellas, ni tiempo para reaccionar, ni ningún sistema de «Guerra de las Galaxias» que pueda detener las cabezas nucleares durante su aproximación, ni alerta, ni contraofensiva. Cuando se aprieta el botón, el golpe es instantáneo.

—Por Dios, ¿qué podemos hacer?

—Encontrarlas —dijo Pitt—. Partimos de la idea de que las bombas han sido traídas en buques transportes de automóviles. Intuyo que escondidas en el interior de los automóviles importados. Con la ayuda de ese ordenador inteligente tuyo, vamos a tratar de figurarnos cómo han podido hacerlo.

—Si hubieran venido en barco —dijo Yaeger en tono definitivo— los inspectores de aduanas que rastrean los envíos de droga las habrían encontrado.

Pitt negó con la cabeza.

—Ésta es una operación sofisticada, realizada por profesionales conocedores de una tecnología avanzada. Saben lo que tienen entre manos. Habrán diseñado la bomba para que forme parte integral del automóvil, con el fin de desorientar incluso a buscadores expertos. Los inspectores de aduanas conocen a fondo las posibilidades de los neumáticos, los depósitos de gasolina, las tapicerías, y cualquier otra parte hueca. De manera que la bomba debe de estar escondida de tal manera que incluso el inspector más suspicaz no acierte a dar con ella.

—Totalmente a prueba de los medios técnicos de detección conocidos —asintió Yaeger.

Percy miraba fijamente el suelo con aire pensativo.

—Muy bien, hablemos entonces del tamaño.

—Ése es *tu* departamento —le sonrió Pitt.

—Dame una pista, sobrino. Por lo menos he de conocer el modelo del coche, y no estoy al corriente de la ingeniería japonesa.

—Si se trata de un Murmoto, es probable que sea un sedán deportivo.

La mirada jovial del rostro de Percy se hizo mortalmente seria.

—En resumen, buscamos un ingenio nuclear compacto de unos diez kilógramos de peso, que resulte indetectable en el interior de un sedán de tamaño medio.

—Y que pueda ser montado y detonado desde una gran distancia —añadió Pitt.

—A menos, por descontado, que vaya conducido por un piloto suicida.

—¿De qué medida es la bomba en que estamos pensando? —preguntó Yaeger con aire inocente.

—Puede ser de formas y tamaños variables, entre un bidón de gasolina y una pelota de béisbol —contestó Percy.

—De béisbol —repitió incrédulo Yaeger—. ¿Pero puede algo tan pequeño causar una destrucción tan grande?

Percy elevó la mirada al techo, como si pudiera contemplar la devastación.

—Si la cabeza nuclear es muy activa, digamos en torno a los tres kilotones, probablemente podría arrasar el centro de Denver, Colorado, y las grandes deflagraciones desencadenadas por la explosión destruirían también buena parte de los suburbios.

—Lo último en bombas de automóviles —comentó Yaeger—. No es una idea reconfortante.

—Es como para ponerse enfermo sólo de pensarlo, pero conviene afrontar la realidad de que cada vez más naciones del Tercer Mundo poseen la bomba. —Percy indicó con un gesto la pantalla vacía del monitor—. ¿Qué podemos utilizar como modelo para diseccionar?

—El Ford Taurus ochenta y nueve de mi familia —contestó Yaeger—. Como experimento, introduje en la inteligencia del ordenador el manual completo de sus partes componentes. Puedo mostraros tanto imágenes separadas de partes específicas, como todo el conjunto en tres dimensiones.

—El Taurus será un buen banco de pruebas —asintió Pitt.

Los dedos de Yaeger flotaron durante unos segundos sobre el teclado, y finalmente se echó atrás cruzando los brazos sobre el pecho. En la pantalla apareció una imagen tridimensional en colores vívidos. Yaeger oprimió otro mando y un sedán Ford Taurus de cuatro puertas, pintado de un color metálico rojo vino, apareció visto desde distintos ángulos como si estuviera colocado sobre un tablero móvil que oscilara en sentido horizontal y vertical.

—¿Puedes mostrarnos el interior? —preguntó Pitt.

—Entramos —dijo Yaeger. Oprimió una nueva tecla y pareció que el metal sólido se fundía hasta dejar ver las secciones interiores del chasis y el cuerpo principal del coche. Como si fueran fantasmas que se filtraran a través de las paredes, vieron con toda claridad cada juntura soldada, cada tuerca y cada tornillo. Yaeger los llevó incluso al interior del diferencial y a lo largo del árbol motor, a través de los mecanismos de transmisión, hasta el mismo corazón del motor.

—Asombroso —murmuró Percy admirado—. Es como volar a través de una planta generadora. Ojalá hubiéramos tenido algo parecido en el cuarenta y dos. Podríamos haber acabado la guerra, tanto en Europa como en el Pacífico, dos años antes.

—Fue una suerte para los alemanes que no tuvierais la bomba en el cuarenta y cuatro —bromeó Yaeger.

Percy le dirigió una rápida mirada despectiva, y luego volvió a centrar su atención en la imagen de la pantalla.

—¿Ves algo interesante? —preguntó Pitt.

—La caja de cambios sería un buen contenedor —murmuró Percy al tiempo que se mesaba la barba, pensativo.

—No vale. No puede estar en el motor ni en las transmisiones. Es necesario que el automóvil pueda ser conducido normalmente.

—Eso elimina una falsa batería o un radiador relleno —dijo Yaeger—. Tal vez los parachoques.

Percy negó con un ligero movimiento de la cabeza.

—Eso valdría para un explosivo plástico en forma de tubo, pero el diámetro es demasiado estrecho para un ingenio nuclear.

Estudiaron la imagen en silencio durante los minutos siguientes, mientras las habilidades del teclado de Yaeger los llevaban a un insólito viaje por el interior del automóvil. Los conjuntos del eje y los cojinetes, el sistema de frenos, el motor de arranque y el alternador, todas las piezas fueron examinadas y descartadas.

—Vamos a probar los accesorios opcionales —anunció Yaeger.

Pitt bostezó y se desperezó. A pesar de su concentración, apenas podía mantener los ojos abiertos.

—¿Hay posibilidad de que esté en el dispositivo de calefacción?

—La configuración no es adecuada —contestó Percy—. ¿Y el recipiente del agua del limpiaparabrisas?

—Demasiado obvio —negó Yaeger con un movimiento de cabeza.

De repente, Pitt se enderezó.

—¡El acondicionador de aire! —exclamó—. El compresor del acondicionador.

Yaeger programó rápidamente el ordenador para retroceder a una imagen que ya habían visto antes.

—El automóvil puede conducirse normalmente, y ningún inspector de aduanas se pasaría dos horas desmontando el compresor para averiguar por qué demonios no sale aire frío.

—Si le quitas las tripas, tendrás una caja ideal para alojar una bomba —dijo Pitt, examinando la imagen del ordenador—. ¿Qué opinas, Percy?

—Las espirales del condensador podrían alterarse para incluir una unidad receptora capaz de montar la bomba y hacerla detonar —confirmó Percy—. Un escondite limpio, *muy limpio*. El volumen es más que suficiente para alojar un ingenio capaz de devastar un área amplia. Un bonito trabajo, caballeros. Creo que hemos resuelto el misterio.

Pitt se acercó a una mesa desocupada y descolgó el teléfono. Marcó el número de seguridad que les había proporcionado Kern en la reunión del EIMA. Cuando contestó una voz al otro lado del hilo, dijo:

—Aquí el señor Stutz. Por favor, avise al señor Lincoln que hemos localizado el problema en el acondicionador de aire de su automóvil. Adiós.

Percy dedicó una mirada divertida a Pitt.

—Realmente eres un experto en la manera de informar a la gente con el mínimo de palabras, ¿verdad?

—Hago lo que puedo.

Yaeger seguía sentado, contemplando el interior del compresor que había ampliado en la pantalla del ordenador.

—Hay un inconveniente —dijo en voz baja.

—¿Cuál? —dijo Percy—. ¿Qué ocurre?

—Nosotros ofendemos a los japoneses y ellos hacen estallar las bombas. No pueden eliminar todas nuestras defensas, en particular nuestros submarinos nucleares. Nuestra fuerza de represalia desintegraría todo su archipiélago. Si queréis mi opinión, creo que todo este asunto es inviable y suicida. No es más que un enorme montaje.

—Tu teoría tiene un pequeño fallo —contestó Percy con una paciente sonrisa dedicada a Yaeger—. Los japoneses han superado a los mejores talentos que existen en los departamentos de inteligencia y golpeado a las potencias mundiales en su talón de Aquiles. Desde su punto de vista, las consecuencias no van a ser tan catastróficas. Nosotros contratamos a japoneses para estudiar conjuntamente el sistema de defensa estratégica para la destrucción de misiles con cabezas nucleares en ruta hacia nuestro país. Pero nuestros dirigentes renunciaron a la idea por resultar demasiado cara y poco práctica, y en cambio ellos siguieron adelante con su habitual eficiencia en temas de alta tecnología, y han perfeccionado un sistema útil.

—¿Me estás diciendo que son invulnerables? —preguntó Yaeger con voz incrédula.

Percy negó con la cabeza.

—Aún no. Pero dales dos años más, y tendrán instalado un sistema eficaz de «Guerra de las Galaxias», mientras que nosotros carecemos de él.

24

Tras las sólidas puertas cerradas del edificio del Capitolio, un reducido subcomité se había reunido para investigar y evaluar el impacto cultural y económico japonés en los Estados Unidos. Estas bonitas palabras eran una forma delicada de expresar que algunos miembros del Congreso estaban tan furiosos como avispas ante lo que percibían como unos Estados Unidos asfixiados por la mordaza cada vez más apretada del capital japonés.

Ichiro Tsuboi, director gerente de Seguros Kanoya, la mayor empresa de seguros del mundo, estaba sentado ante una mesa situada en un nivel más bajo que el largo y curvo pupitre en forma de mostrador que ocupaba el comité del Congreso. Le rodeaban cuatro de sus principales asesores, que irritaban a los miembros del comité con sus incesantes consultas y parloteos ininteligibles antes de que Tsuboi respondiera a cada pregunta.

Tsuboi no tenía el aspecto de un gigante de las finanzas que dirigía una compañía de seguros con capital suficiente para merendarse de un solo lametón a Paine Webber, Charles Schwab, Merril Lynch y el resto de las respetadas empresas de agentes de bolsa de Wall Street. De hecho, ya había comprado considerables paquetes de acciones en varias de esas empresas. Su cuerpo era bajo y delgado, y tenía una cara redonda que parecía la de un alegre propietario de una casa de geishas.

El aspecto de Tsuboi era engañoso. Podía resistir sin un pestañeo el encendido asalto de toda una legión de proteccionistas del Congreso. Sus competidores, en Japón y en otras partes del mundo, le odiaban y le temían por las amargas experiencias que con él habían tenido. Tsuboi era tan despiadado como astuto. Sus hábiles manipulaciones financieras le habían elevado sobre un pedestal desde lo alto del cual no alcanzaba a percibirse su oculto desprecio por América y por las naciones europeas. Los inversores más hábiles de Wall Street eran simples pichones en comparación con el gurú de la Bolsa de Tokyo. Tenía casi tanto poder como para hundir la economía americana con una sola mano.

Allí sentado, contestaba las preguntas del comité reducido, sonreía con enloquecedora cortesía a cada nueva cuestión, y cuando hablaba lo hacía con tanta soltura como si conversara con unos invitados en un almuerzo informal.

—Si los estimados miembros del Congreso aprueban una legislación que obligue a las compañías japonesas a vender a sus empresas nacionales, por una pequeña fracción de su valor real, los paquetes de acciones que nos otorgan mayoría en nuestros negocios en Estados Unidos, eso será considerado nada menos que como una nacionalización. La credibilidad de las empresas americanas recibirá un golpe muy duro en todo el mundo. Será el caos. Tanto los sistemas bancarios como los mercados internacionales de divisas quedarán colapsados. Algunas naciones industriales deberán declararse en quiebra. Y ¿con qué propósito se habrá hecho una cosa así? En mi humilde opinión, las inversiones japonesas son la mayor bendición que podía desear el pueblo americano.

—No hay ningún proyecto de legislación semejante —estalló el senador Mike Diaz—. Lo que he dicho es: «Las compañías de ustedes que operan y extraen sus beneficios del suelo americano deberán quedar sujetas a las mismas regulaciones y normas impositivas que las nuestras». Sus mercados de capital permanecen cerrados para nosotros. A los americanos se les impide comprar terrenos y ser propietarios de sus empresas, en tanto que los intereses japoneses están actuando como gángsters financieros en este país, señor Tsuboi, y usted lo sabe condenadamente bien.

El único hombre que no se sentía intimidado ante Tsuboi era el demócrata de Nuevo México Mike Diaz, presidente del comité, la cabeza visible de un movimiento decidido no solamente a limitar, sino a eliminar radicalmente las inversiones extranjeras en el gobierno americano, en sus empresas y en su suelo; y, si se aceptaban sus propuestas hasta el final, también a establecer embargos comerciales sobre todos los productos japoneses de importación.

Diaz, un viudo cercano a la cincuentena, era el único senador que vivía a tiempo completo en su despacho. Tenía en él un pequeño baño privado y una dependencia con una cama, nevera, un hornillo y un fregadero. Veinticinco años atrás se había hecho merecedor al título del político más trabajador de la Colina, y su estilo de trabajo no había cambiado desde entonces. Su mujer había muerto de diabetes poco después de que él fuera elegido para su primer mandato. No tenían hijos, y desde la muerte de ella, él nunca dedicó un solo pensamiento a la idea de volver a casarse.

Tenía el cabello negro como ala de cuervo, peinado hacia atrás en un tupé alto; la cara redonda y morena con ojos de color pardo oscuro, y una boca que sonreía con facilidad y mostraba al hacerlo unos dientes perfectos. Cuando era piloto de un helicóptero del Ejército de tierra en Vietnam, había sido derribado y herido en una rodilla. Fue capturado y trasladado a Hanoi, y pasó dos años en un campo de prisioneros. Como sus carceleros nunca se cuidaron debidamente de su herida, cojeaba y debía andar con la ayuda de un bastón.

Diaz se distinguió por su postura radical en contra de las influencias extranjeras y de su implicación en la economía americana, y había luchado por imponer restricciones comerciales y elevar las tarifas, y en contra de lo que consideraba prácticas desleales en el comercio y la inversión por parte del gobierno japonés. Consideraba que la rivalidad con Japón había sobrepasado los límites de una escaramuza económica para convertirse en una auténtica guerra financiera, en la que los Estados Unidos ya habían sido derrotados.

—¿Señor presidente?

Diaz contestó a la seña de una atractiva mujer, miembro del comité.

—Sí, congresista Smith, adelante.

—Señor Tsuboi —empezó ella—, antes ha declarado usted que el dólar debería ser sustituido por el yen. ¿No le parece una medida un tanto extrema?

—No si se considera que los inversores japoneses financian el cincuenta y cinco por ciento de su déficit presupuestario —replicó Tsuboi con un amplio gesto de la mano—. La conversión de su divisa a la nuestra es únicamente cuestión de tiempo.

La congresista Loren Smith de Colorado no podía creer lo que estaba oyendo. Alta, llamativa, con un cabello rojizo y largo que enmarcaba sus prominentes pómulos y sus ojos violeta, representaba a un distrito situado al oeste de la divisoria continental. De temperamento enérgico, era tan elegante como un lince y tan atrevida como un muchacho. Respetada por su habilidad política, tenía una influencia considerable dentro de la Cámara de Representantes.

Muchos hombres poderosos de Washington habían intentado conseguir sus favores, dentro y fuera de las paredes del Congreso, pero ella guardaba celosamente su vida privada y únicamente salía con hombres que no tuvieran nada que ver con los negocios ni con la política. Estaba ligada sentimentalmente, en secreto, a un hombre al que admiraba profundamente, y la confortaba la idea de que nunca vivirían juntos como amigos íntimos o como marido y mujer. Ambos seguían su propio camino, y sólo se encontraban cuando lo consideraban oportuno.

—¿Cómo podemos estar más cerca de lo que ya estamos? —preguntó Loren—. Los activos de las sucursales de bancos japoneses en Estados Unidos superan de lejos los activos globales de los bancos americanos. Más de un millón de estadounidenses trabajan ya para patrones japoneses en este país. Sus grupos de presión tienen comprado a nuestro gobierno a todos los efectos prácticos. Poseen ustedes cuarenta mil millones de dólares en suelo de los Estados Unidos. Lo que usted pretende decirnos, señor Tsuboi, es que nuestras dos naciones estén todavía más unidas para que de ese modo la suya pueda gobernar nuestra economía y dictar nuestra política exterior. ¿Me equivoco? Responda, por favor.

Tsuboi no estaba acostumbrado a que una mujer le hablara en aquel tono. El movimiento feminista es casi inexistente en Japón. Allí las mujeres se mantienen fuera del sistema de dirección de los negocios. Ningún varón japonés recibe órdenes de una mujer. Su compostura había empezado a ceder, y sus asesores se habían quedado mudos, con la boca abierta.

—El presidente y el Congreso deberían darnos garantías de que nunca cerrarán ustedes sus mercados a nuestros productos ni a nuestras inversiones —contestó Tsuboi evasivamente—. También se nos debería permitir la entrada en su país sin las molestias de un visado.

—¿Y en el caso de que no aceptemos sus sugerencias?

Tsuboi se encogió de hombros y replicó con una sonrisa venenosa:

—Somos una nación acreedora. Ustedes son nuestros deudores, los mayores deudores del mundo. Si nos amenazan, no nos quedará más opción que emplear nuestra influencia en favor de nuestros intereses.

—En otras palabras, América se ha convertido en un país subordinado a Japón.

—En la medida en que los Estados Unidos están en decadencia en tanto que mi nación sube a un ritmo increíble, tal vez fuera conveniente para ustedes aceptar nuestros métodos en lugar de los suyos. Sus ciudadanos deberían estudiar con mayor profundidad nuestra cultura. Tal vez aprenderían algo.

—¿Es esa la razón por la que sus vastas operaciones en el exterior de Japón son dirigidas siempre por personas de su propio país, y no por trabajadores del país anfitrión?

—Contratamos a personal local —contestó Tsuboi con la expresión de quien ha recibido un golpe inesperado.

—Pero no en los puestos de dirección. Contratan a cuadros medios, secretarias y subalternos. Debo precisar, además, que a muy pocos jóvenes y mujeres. Y se han cuidado muy bien de excluir a los sindicatos.

La congresista Smith hubo de esperar la respuesta, mientras Tsuboi conversaba en japonés con sus asesores. O bien ignoraban, o bien no les importaba el hecho de que sus susurros eran registrados y traducidos. Cada pocos minutos se depositaba frente al senador Diaz un flujo continuo de transcripciones de sus palabras.

—Debe usted comprender —respondió por fin Tsuboi—. No es que tengamos prejuicios, sino sencillamente que no consideramos que sea una buena práctica comercial permitir que occidentales que no están habituados a nuestros métodos, y que no sienten ningún tipo de lealtad hacia nuestras costumbres nativas, ocupen posiciones de alto nivel en nuestras empresas en el extranjero.

—No es una decisión prudente, señor Tsuboi —dijo Loren con brusquedad—. Creo hablar en nombre de la mayoría de los americanos al decirle que no estamos dispuestos a que nos traten con menosprecio personas de países extranjeros en nuestro propio patio trasero.

—Eso es lamentable, congresista Smith. Hablando en nombre de *mi* propio pueblo, no comparto la conclusión que usted extrae de los hechos. Nosotros nos limitamos a buscar el mayor provecho sin atropellar a nadie.

—Sí, ya hemos tomado buena nota del modo en que cuidan sus propios intereses. La venta de tecnología militar estratégica y de informática al bloque soviético. Para los ejecutivos de empresas como la suya, la Unión Soviética, Alemania Oriental, Cuba, Irán y Libia son simplemente unos clientes más.

—Las cuestiones de ideología y moral internacional no nos conciernen. Mezclarlas con los temas de orden práctico relativos a las relaciones comerciales no tiene sentido según nuestra manera de pensar.

—Una pregunta más —insistió Loren—. ¿Es cierto que ha propuesto usted a su gobierno comprar todo el Estado de Hawai con el fin de resarcirse del déficit comercial de Estados Unidos con Japón?

Tsuboi no consultó esta vez con sus asesores sino que respondió de inmediato.

—Sí, he propuesto esa medida. Los japoneses constituyen la mayoría de la población de Hawai, y nuestros intereses comerciales se extienden en la actualidad al sesenta y dos por ciento del suelo del archipiélago. También he sugerido la transformación de California en una comunidad mixta, compartida entre Japón y Estados Unidos. Contamos con una inmensa fuerza de trabajo que deseamos exportar, y nuestros capitales podrían crear allí cientos de empresas manufactureras.

—Sus proyectos me resultan particularmente desagradables —dijo Loren, que tenía dificultades para contener su ira—. Esa violación de California por la comunidad de negocios japonesa no ocurrirá nunca. Por desgracia, me han contado que muchos barrios residenciales de Hawai son ya exclusivos para japoneses, y que un número creciente de lugares de reunión y clubes de golf están vedados a los ciudadanos estadounidenses. —Loren hizo una pausa y miró a los ojos a Tsuboi, antes de continuar con los labios apretados—. Por mi parte, voy a luchar con todos los medios a mi alcance para evitar más usurpaciones.

Un murmullo de aprobación se extendió por la sala. Se oyeron algunos aplausos, y el senador Diaz sonrió y golpeó ligeramente la mesa para pedir silencio.

—¿Quién puede decir lo que nos deparará el futuro? —dijo Tsuboi con una sonrisa prepotente—. No tenemos ningún plan secreto para derribar su gobierno. Han perdido ustedes el juego económico por incomparecencia.

—Si hemos perdido, ha sido por tolerar las actividades de los ladrones de cadáveres respaldados por los Seguros Kanoya —estalló Loren.

—Ustedes los americanos deben aprender a aceptar los hechos. Si compramos América, es porque nos la están vendiendo.

Los pocos espectadores permitidos en la reunión y los numerosos asistentes de los congresistas se estremecieron ante la velada amenaza, y la hostilidad brilló en sus ojos. La extraña mezcla de arrogancia y humildad, de cortesía y resistencia, que exhibía Tsuboi, creaba una atmósfera de inquietud y temor en la sala.

Diaz se inclinó sobre la mesa de la presidencia hacia Tsuboi, con una mirada dura.

—Al menos esta desafortunada situación presenta dos beneficios para nosotros.

Por vez primera, el rostro de Tsuboi mostró una expresión de desconcierto.

—¿De qué beneficios está hablando, senador?

—El primero, que si intentan ir demasiado lejos, sus inversiones, compuestas en su mayor parte de palabras escritas en papeles y en monitores de computadoras, serán borradas. El segundo, que ya no existe el americano feo —dijo Diaz, y su voz era tan gélida como un viento ártico—. Ha sido sustituido por el feo japonés.

25

Después de despedirse de Pitt frente al edificio del Cuartel General Federal, Giordino fue en taxi hasta el Departamento de Comercio, en Constitution Avenue. Gracias a un amigo, que tenía el cargo de secretario adjunto de Asuntos Comerciales Nacionales y Extranjeros, pudo llevarse prestado un expediente con los listados de los automóviles importados de la marca Murmoto. Luego viajó hasta Alexandria, Virginia. Se detuvo una vez para consultar una dirección en el listín de teléfonos. El edificio que buscaba alojaba la red de distribución de la Murmoto Motor Corporation para un territorio que incluía cinco estados. Llamó al número y pidió al operador la dirección.

Caía la tarde, y soplaba una brisa fresca que anunciaba ya el otoño y arrancaba las primeras hojas de los árboles. El taxi se detuvo frente a un moderno edificio de ladrillo rojo con amplios ventanales de cristal y bronce. Un letrero con letras de cobre lo identificaba como la Murmoto Motor Distribution Corp.

Giordino pagó el trayecto y se detuvo un momento a observar el patio del aparcamiento. Estaba lleno a rebosar de automóviles Murmoto. No había ninguno americano o europeo a la vista. Cruzó la puerta de doble hoja y se acercó a una bonita recepcionista japonesa.

—¿Puedo servirle en algo? —preguntó ella con una voz muy dulce.

—Albert Giordino, del Departamento de Comercio —contestó—. Quisiera hablar con alguien respecto a embarques de automóviles.

Ella pensó por unos momentos, y finalmente optó por buscar en un libro de personal.

—Tendrá que ser con el señor Dennis Suhaka, nuestro director de transportes. Le diré que desea usted verle, señor Giordano.

—Giordino, Albert Giordino.

—Lo siento, muchas gracias.

Menos de un minuto más tarde, una secretaria alta y atractiva de origen asiático pero con los pliegues de los ojos suprimidos gracias a la cirugía estética, apareció en el vestíbulo y acompañó a Giordino al despacho de Suhaka. Mientras caminaban por un pasillo largo y lujo-

172

samente alfombrado, Giordino se divirtió leyendo los letreros de las puertas. No había gerente, ni superintendentes ni vicepresidentes; todos eran directores de una cosa u otra.

Suhaka era un hombre gordo y jovial. Con una resplandeciente sonrisa se levantó de detrás de su escritorio y estrechó la mano que le tendía Giordino.

—¿Qué puedo hacer por el Departamento de Comercio?

Para alivio de Giordino, Suhaka no dudó en ningún momento de su imprevista aparición ni le pidió que se identificara.

—Nada importante. El típico papeleo burocrático para los registros estadísticos. Mi supervisor me ha pedido que pasara por aquí, camino de casa, y cotejara el número de coches importados y embarcados para sus clientes con las cifras suministradas por su casa central de Tokyo.

—¿Durante qué período de tiempo? Importamos un número enorme de automóviles.

—Los últimos noventa días.

—No hay problema —dijo Suhaka, desviviéndose por ser complaciente—. Todas nuestras listas de embarque están computadorizadas, y puedo tenérselas preparadas en diez minutos. Seguramente coincidirán. Tokyo casi nunca comete errores. ¿Aceptará una taza de café mientras espera?

—Sí —dijo el agotado Giordino—. Se lo agradezco.

Suhaka pasó a un pequeño despacho vacío; la bonita secretaria trajo el café, y mientras él lo bebía, regresó con un gran mazo de listados de archivo pulcramente ordenados.

Giordino encontró lo que Pitt le había enviado a buscar en menos de media hora. Se recostó en su asiento y echó una cabezadita para matar el tiempo y aparentar que era simplemente un pequeño burócrata encargado de un trabajo rutinario.

Exactamente a las cinco en punto, Suhaka entró en la habitación.

—El personal se marcha a esta hora, pero yo me quedaré a trabajar hasta tarde. ¿Desea que le ayude en alguna cosa?

—No —contestó Giordino cerrando las carpetas—. También a mí me gustaría irme a casa. Ya he cumplido mis siete horas. Me marcho. Le agradezco mucho su cooperación. Las cifras de sus unidades importadas quedarán reflejadas en la gran computadora del gobierno. ¿Con qué propósito? Tal vez únicamente un ujier de alguna oficina de los sótanos lo sepa con seguridad.

Tomó los expedientes del Departamento de Comercio y se dirigió a la puerta, pero a mitad de camino se volvió como si acabara de acordarse de algo, en el mejor estilo de Peter Falk-Colombo.

—Hay un detalle.

—¿Sí?

—Un pequeño fallo que casi no vale la pena mencionar.

173

—¿Sí?

—He encontrado seis automóviles que aparecen en su lista de importación como descargados en Baltimore procedentes de dos barcos distintos, y en cambio no constan en la lista de exportación de la casa central de Tokyo.

Suhaka parecía genuinamente un chiquillo pillado en falta.

—Nunca me había ocurrido una cosa así. ¿Puedo compulsar sus cifras?

Giordino desplegó los listados que había pedido prestados a su amigo del Departamento de Comercio, y los colocó junto a los que le había pasado la secretaria de Suhaka. Subrayó los automóviles que constaban en su listado y faltaban en el de Tokyo. Los seis eran sedanes deportivos SP-500.

—Oficialmente puedo decirle que la discrepancia no nos preocupa —comentó Giordino en tono indiferente—. En la medida en que a usted le constan como entrados en el país, su compañía está justificada ante el gobierno. Estoy seguro de que se trata tan sólo de un error en el departamento de contabilidad de Tokyo, que luego fue remediado.

—Ha sido un imperdonable descuido por mi parte —dijo Suhaka, con la misma expresión que si acabara de dejar caer las joyas de la corona en una letrina—. Me he fiado en exceso de nuestra casa central. Debía haber encargado a alguien del personal a mis órdenes que lo comprobara.

—Por simple curiosidad, ¿qué clientes recibieron esos coches en particular?

—Un momento —Suhaka condujo a Giordino a su despacho, y allí se sentó ante su escritorio y tecleó un rato en el terminal del ordenador. Luego se echó hacia atrás y esperó. Cuando los datos solicitados iluminaron la pantalla, su sonrisa se desvaneció bruscamente y su cara adquirió una palidez cadavérica.

—Los seis automóviles fueron llevados a diferentes clientes. Me costará varias horas seguir el rastro de cada uno de ellos. Si puede pasarse de nuevo por aquí mañana, estaré encantado de proporcionarle los nombres.

Giordino le mostró las palmas de las manos, con gesto abrumado.

—Olvídelo. Los dos tenemos asuntos más urgentes de los que preocuparnos. Por mi parte, tendré que luchar con el tráfico de la hora punta, ducharme y llevar a mi esposa a cenar. Hoy es nuestro aniversario de boda.

—Felicidades a los dos —dijo Suhaka, con una mirada que expresaba con toda claridad su alivio.

—Muchas gracias. Y gracias también por su cooperación.

La amplia sonrisa de Suhaka ocupó de nuevo su lugar.

—Siempre encantado de ayudarlos. Adiós.

Giordino caminó cuatro manzanas hasta una gasolinera, y allí llamó desde un teléfono público. Una voz masculina contestó diciendo simplemente «hola».

—Soy su amigo, el vendedor de Mercedes. Tengo un modelo que creo que puede interesarle.

—Está usted fuera de su distrito, señor. Debería estar vendiendo cerca del muelle, o mejor aún, en el océano Pacífico.

—Le hablo de un buen negocio —gruñó Giordino—. Si no puede permitirse el lujo de comprar un buen coche alemán, pruebe un Murmoto. Voy detrás de seis sedanes deportivos SP-Quinientos por los que puedo conseguirle descuentos especiales.

—Un momento.

En el auricular resonó una voz que Giordino reconoció de inmediato como la de Donald Kern.

—A pesar del hecho de que esté usted fuera de su territorio, siempre me interesa ahorrar algo de dinero. Dígame dónde puedo ver esos descuentos especiales.

—Tendrá que conseguir la información en el distribuidor de Murmoto en Alexandria. Los registros de su ordenador incluyen seis automóviles que entraron en el país pero no salieron de la fábrica. Le sugiero que se apresure antes de que corra la voz y alguien se le adelante. Tres de los coches fueron desembarcados en la aduana de Baltimore el cuatro de agosto. Los otros tres llegaron el diez de septiembre.

Kern captó de inmediato lo que quería sugerirle Giordino.

—No cuelgue —ordenó. Luego se volvió a su ayudante, que escuchaba por una línea auxiliar—. Dedíquese a ello. Introdúzcase en el sistema del ordenador de Murmoto y extraiga sus registros de embarque para conseguir el paradero de esos seis automóviles antes de que se den cuenta y borren los datos.

Luego volvió a hablar con Giordino.

—Buen trabajo. Todo está perdonado. A propósito, ¿qué casualidad le llevó a seguir el rastro de esas gangas?

—Fue idea de Stutz. ¿Ha sabido algo más de él?

—Sí, me llamó hace una hora —contestó Kern—. Descubrió el origen del problema.

—Tenía la idea de que, si había alguien capaz de resolver ese acertijo, sería él —dijo Giordino, aludiendo al extraño talento de Pitt para descubrir lo desconocido—. Hace falta una mente tortuosa para saber apreciar a otra.

26

Ya había oscurecido cuando Yaeger dejó a Pitt delante del viejo hangar situado en el extremo más alejado del Aeropuerto Internacional de Washington. La estructura había sido levantada en 1936, y en otros tiempos había albergado los aparatos de una antigua compañía de línea que después fue adquirida por American Airlines. A excepción de los faros del Taurus de Yaeger, la única iluminación existente provenía del resplandor de la ciudad, al otro lado del río Potomac, y de una solitaria farola colocada junto a la carretera, doscientos metros más al norte.

—Para ser alguien que no ha estado en casa desde hace cuatro meses, viajas con poco equipaje —rió Yaeger.

—Mis maletas se quedaron con los peces —murmuró Pitt con los ojos semicerrados.

—Me gustaría ver otra vez tu colección de coches, pero tengo que irme a casa.

—Yo iré a la cama. Gracias por el transporte. Y gracias de nuevo por lo de esta tarde. Un espléndido trabajo, como siempre.

—Disfruto haciéndolo. Encontrar la clave de tus rompecabezas es mejor que resolver los misterios del universo todos los días.

Yaeger agitó la mano como despedida, subió la ventanilla para protegerse del aire frío de la noche, y desapareció con su automóvil en la oscuridad.

Pitt sacó del bolsillo del pantalón un transmisor de pilas que había recogido en su despacho de la AMSN, y apretó una serie de botones que desactivaron el sistema de seguridad del hangar y encendieron las luces del interior.

Abrió la vieja y baqueteada puerta lateral, y entró. El suelo de cemento pulimentado del hangar parecía albergar un museo del transporte. Un viejo aeroplano trimotor Ford ocupaba un rincón junto a un autobús Pullman de comienzos de siglo. Más de cincuenta automóviles cubrían los restantes 10.000 metros cuadrados. Modelos europeos exóticos como un Hispano-Suiza, un Mercedes-Benz 540K y un precioso Talbot-Lago azul convivían con magníficos clásicos americanos tales como un Cord L-29, un Pierce-Arrow, y un asombroso Stutz de color verde turquesa. La única pieza que parecía fuera de lugar era una vieja bañera de hierro colado, con un motor fuera de borda sujeto en el extremo dispuesto para apoyar la espalda.

Pitt arrastró sus cansados pies hasta una escalera de caracol de hierro que llevaba hasta su apartamento, encima de la colección. Lo que en tiempos había sido una oficina, lo había decorado de nuevo y convertido en un cómodo apartamento de un solo dormitorio, con una amplia sala de estar-estudio. Las estanterías estaban llenas de libros y maquetas guardadas en urnas de cristal de los barcos que Pitt había descubierto y explorado.

De la cocina surgía un aroma apetitoso. Encontró una nota colgada de un ave del paraíso que coronaba un jarrón colocado sobre la mesa del comedor. Una sonrisa iluminó su rostro al leerla.

«Me han dicho que has vuelto a escondidas a la ciudad. He limpiado el moho extranjero que invadió tu nevera al mes de marcharte. He creído que tal vez llegarías hambriento. Tienes una ensalada en la nevera y la sopa de pescado se está calentando en un bote en el hornillo. Siento no estar para darte la bienvenida, pero tengo una cena oficial en la Casa Blanca.

»Te quiero,

»L.»

Se detuvo unos momentos para forzar a su mente embotada por el sueño a tomar una decisión. ¿Debía comer y darse después una ducha? ¿O ducharse primero? Decidió que una ducha caliente lo dejaría incapacitado para sentarse después a la mesa. Se desvistió y se puso un batín corto. Comió la ensalada y la mayor parte del pote de bullabesa con dos vasos de un Cabernet Sauvignon Smothers Brothers de 1983 que extrajo de una pequeña bodega de vino colocada en un lugar resguardado.

Acabó de comer, y estaba fregando los platos de la tina cuando sonó el teléfono.

—¿Hola?

—¿Señor Pitt?

—Sí, señor Jordan —contestó Pitt, al reconocer la voz—. ¿Qué se le ofrece?

—Espero no haber interrumpido su sueño.

—Mi cabeza está todavía a una distancia de diez minutos de la almohada.

—Quería llamarle para saber si ha tenido noticias de Al.

—Sí, me llamó inmediatamente después de hablar con usted.

—A pesar de que su actuación no había sido autorizada, la información resultó muy valiosa.

—Sé que no debía haberme extralimitado, pero quise seguir una corazonada.

—No es usted un jugador de equipo, ¿eh, Dirk? —dijo Jordan, empleando por primera vez el nombre de pila de Pitt—. Prefiere jugar a su propio juego.

—La sabiduría consiste en perseguir los mejores fines a través de los mejores medios.

—¿Es suya la frase?

—No, pertenece a Francis Hutcheson, un filósofo escocés.

—Me agrada que cite usted con exactitud —comentó Jordan—. La mayor parte de los funcionarios de Washington habrían deformado el original y citado: «El fin justifica los medios».

—¿Desea alguna otra cosa? —preguntó Pitt mientras añoraba con desesperación su cama.

—Creí que le gustaría saber que hemos encontrado los coches-bomba.

—¿Los seis? —preguntó Pitt asombrado.

—Sí, estaban escondidos en el edificio de un banco japonés, cerca de Washington. Herméticamente guardados en un sótano hasta el día de desempolvarlos y conducirlos hasta los objetivos programados para detonarlos.

—A eso se le llama trabajar aprisa.

—Usted tiene sus métodos, y nosotros los nuestros.

—¿Los ha colocado bajo vigilancia?

—Sí, pero tenemos que andar con cuidado. No debemos dar la alarma todavía, al menos hasta localizar a los responsables de este horror y destruir su centro de mando —dijo Jordan—. Tal como han ido las cosas, Giordino avisó esta tarde justo a tiempo para poder realizar la operación. Alguien en la Distribuidora Murmoto estaba asustado. Entramos y salimos del sistema de su ordenador tan sólo unos minutos antes de que borraran los datos de las unidades importadas por vía marítima.

—¿Esos datos los llevaron hasta los coches?

—Conseguimos seguir la pista y entrar en una conocida empresa japonesa de transportes que cargaron los automóviles en sus camiones. En los registros no constaba ninguna mención de destino, por supuesto, pero nos las ingeniamos para pedir «prestada» una copia del albarán de entrega del conductor. El documento nos reveló el número de kilómetros que había recorrido el camión después de abandonar los muelles. El resto fue una simple cuestión de investigación rutinaria y de mucho pateo de aceras.

—Fracturar y entrar.

—Nunca fracturamos cuando entramos —dijo Jordan.

—Si se filtra la noticia de que nuestros buenos ciudadanos están sentados sobre bombas nucleares pertenecientes a una potencia extranjera, el país se vería dominado por el pánico.

—Estoy de acuerdo en que no es una situación agradable. Los rugidos del público y sus exigencias de venganza podrían impulsar a los japoneses a trasladar los coches a posiciones estratégicas y apretar el botón de «fuego» antes de que podamos encontrarlos y neutralizarlos.

—Una búsqueda por todo el país podría costarnos veinte años hasta encontrarlos todos.

—No lo creo —contestó Jordan con tranquilidad—. Sabemos cómo lo hacen, y gracias a Giordino y a usted, sabemos además lo que tenemos que buscar. Los japoneses no son ni la mitad de eficaces que nuestros profesionales en el terreno de la inteligencia. Apuesto a que encontraremos todos los Murmotos provistos de bombas en un plazo máximo de treinta días.

—Aplaudo su optimismo —dijo Pitt—. Pero ¿qué pasará con nuestros aliados y con los rusos? Los japoneses también pueden haber escondido bombas debajo de ellos. ¿Va el presidente a advertir a sus dirigentes de que existe esa posibilidad?

—Todavía no. No podemos confiar en que las naciones de la OTAN sean capaces de guardar el secreto durante todo el período necesario. Por otra parte, el presidente opina que poner al Kremlin al corriente significaría una tensión indeseable en las relaciones entre los dos países. Piense en ello. Los dos estamos ahora en el mismo barco, amenazados de súbito por otra superpotencia.

—Existe aún otra amenaza preocupante.

—¡Hay tantas! ¿Qué es lo que he omitido?

—Supongamos que los japoneses hacen estallar algunas de las bombas, bien en los Estados Unidos o bien en Rusia. Cada uno de nosotros pensará que es el otro quien le ha atacado, iremos a la guerra, y los japoneses tendrán vía libre después para apoderarse de lo que quede.

—No quiero irme a la cama con esa idea rondándome la cabeza —dijo Jordan incómodo—. Limitémonos a tomar las cosas como vienen. Si nuestra operación tiene éxito, entonces las cosas quedarán otra vez en manos de los políticos.

—Esa última frase —dijo Pitt fingiendo estar asustado —haría que cualquier persona perdiera el sueño sin remedio.

Acababa de adormecerse cuando el timbre de seguridad le alertó de la presencia de alguien que intentaba entrar en el hangar. Se forzó a sí mismo a saltar de su acogedora cama, caminó hasta el estudio y encendió un pequeño monitor de televisión en circuito cerrado. Stacy Fox estaba junto a la puerta lateral, mirando con una sonrisa hacia lo que Pitt consideraba un magnífico camuflaje de la cámara de seguridad que tenía instalada sobre el umbral.

Apretó un botón y la puerta se abrió. Entonces salió de la habitación y se detuvo a esperar en el rellano superior de la escalera.

Ella entró en el hangar, sensual aunque modosa con su chaqueta azul sin solapa, una falda estrecha a juego, y blusa blanca con un broche prendido en el escote. Se movía despacio entre aquel despliegue de ingeniería, con un asombro reverente. Se detuvo ante un cupé Talbot-Lago Grand Sport de 1948, con una carrocería especial obra de un diseñador francés llamado Saoutchik, y pasó suavemente los dedos por el parachoques.

No era la primera. Casi todas las mujeres que habían visitado en alguna ocasión el curioso cuartel general de Pitt se habían enamorado del Talbot. Él lo consideraba una obra maestra del arte de la mecánica, pero las mujeres experimentaban una irresistible atracción sensual a primera vista. Cuando veían la esbelta, casi felina, línea de la carrocería, sentían la fiereza y la potencia del motor, y olían el elegante cuero de la tapicería, el coche se convertía para ellas en un símbolo erótico.

—¿Cómo me has encontrado? —preguntó Pitt, y su voz despertó los ecos dormidos en aquel amplio interior.

Ella miró hacia arriba.

—Estudié tu historial durante dos días antes de volar al Pacífico y embarcar en el *Invincible*.

—¿Encontraste algo interesante? —dijo él, molesto por el hecho de que su vida se exhibiera de ese modo ante cualquiera con autoridad suficiente para violar su intimidad.

—Eres un tipo curioso.

—Me halagas.

—Tu colección de coches es maravillosa.

—Hay muchas colecciones mayores con modelos y marcas más caros.

Ella se volvió a mirar el Talbot-Lago.

—Me gusta éste.

—Yo prefiero el coche verde que está al lado.

Stacy se volvió a mirar el Stutz con la misma expresión que si estudiara a una maniquí que pasara una creación exclusiva en un desfile de modas. Luego movió negativamente la cabeza.

—Hermoso pero macizo, demasiado masculino para el gusto de una mujer.

Luego volvió a mirar hacia arriba.

—¿Podemos hablar?

—Si consigo mantenerme despierto. Sube.

Ella subió la escalera de caracol y él le mostró el apartamento.

—¿Puedo ofrecerte una bebida? —preguntó Pitt.

—No, gracias —le miró con atención, y sus ojos reflejaron compasión—. No debía haber venido. Pareces a punto de derrumbarte.

—Me recuperaré después de una buena noche de sueño —dijo él con tristeza.

—Lo que necesitas es un buen masaje en la espalda —dijo ella inesperadamente.

—Creí que habías venido para hablar.

—Puedo hablar mientras te doy un masaje. ¿Sueco o shiatsu? ¿Qué método de masaje prefieres?

—Qué demonios, los dos.

Ella rompió a reír.

—De acuerdo —le cogió de la mano, tiró de él hasta el dormitorio y lo empujó hasta colocarlo boca abajo en la cama—. Quítate la ropa.

—¿Me dejas proteger mi modestia con una sábana?

—¿Tienes algo que no haya visto yo antes? —dijo ella, al tiempo que estiraba de las mangas del batín.

Él rió.

—No me pidas que me dé la vuelta.

—Quería pedirte perdón antes de que Tim y yo salgamos para la costa oeste —dijo ella en tono serio.

—¿Tim?

—El doctor Weatherhill.

—Supongo que habéis trabajado juntos anteriormente.

—Sí.

—¿Te veré de nuevo en alguna ocasión? —preguntó.

—No lo sé. Nuestras misiones pueden llevarnos en diferentes direcciones. —Dudó un momento—. Quiero que sepas que me duelen mucho las complicaciones que te he causado. Me salvaste la vida, y el hecho de que ocupé un espacio extra en el último sumergible casi fue la causa de que perdieras la tuya.

—Un buen masaje y estaremos a la par —dijo Pitt con una sonrisa cansada.

Ella contempló su cuerpo extendido.

—Para haber vivido cuatro meses bajo el agua, estás bastante bronceado.

—Mi sangre gitana —susurró él con voz soñolienta.

Utilizando la básica presión de los dedos de la técnica shiatsu, Stacy recorrió las áreas sensitivas de los pies desnudos de Pitt.

—Eso va bien —la animó—. ¿Te informó Jordan de lo que hemos averiguado sobre las bombas?

—Sí, le diste una sorpresa. Estaba convencido de que te habías salido del equipo. Ahora que Tim y yo sabemos exactamente cómo enfocar la investigación, deberíamos progresar aprisa en el descubrimiento de los coches bomba.

—Y vais a buscar en los puertos de la costa oeste.

—Seattle, San Francisco y Los Ángeles son los puertos en los que atracan los transportes de automóviles Murmoto.

Pitt guardó silencio mientras Stacy le masajeaba las piernas, combinando el shiatsu con los métodos suecos. Le dio masaje en los brazos, la espalda y el cuello. Luego, con una ligera palmada en las nalgas, le ordenó que se diera la vuelta, pero no hubo respuesta.

Pitt se había quedado dormido.

En algún momento de la noche se despertó y sintió su cuerpo enlazado salvajemente al de ella. Los movimientos, las sensaciones, los gemidos apagados de la voz de Stacy, llegaban como un eco lejano a través de la bruma espesa del cansancio. Sentía como si se elevara en el aire, en medio de una tormenta con rayos y truenos, hasta que todo se desvaneció y él recayó de nuevo en el vacío negro de un sueño profundo.

—Sorpresa, dormilón —dijo la congresista Loren Smith deslizando un dedo por la espalda de Pitt.

La mente de Pitt hubo de esforzarse en apartar las telarañas del sueño al tiempo que se incorporaba a medias y miraba hacia arriba. Estaba sentada con las piernas cruzadas y los pies descalzos en la parte desocupada de la cama, y vestía un top floreado de algodón con una cinta al cuello, y pantalones anchos plisados de color verde salvia. Se había peinado recogiéndose el pelo sobre la nuca con un lazo ancho.

De súbito Pitt recordó, y dirigió una mirada aprensiva al lado opuesto de la cama. Para inmenso alivio suyo, estaba vacío.

—¿No se supone que debes estar dedicada a tus extraordinarias obligaciones en el Congreso? —preguntó, secretamente complacido de que Stacy se hubiera marchado antes de que llegara Loren.

—Nos hemos tomado un descanso.

Le mostraba una taza de café pero lejos de su alcance, para tentarlo.

—¿Qué debo hacer para que me des café?

—Te costará un beso.

—Es muy caro, pero me empuja la desesperación.

—Y también una explicación.

«Ya estamos», pensó él, reagrupando rápidamente sus ideas.

—¿Relativa a qué?

—No a qué sino a quién. Ya sabes, a la mujer con la que has pasado la noche.

—¿Qué mujer era ésa? —preguntó él con fingida inocencia.

—La que ha dormido en esta cama esta noche.

—¿Ves a alguna mujer por aquí?

—No me hace falta verla —dijo Loren, encantada por tener la ocasión de provocarle—. Puedo olerla.

—¿Me creerás si te digo que era una masajista?

Ella se inclinó hacia él y le dio un largo beso. Finalmente se echó atrás, le tendió el café, y dijo:

—No está mal. Te concedo un sobresaliente en creatividad.

—Me has estafado —dijo él esperando cambiar así el curso de la conversación—. La taza sólo está medio llena.

—No querrías que la volcase entera en tus sábanas, ¿verdad? —rió como si le divirtiera realmente la indiscreción de Pitt—. Extrae tu enorme cuerpo peludo de esa cama y lava bien las sábanas para que desaparezca el perfume. El olor no es malo, lo admito. Bastante caro. Voy a preparar el desayuno.

Loren estaba de pie en la cocina, cortando un pomelo en rodajas, cuando Pitt salió de la ducha por segunda vez en ocho horas. Con una toalla enrollada alrededor de la cintura, se detuvo detrás de ella, le rodeó la cintura con los brazos y besó su cuello.

—Hace mucho que no nos veíamos. ¿Cómo te las has arreglado tanto tiempo sin mí?

—Me he enterrado en la legislación y he olvidado todo lo relacionado contigo.

—¿Y no has encontrado tiempo para divertirte?

—He sido una buena chica. Aunque hubiera sido mala de haber tenido la oportunidad, y en especial de haber sabido que tú no ibas a perder el tiempo desde el momento mismo de volver a casa.

Loren se estaba portando muy bien, pensó Pitt. Tan sólo se percibía en ella un ligero rubor motivado por los celos. Pero sabía contenerlos. Pitt no era el único hombre en su vida, y ninguno de los dos intentaba monopolizar al otro ni exhibía unos celos fuera de tono; todo lo cual contribuía a hacer más deseable aún su relación.

Mientras él mordisqueaba el lóbulo de su oreja, ella se dio la vuelta y enlazó el cuello de Pitt con sus brazos.

—Jim Sandecker me ha contado la destrucción de vuestro proyecto, y cómo pudiste escapar de milagro.

—Se supone que es un secreto —dijo él mientras ambos se frotaban las narices.

—Las congresistas femeninas tenemos *ciertos* privilegios.

—Conmigo puedes reclamar todos los privilegios que quieras.

La mirada de ella reflejó una súbita tristeza.

—En serio, lamento que se perdiese la construcción.

—Levantaremos otra —sonrió—. Los resultados de nuestras pruebas se salvaron. Eso es lo que cuenta.

—Jim me ha dicho que llegaste a la superficie segundos antes de morir por asfixia.

Pitt volvió a sonreír.

—Eso es agua pasada, como dicen.

La soltó y se sentó a la mesa. Parecía una escena doméstica de cualquier mañana de domingo, entre un hombre felizmente casado y su mujer, pero ni Loren ni Dirk habían estado casados nunca.

Él se puso a hojear el periódico que había traído ella con las provisiones. Sus ojos se detuvieron en un artículo, y después de leer el texto miró hacia arriba.

—Veo que has vuelto a aparecer en el *Post* —dijo con una sonrisa—. De modo que te has puesto antipática con nuestros amigos de Oriente, ¿no es así?

Loren dio vuelta a una tortilla con manos expertas y la depositó en un plato.

—La propiedad de la tercera parte de nuestras empresas se ha trasladado a Tokyo. Y con ellas se han ido nuestra prosperidad y nuestra independencia como nación. América ya no pertenece a los americanos. Nos hemos convertido en una colonia financiera de Japón.

—¿Y eso es malo?

—El público no tiene idea de lo malo que es —dijo Loren colocando la tortilla y una bandeja de tostadas frente a Pitt—. Nuestro enorme déficit ha abierto una brecha por la que se pierde nuestra economía y entra el dinero japonés.

—Sólo podemos culparnos por ello a nosotros mismos —dijo Pitt blandiendo un tenedor en el aire—. Ellos ahorran y nosotros consumimos en exceso, hundiéndonos cada vez más en la deuda. Hemos vendido a precio de oferta nuestro liderazgo en tecnologías de todo tipo, cuando no nos lo han robado. Y seguimos haciendo cola con los monederos abiertos y las lenguas colgantes, en una anticipación llena de codicia del momento en que les venderemos nuestras empresas o nuestro suelo para disponer rápidamente de dinero en efectivo. Enfréntate a la realidad, Loren, nada de esto habría ocurrido si el público, la comunidad de los negocios, vosotros los congresistas, y los cretinos que dirigen la economía desde la Casa Blanca, os hubierais dado cuenta de que este país estaba implicado en una guerra financiera sin cuartel contra un enemigo al que nos habíamos acostumbrado a considerar inferior. Tal como están las cosas, no nos queda ninguna posibilidad de ganar.

Loren se sentó con una taza de café en la mano, y pasó a Pitt un vaso de zumo de naranja.

—Es el discurso más largo que nunca te he oído pronunciar. ¿Piensas hacer campaña para presentarte al Senado?

—Antes preferiría que me arrancaran las uñas de los pies. Además, con un Pitt en la colina del Capitolio hay ya bastante —añadió, refiriéndose a su padre, el senador George Pitt de California.

—¿Has visto al senador?

—Aún no. —Pitt mordisqueó un trozo de tortilla—. No he tenido ocasión.

—¿Qué planes tienes? —preguntó Loren, dirigiendo una mirada melancólica a los ojos color verde ópalo de Pitt.

—Voy a dedicarme a los coches y a descansar durante un par de días. Tal vez pueda poner el Stutz a punto para participar en la carrera de coches clásicos.

—Se me ocurre algo más divertido que mancharte de grasa —dijo ella con voz ronca.

Pasó al otro lado de la mesa, se inclinó sobre él y se apoderó con sorprendente firmeza de su brazo. Él sintió el deseo que fluía de ella como un néctar, y de súbito sintió que la deseaba a su vez con más fuerza que en ninguna otra ocasión anterior. Esperaba poder contar con fuerzas suficientes para esta segunda ronda. Luego, como atraído por un imán, se dejó arrastrar hasta el sofá.

—En la cama no —dijo ella ceñuda—. No hasta que cambies las sábanas.

27

Hideki Suma descendió de su reactor privado con rotor variable, seguido por Moro Kamatori. El aparato había aterrizado en un helipuerto, junto a una enorme cúpula solar de plástico que se alzaba cincuenta metros en el aire. Situada en el centro de un parque y en un entorno densamente poblado, la cúpula cubría un amplio atrio que constituía el núcleo interior de un proyecto subterráneo llamado «Edo», en honor al nombre de la ciudad que fue rebautizada Tokyo durante la Restauración Meiji, en 1868.

Ciudad de Edo, la primera ciudad de la nueva frontera subterránea de Japón, había sido diseñada y construida por Suma como una comunidad de investigación científica compuesta por 60.000 personas. Tenía la forma de un enorme cilindro cuya superficie superior era el atrio, y que se extendía a lo largo de veinte plantas circulares en las que se habían instalado las residencias de los miembros integrantes de la comunidad científica, los despachos, los baños públicos, las salas de reunión, varios restaurantes, un supermercado, una biblioteca y una fuerza de seguridad propia, compuesta por un millar de hombres.

Unos cilindros subterráneos más pequeños, conectados a través de túneles al núcleo principal, contenían el equipo de comunicaciones, los sistemas de calefacción y refrigeración, los controles de temperatura y humedad, las plantas suministradoras de energía eléctrica, y la maquinaria utilizada para procesar los desechos. Aquellas complejas estructuras habían sido construidas en cemento y cerámica, y se hundían 150 metros en la roca volcánica.

Suma había financiado por sí solo el proyecto, sin ninguna colaboración por parte del gobierno. Los problemas legales y las restricciones que afectaron a la construcción se resolvieron muy pronto gracias al inmenso poder del *holding* de Suma y a sus tentáculos subterráneos.

Kamatori y él entraron en un ascensor oculto que los llevó hasta una suite de las oficinas de su grupo de empresas, que abarcaban toda la cuarta planta del cilindro exterior. Su secretaria, Toshie Kudo, estaba esperándolos y abrió las puertas de su despacho y apartamento privado, fuertemente custodiado. Las espaciosas habitaciones, con tres niveles distintos, estaban decoradas con biombos y murales pintados, y con vitrinas repletas de hermosas cerámicas y ropajes del siglo XVI con brocados, rasos y crepes delicadamente recamados. Una serie de pinturas con paisajes terrestres y marinos cubría la mayor parte de las paredes; otras mostraban dragones, leopardos, tigres, y también tiburones, que simbolizaban las proezas maritales de la clase de los guerreros.

—El señor Ashikaga Enshu los espera —anunció Toshie.

—No recuerdo ese nombre.

—El señor Enshu es un investigador especializado en buscar objetos artísticos y curiosos, y en negociar la venta para sus clientes —explicó Toshie—. Llamó con la noticia de que había descubierto una pintura que encajaba en su colección. Me tomé la libertad de fijar una cita, para que pudiera mostrársela sin compromiso.

—Tengo poco tiempo —dijo Suma, mientras consultaba la hora en su reloj.

Kamatori se encogió de hombros.

—No nos perjudicará ver lo que te ofrezca, Hideki. Tal vez ha encontrado la pintura que andabas buscando.

Hizo un gesto a Toshie.

—De acuerdo. Hazle pasar, por favor.

Suma se inclinó cuando el marchante de arte penetró en la habitación.

—¿Tiene usted una nueva adquisición para mi colección, señor Enshu?

—Sí, así lo espero, y estoy convencido de que se sentirá feliz cuando vea lo que he encontrado para usted. —Ashikaga sonreía calurosamente bajo su cabello plateado, cuidadosamente peinado, sus gruesas cejas y su tupido mostacho.

—Por favor, colóquelo en ese bastidor, a la luz —dijo Suma señalando un caballete situado frente a un amplio ventanal.

—¿Puedo abrir un poco más las cortinas?

—Hágalo, por favor.

Enshu tiró de las cuerdas que movían los cortinajes. Luego colocó la pintura en el caballete, tapada aún con una funda de seda.

—Del siglo dieciséis, escuela de Kano, un Masaki Shimzu.

—El famoso artista de los paisajes marinos —exclamó Kamatori, mostrando una excitación inusual en él—. Uno de tus favoritos, Hideki.

—¿Sabía usted que soy un gran admirador de Shimzu? —preguntó Suma a Enshu.

—Entre los círculos artísticos es bien conocido que está usted coleccionando su obra, y en especial los paisajes que pintó de nuestras islas periféricas.

Suma se volvió a Toshie.

—¿Cuántas obras suyas tengo en mi colección?

—Hasta el momento ha reunido usted once pinturas de la serie de trece paisajes marinos y cuatro de sus pinturas de los montes Hida.

—De modo que éste será el duodécimo paisaje marino.

—Sí.

—¿Qué paisaje insular de Shimzu me ha traído? —preguntó Suma a Enshu con expectación—. ¿Ajima?

—No, Kechi.

Suma parecía visiblemente defraudado.

—Había esperado que fuera Ajima.

—Lo siento. —Enshu extendió las manos en un gesto de derrota—. La pintura de Ajima se perdió, por desgracia, con la caída de Alemania. La última vez que fue vista, colgaba de la pared del despacho del titular de nuestra embajada en Berlín, en mayo de mil novecientos cuarenta y cinco.

—Pagaré con gusto las investigaciones que usted realice para recuperarla.

—Gracias —dijo Enshu con una reverencia—. Tengo ya agentes que intentan localizarla en Europa y en Estados Unidos.

—Bien, ahora veamos la isla de Kechi.

Con un floreo bien ensayado, Enshu descubrió una espléndida pintura que representaba a vista de pájaro una isla, dibujada en tinta monocroma y con un empleo abundante de colores lacados y hojas de oro.

—Pasmoso —dijo Toshie boquiabierta. Enshu se inclinó mostrando su satisfacción.

—Es el ejemplo más acabado del estilo de Shimzu que he tenido ocasión de ver.

—¿Qué te parece, Hideki? —preguntó Kamatori.

—Una obra maestra —contestó Suma, conmovido por el genio del artista—. Es increíble que haya podido pintar una vista aérea con un detalle tan preciso a comienzos del dieciséis. Casi se diría que lo pintó desde un globo suspendido.

—La leyenda afirma que pintaba atado de una cometa —comentó Toshie.

—Es más probable que *bosquejara* desde la cometa —la corrigió Enshu—. Y pintara el cuadro definitivo una vez en tierra.

—¿Y por qué no? —Los ojos de Suma no se apartaban del cuadro—. Nuestro pueblo construía y hacía volar cometas hace más de mil años.

Finalmente apartó la vista y se dirigió a Enshu.

—Ha hecho bien en traérmelo, señor Enshu. ¿Dónde lo encontró?

—En la casa de un banquero de Hong Kong —contestó Enshu—. Vendía todos sus activos para trasladarse a Malasia antes de que los chinos se apoderaran del enclave. Me ha costado casi un año convencerle de que lo vendiera, pero finalmente me dio su conformidad por teléfono. No perdí el tiempo y volé a Hong Kong para cerrar el trato y volver aquí con la pintura. He venido directamente a su oficina desde el aeropuerto.

—¿Cuánto pide?

—Ciento cuarenta y cinco millones de yens.

Suma se frotó las manos con satisfacción.

—Un precio muy razonable. Considérelo vendido.

—Gracias, señor Suma. Es usted muy amable. Seguiré buscando la pintura de Ajima.

Intercambiaron reverencias, y luego Toshie acompañó a Enshu hasta la puerta exterior de las oficinas.

Los ojos de Suma volvieron a centrarse en el cuadro. La costa estaba ribeteada de rocas negras, y en un extremo había un pequeño pueblo de pescadores y unos botes de pesca en el mar. La perspectiva era tan precisa como la de una fotografía aérea.

—Qué extraño —dijo en voz baja—. La única pintura de la colección de islas que no poseo es la que más deseo.

—Si todavía existe, Enshu la encontrará —le consoló Kamatori—. Parece un hombre tenaz.

—Pagaría diez veces el precio de Kechi por Ajima.

Kamatori se sentó en una silla y extendió las piernas.

—Poco se imaginaba Shimzu cuando pintó Ajima lo que llegaría a representar esa isla.

Toshie regresó y recordó a Suma:

—Tiene usted una reunión con el señor Yoshishu dentro de diez minutos.

—El viejo ladrón y líder de los Dragones de Oro —exclamó Kamatori con una sonrisa burlona—. Viene a supervisar la parte que le corresponde en tu imperio financiero.

Suma hizo un gesto que abarcaba el enorme atrio que se divisaba a través de los ventanales curvos.

—Nada de todo esto habría sido posible sin la organización que Korori Yoshishu y mi padre dirigieron durante y después de la guerra.

—No hay lugar para los Dragones de Oro y las demás sociedades secretas en el futuro nipón —dijo Kamatori, empleando la palabra tradicional, que significa «fuente del sol».

—Resultan un tanto pintorescos al lado de nuestra moderna tecnología —admitió Suma—, pero todavía ocupan un lugar importante en nuestra cultura. Mi asociación con ellos a lo largo de todos estos años me ha sido muy valiosa.

—Tu poder no necesita de facciones fanáticas, de cultos a la personalidad ni de organizaciones de hampones —contestó en tono amable Kamatori—. Tienes el poder suficiente para tirar de los hilos de un gobierno de marionetas colocadas en su lugar personalmente por ti, y sin embargo sigues ligado a personajes corruptos de los bajos fondos. Si algún día se revelara que ostentas el cargo de dragón número dos, te costaría muy caro.

—No estoy ligado a nadie —explicó Suma en tono paciente—. Lo que las leyes llaman actividad criminal ha sido una tradición en mi familia durante dos siglos. He honrado nuestro código al seguir los pasos de mis antepasados y crear una organización más fuerte que muchas naciones del mundo. No me avergüenzan mis amigos de los bajos fondos.

—Me sentiría más dichoso si mostraras respeto por el emperador y cumplieras con las normas de la vieja moral.

—Lo siento, Moro. Aunque rezo en el santuario de Yasukuni por el espíritu de mi padre, no siento el menor deseo de venerar a un emperador divinizado. Ni tampoco tomo parte en las ceremonias de té, ni me rodeo de geishas, ni asisto a representaciones de *kabuki*, ni me apasiono con los luchadores de *sumo*, ni creo en la superioridad de nuestra cultura nativa. Y mucho menos comparto la nueva teoría de que somos superiores a los pueblos occidentales por nuestras costumbres, inteligencia, lenguaje, y en especial por nuestra estructura cerebral. Me niego a menospreciar a mis competidores y a complacerme en la conformidad con nuestra idiosincrasia nacional y nuestra forma colectiva de pensar. Soy mi propio dios, y he puesto mi fe en el dinero y el poder. ¿Te irrita eso?

Kamatori dirigió la mirada a sus manos, que reposaban en el regazo. Guardó silencio, mientras un velo de tristeza iba cubriendo poco a poco sus ojos. Finalmente, dijo:

—No, pero me entristece. Yo reverencio al emperador y a nuestra cultura tradicional. Creo en su descendencia divina y en que también nosotros y nuestras islas tenemos un origen divino. Y creo en la pureza de sangre y en la unidad espiritual de nuestra raza. Pero también estoy contigo, Hideki, porque somos viejos amigos, y a pesar de tus siniestras operaciones has contribuido en mucho a la pretensión actual de Nipón de llegar a ser la nación más poderosa de la Tierra.

—Aprecio profundamente tu lealtad, Moro —dijo Suma con total sinceridad—. No espero menos de una persona que se enorgullece de sus antepasados samurais y de sus proezas con el *katana*.

—El *katana*, más que una espada, es el alma viviente del samurai —contestó Kamatori con una reverencia—. Ser un experto en su manejo es participar de la divinidad. Blandirlo en defensa del emperador es asegurar que mi alma repose en Yasukuni.

—Y sin embargo, has levantado su hoja en favor mío, cuando te lo he pedido.

Suma escudriñó los ojos sin expresión de su asesino alquilado, un atavismo viviente de la época en que los guerreros samurais mataban en defensa de cualquier señor feudal que les ofreciera seguridad y prosperidad. También era consciente de que la lealtad absoluta de un samurai podía volverse en su contra en el momento más inesperado. Cuando habló, su voz tenía una bondadosa firmeza.

—Hay algunos hombres que se dedican a la caza mayor armados con un arco y flechas, por más que la mayoría emplee armas de fuego. Pero tú eres la única persona que conozco, Moro, que caza hombres armado con una espada.

—Tienes buen aspecto, viejo amigo —dijo Suma a Korori Yoshishu cuando Toshie lo introdujo en el despacho. Yoshishu venía acompañado de Ichiro Tsuboi, que acababa de llegar de los Estados Unidos, después de su discusión con el subcomité congresual restringido.

El anciano, un devoto realista, sonrió a Suma:

—No tengo buen aspecto, sino un aspecto más avejentado. Cuando hayan pasado unas cuantas lunas más, estaré ya durmiendo con mis estimados antecesores.

—Verás un centenar de nuevas lunas.

—La perspectiva de abandonar todas las molestias y dolores que me inflige la edad se me hace cada vez más deseable.

Toshie cerró la puerta y desapareció mientras Suma se inclinaba ante Tsuboi.

—Me alegro de verte, Ichiro. Bienvenido a casa. Me han dicho que en Washington hiciste pasar a los políticos americanos por un nuevo Pearl Harbor.

—No fue tan dramático —contestó Tsuboi—, pero creo que abrí algunas grietas en su edificio del Capitolio.

Era un hecho desconocido para todos, a excepción de un círculo muy reducido de personas, que Tsuboi era miembro de los Dragones de Oro desde la edad de catorce años. Yoshishu se había interesado en el muchacho y contempló con agrado sus progresos en el seno de la sociedad secreta, además de enseñarle el arte de la manipulación financiera a gran escala. Ahora, como jefe de la empresa de seguros Kanoya, Tsuboi se ocupaba personalmente de la custodia de los imperios financieros de Yoshishu y Suma, y dirigía sus transacciones secretas.

—Ambos conocéis a mi leal amigo y consejero, Moro Kamatori.

—Un espadachín casi tan bueno como lo era yo en mi juventud —dijo Yoshishu.

Kamatori hizo una reverencia profunda.

—Tengo la seguridad de que tu *katana* sigue siendo más ligero que el mío.

—Conocí a tu padre cuando era maestro de esgrima en la universidad —dijo Tsuboi—. Yo fui su peor alumno. Me sugirió que me comprara un cañón y me dedicara a cazar elefantes.

Suma tomó a Yoshishu del brazo y lo condujo a una silla. El que en otros tiempos fuera el hombre más temido de Japón, caminaba ahora de forma lenta y vacilante, pero su rostro conservaba una sonrisa de granito, y sus ojos no perdían el menor detalle.

Se acomodó en una silla de respaldo recto y, tras una rápida mirada a Suma, abordó sin preámbulos el objeto de su visita.

—¿En qué estado se encuentra el Proyecto Kaiten?

—Tenemos dieciocho vehículos con bombas en alta mar. Son los últimos. Cuatro van destinados a los Estados Unidos. Cinco a la Unión Soviética, y el resto se reparte entre Europa y las naciones del Pacífico.

—¿Cuánto tiempo pasará hasta que los coloques en sus objetivos?

—No más de tres semanas. Para entonces, nuestro centro de mando habrá finalizado el proceso de conexión con sus sistemas de defensa-detección y detonación.

Yoshishu miró sorprendido a Suma.

—¿La inoportuna explosión del *Divine Star* en alta mar no ha causado ningún retraso en el proyecto?

—Por fortuna había previsto la posibilidad de perder algún barco a causa de una tormenta, colisión u otro accidente marítimo. Disponía de seis cabezas nucleares de reserva. Reemplacé las tres perdidas en la explosión. Después de instalarlas en otros automóviles, han sido embarcadas con destino a Veracruz, México. Desde allí serán conducidas, a través de la frontera de Texas, a sus objetivos en los Estados Unidos.

—Supongo que las sobrantes están depositadas en algún lugar seguro.

—En un buque mercante anclado a cincuenta millas mar adentro de una costa desierta de Hokkaido.

—¿Sabemos ya qué fue lo que originó la detonación a bordo del *Divine Star*?

—No hay una explicación satisfactoria de esa explosión prematura —dijo Suma—. Se habían tomado todas las precauciones concebibles. Uno de los automóviles debió soltarse a causa de la mar gruesa y recibir un golpe que dañó el contenedor de la bomba. Entonces empezó a filtrarse la radiación, y a extenderse por los puentes de carga del transporte. La tripulación abandonó el barco, presa de pánico. Un barco noruego descubrió el buque a la deriva y envió un equipo de abordaje. Poco después, misteriosamente, el *Divine Star* hizo explosión.

—¿Qué ha sido de los tripulantes que huyeron?

—No hay rastro de ellos. Desaparecieron durante la tormenta.

—¿Cuál es el número total de automóviles del sistema? —preguntó Yoshishu.

Suma se dirigió a su escritorio y apretó un botón de un pequeño mando a distancia manual. La pared más lejana se alzó hasta el techo mostrando una amplia pantalla transparente. Apretó otro botón y apareció una imagen holográfica del globo terráqueo, en colores destellantes como los del neón. Entonces programó los lugares de detonación, que se iluminaron como pequeños puntos de luz dorada en lugares estratégicos de aproximadamente veinte países. Sólo entonces contestó Suma a la pregunta de Yoshishu.

—Ciento treinta en quince países.

Yoshishu miraba en silencio las lucecitas que destellaban alrededor de la habitación a medida que el globo giraba, como los reflejos de una bola de cristal sobre el suelo de una sala de baile.

La Unión Soviética tenía más puntitos luminosos que ninguna otra nación, lo que sugería una amenaza a Japón mayor que las de sus rivales comerciales en Europa y en los Estados Unidos. Curiosamente, no había objetivos en instalaciones militares ni en las ciudades más importantes. Todas las luces parecían corresponder a lugares desiertos o poco poblados, lo que convertía a la amenaza Kaiten en algo extremadamente misterioso como instrumento de chantaje.

—El espíritu de tu padre está orgulloso de ti —dijo Yoshishu saliendo de su silencioso estupor—. Gracias a tu genio, ocuparemos el lugar que nos corresponde como potencia mundial de primera magnitud. El siglo veintiuno pertenece a Nipón. América y Rusia están acabadas.

Suma se sentía satisfecho.

—El Proyecto Kaiten nunca podría haber sido concebido y puesto en práctica sin tu apoyo, mi querido y viejo amigo, y desde luego que no sin la maestría financiera de Ichiro Tsuboi.

—Eres muy amable —dijo Tsuboi con una reverencia—. Estas intrigas maquiavélicas, necesarias para asegurar la financiación secreta de una planta clandestina de armas nucleares, han significado un reto estimulante para mí.

—Los servicios de inteligencia soviéticos y occidentales saben que poseemos la capacidad de fabricarlas —dijo Kamatori, dando a la conversación un sesgo más realista.

—Si lo ignoraban antes de la explosión —añadió Suma—, ahora desde luego lo saben.

—Los americanos sospechaban de nosotros desde hace años —prosiguió Suma—. Pero no han conseguido penetrar en nuestros círculos de seguridad para confirmar la localización exacta de nuestra planta de fabricación.

—Es una suerte que esos tontos hayan insistido tanto en buscar en sentido horizontal, en lugar de hacerlo en vertical. —La voz de Yoshishu era irónica—. Pero hemos de afrontar la posibilidad muy real de que más pronto o más tarde la CIA o el KGB descubran el lugar.

—Probablemente será pronto —dijo Kamatori—. Uno de nuestros agentes secretos me ha informado que, pocos días después de la explosión del *Divine Star*, los americanos pusieron en marcha una operación clasificada como de máximo secreto con el fin de investigar nuestra implicación. Ya han estado husmeando alrededor de uno de los centros de distribución de Murmoto.

En el rostro de Yoshishu apareció una arruga de preocupación.

—Los agentes de inteligencia americanos son eficaces. Me temo que el Proyecto Kaiten se vea envuelto en graves dificultades.

—Sabremos hoy mismo qué es exactamente lo que han averiguado —dijo Kamatori—. Tengo una reunión con nuestro agente, que acaba de regresar de Washington. Afirma que posee información reciente.

La preocupación de Yoshishu se agravó todavía más.

—No podemos permitir que el proyecto quede expuesto a ningún peligro antes de que nuestro centro de mando alcance una situación de plena operatividad. Las consecuencias podrían representar la quiebra de nuestro nuevo imperio.

—Estoy de acuerdo —dijo Tsuboi, ceñudo—. Durante las próximas tres semanas seguiremos siendo vulnerables, porque aún no controlaremos las cabezas nucleares. Si se produce el menor fallo, las naciones occidentales formarán una coalición que nos atacará desde todos los flancos, tanto económica como militarmente.

—No hay que preocuparse —dijo Suma—. Es posible que sus agentes den casualmente con nuestra planta de fabricación de armas nucleares, pero nunca descubrirán el lugar en que hemos instalado el centro de mando del Proyecto Kaiten. No lo descubrirían en cien años, y mucho menos en tres semanas.

—E incluso en el caso de que la fortuna les sonriera —añadió Kamatori—, nunca conseguirán neutralizarlo a tiempo. Sólo existe una vía de acceso, y está fortificada por barreras de acero macizo y guardada por una fuerza de seguridad muy armada. La instalación podría recibir un impacto directo de una bomba nuclear y seguir funcionando.

Una astuta sonrisa curvó los labios de Suma.

—Todo nos favorece. A la menor sospecha de penetración o de ataque por fuerzas especiales del enemigo, podremos amenazar con la detonación de una o más bombas escondidas en automóviles.

Tsuboi no parecía convencido del todo.

—¿Qué valor puede tener una amenaza vacía?

—La observación de Hideki es muy aguda —comentó Kamatori—. Nadie, aparte de los que estamos en esta habitación y de los ingenieros del centro de mando, sabe que a nuestro sistema aún le faltan tres semanas para quedar completo. Podemos engañar con facilidad a los dirigentes políticos occidentales y hacerles pensar que el sistema es ya plenamente operativo.

Yoshishu asintió con un gesto de la cabeza que expresaba su satisfacción.

—En ese caso, no tenemos nada que temer.

—El resultado está garantizado —afirmó Suma sin ninguna vacilación—. Nos estamos preocupando por problemas que nunca llegarán a concretarse.

Se hizo el silencio en la sala lujosamente decorada; los cuatro hombres estaban sentados, cada cual perdido en sus propios pensamientos. Al cabo de un minuto, zumbó el teléfono interior colocado sobre la mesa de Suma. Éste tomó el auricular y escuchó un momento sin hablar. Luego volvió a colgarlo.

—Mi secretaria me informa de que mi *chef* ha dispuesto el almuerzo en el comedor privado. Me sentiré muy feliz si mis honorables huéspedes se dignan acompañarme a la mesa.

Yoshishu se puso lentamente en pie.

—Acepto agradecido. Como conozco las magníficas cualidades de tu *chef*, estaba esperando que nos invitaras.

—Antes de que salgamos —dijo Tsuboi—, hay otro problema.

—Tienes la palabra, Ichiro —dijo Suma.

—Es obvio que no podemos andar detonando bombas nucleares cada vez que un gobierno poco amistoso imponga alguna restricción comercial a nuestros productos o eleve las tarifas de importación. Debemos contar con alternativas menos catastróficas.

Suma y Kamatori intercambiaron una mirada.

—Hemos dedicado considerable atención a esa situación —dijo Suma—, y pensamos que la mejor solución es la desaparición física de nuestros enemigos.

—El terrorismo no es una forma de actuar que se adapte a nuestra cultura —objetó Tsuboi.

—¿Cómo llamarías a la Hermandad Solar de la Sangre, hijo mío? —preguntó con mucha calma Yoshishu.

—Son unos pocos carniceros fanáticos. Despedazan a mujeres y niños inocentes en nombre de algún nebuloso dogma revolucionario que no tiene sentido para nadie.

—Sí, pero son japoneses.

—Algunos, pero la mayoría son alemanes orientales, adiestrados por el KGB.

—Podemos utilizarlos —dijo Suma sin expresión.

Tsuboi seguía sin convencerse.

—No me parece recomendable la menor asociación con ellos. Si se sospecha cualquier conexión, empezarán a ponerse en marcha investigaciones en áreas que sería muy preferible mantener en secreto.

—Hideki no está hablando de asesinatos —explicó Kamatori—. Lo que sugiere es la retención de rehenes a los que no se hará el menor daño, y por la que se culpará a la Hermandad Solar de la Sangre.

—Eso sueno mucho mejor —sonrió Yoshishu—. Creo que he comprendido. Estás hablando de la prisión de seda.

Tsuboi movió negativamente la cabeza.

—Nunca he oído hablar de eso.

—Era un recurso de los antiguos tiempos —explicó Yoshishu—. Cuando un *shogun* no deseaba asesinar a un enemigo, lo secuestraba y lo instalaba en una prisión secreta llena de lujos, como señal de respeto. Luego culpaba de la desaparición a otros rivales celosos del preso.

—Exacto —afirmó Suma—. He construido una prisión de ese tipo en la isla de Ajima. Una finca de pequeñas dimensiones, pero moderna.

—¿No es un poco arriesgado? —preguntó Tsuboi.

—Nunca se sospecha de las cosas obvias.

Kamatori dirigió a Tsuboi una mirada significativa.

—Si se te ocurre algún candidato al olvido, no tienes más que darnos sus nombres.

Tsuboi entornó los ojos. Luego miró hacia arriba.

—Hay dos personas en Estados Unidos que están causándonos muchas dificultades. Pero será preciso andar con mucho cuidado. Son miembros del Congreso, y su desaparición causará sin duda un revuelo más que considerable.

—Un secuestro por parte de la Hermandad Solar de la Sangre y una petición de rescate explicarán de manera suficiente su desaparición —dijo Suma con el mismo tono que si hablara del tiempo.

—¿En quiénes estás pensando exactamente? —preguntó Kamatori.

—En la congresista Loren Smith y el senador Michael Diaz.

—Ah, sí —asintió Yoshishu—. Ese par que anda predicando una barrera comercial total contra nosotros.

—A pesar de los esfuerzos de nuestros grupos de presión, están reuniendo los votos suficientes para conseguir que se apruebe su proyecto de ley en las dos cámaras. Si los eliminamos, la iniciativa decaerá.

—Será una ofensa muy grande para su gobierno —advirtió Suma—. Puede resultar contraproducente.

—Los grupos de presión ligados a nuestros intereses cuentan con influencias muy poderosas en el Congreso, y desviarán la indignación general hacia una conspiración terrorista. —La rabia de Tsuboi por el trato recibido durante su comparecencia ante el subcomité restringido no se había enfriado todavía—. Ya hemos sufrido bastante a manos de los políticos americanos. Hagámosles saber que su poder ha dejado de convertirlos en personas invulnerables.

Yoshishu se había quedado absorto por unos instantes, y miraba por la ventana sin ver el paisaje exterior. Finalmente, sacudió la cabeza.

—Es una lástima —dijo.

Suma le miró sin comprender.

—¿Qué es una lástima, viejo amigo?

—Los Estados Unidos de América —contestó Yoshishu en voz suave—. Son como una mujer hermosa que se muere de cáncer.

28

Marvin Showalter viajaba sentado en un vagón del limpio y eficiente metro de Tokyo. No hizo ningún intento de simular que leía un periódico o un libro. Miraba con toda tranquilidad a los pasajeros que le acompañaban, «haciéndose», como se dice en la profesión, a los dos agentes del servicio secreto japonés que lo vigilaban desde el vagón vecino.

Showalter había salido de la embajada americana a dar un paseo poco después de una tediosa reunión con congresistas de visita, en la que se había tratado el tema de la negativa de Japón a permitir la utilización de equipo americano en un nuevo edificio para una compañía petrolera americana que estaba a punto de construirse. Era simplemente un caso más de la imposición de barreras proteccionistas, en tanto que los japoneses podían entrar con toda libertad en Estados Unidos y levantar edificios con sus propios arquitectos, capataces, materiales y equipo, sin restricciones gubernamentales que les plantearan mayores problemas.

«Favor por favor» no era una expresión aplicable al intercambio comercial con Japón.

Aparentemente Showalter iba de camino hacia el pequeño condominio que su mujer y sus dos hijos pequeños llamaban hogar durante su destino en Japón. El edificio era propiedad del gobierno americano y albergaba a la mayoría de empleados de la embajada y a sus familias. El coste de la construcción de todo el edificio de diez plantas se elevaba a menos de la tercera parte del valor del suelo sobre el que se levantaba.

Sus sombras se habían acostumbrado a la rutina de estos viajes, que nunca variaba a excepción de los días en que se quedaba a trabajar una o dos horas más. Se sonrió a sí mismo cuando llegó su parada y los dos agentes se levantaron anticipadamente de sus asientos. Se colocó frente a la puerta en medio de la gente, y esperó a que se abriera al llegar al andén. Era el truco más viejo del mundo, popular desde que apareció en la película *Contacto en Francia*.

Al abrirse la puerta, Showalter siguió al gentío hasta el andén y empezó a contar. Vaciló, y dirigió una mirada distraída en la dirección de los dos agentes. Habían salido por la puerta central del vagón siguiente, y caminaban con lentitud en su dirección, escudados en un grupo de pasajeros.

Cuando la cuenta llegó a veinticinco, se giró con toda rapidez y volvió a entrar en el vagón. Dos segundos más tarde, la puerta se cerró y el convoy empezó a moverse. Demasiado tarde, los agentes japoneses se dieron cuenta de que les habían dado esquinazo. Hicieron esfuerzos frenéticos por forzar la apertura de las puertas y entrar de nuevo, pero en vano. Quedaron atrás en el andén, mientras el tren ganaba velocidad y desaparecía en el interior del túnel.

Showalter no se sentía demasiado satisfecho después del buen resultado de su sencilla treta. La próxima vez sus seguidores estarían más alerta y le obligarían a recurrir a métodos evasivos más complicados. Transbordó a otra línea en la siguiente parada y se dirigió a Asakusa, un área del nordeste de Tokyo situada en un barrio llamado Shitamachi. Asakusa formaba parte de la antigua ciudad de Tokyo, y conservaba muchos recuerdos del pasado.

Showalter tomó asiento y estudió a las personas que le rodeaban, como había hecho en tantas otras ocasiones. Algunos de sus acompañantes le observaban a su vez. Llamaban *gaijin*, literalmente traducible como «persona de fuera», a cualquiera que no compartiera su cabello negro y tupido, los ojos oscuros y el color de la piel. Se le ocurrió que tal vez aquella estrecha semejanza en el aspecto físico constituyera la base de su unidad y su cohesión social. Eso, y el aislamiento de sus islas nativas.

Su sociedad giraba en torno al núcleo familiar y se expandía hasta incluir a cualquiera que trabajara alrededor de ellos. Sus vidas constituían un complicado tejido de obligaciones, celebraciones, trabajos y logros de diverso tipo. Aceptaron un estilo de vida con un régimen establecido, como si cualquier otra posibilidad fuera una pérdida de tiempo que únicamente cabía compadecer.

La mezcolanza incoherente de los Estados Unidos era inconcebible y no sería tolerada en Japón, el país con las leyes de inmigración más rígidas de todo el mundo.

El tren se detuvo en la estación de metro de Tawaramachi, y Showalter salió y se sumó a la multitud que ascendía hacia el ajetreo de la calle de Kappabashi. Allí paró un taxi, y después de pasar frente al almacén que suministraba a los restaurantes las réplicas en plástico de distintos platos que se exhibían en los escaparates de las casas de comidas, indicó al conductor que se dirigiera a un barrio compuesto por varias manzanas de edificios repletos de tiendas de antigüedades, templos antiguos y viviendas destartaladas.

Salió del vehículo en una esquina, pagó al conductor y caminó por un estrecho sendero bordeado de flores hasta llegar a un albergue japonés llamado *ryokan*.

Aunque su apariencia exterior era rústica y algo destartalada, el interior del *ryokan* era limpio y atractivo. Showalter fue abordado en la puerta por un empleado que le hizo una reverencia y dijo:

—Bienvenido al Ritz.

—Yo creía que esto era el rancho turístico de Asakusa —contestó Showalter.

Sin pronunciar más palabras, el fornido portero, cuyos brazos y piernas parecían traviesas de ferrocarril, le mostró el camino, empedrado con cantos rodados planos y lisos. Se detuvieron en el área de recepción, y allí unos empleados pidieron cortésmente a Showalter que se quitara los zapatos y se colocara en los pies un par de zapatillas de plástico.

A pesar de que la mayoría de las zapatillas japonesas resultan cortas para los grandes pies de un anglosajón, las de Showalter se ajustaron como si estuvieran hechas a la medida, y lo cierto es que así era, porque el *ryokan* era propiedad, y estaba dirigido en secreto, por un agente de inteligencia americano especializado en proporcionar lugares ocultos y seguros de reunión.

La habitación de Showalter disponía de una puerta deslizante de papel *shoji* que se abría a una pequeña galería y a un elegante jardín con un estanque rocoso en el que se vertía perezosamente el agua que brotaba de unas cañas de bambú. El suelo de la habitación estaba cubierto por la tradicional estera de paja, el tatami. Tenía que quitarse también las zapatillas y caminar en calcetines sobre aquella frágil cobertura.

No había sillas ni muebles, tan sólo cojines colocados en el suelo y una cama con muchos almohadones gruesos que los japoneses llaman *futon*. El centro de la habitación lo ocupaba un pequeño brasero cuyos carbones al rojo relucían en la penumbra.

Showalter se desvistió y se puso un ligero *yukata* de algodón, una especie de bata corta. Luego una camarera en kimono le llevó hasta los baños comunales del establecimiento. Depositó el *yukata* y el reloj de pulsera en un cestillo de mimbre, y cubierto únicamente con una toalla del tamaño de un paño de cocina entró en la caldeada zona de los baños. Caminó entre los taburetes bajos y los cubos de madera, y se detuvo bajo un simple grifo. Se enjabonó el cuerpo y se aclaró con el agua del grifo. Sólo entonces quedó dispuesto para sumergirse lentamente en el agua caliente de una enorme bañera de madera, más parecida a una piscina.

Una figura en sombra estaba ya sentada allí, hundida hasta el pecho en el agua. Showalter le dirigió un saludo.

—El Equipo Honda, supongo.

—Sólo la mitad de él —contestó Roy Orita—. Jim Hanamura llegará de un momento a otro. ¿Le apetece un saki?

—Va contra las ordenanzas beber alcohol en el curso de una operación —dijo Showalter al tiempo que se acomodaba entre el vapor de agua—. Pero, qué diablos, estoy más frío que un helado de nata. Ponme uno doble.

Orita llenó una pequeña taza de cerámica con el contenido de una botella colocada en el reborde de la piscina.

—¿Cómo va la vida por la embajada?

—Las chorradas habituales que pueden esperarse del Departamento de Estado. —Showalter dio un largo sorbo al saki y dejó que se aposentara en su estómago—. ¿Cómo sigue la investigación? ¿Alguna información sobre las pistas que nos envió el Equipo Lincoln?

—Investigué al personal de la dirección de Murmoto. No puedo descubrir ninguna relación directa entre los altos ejecutivos de la empresa y las bombas. Mi opinión personal es que están limpios. No tienen la menor idea de lo que está pasando debajo de sus narices.

—Algunos de ellos tienen que saberlo.

Orita sonrió.

—Basta con que lo sepan únicamente dos trabajadores de la línea de montaje.

—¿Por qué sólo dos?

—Es todo lo que se necesita. Uno es el trabajador que supervisa la instalación de los acondicionadores de aire en la cadena de montaje. Él está en situación de seleccionar los automóviles que llevarán las cabezas nucleares. Y el otro es el inspector que comprueba el buen funcionamiento de las unidades antes de que se embarquen los coches. Él da el visto bueno a los acondicionadores falsos que ocultan las bombas.

—Tendría que haber al menos un tercer hombre —señaló Showalter—. Un empleado del departamento computadorizado de embarque de la compañía borra todos los rastros de los coches bomba, a excepción del recibo para el desembarque, que es un requisito exigido por los oficiales de aduanas.

—¿Has seguido la pista desde la fábrica hasta el suministrador de los acondicionadores de aire, y de allí hasta la planta nuclear?

—Hasta el suministrador, sí. A partir de allí, el rastro se desvanece. Espero encontrar en los próximos días algo que me pueda conducir hasta la fuente.

Orita se calló bruscamente al ver a un hombre que salía de los vestuarios y se aproximaba a la piscina de agua caliente. Era bajo, con cabello plateado y bigote, y llevaba una pequeña toalla colocada sobre el bajo vientre.

—¿Quién demonios es usted? —preguntó Showalter, alarmado ante el hecho de que un extraño hubiese burlado el aparato de seguridad del *ryokan*.

—Me llamo Ashikaga Enshu.

—¿Quién?

El hombre permaneció inmóvil durante varios segundos. Showalter empezó a mirar frenéticamente a uno y otro lado, preguntándose por qué razón no aparecían los guardas de seguridad.

Luego Orita estalló en una carcajada.

—Buen disfraz, Jim. Nos has engañado completamente a los dos.

James Hanamura se quitó la peluca plateada y tiró de sus tupidas cejas y bigote.

—No estoy mal, si se me permite la inmodestia. También engañé a Hideki Suma y a su secretaria.

Showalter exhaló un gran suspiro y se hundió en el agua caliente hasta la barbilla.

—Jesús, vaya susto me has dado. Estaba convencido de que habías burlado la vigilancia y te disponías a despacharnos a Orita y a mí.

—Ese saki tiene buen aspecto. ¿Queda un poco para mí?

Orita le sirvió una taza.

—Hay un garrafón entero en la cocina. —Y entonces, de súbito, apareció en su rostro una expresión de sorpresa—. ¿Qué es lo que acabas de decir?

—¿Perdón?

—Hideki Suma.

—Ésa era mi parte de la operación. Rastreé al propietario de la Compañía de Automóviles y Aviación Murmoto y de la Compañía de Navegación Sushimo a través de toda una serie de firmas interpuestas y hombres de paja hasta Hideki Suma, el magnate oculto. Murmoto y Sushimo són únicamente una gota de agua en el océano. Ese tipo tiene él solo más empresas que el Estado de California, con Nevada y Arizona de propina.

—¿No pertenecía a la Compañía de Navegación Sushimo aquel barco que explotó, el *Divine Star*? —preguntó Showalter.

—En efecto. Un camuflaje irreprochable, ¿no os parece? Tengo la impresión de que Hideki Suma está metido hasta las orejas en este tinglado.

—Suma es un hombre muy poderoso —dijo Showalter—. Y ha acumulado sus riquezas por caminos extraños y equívocos. Dicen que si ordenara batir los brazos y volar al primer ministro Junshiro y a los ministros de su gabinete, habría peleas por ver quién saltaba primero por la ventana.

—¿Has conseguido realmente ver a Suma? —preguntó Orita asombrado.

—Sin ninguna dificultad. Deberías ver su despacho y a su secretaria. Los dos son de primera clase.

—¿Y por qué ese disfraz?

—El Equipo Lincoln me dio la idea. Suma colecciona las pinturas de un artista japonés del siglo dieciséis llamado Masaki Shimzu. Jordan contrató a un experto que pintó lo que en los círculos artísticos se considera un Shimzu desaparecido, uno que se sabe que Suma no tiene en su colección. Después adopté el papel de un investigador de obras artísticas perdidas, Ashikaga Enshu, y le vendí el cuadro.

Showalter asintió.

—Muy agudo. Debes haber estudiado arte japonés.

—Un cursillo relámpago —rió Hanamura—. Suma se preguntaba si Shimzu pintaría las islas suspendido en un globo. Habría ordenado que me hicieran pedazos si llegara a darse cuenta de que estaba pagando ciento cuarenta y cinco millones de yens por una falsificación pintada a partir de una foto de satélite.

—¿Con qué propósito? —preguntó Orita con una cara extrañamente preocupada.

—Para introducir micrófonos en su despacho, naturalmente.

—¿Y cómo es que yo no lo sabía?

—Me pareció preferible que no supierais lo que estaba haciendo el otro —respondió Showalter a Orita—, porque de ese modo no podríais revelar nada de importancia en caso de encontraros en situación comprometida.

—¿Dónde colocaste los micrófonos? —preguntó Orita a Hanamura.

—Dos en el marco del cuadro. Uno en el caballete que tiene colocado delante de la ventana, y otro en el interior del mecanismo que mueve las cortinas. Los dos últimos están perfectamente alineados con un transmisor de relevo, que coloqué en un árbol que está fuera del atrio rematado en cúpula de la ciudad.

—¿Y qué ocurrirá si Suma dispone de un equipo de rastreo?

—Comprobé los hilos eléctricos que cruzaban el suelo de la habitación. Su equipo de detección es espléndido, pero no descubrirá nuestros «escarabajos». Y lo digo en sentido literal.

Orita no entendió lo que quería expresar Hanamura.

—Me pierdo.

—Nuestros receptores y emisores en miniatura no están diseñados como los objetos electrónicos normales. Están moldeados de forma que parecen hormigas. Si alguien los ve, los ignorará o se limitará a pisarlos sin sospechar nada.

—Es un buen truco —asintió Showalter.

—Incluso nuestros hermanos japoneses se han quedado atrás ante la tecnología de escuchas clandestinas que hemos conseguido desarrollar —comentó Hanamura con una amplia sonrisa—. El transmisor de relevo, que tiene el tamaño de una pelota de golf, envía todas las conversaciones, incluidas las llamadas telefónicas o las efectuadas por el interfono, hasta uno de nuestros satélites; desde allí, son retransmitidas a Mel Penner y su Equipo Chrysler en las Palau.

Orita miraba fijamente el agua.

—¿Sabemos con seguridad si están recibiendo las conversaciones de Suma?

—El sistema es plenamente operacional —le aseguró Showalter—. He contactado con Penner antes de venir a la reunión. Recibe las señales con toda claridad. De modo que así estamos. Un miembro de mi equipo de la embajada también está conectado con el receptor de Jim.

—Supongo que nos avisarás si se recibe alguna información que pueda sernos útil en la investigación.

—Por supuesto. —Showalter se sirvió otra taza de saki—. Y a propósito, empecé a oír una conversación bastante curiosa entre Suma y Korori Yoshishu, ya a punto de salir de la embajada. La pena es que sólo pude escuchar un par de minutos.

—Yoshishu —murmuró Hanamura—. Dios mío, ¿todavía está vivo ese viejo truhán?

—Noventa y un años, y tan corrupto como siempre.

Hanamura movió la cabeza, preocupado.

—Es el mayor criminal de nuestra época, responsable personalmente de más de un millón de muertes. Si Yoshishu está detrás de Suma y de una organización que esconde cabezas nucleares por todo el mundo, vamos a vernos ante graves problemas; muy graves.

Una hora antes del amanecer, una limusina Murmoto se detuvo unos instantes y una figura salió de las sombras y se introdujo rápidamente por la portezuela abierta. Luego el automóvil prosiguió su lento camino por los estrechos callejones de Asakusa.

—Han instalado micrófonos en el despacho del señor Suma —dijo Orita—. Uno de nuestros agentes, disfrazado de marchante de arte, colocó unos aparatos de escucha muy sofisticados en el marco de una pintura, en un caballete, y en el mecanismo que corre las cortinas de la habitación.

—¿Estás seguro? —preguntó Kamatori, sorprendido—. El marchante traía un Shimzu original.

—Es una falsificación pintada a partir de una foto de satélite.

Kamatori silbó.

—Debías haberme avisado antes.

—Lo he sabido hace sólo muy pocas horas.

Kamatori no dijo nada, pero miró con fijeza el rostro de Orita en la semioscuridad de la limusina, para infundirle confianza.

Como George Furukawa, Roy Orita era un «dormilón» de la inteligencia, nacido en Estados Unidos de padres japoneses y educado para formar parte de la CIA.

Finalmente, Kamatori dijo:

—Esta tarde se han dicho muchas cosas que podrían perjudicar al señor Suma. ¿No hay ninguna posibilidad de error en este tema?

—¿Dijo el marchante que se llamaba Ashikaga Enshu?

Kamatori sintió un estremecimiento mezclado de vergüenza. Su tarea era cuidarse de las incursiones de personas extrañas a la organización de Suma. Había fallado miserablemente, perdiendo buena parte de su crédito.

—Sí, Enshu.

—Su auténtico nombre es James Hanamura. La otra mitad de mi equipo, y nuestra tarea consiste en investigar la fuente que construyó las bombas nucleares colocadas en los automóviles.

—¿Quién ha averiguado la relación entre los coches y las bombas nucleares?

—Un aficionado llamado Dirk Pitt. Nos lo prestó la Agencia Marina y Submarina Nacional.

—¿Supone un peligro para nosotros?

—Podría causar problemas. No puedo decirlo con seguridad. No le han asignado ninguna investigación operativa. Pero tiene una reputación temible, ya que ha conseguido realizar con éxito proyectos que parecían imposibles.

Kamatori se recostó en su asiento y miró perezosamente por la ventanilla los edificios del exterior, sumergidos en la oscuridad. Luego se volvió a mirar a Orita.

—¿Puedes proporcionarme una lista de los agentes con los que estás trabajando y de sus actividades recientes?

—La lista de nombres, sí —respondió Orita—. Pero de sus actividades no sé nada. Trabajamos todos por separado. Como en una sesión de magia, nadie sabe lo que está haciendo la otra mano.

—Infórmate de todo lo que puedas averiguar.

—¿Qué te propones hacer con Pitt?

Kamatori miró a Orita, y había veneno en sus ojos fríos.

—Si se presenta una oportunidad segura, lo mataré.

29

Guiado por Loren Smith a un lado y por Al Giordino al otro, Pitt hizo descender en marcha atrás el modelo Stutz por la rampa de un remolque y lo aparcó entre un Hispano-Suiza rojo de 1926, un gran cabriolé fabricado en Francia, y un precioso Marmon V-16 de 1931. Aguzó el oído para escuchar minuto a minuto el ruido de su motor, controlando el número de revoluciones, y sólo quedó satisfecho al comprobar que roncaba con total suavidad, sin un fallo. Entonces desconectó el encendido.

Era un día típico del veranillo indio. El cielo estaba despejado y cálido después de una lluvia reciente. Pitt vestía unos pantalones de pana y un chaquetón de ante, en tanto que Loren estaba radiante, enfundada en un mono de color rosa pálido.

Mientras Giordino conducía el remolque articulado al aparcamiento, Loren se puso en pie y miró por encima del parabrisas del Stutz el espectáculo de más de cien coches clásicos alineados en el circuito de carreras del Virginia Memorial. El *concours d'elegance*, una competición en la que se juzgaba el aspecto exterior de los coches, se combinaba con carreras de una vuelta al circuito entre vehículos clásicos diseñados y construidos como automóviles de turismo.

—Son todos maravillosos —dijo Loren en tono admirativo—. Nunca he visto tantos coches antiguos reunidos.

—La competición será reñida —dijo Pitt al tiempo que levantaba el capó e inspeccionaba el estado del motor—. Tendré mucha suerte si consigo clasificarme tercero en mi categoría.

—¿Cuándo será el concurso?

—De un momento a otro.

—¿Y las carreras?

—Cuando el jurado haya hecho público su veredicto y los premios estén repartidos.

—¿Contra qué coche tendrás que correr?

—Según la programación, contra el Hispano rojo que está al lado nuestro.

Loren inspeccionó el atractivo cabriolé de morro bajo, construido en París.

—¿Crees que podrás ganarle?

—No lo sé. El Stutz es seis años más joven, pero el Hispano tiene un motor más grande y un cuerpo más ligero.

Giordino se acercó y dijo:

—Estoy hambriento. ¿Cuándo comemos?

Loren soltó una carcajada, dio a Giordino un ligero beso en la mejilla y extrajo un cesto de picnic del asiento trasero del Stutz. Se sentaron en la hierba y comieron mortadela y queso brie con pan integral, acompañados de un paté y fruta, todo ello regado por una botella de vino tinto «zinfandel», del Valle de la Luna.

Aparecieron los jueces y empezaron a examinar el coche de Pitt para el concurso. Estaba incluido en la Clase D, clásicos americanos entre 1930 y 1941. Después de quince minutos de intenso estudio, le estrecharon la mano y pasaron al siguiente automóvil de su clase, una berlina Lincoln V-12 de 1933.

En el momento en que Pitt y sus amigos habían ya vaciado la botella de «zinfandel», se anunció por los altavoces a los vencedores del concurso. El Stutz quedó en tercer lugar, detrás de un cupé deportivo Packard de 1938 y una limusina Lincoln de 1934.

Pitt había perdido punto y medio sobre los cien posibles debido a que el encendedor del Stutz no funcionaba y a que el tubo de escape no se ajustaba estrictamente al diseño del modelo original.

—Ha sido mejor de lo que esperaba —comentó Pitt, orgulloso—. No creí que consiguiéramos ningún premio.

—Felicidades —dijo Frank Mancuso.

Pitt miró boquiabierto al ingeniero de minas, que parecía haberse materializado a su lado procedente de la nada.

—¿De dónde vienes tú?

—Radio macuto me informó de que estabas aquí —explicó Mancuso en tono cordial—, de modo que decidí acercarme para ver los coches y charlar un rato contigo y con Al.

—¿Ha llegado la hora de ponernos a trabajar?

—Todavía no.

Pitt se volvió e hizo la presentación entre Mancuso y Loren. Giordino se limitó a saludar con un gesto de cabeza y pasó al recién llegado un vaso de vino de una botella recién abierta. Los ojos de Mancuso se agrandaron cuando fue presentado a Loren.

Miró a Pitt con expresión aprobadora, y luego señaló a Loren y el Stutz.

—Dos bellezas clásicas. Tienes un gusto excelente.

Pitt sonrió con malicia.

—Hago lo que puedo.

—Es todo un coche —dijo Mancuso, observando con atención las líneas del Stutz—. La carrocería es de LeBaron, ¿verdad?

—Exacto. ¿Entiendes de automóviles antiguos?

—Mi hermano es un aficionado. Yo he aprendido de él lo poco que sé sobre ellos. —Caminó hasta la barrera que separaba del público la hilera de coches expuestos—. ¿Quieres servirme de guía en una visita a todos estos preciosos aparatos?

Se excusaron ante Loren, que entabló una conversación con la esposa del propietario del Hispano-Suiza. Después de pasar revista a varios coches, Giordino se impacientó.

—¿Qué es lo que ocurre? —preguntó.

Mancuso le miró directamente.

—Probablemente te lo haya dicho ya el almirante Sandecker. El Equipo Mercedes se ha quedado sin trabajo. El proyecto de rescatar todos los fragmentos posibles del barco que transportaba los automóviles bomba ha quedado descartado.

—¿Por alguna razón particular?

—El presidente ha decidido que sería preferible dejarlo correr por ahora. Demasiados problemas. La propaganda soviética sigue intentando adjudicarnos a nosotros la explosión. En el Congreso se habla de emprender investigaciones, y el presidente no tiene intención de dar explicaciones sobre una operación clandestina de rescate. No puede permitir que se descubra lo ocurrido con Rancho Empapado. Aquel proyecto iba en contra de las leyes internacionales que rigen el minado de los fondos marinos.

—Sólo recogimos muestras —dijo Pitt a la defensiva—. Era únicamente un programa experimental.

—Tal vez sí, pero lo hicisteis a espaldas del resto del mundo. Las naciones del Tercer Mundo, en particular, chillarán en la ONU hasta desgañitarse si creen que les están birlando las riquezas de sus fondos marinos.

Pitt se detuvo a contemplar un enorme coche descapotable.

—Me gustaría tener éste.

—¿Un Cadillac de turismo?

—Un faetón Cadillac V-16 —corrigió Pitt—. Se están cotizando por encima del millón de dólares en las subastas.

Giordino hizo un gesto afirmativo.

—Lo mismo que los Duesenbergs.

Pitt se encaró con Giordino y le miró con dureza.

—¿Cuántos coches con cabezas nucleares han encontrado hasta ahora?

—Sólo los seis que tú rastreaste. Stacy y Weatherhill todavía no han dicho una palabra desde que se marcharon a la costa oeste.

—Los japoneses deben tener una flota entera de esos ingenios esparcida por todo el país —dijo Pitt—. Jordan va a necesitar un ejército para descubrirlos.

—No es gente lo que nos falta, pero hemos de trabajar sin que los japoneses se sientan acorralados. Si creen que su proyecto de bomba nuclear está en peligro, pueden reaccionar de forma desproporcionada y hacer explotar manualmente uno de esos aparatos.

—Lo ideal sería que el Equipo Honda pudiera penetrar en la fuente y robar un mapa de los lugares donde están colocados los coches bomba —dijo Giordino pensativo.

—Están trabajando en eso —contestó Mancuso con firmeza.

Pitt se inclinó a examinar la cabeza de cristal de un gallo que adornaba el radiador de un turismo Pierce-Arrow.

—Y entre tanto, todos estamos sentados en corro tapándonos los oídos con los dedos.

—No te sientas marginado. Hiciste más en las primeras cuatro horas que todo el equipo en cuarenta y ocho. Nos llamarán en el momento en que nos necesiten.

—No me gusta esperar en la sombra a que ocurra algo.

Giordino desvió su atención de los coches para fijarla en una muchacha que pasaba contoneándose en una falda de piel muy estrecha, y dijo en tono soñador:

—¿Cómo se clasificaría en un concurso?

Parecían un grupo inverosímil pero estaban allí, muy serios, luciendo trajes oscuros y maletines de ejecutivo en medio de las ropas informales de los propietarios y los espectadores de los automóviles clásicos. Los cuatro japoneses examinaban con toda atención los coches, tomaban apuntes en sus cuadernos de notas y se comportaban como ojeadores de un consorcio de coleccionistas de coches de Tokyo.

Era un buen disfraz. La gente los observaba, divertida por su aspecto anticuado, y se daba la vuelta sin sospechar que formaban un equipo adiestrado de agentes operativos, y que sus maletines de ejecutivo contenían granadas de gas y armas de asalto.

El equipo japonés no estaba allí para admirar los automóviles, sino para secuestrar a Loren Smith.

Peinaron toda el área donde tenía lugar el concurso, anotando las posibles salidas y el emplazamiento de los guardas de seguridad. Su jefe, cuya cara oscura relucía al sol del mediodía, observó que el Stutz de Pitt estaba aparcado en el centro de la hilera de automóviles clásicos, lo que imposibilitaba llevarse a Loren sin causar un revuelo enorme.

Ordenó a sus tres hombres que volvieran a la potente limusina que tenían aparcada junto a la pista, y él se dedicó a pasear y a observar furtivamente los movimientos de Loren. También siguió a Pitt, Giordino y Mancuso a corta distancia y examinó sus ropas en busca del bulto significativo de alguna pistola. No vio nada sospechoso y concluyó que los tres estaban desarmados.

Entonces siguió su paseo con paciencia, sabiendo que el momento oportuno se presentaría tarde o temprano.

Un comisario de la carrera informó a Pitt que el Stutz y él debían colocarse en la línea de salida. Acompañado por sus amigos, condujo su vehículo a lo largo del pasillo herboso que quedaba entre las filas de coches, y cruzó la puerta de acceso a la pista oval de asfalto, de kilómetro y medio de longitud.

Giordino levantó el capó y se dedicó a una última comprobación del motor, mientras Mancuso observaba. Loren dio a Pitt un largo beso de buena suerte, y luego trotó hasta el borde de la pista y allí se sentó sobre un poyo.

Cuando el Hispano-Suiza ocupó su lugar, Pitt se acercó y se presentó a sí mismo, en el momento en que el otro conductor acababa de echar los pestillos de su capó, y aseguraba la posición de la rueda de repuesto.

—Creo que vamos a enfrentarnos en la competición. Me llamo Dirk Pitt.

El conductor del Hispano, un hombre grueso de cabello grisáceo, barba blanca y ojos de color azul verdoso, le dio un fuerte apretón de manos.

—Clive Cussler.

Pitt lo miró con extrañeza.

—¿No nos conocemos?

—Es posible —respondió Cussler con una sonrisa—. Su nombre me resulta familiar, pero no su cara.

—Tal vez nos hemos visto en alguna fiesta o en una reunión de un club automovilístico.

—Tal vez.

—Buena suerte —le deseó cortésmente Pitt.

—Lo mismo le deseo —correspondió Cussler.

Sentado detrás del volante, Pitt examinó los instrumentos del tablero y luego fijó la vista en el oficial que debía dar la orden de salida, y que en este momento empezaba a desplegar sin prisas la bandera verde. No se dio cuenta, por consiguiente, de que una enorme limusina blanca Lincoln se detenía en el área de los boxes junto al muro de seguridad de cemento, y justo frente a Loren. Tampoco vio al hombre que salía del automóvil, caminaba hacia ella y le decía unas breves palabras.

La atención de Giordino estaba absorbida por el Stutz. Sólo Mancuso, que estaba de pie a un par de metros de distancia, vio el gesto de asentimiento con que ella respondía al hombre, un japonés, antes de acompañarlo hasta la limusina.

Giordino bajó el capó y gritó sobre el parabrisas:

—No hay fugas de aceite ni de agua. No lo aprietes demasiado. Hemos reconstruido el motor, pero de todos modos sigue teniendo sesenta años de edad. Y no se pueden encontrar piezas de repuesto para un Stutz en el taller de la esquina.

—Mantendré el nivel de revoluciones por debajo del rojo —prometió Pitt. Sólo entonces echó de menos a Loren, y miró a su alrededor—. ¿Qué le ha pasado a Loren?

Mancuso se inclinó hacia la portezuela y señaló el Lincoln blanco.

—Un ejecutivo japonés de aquella limusina quería hablar con ella. Probablemente algún asunto político.

—No me gustaría que se perdiera la carrera.

—No la perderé de vista —dijo Mancuso.

Giordino apretó el hombro de Pitt.

—No te equivoques con los cambios de marcha.

Luego Mancuso y él caminaron hasta el borde de la pista, al tiempo que el oficial de salida ocupaba su posición entre los dos coches y levantaba la bandera verde por encima de su cabeza.

Pitt presionó el acelerador hasta que el tacómetro indicó 1.000 r.p.m. Su cálculo del tiempo fue casi perfecto. Intuyó el momento en que iba a moverse el oficial de salida, y soltó el embrague en el mismo instante en que la bandera empezaba a descender. El Stutz turquesa se estremeció y arrancó, tomando un largo de coche de ventaja sobre el Hispano-Suiza.

El motor de ocho cilindros del Stutz disponía de un doble árbol de levas en posición superior, con cuatro válvulas por cilindro. Y aunque la potencia de los dos automóviles era comparable, los seis cilindros del Hispano desplazaban ocho litros, por cinco del Stutz. Respecto al chasis y al peso de la carrocería, el macizo Stutz tenía un exceso de 200 kilogramos sobre el cabriolé.

Ambos conductores habían recortado los tubos de escape justo detrás del colector, y eliminado los silenciadores. El rugido que lanzaron aquellos veteranos motores, cuando los dos automóviles aceleraron a partir de la línea de salida, excitó a la multitud aposentada en las tribunas, que empezó a gritar y a aplaudir, pidiendo más velocidad a aquellas monstruosas bellezas del arte de la mecánica.

Pitt iba todavía en cabeza al salir de la primera curva, sobre un torbellino de gases de escape y con un furioso rugido. Cambiaba las marchas con tanta suavidad como lo permitía aquella vieja caja de transmisión. La primera velocidad estaba gastada y emitió un quejido quejumbroso, pero la segunda funcionó con mucha mayor suavidad. Si se les daba el tiempo y la distancia precisos, ambos coches podían alcanzar hasta una velocidad de 160 kilómetros por hora, pero su velocidad de aceleración no era precisamente vertiginosa.

Pitt vigilaba con atención el tacómetro, al tiempo que puso la cuarta velocidad, la última. Al llegar a la curva más alejada, el Stutz había alcanzado una velocidad de cien kilómetros, y el Hispano le seguía de cerca, comiéndole terreno en la curva.

Al llegar a la recta, el Hispano se precipitó sobre el Stutz. Cussler iba a tope; exigió al enorme coche francés hasta el límite, de modo que el ruido de las válvulas casi sobrepasaba el rugido del escape. El adorno en forma de tornado montado sobre el radiador se alineó con la manecilla de la puerta trasera del Stutz.

Pitt no podía hacer otra cosa que mantener derechas las ruedas delanteras de su coche, y pisar a fondo el acelerador como si fuera una barrena para taladrar la pista. La aguja del tacómetro oscilaba un milímetro por debajo de la línea roja. No se atrevía a exigir al motor más allá de su límite, o al menos no todavía. Levantó ligeramente el pie, y el Hispano se adelantó.

Durante unos momentos corrieron rueda con rueda. Luego empezó a manifestarse el superior par de torsión del Hispano, y éste tomó la delantera. El escape del enorme motor de ocho litros sonaba en los oídos de Pitt como la erupción de un volcán, y pudo ver la luz de cola, parecida al farol de un tren, que se movía a uno y otro lado cuando el conductor pisaba el freno.

Pero Cussler no tenía intención de frenar. Conducía el Hispano volador al límite de sus posibilidades.

Cuando entraron en la última curva, Pitt se deslizó detrás del enorme coche rojo, permaneciendo en esa posición durante unos cientos de metros, hasta que ambos viraron en mitad de la curva. Entonces, cuando enfocaban ya la recta de las tribunas, Pitt utilizó los escasos caballos de que aún disponía en reserva el Stutz y se lanzó adelante por la parte interior de la pista.

Gracias al impulso de aquella potencia extra, pudo proyectarse al frente y mantenerse delante del Hispano, que apretaba al máximo, durante el tiempo suficiente para cruzar la línea de meta con la diosa solar que adornaba el radiador del Stutz a menos de medio metro por delante de la cigüeña del Hispano.

Fue un toque maestro, la clase de final capaz de entusiasmar a la multitud. Echó atrás la cabeza y rió mientras saludaba con la mano levantada. Se suponía que debía continuar y dar una nueva vuelta triunfal al circuito, pero Giordino y Mancuso salieron del área de los boxes agitando los brazos para indicarle que parara. Viró hacia el borde de la pista y frenó.

Mancuso hacía gestos frenéticos señalando la limusina blanca que aceleraba en dirección a una de las salidas.

—La limusina —gritaba mientras corría.

La reacción de Pitt fue rápida, casi sobrehumana, y sólo le costó un instante trasladar su atención, de la carrera, a lo que Mancuso intentaba decirle.

—¿Loren? —gritó a su vez.

Giordino saltó al estribo del automóvil aún en movimiento.

—Creo que los japoneses de la limusina la han secuestrado —gritó.

Entonces llegó Mancuso a la carrera, jadeante.

—Han arrancado antes de que me diera cuenta de que ella seguía dentro del coche.

—¿Estás armado? —le preguntó Pitt.

—Una automática Colt del veinticinco en una pistolera en el sobaco.

—¡Entra! —ordenó Pitt. Luego se volvió a Giordino—. Al, busca a un guarda que tenga radio y da la alerta a la policía. Frank y yo intentaremos darles caza.

Giordino asintió sin replicar y corrió hacia un guarda de seguridad que patrullaba en los boxes, al tiempo que Pitt aceleraba el Stutz y pasaba como una exhalación por la puerta que conducía de la pista al aparcamiento situado detrás de las tribunas abarrotadas de gente.

Sabía que el Stutz estaba en abrumadora inferioridad frente a aquella limusina grande y nueva, pero mantenía sin desmayo la convicción de que las dificultades insuperables son superables.

Se acomodó en el asiento y aferró con fuerza el volante, proyectando hacia adelante con determinación su prominente barbilla; y emprendió la persecución.

30

Pitt iba muy deprisa. El comisario de la carrera que estaba en la puerta lo vio llegar y gritó a los curiosos que se retiraran. El Stutz cruzó la zona de aparcamiento a ochenta kilómetros por hora, con veinte segundos de retraso respecto al Lincoln blanco.

Cruzaron serpenteando entre los coches aparcados, y Pitt tocaba con insistencia la bocina colocada en el centro del volante. Por fortuna, apenas había gente en el aparcamiento. Todos los espectadores y los participantes en el concurso estaban en las tribunas presenciando las carreras, y muchos de ellos volvían en ese momento la cabeza hacia atrás, para ver el Stutz turquesa que volaba hacia la calle, con sus bocinas gemelas cromadas atronando el aire.

Pitt estaba loco de furia. Las posibilidades de detener la lumisina y rescatar a Loren eran prácticamente nulas. Sólo la desesperación le impulsaba a seguir la caza. No había esperanzas de que una máquina con sesenta años de antigüedad pudiera alcanzar a una moderna limusina impulsada por un potente motor V-8 que desarrollaba casi el doble de caballos de potencia. Sabía que aquello era más que un secuestro criminal. Temía que la intención de los raptores fuera matar a Loren.

Pitt apretó con todas sus fuerzas el volante en el momento de entrar en la autopista exterior al circuito de carreteras, entre un chirrido de protesta de las gomas, que derraparon en la curva de entrada en persecución del Lincoln.

—Nos llevan mucha ventaja —dijo Mancuso, lacónico.

—Podemos reducirla —contestó Pitt con determinación. Giró el volante a un lado y luego al otro para sortear a un coche que entraba en la autopista de doble carril desde una carretera lateral—. Mientras no estén seguros de que alguien los persigue, no sobrepasarán la velocidad límite, para no correr el riesgo de que los pare la policía. Lo mejor que podemos hacer es no perderlos de vista hasta que la policía del Estado los intercepte.

La teoría de Pitt resultó válida. El Stutz empezó a ganar terreno a la limusina.

Mancuso atisbaba por el parabrisas y avisó:

—Están girando hacia la autopista Cinco, a lo largo del río James.

Pitt conducía con una furia relajada y llena de confianza. El Stutz estaba en su elemento en una carrera recta, con curvas suaves. Amaba a aquel viejo coche con su compleja mecánica, su magnífica línea y su fabuloso motor.

Pitt exigió más aún a su montura, conduciendo como un demonio. Aquel ritmo era excesivo para el Stutz, pero Pitt le hablaba, sin hacer caso de la mirada de extrañeza en la cara de Mancuso, y le imploraba que corriera más allá de su límite.

Y el Stutz respondió.

Para Mancuso, se trataba de una situación increíble. Le parecía que Pitt empujaba físicamente al coche a rodar a una velocidad cada vez mayor. Miró el velocímetro y vio que la aguja marcaba más de ciento cincuenta kilómetros por hora. Aquella vieja máquina nunca había corrido a tanta velocidad cuando estaba flamante. Mancuso se sujetaba a la portezuela mientras Pitt adelantaba a coches y camiones, pasando a varios a la vez, tan aprisa que Mancuso se maravillaba de que no se salieran de la carretera en alguna curva apretada.

Mancuso oyó otro sonido por encima del escape del Stutz, y miró al cielo desde el compartimiento descapotado del conductor.

—Tenemos un helicóptero sobrevolando el rebaño —anunció.

—¿Policía?

—No lleva distintivos. Parece comercial.

—Qué lástima que no tengamos una radio.

Habían conseguido acercarse a doscientos metros de la limusina, pero entonces los raptores de Loren se dieron cuenta de la presencia del Stutz e inmediatamente aumentaron la velocidad y se distanciaron de nuevo.

Entonces, para complicar todavía más la situación, un granjero que conducía una camioneta Dodge con remolque y dos rifles colgados en cruz en la ventanilla trasera, vio aquella antigualla que se aproximaba a toda velocidad y decidió divertirse un rato a costa del Stutz.

Cada vez que Pitt ocupaba el carril izquierdo para rebasar al Dodge, el conductor, un muchacho delgado de pelo grasiento, que mostraba al sonreír una boca en la que faltaban la mitad de los dientes, soltaba una carcajada y viraba al lado opuesto, cerrando el paso del Stutz.

Mancuso extrajo su pequeña automática de la pistolera.

—Voy a agujerear el parabrisas a ese payaso.

—Dame una oportunidad de sacarlo de la carretera.

Pitt se dispuso a emplear un truco de los pilotos de carreras de los viejos tiempos. Se colocó del lado derecho del Dodge, luego aflojó un poco la marcha y cambió de carril. Repitió la maniobra, sin intentar forzar el paso, sino simplemente para controlar la situación.

El flaco conductor de la camioneta culeaba de un lado a otro de la carretera decidido a bloquear lo que pensaba que eran intentos de Pitt de adelantarlo. Después de mantener a raya al Stutz en numerosos asaltos, empezó a volver la cabeza cada vez más a menudo para ver por dónde se acercaba el viejo clásico la siguiente vez.

Y así cometió el error que esperaba Pitt.

Perdió la concentración, y en una curva pisó la gravilla del arcén. Su siguiente error consistió en dar un volantazo excesivo para enderezar la camioneta. El Dodge derrapó sin control y se precipitó fuera de la carretera, arrolló un grupo de arbustos y matorrales, y finalmente volcó, aplastando al hacerlo un nido de avispas.

El granjero sólo sufrió rasguños en el accidente, pero las avispas casi lo mataron antes de que pudiera zafarse de la camioneta volcada y zambullirse en un estanque vecino.

—Un trabajo hábil —dijo Mancuso, con la mirada vuelta hacia atrás.

Pitt se permitió una rápida sonrisa.

—Se llama temeridad metódica.

La sonrisa se desvaneció cuando al adelantar a un camión vio un remolque plano al otro lado de una curva. El camión había perdido parte de su carga, tres barriles de aceite que habían caído del remolque. Uno se había roto, esparciendo una enorme mancha grasienta por el pavimento. La limusina blanca había conseguido evitar el camión pero perdió adherencia y dio dos giros completos de 360 grados antes de que su conductor consiguiera increíblemente enderezar el coche y seguir adelante a toda velocidad.

El Stutz frenó en seco y se deslizó lateralmente, con los neumáticos humeantes y el sol reflejándose en las cubiertas pulidas de las ruedas. Mancuso se encogió a la espera del impacto contra la parte trasera del camión, seguro de que sobrevendría.

Pitt luchó por controlar el derrape durante un angustioso centenar de metros, hasta dejar atrás las marcas negras de los neumáticos en el suelo. Para entonces estaba ya metido en la mancha de aceite. No tocó los frenos ni giró el volante, sino que pisó el embrague y dejó que el coche rodara libre y en línea recta sobre aquella piscina resbaladiza. Luego dirigió el vehículo hacia la franja de césped que bordeaba el arcén, hasta que los neumáticos soltaran el aceite, y entonces reanudó la persecución, ahora tan sólo unos segundos por detrás del Lincoln.

Después de aquella catástrofe evitada por milímetros, Mancuso se asombró al ver que Pitt conducía con tanta tranquilidad como si estuviera dando un paseo dominical.

—¿Y el helicóptero? —preguntó Pitt en tono de conversación.

Mancuso miró hacia arriba.

—Sigue con nosotros. Vuela encima y a la derecha de la limusina.

—Tengo el presentimiento de que trabajan juntos.

—Parece extraño que no lleve distintivos —asintió Mancuso.

—Si están armados, pueden hacernos pasar un mal rato.

—Así es —dijo Mancuso—. Mi revólver miniatura podrá hacer poca cosa contra armas automáticas manejadas desde el aire.

—Sin embargo, podían habernos calentado los cascos hace ya bastantes kilómetros.

—Hablando de calentar... —dijo Mancuso señalando el radiador.

El sobreesfuerzo al que había sido sometido el viejo coche estaba empezándose a notar. Salía una columnilla de vapor del tapón colocado bajo la diosa solar, y por las rendijas del capó se filtraba el aceite. Y cuando Pitt frenó al llegar a una curva cerrada, el efecto fue el mismo que si hubiera izado una vela. Los frenos estaban sobrecalentados y bloqueados. Lo único que ocurrió cuando Pitt pisó el pedal, fue que se encendieron las luces traseras.

Pitt imaginaba a Loren atada y amordazada en el asiento trasero de la limusina. El miedo y la ansiedad soplaban como un viento helado en su interior. Quienquiera que la hubiese raptado, podía haberla matado ya. Expulsó de su mente aquel pensamiento terrible y se dijo a sí mismo que los secuestradores no podían permitirse el lujo de perder un rehén de su importancia. Pero si le hacían algún daño, morirían, se juró a sí mismo.

Conducía como un poseso, concentrado en la determinación inflexible de rescatar a Loren. Recurría a todas y cada una de las fibras de su tenaz espíritu para perseguir sin tregua al Lincoln.

—Mantenemos la distancia —observó Mancuso.

—Están jugando con nosotros —repuso Pitt, calculando que la separación entre la diosa solar que adornaba el capó y el parachoques trasero de la limusina blanca era de tan sólo cincuenta metros—. Tienen la potencia suficiente como para dejarnos plantados cuando quieran.

—Tal vez su motor tenga algún problema.

—No lo creo. El conductor es un profesional. Ha mantenido con toda exactitud la distancia desde la mancha de aceite.

Mancuso miró su reloj mientras los rayos del sol se filtraban a través de los árboles que sombreaban la carretera.

—¿Dónde demonios está la policía del Estado?

—Buscando por toda la zona. Giordino no tiene medio de saber qué dirección hemos tomado.

—No podrás mantener este ritmo durante mucho tiempo más.

—Al acabará por husmear nuestro rastro —dijo Pitt, mostrando una confianza total en su viejo amigo.

Mancuso giró la cabeza al percibir sus oídos un nuevo sonido. Se alzó sobre sus rodillas y miró arriba y hacia atrás por entre las ramas de los árboles. Y entonces empezó a bracear como un loco.

—¿Qué sucede? —preguntó Pitt, levantando el pie del acelerador para tomar una curva cerrada que desembocaba en un puente corto sobre un riachuelo, pisando el freno casi inútil hasta clavarlo en el suelo.

—Creo que ha llegado la caballería —gritó Mancuso excitado.

—Otro helicóptero —adivinó Pitt—. ¿Puedes ver los distintivos?

Los dos coches salieron del abrigo de los árboles a unos campos cultivados. El helicóptero que se aproximaba giró hacia un costado, y Mancuso pudo leer las palabras escritas sobre la cubierta, bajo el motor y las aspas del rotor.

—¡Departamento del Sheriff del condado de Henrico! —aulló para superar el estruendo del rotor. Entonces reconoció a Giordino, que les hacía señas desde la portezuela abierta. El pequeño italiano había llegado al fin, justo a tiempo; el Stutz daba ya sus últimas boqueadas.

También el piloto del extraño helicóptero que sobrevolaba la limusina se dio cuenta de la presencia del recién llegado. Viró repentinamente, perdió altura y puso rumbo hacia el nordeste a todo gas, desapareciendo rápidamente detrás de una hilera de árboles que bordeaban un maizal.

El Lincoln pareció deslizarse lentamente a un lado de la carretera. Pitt y Mancuso vieron con impotente horror como la enorme limusina blanca chocaba contra la barrera de protección, saltaba sobre una pequeña zanja y se precipitaba en el maizal como si quisiera seguir al helicóptero en fuga.

Pitt captó el rápido cambio de escena en un abrir y cerrar de ojos. Reaccionó al instante, y giró el volante haciendo que el Stutz siguiera al Lincoln. Mancuso sintió un golpe en la boca cuando los frágiles y quebradizos tallos de maíz que habían quedado en pie después de la cosecha azotaron el parabrisas. Instintivamente se acurrucó en su asiento, protegiéndose la cabeza con las manos.

El Stutz saltó detrás de la limusina, y todos sus viejos muelles y amortiguadores crujieron. Se levantó una nube de polvo tan espesa que Pitt apenas podía ver nada más allá de la diosa solar, a pesar de lo cual su pie seguía pisando el acelerador sin desmayo.

Atravesaron una alambrada. Un fragmento golpeó a Mancuso en la sien, y luego se encontraron al otro lado del maizal, casi pegados a la limusina. Ésta había cruzado el campo a una velocidad increíble en dirección a un silo de cemento, con el Stutz detrás de su estela.

—Oh, Dios —murmuró Mancuso ante el choque inminente.

A pesar del trauma que suponía presenciar un accidente que no podía prevenir, Pitt dobló con violencia el volante a su derecha, metiendo al Stutz por un sendero que rodeaba el silo, y evitó la colisión con el Lincoln por la distancia de un brazo extendido.

Oyó más que vio el crujido convulsivo del metal al ceder, seguido por el estallido del cristal al romperse contra el cemento. De la base del silo surgió una polvareda que cubrió la destrozada limusina.

Pitt ya estaba fuera del Stutz antes de que éste se detuviera, y corrió hacia el lugar del accidente. El temor y el horror se apoderaron de su cuerpo cuando rodeó el silo y vio el automóvil destrozado y retorcido. Nadie podía haber sobrevivido a aquel terrible impacto. El motor había atravesado el cortafuegos y se había empotrado en el asiento delantero. El volante estaba incrustado en el techo. Pitt no vio ningún rastro del conductor y supuso que su cuerpo debía haber salido despedido del coche.

El compartimiento de los pasajeros estaba doblado en forma de acordeón: el techo se había alzado formando un extraño pico, y las puertas, hundidas hacia el interior, habían quedado bloqueadas con tal fuerza que sería preciso un soplete para poder abrirlas. Pitt golpeó con desesperación los cristales rotos que seguían obstruyendo la ventanilla de la portezuela, y asomó la cabeza dentro.

El interior destrozado del coche estaba vacío.

Con movimientos lentos y embotados, Pitt caminó alrededor del automóvil, buscando debajo de él signos de cuerpos humanos. No encontró nada, ni tan siquiera una gota de sangre o un jirón de ropa. Después examinó el destrozado tablero de instrumentos y descubrió la razón de que aquel coche fantasma estuviera vacío. Sacó un pequeño instrumento de sus conectores eléctricos y lo estudió, mientras su rostro enrojecía de ira.

Seguía de pie junto a los restos del coche cuando el helicóptero aterrizó y Giordino se acercó a la carrera, seguido por Mancuso, que apretaba contra su oreja un pañuelo ensangrentado.

—¿Loren? —preguntó Giordino con rostro tenso.

Pitt negó con la cabeza, y tendió el extraño instrumento a Giordino.

—Se han burlado de nosotros. Este coche era un señuelo, operado mediante un robot electrónico y dirigido por alguien desde el helicóptero.

Mancuso miraba furioso la limusina.

—Yo la vi entrar —dijo desconcertado.

—Y yo también —llegó como un eco la voz de Giordino.

—No en este coche —respondió Pitt en voz baja.

—Pero nunca estuvo fuera de nuestra vista.

—Claro que sí. Piensa en ello. En los veinte segundos iniciales, cuando salió de la pista y pasó bajo las tribunas en dirección al área del aparcamiento. Allí debió ser cuando dieron el cambiazo.

Mancuso retiró el pañuelo, mostrando un corte limpio encima del lóbulo de la oreja.

—Todo concuerda. Éste nunca estuvo fuera de nuestra vista cuando lo perseguimos por la autopista.

Mancuso calló de repente y miró con desesperación la limusina destrozada. Nadie se movió ni dijo nada durante unos momentos.

—La hemos perdido —dijo Giordino como atacado por un súbito dolor, con la cara pálida—. Que Dios nos ayude, la hemos perdido.

Pitt miraba el coche sin ver; y apretaba sus grandes puños lleno de rabia y de desesperación.

—Encontraremos a Loren —dijo, con una voz tan fría y desolada como las piedras del Ártico—. Y los que se la han llevado pagarán por ello.

Tercera parte

La isla de Ajima

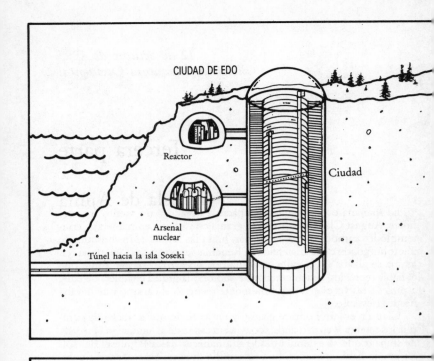

CIUDAD DE EDO

Reactor

Arsenal
nuclear

Ciudad

Túnel hacia la isla Soseki

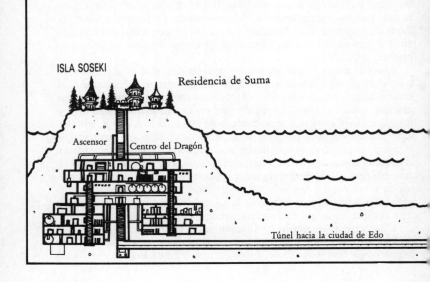

ISLA SOSEKI

Residencia de Suma

Ascensor   Centro del Dragón

Túnel hacia la ciudad de Edo

31

La mañana otoñal estaba desapacible debido a un viento frío del norte; August Clausen salió de su granja construida en madera, y contempló los campos que se extendían hasta las lomas de los bosques de Teutoburgo, cerca de Bielefeld, en Renania Septentrional-Westfalia. La granja se alzaba en el valle, rodeada por un arroyo serpenteante que él había represado recientemente. Se abotonó la gruesa chaqueta de lana, aspiró varias veces el aire y finalmente recorrió el camino que llevaba hasta el establo.

Clausen era un hombre grueso y endurecido que acababa de cumplir los setenta y cuatro años; todavía era capaz de aguantar una jornada de trabajo que se extendía desde el amanecer hasta la puesta del sol. La granja había pertenecido a su familia durante cinco generaciones. Su mujer y él habían tenido dos hijas, ambas casadas, que habían dejado la casa paterna, prefiriendo la vida ciudadana de Bielefeld a los trabajos de la granja. Con la excepción de los braceros que contrataban en la época de la cosecha, Clausen y su mujer llevaban solos la propiedad.

Clausen abrió de par en par las puertas del establo y subió a un tractor de grandes dimensiones. El viejo y tosco motor de gasolina encendió al primer intento. Puso la palanca del cambio en la primera marcha y salió al patio, tomando por un camino embarrado que se dirigía hacia el campo, donde después de recogida la cosecha había estado trabajando para preparar la siembra de la próxima primavera.

Hoy su propósito era rellenar una pequeña depresión situada en la esquina sudoeste de un campo de lechugas. Era una de las pocas tareas externas que se proponía tener listas antes de la llegada de los meses de invierno. La noche anterior había instalado en el tractor una gran pala frontal, para remover la tierra de un terraplén cercano a una antigua casamata de cemento, reliquia de la última guerra.

Una parte de las tierras de Clausen había sido en tiempos un aeródromo utilizado por un escuadrón de caza de la Luftwaffe. Cuando regresó a su casa después de servir en una brigada Panzer que luchó con el Tercer Ejército de Patton a través de Francia y de media Alemania, se encontró con un montón de aparatos de aviación y vehículos motorizados quemados y destruidos, esparcidos en diversos montones sobre la mayor parte de sus campos en barbecho. Guardó lo poco que conservaba algún valor o utilidad, y vendió el resto a los chatarreros.

El tractor avanzaba a buen paso por el camino. En las dos semanas anteriores apenas había llovido, de modo que las rodadas estaban secas. Los álamos y los abedules mostraban salpicaduras de un amarillo brillante que resaltaba en medio del verde que comenzaba ya a marchitarse. Clausen cruzó por una abertura de una tapia de piedra y se detuvo al lado de la depresión. Saltó del tractor y estudió el perfil de aquel suelo hundido. Curiosamente, le pareció más amplio y profundo que el día anterior. Se preguntó en primer lugar si aquel fenómeno podía deberse a las filtraciones subterráneas procedentes del arroyo que había represado. Sin embargo, la tierra del centro de la depresión parecía seca.

Volvió a subir al tractor; condujo hasta el terraplén situado junto al viejo refugio, ahora medio oculto por los arbustos y la vid silvestre, y bajó la pala. Cuando hubo cargado una buena palada, hizo marcha atrás y se aproximó a la depresión hasta que las ruedas delanteras llegaron al borde. Alzó ligeramente la pala, con la intención de ladearla y volcar la carga, pero el morro del tractor empezó a moverse. Las ruedas delanteras se estaban hundiendo en la tierra.

Clausen vio atónito cómo la depresión se ensanchaba y el tractor se hundía en un pozo abierto de súbito. Quedó sobrecogido de horror al caer con su máquina en la oscuridad de un subterráneo. El terror lo había enmudecido, pero instintivamente afirmó sus pies en el piso metálico del tractor y se aferró con fuerza al volante. El tractor se hundió una buena docena de metros, hasta ir a parar finalmente en medio de una laguna subterránea. Grandes terrones de tierra blanda cayeron también al agua, convirtiendo el lecho de la laguna en un pantano embarrado, pronto alfombrado por las nubes de polvo que caían. El estruendo producido por la caída del tractor se prolongó en ecos lejanos procedentes de ámbitos subterráneos invisibles. El tractor quedó hundido en el agua embarrada hasta el borde superior de sus grandes ruedas traseras, antes de tropezar con un fondo firme.

El impacto hizo perder el resuello a Clausen. Un agudo dolor recorrió su espalda; supo que eso significaba una vértebra rota: dos costillas, o tal vez más, se quebraron cuando su pecho sufrió el impacto del volante. Quedó atontado, con el corazón a punto de saltársele del pecho, y respirando con espasmos de dolor. Estaba tan aturdido que apenas sintió el agua que lo cubría hasta la altura del pecho.

Clausen bendijo al tractor por haber caído derecho. Si se hubiese vencido hacia uno de los lados o dado un vuelco completo, con toda probabilidad él habría muerto aplastado o ahogado en la corriente al quedar atrapado por la pesada máquina. Se quedó allí sentado, intentando comprender lo que le había ocurrido. Miró hacia arriba, al cielo azul, como pidiendo auxilio en el apuro en que se encontraba. Luego atisbó a su alrededor, tratando de distinguir mejor dónde se encontraba, a través de la oscuridad y de la nube de polvo que empezaba a depositarse en el suelo.

El tractor había caído en un depósito de aguas subterráneas de una caverna. Uno de los extremos estaba inundado, pero el otro se elevaba por encima del nivel de las aguas y se abría a una amplia gruta. No vio señales de estalactitas ni estalagmitas, ni de otras decoraciones naturales. Tanto la pequeña entrada a la caverna como la cámara más extensa contaban con unos techos planos de seis metros de altura, excavados por un equipo de ingeniería moderno.

Trabajosamente descendió del tractor y, medio a rastras, medio a nado, ascendió por la pendiente hasta la parte seca de la caverna. Sus rodillas y sus manos se deslizaban en el barro resbaladizo que cubría el suelo. Por fin llegó a suelo seco, se sentó, agotado, miró en torno suyo y abrió los ojos de par en par al ver, en la penumbra, lo que ocultaba la caverna.

Estaba llena de aviones, literalmente docenas de ellos, aparcados en hileras ordenadas como si esperaran a un escuadrón de pilotos fantasmas. Clausen reconoció en ellos el primer modelo de turborreactor de la Luftwaffe, el Messerschmitt-262 *Schwalbes* (Golondrina). Estaban inmóviles como fantasmas, pintados en tonos moteados grises y verdes, y a pesar de los casi cincuenta años transcurridos, parecían en excelente estado. Tan sólo la ligera corrosión de las superficies de aluminio y los neumáticos deshinchados sugerían un largo período de abandono. La base aérea oculta debía de haber sido evacuada y todos los accesos bloqueados antes de que entraran los ejércitos aliados. Y allí había quedado, totalmente ignorada.

Clausen olvidó momentáneamente sus heridas y caminó atónito entre los aparatos, entró en los cuarteles de vuelo y en las áreas de mantenimiento y reparación. Cuando sus ojos se fueron acostumbrando a la oscuridad, quedó asombrado al advertir el orden perfecto que allí reinaba. No había ningún signo de una partida precipitada. Le pareció que pilotos y mecánicos debían de estar alineados para la revista en los campos de arriba, y que en cualquier momento podían regresar.

Luego entró en un estado de beatitud al caer en la cuenta de que todos aquellos artefactos bélicos estaban dentro de su propiedad, o más exactamente debajo de ella, y que por consiguiente le pertenecían. El valor de aquellos aviones para los coleccionistas y los museos podía llegar a representar millones de marcos alemanes.

Clausen regresó hasta el borde del lago subterráneo. Tan sólo el volante y la parte superior de los neumáticos del tractor asomaban sobre la superficie del agua. No había esperanza de salir por sí solo de aquella posición. La abertura estaba demasiado alta y las paredes eran demasiado verticales.

Pero no le preocupaba lo más mínimo. Antes o después su mujer empezaría a buscarle, y pediría ayuda a los vecinos cuando lo encontrara a salvo y feliz en su recién descubierta posesión subterránea.

En alguna parte debía de existir un generador que proporcionara energía eléctrica. Decidió buscar su localización. Tal vez, pensó, consiguiera hacerlo funcionar e iluminar la caverna. Consultó su reloj y calculó que pasarían al menos cuatro horas antes de que su mujer empezara a inquietarse por su prolongada ausencia.

Dudó al examinar el extremo más alejado de la caverna, que descendía hacia el lago subterráneo, y se preguntó si más allá de la zona inundada no se abriría otra caverna.

32

—Si el público llegara a saber alguna vez todo lo que ocurre a sus espaldas, prendería fuego a Washington —dijo Sandecker mientras el paisaje de Virginia desfilaba rápidamente más allá de las ventanillas coloreadas y a prueba de balas del centro de mando móvil, construido a medida y disfrazado de autobús de una conocida línea nacional.

—Estamos metidos hasta el mismísimo cuello en una guerra despiadada —gruñó el vicedirector del equipo EIMA, Donald Kern—. Y nadie excepto nosotros lo sabe.

—Tiene razón en lo de la guerra —señaló Pitt al tiempo que contemplaba las burbujas del vaso de agua mineral que tenía en la mano—. No consigo convencerme de que esa gente haya tenido las narices de secuestrar a Loren y al senador Diaz el mismo día.

Kern se encogió de hombros.

—El senador salió de su cabaña de pesca esta mañana a las seis en punto, remó hacia el centro de un lago no mucho mayor que una piscina, y se desvaneció.

—¿Cómo sabe que no se ha ahogado accidentalmente o se ha suicidado?

—No había ningún cuerpo.

—¿Han dragado el lago y buscado por todas partes desde esta mañana? —preguntó Pitt con escepticismo.

—No hemos hecho nada tan primitivo. Desviamos nuestro más reciente satélite espía para que sobrevolara el área. No había ningún cuerpo, ni flotando ni debajo del agua.

—¿Disponen de una tecnología tan avanzada como para rastrear un objeto tan pequeño como un cuerpo humano bajo el agua desde el espacio?

—Olvide que lo ha oído —dijo Kern con una sonrisa esquiva—. Limítese a creerme bajo palabra que otro equipo de agentes profesionales japoneses ha secuestrado a Diaz a plena luz del día, junto con su bote y su motor fuera borda, y que lo ha hecho delante de al menos cinco pescadores más, que aseguran no haber visto ni oído nada.

Pitt miró a Kern.

—Pero del secuestro de Loren *sí* que ha habido testigos.

—Al y Frank adivinaron lo que estaba ocurriendo, claro está. Pero los espectadores de las tribunas tenían la atención concentrada en la carrera. Si alguno de ellos miró casualmente en dirección a Loren en el momento crítico, todo lo que vio es a una mujer que entraba en una limusina por su libre voluntad.

—Lo que estropeó el bien trazado plan de los secuestradores —dijo Sandecker—, es que vosotros *sabíais* que estaba siendo secuestrada, y os lanzasteis en su persecución. Vuestra rápida alerta también ha permitido confirmar la conexión japonesa en el caso del secuestro de Díaz.

—La persona capaz de planear esos dos secuestros por separado es muy eficiente —admitió Kern—. Demasiado eficiente para tratarse de la Hermandad Solar de la Sangre.

—La organización terrorista —exclamó Pitt—. ¿Están ellos detrás de este asunto?

—Eso es lo que desean que pensemos. El FBI recibió una llamada telefónica de parte de alguien que afirmó ser un miembro y reivindicó la responsabilidad de la organización. Una simple cortina de humo. En menos de un minuto vimos lo que había en realidad detrás de la fachada.

—¿Qué han averiguado sobre el helicóptero que sobrevolaba la limusina? —preguntó Pitt—. ¿Lo han encontrado?

—Seguimos su pista hasta Hampton Roads. Allí estalló en el aire y cayó al agua. Un equipo de salvamento de la Marina bucea en estos momentos en busca de los restos.

—Apuesto una botella de whisky escocés a que no encuentran ningún cuerpo.

—Probablemente ganará la apuesta —respondió Kern con una mirada circunspecta.

—¿No hay rastro de la limusina que desapareció?

Kern negó con un movimiento de cabeza.

—Todavía no. Probablemente la escondieron y abandonaron después de trasladar a la congresista Smith a otro vehículo.

—¿Quién se ha hecho cargo de las pesquisas?

—El FBI. Sus mejores agentes operativos están formando ya equipos de investigación y reuniendo todos los datos.

—¿Cree que los secuestros tienen alguna relación con nuestra búsqueda de los coches bomba? —preguntó Giordino, que como Pitt y Mancuso había sido recogido por Kern y Sandecker a pocos kilómetros del lugar del accidente.

—Es posible que se trate de una advertencia para que no metamos las narices —contestó Kern—. Pero nos inclinamos a pensar que lo que pretenden es dar carpetazo al comité de investigación del Senado, eliminando a los legisladores que defendían una propuesta de ley para restringir las inversiones japonesas en Estados Unidos.

Sandecker encendió uno de sus caros cigarros puros, después de morder la punta.

—El presidente se encuentra en un atolladero infernal. En la medida en que existe la posibilidad de que Smith y Díaz sigan con vida, no puede permitir que el secuestro se filtre a los medios de comunicación. Dios sabe lo que podría ocurrir si el Congreso y el público lo descubren.

—Estamos sentados sobre el proverbial barril de dinamita —dijo Kern ceñudo.

—Si no ha sido la Hermandad Solar de la Sangre, ¿quién entonces? —preguntó Giordino mientras encendía un cigarro robado del repuesto del almirante Sandecker en Washington.

—El gobierno japonés es el único que cuenta con los medios necesarios para una operación de secuestro tan complicada —especuló Pitt.

—Hasta donde podemos determinarlo nosotros —dijo Kern—, el primer ministro Junshiro y su gabinete no están implicados directamente. Es muy posible que no tengan la menor idea de lo que está sucediendo a sus espaldas. No es un hecho tan extraño en la política japonesa. Sospechamos que existe una organización secreta formada por industriales ultranacionalistas y cabecillas de los bajos fondos, cuyo objetivo consiste en extender y proteger el creciente imperio económico japonés, y al mismo tiempo sus propios intereses. Los datos recogidos por nuestro Equipo Honda y otras fuentes complementarias confluyen en un hijo de puta extraordinariamente influyente, llamado Hideki Suma. Showalter está seguro de que Suma es el responsable de la operación de los coches bomba.

—Un tipo repugnante —añadió Sandecker—. Es astuto, pragmático y actúa con eficacia y brillantez; él es quien ha movido los hilos secretos de la política japonesa a lo largo de las tres últimas décadas.

—Y su padre los movió durante las tres décadas anteriores —dijo Kern. Luego se volvió hacia Mancuso—. Frank es un experto en los Suma. Ha reunido un amplio expediente sobre la familia.

Mancuso estaba sentado en una amplia silla giratoria y bebía cerveza sin alcohol, ya que en el autobús de mando de la Agencia Nacional de Seguridad no estaban permitidas las bebidas alcohólicas. Miró al techo.

—Suma padre o hijo. ¿De cuál de los dos queréis información?

—Una breve historia de su organización —contestó Kern.

Mancuso bebió un par de tragos y volvió a mirar el techo, como reuniendo sus pensamientos. Luego empezó a hablar en el tono de un alumno recitando en una clase de lengua.

—En el curso de la Segunda Guerra Mundial, los ejércitos conquistadores japoneses confiscaron un inmenso botín procedente de órdenes religiosas, bancos y empresas comerciales, más los tesoros de los gobiernos vencidos. Lo que empezó como un goteo procedente de Manchuria y Corea, se convirtió muy pronto en riada cuando China y todo el sureste asiático, Malasia, Singapur, las Indias Orientales Neerlandesas y las Filipinas cayeron bajo el yugo del imperio del Sol Naciente. El montante total del oro, las piedras preciosas y otros efectos robados sólo puede calcularse de forma aproximada, pero algunas estimaciones lo sitúan en torno a los doscientos mil millones de dólares, repito, miles de millones, al cambio actual.

Sandecker sacudió la cabeza.

—Inconcebible.

—Se calcula que tan sólo el oro en lingotes representaba siete mil toneladas.

—¿Y todo ese tesoro fue a parar a Japón? —preguntó Giordino.

—Hasta mil novecientos cuarenta y tres. Después de esa fecha los buques de guerra norteamericanos, y en especial nuestros submarinos, cortaron el flujo. Los registros indican que la mitad del total del botín fue enviado a Filipinas para su inventario y posterior envío a Tokyo. Pero hacia el final de la guerra fue enterrado en escondites secretos en varias islas, y empezó a ser conocido como «el oro de Yamashita».

—¿Dónde entran los Suma en esa historia? —preguntó Pitt.

—Estoy llegando a ese punto —dijo Mancuso—. Las sociedades del hampa japonesa se habían movilizado rápidamente en seguimiento de las tropas de ocupación, y se apoderaron de los depósitos de los bancos, los tesoros nacionales y las riquezas de ciudadanos privados, todo ello en nombre del emperador. Dos agentes secundarios de una organización criminal denominada Cielo Negro, que dominó el mundo del hampa en Japón desde comienzos de siglo, desertaron y crearon su propia sociedad, bautizada como «Dragones de Oro». Uno de ellos era Korori Yoshishu; el otro, Koda Suma.

—Y Koda era el padre de Hideki —concluyó Sandecker.

Mancuso asintió.

—Yoshishu era hijo del carpintero de un templo, en Kyoto. Su padre le echó de casa cuando tenía diez años. Se enroló en Cielo Negro y fue ascendiendo de categoría. En mil novecientos veintisiete, a la edad de dieciocho años, sus jefes le ordenaron alistarse en el Ejército, y allí fue ascendido al grado de capitán, por la época en que el Ejército Imperial invadió Manchuria. Organizó una operación de tráfico de heroína que proporcionó a la banda cientos de millones de dólares, que se repartieron con el Ejército.

—¡Vamos! —protestó Giordino—. ¿Me estás diciendo que el Ejército japonés estaba mezclado en el tráfico de drogas?

—Llevaron a cabo una operación que sería la envidia de los capos colombianos del narcotráfico —contestó Mancuso—. De acuerdo con los jefes de las bandas japonesas, los militares se dedicaron al tráfico de opio y de heroína, forzaron a la ciudadanía de los países ocupados a participar en loterías trucadas y en casinos de juego, y controlaron la venta de alimentos en el mercado negro.

El autobús se detuvo en una luz roja, y Pitt contempló la cara de un conductor de camión que intentaba en vano ver a través de los cristales oscurecidos del autobús. Por más que Pitt mirara fuera por la ventanilla, su mente registraba todas las palabras de Mancuso.

—Koda Suma tenía la misma edad de Yoshishu, y era el hijo mayor de un marinero de la Armada Imperial sin graduación. Su padre le obligó a enrolarse, pero desertó y fue reclutado por los hampones de Cielo Negro. Aproximadamente por la misma época en que colocaron a Yoshishu en el Ejército, los jefes de la banda consiguieron que desapareciera la constancia de la deserción de Suma y le hicieron reingresar en la Armada, sólo que en esta ocasión como oficial. A fuerza de favores y dinero dispensados a manos llenas, ascendió rápidamente al grado de capitán. Dado que los dos eran agentes que trabajaban para la misma organización criminal, era natural que se conocieran y asociaran. Yoshishu coordinaba las operaciones relativas a la heroína, en tanto que Suma organizaba los saqueos y cuidaba de su embarque en navíos de la Armada Imperial.

—Un tinglado monumental, como para acabar con todos los tinglados —observó Giordino de buen humor.

—Las dimensiones reales de la red nunca se han podido documentar.

—¿Un volumen mayor que el pillaje de Europa por los nazis, tal vez? —preguntó Pitt mientras abría otra botella de agua mineral.

—Con diferencia —replicó Mancuso, sonriendo—. Entonces, como ahora, los japoneses estaban más interesados en el aspecto económico —oro, piedras preciosas, divisas fuertes—, en tanto que los nazis se concentraban en las obras maestras de arte, la escultura y las piezas únicas o raras. —Su expresión se tornó súbitamente seria—. Siguiendo a las fuerzas japonesas a China y después al resto del sureste asiático, Yoshishu y Suma se demostraron a sí mismos que eran grandes organizadores archicriminales. Como los personajes del libro de Heller, *Catch-22*, hicieron con sus enemigos tratos beneficiosos para ambas partes. Vendieron artículos de lujo y material bélico a Chiang Kai-Sek y llegaron a ser buenos amigos del generalísimo chino, situación que les rindió excelentes dividendos cuando los comunistas se impusieron en el continente y el gobierno nacionalista debió trasladarse a Formosa, que pronto se convirtió en Taiwan. Compraron, vendieron, saquearon, contrabandearon, chantajearon y asesinaron en una escala inaudita, hasta dejar exhaustos todos los países por los que pasaron. No es preciso decir que Suma y Yoshishu jugaron al «uno para ti y dos para mí» en el momento de hacer el inventario del botín y dividirlo con las fuerzas imperiales.

Pitt se levantó de su asiento y se desperezó, tocando cómodamente con las manos el techo del autobús.

—¿Qué cantidad de todo ese botín llegó realmente a Japón?

—Un pequeño porcentaje ingresó en la Tesorería de Guerra Imperial. Suma y Yoshishu introdujeron en el país clandestinamente la parte de más fácil transporte, las piedras preciosas y el platino, a bordo de submarinos, y la escondieron en una alquería en el campo. La masa principal del oro en lingotes quedó atrás, en la isla filipina de Luzón. Había sido almacenada en túneles de cientos de kilómetros de longitud excavados por miles de prisioneros de guerra aliados, utilizados como si fueran esclavos y que, o bien trabajaron hasta consumirse y morir, o bien fueron ejecutados para garantizar que el escondite no fuese revelado, y poder regresar a recuperar el botín una vez acabada la guerra. Yo excavé un túnel en Corregidor que contenía los huesos de trescientos prisioneros enterrados vivos.

—¿Por qué nunca se han hecho públicos esos detalles? —preguntó Pitt.

Mancuso se encogió de hombros.

—Lo ignoro. Hasta pasados cuarenta años no se ha hecho nunca mención de esa barbarie, y eso tan sólo en unos pocos libros. Pero para entonces, la marcha Bataan de la muerte y las legiones de soldados americanos, británicos y filipinos que murieron en los campos de prisioneros eran tan sólo un vago recuerdo.

—Los alemanes siguen aún abrumados por el peso del Holocausto —murmuró Pitt—, pero la mayoría de los japoneses culpables de esas atrocidades siguen impunes.

Giordino tenía una expresión siniestra.

—¿Recuperaron los japoneses el tesoro después de la guerra?

—Una parte fue excavada por compañías constructoras japonesas que afirmaban estar ayudando a los filipinos a recuperarse de los destrozos causados por el conflicto, mediante la puesta en marcha de diversos proyectos de edificaciones industriales. Naturalmente, los lugares elegidos estaban encima de los escondites subterráneos. Otra parte fue desenterrada por Ferdinand Marcos, que sacó del país por vía marítima varios centenares de toneladas de oro y las convirtió discretamente en divisas en los mercados internacionales. Y una buena porción fue recuperada por Suma y Yoshishu veinte años más tarde. Aproximadamente un setenta por ciento debe seguir aún oculta, y tal vez nunca llegue a recuperarse.

Pitt miró a Mancuso con aire interrogador.

—¿Qué ocurrió con Suma y Yoshishu una vez acabada la guerra?

—No eran tontos, ese par. Leyeron la derrota en sus hojas de té ya en el año cuarenta y tres, y empezaron a elaborar unos fabulosos planes para asegurarse la supervivencia. Lejos de morir luchando cuando MacArthur regresara a Luzón, o de recurrir al suicidio ritual para evitar la humillación de la derrota, Suma se agenció un submarino. Luego, provistos de una generosa porción del botín del emperador, navegaron hasta Valparaíso, en Chile, y allí vivieron durante cinco años sin privarse de ningún lujo. Cuando MacArthur hubo de ocuparse de la guerra de Corea, los dos expertos ladrones regresaron a casa y se convirtieron en expertos organizadores. Suma empleó su talento en las intrigas económicas y políticas, en tanto que Yoshishu consolidaba su dominio sobre el mundo del hampa y sobre una nueva generación de traficantes asiáticos. Al cabo de diez años, tenían en sus manos la mayor red comercial del Extremo Oriente.

—Un auténtico par de pimpollos —comentó en tono cáustico Giordino.

—Koda Suma murió de cáncer en mil novecientos setenta y tres —continuó Mancuso—. Como si fueran una pareja de gánsters de Chicago en la época de la prohibición, el hijo de Suma, Hideki, y Yoshishu acordaron dividir aquella enorme organización en diferentes áreas de actividad. Yoshishu se encargaba de los negocios criminales, en tanto que Hideki asentaba la base de su poder en el gobierno y la industria. El viejo ladrón se ha retirado de la vida activa, aunque de vez en cuando todavía mete los dedos en algún pastel apetitoso, asesora a los actuales jefes de los Dragones de Oro, y ocasionalmente participa en alguna operación montada por Suma.

—Según la información obtenida por el Equipo Honda —les informó Kern—, Suma y Yoshishu juntaron sus fuerzas para poner en marcha la planta de fabricación de armas nucleares y el Proyecto Kaiten.

—¿El Proyecto Kaiten? —repitió Pitt.

—El nombre clave para la operación de los coches bomba. La traducción literal sería «un cambio de cielo». Pero para los japoneses el significado es más amplio: «llega un nuevo día, se produce un cambio profundo».

—Pero Japón asegura que ha prohibido la introducción en el país de armas nucleares —insistió Pitt—. Parece muy extraño que Suma y Yoshishu hayan podido construir una planta de fabricación de artefactos nucleares sin ningún tipo de conocimiento y apoyo por parte del gobierno.

—Los políticos no dirigen Japón, en realidad. Quienes tiran de los hilos son las personas que se mueven en las habitaciones traseras y las que tienen influencia en los órganos de la administración. No es ningún secreto que Japón construyó un reactor con alimentación acelerada de metal líquido. Pero lo que no es de conocimiento general, es que ese tipo de reactor, además de funcionar como fuente de energía, también produce plutonio y convierte el litio en tritio, dos componentes esenciales de las armas termonucleares. Intuyo que el primer ministro Junshiro dio secretamente su bendición a la creación de un arsenal nuclear, aunque a regañadientes debido al peligro de un escándalo público, pero en cambio se le ha tenido en una ignorancia total con respecto al Proyecto Kaiten.

—Sin duda su gobierno no se parece en nada al nuestro —comentó Sandecker.

—¿Ha localizado el Equipo Honda la fábrica de las bombas? —preguntó Pitt a Kern.

—Han reducido el área de posible localización a un círculo de sesenta kilómetros cuadrados de extensión en torno a la ciudad subterránea de Edo.

—¿Y todavía no han conseguido encontrarla?

—Jim Hanamura cree que en la ciudad hay túneles excavados a gran profundidad que comunican con la fábrica. Es una cobertura ingeniosa. No hay ningún edificio de superficie ni ninguna carretera que pueda ofrecer una pista. Los suministros entran junto a los destinados a los miles de personas que viven y trabajan en Edo, y los desechos salen por el mismo camino. La mayor parte del equipo y el material nuclear necesarios pueden entrar y salir camuflados.

—¿Hay alguna pista respecto a dónde se encuentra el mando para la detonación de las bombas? —preguntó Giordino.

—¿El Centro del Dragón?

—¿Es así como lo llaman?

—Tienen nombres para todo —sonrió Kern—. No sabemos nada en concreto. El último informe de Hanamura dice que ha conseguido una pista que tiene alguna relación con la pintura.

—Eso parece enormemente significativo —ironizó Giordino.

Se abrió la puerta del abarrotado compartimiento de comunicaciones situado en la parte trasera del autobús, y apareció un hombre que tendió tres folios de papel a Kern.

A medida que sus ojos recorrían el texto impreso, el rostro de Kern se tensó. Finalmente, al terminar de leer el tercer folio, golpeó con los nudillos el brazo de su sillón, contrariado.

—Oh, Dios mío.

—¿Qué sucede? —preguntó Sandecker inclinándose hacia él.

—Es un informe de Mel Penner desde las Palau. Dice que Martin Showalter ha sido secuestrado cuando se dirigía a la embajada. Una pareja de turistas americanos afirma haber visto entrar a dos japoneses en el automóvil de Showalter cuando éste hubo de detenerse detrás de un camión que bloqueaba el camino, a una manzana de distancia de la embajada. Al hombre y su mujer únicamente se les ocurrió informar en la embajada debido a las placas de la matrícula del coche, que eran estadounidenses, y a la cara de sorpresa del conductor cuando los dos intrusos irrumpieron en su automóvil. No vieron nada más, porque un autobús con turistas pasó en ese momento y les tapó la visión. Cuando pudieron ver de nuevo la calle, el coche de Showalter había desaparecido en medio del tráfico.

—Siga.

—Parece que Jim Hanamura se ha retrasado en la entrega de su último informe. En el anterior, Jim había dicho a Penner que había confirmado la localización de la fábrica de armas a ciento cincuenta metros bajo tierra. El área principal de montaje se encuentra conectada a la ciudad de Edo, cuatro kilómetros hacia el norte, por un ferrocarril eléctrico que también conduce a través de una serie de túneles hasta los arsenales, las cavernas donde se depositan los desechos, y las oficinas de los ingenieros.

—¿Hay algo más? —insistió Sandecker con suavidad.

—Hanamura declaró que estaba siguiendo una pista consistente hacia el Centro del Dragón. Eso es todo.

—¿Qué informes hay de Roy Orita? —preguntó Pitt.

—Tan sólo una breve mención.

—¿También ha desaparecido?

—No, Penner no dice nada de eso. Sólo señala que Orita ha decidido ocultarse hasta que consigamos averiguar qué es lo que ha ocurrido.

—Diría que el equipo visitante va ganando al de casa por tres a uno —comentó Pitt con filosofía—. Han secuestrado a dos de nuestros legisladores, han conseguido parar los pies a los Equipos Honda y Cadillac, y por último, y probablemente esto sea lo peor, saben qué es lo que buscamos y de´dónde venimos.

—Suma parece tener todos los triunfos en la mano —admitió Kern—. Será mejor que informe de inmediato al señor Jordan, para que pueda alertar al presidente.

Pitt se inclinó sobre el respaldo de su asiento y dirigió a Kern una mirada seca.

—¿Por qué molestarlo?

—¿Qué quiere decir?

—No veo necesidad de provocar el pánico.

—El presidente debe ser puesto al corriente. No sólo hemos de afrontar la amenaza de un chantaje nuclear, sino además la exigencia de una compensación política por el rescate de Diaz y Smith. Suma puede dejar caer su hacha en cualquier momento.

—No, no puede. Al menos, todavía no.

—¿Cómo lo sabe? —preguntó Kern.

—Algo le ocurre a Suma. Tiene una flota de coches bomba escondidos. Todo lo que necesita es llevarlos a las calles de Manhattan o Los Ángeles y meter el temor de Dios en el cuerpo del gobierno americano y de la opinión pública. Literalmente tiene al gobierno de Estados Unidos cogido por los huevos. Pero ¿qué es lo que hace? Se pone a jugar a los secuestradores. No, lo siento. Hay algo que no funciona en el otro campo. Suma no está todavía listo para el estreno. Yo diría que está atascado.

—Creo que Dirk tiene razón —dijo Mancuso—. Es muy posible que los agentes de Suma hayan pasado de matute los coches bomba antes de tener a punto el mando de detonación.

—Todo encaja —añadió Sandecker—. Tal vez aún estamos a tiempo de enviar un nuevo equipo de localización y neutralizarlo.

—Por el momento todo depende de Hanamura. —Kern mostraba señales de preocupación y de duda—. Esperemos que haya conseguido descubrir el Centro del Dragón. Pero también hemos de considerar la posibilidad, muy real, de que su retraso en informar se deba a que ha sido muerto o capturado por las fuerzas de seguridad de Suma.

Guardaron silencio mientras el paisaje de Virginia desfilaba velozmente por las ventanillas del autobús. Las hojas de los árboles despedían reflejos dorados a la luz del sol poniente. Sólo algunas de las personas que pasaban por la carretera prestaban atención al autobús. Si alguna de ellas observaba el letrero colocado sobre el parabrisas, encima del conductor, pensaría sencillamente que se trataba de un grupo de turistas que hacía un recorrido por los escenarios de la guerra de Secesión.

Finalmente, fue Sandecker quien expresó en voz alta la idea que ocupaba las mentes de todos.

—Si al menos supiéramos la pista que estaba siguiendo Jim Hanamura...

33

En ese momento, en la otra punta del mundo, Jim Hanamura habría dado su nuevo Corvette y el recién comprado sistema estereofónico instalado en su apartamento de la pequeña parcela de Redondo Beach, por cambiar su lugar por el de cualquiera de los hombres que estaban en aquel autobús de Virginia.

Una fría lluvia nocturna empapaba sus ropas y su piel mientras se agazapaba, cubierto de barro y de hojas caídas, en una cuneta. La policía y la fuerza uniformada de seguridad que le perseguían habían rodeado la zona y empezado a batirla diez minutos antes, pero él seguía allí hundido en el barro para darse un descanso y formular un plan de acción. Rodó sobre sí mismo, dolorido, apoyándose en su codo bueno y atisbando la carretera. El único signo de movimiento era un hombre inclinado sobre el capó abierto de una pequeña camioneta de reparto, en el garaje de una casita próxima.

Se dejó caer de nuevo en el fondo de la cuneta y se desvaneció por tercera vez desde que fue herido al escapar de ciudad de Edo. Cuando Hanamura volvió en sí, se preguntó cuánto tiempo habría pasado privado de conocimiento. Levantó el brazo derecho, pero el reloj se había parado en el momento en que se estrelló con su coche. No podía haber sido mucho tiempo, de todos modos, porque el propietario de la camioneta de reparto seguía hurgando en las entrañas del motor.

Los tres impactos de armas automáticas de los guardas de seguridad le habían alcanzado en el brazo izquierdo y en el hombro. Había sido uno de esos azares, de esos incidentes imprevistos que ocurren una vez de cada mil y sorprenden inermes incluso a los agentes profesionales.

Sus planes habían sido ejecutados con toda precisión y exactitud. Consiguió pasar la barrera de seguridad con el pase de uno de los ingenieros jefes de la estructura, llamado Jiro Miyaza, que se parecía mucho a Hanamura, tanto de cara como de estatura y corpulencia.

Entrar en ciudad de Edo y cruzar los puestos de guardia que llevaban al departamento de construcción y diseño había sido una tarea sencilla. Ninguno de los guardas vio nada sospechoso en una persona que volvía a su oficina fuera de horario, con intención de trabajar hasta pasada la medianoche. Todos los japoneses trabajan muchas horas diarias, casi ninguno se limita a las ocho establecidas.

La inspección fue rutinaria, aunque más exigente de lo que se acostumbra en la entrada al edificio del Pentágono en Washington. Los guardas se limitaron a observar cómo deslizaba Hanamura su tarjeta en la computadora de identificación electrónica. Se oyó el zumbido correcto, la luz de una cámara de vídeo emitió un resplandor verde, y los guardas le indicaron con un gesto que podía pasar, una vez comprobado que Hanamura estaba autorizado a acceder a esa sección del edificio. Como tantas personas pasaban por allí en ambas direcciones a todas horas del día, no se dieron cuenta de que el hombre cuya tarjeta de identificación llevaba Hanamura había salido en dirección a su casa hacía tan sólo unos minutos.

Hanamura registró tres despachos en hora y media antes de tropezar con un indicio de lo que buscaba. Detrás del tablero de dibujo de un proyectista encontró unos rollos de papel en los que aparecían bosquejos de una instalación secreta. Esos dibujos deberían haber sido destruidos. La única suposición que cabía hacer era que el proyectista olvidó tirarlos a la papelera más próxima. Le llevó algún tiempo pasar los dibujos por una máquina fotocopiadora, introducirlos en un sobre y volver a colocar los originales detrás del tablero, exactamente igual que como los había encontrado. En cuanto al sobre, lo enrolló y lo sujetó alrededor de una de sus pantorrillas, bajo el pantalón.

Una vez que hubo pasado por el puesto de control de la salida, Hanamura pensó que el camino hasta su casa estaba libre. Entró en el amplio atrio y esperó su turno para tomar el ascensor hasta el túnel de piedra que llevaba a la zona de aparcamiento donde había dejado su furgoneta Murmoto con tracción a las cuatro ruedas. En el abarrotado ascensor había por lo menos veinte personas, y Hanamura tuvo la desgracia de quedar colocado en la primera fila. Al abrirse las puertas del nivel del aparcamiento, el azar le jugó una mala pasada.

Empujado por la masa de personas que salía detrás de él, Hanamura fue a tropezar directamente con Jiro Miyaza.

El ingeniero cuya identidad había tomado prestada Hanamura, salía del ascensor contiguo con su mujer y sus dos niños. Se dirigían también a la zona de aparcamiento para dar un paseo nocturno por la superficie. Inexplicablemente, la vista de Miyaza se dirigió a la tarjeta de identificación prendida sobre el bolsillo de Hanamura.

Durante un momento se limitó a abrir mucho los ojos; luego examinó el rostro de Hanamura con expresión de incredulidad.

—¿Qué está haciendo usted con mi tarjeta? —exclamó indignado.

—Seguridad interna —contestó tranquilamente Hanamura con aire de autoridad—. Estamos examinando las áreas de seguridad para comprobar que los guardas estén alerta. Por azar me ha correspondido utilizar su nombre y su número de identificación.

—Mi hermano es jefe auxiliar de seguridad. Nunca me ha hablado de ese tipo de inspecciones.

—No las anunciamos —dijo Hanamura mirando con frialdad a Miyaza, que no se dio por satisfecho.

Hanamura intentó abrirse paso, pero el ingeniero sujetó su brazo.

—¡Espere! Quiero verificar esa historia.

El movimiento relampagueante de Hanamura resultó casi imposible de detectar. Golpeó con el filo de la mano el pecho de Miyaza, y le rompió el esternón. El ingeniero trató de aspirar aire, encogió los hombros y cayó de rodillas. Hanamura le empujó a un lado y caminó con tranquilidad hacia su vehículo, que había aparcado con la parte trasera contra la pared. Rápidamente abrió la portezuela, no cerrada con llave, del Murmoto V-6 con tracción a las cuatro ruedas, se colocó al volante y giró la llave del encendido. El motor se puso en marcha al segundo intento; Hanamura colocó con suavidad la primera marcha y se dirigió a la rampa de salida y de allí a la puerta, situada en el piso inmediatamente superior.

Podría haber conseguido su intento si la mujer y los hijos de Miyaza no hubieran empezado a gritar y a señalar a Hanamura con gestos frenéticos. Un guarda de seguridad cercano corrió hacia ellos y les preguntó qué ocurría. Apenas sacó nada en limpio de su parloteo histérico, pero era lo bastante listo como para utilizar su radio portátil y alertar a los guardas que vigilaban la entrada de la puerta principal.

Hanamura no tuvo suerte; llegó una fracción de segundo demasiado tarde. Un guarda se colocó en medio del carril de salida con la mano levantada para obligarle a detenerse. Dos de sus compañeros se colocaron a ambos lados del túnel de salida y alzaron sus armas automáticas, dispuestas para disparar. Y enseguida, una pesada barrera de acero cerró el acceso al exterior.

Hanamura captó la escena con una mirada experta. No podía detenerse e intentar convencerlos de que le dejaran pasar. Se acurrucó para protegerse del impacto, se agachó todo lo que pudo en el asiento, y apretó a fondo el pedal del gas. Golpeó la barrera de acero en parte con el parachoques y en parte a la altura de los faros, de modo que uno de éstos quedó destrozado y el parachoques se incrustó en la rejilla del radiador.

El choque no fue tan violento como había temido Hanamura, tan sólo un crujido de vidrios y metal y una sacudida en el momento en que la furgoneta arrancó el poste de acero del pilón de cemento sobre el que pivotaba. Luego las ventanillas desaparecieron en una lluvia de añicos cuando los guardas abrieron fuego con sus rifles automáticos. Fue ése el único momento en el que tuvo algo de suerte. Los guardas apuntaron alto en lugar de disparar al motor, al depósito de gasolina o a las ruedas.

El tiroteo cesó bruscamente al salir del túnel y correr entre la riada de coches que se dirigían hacia la ciudad subterránea por el otro carril, el de entrada. Hanamura prestaba tanta atención a lo que veía por el espejo retrovisor como a la carretera y al tránsito que tenía frente a él. No dudó ni por un segundo que el cuerpo de seguridad de Suma alertaría a la policía, y que encontraría controles bloqueando las carreteras. Colocó la tracción a las cuatro ruedas de su Murmoto, se salió de la calzada y tomó un sendero de tierra embarrado por la lluvia que caía. Sólo después de haber rodado durante diez kilómetros por una zona boscosa se dio cuenta de la dolorosa quemazón que sentía en el hombro, y del líquido pegajoso que manaba por su costado izquierdo. Se detuvo bajo un pino de amplia copa, y examinó el brazo izquierdo y el hombro.

Había recibido tres impactos. Una bala le había atravesado el bíceps, otra había abierto un surco en la clavícula, y la tercera había atravesado la parte carnosa del hombro. No se trataba de heridas mortales, pero si no las cuidaba podían llegar a ser bastante graves. Lo que más preocupaba a Hanamura era la pérdida abundante de sangre. Sentía ya los primeros síntomas de un desvanecimiento. Desgarró la camiseta e improvisó un par de vendas rudimentarias, para detener lo mejor que pudo el flujo de sangre.

El choque y el dolor se vieron reemplazados poco a poco por un entorpecimiento físico y una progresiva ofuscación mental. Faltaban todavía ciento sesenta kilómetros hasta la embajada, ubicada en el centro de Tokyo. Nunca llegaría hasta ella, a través del dédalo de callejuelas, sin ser detenido por algún policía curioso al ver la furgoneta accidentada, o por la red de hombres armados de Suma, que bloquearían todas las carreteras importantes que conducían a la ciudad. Por unos breves instantes consideró la posibilidad de refugiarse en el albergue de seguridad del equipo EIMA, pero Asakusa se encontraba hacia el nordeste de Tokyo, del lado contrario de ciudad de Edo, situada al oeste.

Miró el cielo lluvioso a través del parabrisas destrozado. Las nubes bajas impedirían la persecución aérea desde un helicóptero. Era un alivio. Confiando en la tracción a las cuatro ruedas del maltrecho Murmoto, Hanamura decidió seguir a campo través y por caminos secundarios hasta abandonar la furgoneta y buscar la ocasión de robar algún automóvil.

Condujo en medio de la lluvia, rodeando las corrientes de agua y los arrozales que encontraba a su paso, siempre en dirección a las luces de la ciudad, que brillaban débilmente bajo el cielo tormentoso. Cuanto más se acercaba a la aglomeración metropolitana, más densamente poblado aparecía el paisaje. El campo abierto terminó muy pronto, y las estrechas carreteras secundarias empezaron a ensancharse y a convertirse en autovías y autopistas con un intenso tráfico rodado.

El Murmoto también daba señales de desfallecimiento. El radiador había quedado dañado en la colisión con la barrera, y el vapor salía del capó en nubes blancas, cada vez más densas. Examinó el tablero de instrumentos. La aguja de la temperatura estaba en el rojo. Iba siendo hora de buscar otro automóvil.

En ese momento se desvaneció, debido a la pérdida de sangre, derrumbándose sobre el volante.

El Murmoto se salió de la calzada y rozó lateralmente varios coches aparcados antes de estrellarse contra una frágil valla de madera del patio de una casa. La sacudida le devolvió la conciencia, y se quedó mirando atónito el pequeño patio en el que había irrumpido el Murmoto. Dio gracias de que los habitantes de la casa no estuvieran, y de no haber chocado contra ninguna habitación amueblada.

El único faro todavía en servicio iluminaba una puerta que daba a la parte trasera del patio. Hanamura corrió tambaleante hacia ella y salió a un callejón trasero mientras detrás de él empezaban a oírse los gritos de alarma de los vecinos. Diez minutos más tarde, después de cruzar a trompicones un pequeño parque, cayó exhausto y se escondió en una cuneta embarrada.

Se quedó allí, y oyó las sirenas que aullaban en dirección a su furgoneta abandonada. Una vez, cuando se sintió con las fuerzas suficientes, trató de aproximarse más a alguno de los barrios populosos de los alrededores de Tokyo, pero un vehículo de seguridad avanzaba con lentitud por la carretera, dirigiendo sus proyectores a todos los rincones del parque y a las estrechas callejas que lo rodeaban. Fue entonces cuando perdió el sentido por segunda vez.

Cuando le despertó el azote frío de la lluvia, se dio cuenta de que estaba demasiado débil como para robar un coche y continuar su fuga. Lentamente, rígido y apretando los dientes para soportar el dolor que volvía a oleadas agudas, cruzó la carretera y se acercó al hombre que trabajaba en el motor de su camioneta.

—¿Puede usted ayudarme? —imploró Hanamura con voz débil.

El hombre se dio la vuelta y miró al desconocido que se sostenía vacilante sobre sus pies, cubierto de sangre.

—Está usted herido —dijo—. Está sangrando.

—He tenido un accidente de tráfico y necesito ayuda.

El hombre pasó una mano por la cintura de Hanamura.

—Déjeme llevarlo dentro de casa. Mi esposa lo atenderá mientras yo llamo a una ambulancia.

Hanamura le rechazó.

—No tiene importancia, podré arreglármelas solo.

—Entonces tiene que ir usted enseguida al hospital —dijo el hombre—. Yo lo llevaré allí.

—No, por favor —insistió Hanamura—. Pero le estaré enormemente agradecido si entrega un paquete de mi parte en la embajada americana. Es muy urgente. Soy repartidor y estaba haciendo mi recorrido desde ciudad de Edo cuando mi coche patinó y se salió de la carretera.

El propietario de la camioneta miró sin comprender las palabras inglesas que Hanamura garabateó en el dorso del sobre antes de tendérselo.

—¿Quiere usted que lleve esto a la embajada americana en lugar de llevarle a usted al hospital?

—Sí, yo debo volver al lugar del accidente. La policía se encargará de la ambulancia.

Nada de todo aquello tenía sentido para el conductor de la camioneta de reparto, pero aceptó el encargo sin más preguntas.

—¿Por quién debo preguntar en la embajada?

—Por el señor Showalter. —Hanamura extrajo la cartera del bolsillo y tendió al hombre un generoso fajo de billetes—. Tenga, por las molestias. ¿Sabe dónde tiene que ir?

El rostro del conductor se iluminó ante aquel inesperado regalo.

—Sí, la embajada está muy cerca del cruce de las autovías número tres y cuatro.

—¿Cuánto tardará en llevarlo?

—He terminado ahora mismo de reparar la caja de cambios de la camioneta. Un par de minutos y estaré listo.

—Muy bien. —Hanamura le hizo un saludo—. Le estoy muy agradecido. Diga al señor Showalter que le dé el doble de lo que yo le he pagado cuando reciba el sobre.

Y después de despedirse con estas palabras, Hanamura volvió tambaleante a la lluvia y a la oscuridad de la noche.

Podía haber acompañado al conductor de la camioneta hasta la embajada, pero no se atrevió a correr el riesgo de desmayarse o incluso de morir por el camino. En cualquiera de los dos casos, el conductor podía haberse asustado y cambiar de rumbo para transportarle al hospital más próximo, o bien llamar a un policía. Y entonces los preciosos dibujos serían confiscados y devueltos al cuartel general de Suma. Era preferible confiar en la suerte y en el sentido del honor del conductor de la camioneta de reparto, mientras él desviaba la persecución en una dirección diferente.

Hanamura, movido casi únicamente por sus redaños y su fuerza de voluntad, recorrió todavía cerca de un kilómetro hasta que, finalmente, surgió de la oscuridad un vehículo blindado procedente del parque, se adentró en la calle y en pocos segundos le dio alcance. Demasiado agotado para correr, cayó de rodillas junto a un coche aparcado y buscó en su americana una píldora que guardaba allí. Apenas se habían cerrado sus dedos en torno a la cápsula venenosa cuando el coche blindado, con distintivos militares y luces rojas intermitentes, se detuvo y sus faros proyectaron la sombra de Hanamura contra la pared de un almacén situado algunos metros más allá.

Del coche descendió una silueta que se aproximó. Llevaba un inverosímil abrigo de cuero cortado como un kimono, y blandía una espada *katana* de samurai, cuya hoja bruñida lanzaba destellos al moverse en la luz. Se detuvo de forma que su cara se hizo reconocible, iluminada por los faros, observó a Hanamura, y habló con voz sorda:

—Vaya, vaya, el famoso sabueso de obras artísticas, Ashikaga Enshu. Casi no le había reconocido, sin la peluca y la falsa barba.

Hanamura tenía frente a sí el rostro viperino de Moro Kamatori.

—Vaya, vaya —contestó como un eco—. Pero si es el mancebo favorito de Hideki Suma.

—¿Mancebo favorito?

—Bardaje, ya sabes; sodomita paciente.

La cara de Kamatori se puso lívida, y apretó con rabia sus dientes relucientes.

—¿Qué has encontrado en Edo? —preguntó.

Hanamura no se dignó contestar. Resollaba con fuerza, y sus labios formaban una sonrisa amarga. De repente se introdujo en la boca la cápsula del veneno y la mordió con fuerza. Al instante fluyó el líquido venenoso a través del tejido gomoso que lo recubría. En treinta segundos, el fluido absorbido detendría su corazón, y él moriría.

—Adiós, mamón —murmuró.

Kamatori sólo disponía de unos segundos para actuar. Levantó la espada, sosteniendo la larga empuñadura con ambas manos, y trazó un amplio arco impulsando el arma con toda su fuerza. Un relámpago de incredulidad iluminó los ojos de Hanamura, sustituido un instante después por la expresión fija de la muerte.

Kamatori tuvo la satisfacción final de ver que su espada vencía en la carrera contra el veneno, porque la hoja separó de los hombros la cabeza de Hanamura con tanta limpieza como lo hubiera hecho la guillotina.

34

Los Murmotos de color marrón estaban aparcados en una fila irregular detrás de la rampa que conducía al interior, oscuro como una caverna, del gran semirremolque. George Furukawa suspiró aliviado; aquellos cuatro coches constituían el último envío. Los documentos de recibo, que había encontrado como de costumbre bajo el asiento delantero de su automóvil deportivo, incluían una nota escueta en la que se le comunicaba que su participación en el proyecto se daba por concluida.

También había recibido nuevas instrucciones para examinar los coches en busca de aparatos de detección. No se adjuntaba ninguna explicación, pero supuso que a Hideki Suma le preocupaba la posibilidad de que aquel último envío pudiera estar vigilado por algún grupo no especificado. La posibilidad de que se tratara de investigadores federales incomodaba considerablemente a Furukawa. Caminó rápidamente alrededor de cada coche, al tiempo que examinaba el monitor de una unidad electrónica digital que detectaba las señales de radio transmitidas.

Una vez que se hubo asegurado de que los sedanes deportivos pintados en aquel feo tono marrón estaban limpios, hizo una señal al conductor del camión y a su ayudante. Ambos correspondieron con una ligera reverencia despojada de toda palabra de asentimiento, y se turnaron en la conducción de los coches a través de las rampas hasta el interior del remolque.

Furukawa dio media vuelta y se dirigió a su automóvil, feliz por haber cumplido un encargo que consideraba muy por debajo de su posición como vicepresidente de los laboratorios Samuel J. Vincent. La atractiva cantidad que Suma le había abonado como recompensa por sus esfuerzos y su lealtad, la emplearía sabiamente en invertir en empresas japonesas que estaban abriendo sucursales en California.

Condujo hasta la puerta y tendió al guarda las copias de los documentos de recibo. Luego dirigió el morro bajo de su deportivo Murmoto hacia el intenso tráfico que rodeaba la terminal del muelle, y regresó a su oficina. En esta ocasión no mostró ninguna curiosidad, ni miró hacia atrás. Había perdido todo interés por el destino secreto de aquel transporte de automóviles.

Stacy tiró hacia arriba de la cremallera de su cazadora, hasta abrocharla en el cuello. La portezuela lateral del helicóptero estaba abierta, y el aire frío del océano soplaba en el interior de la cabina de control. El largo cabello rubio flotaba frente a su rostro, de modo que lo sujetó atrás con una cinta de piel. En el regazo tenía una cámara de vídeo, que tomó ahora en sus manos para ajustar los controles. Luego se giró hacia un lado en la medida en que se lo permitía el cinturón de seguridad, y enfocó con los lentes del teleobjetivo la parte trasera del deportivo Murmoto que salía en ese momento del área de los muelles.

—¿Has cogido el número de la matrícula? —preguntó el rubio piloto mientras daba una pasada baja con el helicóptero.

—Sí, ha sido una buena toma. Gracias.

—Puedo acercarme un poco más si lo necesitas.

—Mantén la distancia —ordenó Stacy hablando por el micrófono adherido a los auriculares que llevaba en la cabeza, y sin dejar de mirar por el visor de su cámara. Finalmente soltó el disparador y depositó nuevamente la cámara compacta en su regazo. Alguien debe haberles dado la alarma, porque de otro modo no habrían registrado los coches en busca de mecanismos de detección.

—Ha sido una suerte que el viejo Weatherhill no estuviera transmitiendo.

Bill McCurry hacía estremecer a Stacy sólo con mirarlo. Vestía unos viejos y deshilachados pantalones cortos y una camiseta con el anuncio de una cerveza mexicana, e iba calzado con sandalias. Al ser presentados poco antes, aquella misma mañana, a Stacy le pareció más un guardaespaldas que uno de los principales investigadores de la Agencia Nacional de Seguridad.

Con el cabello largo descolorido, la piel morena por el sol del sur de California, y los ojos azules muy abiertos detrás de unas gafas de sol con montura de plástico rojo, McCurry repartía en ese momento su preocupación entre el camión al que seguían y un partido de voleibol que había prometido jugar aquella misma noche en la playa de Marina del Ray.

—El remolque está girando para tomar la autopista de la Bahía —dijo Stacy—. Desciende un poco fuera de la vista del conductor y vamos a intentar captar la onda de Timothy.

—Debíamos disponer de más apoyo —dijo McCurry con toda seriedad—. Sin ningún equipo que siga a los vehículos en tierra ni otro helicóptero para reemplazarnos en caso de que surja algún problema de motor, corremos el riesgo de perder la pista y poner en peligro a Weatherhill.

Stacy negó con un gesto.

—Timothy sabe lo que nos jugamos, y tú no. Créeme que de veras no podemos arriesgarnos a utilizar vehículos en tierra ni más helicópteros sobrevolando la zona. Los tipos del camión están sobre aviso, y descubrirían cualquier operación de vigilancia que montáramos.

De repente escuchó por los auriculares el acento sureño de Weatherhill.

—¿Estáis ahí arriba, Equipo Buick?

—Te oímos, Tim —contestó McCurry.

—¿Todo en orden para la transmisión?

—Los chicos malos tenían un detector de micrófonos «escarabajos» —contestó Stacy—, pero puedes hablar sin peligro.

—¿Mantenéis contacto visual?

—Temporalmente, pero vamos a quedarnos unos kilómetros atrás para no ser vistos desde la cabina del conductor.

—Comprendido.

—No olvides seguir transmitiendo en la frecuencia fijada.

—Sí, mamá —contestó Weatherhill en tono alegre—. Ahora voy a dejar esta caja de caramelos y a ponerme a trabajar.

—Mantente en contacto.

—Lo haré. No quiero ni pensar en que nos quedemos cortados.

Después de apartar el falso panel de la parte trasera e inferior del asiento posterior, y de liberar su cuerpo de su posición encogida, Weatherhill se arrastró hasta el maletero del tercer Murmoto cargado en el remolque. Soltó el cierre desde el interior, y alzó la cubierta. Luego saltó fuera del coche, se puso en pie y estiró sus miembros entumecidos.

Weatherhill había pasado en aquella posición encogida cerca de cuatro horas, desde el momento en que un equipo especial de agentes de aduanas le ayudó a ocultarse en el coche, antes de la llegada de Furukawa y del camión. El sol que recalentaba el techo y la falta de ventilación —las ventanillas no podían abrirse ni siquiera unos milímetros, so pena de despertar las sospechas de los conductores del camión— habían provocado muy pronto un sudor copioso. Nunca pensó que llegaría a ponerle enfermo el olor de un coche nuevo.

El interior del remolque estaba oscuro. Sacó la linterna que llevaba en una funda ajustada al cinturón del uniforme de un inexistente taller de reparaciones, y paseó el rayo de luz por los coches amarrados en el interior del transporte. Dos iban colocados en la rampa superior, y los otros dos en el suelo del vehículo.

Como el camión viajaba por una autopista californiana llana y no había ningún tipo de traqueteo en el remolque, Weatherhill decidió examinar en primer lugar los Murmotos del nivel superior. Trepó por la rampa y sin hacer ruido abrió el capó del automóvil más próximo a la cabina del conductor. Luego extrajo del cinturón de su uniforme un pequeño analizador de radiaciones y estudió las lecturas que iba dando a medida que lo pasaba en torno a la unidad de compresión del acondicionador de aire del coche.

Tomó unas notas en el dorso de la mano. A continuación desplegó toda una serie de instrumentos sobre el parachoques. Hizo una pausa y habló por la radio.

—Hola, Equipo Buick.

—Adelante —respondió Stacy.

—Empiezo la operación exploratoria.

—No te equivoques y vayas a seccionarte una arteria.

—Pierde cuidado.

—Esperamos noticias.

Al cabo de quince minutos, Weatherhill había desmontado la caja del compresor y neutralizado la bomba. Estaba ligeramente decepcionado. El diseño no era tan avanzado como había supuesto. Estaba hecho con habilidad, sí, pero él mismo podía haber ideado y construido una unidad más eficiente y destructiva.

Se inmovilizó al oír el sonido de los frenos y notar que el camión disminuía la velocidad. Pero únicamente era para tomar la rampa de enlace a otra autopista, y muy pronto ganó velocidad de nuevo. Volvió a montar el compresor y pasó al siguiente coche.

—¿Seguís en contacto? —preguntó.

—Todavía aquí —contestó Stacy.

—¿Dónde estoy yo?

—Cruzando West Covina en dirección este, hacia San Bernardino.

—Uno listo. Quedan tres.

—Buena suerte.

Una hora más tarde, Weatherhill cerró el capó del cuarto y último coche. Respiró aliviado. Todas las bombas habían sido neutralizadas. Ninguna detonaría cuando se enviasen las señales desde Japón. El sudor corría por su cara, y dedujo que el camión cruzaba el desierto al este de San Bernardino.

—Ya he cancelado la cuenta y no tengo más asuntos pendientes en este banco —radió—. ¿En qué parada debo apearme del autobús?

—Espera un momento mientras reviso el plan —pidió Stacy. Pasados unos minutos, llegó la respuesta—. Hay una estación de pesaje a este lado del Indio. Es obligatoria. El conductor tendrá que detenerse para la inspección. Si por alguna razón se desvía, haremos que lo detenga el coche de algún sheriff. En caso contrario, llegaréis a la estación de pesaje dentro de cuarenta y cinco o cincuenta minutos.

—Nos veremos allí —dijo Weatherhill.

—Que disfrutes del viaje.

Como les ocurre a la mayoría de los agentes secretos, cuya adrenalina sube en los momentos críticos de una operación, Weatherhill se relajó, consciente de que la parte difícil ya había pasado, y empezó a aburrirse por no tener nada que hacer. Todo lo que quedaba era trepar hasta los ventiladores de humo colocados en el techo y descolgarse por la parte trasera del remolque, fuera del campo de visión de los retrovisores laterales del conductor.

Abrió la guantera y extrajo el sobre que contenía los documentos de garantía del automóvil y el manual del propietario. Luego encendió la luz interior, y empezó a hojear perezosamente las páginas del manual. Aunque su especialidad principal era la física nuclear, la electrónica siempre le había fascinado. Buscó la página en la que debía figurar el diagrama del tendido eléctrico del Murmoto, con la intención de conocer su disposición.

Pero en aquella página del manual no había ningún diagrama del tendido eléctrico, sino un mapa con instrucciones para colocar los automóviles en las posiciones designadas para la detonación.

La estrategia de Suma era tan descaradamente patente que a Weatherhill le costó un serio esfuerzo creerla. Los coches bomba no se limitaban a formar parte de un plan de chantaje dirigido a proteger los planes expansionistas de la economía japonesa. El miedo y el horror que comportaban eran algo real.

Quienes los habían fabricado tenían el decidido propósito de utilizarlos.

35

Habían pasado por lo menos diez años desde la última ocasión en que Raymond Jordan forzó una puerta, desde tiempo antes de que hubiera dejado de trabajar como agente de campo y ascendido en el escalafón. Súbitamente tuvo el capricho de comprobar si seguía conservando esa habilidad.

Insertó una pequeña sonda computadorizada en los cables del sistema de seguridad del hangar de Pitt. Apretó un botón y trasvasó la combinación a la sonda. La caja de la alarma reconoció la clave y mostró en el monitor un ADELANTE. Entonces, con absoluta facilidad y despreocupación, marcó la combinación adecuada que desconectaba la alarma, giró el picaporte de la puerta y penetró sin ruido en el interior.

Espió a Pitt, que estaba de rodillas frente al Stutz turquesa, de espaldas a él, en el extremo más alejado del hangar. Al parecer, intentaba reparar uno de los faros.

Jordan se mantuvo inmóvil e inadvertido, y desde su posición contempló las piezas de la colección. Se asombró de que fuera tan extensa. Había oído hablar de ella a Sandecker, pero la descripción verbal distaba mucho de hacerle justicia. Se movió sin ruido hasta situarse detrás de la primera fila de coches, rodeó ésta, y se acercó a Pitt desde la parte del hangar situada bajo el apartamento. Era una prueba. Sentía curiosidad por conocer la reacción de Pitt cuando en su casa aparecía un intruso a dos pasos de distancia.

Jordan hizo una pausa antes de recorrer los tres metros finales, y estudió a Pitt y el coche por unos momentos. El Stutz había sufrido desperfectos serios en muchas de sus partes, y necesitaba una nueva mano de pintura. El parabrisas estaba roto y el faro izquierdo colgaba de un cable.

Pitt vestía unos pantalones de pana y un jersey de punto. Su cabello negro y ondulado estaba peinado con descuido. Su aspecto era el de un hombre decidido, y los ojos verdes, alojados bajo las tupidas cejas negras, tenían una penetración especial que parecía traspasar cualquier objeto que enfocaran. En aquel momento atornillaba el cristal de uno de los faros en un marco cromado.

Jordan avanzó un paso más cuando Pitt habló de repente, sin volverse:

—Buenas noches, señor Jordan. Ha sido muy amable dejándose caer por aquí.

Jordan se inmovilizó, pero Pitt continuó su tarea con el aire indiferente de un conductor de autobús que busca el cambio correcto para el billete solicitado.

—Debía haber llamado —se excusó Jordan.

—No hacía falta. Ya sabía que era usted quien entraba.

—¿Es hiperperceptivo, o tiene ojos en la nuca? —preguntó Jordan al tiempo que se colocaba despacio en el ángulo de visión periférica de Pitt.

Pitt miró en su dirección y sonrió. Levantó e hizo oscilar el viejo reflector del faro, que mostró la imagen de Jordan en su superficie plateada.

—Observé su vuelta por el hangar. Su entrada ha sido muy profesional. En mi opinión, no le llevó más de veinte segundos.

—Olvidé buscar una segunda cámara de apoyo. Debo estar volviéndome viejo.

—Está al otro lado de la calle. La caja pequeña en lo alto del poste de teléfonos. La mayoría de los visitantes esperan ver una cámara colocada en alguna parte del exterior del edificio. Infrarrojos. Activa un dispositivo de alerta cuando se mueve algún cuerpo cerca de la puerta.

—Posee usted una colección increíble —cumplimentó Jordan a Pitt—. ¿Cuánto tiempo le ha costado reunirla?

—Empecé con el cupé club Ford del cuarenta y siete de color castaño que está en aquel rincón; hace de eso veinte años, y la colección se ha convertido en una enfermedad. Algunas piezas las he conseguido durante el trabajo en proyectos de la AMSN, y otras las he comprado a particulares o en subastas. Los coches antiguos y clásicos son inversiones de las que se puede presumir. Son mucho más divertidos que una pintura.

Pitt acabó de atornillar el marco del faro con su lente de vidrio y se puso en pie.

—¿Puedo ofrecerle una bebida?

—Un vaso de leche es lo que me parece más adecuado para un estómago sometido a tantas presiones.

—Suba, por favor. —Pitt señaló con un ademán las escaleras que conducían a su apartamento—. Me siento muy honrado de que el jefe en persona venga a visitarme, en lugar de enviar a su director adjunto.

Cuando Jordan hubo subido el primer escalón, vaciló y dijo:

—Pensé que debía ser yo quien se lo dijera. La congresista Smith y el senador Diaz han sido trasladados clandestinamente fuera del país.

Hubo una pausa mientras Pitt se volvía despacio y lo miraba con ojos que revelaban un súbito alivio.

—Loren no ha sufrido ningún daño.

Sus palabras eran más bien una exigencia que una pregunta.

—No tenemos enfrente a terroristas enloquecidos —respondió Jordan—. La operación de secuestro fue demasiado sofisticada para implicar heridas o muertes. Tenemos todas las razones para creer que Diaz y ella están siendo tratados con todo miramiento.

—¿Cómo se las han arreglado para escurrirse?

—Nuestra inteligencia ha averiguado que Diaz y ella despegaron del aeropuerto de Newport News, en Virginia, a bordo de un reactor privado de una de las compañías americanas de Suma. En el momento en que empezamos a controlar todos los vuelos, programados o sin programar, de los aeropuertos situados en un área de mil kilómetros a la redonda; a comprobar los registros de todos los aviones para averiguar los pertenecientes a Suma, y a seguir sus rumbos por medio de satélites, ellos volaban ya hacia Japón sobre el mar de Bering.

—¿Demasiado tarde para interceptarlos con los aparatos de nuestras bases aéreas y forzarlos a regresar?

—En efecto. El aparato fue escoltado por un escuadrón de cazas FSX de la Fuerza Aérea de Defensa del Japón. Unos aviones que fueron construidos conjuntamente por la General Dynamics y la Mitsubishi, debería añadir:

—¿Y después?

Jordan dio media vuelta y miró los coches relucientes.

—Los perdimos —dijo sin ninguna expresión.

—¿Después de aterrizar?

—Sí, en el Internacional de Tokyo. No es preciso entrar en detalles respecto a por qué no fueron interceptados o al menos perseguidos; basta decir que, por razones conocidas tan sólo por la mentalidad de los cretinos del Departamento de Estado, no contamos con agentes operativos en Japón que pudieran haberlos detenido. Es todo lo que sabemos hasta el momento.

—Los mejores cerebros de la inteligencia que existen sobre la faz de la Tierra, y eso es todo lo que saben. —Pitt parecía muy cansado. Se dirigió a la cocina, abrió la nevera, sirvió un vaso de leche y lo tendió a Jordan—. ¿Qué ha pasado con los equipos especiales que tenía en Japón? ¿Dónde estaban cuando el avión aterrizó?

—Con Marvin Showalter y Jim Hanamura asesinados...

—¿Los dos han sido asesinados? —interrumpió Pitt.

—La policía de Tokyo encontró el cuerpo de Hanamura en una zanja, decapitado. La cabeza de Showalter, sin cuerpo, fue encontrada hace pocas horas, empalada en la verja de nuestra embajada. Para mayor confusión, sospechamos que Roy Orita es un «dormilón». Nos ha traicionado desde el principio. Sólo Dios sabe cuánta información habrá pasado a Suma. Nunca podremos evaluar totalmente los daños que hemos sufrido.

La ira de Pitt se calmó al ver la tristeza y la frustración reflejadas en el rostro de Jordan.

—Lo siento, Ray; no tenía idea de que las cosas estuvieran tan mal.

—Nunca me había sucedido que un equipo EIMA quedara tan maltrecho como éste.

—¿Qué es lo que te ha puesto sobre la pista de Orita?

—Un par de indicios muy vagos. Showalter era demasiado hábil para dejarse atrapar sin la ayuda de alguien de dentro. Nunca se ajustaba a una rutina ni seguía dos veces el mismo camino. Fue traicionado por alguien en quien confiaba y que conocía de antemano sus movimientos con exactitud. Y después está Jim Hanamura; nos hizo saber su mala opinión sobre Orita, pero sin nada sólido en lo que basarse. Para aumentar las sospechas, Orita se ha ocultado en algún lugar ilocalizable. No ha informado a Mel Penner desde que Showalter desapareció. Kern cree que ha ido a esconderse bajo de los faldones de Suma, en ciudad de Edo.

—¿Qué historial tenía?

—Americano de tercera generación. Su padre ganó la estrella de Plata en la campaña de Italia. No sabemos con certeza qué cebo pudo emplear Suma para atraérselo.

—¿Quién es el responsable directo del asesinato de Hanamura y Showalter?

—Aún no tenemos pruebas sólidas. Parece una ejecución ritual. Un patólogo de la policía sostiene que las cabezas fueron cortadas con una espada de samurai. Sabemos que el principal ayudante de Suma es un devoto de las artes marciales antiguas, pero no podemos probar que fue él quien lo hizo.

Pitt se dejó caer en un sillón, con desánimo.

—Una basura, una maldita basura.

—Jim Hanamura no se dejó matar pasivamente —dijo Jordan con súbita determinación—. Nos ha proporcionado nuestra única pista hasta el momento respecto al centro de control de detonación.

Pitt le miró expectante.

—¿Lo ha localizado?

—No hay aún nada concreto, pero estamos medio paso más cerca.

—¿Qué información consiguió Hanamura?

—Jim se filtró en las oficinas de los diseñadores de construcción de Suma y encontró lo que parecen ser unos bosquejos iniciales de un centro de control electrónico, que se ajusta al tipo de estructura que estamos buscando. Algunas indicaciones sugieren que se trata de un tipo de instalación subterránea a la que se accede a través de un túnel.

—¿No hay ninguna pista sobre el lugar?

—El breve mensaje que escribió al dorso de un sobre entregado en la embajada por el conductor de una camioneta de reparto, es demasiado enigmático como para descifrarlo con toda certeza.

—¿Qué mensaje?

—Escribió: «Busquen en la isla de Ajima».

Pitt se encogió de hombros.

—Entonces, ¿cuál es el problema?

—*No existe* una isla de Ajima —contestó Jordan con desánimo. Levantó el vaso hacia la luz y lo examinó—. Esto es leche descremada.

—Es mejor para usted que la leche entera.

—Es como beber agua —murmuró Jordan mientras examinaba una vitrina con trofeos. La mayoría eran premios concedidos a modelos de automóviles en exhibiciones y concursos, algunos eran trofeos futbolísticos de la época universitaria y de la Academia de las Fuerzas Aéreas, y dos correspondían a competiciones de esgrima.

—¿Es usted aficionado a la esgrima?

—No exactamente un participante de nivel olímpico, pero me dedico a ratos perdidos, cuando tengo tiempo.

—¿Espada, florete o sable?

—Sable.

—Ya me pareció que lo suyo eran las cuchilladas. Yo soy experto en el florete.

—Prefiere usted una *touche* más elegante.

—Lástima que no podamos organizar un encuentro —dijo Jordan.

—Siempre podemos optar por una solución de compromiso y luchar con la espada.

—Tendría yo ventaja —sonrió Jordan—, porque las *touches* con florete y espada se hacen con la punta, mientras que en el sable se puntúan los golpes dados con el filo.

—Hanamura debe de haber tenido una buena razón para sugerir la isla de Ajima como sede del centro de control —dijo Pitt, volviendo al tema principal.

—Era un experto en arte. La operación de poner escuchas ocultas en el despacho de Suma se organizó con la idea de aprovechar sus conocimientos sobre el arte japonés antiguo. Sabía que Suma coleccionaba pinturas, y en especial la obra de un artista japonés del siglo dieciséis que pintó una serie de paisajes de las pequeñas islas que rodean a la isla principal de Honshu, de modo que creamos una imitación. Luego Hanamura, haciéndose pasar por marchante, la vendió a Suma. La única pintura de una isla que Suma no posee es la de Ajima. Es la única relación que hemos conseguido establecer.

—En ese caso Ajima tiene que existir.

—Estoy seguro de ello, pero no hemos podido rastrear el nombre hasta conectarlo con el de alguna isla conocida. No aparece en ningún mapa, moderno o antiguo. Sólo se me ocurre que fue un nombre peculiar, inventado por el artista, Masaki Shimzu, y que como tal se incluye en los catálogos artísticos sobre su obra.

—¿Registraron alguna conversación interesante las escuchas colocadas por Hanamura?

—Una conversación extraordinariamente rica en información, mantenida por Suma, su carnicero Kamatori, el anciano Korori Yoshishu y un pez gordo de las finanzas llamado Ichiro Tsuboi.

—El genio financiero que preside los Seguros Kanoya. He oído hablar de él.

—Sí, participó en un acalorado debate con el senador y la congresista en el curso de la audiencia del subcomité restringido que tuvo lugar en la colina del Capitolio pocos días antes de que ambos fueran secuestrados.

—¿Y dice que está ligado a Suma?

—Más estrechamente que la cuerda de una guitarra —contestó Jordan—. Gracias a los micrófonos colocados por Jim en el despacho de Suma, supimos que Tsuboi había proporcionado los fondos precisos para la construcción del arsenal nuclear, a espaldas de los dirigentes políticos de Japón, y con toda seguridad también en contra de la opinión pública. También oímos de ese modo por primera vez el nombre en clave de Proyecto Kaiten.

Pitt se sirvió una taza de café frío y la puso en el microondas. Miró por la portezuela de cristal cómo giraba la taza, mientras se concentraba de tal forma en sus pensamientos que los ojos se estrecharon hasta parecer dos ranuras.

Jordan rompió el silencio.

—Sé lo que está pensando, pero no tengo a mi disposición el equipo humano que se necesitaría para rescatar a Diaz y a Smith y hundir el Proyecto Kaiten en una misma operación.

—No puedo creer que el presidente les vuelva la espalda.

—No puede aparecer en público amenazando con una guerra a causa de esos secuestros, porque se encuentra en una situación de clara inferioridad. Nuestra principal prioridad es el desmantelamiento del Proyecto Kaiten. Una vez que lo hayamos conseguido, el presidente nos dará su bendición para emplear toda la fuerza que queramos en la tarea de liberar a Smith y a Diaz.

—De manera que volvemos a nuestra mística isla de Ajima —dijo Pitt de mal humor—. ¿Dice usted que es la única pintura de la serie que Suma no posee?

—Sí —repuso Jordan—. Hanamura comentó que deseaba casi desesperadamente apoderarse de esa pintura.

—¿Existe alguna pista del lugar donde podría encontrarse?

—La pintura de Ajima se vio por última vez en la embajada japonesa de Berlín, pocos días antes de la rendición de Alemania. Los antiguos registros de la OSS aseguran que formaba parte de los objetos artísticos que los nazis se llevaron de Italia, y que fue transportada en tren hasta el noroeste de Alemania debido al avance del Ejército ruso en las últimas semanas de la guerra. Luego desapareció de la historia.

—¿No hay ninguna indicación de que pueda haber sido recuperada?

—Ninguna.

—¿Y no tenemos ninguna idea de la localización general de la isla o del aspecto exterior que presenta?

—Ni la más mínima.

—Lamentable —comentó Pitt—. De modo que basta con encontrar la pintura, cotejar la línea de la costa dibujada por el artista con un mapa moderno, y ya tendremos la localización precisa del escondite de la amenaza de Hideki Suma; o al menos así sucede en los cuentos de hadas.

Los ojos de Jordan se estrecharon.

—Ocurre que ésa es la mejor pista de que dispones.

Pitt no estaba convencido:

—Sus aviones y satélites espías deberían localizar la instalación fácilmente.

—Las cuatro islas principales de Japón, Honshu, Kyushu, Hokkaido y Shikoku, están rodeadas por cerca de un millar de islas menores. Encontrar la que buscamos es una tarea que dista mucho de poder ser llamada *fácil*.

—En ese caso, ¿por qué no concentrarse sólo en las que pueden conectarse por un túnel con alguna de las cuatro islas principales?

—Dé algún crédito a nuestras inteligencias —dijo Jordan con cierta irritación—. Hemos descartado ya todas las islas situadas a más de una quincena de kilómetros del perímetro de las cuatro principales, y nos hemos concentrado en las restantes. En primer lugar, no aparece en la superficie ningún tipo de actividades ni de estructuras sospechosas. Eso no debe extrañarnos, puesto que sabemos que toda la instalación debe de encontrarse a mucha profundidad bajo el suelo. Y finalmente, la composición geológica de la mayor parte de las islas consideradas es volcánica, y nuestros sensores no pueden penetrar en ese tipo de roca. ¿He contestado a su pregunta?

—Nadie puede excavar un túnel sin extraer de él rocas y desechos —insistió Pitt.

—Aparentemente, los japoneses lo han conseguido. El análisis de las fotografías de nuestros satélites no muestra ninguna señal de la excavación de un túnel costero, ni de carreteras que conduzcan a una entrada.

Pitt se encogió de hombros y mostró por fin bandera blanca.

—De modo que volvemos a una pintura perdida en algún punto de la inmensidad del universo.

Jordan se echó súbitamente hacia adelante en su silla y miró a Pitt con severidad.

—Ahí es donde va usted a ganarse su paga.

Pitt adivinó por dónde iban los tiros, pero no lo suficiente.

—Va a enviarme a Japón, a bucear alrededor de las islas, ¿he acertado?

—Se ha equivocado —dijo Jordan, con una sonrisa de superioridad que no gustó ni un pelo a Pitt—. Voy a enviarle a Alemania a bucear en un refugio de la Luftwaffe.

36

—Sencillamente, se sumergieron y desaparecieron.

Pitt hincó una rodilla y contempló el agua negra y amenazadora más allá del tractor semisumergido. El viaje en reactor le había cansado; apenas había dormido un par de horas en el vuelo desde Washington. «¡Vaya fastidio, no tener tiempo para disfrutar de un buen desayuno en un albergue local y dormir hasta pasado el mediodía!», se dijo con lastimera autocompasión.

—Sus cables de seguridad fueron accionados limpiamente —explicó el joven oficial que dirigía el equipo naval de buceo alemán, al tiempo que sostenía un hilo de nailon cuyo extremo aparecía cortado como con una cuchilla de afeitar—. ¿Por qué cosa? No conseguimos adivinarlo.

—¿También el cable de comunicación? —Pitt sorbía con lentitud una taza de café. Con la mano libre cogió una piedrecita y la lanzó perezosamente al agua, observando las ondas concéntricas que se extendieron a partir del lugar en que había caído.

—El cable telefónico conectado al jefe de los buceadores también fue cortado —admitió el alemán. Era un hombre alto y musculoso. Su inglés era excelente, tan sólo con un ligero acento extranjero—. Poco después de sumergirse, los dos hombres del equipo descubrieron un túnel subterráneo en dirección oeste. Nadaron una distancia de unos noventa metros e informaron que el túnel terminaba en una pequeña cámara con puerta de acero. Pocos minutos más tarde, los cables del teléfono y de seguridad se cortaron. Envié un nuevo equipo a investigar lo ocurrido. Desaparecieron como los anteriores.

Pitt volvió la cabeza y miró a los hombres del equipo de buceo de la Marina alemana, que escuchaban el diálogo, impotentes y apenados por la pérdida de sus amigos. Se habían agrupado alrededor de las mesas plegables y las sillas de un puesto de mando móvil, dirigido por un grupo de buceadores de rescate submarino de la policía. Un trío de hombres vestidos con ropa de paisano, que Pitt supuso funcionarios del gobierno, interrogaba en voz baja a los buceadores.

—¿Cuándo se sumergió el último hombre? —preguntó Pitt.

—Cuatro horas antes de su llegada —contestó el joven oficial de buceo, que se había presentado a sí mismo como el teniente Helmut Reinhardt—. Pasé un rato terrible impidiendo al resto de mis hombres que le siguieran. No quiero arriesgar ninguna vida más hasta saber qué es lo que ocurre ahí abajo.

Hizo una buena pausa y señaló con un gesto de la cabeza hacia los buceadores de la policía, ataviados con trajes de buceo de color naranja brillante.

—Esos idiotas de la policía, en cambio, piensan que son invencibles. Ahora se disponen a enviar abajo uno de sus equipos.

—Algunas personas han nacido para el suicidio —comentó Giordino con un bostezo—. Tómeme a mí como ejemplo. Yo no bajaría ahí de no ser en un submarino nuclear. El chico de la señora Giordino no tiene ganas de aventuras espeluznantes. Quiero morir en la cama abrazado a una erótica belleza del Extremo Oriente.

Las cejas de Reinhardt se alzaron.

—¿Cómo dice?

—No le preste atención —dijo Pitt—. En cuanto entra en un lugar oscuro, empieza a alucinar.

—Comprendo —murmuró Reinhardt, aunque obviamente no lo comprendía.

Pitt se levantó e hizo una seña en dirección a Frank Mancuso.

—Cazabobos —dijo simplemente. Mancuso asintió.

—Estoy de acuerdo. Las entradas al túnel del tesoro en las Filipinas estaban repletas de rosarios de bombas dispuestas para estallar si un equipo de buceo tocaba los hilos. La diferencia consiste en que los japoneses pretendían volver y recuperar el tesoro, en tanto que los nazis sólo se propusieron que sus minas cazabobos mataran el máximo número posible de buscadores.

—Sea lo que sea lo que ha *cazado* a mis hombres allí —dijo Reinhardt con amargura, evitando la palabra «matado»—, no han sido bombas.

Uno de los hombres con aspecto de funcionario se acercó a ellos desde el puesto de mando y se dirigió a Pitt.

—¿Quién es usted y a quién representa? —preguntó en alemán.

Pitt se volvió a Reinhardt, y éste le tradujo la pregunta. Luego volvió a dirigirse a su interrogador.

—Dígale que nosotros tres hemos sido invitados.

—¿Es usted americano? —chapurreó el alemán en un inglés pésimo, y con cara de estupefacción—. ¿Quién le ha dado autorización para venir aquí?

—¿Quién es este payaso? —preguntó Giordino en su bienaventurada ignorancia. Reinhardt no pudo reprimir una ligera sonrisa.

—Herr Gert Halder, del Ministerio de Obras Históricas. Señor, Herr Dirk Pitt y sus compañeros forman parte de la Agencia Marítima y Submarina Nacional americana, en Washington. Están aquí por invitación personal del canciller Lange.

Pareció que a Halder le habían dado un puntapié en el estómago. Se recuperó con presteza, se enderezó en toda su estatura, aunque aun así quedó corto por media cabeza, e intentó intimidar a Pitt con la superioridad de su porte teutónico.

—¿Cuál es su propósito?

—Hemos venido por la misma razón que usted —contestó Pitt mirándose atentamente las uñas—. Si los antiguos registros de los interrogatorios a oficiales nazis de sus archivos de Berlín y de nuestra Biblioteca del Congreso son exactos, dieciocho mil obras de arte fueron escondidas en túneles excavados bajo un aeródromo secreto. Éste podría muy bien resultar ser *ese* aeródromo secreto, con la cámara en la que están depositadas las obras de arte situadas en algún lugar detrás de la barrera de agua.

Halder se dio sensata cuenta de que no iba a poder engañar a aquellos hombres rudos y de aspecto decidido, vestidos con trajes de buceo vikingo de color azul verdoso.

—Saben ustedes, por supuesto, que cualquier tesoro artístico que se encuentre es propiedad de la República de Alemania, hasta que se consiga localizar a sus propietarios originales y devolvérselo.

—Somos plenamente conscientes de ese extremo —dijo Pitt—. Únicamente estamos interesados en una obra en particular.

—¿Cuál?

—Lo siento, no estoy autorizado para decirlo.

Halder jugó su última carta.

—Debo insistir en que el equipo de buceo de la policía sea el primero en entrar en la cámara.

—Por nosotros que no quede. —Giordino hizo una reverencia e indicó con un amplio ademán el agua oscura—. Tal vez si uno de sus ayudantes tiene suerte suficiente como para hacerlo regresar, descubriremos qué es lo que come a la gente ahí abajo, en el infierno.

—He perdido a cuatro de mis hombres. —Reinhardt hablaba en tono solemne—. Probablemente han muerto. No puede usted permitir que mueran más hombres por la ignorancia de lo desconocido.

—Son buceadores profesionales —replicó Halder.

—También lo eran los hombres que envié allí. Los mejores buceadores de la Marina, superiores en condición física y con un entrenamiento más completo que el equipo de rescate de la policía.

—¿Puedo sugerir una solución de compromiso? —dijo Pitt.

—Estoy deseando escucharle —accedió Halder.

—Podemos reunir un equipo de prueba de siete hombres. Nosotros tres, porque Mancuso, aquí presente, es ingeniero de minas y experto en construcción y excavación de túneles, mientras que Al y yo tenemos experiencia en salvamentos bajo el agua. Dos de los hombres de la Marina mandados por el teniente Reinhardt, puesto que están entrenados en la desactivación de las bombas o trampas con explosivos que podamos encontrar. Y dos buceadores de la policía, como apoyo médico y para el rescate.

Halder observó los ojos de Pitt, y sólo vio en ellos una ceñuda tenacidad. Su propuesta se fundamentaba en una sólida lógica. Forzó una sonrisa.

—¿Quién desciende primero?

—Yo —dijo Pitt sin la menor vacilación.

Su rotunda respuesta monosilábica pareció despertar los ecos de la caverna durante unos largos segundos, y luego la tensión se evaporó de súbito y Halder le tendió la mano.

—Como usted guste —estrechó la mano de Pitt y volvió a hinchar el pecho para recuperar su imagen de dignidad autoritaria—. Pero le prevengo, Herr Pitt, de que en ningún caso deberá utilizar artefactos explosivos susceptibles de destruir las obras de arte.

Pitt dedicó a Halder una mueca de desprecio.

—De hacer una cosa así, Herr Halder, puede usted quedarse con mi cabeza. Literalmente.

Pitt ajustó la hora en la computadora microelectrónica unida por un cable a su depósito de aire, y realizó una comprobación final del funcionamiento de su regulador y su compensador de flotabilidad. Por quinta vez desde que bajó por la escalerilla de cuerda desde los campos del granjero Clausen, miró con fijeza la laguna negra, que parecía hacerle señas de invitación.

—Le estás dando vueltas al caletre —observó Giordino mientras ajustaba las tiras adhesivas a su depósito de aire.

Pitt se rascó la barbilla, pensativo, sin responder.

—¿Qué piensas que puede haber pasado ahí abajo? —preguntó Mancuso.

—Creo haber resuelto la mitad del rompecabezas —contestó Pitt—. Pero ¿seccionar los cables? Eso es lo que más me intriga.

—¿Cómo está tu micrófono acústico? —preguntó Mancuso.

Pitt se ajustó la boca del regulador y habló: «Mary tenía un corderito...». Las palabras se oyeron algo apagadas, pero con nitidez.

—Creo que ha llegado la hora, temerario paladín —gruñó Giordino.

Pitt hizo un ademán a Reinhardt, que se acercaba acompañado por uno de sus hombres.

—¿Están listos, caballeros? Por favor, guarden una distancia de dos metros con respecto al hombre que tengan adelante. La visibilidad parece ser de cuatro metros, de modo que no tendrán ningún problema para guardar la distancia. Mi equipo se comunicará con ustedes a través de los micrófonos acústicos.

Reinhardt indicó con un gesto que había comprendido, dio media vuelta y comunicó en alemán las instrucciones a los buceadores de la policía. Luego dirigió a Pitt un seco saludo militar.

—Cuando usted diga, señor.

No hubo más dilaciones. Pitt extendió lateralmente los brazos, con los dedos índices señalando hacia fuera.

—Yo marcharé por el centro. Frank, tú irás dos metros detrás y a la izquierda. Al, tú a la derecha. Vigilad con atención cualquier mecanismo inusual que sobresalga de las paredes.

Sin más palabras, Pitt encendió su lámpara de buceo, dio un tirón al cable de seguridad para comprobar que estaba bien enganchado, y se sumergió de cabeza en el agua. Flotó durante unos momentos, y luego con mucha lentitud introdujo la cabeza y nadó hacia el fondo, sosteniendo frente a él su lámpara de buceo.

El agua estaba fría. Observó la lectura digital de la computadora. La temperatura del agua era de 14 grados Celsius o 57 grados Fahrenheit. El suelo de cemento estaba cubierto de limo verdoso y de una delgada capa de arena. Cuidó de no arrastrar las aletas de sus pies y de no patear los sedimentos para no levantar posos que impidieran la visión de los hombres que venían detrás.

Pitt disfrutaba de aquella situación. De nuevo era un hombre que se sentía totalmente a gusto en su propio elemento. Dirigió hacia arriba la luz de la lámpara de buceo y examinó el techo del refugio. Formaba una curva descendente, hasta quedar totalmente sumergido y estrecharse en un túnel, tal como esperaba. El agua del fondo estaba sucia, y las partículas flotantes disminuyeron la visibilidad a unos tres metros. Se detuvo, e indicó a los hombres que le seguían que se aproximaran un poco. Luego continuó su avance, nadando con facilidad y ligereza mientras el perfil fantasmal del piso seguía descendiendo gradualmente y luego se nivelaba hasta desaparecer en la oscuridad.

Después de recorrer otros veinte metros, hizo una nueva pausa y se dio la vuelta mientras flotaba suspendido sobre el suelo limoso, para comprobar la posición de Giordino y Mancuso. Tras el suave resplandor de sus lámparas eran sólo dos siluetas fantasmales, pero guardaban fielmente las distancias indicadas. Consultó su computadora. La lectura de la presión le indicó que la profundidad era tan sólo de seis metros.

Un poco más adelante el túnel subterráneo comenzó a estrecharse, y el suelo a ascender. Pitt avanzó con cautela, escudriñando la penumbra. Levantó la mano libre por encima de la cabeza y notó que quebraba la superficie del agua. Giró sobre sí mismo y encendió la luz. La superficie resplandeció y se agitó como si fuera azogue suelto, reflejando los movimientos que él hacía pocos centímetros por debajo de ella.

Como una criatura indescriptible que emergiera de las profundidades, su cabeza provista de un casquete de caucho, mascarilla y regulador, irrealmente iluminada por la lámpara de buceo, rompió la fría superficie del agua y salió al aire sucio y húmedo de una pequeña cámara. Golpeó ligeramente el suelo con las aletas y se topó con un corto tramo de escalones de cemento. Trepó por ellos hasta llegar a un piso horizontal.

La visión que temía no se materializó, al menos no todavía. Pitt no encontró los cuerpos de los buceadores del equipo de la Marina alemana. Pudo ver que habían dejado sus aletas sobre el suelo de cemento, pero ése era el único signo de su presencia.

Examinó con cuidado los muros de la cámara, y no encontró ningún abultamiento ni rendija que indicara la presencia de alguna amenaza. En el extremo más lejano, la lámpara de buceo iluminó una puerta metálica ancha y herrumbrosa. Avanzó con las aletas puestas y extremando las precauciones hasta situarse junto a la puerta. Se apoyó en ella con el hombro. Los goznes giraron con increíble facilidad y silencio, casi como si apenas hiciera una semana desde la última vez que los engrasaron. La puerta se abrió hacia el interior, y volvió rápidamente a cerrarse en cuanto Pitt dejó de empujarla, impulsada hacia atrás por unos muelles.

—Vaya, mira lo que tenemos aquí.

Las palabras eran audibles, pero sonaron a través de su micrófono acústico como si Mancuso estuviese haciendo gárgaras con el regulador de su respiración.

—Adivine lo que hay detrás de la puerta número uno, y ganará el suministro para un año de estropajos Brillo —dijo Giordino, en una creación magistral de humor cutre.

Pitt se desprendió de las aletas, se arrodilló y abrió de nuevo la puerta unos centímetros. Estudió el umbral durante unos momentos y señaló con un gesto el borde inferior de la puerta cubierta de herrumbre.

—Esto explica el corte de los cables del teléfono y de seguridad.

Giordino asintió.

—Los cortó el filo aguzado del borde inferior de la puerta cuando los buceadores entraron y los muelles la cerraron de un portazo.

Mancuso miró a Pitt.

—Dijiste que habías resuelto la otra mitad del rompecabezas.

—Ajá —murmuró Giordino—, la parte más selecta. ¿Qué fue lo que mató a los mejores buceadores de la Marina?

—Gas —contestó Pitt escuetamente—. Gas venenoso, liberado cuando pasaron del umbral de esta puerta.

—Una teoría muy verosímil —comentó Mancuso.

Pitt iluminó el agua con su lámpara y vio las burbujas de aire que indicaban que Reinhardt y su compañero se aproximaban.

—Frank, quédate aquí y no dejes que entren los demás. Al y yo iremos solos. Y sea lo que sea lo que suceda, asegúrate de que todos respiran únicamente el aire de sus depósitos. Bajo ninguna circunstancia deben desprenderse de sus reguladores.

Mancuso levantó una mano para indicar que había comprendido, y se volvió a informar al equipo que llegaba.

Giordino se apoyó contra la pared, encogió una pierna y se quitó la aleta.

—No tiene sentido entrar ahí anadeando como un pato.

Pitt, que ya se había quitado las aletas, rascó con sus botas de goma el suelo de cemento advirtiendo la escasa adherencia que ofrecían. La fricción era nula. La más ligera pérdida de equilibrio le haría precipitarse al suelo.

Efectuó una comprobación final de la presión de sus depósitos de aire en la computadora. Había oxígeno suficiente para una hora más, a la presión de la atmósfera. Fuera del agua fría, la temperatura del aire había descendido hasta un nivel que le permitía sentirse cómodo dentro de su traje de buceo.

—Vigila dónde pisas —dijo a Giordino. Luego empujó la puerta hasta abrirla a medias, y se deslizó al interior con tanto cuidado como si caminara sobre la cuerda floja. La atmósfera se hizo de inmediato muy seca; la humedad descendió hasta casi el cero por ciento. Se detuvo y paseó el rayo de su lámpara por el suelo de cemento, buscando con todo cuidado hilos cruzados o cables que condujeran a detonadores de explosivos o a contenedores de gas venenoso. Vio casi bajo sus pies un delgado sedal de pesca, roto, de color gris, casi invisible a aquella débil luz.

El rayo de luz siguió uno de los dos extremos del sedal hasta una caja metálica con el rótulo FOSGENO. Gracias a Dios, pensó Pitt, con un profundo alivio. El fosgeno únicamente es fatal cuando se inhala. Los alemanes habían inventado durante la Segunda Guerra Mundial gases que actuaban sobre los nervios, pero por alguna razón perdida en el oscuro pasado, no los utilizaron aquí. Era una suerte para Pitt, Giordino y los hombres que venían detrás de ellos. El agente nervioso puede matar por el simple contacto con la piel, y todos ellos tenían alguna porción expuesta en las manos y alrededor de las máscaras.

—Tenías razón en lo del gas —dijo Giordino.

—Demasiado tarde para ayudar a esos pobres marinos.

Encontró cuatro trampas más con gas venenoso, dos de ellas activadas. El fosgeno había cumplido su mortífero objetivo. Los cuerpos de los buceadores de la Marina yacían encogidos y separados entre ellos tan sólo por unos metros. Todos se habían desprendido de los depósitos de aire y de los reguladores de la respiración, sin sospechar la presencia del gas hasta que fue demasiado tarde. Pitt no se molestó en buscar algún indicio de respiración. El color azulado de los rostros y la inmovilidad cristalina de los ojos revelaban sin lugar a dudas que habían muerto hacía varias horas.

Enfocó la luz hacia una larga galería, y sintió erizarse sus cabellos.

Una mujer le miraba fijamente a los ojos, al tiempo que ladeaba la cabeza en un gesto coqueto. Su rostro adorable, de pómulos altos y piel suave y rosada, le sonreía.

No estaba sola. Varias mujeres más estaban a su lado o detrás de ella, y sus ojos parecían fijos, sin el menor parpadeo, en Pitt. Estaban desnudas, cubiertas únicamente por largas trenzas que descendían casi hasta las rodillas.

—Estoy muerto y he ido a parar al paraíso de las Amazonas —murmuró Giordino, como en éxtasis.

—¡No te excites! —le advirtió Pitt—. Son esculturas pintadas.

—Me gustaría saber moldear así.

Pitt avanzó entre las esculturas de tamaño natural y levantó la lámpara de buceo por encima de su cabeza. La luz hizo relucir un océano de marcos dorados de cuadros. Hasta donde podía alcanzar la luz y más allá incluso, la larga galería estaba repleta por una fila tras otra de estanterías que contenían un inmenso tesoro de pinturas, esculturas, reliquias religiosas, tapices, libros raros, muebles antiguos y restos arqueológicos, todos ellos colocados ordenadamente en cajas y embalajes abiertos.

—Creo —murmuró Pitt a través de su micrófono acústico— que acabamos de hacer felices a un montón de personas.

37

Los alemanes actuaron con su característica eficiencia. Al cabo de cuatro horas llegaron los expertos en descontaminación e instalaron un equipo de bombeo con una manguera que llegaba hasta la galería del tesoro. El gas de la atmósfera envenenada fue absorbido rápidamente e introducido en el contenedor químico de un camión aparcado en la superficie. Mientras se realizaba el proceso de limpieza, Reinhardt y sus hombres desactivaron los mecanismos de suelta del fosgeno y pasaron los contenedores metálicos del gas al equipo de descontaminación. Sólo entonces los buceadores de la Marina transportaron a sus muertos hasta las ambulancias que los esperaban.

A continuación, se introdujo por la abertura del suelo una gruesa tubería de aluminio, sujeta a una gran bomba de succión, que muy pronto empezó a sorber, como un refresco a través de una inmensa paja, el agua del túnel subterráneo hasta dejarla reducida a un pequeño riachuelo. Apareció luego un equipo de excavación y empezó a allanar la rampa de entrada original que llevaba al refugio, y que había sido tapiada hacia el final de la guerra.

Mancuso recorría el refugio con impaciencia, a largas zancadas, deteniéndose cada pocos minutos para mirar con atención los instrumentos que medían los niveles decrecientes de gas venenoso. Luego se dirigió al borde de la rampa y observó el rápido descenso del agua. Iba de aquí para allá, vigilaba los progresos y contaba los minutos que faltaban para poder entrar sin peligro en la galería que contenía el botín reunido por los nazis.

Giordino, fiel a su carácter, pasó todo el rato durmiendo. Encontró un viejo colchón polvoriento en los antiguos alojamientos de los mecánicos de la Luftwaffe, y de inmediato se tendió en él.

Pitt, después de informar a Halder y Reinhardt, mató el tiempo aceptando una invitación a un almuerzo casero preparado por Frau Clausen en su cálida y confortable cocina. Más tarde paseó por el refugio y examinó los viejos aparatos aparcados allí. Se detuvo para dar la vuelta alrededor de uno de los Messerschmitt 262 y admirar la esbelta forma ahusada del fuselaje, el estabilizador vertical triangular, y las feas vainas de los reactores que colgaban bajo las alas, afiladas como una navaja. A excepción de las cruces negras silueteadas en blanco de las alas y en el fuselaje, y la esvástica de la cola, el único distintivo era un gran número nueve pintado detrás de la carlinga.

Había sido el primer reactor de caza operacional en el mundo, y aunque apareció demasiado tarde como para salvar a Alemania, durante algunos meses causó más de un susto a las fuerzas aéreas británicas y americanas.

—Volaba como si lo impulsaran los ángeles.

Pitt se volvió al oír la voz y encontró a Gert Halder de pie a sus espaldas. Los ojos azules del alemán miraban soñadoramente la carlinga del Messerschmitt.

—Parece usted demasiado joven para haber volado en él —dijo Pitt.

Halder negó con un gesto de la cabeza.

—Eran las palabras de uno de nuestros principales ases durante la guerra, Adolf Galland.

—No costará mucho trabajo hacerlos volar de nuevo.

Halder contempló la flota de aviones, alineados en medio de un silencio espectral en el inmenso refugio.

—El gobierno rara vez se presta a financiar un proyecto de ese tipo. Me consideraré afortunado si puedo conservar cinco o seis para los museos nacionales.

—¿Y los demás?

—Serán vendidos o subastados a museos y coleccionistas privados de todo el mundo.

—Me gustaría tener suficiente dinero para poder pujar —dijo Pitt con un suspiro.

Halder lo miró con atención. La arrogancia había desaparecido; una astuta sonrisa curvó sus labios.

—¿Cuántos aparatos calcula que hay?

Pitt dio un paso atrás y contó mentalmente el número de reactores alineados en el búnker.

—Exactamente cuarenta.

—Se ha equivocado. Son treinta y nueve.

Pitt calculó de nuevo, y el resultado volvió a ser cuarenta.

—Lamento discrepar con usted, pero...

Halder cortó sus protestas con un gesto.

—Si podemos sacar uno cuando quede libre la rampa de acceso y transportarlo hasta el otro lado de la frontera antes de que yo haga el inventario oficial...

Halder no finalizó la frase. Pitt le oía, pero no estaba seguro de interpretar bien sus intenciones. Un Me-262 en buenas condiciones debía valer más de un millón de dólares.

—¿Cuándo espera realizar el inventario? —preguntó, mientras el corazón le latía con fuerza.

—Después de catalogar las obras de arte robadas.

—Eso puede durar varias semanas.

—Posiblemente más.

—¿Por qué? —preguntó bruscamente Pitt a Halder.

—Llámelo penitencia. Antes fui muy grosero con usted, y me siento obligado a recompensar su valeroso esfuerzo por rescatar el tesoro, salvando tal vez cinco vidas e impidiendo que me ganara una sólida reputación de imbécil, y muy probablemente que perdiera mi cargo.

—Y me está ofreciendo mirar a otro lado mientras yo robo un aparato.

—Hay tantos, que uno menos no se notará.

—Le estoy muy agradecido —dijo Pitt con toda sinceridad.

Halder lo miró con curiosidad.

—Pedí a un amigo de nuestro servicio de inteligencia que me informara de su historial, mientras ustedes estaban ocupados en el túnel. Creo que un Messerschmitt dos-seis-dos será una bonita adquisición para su colección, y complementará a su trimotor Ford.

—Su amigo le dio una información muy completa.

—Como coleccionista de bellezas mecánicas antiguas, estimo que lo sabrá tratar con el debido respeto.

—Lo restauraré hasta devolverlo a su condición original —prometió Pitt.

Halder encendió un cigarrillo y se recostó con descuido en la vaina de uno de los reactores, al tiempo que exhalaba una nubecilla de humo azul.

—Le sugiero que busque un camión con remolque plano de alquiler. Esta noche la entrada al refugio se habrá ampliado lo bastante como para permitir arrastrar a un avión hasta la superficie. Estoy seguro de que el teniente Reinhardt y los supervivientes de su equipo se sentirán felices ayudándole a cargar su última adquisición.

Antes de que el asombrado y agradecido Pitt pudiera decir nada más, Halder dio media vuelta y desapareció.

Pasaron ocho horas más antes de que la enorme bomba succionara la mayor parte del agua, haciendo posible respirar sin peligro el aire de la galería que guardaba el botín de guerra. Halder ocupó un sillón de respaldo adornado con una cornucopia, y convocó a una reunión de trabajo a los expertos en arte y a los historiadores, además de un grupo de funcionarios del gobierno y de políticos que habían querido participar del descubrimiento. Un ejército de corresponsales de televisión y de prensa acampaba en el ahora destrozado campo de lechugas de Clausen, pidiendo en todos los tonos permiso para entrar en el refugio. Pero Halder había recibido órdenes precisas de sus superiores de Bonn. No se permitiría la entrada a los medios de comunicación hasta que el botín quedara perfectamente clasificado y controlado.

A partir de la puerta de acero, la galería se extendía a lo largo de más de medio kilómetro. Las estanterías y los cajones llegaban hasta el extremo final, desplegados hasta una altura de cuatro metros. A pesar del agua que había inundado el túnel, la puerta de entrada cerraba herméticamente y la construcción de cemento era de primera calidad, por lo que la humedad no había penetrado en el interior. Incluso los objetos más delicados se encontraban en un excelente estado de conservación.

Los alemanes empezaron a instalar de inmediato un laboratorio de fotografía y conservación, un taller, y un área de registros y archivo. Después de la reunión de trabajo, Halder se trasladó al laboratorio de arte y dirigió las actividades desde un despacho prefabricado, montado y amueblado con toda urgencia y provisto de teléfonos y una máquina de fax.

Aturdido casi hasta la inconsciencia, Pitt sacudió la cabeza y caminó con Mancuso por el túnel recién secado, maravillándose de lo mucho que se había hecho en menos de veinticuatro horas.

—¿Dónde está Al? —preguntó Mancuso.

—Ha salido a alquilar un camión.

Mancuso se quedó mirándole con las cejas arqueadas.

—No pensarás en esconder un cargamento de obras maestras, ¿verdad? Si es así, no te lo recomiendo. Los alemanes te atraparán antes de que hayas podido alejarte de la granja.

—No si cuentas con amigos en las altas esferas —sonrió Pitt.

—No quiero ni siquiera enterarme de lo que se trata. Sea cual sea tu maquiavélico plan, hazlo después de que yo me haya marchado.

Cruzaron la puerta de entrada a la galería y se dirigieron al despacho de Halder, aún con uno de los mamparos laterales sin colocar. Halder les hizo gesto de que entraran y les señaló unos taburetes al tiempo que hablaba en alemán por uno de los cuatro teléfonos que ocupaban su mesa. Colgó y tomó asiento.

—Me doy plena cuenta de que tienen ustedes permiso del canciller Lange para buscar lo que sea que anden persiguiendo, pero antes de que empiecen a revolver por las estanterías y los cajones, me gustaría saber de qué se trata.

—Sólo estamos interesados en los objetos de arte que se encontraban en la embajada japonesa en Berlín —contestó Pitt.

—¿Creen que pueden estar aquí?

—No hubo tiempo de transportarlos a Japón —explicó Mancuso—. Los rusos rodeaban la ciudad. El embajador cerró el edificio y a duras penas consiguió escapar con sus ayudantes a Suiza. Los datos de los archivos históricos señalan que los objetos de arte antiguos que decoraban el interior de la Embajada se entregaron a los nazis para que éstos los pusieran a salvo, y fueron ocultados debajo de un aeródromo.

—Y piensan ustedes que podrían estar incluidos en el botín descubierto aquí.

—Así es.

—¿Puedo preguntar por qué razón está tan interesado el gobierno americano en esas obras extraviadas de arte japonés?

—Lo siento —contestó Pitt con toda sinceridad—. No podemos proporcionarle esa información. Pero puedo asegurarle que nuestra búsqueda no planteará problemas al gobierno alemán.

—No pienso en nosotros, sino en Japón. Exigirán que les sean devueltas sus propiedades.

—No es la posesión lo que pretendemos —aseguró Mancuso a Halder—. Sólo queremos fotografiar algunos objetos.

—De acuerdo, caballeros —suspiró Halder, y dirigió una larga mirada a Pitt—. Confío en usted, Herr Pitt. Hemos hecho un trato. Si usted hace lo que dice que va a hacer, yo garantizo el cumplimiento de la otra parte.

Cuando abandonaron el despacho de Halder, Mancuso susurró:

—¿De qué estaba hablando? ¿Qué trato es ése?

—Reclutamiento.

—¿Reclutamiento? —repitió Mancuso.

Pitt asintió.

—Me habló de alistarme en la Luftwaffe.

Encontraron la estantería que contenía el inventario de la embajada japonesa unos cincuenta metros más atrás de las esculturas que en otros tiempos habían adornado los museos de Europa. Los alemanes habían instalado ya una hilera de lámparas conectadas a un generador portátil, para iluminar aquel inmenso botín que parecía extenderse hasta el infinito.

La sección japonesa era fácil de identificar, porque las cajas de embalaje habían sido marcadas con caracteres *kana* y acondicionadas con un cuidado infinitamente mayor que los cajones de madera martilleados y apilados uno encima del otro que habían preparado los embaladores nazis.

—Empecemos por éste —dijo Mancuso señalando un contenedor estrecho—. Parece tener la medida adecuada.

—Tú estuviste algún tiempo investigando en Japón. ¿Qué pone en ese letrero?

—«Contenedor número cuatro» —tradujo Mancuso—. «Propiedad de Su Majestad Imperial, el Emperador de Japón.»

—Ha sido una gran ayuda.

Pitt se puso a la tarea y levantó cuidadosamente la cubierta con un martillo y un escoplo. Dentro había un pequeño y delicado biombo con unos pájaros pintados que revoloteaban en torno a unas montañas nevadas. Se encogió de hombros.

—Decididamente no es ninguna isla.

Abrió dos más, pero las pinturas que aparecieron en la penumbra del túnel pertenecían a un período posterior al del maestro del siglo XVI Masaki Shimzu. La mayor parte de los cajones más pequeños contenían porcelanas cuidadosamente embaladas. Sólo quedaba otro cajón en la parte trasera de la estantería, del que podía razonablemente esperarse que contuviera pinturas.

Mancuso mostraba signos de agotamiento. El sudor corría a chorros por su frente, y mordisqueaba nervioso su pipa.

—Será mejor que ese cuadro esté aquí —murmuró—, porque en caso contrario habremos perdido un montón de tiempo.

Pitt no dijo nada pero siguió adelante con su trabajo. La caja parecía construida con mayor solidez que las demás. Levantó la tapa y atisbó el interior.

—Veo agua. Me parece que se trata de un paisaje marino. Mejor aún, es una isla.

—Gracias a Dios. Sácala, hombre, echémosle un vistazo.

—Sujeta ahí.

No había ningún marco exterior de adorno, de modo que Pitt tomó la pintura por debajo de su soporte trasero, y con mucho cuidado tiró de ella hasta extraerla del cajón. Una vez fuera, la colocó bajo una lámpara con el fin de examinarla más atentamente.

Mancuso sacó a toda prisa del bolsillo un pequeño catálogo, con láminas en color, del arte de Masaki Shimzu, y hojeó las páginas, comparando las fotos con la pintura.

—No soy un experto, pero parece el estilo de Shimzu.

Pitt dio la vuelta al cuadro y examinó el dorso.

—Hay algo escrito aquí. ¿Puedes descifrarlo?

Mancuso dio un respingo.

—«La isla de Ajima, por Masaki Shimzu» —exclamó triunfal—. Lo hemos conseguido, tenemos el lugar del centro de mando de Suma. Ahora todo lo que deberemos hacer es comparar el perfil de la costa en el cuadro con las fotos de los satélites.

Mecánicamente, los ojos de Pitt recorrieron la obra que Shimzu había pintado cuatrocientos años antes en una isla llamada entonces Ajima. Nunca llegaría a convertirse en un paraíso turístico. Abruptos riscos de roca volcánica dominaban unas rompientes salvajes, sin signos de playa, y con una ausencia de vegetación prácticamente absoluta. Parecía desierta y temible, arisca y casi inconquistable. No había forma de acercarse a ella y tomar tierra, tanto desde el mar como desde el aire, sin ser visto. Una fortaleza natural, que Suma habría fortificado poderosamente contra cualquier posible asalto.

—Entrar en esa roca —dijo Pitt pensativo—, va a ser una hazaña casi imposible. Quienquiera que lo intente, morirá con toda seguridad.

La expresión triunfal del rostro de Mancuso se desvaneció en un instante.

—No digas eso —murmuró—. Ni lo pienses siquiera.

Pitt miró al ingeniero de minas directamente a los ojos.

—¿Por qué? Forzar la entrada no va a ser problema nuestro.

—Estás equivocado. —Se secó con un gesto cansado el sudor que corría por su frente—. Ahora que los equipos Cadillac y Honda han sido aniquilados, Jordan no tiene más opción que enviarnos a ti, a Giordino y a mí. Piénsalo.

Pitt lo pensó, y Mancuso tenía razón. Ahora todo estaba meridianamente claro. El marrullero de Jordan les había mantenido en reserva a los tres para, llegado el caso, intentar un asalto secreto al centro de detonación de las bombas nucleares construido por Suma.

38

El presidente miraba fijamente el expediente que tenía abierto sobre su mesa de despacho.

—¿Realmente pretenden hacer detonar esas cosas? ¿No es un bluf?

Jordan mantuvo una expresión impasible cuando contestó:

—No es ningún bluf.

—Resulta increíble.

En lugar de contestar, Jordan dejó que el presidente sacara sus propias conclusiones. Aquel hombre no parecía cambiar nunca. Tenía exactamente el mismo aspecto que el primer día en que Jordan fue presentado al recién elegido senador por Montana. El mismo cuerpo esbelto, los brillantes ojos azules, la misma personalidad cálida y dinámica. El increíble poder que ostentaba no lo había echado a perder. Seguía siendo amable y cordial con el personal de la Casa Blanca, y casi nunca olvidaba felicitar un cumpleaños.

—No es como si hubiéramos rodeado sus islas con una flota de invasión, por el amor de Dios.

—Se han convertido en enfermos paranoicos desde que la opinión general se ha vuelto en contra de ellos —dijo Donald Kern—. Ahora que China y Rusia han optado por la democracia, que los países del bloque del Este se han independizado, que en Sudáfrica se celebran elecciones libres y que el Oriente Medio se va cociendo a fuego lento en el horno del patio trasero, todo el mundo ha fijado la atención en Japón, por sus pretensiones de ir demasiado lejos y demasiado aprisa. Su política económica agresiva no se ha visto precisamente moderada por una mayor sutileza. Cuantos más mercados conquistan, más arrogantes se muestran.

—Pero no puede culpárselos por crear el mundo económico que ellos desean —dijo Jordan—. Su ética en los negocios es distinta de la nuestra. No ven nada inmoral en el hecho de explotar las oportunidades comerciales ni en aprovechar las ventajas que presenten las debilidades comerciales de otros, sin consideración a la situación en que puedan encontrarse. A sus ojos, el único crimen consiste en cualquier iniciativa dirigida a impedir su avance sistemático. Francamente, nosotros no obramos de forma diferente en nuestras prácticas comerciales internacionales después de la Segunda Guerra Mundial.

—No voy a discutir con usted —concedió el presidente—. Pocos de nuestros líderes financieros del pasado y del presente podrán nunca presumir de una aureola de santidad.

—El Congreso y los países del Mercado Común europeo están en un frente comercial antijaponés. Si votan embargos comerciales y la nacionalización de empresas japonesas, Tokyo tal vez intente negociar, pero Suma y sus compinches están decididos a tomar represalias.

—Pero amenazar con la muerte nuclear y la destrucción...

—Intentan ganar tiempo —explicó Jordan—. La hegemonía comercial mundial es nada más que la primera parte de un plan más ambicioso. Los japoneses viven en condiciones terribles debido a su alta densidad demográfica. Ciento veinticinco millones de personas sobre un suelo del tamaño de California, y en su mayor parte demasiado montañoso como para ser habitable. El objetivo inadvertido que se plantean a largo plazo es exportar millones de sus ciudadanos más preparados a otros países, para crear colonias que mantengan una lealtad a toda prueba y estrechas relaciones con Japón. Brasil es un ejemplo a observar, y también los Estados Unidos, si se considera la inmigración masiva en Hawai y California. Los japoneses están obsesionados por la supervivencia y, al revés que nosotros, trazan planes de futuro con decenios de anticipación. A través del comercio exterior están edificando una amplia sociedad económica global sobre la base de las tradiciones y la cultura japonesa. Lo que ni siquiera ellos han advertido es que Suma pretende erigirse a sí mismo en director ejecutivo de esa nueva sociedad.

El presidente dirigió de nuevo la mirada al expediente abierto.

—Y protege su imperio criminal mediante la colocación estratégica de bombas nucleares en otras naciones.

—No podemos culpar al gobierno japonés ni a la gran mayoría de su pueblo —matizó Jordan—. Tengo la firme convicción de que el primer ministro Junshiro ha sido engañado y mal informado por Hideki Suma y su cartel de industriales, financieros y cabecillas del hampa; el arsenal nuclear y su prolongación en el Proyecto Kaiten deben de haberse preparado en un secreto total.

El presidente abrió las palmas de sus manos.

—Tal vez convenga que solicite una reunión con Junshiro y le informe de las revelaciones de nuestra inteligencia.

Jordan negó con un gesto enérgico.

—Esa medida no me parece recomendable todavía, señor. No al menos hasta que tengamos la oportunidad de cercenar la cabeza directora del Proyecto Kaiten.

—La última vez que nos vimos, me dijo usted que no conocían la localización del centro de mando.

—Una información reciente nos ha situado en sus proximidades.

El presidente miró a Jordan con un respeto renovado. Comprendía a su principal jefe de la inteligencia, y conocía la dedicación a su país y sus muchos años de servicio, iniciados en la época en que todavía estudiaba en la universidad, cuando empezó a adiestrarse en las tareas de campo de la inteligencia. El presidente era consciente también del tributo que había debido pagar tras largos años de una increíble tensión. Jordan consumía las cajas de tabletas Maalox como si fueran palomitas de maíz.

—¿Saben ya dónde van a ser colocados los coches bomba para su detonación?

—Sí, señor —contestó Kern—, uno de nuestros equipos descubrió el plan cuando seguía la pista de un embarque de coches. Los ingenieros de Suma han ideado un desastre diabólico muy bien tramado.

—Por supuesto, el objetivo serán áreas densamente pobladas, con el fin de eliminar el mayor número posible de ciudadanos americanos.

—Al contrario, señor presidente. Estarán colocadas estratégicamente de modo que la pérdida de vidas sea mínima.

—No entiendo.

—En toda la extensión de los Estados Unidos y del mundo industrializado —informó Kern—, los coches se colocarán formando una red sistemática que enlazará áreas desiertas de tal forma que las explosiones sincronizadas desencadenarán una vibración electromagnética que desde el suelo ascenderá a la atmósfera. De esa forma se creará una reacción en cadena de tipo paraguas que cortará todos los contactos con los sistemas mundiales de comunicaciones vía satélite.

—Todas las redes de radio, televisión y teléfono dejarán simplemente de existir —añadió Jordan—. Los gobiernos federales y locales, los mandos militares, los departamentos de policía, de bomberos, las ambulancias y todos los sistemas de transporte quedarán paralizados por la sencilla razón de que no podrán operar a ciegas.

—Un mundo sin comunicaciones —murmuró el presidente—. Es inimaginable.

—El cuadro es aun más sombrío —continuó Kern implacable—. Mucho peor. Usted, señor presidente, sabe por supuesto lo que ocurre cuando se agita un imán cerca de un disquete de ordenador o de una cinta de vídeo.

—Se borran.

Kern asintió con lentitud.

—La vibración electromagnética procedente de las explosiones nucleares tendrá el mismo efecto. En un radio de centenares de kilómetros a partir del punto de cada explosión, las memorias de todos los ordenadores se borrarán sin remedio. Los chips de silicona y los transistores, la médula espinal de nuestro moderno mundo computadorizado, están indefensos ante una vibración que se propagará por todos los circuitos y antenas eléctricos y telefónicos. Cualquier objeto de metal conducirá esa vibración, desde las tuberías hasta los raíles del ferrocarril y las vigas de acero del interior de los edificios.

El presidente miró atónito a Kern, con ojos incrédulos.

—Estamos hablando de un caos total.

—Sí, señor, un completo caos nacional, con resultados catastróficos que impedirán toda posibilidad de recuperación. Todos los registros programados en un ordenador por bancos, compañías de seguros, empresas multinacionales, pequeños negocios, hospitales, supermercados, grandes almacenes..., la lista completa sería interminable, se desvanecerían, y lo mismo ocurriría con todos los datos científicos y técnicos almacenados.

—¿Todos los discos, todas las cintas?

—En todas las casa y en todas las oficinas —dijo Jordan.

Kern fijó su mirada en el presidente para reforzar su apocalíptica explicación:

—Todos los ordenadores electrónicos basados en una memoria, como los que regulan la ignición y la carburación de los automóviles modernos, el funcionamiento de las locomotoras diesel y los controles de vuelo de los aviones, dejarían de funcionar. En los aviones las consecuencias serían especialmente terribles, porque muchos aparatos caerían al suelo antes de que sus tripulantes pudieran hacerse con el control manual.

—Y también están todos los aparatos de uso corriente cuyo funcionamiento damos por descontado —añadió Jordan—, y que se verían afectados; como los hornos de microondas, las grabadoras de vídeo y los sistemas de seguridad. Hemos llegado a confiar hasta tal punto en los chips de los ordenadores que nunca nos hemos parado a considerar lo vulnerables que resultan.

El presidente tomó una pluma y golpeó nerviosamente con ella su mesa de despacho. Su rostro estaba tenso, su expresión turbada.

—No puedo permitir que esa maldición paralice al pueblo americano hasta muy avanzado el próximo siglo —declaró con sequedad—. Debo considerar con toda seriedad la posibilidad de un ataque, nuclear si es preciso, a su arsenal bélico y al centro de mando que controla la detonación de los artefactos.

—Yo no aconsejo una medida de ese tipo, señor presidente —dijo Jordan con tranquila convicción—, salvo como último recurso.

El presidente lo miró.

—¿Cuál es su idea, Ray?

—La instalación de Suma no será operativa hasta la semana próxima. Permítanos idear un plan de penetración que lo destruya desde el interior. Si tenemos éxito, podremos evitar un enorme escándalo, por la tempestad de condenas internacionales que se producirían ante lo que sería considerado un ataque sin provocación previa contra una nación amiga.

El presidente guardaba silencio, y su rostro mostraba una expresión pensativa.

—Tienen ustedes razón, me vería obligado a dar públicamente unas excusas que nadie creería.

—El tiempo corre en favor nuestro, en la medida en que nadie salvo el equipo EIMA y nosotros tres sabe lo que está sucediendo —continuó Jordan.

—Y eso es bueno —murmuró Kern—. Si los rusos supieran que su territorio está sembrado de artefactos nucleares extranjeros, no dudarían en amenazar con una invasión de Japón a gran escala.

—Y nosotros no queremos eso —dijo en voz baja el presidente.

—Ni tampoco los japoneses inocentes, que no tienen idea de la locura criminal de Suma —dijo Jordan para remachar el clavo.

El presidente se puso en pie y dio por terminada la reunión.

—Cuatro días, caballeros. Disponen ustedes de noventa y seis horas.

Jordan y Kern intercambiaron tensas sonrisas.

El asalto a la fortaleza de Suma había sido planeado antes de entrar en el Despacho Oval. Todo lo que se necesitó después fue un telefonazo para ponerlo en marcha.

39

A las cuatro en punto de la madrugada, la pequeña pista de aterrizaje de una instalación gubernamental cercana a Seneca, Maryland, parecía desierta. No había luces encendidas en los bordes de la estrecha franja de asfalto. La única guía para un piloto que pretendiera realizar una maniobra de aterrizaje nocturna era un triángulo de farolas callejeras con luces azules de vapor de mercurio, colocado en la intersección de dos carreteras polvorientas, y que apuntaba al extremo sur de la pista.

El silencio de la madrugada se rompió al rasgar el aire fresco el quejido de unos motores de reacción que disminuían su potencia. Se encendieron un par de faros, cuyos rayos iluminaron la parte central de la pista. El reactor de transporte *Gulfstream*, con las palabras CIRCLEARTH AIRLINES pintadas en la parte superior del fuselaje, tocó suelo y carreteó hasta detenerse junto a un vehículo todo terreno Grand Wagoneer.

Menos de tres minutos después de que la portezuela del pasaje se abriera y descendieran por ella dos hombres con su equipaje, el avión rodó de nuevo hasta el extremo de la pista, y volvió a elevarse. Mientras su rugido se extinguía en la lejanía del cielo todavía oscuro, el almirante Sandecker estrechó las manos de Pitt y Giordino.

—Felicitaciones —dijo con énfasis—, por el extraordinario éxito de la operación.

—Todavía no conocemos sus resultados —dijo Pitt—. ¿Se ajustan las fotografías de la pintura enviadas por Mancuso al perfil de alguna isla existente?

—Como un guante —contestó Sandecker—. Resulta que la isla fue llamada Ajima por los pescadores, después de que uno de ellos atracó allí hacia el año mil setecientos. Pero en los mapas consta como isla Soseki. Y como ha ocurrido con muchos otros topónimos ligados al folklore local, el nombre de Ajima se perdió con el tiempo.

—¿Dónde está situada? —preguntó Giordino.

—A unos sesenta kilómetros mar adentro, al este de ciudad de Edo. El rostro de Pitt se contrajo de súbito con angustiada solicitud.

—¿Qué se sabe de Loren?

Sandecker hizo un gesto negativo.

—Sólo que ella y Diaz están vivos, escondidos en algún lugar secreto.

—¿Eso es todo? —exclamó Pitt, irritado—. ¿No está en marcha ninguna investigación, ninguna operación para liberarlos?

—Hasta que hayamos eliminado la amenaza de los coches bomba, las manos del presidente están atadas.

—Una cama —imploró Giordino, cambiando hábilmente de tema para apaciguar a Pitt—. Que me traigan una cama.

Pitt transfirió su furia al pequeño italiano.

—Míralo. No ha abierto los ojos desde que despegamos de Alemania.

—Habéis venido deprisa —dijo Sandecker—. ¿Tuvisteis un buen vuelo?

—Dormimos la mayor parte del tiempo. Y como la diferencia horaria corría a favor nuestro al volar en dirección oeste, ahora estoy totalmente despejado.

—¿Frank Mancuso se ha quedado allí, con los objetos artísticos? —inquirió Sandecker.

—Poco antes de despegar —informó Pitt—, recibió un mensaje de Kern con la orden de empaquetar de nuevo las obras de arte de la embajada japonesa y volar con ellas a Tokyo.

—Una cortina de humo para tranquilizar la conciencia de los alemanes —sonrió Sandecker—. En realidad esos objetos van a una cámara acorazada de San Francisco. Cuando maduren las circunstancias, el presidente los ofrecerá al pueblo japonés como gesto de buena voluntad.

Señaló con un gesto los asientos vacíos del *jeep.*

—Adelante. Puesto que estás tan despejado e impaciente por entrar en acción, te dejaré conducir.

—Con mucho gusto —dijo Pitt de buen humor.

Después de dejar sus maletas en la parte trasera, Pitt se colocó al volante y el almirante y Giordino entraron por el lado opuesto. Sandecker ocupó el asiento delantero, al lado del conductor, y Giordino se sentó atrás. Pitt conectó el arranque, introdujo la primera marcha y condujo el *jeep* por un camino en sombra hasta una verja oculta en un bosquecillo. Apareció un guarda de seguridad uniformado, echó una mirada al interior del coche, y luego saludó a Sandecker y abrió la puerta, que daba a una carretera comarcal.

Tres kilómetros más adelante Pitt entró en el Cinturón de la Capital y enfiló hacia las luces de Washington. El tráfico a aquellas horas de la madrugada era casi inexistente. Colocó el control automático de la velocidad en 110 kilómetros y se arrellanó mientras el enorme vehículo con tracción a las cuatro ruedas se deslizaba sin esfuerzo.

Viajaron en silencio durante varios minutos. Sandecker miraba a través del parabrisas con aire ausente. Pitt no necesitaba un esfuerzo

278

de imaginación para saber que el almirante no hubiera abandonado su cama caliente para recibirlos si no tuviera una buena razón. En su boca faltaba el grueso habano habitual, y tenía las manos enlazadas sobre el pecho, dos signos seguros de tensión interna. Los ojos parecían cubitos de hielo. Con toda seguridad, alguna grave preocupación le rondaba la mente.

Pitt decidió brindarle una oportunidad de hablar.

—¿Adónde vamos desde aquí? —preguntó.

—Repítemelo —murmuró Sandecker, cómicamente distraído.

—¿Qué tiene en perspectiva la gran águila para nosotros a continuación? Supongo que una bonita semana de vacaciones.

—¿Deseas realmente saberlo?

—Es probable que no, pero de todos modos me lo va a decir, ¿verdad? Sandecker bostezó para prolongar la agonía.

—Bien, me temo que os toca embarcaros en otro viaje aéreo.

—¿Adónde?

—Al Pacífico.

—¿Qué lugar del Pacífico, exactamente?

—Palau. El equipo, o lo que queda de él, se reunirá en el Punto de Recogida y Clasificación de la Información para recibir nuevas instrucciones del Director de Operaciones de Campo.

—Si se omite toda esa faramalla de títulos burocráticos, lo que nos está diciendo es que vamos a reunirnos con Mel Penner.

Sandecker sonrió y su mirada se dulcificó considerablemente.

—Tienes una manera endiablada de atajar directamente para ir al meollo del asunto.

Pitt estaba preocupado. Veía el hacha del verdugo a punto de caer.

—¿Cuándo? —preguntó con rapidez.

—Exactamente dentro de una hora y cincuenta minutos. Tomaréis un vuelo regular que sale de Dulles.

—Lástima que no hayamos aterrizado allí —comentó Pitt con sorna—. Se habría ahorrado usted el paseo.

—Razones de seguridad. Kern opina que es preferible que lleguéis a la terminal en coche, saquéis los billetes y os embarquéis como cualquier turista que se dirige a los Mares del Sur.

—Deberíamos cambiarnos de ropa.

—Kern ha enviado a un hombre a vuestras casas para que prepare unas maletas con ropa limpia. Os estará esperando en el aeropuerto.

—Ha sido un detalle por su parte. Tendré que recordarme a mí mismo que debo cambiar las alarmas de seguridad cuando regrese...

Pitt se interrumpió y observó su espejo retrovisor. Desde que entraron en el Cinturón, tenían detrás el mismo par de faros. Durante los últimos kilómetros habían mantenido exactamente la distancia. Desconectó el control de la velocidad y aceleró ligeramente. Las luces se alejaron y luego volvieron a adelantarse, conservando la misma distancia.

—¿Algo va mal? —preguntó Sandecker.

—Tenemos compañía.

Giordino se volvió y atisbó por la gran ventanilla trasera.

—Más de uno. Cuento hasta tres furgonetas en fila.

Pitt miraba pensativo por el retrovisor. En su rostro se dibujó un principio de sonrisa.

—Quienquiera que sea el que nos sigue, no desea correr ningún riesgo. Han enviado un pelotón completo.

Sandecker descolgó el teléfono del coche y marcó la línea de seguridad del equipo EIMA.

—¡Aquí el almirante Sandecker! —aulló sin ningún miramiento hacia los procedimientos y las claves indicados—. Estoy en el Cinturón de la Capital, dirigiéndome hacia el sur, cerca del Morning Side. Nos siguen...

—Diga mejor que nos persiguen —le interrumpió Pitt—. Se acercan muy deprisa.

De repente una ráfaga de ametralladora agujereó el techo del *jeep* muy cerca de sus cabezas.

—Corrección —dijo Giordino con beatífica calma—. Cambie «persiguen» por «atacan».

Sandecker se precipitó al suelo y habló a toda prisa por el auricular del teléfono del coche, dando su posición precisa e instrucciones. Pitt ya había apretado a fondo el pedal del acelerador. El alto par de torsión del enorme motor V-8 de 5,9 litros entró en acción, y el *jeep* se despegó del suelo del Cinturón con una velocidad de 150 kilómetros por hora.

—El agente de servicio está llamando a las patrullas de la autopista —anunció Sandecker.

—Dígales que se den prisa —urgió Pitt, que hacía zigzaguear el enorme *jeep* por los tres carriles de la autopista con el fin de evitar que sus perseguidores afinaran la puntería.

—No están jugando limpio —dijo Giordino apenado. Se dejó caer en el suelo entre los asientos mientras una nueva ráfaga hcía estallar en mil pedazos el cristal de la ventanilla trasera, atravesaba todo el coche y se llevaba por delante la mitad del parabrisas—. Ellos van armados y nosotros no.

—Creo que puedo arreglar eso —dijo Pitt, al tiempo que echaba una rápida ojeada abajo y atrás.

—¿Cómo?

—Saliendo de esta condenada autopista, donde resultamos un blanco perfecto, y cogiendo todos los cruces que encontremos a nuestro paso en la siguiente carretera, hasta llegar a alguna ciudad.

—Estamos llegando a la salida de Phelps Point —le avisó Sandecker, que atisbaba por encima del tablero de instrumentos.

Pitt echó una rápida mirada al retrovisor para apreciar la situación. Advirtió ahora que las furgonetas estaban pintadas con la combinación de colores de las ambulancias. Mientras las observaba, empezaron a parpadear las luces rojas y azules. Sin embargo, las sirenas permanecían en silencio, y los conductores se alinearon lateralmente, cubriendo de ese modo los tres carriles de la autopista para disponer de toda su potencia de fuego.

Pitt pudo distinguir a los hombres vestidos de negro que apuntaban sus armas automáticas asomados a las ventanillas laterales. Quien hubiera planeado el asesinato había tenido en cuenta todos los detalles. Debía de haber cuatro hombres en cada furgoneta. Doce hombres en total, armados hasta los dientes, contra tres que en total únicamente disponían de una navaja múltiple suiza para defenderse.

A Pitt se le ocurrió una idea para nivelar de algún modo la desventaja. La salida de Phelps Point distaba todavía doscientos metros. No había tiempo de llegar hasta ella. La siguiente andanada de fuego masivo los sacaría de la carretera. Sin tocar los frenos ni alertar con sus luces intermitentes traseras a los asesinos que les perseguían, hizo dar al *jeep* un brusco salto de cangrejo y se precipitó fuera de la autopista, a través de dos caminos laterales y un terraplén.

El momento no pudo ser mejor elegido. Un tremendo fuego graneado de ametralladora se perdió en el vacío, mientras el Grand Wagoneer se deslizaba por la hierba vadeando una estrecha zanja cubierta por medio metro de agua. Luego las cuatro ruedas se adhirieron de nuevo al suelo firme para trepar por el otro lado de la zanja, y aterrizaron con un chirrido de gomas en una vía de servicio paralela al Cinturón.

Los perseguidores perdieron tiempo porque el brusco frenazo les hizo patinar sobre el asfalto, en plena confusión. Pitt había ganado casi diez segundos antes de que se reagruparan y enfocaran con sus motores rugientes la rampa de salida que conducía a la vía de servicio, para reanudar la caza.

Por segunda vez en muy pocos días, Pitt conducía como si estuviera compitiendo en una carrera de Grand Prix. Sin embargo, los pilotos profesionales cuentan con una ventaja. Llevan cascos provistos de visores para protegerse de la resistencia del viento. El aire frío de la madrugada inundaba el rostro de Pitt pasando a través del parabrisas destrozado por las balas, de modo que se veía obligado a torcer la cabeza y bizquear para evitar aquella bofetada de hielo.

Giraron hacia una amplia avenida flanqueada por robles e irrumpieron en un área residencial. Obligó al *jeep* a trazar una serie de curvas cerradas, dejando a la izquierda una manzana de casas, luego de nuevo a la izquierda, y luego a la derecha. Los conductores de las furgonetas, sin embargo, eran expertos en aquel tipo de ejercicio. Se separaron e intentaron cortarle en los cruces, pero siempre consiguió pasar con segundos de antelación y burlar el bloqueo.

Los asesinos seguían disparando pese a estar en una zona habitada, e intentaban sin descanso cerrar el círculo y cortar las posibles vías de escape. Cuando Pitt conseguía girar y perderlos momentáneamente de vista, antes de que asomaran por la siguiente manzana apagaba las luces y conducía en la oscuridad. Por desgracia, las farolas de la calle lo delataban. Probó todos los trucos que conocía, ganando aquí unos metros, allá unos segundos, pero sin librarse de sus tenaces perseguidores.

Pitt dio media vuelta y dirigió el *jeep* a la avenida principal de la ciudad. Una estación de gasolina, un teatro y varias pequeñas tiendas quedaron atrás como una exhalación.

—Buscad una ferretería —gritó, por encima de los chirridos de los neumáticos.

—¿Una qué? —preguntó Sandecker incrédulo.

—Una ferretería. Tiene que haber alguna en la ciudad.

—El Emporio de la Quincalla de Oscar Brown —anunció Giordino—. Vi el anuncio luminoso a la derecha, según salíamos del cinturón.

—Si tienes algún plan —dijo el almirante sin resuello—, será mejor que lo pongas en práctica deprisa. Acaba de parpadear la luz roja del nivel de gasolina.

Pitt miró el tablero de los instrumentos. La aguja indicaba que el depósito estaba vacío.

—Deben haber agujereado el tanque del combustible.

—Estamos llegando al Emporio de Oscar, del lado derecho de la calle —avisó Giordino, con la cabeza asomada apenas por el parabrisas abierto.

—¿Tiene una linterna? —preguntó Pitt a Sandecker.

—Hay una en la guantera.

—Cójala.

Pitt echó una última ojeada al retrovisor. La primera furgoneta doblaba la esquina, un par de manzanas atrás. Hizo girar el *jeep* hacia la parte izquierda de la calzada, y luego dobló todo el volante a la derecha.

Sandecker boqueó espantado, y Giordino gruñó:

—¡Oh, no!

El vehículo giró sobre dos ruedas por un momento, luego recuperó el equilibrio, se subió a la acera y fue a estrellarse contra la gran cristalera de la ferretería. El *jeep* barrió los mostradores y proyectó la caja registradora contra una estantería junto a la pared del fondo; también se llevó por delante un grupo de rastrillos de jardín, que se quebraron como si fueran palillos de dientes. Luego el vehículo siguió un pasillo entre dos estantes, haciendo saltar piezas de plomo, tornillos y tuercas por el aire como si fuera la metralla disparada por un cañón.

Enloquecido, según les pareció a Giordino y a Sandecker, Pitt no se detenía. Seguía apretando el acelerador con el pie, y recorría los estantes de arriba abajo como si buscara algo, dejando a sus espaldas una destrucción total. El tumulto provocado por aquella carrera salvaje se vio aumentado por el súbito alarido de la alarma de seguridad.

Finalmente, Pitt embistió con el parachoques delantero una vitrina, provocando una lluvia de cristales rotos. El único faro superviviente parapadeó débilmente, e iluminó veinte o treinta pistolas dispersadas por el choque contra la vitrina, y las ordenadas hileras de rifles y escopetas de caza dispuestas en un armazón adosado a la pared.

—¡Astuto hijo de perra! —gritó Sandecker, asombrado.

40

—Elegid arma —gritó Pitt por encima del demoníaco ulular de la alarma, al tiempo que abría la portezuela.

Sandecker no necesitaba que le dieran prisa. Había saltado ya del *jeep* y revolvía los cajones de las estanterías en busca de munición, al tiempo que enarbolaba en una mano la linterna encendida.

—¿Qué desean los caballeros? —aulló.

Pitt eligió un par de pistolas automáticas Colt Combat Commander, una con un acabado azulado y la otra de acero inoxidable.

—¡Automáticas del cuarenta y cinco!

Sandecker rebuscó entre las cajas de la estantería y en tan sólo unos segundos dio con el calibre adecuado. Tendió dos cajas a Pitt.

—Winchester con punta de plata.

Luego se volvió a Giordino.

—¿Qué necesitas, Al?

Giordino había sacado tres rifles Remington-1100 de la armazón adosada a la pared.

—Calibre doce, doble carga.

—Lo siento —comentó Sandecker, al tiempo que tendía a Giordino varias cajas de proyectiles—. Explosivos Magnum del número cuatro es todo lo que puedo ofrecerte en esta situación.

Luego se agachó y reptó por el suelo en busca del departamento de pintura.

—Dese prisa en apagar la linterna —le advirtió Pitt, al tiempo que golpeaba el faro aún encendido con la culata de su Colt.

Las furgonetas se habían detenido con estruendo frente al edificio, pero fuera del campo de visión de los hombres que estaban en el interior de la ferretería. Los asesinos salieron del vehículo vestidos con trajes negros *ninja*, rápidamente y sin ruido. No se precipitaron hacia la tienda sino que hicieron una pausa, tomándose su tiempo.

Su bien ensayada operación táctica para hacer pedazos el *jeep* y a sus ocupantes se había visto frustrada por la inesperada maniobra de Pitt, saliéndose del Cinturón y entrando en Phelps Point. Ahora se

284

veían obligados a improvisar una nueva táctica. Fríamente, analizaron la situación.

La excesiva confianza nubló su juicio. Como habían comprobado que los tres fugitivos del vehículo con tracción a las cuatro ruedas no devolvían su fuego, dieron por descontado que sus pretendidas víctimas estaban desarmadas, de modo que lo único que se les ocurrió fue invadir la tienda para acabar rápidamente el trabajo.

El jefe del equipo, sin embargo, era lo bastante prudente como para actuar con cautela en aquella situación. Oculto en el portal de una casa situada al otro lado de la calle, escrutó la oscuridad tratando de examinar la ferretería destrozada. No pudo ver nada, salvo las ruinas que mostraba la luz de una solitaria farola. El *jeep* se había perdido en las sombras del interior. Tampoco pudo escuchar ningún sonido, salvo el quejumbroso aullido de la alarma.

Su análisis de la situación hubo de precipitarse debido a las luces que empezaron a encenderse en los apartamentos de varios de los bloques de edificios. No podía permitirse atraer a una muchedumbre de testigos, sin mencionar la posibilidad de que se presentara la policía local. La aparición del sheriff y de sus ayudantes era tan sólo cuestión de minutos.

Calculó que en tres minutos podría asaltar el *jeep*, terminar el trabajo y retirarse en las furgonetas. Sería una matanza rápida y sencilla, pensó. Como precaución adicional, disparó a la farola, sumiendo la calle en la oscuridad e impidiendo que sus hombres fueran visibles en el momento del asalto. Se llevó un silbato a los labios y dio la señal de preparar las armas y asegurarse de que la palanca selectora de sus rifles automáticos Sawa de 51 proyectiles de 5,56 milímetros estaba en posición de tiro a ráfagas. Luego dio tres pitidos cortos, y todos empezaron a avanzar.

Se deslizaron sin ruido en la oscuridad, como serpientes venenosas en un pantano, y pasaron a través del escaparate roto por parejas, desvaneciéndose en las sombras del interior. Los primeros seis hombres tomaron posiciones después de entrar, con los silenciadores colocados sobre las bocas de sus armas, y mirando a uno y otro lado en la oscuridad, para habituarse a distinguir los objetos.

Y entonces, de súbito, una lata de veinte litros de disolvente de pintura, con un trapo ardiendo encajado en su abertura, voló en medio de ellos y cayó junto al escaparate, estallando en una tormenta de llamas azules y anaranjadas. Al unísono, Pitt y Giordino abrieron fuego, mientras Sandecker lanzaba otra lata del volátil fluido.

Pitt disparaba los Colts con las dos manos, en dirección al escaparate pero sin tomarse la molestia de apuntar. Su fuego en forma de barrera abatió a los tres hombres agazapados a la derecha de la ventana, antes de que pudieran siquiera darse cuenta de que habían sido alcanzados. Uno de ellos tuvo tiempo de disparar una breve ráfaga que fue a dar en una hilera de latas de pintura, esparciendo churretones de esmalte entre las mercancías destrozadas que cubrían el suelo.

Giordino hirió al primer hombre de la izquierda a través de la ventana, cuando aún estaba en la acera. Los otros dos eran tan sólo sombras en la oscuridad, pero disparó contra ellos hasta vaciar la recámara de uno de los Remington. Entonces lo dejó a un lado, tomó otro que había cargado previamente, y disparó una y otra vez hasta que nadie respondió a su fuego.

Pitt volvió a llenar a tientas sus cargadores con nuevas balas, mientras observaba la escena a través de las llamas y el humo que se alzaban en la parte delantera de la tienda. Los asesinos de las vestiduras negras *ninja* se habían desvanecido por completo, en búsqueda frenética de protección o tendidos boca abajo detrás de algún estante. Pero no habían huido. Seguían allí, todavía tan peligrosos como siempre. Pitt sabía que estaban aturdidos, pero tan furiosos como avispas.

Se reagruparían y atacarían de nuevo, pero ahora con mayor astucia, con más precauciones. Y la próxima vez podrían ver; el interior de la ferretería estaba brillantemente iluminado por las llamas, que habían prendido en el mostrador principal de madera. Todo el edificio y los hombres que estaban en su interior podían quedar convertidos en cenizas en pocos minutos.

—¿Almirante? —llamó Pitt.

—Estoy aquí —contestó Sandecker—. En el departamento de pinturas.

—Hemos abrumado a nuestros visitantes con este recibimiento. ¿Puede dedicarse a buscar la puerta trasera, mientras Al y yo los mantenemos a raya?

—De inmediato.

—¿Te encuentras bien, amigo?

Giordino agitó su Remington.

—Ningún agujero nuevo.

—Es hora de irnos. Todavía tenemos que tomar un avión.

—Te escucho.

Pitt echó una ojeada final a los amontonados cadáveres de los desconocidos sobre los que había disparado. Se acercó al más próximo y levantó la capucha que le cubría la cara. A la luz de las llamas pudo ver sus rasgos asiáticos. La ira se apoderó de él. Brotó en su mente el nombre de Hideki Suma. Un hombre al que nunca había visto, y del que ignoraba qué aspecto tenía. Pero la idea de que Suma representaba el fango y la maldad bastaba para impedir a Pitt sentir ningún remordimiento por los hombres que había matado. En su interior había tomado la meditada decisión de que el responsable de todas aquellas muertes y de aquel caos también debía morir.

—Al fondo de la sección de maderas —gritó repentinamente Sandecker—. Hay una puerta que da al almacén de descarga.

Pitt asió el hombro de Giordino y empujó a su amigo.

—Tú primero. Yo te cubro.

Aferrando uno de los Remington, Giordino se deslizó entre los estantes y desapareció. Pitt se volvió y abrió fuego por última vez con sus Colt, apretando los gatillos con tal rapidez que parecían ametralladoras. Finalmente, las dos automáticas quedaron vacías e inertes en sus manos. A toda prisa decidió quedárselas, y pagarlas más tarde. Las ajustó en su cinturón y corrió hacia la puerta.

Justo a tiempo.

El jefe de aquel grupo de asesinos, más cauteloso que nunca después de la pérdida de seis de sus hombres, lanzó un par de granadas de mano en medio de la ferretería ahora en llamas, y con una ráfaga de ametralladora hizo volar en añicos todo lo que rodeaba a Pitt.

Luego estallaron las granadas con una detonación estruendosa que acabó de destrozar lo que quedaba en pie del Imperio de la Quincalla de Oscar Brown. La onda de choque hizo derrumbarse el techo en medio de una lluvia de chispas, y destrozó todos los cristales de las ventanas de Phelps Point antes de esparcirse por la campiña vecina. Todo lo que quedó de la tienda fue un brasero ardiente en el hueco abierto entre los muros de ladrillo que aún se mantenían en pie.

La onda explosiva cogió a Pitt por detrás y lo proyectó a través de la puerta trasera, por encima del almacén de descarga, hasta el centro del callejón hacia el que daba esa entrada de la tienda. Aterrizó sobre su espalda, y el golpe vació de aire sus pulmones. Se quedó tendido, jadeante, intentando recuperar el resuello, hasta que Giordino y Sandecker le ayudaron a ponerse en pie y a correr tambaleante hasta el patio trasero de una casa cercana, donde los tres buscaron refugio temporal en un invernadero de plantas que se extendía hasta la calle vecina.

La alarma de seguridad había quedado silenciada cuando ardieron los cables eléctricos, de modo que ahora pudieron escuchar las sirenas del automóvil del sheriff y de los bomberos voluntarios, que corrían hacia el lugar del incendio.

Giordino tenía el talento de encontrar la frase definitiva para cada circunstancia. Estaban los tres tendidos bajo el techo del invernadero, exhaustos, contusos, y gratificados sin embargo por el simple hecho de seguir con vida.

—¿Suponéis —preguntó mientras miraba abstraído las llamas que realzaban las primeras claridades del alba— que les molestó algo que dijimos?

41

Era sábado por la noche, y la avenida principal de Las Vegas estaba animada por una larga caravana de coches cuya pintura relucía bajo los brillantes anuncios luminosos. Como busconas veteranas y elegantes exhibiendo, al caer la oscuridad, el centelleo de sus costosas joyas, los viejos hoteles alineados a lo largo del Bulevard de Las Vegas ocultaban sus fachadas deslustradas y su arquitectura brutalmente austera detrás de la aurora boreal eléctrica de unas luces deslumbrantes, que prometían más y más atractivos por su dinero.

En algún momento, aquella brillante cinta de luz había perdido su estilo y su sofisticación. El brillo exótico y el decorado del interior de los casinos, copiados de los burdeles, parecía tan gastado e indiferente como los crupieres de las mesas de juego. Incluso los clientes, mujeres y hombres que antaño se vestían a la moda para asistir a fastuosas cenas-espectáculo, ahora vestían pantalón corto y camiseta o monos de poliéster.

Stacy reclinó la cabeza en el respaldo del Avanti convertible y contempló los enormes anuncios que anunciaban los espectáculos de los hoteles. Su cabello rubio flotaba en la brisa que soplaba desde el desierto, y sus ojos chispearon bajo los luminosos parpadeantes. Deseó tener tiempo para descansar y disfrutar de su estancia como una turista más; pero, aunque ella y Weatherhill se comportaban como una pareja de ricos recién casados en viaje de luna de miel, según las instrucciones recibidas, todo se reducía estrictamente a una cuestión de trabajo.

—¿Cuánto hemos de jugar? —preguntó ella.

—Dos mil dólares suministrados por los generosos contribuyentes —contestó Weatherhill mientras maniobraba en medio del denso tráfico. Ella rió.

—Eso representará varias horas en las máquinas tragaperras.

—¡Mujeres y máquinas tragaperras! —se burló él—. Esa atracción debe de estar relacionada con la palanca que se ha de agarrar.

—¿Cómo explicas entonces la fascinación de los hombres por los dados?[5]

Stacy se preguntó lo que le habría contestado Pitt. Algo ácido y chovinista, pensó. Pero Weatherhill no reaccionó. El ingenio no era uno de sus puntos fuertes. Durante el viaje desde Los Ángeles a través del desierto, la había aburrido hasta la extenuación con una interminable conferencia sobre las posibilidades de la energía nuclear en los vuelos espaciales.

Después de que Weatherhill escapara del camión que transportaba los coches bomba, Jordan les ordenó a Stacy y a él que regresaran a Los Ángeles. Otro equipo de expertos en vigilancia los había relevado y siguió al remolque hasta Las Vegas y el hotel Pacific Paradise, de donde, según los informes, marchó vacío después de dejar los coches en un recinto de seguridad del área subterránea de aparcamiento.

Jordan y Kern pidieron entonces a Stacy y Weatherhill que sustrajeran uno de los compresores de acondicionamiento de aire utilizados como contenedores de las bombas, con el fin de estudiarlo; operación considerada demasiado arriesgada para llevarla a cabo durante el trayecto por carretera. También se necesitaba tiempo para construir una réplica de las dimensiones reseñadas por Weatherhill, para colocarla en el lugar del compresor sustraído.

—Ahí está el hotel —dijo ella finalmente, y señaló el punto del bulevar en el que se alzaba un edificio gigantesco festoneado con palmeras de neón y delfines centelleantes que brincaban entre ellas. La principal atracción anunciada en el tablero luminoso consistía en el mayor espectáculo acuático del mundo. Otro letrero luminoso que recorría toda la terraza del edificio principal con letras de brillantes colores rosa, azul y verde, identificaba aquel inmenso complejo como el Pacific Paradise.

El hotel estaba construido de cemento y pintado de color azul claro, con ventanas redondas en forma de ojo de buey en las habitaciones. Stacy pensó que el arquitecto debía de haber reñido con su escuadra y su cartabón cuando diseñó un edificio tan cursi.

Weatherhill se dirigió hacia la puerta principal, pasando delante de una piscina rodeada por un paisaje que imitaba la jungla tropical, con multitud de toboganes y cascadas que rodeaban todo el hotel y la zona de aparcamiento.

Stacy contemplaba atónita aquella monstruosidad.

—¿Hay algo que Hideki Suma no posea?

—El Pacific Paradise es tan sólo uno de los diez hoteles de todo el mundo en los que ha puesto sus garras.

---

5. *Craps*, juego de los dados; *crap*, mierda, en lenguaje coloquial. (*N. del t.*)

—Me pregunto qué diría la Comisión del Juego de Nevada si supiera que tiene cuatro bombas nucleares debajo del casino.

—Probablemente no les importaría —dijo Weatherhill—, siempre que los hoteles no se les llenaran de mecánicos.

—¿Mecánicos?

—Sí, los encargados de manipular los coches bomba. Serían un desprestigio para los casinos.

Detuvo el Avanti ante la entrada principal y dio una propina al portero, que sacó el equipaje del maletero. Mientras un empleado aparcaba el automóvil, se registraron en recepción, y Stacy procuró mostrarse ilusionada y sonriente como si fuera una recién casada, un acontecimiento de su propia vida que no podía recordar sin un sentimiento penoso.

Una vez en la habitación, Weatherhill dio propina al botones y cerró la puerta. Inmediatamente abrió una maleta y extendió sobre la cama una serie de planos del hotel.

—Han encerrado los coches en una cámara de la tercera planta de los sótanos —dijo.

Stacy estudió las fotocopias, que mostraban el plano de todo el sótano inferior con un informe adjunto de uno de los equipos de vigilancia.

—«Cemento armado con doble refuerzo y plancha exterior de acero» —leyó en voz alta—. «Una puerta de acero alta hasta el techo. Cámaras de seguridad y tres guardas con dos dobermans.» No entraremos por la puerta; no es difícil burlar los sistemas electrónicos, pero el factor humano y los perros pueden crearnos bastantes dificultades.

Weatherhill señaló un punto del plano.

—Entraremos por el ventilador.

—Por suerte, tiene uno.

—Es una exigencia de la misma construcción. Sin ventilación que impida la expansión y la contracción del cemento armado, podrían formarse grietas que afectaran a los cimientos del hotel.

—¿Dónde está situada la abertura?

—En el techo.

—Demasiado alta para nuestro propósito.

—Podemos entrar por una habitación de servicio de la segunda planta de aparcamiento del sótano.

—¿Quieres que entre yo?

Weatherhill sacudió negativamente la cabeza.

—Tú eres más menuda, pero los artefactos nucleares son mi especialidad. Yo entraré, y tú entre tanto manejarás los hilos.

Ella examinó las dimensiones del conducto de ventilación.

—Vas a pasar un mal rato. Espero que no sufras de claustrofobia.

Cargados con bolsas de deporte y raquetas, y vestidos con atuendo blanco de tenis, Weatherhill y Stacy pasaban inadvertidos como una pareja más dispuesta a jugar su partido en las pistas del hotel. Esperaron un ascensor vacío, bajaron hasta la segunda planta del aparcamiento subterráneo, y allí Weatherhill abrió la cerradura de la puerta de la habitación de servicio en menos de cinco segundos.

El pequeño interior estaba guarnecido de cañerías de vapor y de agua, con instrumentos de cuadrantes digitales que controlaban la temperatura y la humedad. Una hilera de armarios guardaba las escobas, los productos de limpieza y cables de arrastre para los vehículos estacionados en el área de aparcamiento.

Stacy se apresuró a abrir la bolsa de deporte y sacar de ella una serie de instrumentos variados, en tanto que Weatherhill se ponía un mono de nailon de una pieza. Se ajustó un cinturón Delta con tirantes, y lo abrochó a la cintura.

Luego Stacy montó un tubo con pistón movido por muelles, con un cilindro de gran diámetro, que recibía el curioso nombre de «pistola saco de alubias». La sujetó a un «erizo», un extraño objeto cubierto de ruedas redondas de tipo cojinete, con una polea en el centro. A continuación devanó un triple hilo delgado de nailon y lo ató al «saco de alubias» y al erizo.

Weatherhill consultó por última vez el plano que mostraba el sistema de ventilación. Un ancho eje vertical que bajaba desde el techo se conectaba a unos conductos más pequeños, que corrían horizontalmente entre el techo y el suelo de las áreas de aparcamiento. El conducto que llevaba a la cámara donde estaban los coches bomba estaba encajado entre el suelo que tenían bajo sus pies y el techo de la planta inferior.

Extrajo una sierra eléctrica alimentada por batería, y empezó a cortar un amplio agujero en el estrecho panel de alambre. Tres minutos más tarde colocó a un lado la cubierta, tomó una pequeña lamparilla, e iluminó el interior del conducto.

—Desciende aproximadamente un metro y luego empalma con el ramal que lleva a la cámara —dijo.

—¿A qué distancia, desde el empalme? —preguntó Stacy.

—De acuerdo con el plano, a unos diez metros.

—¿Podrás pasar por el codo que forma el conducto entre el tramo vertical y el horizontal?

—Sólo si retengo el aliento —contestó él con una ligera sonrisa.

—Comprobemos el funcionamiento de la radio —dijo ella, colocándose alrededor de la cabeza un micrófono miniatura y un receptor.

Él se volvió de espaldas y susurró al transmisor miniatura que llevaba en la muñeca:

—Probando, probando. ¿Me recibes?

—Claro como el cristal. ¿Tú a mí?

—Perfectamente.

Stacy le dio una palmadita tranquilizadora y luego se inclinó hacia la abertura del ventilador y apretó el gatillo de la pistola «saco de alubias». El émbolo movido por el resorte proyectó en la oscuridad el erizo, y el impulso y las ruedas de cojinetes hicieron que éste se deslizara por la pendiente con suavidad. Pudieron oír cómo circulaba por el conducto durante unos segundos, arrastrando tras él los tres hilos de nailon, hasta que un chasquido audible indicó el momento en que se había detenido, al tropezar con la pantalla del filtro colocada en la pared de la cámara. Entonces Stacy apretó otro botón, y dos varillas salieron del erizo en dirección a las paredes laterales del conducto, hasta dejar el aparato sólidamente trabado en el lugar en el que se encontraba.

—Espero que hayas trabajado mucho en el gimnasio —dijo Weatherhill al tiempo que pasaba una cuerda por las sujeciones de sus tirantes—. Porque tus pequeños músculos van a pasar por una prueba difícil esta noche.

Ella sonrió y señaló una polea que había sujetado ya a un cable y a una de las cañerías del agua.

—Todo el truco está en la palanca —dijo con malicia.

Weatherhill se sujetó a la muñeca la pequeña pero potente lámpara. Se inclinó y extrajo de su bolsa de deporte una réplica exacta de un compresor de aire acondicionado. Lo había construido para sustituir el que se disponía a robar. Finalmente, hizo una señal de conformidad a Stacy.

—Listo para bajar.

Se introdujo en el eje vertical y poco a poco fue descendiendo, con la cabeza delante, y empujando al frente el falso compresor mientras Stacy mantenía tensa e iba soltando poco a poco la cuerda que lo sujetaba. En esa primera parte del recorrido había espacio más que suficiente, pero al llegar al codo del empalme con el conducto horizontal, hubo de contraer el cuerpo y retorcerse como una serpiente. Tuvo que colocarse boca arriba, para ajustar su cuerpo a aquel estrecho recodo. Finalmente, lo consiguió.

—Listo, Stacy, ya puedes tirar —dijo a su radio de pulsera.

—¿Tienes bastante espacio?

—Digamos que a duras penas consigo respirar.

Ella se puso un par de guantes y empezó a tirar de uno de los hilos de nailon que pasaban por la polea del erizo y se sujetaban a los tirantes de Weatherhill, de modo que impulsaba a éste por el estrecho conducto de ventilación.

Él apenas podía hacer nada por ayudarla, a excepción de exhalar cuando notaba que ella tiraba de la cuerda. Empezó a sudar dentro de su ajustado mono de nailon. A través del ventilador no corría aire acondicionado, y la atmósfera exterior que soplaba desde la abertura del techo del hotel era calurosa y sofocante.

Tampoco Stacy disfrutaba de una temperatura agradable. Las tuberías del vapor de la habitación de servicio mantenían el calor y la humedad en niveles muy próximos a los de una sauna.

—Puedo ver el erizo y la pantalla de ventilación —informó él, pasados ocho minutos.

Cinco metros más, y llegó a su objetivo. Los planos no indicaban que hubiera cámaras de televisión, pero examinó aquel recinto oscuro en busca de signos de su presencia. También extrajo un pequeño sensor de un bolsillo de la manga, y comprobó que no hubiera detectores guiados por láser o por el calor. Por fortuna la inspección dio un resultado negativo.

Se sonrió a sí mismo. Todas las complejas medidas de defensa y alarma se encontraban en el exterior de la cámara, un fallo muy común en numerosos sistemas de seguridad.

Ató una pequeña cuerda a la pantalla y la descolgó sin ruido hasta el suelo. Soltó la palanca que mantenía en posición extendida las varillas de sujeción del erizo, y bajó éste a la cámara junto con el compresor falso. Luego descendió él mismo, de cabeza, hasta rodar finalmente por el suelo de cemento.

—Estoy dentro —dijo a Stacy.

—Comprendido.

Encendió la lámpara y examinó el lugar en el que se encontraba. Los coches bomba parecían todavía más amenazadores, reposando ominosamente en aquella oscuridad mohosa y protegidos por los gruesos muros de cemento. Era difícil imaginar la espantosa destrucción que podían desencadenar desde aquel recinto herméticamente cerrado.

Weatherhill se puso en pie y se soltó el cinturón. Caminó hasta el coche bomba más cercano y desplegó sobre el parachoques un pequeño paquete de herramientas que llevaba sujeto a una pierna. Dejó en el suelo la réplica del compresor. Luego, sin molestarse en mirar el interior del coche, accionó la palanca que levantaba el capó.

Examinó por unos instantes el contenedor de la bomba, sin tocarlo aún. Sabía que había sido diseñado para estallar mediante una señal de radio codificada. Era muy improbable que el mecanismo de detonación se activara debido a un movimiento súbito. Los científicos nucleares de Suma debían de haber construido la bomba de forma que fuera capaz de absorber el traqueteo normal en un automóvil que circulara a altas velocidades por carreteras en mal estado. Pero no quería correr ningún riesgo, en especial porque todavía no se había averiguado la causa de la explosión producida en el *Divine Star*.

Weatherhill expulsó de su mente todos los temores y aprensiones y empezó a trabajar, soltando uno por uno los tornillos de presión del compresor. Como había sospechado, los cables eléctricos conectados a los carretes del evaporador, que actuaban como antena, estaban ocultos en uno de los manguitos. La instalación electrónica era exactamente como si la hubiera diseñado él mismo. Desconectó los cables con toda delicadeza y volvió a conectarlos al compresor falso sin romper los circuitos. Ahora podía tomarse el tiempo necesario para desatornillar los pernos de las abrazaderas que sujetaban en su lugar el compresor.

—Extraída la bomba del coche sin novedad —informó—. Ahora procedo al cambio.

Seis minutos después, el falso compresor ya estaba colocado en su lugar y conectado.

—A punto para salir.

—Dispuesta para la recuperación —contestó Stacy.

Weatherhill se colocó de espaldas frente a la abertura del ventilador y volvió a ajustarse los tirantes. De repente advirtió algo que antes no había visto en la oscuridad de la cámara.

Había algo colocado en el asiento delantero del automóvil.

Iluminó con la lámpara toda la estancia. Ahora pudo darse cuenta de que los cuatro automóviles tenían un aparato de alguna especie colocado detrás del volante. El recinto estaba frío, pero Weatherhill se sintió como en el interior de una sauna. Estaba empapado dentro de su mono de nailon. Sujetando todavía la lámpara en una mano, se secó la frente con la manga y se agachó hasta colocar la cabeza al nivel de la ventanilla del conductor del coche que acababa de manipular.

Sería ridículo llamar un hombre mecánico al aparato colocado detrás del volante. Incluso considerarlo un robot parecía forzar demasiado la definición, pero eso es lo que era. La cabeza consistía en una especie de sistema visual computadorizado colgado sobre una columna metálica, y había una caja llena de aparatos electrónicos en el lugar del pecho. Unas manos de acero como garras aferraban con tres dedos el volante. Los brazos y las piernas se articulaban en los mismos lugares que los de una persona humana, pero ahí acababa todo remoto parecido.

Weatherhill tardó varios minutos en examinar el conductor robot y en fijar en la memoria su diseño.

—Informa, por favor —dijo Stacy, nerviosa por su tardanza en regresar.

—He encontrado algo interesante —contestó—. Un nuevo tipo de accesorio.

—Será mejor que te des prisa.

Se sintió feliz al abandonar la cámara. Los robots sentados en silencio en la oscuridad, esperando la orden de guiar el automóvil hasta su objetivo preprogramado, empezaban a parecerle esqueletos. Ató los hilos a su arnés y se tendió en el suelo frío, de espaldas a la pared y con los pies por encima de la cabeza.

—Puedes tirar.

Stacy arqueó la pierna contra una tubería y empezó a tirar del hilo que rodeaba la polea del erizo. En el otro extremo, los pies de Weatherhill llegaron a la altura del ventilador y entró en el conducto de la misma forma en que había salido, boca arriba, salvo que en esta ocasión llevaba en las manos extendidas más allá de su cabeza un compresor que contenía una bomba nuclear.

Tan pronto como se hubo introducido totalmente en el conducto, habló al transmisor.

—Muy bien, para mientras vuelvo a colocar en su lugar el erizo y la pantalla del ventilador. No conviene dejar ningún rastro de nuestra visita.

Moviendo las manos en el escaso espacio que dejaba libre el bulto del compresor, tiró de los hilos hasta levantar el erizo y extendió de nuevo las varillas para dejarlo sujeto a las paredes laterales del conducto de ventilación. Luego recogió la cuerda a la que había atado la pantalla y rápidamente atornilló ésta en su lugar. Entonces se permitió un descanso. Lo único que podía hacer era quedarse allí tendido hasta ser remolcado al eje vertical, dejando a Stacy todo el esfuerzo físico, mientras él contemplaba la bomba y se preguntaba por sus probabilidades de sobrevivir.

—Puedo ver tus pies —dijo finalmente Stacy. Apenas podía sentir los músculos de los brazos, y el esfuerzo realizado disparaba los latidos de su corazón.

Cuando salió del estrecho eje horizontal, la ayudó tanto como pudo, impulsándose hacia arriba. Ahora que disponía de espacio suficiente, pasó la bomba sobre su hombro hasta que ella pudo alcanzarla y colocarla a salvo en la habitación de servicio. Tan pronto como hubo cubierto con un paño suave el cilindro y depositado éste en la bolsa de deporte, acabó de halar a Weatherhill por la abertura del eje del ventilador.

Él desató a toda prisa los hilos de nailon y se desembarazó de su arnés, mientras Stacy apretaba el botón que soltaba las varillas de sujeción del erizo. Después rebobinó el hilo hasta que reapareció el erizo, y colocó todo en la bolsa de deporte. A continuación, mientras Weatherhill volvía a vestir su equipo de tenis, ella empleó cinta adhesiva para volver a ajustar en su lugar el panel de la abertura serrada.

—¿No ha habido interrupciones? —le preguntó Weatherhill. Ella negó con un movimiento de cabeza.

—Algunas personas han pasado por delante de la puerta después de aparcar sus coches, pero no ha aparecido ningún empleado del hotel. —Hizo una pausa y señaló la bolsa de deporte que ocultaba el compresor—. Es casi imposible pensar que tenemos una bomba nuclear ahí dentro.

—Y que tiene la potencia suficiente para evaporar todo el hotel —asintió él.

—¿Algún problema? —preguntó Stacy.

—Ninguno, pero he descubierto el último truco ideado por nuestro amigo Suma —dijo él, al tiempo que guardaba el mono y los tirantes en la bolsa—. Los coches tienen conductores robóticos. No se necesita ningún ser humano para llevar las bombas hasta los puntos de detonación.

—El hijo de puta. —El cansancio y la tensión habían desaparecido, reemplazados por una furia inmensa—. Así no hay emociones humanas con las que luchar, ni arrepentimientos eventuales de un desertor que no quiera colocar la bomba; nadie que pregunte ni que delate la fuente en caso de que la policía detenga el coche.

—Suma no habría llegado hasta el lugar que ocupa si fuera un estúpido. La utilización de robots para hacer el trabajo sucio es una idea formidable. Japón es el líder mundial en robótica, y si hacemos una investigación comprobaremos sin duda que sus instalaciones científicas y técnicas de ciudad de Edo son las principales responsables del diseño y la manufactura de esas máquinas.

Una repentina idea asomó a los ojos de Stacy. Su voz sonó con un susurro sobrecogido.

—¿Y si el centro de detonación está dirigido y guiado por robots? Weatherhill acabó de cerrar la cremallera de su bolsa de deporte.

—Ése es problema de Jordan. Pero sospecho que vamos a encontrar casi imposible la penetración en ese lugar.

—Entonces no podremos impedir que Suma acabe sus preparativos y haga detonar las bombas.

—Tal vez no haya forma de detenerlo —dijo él con lúgubre expresión—. Nuestros mejores recursos están muy lejos de ser suficientes para conseguirlo.

42

Toshie, vestida con un breve kimono, muy distinto del de una geisha, sujeto blandamente a la cintura con un fajín *obi*, inclinó con discreción la cabeza y sostuvo una amplia toalla suave para Suma, que salía de su baño de vapor. Él se envolvió el cuerpo con la toalla como si fuera una toga, y tomó asiento en un taburete con almohadón. Toshie, de rodillas frente a él, empezó a darle masaje en los pies.

Cuando Suma la vio por primera vez, Toshie era hija de un pobre pescador, la cuarta de ocho hermanos. Había sido una niña flaca y desprovista de atractivo, ignorada por los muchachos hasta que empezó a desarrollarse y su cuerpo adquirió unas hermosas proporciones, con pechos mucho mayores de los que suelen tener las mujeres japonesas. Poco a poco sus facciones se fueron definiendo, y sus pómulos prominentes realzaron unos ojos grandes y oscuros.

Suma, que paseaba solo al atardecer, la había espiado mientras ella manipulaba una red de pescar entre los rompientes. Se alzaba serena y dorada bajo los rayos del sol poniente. Todo lo que llevaba encima era una delgada camisa, empapada hasta la transparencia por las olas, que revelaba todo y no ocultaba nada.

Quedó cautivado. Sin hablarle directamente a ella, averiguó su nombre, y en el momento en que empezaron a aparecer las estrellas ya había concluido un trato con el padre y comprado a Toshie por una suma que transformó repentinamente al encallecido pescador en el hombre más rico de la isla; además lo convirtió en el propietario de un nuevo barco de pesca equipado con el instrumental electrónico más moderno.

Al principio Toshie estaba histérica por el golpe y el dolor que le supuso alejarse de su familia, pero poco a poco se sintió fascinada por las riquezas y el poder de Suma, y acabó por sentirse atraída hacia él. A su propio modo, disfrutaba en el papel de sirviente de Suma, como secretaria y amante suya. Él cuidó de su educación, pagando a los mejores profesores que pudo contratar, e hizo que aprendiera idiomas, gestión comercial y finanzas; le enseñó las sutilezas del mundo de la moda y de la elegancia, y la adiestró en los más delicados matices del arte de amar.

Ella sabía que nunca se casaría con él. Había demasiadas mujeres para que Hideki pudiera amar tan sólo a una. Pero se mostraba amable con ella, y cuando llegara el momento de sustituirla, estaba segura de que sabría mostrarse generoso.

Kamatori, envuelto en una bata *yukata* con pájaros estampados en color índigo, tomó asiento junto a una mesa baja lacada en negro, directamente frente a Roy Orita, y bebió un sorbo de té. Por respeto a su superior, ambos hombres aguardaron con paciencia a que Suma hablara primero.

Suma los ignoró durante varios minutos, mientras disfrutaba de las manipulaciones que Toshie hacía con sus pies. Kamatori evitó la mirada furiosa de Suma y mantuvo la vista baja. Había sido cogido en falta por segunda vez en aquella semana, y sentía una humillación extrema.

—De manera que tu equipo de idiotas falló —dijo por fin Suma.

—Ha sido un contratiempo —respondió Kamatori, todavía con la mirada fija en la superficie de la mesa.

—¡Contratiempo! —estalló Suma—. «Desastre» está más cerca de la verdad.

—Pitt, el almirante Sandecker y el hombre llamado Giordino tuvieron mucha suerte.

—No fue suerte. Tus asesinos subestimaron la capacidad de supervivencia y la obstinación de los americanos, y a eso se redujo todo.

—El compartamiento de los agentes profesionales siempre puede predecirse —dijo Kamatori, buscando una débil excusa—. En cambio, los civiles no se atienen a las reglas.

Suma indicó a Toshie que parara.

—¿Cuántos hombres has perdido?

—Siete, incluido el jefe.

—Confío en que ninguno de ellos fue capturado.

—Todos los cadáveres pudieron ser recuperados, y los supervivientes escaparon antes de la llegada de las autoridades locales. No quedó detrás nada que pudiera conducir a una pista.

—Raymond Jordan sabrá quién es el responsable —dijo Roy Orita.

—Eso no me preocupa. —El rostro de Kamatori mostró una expresión de desprecio—. Él y su patético equipo EIMA han dejado de constituir una amenaza efectiva. La parte japonesa de sus fuerzas ha sido aniquilada.

Suma desdeñó el té y tomó una tacita de saki ofrecida por Toshie.

—Jordan todavía puede resultar peligroso si sus agentes descubren la posición de nuestro centro de mando.

—Jordan y Kern se encontraban en un callejón sin salida en el momento en que rompí el contacto con ellos, hace tan sólo veinticuatro horas —dijo Orita en tono de seguridad—. No tienen ninguna pista respecto al lugar.

Kamatori se encogió de hombros con indiferencia.

—Jordan está cazando sombras en un espejo ahumado. Los coches están ocultos y bien protegidos en lugares seguros. Hasta hace una hora, ninguno de ellos había sido descubierto ni confiscado. E incluso en el caso de que sus agentes den con algunos de ellos y neutralicen las bombas, será para ellos demasiado poco y demasiado tarde. Contamos con mucho más de lo necesario para crear un escudo magnético que cubre la mitad de la Tierra.

—¿Hay alguna noticia sobre el KGB o las agencias de inteligencia de la Comunidad europea?

—Están completamente a oscuras —respondió Orita—. Por razones desconocidas para nosotros, Jordan no les ha revelado los resultados de su investigación.

Kamatori bebió su té y miró a Suma por encima del borde de su taza.

—Los has vencido, Hideki. Nuestros técnicos en robótica tienen casi ultimado el sistema electrónico de armas. Pronto, muy pronto, podrás dictar tus condiciones al decadente mundo occidental.

El rostro de Suma era una máscara de piedra tallada en una expresión de maligna autosatisfacción. Como tantos otros hombres marcados por la fuerza del dinero, Suma había ido mucho mas allá de la acumulación de riquezas, hasta desarrollar en su interior la forma más alta de corrupción: la sed abrumadora del poder absoluto.

—Creo que ha llegado el momento —dijo en un tono revelador de una placer sádico—, de empezar a iluminar a nuestros huéspedes con respecto al motivo de su presencia aquí...

—Si se me permite una sugerencia... —dijo Orita con una ligera inclinación de la cabeza.

Suma asintió sin decir una palabra.

—A los *gaijines* les impresionan el prestigio y el poder. Su psicología puede apreciarse fácilmente al ver la reverencia que muestran por los artistas y las celebridades. Usted es el experto en finanzas más importante del mundo. Deje que la congresista y el senador se debatan en la incertidumbre y la confusión, mientras usted se mantiene al margen y lejos de su alcance. Envíe a otras personas para atormentar su curiosidad y suministrarles pequeñas porciones de cebo, hasta que sus mentes hayan madurado y estén dispuestas a recibir su honorable aparición y acatar sus divinas órdenes.

Suma meditó sobre el consejo de Orita. Era un juego infantil que agradaba a su ego, pero también tenía aspectos positivos en el orden práctico. Miró a Kamatori.

—Moro, dejo a tu cargo la iniciación de nuestros huéspedes.

Loren se sentía perdida. Nunca se había sentido tan perdida en la vida. Fue drogada casi inmediatamente después de su secuestro en la carrera de coches clásicos, y no había vuelto a la plena conciencia hasta hacía apenas dos horas.

Cuando finalmente consiguió disipar la bruma mental provocada por las drogas, se encontró en un dormitorio magníficamente amueblado, con un cuarto de baño anejo reluciente que incluía una bañera hundida en el suelo y un bidé, ambos de mármol. La decoración recordaba la de algunas islas del Pacífico Sur, con muebles de bambú y una pequeña selva de plantas tropicales en macetas. El suelo era de cedro de tono claro, pulimentado, y las paredes aparecían cubiertas de hojas de palma entrelazadas.

Le recordó un lugar de veraneo en Tahití donde había pasado unas vacaciones; pero había dos detalles que lo hacían totalmente diferente. No había picaporte en la parte interior de la puerta, y tampoco ninguna ventana.

Abrió un armario adosado a una de las paredes y curioseó en su interior. Colgaban de las perchas varios kimonos de seda muy caros. Se probó uno y descubrió con agrado que parecía prácticamente hecho a su medida. Abrió los cajones inferiores. Contenían ropa interior femenina también de su talla exacta, lo mismo que las sandalias a juego que reposaban en el piso del armario.

«Esto es endiabladamente distinto a estar encadenada en una mazmorra», pensó Loren. Fuera quien fuera su secuestrador, no parecía pretender torturarla ni ejecutarla. Volvió a preguntarse cuál sería la razón por la que había sido secuestrada. Tratando de extraer el máximo partido de una situación colocada de todas formas fuera de su control, llenó la bañera para tomar un baño de burbujas. Luego se arregló el cabello con el imprescindible secador, los rulos y pinzas que encontró dispuestos sobre la repisa del baño, junto a un selecto muestrario de cosméticos y perfumes de alto precio.

Estaba a punto de cubrirse con un kimono floreado en tonos rosas y blancos cuando alguien llamó suavemente a la puerta, y Kamatori se introdujo sin ruido en la habitación.

Quedó allí en silencio por unos instantes, con los brazos y las manos ocultos en las amplias mangas de su *yukata*, y una altanera expresión de desprecio en el rostro. Sus ojos ascendieron con lentitud desde los pies descalzos de Loren, se demoraron en los pechos, y por fin ascendieron hasta su rostro.

Loren apretó con fuerza el kimono en torno a su cuerpo, se anudó el cinturón y le volvió la espalda.

—¿Entran siempre los japoneses en la habitación de una dama sin haber sido invitados?

—Le pido sentidas disculpas —dijo Kamatori con un perceptible tono sarcástico—. No era mi intención faltar el respeto a una famosa legisladora americana.

—¿Qué desea usted?

—Me envía el señor Hideki Suma para comprobar que está usted cómodamente instalada. Me llamo Moro Kamatori. Soy el amigo, guardaespaldas y hombre de confianza del señor Suma.

Ella respondió con rapidez:

—Intuyo que él ha sido el responsable de mi secuestro.

—Le prometo que esa inconveniencia será sólo temporal.

—¿Acaso me retiene como rehén? ¿Qué beneficio espera sacar, como no sea el odio y la venganza del gobierno americano?

—Desea su cooperación para entregar un mensaje a su presidente y al Congreso.

—Diga el señor Suma que se meta un bastón afilado por el recto y entregue el mensaje en persona.

«El descaro nacido de la vulnerabilidad», pensó Kamatori. Se sentía complacido. Decidió asaltar la primera línea de defensa de Loren.

—Qué coincidencia. Casi las mismas palabras empleadas por el senador Díaz. Con la salvedad de que él ha elegido términos más fuertes.

—¿Mike Díaz? —En la valerosa actitud de Loren se abrió una brecha que empezó a ampliarse—. ¿También lo han secuestrado a él?

—Sí, los dos han sido trasladados juntos aquí.

—¿Dónde es *aquí*?

—Un lugar de descanso en una isla cercana a las costas de Japón.

—Suma está loco.

—De ningún modo —explicó Kamatori con paciencia—. Es un hombre muy sabio y sensible. Y dentro de pocos días anunciará las reglas que deberán seguir las economías occidentales en el futuro.

Las mejillas de Loren se colorearon de ira.

—Es un lunático todavía mayor de lo que imaginaba.

—No lo creo. Ningún hombre en la historia ha acumulado tantas riquezas. No hubiera conseguido tanto si fuera un ignorante. Y muy pronto podrá comprobar que también es capaz de ejercer un control absoluto sobre su gobierno y su economía.

Kamatori hizo una pausa, y sus ojos descendieron hasta posarse de nuevo en la carne turgente de los pechos de Loren, apretados contra los pliegues superiores de su kimono.

—En vista de la transición que se avecina, usted podría muy bien considerar oportuno un cambio en el depositario de su lealtad.

Loren no podía tomar en serio el galimatías que estaba oyendo.

—Si algo nos ocurre al senador Díaz o a mí, usted y el señor Suma pagarán las consecuencias. El presidente y el Congreso no van a quedarse cruzados de brazos sin hacer nada mientras ustedes nos retienen como rehenes.

—Los terroristas musulmanes han estado tomando rehenes americanos durante años y nunca han hecho ustedes nada. —La mirada de Kamatori parecía divertida—. Su presidente ha sido informado hace una hora de su desaparición, y se le ha dicho quién es el responsable de la misma. Crea lo que le estoy diciendo. Ha ordenado que no se lleve a cabo ninguna operación de rescate ni se filtre la noticia a los medios de comunicación. En cuanto a sus ayudantes, parientes y compañeros del Congreso..., ninguno de ellos sabe que han sido traídos ustedes en un vuelo secreto a Japón.

—Miente. Mis amigos no se van a quedar quietos.

—Cuando habla de sus amigos, ¿se refiere a Dirk Pitt y Alfred Giordino?

La mente de Loren estaba en ebullición. Poco a poco empezaba a perder el control de sí misma.

—¿Qué sabe usted de ellos?

—Que se han mezclado en asuntos que no eran de su incumbencia, y han sufrido un accidente.

—¿Están heridos? —dijo ella tambaleándose.

—No lo sé, pero puedo asegurarle que no han escapado indemnes.

Los labios de Loren temblaban. Buscó algo que decir.

—¿Por qué a mí? ¿Por qué al senador Diaz?

—Usted y el senador Diaz son meros peones de un juego estratégico basado en el poder económico —respondió Kamatori—. De modo que no espere ser liberada hasta que el señor Suma lo disponga. Un asalto de sus Fuerzas Especiales no serviría más que para malgastar esfuerzos, porque sus servicios de inteligencia no tienen la menor sospecha respecto de su paradero. Y aunque la tuvieran, no hay forma de que ningún ejército pueda penetrar en nuestras defensas. En cualquier caso, usted y el senador serán liberados y volarán a Washington pasado mañana.

La mirada de Loren mostraba el aturdimiento que había esperado Kamatori. Éste sacó las manos de las amplias mangas de su *yukata*, la agarró de improviso, y tiró del kimono de Loren bajándolo hasta la cintura, al tiempo que le sujetaba los brazos contra las caderas.

Kamatori esbozó una sonrisa sádica.

—Haré todo lo que esté en mis manos para que disfrute de su corta estancia entre nosotros. Tal vez llegue incluso a darle una lección sobre el respeto que deben las mujeres a los hombres.

Luego dio media vuelta y con dos fuertes golpes en la puerta llamó a un guarda oculto que la abrió desde el exterior. Kamatori se marchó, dejando pocas dudas en la mente de Loren respecto a lo que le aguardaba antes de que fuera liberada.

43

—Aquí está —dijo Mel Penner al tiempo que tiraba del lienzo que cubría una amplia mesa, con gestos propios de un prestidigitador, y revelaba un modelo en tres dimensiones de una isla rodeada por un mar azul añil y adornada con árboles y edificios minúsculos—. La isla de Soseki, llamada antiguamente Ajima.

—Has hecho un trabajo maravilloso —felicitó Stacy a Penner—. Parece de verdad.

—Soy un antiguo aficionado a los ferrocarriles en miniatura —dijo orgulloso el Director de Operaciones de Campo—. Mi pasatiempo es construir dioramas.

Weatherhill se inclinó sobre la mesa y examinó los abruptos acantilados que se alzaban sobre el mar, plasmados con gran realismo.

—¿Cuáles son sus dimensiones?

—Catorce kilómetros de largo por cinco en el punto de mayor anchura. Más o menos la misma configuración de San Miguel, una de las islas del canal de la costa de California.

Penner sacó un pañuelo azul del bolsillo de su pantalón y enjugó el sudor que goteaba por sus sienes. El acondicionador de aire mantenía en un nivel aceptable la temperatura en el interior del pequeño edificio, no mucho mayor en realidad que una cabaña, que se alzaba sobre la arena de un playa de la isla Koror, en las Palau; pero no había forma de soslayar el 98 por ciento de humedad.

Stacy, vestida con unos ajustados pantalones cortos y un *top* que dejaba al descubierto los hombros y la espalda, dio la vuelta alrededor de la mesa, observando la exactitud del modelo de Penner. Los riscos enlazados por puentes colgantes en miniatura y los pinos retorcidos daban a la isla un acentuado aire místico.

—Debe ser... —Dudó, en busca de la descripción correcta—. Divina —dijo por fin.

—No es exactamente la misma palabra en la que pensaba yo —murmuró Pitt, y dio un largo trago de su vaso medio lleno de lima, hielo y tequila, de una botella que había traído desde Washington. Llevaba puesto un bañador y una camiseta de la AMSN. Sus largas piernas bronceadas se apoyaban en el respaldo de la silla situada frente a él; y calzaba sandalias de cuero.

—Tal vez el exterior parezca un jardín, pero debajo hay un monstruo al acecho.

—¿Crees que el arsenal nuclear de Suma y el centro de control de la detonación están debajo de la isla? —preguntó Frank Mancuso, el último de los cinco miembros del equipo en llegar al Punto de Recogida y Clasificación de la Información, en el Pacífico Sur.

—Estamos seguros —afirmó Penner.

Stacy se acercó y tocó los abruptos acantilados, colgados casi verticalmente sobre el mar.

—No hay espacio para que atraquen barcos. Deben de haber llevado el equipo de construcción por aire.

—¿Cómo es posible que hayan construido nada sin que nuestros satélites espías detectaran la actividad? —se preguntó Weatherhill en voz alta.

Con una mal disimulada expresión de orgullo en el rostro, Penner levantó una sección del mar, situada entre la isla y el grueso borde de la mesa. Señaló un estrecho tubo que cruzaba la masilla de color gris.

—Un túnel —explicó—. Los ingenieros de Suma construyeron un túnel que empieza debajo del más profundo de los niveles subterráneos de ciudad de Edo y corre a lo largo de diez kilómetros hasta la costa, y cincuenta kilómetros más debajo de la plataforma submarina hasta Soseki.

—Un punto para Suma —comentó Pitt—. Nuestros satélites no revelaron ningún movimiento inusual porque la tierra extraída del túnel se retiraba juntamente con la excavada durante la construcción de la ciudad.

—Una tapadera perfecta —dijo Giordino, quizá intentando un juego de palabras.

Estaba sentado a horcajadas sobre una silla puesta del revés, y miraba pensativo el modelo a escala. Toda su vestimenta la constituían unos tejanos recortados a la altura de las rodillas.

—La perforación más larga del mundo —dijo Penner—, muy por delante del túnel construido por los propios japoneses bajo el océano entre las islas de Honshu y Hokkaido.

Weatherhill meneó la cabeza de un lado a otro, asombrado.

—Es una hazaña portentosa. Lástima que tantos esfuerzos no se hayan dedicado a propósitos más pacíficos.

En su calidad de ingeniero de minas, Mancuso podía calibrar los enormes problemas que implicaba un proyecto de aquella envergadura.

—Trabajando sólo desde uno de los extremos, la construcción debe haber necesitado por lo menos siete años —dijo, muy impresionado.

Penner hizo un gesto negativo con la cabeza.

—Los ingenieros de Suma han trabajado a marchas forzadas y con un equipo de perforación de nuevo diseño, de modo que han acabado la obra en tan sólo cuatro años.

—Un récord fantástico, sobre todo sabiendo que se ha llevado a cabo en un secreto total —dijo Stacy, que no había apartado sus ojos del modelo desde que éste quedó al descubierto.

Penner levantó entonces una sección de la isla, mostrando al hacerlo un laberinto en miniatura de pasillos y salas, todos ellos proyectados como los radios de una rueda a partir de una gran sala esférica situada en el centro.

—Aquí tenemos la disposición interior de la construcción. La escala puede diferir algo, pero he hecho todo lo que he podido, sobre la base de los bosquejos que nos pasó Jim Hanamura.

—Creo que has hecho un trabajo sensacional —dijo Stacy, admirando la obra de Penner—. Los detalles son muy precisos.

—La mayor parte es pura suposición, pero Kern puso a trabajar un equipo de diseño e ingeniería, y ellos nos dieron unas dimensiones que esperamos resulten bastante parecidas a las del original. —Hizo una pausa y tendió unas carpetas a cada uno de los cuatro miembros del EIMA presentes en la cabaña—. Aquí están los planos del extremo del túnel en ciudad de Edo y del centro de control, tal como los han desarrollado y detallado los hombres de Kern.

Todos desplegaron los dibujos y estudiaron la disposición de la construcción que representaba la peor amenaza que había debido afrontar el mundo libre desde la crisis de los misiles de Cuba. Nadie habló mientras seguían el trazado de los pasillos, memorizaban las peculiaridades que identificaban las diferentes salas, y examinaban las dimensiones.

—El centro debe de estar situado a más de trescientos metros bajo la superficie de la isla —observó Mancuso.

—No hay ningún aeródromo ni puerto en la isla —murmuró Stacy en tono de concentración—. La única forma de entrar es en helicóptero o desde ciudad de Edo siguiendo el túnel.

Pitt bebió el resto de su tequila.

—No hay forma de entrar por mar, a no ser que las tropas de asalto estén compuestas por escaladores profesionales. Y aun así, serían tan visibles para los sistemas de defensa de Suma como hormigas trepando por una pared encalada.

—¿Qué son esos edificios de la superficie? —preguntó Weatherhill.

—Un retiro de lujo para los directivos de las empresas de Suma. Se reúnen allí para celebrar conferencias de negocios. También resulta un lugar ideal para reuniones secretas con políticos, funcionarios del gobierno y dirigentes del hampa.

—La pintura de Shimzu mostraba una isla desierta y sin vida vegetal —dijo Pitt—. Pero en la actualidad la mitad de la isla aparece cubierta de árboles.

—Plantados por los jardineros de Suma en los últimos veinte años —explicó Penner.

Mancuso se rascó la nariz pensativo.

—¿No podría existir un ascensor entre el lugar de retiro y el centro de control?

—Los planos no indican nada por el estilo —negó Penner con un gesto de desaliento—. No podemos arriesgarnos a una penetración vertical a menos que dispongamos de una localización aproximada.

—Una construcción subterránea de esas dimensiones requiere ventilación al exterior.

—Nuestro equipo de ingeniería opina que varios de los edificios del área del retiro son simples tapaderas de conductos de ventilación y de escape.

—Podríamos probar —exclamó Weatherhill con una carcajada—. Soy un experto en conductos.

Penner se encogió de hombros.

—La información de que disponemos es insuficiente. Es posible que se bombee el aire fresco desde Edo, y el aire viciado se expulse a través de los desagües de la ciudad.

Pitt miró a Penner.

—¿Qué probabilidades existen de que Loren y Diaz estén prisioneros en la isla?

—Es muy posible —respondió Penner con un nuevo encogimiento de hombros—. No hemos encontrado todavía rastros de su paradero. Pero las numerosas ventajas que ofrece una isla inabordable hacen verosímil que se haya pensado en ella como lugar seguro e ideal para escondite de rehenes.

—Rehenes, sí —dijo Stacy—, pero ¿en qué condiciones? No se ha sabido una sola palabra sobre la congresista Smith y el senador Diaz desde que fueron secuestrados.

—No se ha recibido ninguna demanda de rescate —explicó Penner—, de modo que el presidente se ve obligado a esperar que evolucionen los acontecimientos. Y hasta el momento en que podamos suministrarle una base de datos suficiente como para montar una operación de rescate con ciertas garantías de éxito, él no dará la orden.

Giordino miró a Penner con cierto aire de curiosidad.

—Tiene que haber un plan para desmontar la barraca, siempre hay alguno.

—Tenemos uno —confesó Penner—. Don Kern ha ideado una operación complicada pero viable para penetrar en el centro de mando e inutilizar sus sistemas electrónicos.

—¿Qué tipo de defensas encontraremos? —preguntó Pitt—. Suma

no habrá dedicado tantos esfuerzos y dinero en la octava maravilla del mundo sin dedicarle una endemoniada protección.

—No lo sabemos con precisión. —Los ojos de Penner recorrieron el modelo a escala de la isla con aire de preocupación—. Conocemos el nivel de tecnología de seguridad y militar accesible a Suma, y hemos de dar por descontado que ha instalado los medios de detección más sofisticados que haya podido comprar con su dinero. La última palabra en equipos de radar para detección terrestre y marítima, sensores de sonar contra una aproximación submarina, un anillo de detección por láser y calor a lo largo del perímetro de la costa. Y lo que no es menos importante, un ejército de robots armados.

—No olvidemos la posibilidad de un arsenal oculto de misiles tierra-mar y tierra-aire —añadió Pitt.

—No va a ser un hueso fácil de roer —dijo Weatherhill, con la clásica obviedad de Perogrullo.

Giordino miró a Penner, divertido y curioso.

—En mi opinión, la única manera de que alguien pueda penetrar en esa fortaleza consiste en un ataque llevado a cabo por no menos de cinco equipos de asalto de las Fuerzas Especiales, precedido por un ataque de la aviación desde un portaaviones y por un bombardeo llevado a cabo por una flota, para ablandar las defensas.

—O bien eso —apostilló Pitt—, o una maldita bomba nuclear.

Penner sonrió con sequedad.

—Dado que ninguna de sus sugerencias se adapta a las necesidades de orden práctico de la actual situación, nos veremos obligados a recurrir a otros medios para llevar a cabo la misión.

—Déjeme adivinar —dijo Mancuso en tono ácido. Mientras hablaba, señaló con un gesto a Stacy, Weatherhill y a sí mismo—. Nosotros tres entraremos por el túnel.

—Irán los cinco —murmuró tranquilamente Penner—. Pero no todos por el túnel.

Stacy tragó saliva, por la sorpresa.

—Frank, Timothy y yo somos profesionales adiestrados en forzar entradas, pero Dirk y Al son ingenieros y marinos. No tienen entrenamiento ni experiencia en operaciones de penetración clandestina. No pretenderá enviarlos a ellos también.

—Sí que lo pretendo —insistió Penner con la misma cara inexpresiva—. No están tan indefensos como pareces suponer.

—¿Deberemos llevar trajes negros *ninja* y cruzar el túnel volando como murciélagos? —No había confusión posible respecto a la ironía en el tono de las palabras de Pitt.

—En absoluto —contestó Penner con toda calma—. Al y tú seréis lanzados sobre la isla en una maniobra para distraer sus defensas, que haremos coincidir con la entrada de los demás desde Edo.

—En paracaídas, no —gruñó Giordino—. ¡Dios! Odio los paracaídas.

—¡Bravo! —dijo Pitt pensativo—. El Gran Pitt y Giordino el Magnífico entrarán volando en la fortaleza privada de Suma mientras suenan todas las alarmas, repican las campanas y redoblan los tambores. Luego serán ejecutados al estilo samurai, acusados de espías e intrusos. Nos ha tomado por tontos, ¿no es así, Penner?

—Admito que existen algunos riesgos —dijo Penner, a la defensiva—. Pero no tengo la menor intención de enviaros a la muerte.

Giordino dirigió a Pitt una mirada significativa.

—¿No tienes la sensación de que nos están manipulando?

—Manipulando, es poco. Nos están jodiendo.

La experiencia de Pitt le indicaba que el Director de las Operaciones de Campo no actuaba simplemente movido por su propia autoridad. El plan procedía de Kern, y contaba con la aprobación de Jordan y la bendición del presidente por añadidura. Se volvió y miró a Stacy. Ella tenía escrito un «No vayas» en cada uno de los rasgos en tensión de su cara.

—Y una vez que estemos dentro de la isla, ¿qué ocurrirá? —siguió interrogando.

—Evitaréis la captura durante todo el tiempo posible, a fin de distraer la atención de las fuerzas de seguridad de Suma, y os ocultaréis hasta el momento en que podamos montar una misión de rescate de todo el equipo.

—Frente a unos sistemas de seguridad con ese grado de sofisticación, no duraremos más de diez minutos.

—Nadie espera milagros.

—¿Y bien? —dijo Pitt.

—¿Y bien, qué?

—¿Descendemos del cielo y jugamos al escondite con los robots de Suma mientras los tres profesionales entran arrastrándose por un túnel de sesenta kilómetros de largo? —Pitt contuvo con una enorme fuerza de voluntad toda insinuación de irritación, incredulidad o desesperación—. ¿Es ése el plan? ¿Eso es todo?

—Sí —contestó Penner, evitando la mirada fija de Pitt.

—Sus amigos de Washington deben de haber adquirido esa brillante muestra de creatividad en una tómbola.

En su interior, Pitt nunca había dudado de cuál sería su decisión final. Si existía la más ligera posibilidad de que Loren se encontrara prisionera en la isla, iría.

—¿Por qué no se limitan a cortar el suministro de energía desde tierra firme? —preguntó Giordino.

—Porque el centro de control tiene una autonomía total —replicó Penner—. Cuenta con una estación generatriz propia.

Pitt miró a Giordino.

—¿Qué dices tú, Al *el Magnífico*?

—¿Hay geishas en ese retiro?

—Suma tiene fama de contratar únicamente mujeres hermosas —contestó Penner con una ligera sonrisa.

—¿Cómo sobrevolaremos la isla sin que nos derriben? —preguntó Pitt.

Penner desplegó una sonrisa que anunciaba por fin una buena noticia para variar.

—En cuanto a esa parte del plan, tenemos prácticamente todos los números del sorteo para poder afirmar con toda seguridad que será un éxito.

—Mejor así —dijo Pitt con un resplandor helado en sus ojos opalinos—. Porque de otra forma alguien podría hacerse realmente mucho daño.

44

Tal y como Penner había sugerido, las probabilidades de caer abatidos por la artillería eran muy remotas. Los planeadores motorizados ultraligeros en los que debían volar Pitt y Giordino, desde la plataforma de despegue del buque de detección y seguimiento *Ralph R. Bennett*, de la Marina de los Estados Unidos, parecían diminutos bombarderos furtivos. Estaban pintados de un color gris oscuro y tenían la misma forma fantasmal del «Buck Rogers», lo que imposibilitaba que fueran vistos por el radar.

Estaban posados como grandes insectos a la sombra de la gigantesca instalación del radar de a bordo, que tenía forma de caja cuadrada. Aquella estructura de seis pisos de altura estaba compuesta por 18.000 elementos de antena, capaces de captar una amplísima gama de datos de inteligencia relacionados con las pruebas de misiles soviéticos, con un grado de precisión increíble. El *Ralph R. Bennett* había sido desviado de su misión en los alrededores de la península de Kamchatka por orden directa del presidente, con el fin de lanzar los planeadores motorizados y vigilar las actividades que se desarrollaran en el interior y alrededor de la isla de Soseki.

El teniente de navío Raymond Simpson, un hombre de treinta y pocos años con el cabello rubio descolorido por el sol, acompañaba a los hombres de la AMSN en el puente abierto. Tenía un aire de hombre rudo y eficaz mientras vigilaba con ojos expertos el trabajo del equipo de mantenimiento, que se afanaba en torno a los depósitos de combustible de los pequeños aparatos y comprobaba el buen funcionamiento de los instrumentos y los controles.

—¿Cree que podremos manejarlos sin ningún entrenamiento previo? —preguntó Pitt.

—Será un caramelo para pilotos veteranos de las Fuerzas Aéreas, como ustedes —contestó Simpson en tono alegre—. Una vez que se hayan acostumbrado a volar tendidos boca abajo, se morirán de ganas por llevarse uno a casa para su uso privado.

Pitt nunca había visto un aparato ultraligero de forma tan extraña hasta el momento en que Giordino y él habían aterrizado en el barco, en un Osprey de motor variable, una hora antes. Ahora, después de tan sólo cuarenta minutos de atender las instrucciones sobre su manejo, se suponía que iban a ser capaces de guiarlos a través de cien kilómetros de mar abierto, y de aterrizar sanos y salvos en la superficie, peligrosamente accidentada, de la isla de Soseki.

—¿Hace mucho que circula este modelo? —inquirió Giordino.

—El Ibis X-Twenty —puntualizó Simpson— está recién salido de los tableros de los diseñadores.

—¡Oh, Dios mío! —gimió Giordino—. Todavía son experimentales.

—En efecto. Aún no han completado su programa de pruebas. Lamento no haberles podido proporcionar alguna cosa que ofreciera mayores garantías, pero su gente de Washington tenía unas prisas horrorosas, e insistió en que debíamos entregarlos en la otra punta del mundo al cabo de tan sólo dieciocho horas.

—¿Y realmente vuelan? —dijo Pitt en tono pensativo.

—Oh, claro que sí —contestó Simpson enérgicamente—. Yo mismo he hecho con ellos diez horas de vuelo. Es un aparato excelente. Está diseñado para vuelos de reconocimiento tripulados por un solo hombre. El motor es la última palabra en turbina compacta, y permite una velocidad de crucero de trescientos kilómetros por hora, con una autonomía de vuelo de ciento veinte kilómetros. Este Ibis es el planeador motorizado más avanzado del mundo.

—Tal vez, cuando se licencie, tiene usted la intención de dedicarse a las ventas —dijo Giordino con sequedad.

—No lo he pensado todavía —contestó Simpson, sin advertir la ironía.

El jefe de los radares de a bordo, comandante Wendell Harper, apareció en la plataforma de despegue enarbolando una gran fotografía en la mano. Alto y grueso, con una sólida panza, andaba con las piernas arqueadas, de un modo que le daba el aspecto de un correo recién llegado después de cruzar las llanuras de Kansas al servicio del Pony Express.

—Nuestro oficial de meteorología asegura que dispondrán ustedes de un viento de cola de cuatro nudos durante el vuelo —dijo en un tono amable—. De modo que el combustible no será un problema.

Pitt hizo un gesto de agradecimiento.

—Espero que nuestro satélite de reconocimiento descubra algún lugar decente donde aterrizar.

Harper extendió sobre un mamparo una fotografía de satélite ampliada y con los detalles realzados por ordenador.

—No es exactamente el aeropuerto O'Hare de Chicago. El único lugar llano de la isla es apenas una pradera que mide veinte metros por sesenta.

—Hay sitio más que suficiente para un aterrizaje con viento de cola —exclamó el optimista Simpson.

Pitt y Giordino se acercaron a examinar la fotografía, asombrosamente detallada. La característica que llamaba de inmediato la atención era un jardín dispuesto en torno a un prado rectangular abierto únicamente hacia el este. Los otros tres lados aparecían rodeados de árboles, arbustos y edificios con techos en forma de pagoda, entre los cuales había algunos puentes en arco muy apuntado que conducían, desde unas galerías abiertas, hasta un estanque oriental situado en un extremo.

Como unos condenados a los que se acabara de comunicar que podían elegir entre la horca sobre un patíbulo o el fusilamiento contra un paredón, Pitt y Giordino se miraron recíprocamente e intercambiaron sonrisas cansadas y cínicas.

—Escondernos en espera de que nos rescaten —murmuró Giordino resentido—. Tengo la sensación de que nos han jugado con las cartas marcadas.

—No hay nada como presentarse en la puerta principal acompañado por una banda de música —asintió Pitt.

—¿Algo va mal? —preguntó inocentemente Harper.

—Hemos sido víctimas de la verborrea de un agente de ventas —explicó Pitt—. Alguien en Washington se ha aprovechado de nuestra ingenuidad.

Harper parecía incómodo.

—¿Desean que cancelemos la operación?

—No —suspiró Pitt—. Tanto da que te ahorquen por una oveja como por un carnero.

—No pretendo darles prisa, pero falta tan sólo una hora para la puesta del sol. Necesitarán la luz diurna para orientarse.

En ese momento, el jefe de mantenimiento de Simpson se acercó a informar de que la revisión final había finalizado y los planeadores motorizados ya estaban listos para el despegue.

Pitt miró aquellos pequeños y frágiles aparatos. El nombre de «planeador» era engañoso. Sin el poderoso empuje de su motor de turbina, caería a tierra como un ladrillo. A diferencia del ala alta y de amplia superficie propia de un auténtico ultraligero, con su laberinto de alambres y cables, los planos aerodinámicos del Ibis eran cortos y achaparrados, con riostras de sujeción internas. También le faltaba el ala *canard* del ultraligero para prevenir pérdidas de sustentación y entradas en barrena. Recordó el adagio de que el abejorro carece de todas las características adecuadas para el vuelo, y sin embargo vuela tan bien, si no mejor, que muchos otros insectos a los que la Madre Naturaleza ha dotado de un cuerpo aerodinámico.

Una vez finalizadas las comprobaciones previas, el equipo de mantenimiento se había apartado a un lado de la plataforma de despegue. A Pitt le pareció ver en todos aquellos hombres la mirada de los espectadores de una carrera de automóviles cuando prevén un accidente.

—Tal vez podamos aterrizar a tiempo para los cócteles —dijo, mientras se colocaba el casco.

Con la tranquilidad de quien se dispone a una operación rutinaria, Giordino se limitó a bostezar.

—Si llegas primero, pídeme un vodka Martini.

Harper vio con incredulidad que aquella desenvoltura glacial era el estado más alto de nerviosismo que los dos hombres eran capaces de exteriorizar.

—Buena suerte —dijo, brindando a ambos un fuerte apretón de manos—. Les seguiremos a lo largo de todo el viaje. Asegúrense de activar la unidad de señalización cuando aterricen. Nos gustará anunciar a Washington que han aterrizado sanos y salvos.

—Si soy capaz de hacerlo —le respondió Pitt con una sonrisa irónica.

—No me cabe ninguna duda —dijo Simpson, en la actitud de jalear al equipo de casa—. Recuerden poner en marcha el mecanismo de autodestrucción retardada. No podemos permitirnos el lujo de regalar a los japoneses una muestra gratuita de nuestra tecnología más avanzada en ultraligeros.

—Adiós, y muchas gracias a usted y a sus hombres por cuidar de nosotros.

Giordino dio un golpecito a Pitt en el hombro, le guiñó un ojo para desearle suerte, y sin más palabras se dirigió a su aparato.

Pitt se acercó a su planeador motorizado, pasó por una estrecha escotilla colocada en la panza del fuselaje recubierto de tela, y se tendió boca abajo hasta ajustar su posición a los contornos de un molde de espuma de caucho en forma de cuerpo humano. La cabeza y los hombros estaban apenas un poco más elevados que las piernas, y los codos, a pesar de que disponían de suficiente espacio libre, no quedaban a más de un centímetro del suelo. Se ajustó el arnés de seguridad y las correas, que iban desde los omóplatos hasta las nalgas. Luego extendió sus pies sobre los pedales que accionaban el estabilizador vertical y los frenos, y empuñó la corta palanca de control con una mano al tiempo que colocaba la otra sobre la palanca del acelerador.

Hizo una seña a través del minúsculo parabrisas a la tripulación de la cubierta, para que acabasen de retirar los cables de sujeción, y accionó el botón de arranque. La turbina, de un tamaño menor que el de una lata de cerveza, fue incrementando poco a poco la fuerza de su silbido, hasta convertirlo en un aullido agudísimo. Miró a Giordino, que se limitaba a abrir de par en par sus ojos castaños, lleno de asombro. Pitt levantó el pulgar en un gesto de ánimo, que le fue devuelto con el acompañamiento de una mueca.

Dio un último repaso a los instrumentos, para comprobar que el motor funcionaba tal como estaba indicado en el manual de vuelo, que apenas había tenido tiempo de hojear, y un vistazo final a la bandera que ondeaba en la popa, comprobando así que soplaba una persistente brisa del costado de babor.

Al contrario de lo que ocurre en un portaaviones, el despegue por la proa quedaba obstaculizado por la enorme mole del radar y la superestructura, de modo que el comandante Harper había hecho virar al *Bennett* para dar la proa al viento.

Pitt accionó los frenos, presionando hacia fuera con los talones. Luego empujó el acelerador hasta sentir el impulso retenido del Ibis por saltar hacia adelante. El borde extremo de la plataforma de despegue parecía incómodamente cercano. La fuerza ascensional del Ibis se conseguía a partir de los 45 kilómetros por hora. El impulso combinado del viento y de la velocidad del *Bennett* le proporcionaban veinticinco kilómetros por hora iniciales en la carrera de despegue, pero faltaban aún veinte más, que debía alcanzar antes de que las ruedas del tren de aterrizaje rodaran en el aire.

El momento de la decisión. Pitt indicó a la tripulación que soltase los últimos cables de sujeción. Luego avanzó el acelerador hasta el fondo, y el Ibis trepidó bajo la fuerza de la brisa y el empuje de la turbina. Con los ojos fijos en el borde de la plataforma de despegue, Pitt soltó los frenos y el Ibis brincó hacia adelante. Cinco metros, diez, y entonces, con suavidad pero con firmeza, tiró la palanca de mando hacia atrás. El pequeño morro del aparato se levantó y Pitt pudo ver las nubes. A tan sólo tres metros del borde, el Ibis se elevó en el cielo, sobre el mar en eterno movimiento.

Giró y niveló el aparato a cuarenta metros, y pudo ver cómo Giordino despegaba detrás de él. Dio un círculo en torno al barco, inclinando lateralmente las alas para contestar a los saludos de la tripulación del *Ralph R. Bennett*, y puso rumbo al oeste, hacia la isla de Soseki. Las aguas del Pacífico cabrilleaban por debajo del fuselaje del Ibis, y esparcían en todas direcciones iridiscentes destellos de oro al ser heridas por los rayos del sol poniente.

Pitt hizo retroceder el acelerador hasta la velocidad de crucero. Hubiera deseado poner a prueba aquel pequeño aparato, ganar altitud y realizar algunas acrobacias. Pero no podía ser. Cualquier maniobra brusca podría ser advertida por alguna pantalla japonesa de radar. En cambio, en vuelo recto y horizontal a baja cota, el Ibis era invisible.

Pitt empezó entonces a pensar en la posibilidad de un comité de recepción. Había pocas oportunidades de escapar del complejo turístico. Un bonito montaje escenográfico, pensó con amargura. Iban a estrellarse delante de la puerta principal de Suma procedentes de ninguna parte, para crear la confusión entre las fuerzas de seguridad como maniobra de distracción, para que la entrada de los demás pasara inadvertida.

La tripulación de la sala de situación del *Bennett* había detectado las señales de radar emitidas por las defensas de seguridad de Suma, pero el comandante Harper decidió no tomar nuevas medidas. Dejó que el *Bennett* fuera localizado e identificado, suponiendo con razón que el mando de defensa de la isla se relajaría cuando comprobara que aquel solitario barco estadounidense proseguía pacíficamente su camino hacia el este, como si se tratara de un viaje de rutina.

Pitt se concentró en la navegación, manteniendo una vigilancia constante respecto a las indicaciones de la brújula. Con la velocidad del viento actual, calculó que aterrizarían en la isla pasados treinta y cinco minutos. Sin embargo, si se desviaban tan sólo algunos grados hacia el norte o hacia el sur, perderían totalmente de vista su objetivo.

Todos los instrumentos de vuelo y de navegación eran manuales. El Ibis no podía permitirse el peso extra de un ordenador de a bordo o de un piloto automático. Volvió a comprobar en cuatro ocasiones la velocidad, la dirección y la fuerza del viento, y el rumbo estimado, para asegurarse de no incurrir en ningún error.

No le agradaba en absoluto la idea de quedarse sin combustible y caer en medio del océano justamente a la hora en que empezaba a oscurecer.

Pitt advirtió con desagrado que habían desmontado las radios. Sin duda por orden de Jordan, para que ni Giordino ni él se sintieran tentados de comunicarse durante el vuelo, lo que bastaría para revelar su presencia.

Después de veintisiete minutos de vuelo, sólo aparecía en el horizonte un pequeño segmento de sol. Pitt miró al frente a través del parabrisas.

Allí estaba, una mancha sombreada de púrpura entre el mar y el cielo, más imaginada que real. De forma casi imperceptible se fue convirtiendo en una isla sólida y tangible, con sus abruptos acantilados alzándose verticalmente desde la espuma de las olas que iban a estrellarse contra las rompientes.

Pitt se volvió a mirar por la ventanilla lateral. Giordino volaba a la altura de su cola y apenas diez metros a su derecha. Pitt inclinó lateralmente las alas del aparato, y señaló. Giordino se acercó un poco más, hasta que Pitt pudo ver su gesto de asentimiento con la mano abierta en dirección a la isla.

Tras una comprobación más a sus instrumentos, imprimió a su Ibis una suave inclinación lateral y enfiló el centro de la isla desde el este, donde el cielo empezaba a oscurecerse rápidamente. No habría vuelos en círculo para estudiar la disposición del suelo, ni una segunda aproximación en caso de llegar demasiado alto o demasiado bajo. La sorpresa era su única aliada. No tenían más que una oportunidad de posar sus pequeños Ibis en el césped del jardín, antes de que empezaran a zumbar en su estela los misiles tierra-aire.

Podía ver con toda claridad los techos de las pagodas y el espacio abierto entre los árboles en el que se desplegaba el jardín. Pudo observar también la existencia de una plataforma para helicópteros, no incluida en la maqueta de Penner, pero la descartó como punto de aterrizaje alternativo por ser demasiado pequeña y estar rodeada de árboles.

Un suave giro de la muñeca a la izquierda, luego a la derecha, y entonces mantuvo el mando firme. Desaceleró poco a poco, desplazando la palanca un solo grado cada vez. El mar no era más que un borrón, y las rocas de los acantilados aparecían cada vez más cerca, hasta llenar prácticamente todo el parabrisas. Empujó un poco hacia atrás la palanca de mando. Y entonces, de repente, como si extendieran una alfombra bajo sus pies, el mar desapareció y sus ruedas pasaron a pocos metros por encima de las rocas de lava dura de la isla.

Cruzó directamente sobre ellas, sin una sola mirada a los lados, con una suave presión en el pedal derecho del timón para compensar un viento de través. Sobrevoló una fila de arbustos, cuya parte superior rozó los neumáticos de su tren de aterrizaje. Tiró poco a poco hacia atrás la palanca del acelerador, y el Ibis disminuyó su velocidad hasta más allá del punto de recuperación. Otro suave tirón, y el motor del planeador dejó de acelerar. Sintió el estremecimiento de las ruedas al tocar el césped, apenas cinco metros más allá del borde de un arriate de flores.

Pitt desconectó el motor y aplicó una presión suave pero firme a los frenos. No ocurrió nada. Ninguna fuerza detuvo el movimiento de avance del aparato. La hierba estaba húmeda y los neumáticos se deslizaban por el prado como si estuvieran empapados de aceite.

La urgente tentación de empujar la palanca del acelerador hacia adelante y tirar la de mando hacia atrás se hizo muy poderosa, en especial porque su rostro estaba situado a tan sólo unos centímetros del morro de su Ibis. ¿El impacto sería con un árbol, un edificio, un muro de piedra? Iba lanzado hacia adelante y una hilera de arbustos, que resplandecían engalanados con los colores rojo y dorado del otoño, ocultaba cualquier barrera sólida que pudiera encontrarse detrás.

Pitt contrajo los músculos, agachó todo lo posible la cabeza, y esperó.

El aparato se movía aún a una velocidad de treinta kilómetros por hora cuando irrumpió entre los arbustos, rompió las frágiles alas y se precipitó con un estruendoso chapoteo en un pequeño estanque lleno de enormes carpas.

Durante unos momentos hubo un silencio mortal, roto segundos después por la estrepitosa aparición del morro del planeador de Giordino, entre una nube de arbustos destrozados, al lado del aparato semihundido de Pitt. El segundo aparato patinó hasta detenerse en un jardín de arena, devastando los intrincados dibujos que habían sido rastrillados con toda precisión para presentar una composición artística.

Pitt trató de soltar su arnés de seguridad, pero tenía las piernas atrapadas, y le faltaba libertad de movimientos en los brazos. La cabeza estaba sumergida a medias en el estanque, de modo que tenía que girarla hacia arriba para respirar. Podía ver perfectamente un grupo de carpas gigantes de listas blancas, negras y doradas, cuyas bocas se abrían y cerraban para respirar, al tiempo que sus grandes ojos redondos miraban sin expresión a aquel intruso aparecido en su dominio privado.

El fuselaje de Giordino había quedado relativamente indemne, de modo que consiguió liberarse sin problemas. Saltó al exterior, corrió hacia el estanque, y lo vadeó entre el barro y los nenúfares, como un hipopótamo enloquecido. Con la fuerza adquirida en largos años de gimnasio y pesas, empujó hasta apartar las riostras estructurales dobladas que oprimían las piernas de Pitt, con la misma facilidad que si fueran mondadientes. Luego desabrochó el arnés de seguridad, extraño a Pitt del aparato anegado, y lo arrastró hasta la orilla.

—¿Estás bien? —preguntó.

—Los tobillos contusos y un pulgar torcido —contestó Pitt—. Gracias por sacarme de ahí.

—Te pasaré la factura —dijo Giordino, mirando con disgusto sus botas embarradas.

Pitt se quitó el casco y lo arrojó al estanque, haciendo que la carpa que lo miraba embobada buscara rápidamente refugio entre los nenúfares. Luego señaló con un gesto los dos planeadores destrozados.

—Vendrán por nosotros. Será mejor que pongas en marcha las unidades de señalización y los mecanismos de destrucción retardada.

Mientras Giordino se dedicaba a alertar al *Bennett* de su llegada, antes de poner en marcha los temporizadores conectados a pequeños paquetes de explosivos de plástico colocados en el interior de los aparatos, Pitt se puso en pie, dolorido, y miró el jardín que lo rodeaba.

Parecía desierto. El ejército de guardias humanos y robóticos no se materializaba. Los porches y las ventanas de los edificios estaban vacíos. Le pareció imposible que nadie hubiera oído el zumbido de las turbinas y el estruendo del doble impacto desde el interior de los frágiles muros exteriores de aquellas construcciones de estilo japonés. Alguien debía vivir en los alrededores. Los jardineros debían de estar en alguna parte, muy cerca a juzgar por el cuidado constante que necesitaba la conservación de los terrenos en el estado inmaculado en que se encontraban en el momento de su irrupción.

Giordino volvió junto a él.

—Tenemos menos de dos minutos para ponernos a cubierto antes de que estallen —dijo a toda prisa.

—Me largo de aquí —dijo Pitt, y empezó a correr hacia la zona boscosa situada detrás del complejo residencial.

Y entonces se quedó rígido de repente, al oír una extraña voz electrónica que decía:

—¡Quédense donde están!

Tanto Pitt como Giordino reaccionaron de la misma forma; saltaron detrás de la cubierta de unos espesos arbustos y buscaron la protección de los árboles, agachándose y pasando rápidamente de uno a otro, en un intento de poner distancia entre ellos y su desconocido perseguidor. Apenas habían cubierto una cincuentena de metros cuando se encontraron delante de una valla alta, erizada de alambres electrificados y aislantes.

—La fuga más corta de la historia —murmuró Pitt con tristeza. En ese instante los explosivos de los dos Ibis detonaron con cinco segundos de diferencia. Pitt no pudo verla, pero imaginó que aquella carpa fea y perezosa había saltado por los aires.

Giordino y él dieron media vuelta, y aunque estaban advertidos, no dejaron de sentir cierta sorpresa ante las tres apariciones mecánicas que emergieron en semicírculo sobre los arbustos, cortando todas las vías posibles de escape. El trío de robots no se parecía a las figuras semihumanas de la televisión y las películas. Aquellos autómatas se movían sobre cintas tractoras de goma y no exhibían ninguna cualidad humana excepto, tal vez, el habla.

Los vehículos móviles automatizados estaban equipados con un profuso equipo de brazos articulados, cámaras de vídeo y de imagen térmica, altavoces, ordenadores, y un cuarteto de rifles automáticos que apuntaban directamente a los ombligos de Pitt y Giordino.

—Hagan el favor de no moverse, o los mataremos.

—No se andan con chiquitas, ¿eh? —comentó Giordino, francamente incrédulo.

Pitt estudió el robot del centro y observó que parecía estar operado, mediante un sofisticado sistema de teleasistencia, desde un centro de control situado en algún lugar distante.

—Hemos sido programados para reconocer diferentes lenguas y contestar del modo adecuado —dijo el robot del medio con una voz hueca pero sorprendentemente bien articulada—. Morirán si intentan escapar. Nuestras armas están guiadas por el calor de sus cuerpos.

Se produjo un breve e incómodo silencio, mientras Pitt y Giordino se miraban recíprocamente con la expresión de hombres que han cumplido la misión encomendada y a quienes no puede exigirse más de lo que han hecho. Cuidadosamente y con mucha lentitud alzaron las manos por encima de las cabezas, conscientes de que las bocachas de las armas que les apuntaban en posición horizontal no iban a desviarse.

—Me temo que hemos sido interceptados por un pelotón mecánico —susurró Pitt en voz baja.

—Al menos no mascan chicle —gruñó Giordino.

Con doce armas automáticas delante de ellos y una valla electrificada detrás, no había escape posible. Pitt sólo podía esperar que quienes controlaban los robots tuvieran la inteligencia suficiente como para darse cuenta de que Giordino y él no hacían ningún gesto amenazador.

—¿Es éste el momento oportuno para pedirles que nos lleven ante su jefe? —preguntó Giordino con una sonrisa tan fría y rígida como una piedra.

—Yo en tu lugar no lo haría —respondió Pitt en voz baja—. Son capaces de disparar contra nosotros por haber usado un tópico tan gastado.

45

Nadie sospechó de Stacy, Mancuso y Weatherhill cuando penetraron en las profundidades de ciudad de Edo con toda precisión y relativa facilidad. El experto en maquillaje de Hollywood que Jordan hizo viajar hasta Tokyo realizó una obra maestra, al aplicar falsos pliegues en los ojos, cambiar la línea de las cejas y oscurecerlas, y diseñar y colocar unas pelucas de abundante pelo negro. Mancuso, que hablaba un japonés impecable, iba vestido como un hombre de negocios y aparentaba ser el jefe de Stacy y Weatherhill, que se habían disfrazado con los monos amarillos que constituían el uniforme de los equipos de inspección técnica de Suma.

Utilizando los datos del informe de Jim Hanamura sobre los procedimientos de seguridad, más las tarjetas de identificación y claves de paso suministradas por un agente operativo secreto británico que trabajaba en cooperación con Jordan, pasaron sin problemas todos los puestos de control y finalmente llegaron a la entrada del túnel. Ésta era la parte más difícil de la operación. Los guardas de seguridad y las máquinas de detección de identidad habían resultado fáciles de engañar; pero Penner les había advertido, en el curso de la reunión final, que aquella última barrera sería la prueba más dura.

Un sistema de seguridad robótico sensorial los esperaba cuando entraron en una habitación pintada de blanco, brillantemente iluminada y sin mobiliario alguno. El piso estaba desnudo de cualquier tipo de alfombra o moqueta, y las paredes desprovistas de carteles o signos. La puerta por la que entraron parecía ser la única entrada y salida.

—Exponga el asunto que le trae aquí —pidió el robot en un japonés mecánico.

Mancuso dudó. Le habían dicho que debería afrontar máquinas robóticas como centinelas, pero no algo que parecía un cubo de basura con ruedas y que daba órdenes.

—Sección de comunicaciones mediante fibra óptica, para inspeccionar y modificar el sistema —respondió, intentando ocultar la incomodidad que sentía al dialogar con una inteligencia artificial.

—Su orden de trabajo y clave de paso.

—Orden de emergencia cuarenta y seis-R para inspección de comunicaciones y programa de pruebas —respondió, y luego juntó las manos abiertas hasta que los dedos se tocaron ligeramente, y repitió tres veces la palabra *sha*.

Mancuso no podía hacer otra cosa que esperar que el agente británico les hubiera proporcionado la consigna de paso correcta y hubiera programado sus códigos genéticos en la memoria del sistema robótico de seguridad.

—A continuación, presionen con sus manos derechas mi pantalla sensora —ordenó el robot-guarda.

Dócilmente, los tres por turno colocaron las manos sobre una pequeña pantalla con una luz azul parpadeante, encajada en la parte frontal redondeada del aparato. El robot permaneció mudo durante unos momentos, mientras procesaba los datos de su ordenador y comparaba las características faciales y las medidas corporales con los nombres y la descripción contenidos en los discos de su memoria. «Un notable avance», pensó Weatherhill. Nunca había visto un ordenador capaz de comprobar en su memoria los datos suministrados por una cámara de televisión y procesar las imágenes simultáneamente.

Mantuvieron una compostura muy profesional, porque sabían por la sesión preparatoria a que habían sido sometidos que el robot estaba programado para detectar el menor síntoma de nerviosismo. Lo observaron disimuladamente, con ojos avezados. Con aire distraído y evitando miradas demasiado fijas que hubieran podido despertar sospechas, Weatherhill se las arregló para soltar un bostezo aburrido en el momento en que sus códigos genéticos y las huellas dactilares y de la mano eran confrontadas con las de la memoria del aparato.

—Paso libre confirmado —dijo al fin el robot-guarda. Entonces toda la pared del extremo opuesto de la habitación vacía giró hacia el interior y se desplazó a un lado.

—Pueden entrar. Si permanecen dentro más de doce horas, deberán notificarlo a la fuerza de seguridad número seis.

El agente británico lo había conseguido. Habían pasado el obstáculo brillantemente. Cruzaron la puerta y siguieron un pasillo alfombrado que conducía al túnel principal. Allí salieron a una plataforma de embarque en el momento en que sonaba un zumbador y se encendían unas luces estroboscópicas rojas y blancas. Un tren de mercancías cargado con materiales de construcción apareció en la amplia estación llena de vías férreas entrecruzadas, cuyos raíles iban a converger a la entrada del túnel principal, que Mancuso calculó de unos cuatro metros de diámetro.

Después de tres minutos de un silencio fantasmal, un vagón de aluminio monorraíl, con techo de cristal en forma de burbuja y capaz de transportar a diez personas, se aproximó a la plataforma. El interior estaba vacío, y no había nadie a los mandos. Una puerta se abrió con un ligero silbido, y entraron.

—Un Maglev —dijo Weatherhill en voz baja.

—¿Un qué? —preguntó Stacy.

—Maglev, de «levitación magnética». Es un concepto basado en la repulsión y atracción entre dos electroimanes. La interacción de dos poderosos electroimanes, montados bajo el tren, con otros colocados en un monorraíl dispuesto en el centro, mueve los vagones a lo largo de un campo electromagnético. Por esa razón es descrito usualmente como un «tren flotante».

—Los japoneses cuentan con el sistema más avanzado del mundo —añadió Mancuso—. Cuando dominaron la técnica del enfriamiento de los superconductores magnéticos instalados a bordo, consiguieron un vehículo que vuela literalmente, unos centímetros por encima del raíl, a la velocidad de los aviones.

Las puertas se cerraron y el pequeño vehículo esperó unos momentos hasta recibir a través de sus sensores computadorizados la señal de vía libre. Una luz verde parpadeó sobre el raíl, y se deslizaron sin ruido por el túnel principal, aumentando la velocidad hasta que por las lámparas de vapor de sodio empotradas en el techo del túnel se fundieron en una línea amarilla que engañaba la vista.

—¿A qué velocidad vamos? —preguntó Stacy.

—Yo diría a simple vista que vamos a unos trescientos veinte kilómetros por hora —contestó Weatherhill.

Mancuso asintió.

—A este ritmo, el viaje durará tan sólo unos cinco minutos.

Apenas parecía que el tren flotante había alcanzado su velocidad de crucero, cuando empezó a frenar. Con la suavidad del ascensor de un rascacielos, redujo la marcha hasta detenerse. Salieron a otra plataforma desierta. Una vez que hubieron descendido, el vagón pasó a una plataforma giratoria, se colocó en el raíl opuesto y aceleró, de regreso a Edo.

—Fin del trayecto —dijo Mancuso en voz baja. Dio media vuelta y encabezó la marcha a través de otro pasillo alfombrado, de unos treinta metros de largo, que acababa delante de un ascensor.

Ya en su interior, Weatherhill señaló con un gesto los números del tablero de mando.

—¿Arriba o abajo?

—¿Cuántos pisos hay, y en cuál estamos? —preguntó Stacy.

—Hay doce. Estamos en el segundo.

—Los planos de Hanamura sólo indicaban cuatro —dijo Mancuso.

—Debían ser bosquejos preliminares, que fueron modificados posteriormente.

Stacy contempló pensativamente el panel iluminado.

—Espero que hayan conservado la disposición radial de la planta, en torno a un eje.

—Puesto que no disponemos de las direcciones exactas de las secciones electrónicas computadorizadas —dijo Weatherhill—, tendremos que prescindir de nuestro plan original y buscar la estación generadora de electricidad.

—Si podemos encontrarla sin despertar sospechas —se quejó Mancuso.

—Es todo lo que podemos hacer. Seguir el trazado del cableado eléctrico hasta la fuente nos llevará menos tiempo que intentar dar con el centro de control por medio de un golpe de suerte.

—Doce plantas de salas y pasillos —murmuró Stacy intranquila—. Podemos pasar horas perdidos aquí dentro.

—Aquí estamos y no nos queda otra alternativa —dijo Mancuso, con una ojeada a su reloj—. Si Pitt y Giordino han tenido éxito al aterrizar en la superficie de la isla y han atraído sobre ellos la atención del sistema de seguridad de Suma, podemos disponer de tiempo suficiente para colocar el plástico y escapar de regreso por el túnel hacia la ciudad de Edo.

Weatherhill miró a Stacy y Mancuso, y luego el panel del ascensor. Sabía exactamente cómo debían sentirse los demás: los nervios en tensión, las mentes alerta, los cuerpos dispuestos para la acción. Habían llegado hasta allí, y ahora todo dependía de las decisiones que adoptaran en los minutos próximos. Apretó el botón marcado con el número seis.

—Será preferible empezar por el piso de en medio —dijo con lógica pragmática.

Mancuso levantó el maletín que ocultaba dos armas automáticas y lo colocó bajo el brazo. Él, Stacy y Weatherhill estaban inmóviles y en silencio, invadidos por una aprensión incómoda. Pocos segundos más tarde se oyó un chasquido, la luz digital de la sexta planta se iluminó, y las puertas se abrieron.

Mancuso salió, con Stacy y Weatherhill detrás de sus talones. Después de dar un par de pasos se detuvo en seco, y apenas notó que los otros dos chocaban con él. Todos habían quedado boquiabiertos, como el tonto del pueblo que hubiera hecho un viaje espacial a Marte.

Por todas partes, en el interior de una amplia galería rematada en cúpula, reinaba la bulliciosa confusión que puede esperarse de un ejército de obreros eficientes en una línea de montaje, con la excepción de que aquí no había órdenes orales, ni gritos, ni conversaciones de grupos. Todos los especialistas, técnicos e ingenieros que trabajaban en medio de un amplio semicírculo de ordenadores y consolas de instrumentos eran robots, de diferentes formas y tamaños.

Habían descubierto el tesoro al primer intento. Weatherhill pulsó sin saberlo el botón de la planta que albergaba el cerebro electrónico del centro de mando nuclear de Suma. En ningún lugar de aquel complejo había trabajadores humanos. La totalidad de la fuerza de trabajo estaba automatizada y compuesta por sofisticadas máquinas de alta tecnología que trabajaban veinticuatro horas al día sin pausas para el café o el almuerzo, ni bajas por enfermedad. Una forma de trabajo inconcebible para un dirigente sindical americano.

La mayoría de los robots se movía sobre ruedas, y algunos sobre cadenas tractoras. Algunos tenían hasta siete brazos articulados que surgían, como los tentáculos de un pulpo, de unas plataformas provistas de ruedas; y otros recordaban remotamente los familiares aparatos de múltiple función que se encuentran en las clínicas dentales. Pero ninguno caminaba con piernas y pies, ni se parecía en lo más mínimo al C3PO de *La guerra de las galaxias*. Los robots estaban absortos en sus programas de trabajo individuales y se dedicaban a sus asuntos sin advertir la presencia de intrusos humanos.

—¿No tenéis la sensación de que nos hemos quedado obsoletos? —susurró Stacy.

—Mal asunto —dijo Mancuso—. Será mejor que regresemos al ascensor.

Weatherhill meneó negativamente la cabeza.

—No hay opción. Estamos en el complejo que hemos venido a destruir. Esas cosas ni siquiera saben que nos encontramos aquí. No están programadas para interferir con humanos. Y no hay en los alrededores guardas de seguridad robóticos. Pitt y Giordino nos han salvado probablemente la vida al entretenerlos. Yo propongo que enviemos este hormiguero automatizado a la Luna.

—El ascensor se ha ido —dijo Stacy, al tiempo que apretaba el botón de descenso—. Al menos durante un minuto no podemos ir a ningún otro lugar.

Mancuso no perdió más tiempo en discusiones. Colocó el maletín en el suelo y empezó a desprender los paquetes de explosivos plásticos C-8 que llevaban sujetos con cinta adhesiva a los tobillos. Los demás hicieron lo mismo, desde debajo de sus uniformes amarillos.

—Stacy, la sección de ordenadores. Tim, los sistemas de activación de las bombas nucleares; yo me dedicaré al equipo de comunicaciones.

Aún no habían dado cinco pasos hacia los objetivos asignados cuando resonó una voz, despertando ecos en las paredes de cemento de la cámara.

—¡Quédense donde están! ¡No se muevan o morirán de inmediato!

El inglés era perfecto, apenas con un levísimo rastro de acento japonés, y la voz tenía un tono frío y amenazador.

La sorpresa fue completa, pero Mancuso disimuló como pudo, intentando ganar una oportunidad de hacerse con las armas automáticas que llevaba en el maletín.

—Somos ingenieros y venimos a realizar una inspección y programa de pruebas. ¿Desea ver y escuchar nuestra clave de paso?

—Todos los ingenieros humanos y sus claves han sido eliminados desde que los vehículos autónomos tuvieron la capacidad de realizar sus programas sin intervención ni supervisión humana —tronó la voz incorpórea.

—No hemos sido informados del cambio. Recibimos instrucciones de nuestros superiores para inspeccionar las comunicaciones mediante fibra óptica. —Mancuso insistía mientras su mano apretaba un botón disimulado en el cierre de su maletín.

Y entonces se abrió la puerta del ascensor y Roy Orita apareció en el umbral del centro de control. Guardó silencio por unos momentos; en sus ojos se apreciaba cierto respeto hacia sus antiguos compañeros del equipo EIMA.

—Ahórrate los esfuerzos —dijo con una sonrisa triunfal—. Estáis atrapados. Vuestra operación secreta para impedir la realización del Proyecto Kaiten ha fracasado de manera total y absoluta. Y todos vosotros vais a morir.

Jordan y Sandecker compartían un desayuno ligero con el presidente en la residencia de Camp David. Estaban sentados alrededor de una mesa en un pequeño pabellón, frente a un fuego de leña de nogal. Jordan y Sandecker encontraban incómodo el excesivo calor de la habitación, pero al presidente parecía gustarle, mientras bebía a pequeños sorbos una taza de café sureño con sabor a achicoria, abrigado con un suéter de lana irlandesa.

El ayudante especial del presidente, Dale Nichols, vino de la cocina con un vaso de leche.

—Don Kern está ahí fuera —informó, dirigiéndose a Jordan.

—Creo que tiene noticias recientes de la isla de Soseki —comentó Jordan.

El presidente hizo una seña a Nichols.

—Por el amor de Dios, hazle entrar.

Y añadió, como si acabara de ocurrírsele:

—Dale una taza de café y pregúntale si quiere comer algo.

Kern sólo aceptó el café y tomó asiento en un sofá cercano. El presidente le dirigió una mirada expectante, en tanto que Jordan contemplaba el fuego con expresión ausente.

—Están dentro —anunció Kern.

—Están dentro —repitió como un eco el presidente—. ¿Todos?

—Los tres —asintió Kern.

—¿Algún problema? —preguntó Jordan.

—No lo sabemos. Antes de que la señal de nuestro contacto británico se cortara misteriosamente, nos dijo que habían pasado el túnel sin novedad.

El presidente se inclinó y estrechó la mano de Jordan.

—Felicidades, Ray.

—Un tanto prematuras, señor presidente —contestó Jordan—. Todavía les quedan obstáculos que salvar. Penetrar en el Centro del Dragón era tan sólo el primer paso del plan.

—¿Qué se sabe de mis hombres? —preguntó Sandecker de mal humor.

—Recibimos la señal de que habían aterrizado sin novedad —respondió Kern—. No hay ninguna razón que nos induzca a creer que hayan sido heridos o maltratados por los guardas de seguridad de Suma.

—Entonces, ¿cuál es el plan a partir de ahora? —preguntó el presidente.

—Después de colocar los explosivos y dejar temporalmente fuera de servicio el Centro del Dragón, nuestra gente intentará rescatar a la congresista Smith y al senador Diaz. Si todo marcha con arreglo al plan trazado, habremos conseguido dejar a Suma momentáneamente acorralado en una esquina, y entonces enviaremos una fuerza militar para una operación de destrucción total.

El rostro del presidente adoptó una expresión consternada.

—¿Es posible que dos hombres y una mujer consigan todo eso en las próximas trienta y seis horas?

Jordan mostró una sonrisa cansada.

—Confíe en mí, señor presidente. Mi gente puede atravesar los muros más espesos.

—¿Y Pitt y Giordino? —presionó Sandecker a Kern.

—En cuanto llegue la señal de que nuestros hombres han acabado su cometido, un submarino ascenderá a la superficie y enviará un equipo Delta Uno para evacuarlos de la isla. Pitt y Giordino también regresarán con ellos.

—Me parece que está dando por descontadas demasiadas cosas —dijo Sandecker.

Kern dedicó al almirante una confiada sonrisa.

—Hemos analizado y ajustado cada fase de la operación hasta estar seguros de que las probabilidades de éxito ascienden al noventa y nueve coma siete por ciento.

Sandecker dirigió a Kern una mirada fulminante.

—Corrija sus cálculos y eleve el porcentaje hasta un noventa y nueve coma nueve.

Todos miraron a Sandecker con aire interrogador. Luego Kern dijo, dubitativo:

—Creo que no le comprendo, almirante.

—Han subestimado la capacidad de Pitt y Giordino —contestó Sandecker con un tono de dureza en la voz—. No será la primera vez que hayan salvado del ridículo a nuestros servicios de inteligencia.

Kern le miró con hostilidad y luego se volvió a Jordan en busca de apoyo, pero fue el presidente quien contestó.

—Creo que el almirante Sandecker se refiere a las distintas ocasiones en que el señor Pitt ha ayudado al gobierno a salvar la cara ante la opinión pública. Especialmente una de ellas me afectó muy de cerca. —El presidente hizo una pausa para subrayar el efecto—. Ya ven, Pitt salvó mi vida y la de la congresista Smith hace cuatro años, en el golfo.

—Lo recuerdo —Jordan desvió al fin su mirada del fuego—. Utilizó un viejo vapor del Mississippi para lograrlo.

Kern no quería dar su brazo a torcer. Sentía que estaba en juego su reputación como el mejor planificador de inteligencia de la nación.

—Confíe en mí, señor presidente. La fuga y la evacuación se efectuarán según el plan previsto, sin necesidad de la ayuda de la AMSN. Hemos tenido en cuenta todos los posibles fallos y todas las contingencias. Nada, excepto una impredecible decisión de Dios, puede impedir que consigamos nuestro objetivo.

46

No fue una decisión divina lo que impidió que Mancuso, Weather-hill y Stacy llevaran a cabo el preciso plan de Kern. Y tampoco fue su habilidad ni su experiencia lo que falló. Eran capaces, y en alguna ocasión lo habían hecho, de abrir la caja fuerte de cualquier banco del mundo, de escapar de las prisiones sujetas a unas condiciones de seguridad más estrictas, de penetrar en el cuartel general del KGB en Moscú y en la residencia privada de Fidel Castro en Cuba. No había cerradura ni sistema de seguridad que pudiera resistírseles más de diez minutos. La contingencia de un ataque con perros entrenados podía suponerles un obstáculo difícil de superar, pero eran expertos en una variedad de métodos para matar o amansar a los mastines más furiosos.

Por desgracia, su repertorio de trucos bien ensayados no incluía ninguna receta para escapar de celdas sin ventanas ni puertas y que sólo podían abrirse desde el suelo, por medio de un brazo mecánico que levantaba el techo y las paredes de acero inoxidable. Sin sus armas, su entrenamiento en las artes marciales resultaba inútil contra unos robots centinelas incapaces de sentir dolor, y cuyo computadorizado tiempo de reacción era más rápido que el de los humanos.

Suma y Kamatori los habían considerado enemigos extremadamente peligrosos y los confinaron en celdas separadas que únicamente contenían un colchón de tatami japonés, un agujero en el suelo como aseo, y un altavoz en el techo. No había ninguna luz instalada; se veían forzados a permanecer sentados, en soledad y envueltos en una oscuridad total, al margen de toda emoción, mientras sus mentes se esforzaban en buscar cualquier posibilidad, no importa cuán pequeña o remota, de escapar de allí.

Luego sobrevino la amarga comprobación de que las celdas estaban construidas a prueba de fugas. Y finalmente el aturdimiento y la frustración derivados del hecho de que, a pesar de sus habilidades casi sobrehumanas, realmente no había forma de escapar. Estaban atrapados de modo absoluto y sin esperanza.

Roy Orita proporcionó la identificación positiva de Pitt y Giordino después de examinar las cintas de vídeo de su captura. De inmediato informó de la revelación a Kamatori.

—¿Estás seguro?

—Sí, sin ninguna duda. Me senté con ellos en torno a la misma mesa, en Washington. Su personal de inteligencia y seguridad me dará la razón después de comprobar sus códigos genéticos.

—¿Qué se proponían? No son agentes profesionales.

—Simplemente eran un cebo dispuesto para crear confusión y permitir así que el equipo asignado cumpliera el objetivo de destruir el centro de control.

Kamatori no podía creer en su suerte: el hombre al que había ordenado asesinar se había presentado en su propio patio trasero, literalmente caído del cielo.

Se despidió de Orita y cayó en una meditación solitaria, en el curso de la cual su mente meticulosa planeó con cuidado un juego del ratón y el gato, un deporte para poner a prueba sus habilidades de cazador frente a un hombre como Pitt, cuyo valor y variedad de recursos eran bien conocidos, y que resultaría un competidor digno de su talla.

Era una competición a la que Kamatori se había entregado en muchas ocasiones con enemigos de Suma, y nunca hasta entonces había perdido.

Pitt y Giordino estaban custodiados y totalmente rodeados por un pequeño grupo de robots centinelas. Giordino llegó incluso a entablar una especie de amistad con uno de los robots que los habían capturado, al llamarle McGoon.

—No me llamo McGoon —replicó en un inglés razonablemente bueno—. Mi nombre es Murasaki. Significa púrpura.

—Púrpura —se burló Giordino—. Estás pintado de amarillo. McGoon es un nombre más adecuado para ti.

—Cuando llegué a ser plenamente operacional, fui consagrado por un sacerdote sintoísta con ofrendas de alimentos y guirnaldas de flores, y me pusieron el nombre de Murasaki.

Giordino se volvió a Pitt.

—¿Me está tomando el pelo?

—De modo que eres un agente libre independiente —dijo Giordino asombrado de poder hablar con un mecanismo capaz de seguir una conversación.

—No enteramente. *Existen* límites en los procesos de mi inteligencia artificial, por supuesto.

Giordino se volvió otra vez a Pitt.

—¿No crees que me está tomando el pelo?

—No tengo ni idea —contestó Pitt encogiéndose de hombros—. ¿Por qué no le preguntas qué piensa hacer si echamos a correr?

—Alertaría a mi operador de seguridad y dispararía a matar, tal como he sido programado —respondió el robot.

—¿Eres un buen tirador? —preguntó Pitt, intrigado por la conversación de aquella inteligencia artificial.

—No estoy programado para fallar.

—Ahora sabemos exactamente dónde estamos —fue el escueto comentario de Giordino.

—No pueden escapar de la isla y no hay ningún lugar donde puedan ocultarse. Sólo conseguirían perecer ahogados, devorados por los tiburones o ejecutados por decapitación. Cualquier intento de fuga sería ilógico.

—Me recuerda a Spock.

Alguien llamó desde el exterior, y un hombre de rostro permanentemente ceñudo apartó a un lado la puerta deslizante *fusuma* con sus paneles de papel *shoji*, y entró. Se mantuvo en silencio mientras sus ojos pasaban de Giordino, en pie junto al robot, a Pitt, cómodamente recostado en un triple montón de colchones de tatami.

—Soy Moro Kamatori, el principal ayudante del señor Hideki Suma.

—Al Giordino —saludó el rechoncho italiano con una sonrisa cordial, al tiempo que alargaba la mano con el entusiasmo de un vendedor de coches usados—. Mi amigo, al que ve usted en posición horizontal, es Dirk Pitt. Lamentamos haber caído por aquí sin ser invitados, pero...

—Conocemos perfectamente sus nombres y la manera en que llegaron a la isla de Soseki —interrumpió Kamatori—. Pueden ahorrarse todo intento de protesta, las alegaciones derrotistas de haberse extraviado, y las fingidas excusas de inocencia. Lamento informarles de que su maniobra de distracción ha resultado un fracaso. Los tres miembros de su equipo fueron capturados poco después de salir del túnel de Edo.

Hubo un silencio total. Giordino dirigió a Kamatori una mirada siniestra, y luego se volvió a Pitt, expectante.

El rostro de Pitt mostraba una tranquilidad absoluta.

—¿No tienen nada para leer, por aquí? —preguntó en tono aburrido—. Tal vez una guía de los restaurantes de la localidad.

Kamatori miró a Pitt con una hostilidad en estado puro. Después de un lapso de casi un minuto, se adelantó hasta situarse casi encima de Pitt.

—¿Le gusta la caza, señor Pitt? —preguntó de improviso.

—En realidad, no. No es deportivo, a menos que la presa también tenga oportunidad de disparar.

—¿Tal vez aborrece usted la vista de la sangre y de la muerte?

—¿No le ocurre lo mismo a todas las personas sensatas?

—Tal vez pefiere usted identificarse con la presa.

—Ya conoce a los americanos —contestó Pitt en tono de conversación—. Nos chifla ayudar a los desvalidos.

Kamatori dirigió a Pitt una mirada venenosa. Luego se encogió de hombros.

—El señor Suma se ha dignado honrarles con una invitación a cenar. Serán ustedes escoltados hasta el comedor a las siete en punto. Encontrarán kimonos en el armario. Hagan el favor de vestirse de forma adecuada.

Dichas esas palabras, dio una brusca media vuelta, y se marchó.

Giordino se quedó mirando la puerta, lleno de curiosidad.

—¿Qué era toda esa charla de doble sentido sobre la caza?

Pitt cerró los ojos y se acomodó para descabezar una siestecita.

—Yo diría que se propone cazarnos como conejos y rebanarnos la cabeza de un tajo.

Era la clase de comedor que la mayoría de los palacios europeos utilizaban todavía en honor de los huéspedes de sangre real y las celebridades. Las proporciones eran amplias, con un techo abierto de doce metros de altura, cruzado por gruesas vigas. El suelo estaba cubierto por una alfombra de bambú entrelazado con hilo de seda rojo, y decoraban las paredes unos amplios paneles de palisandro lacados.

Pinturas auténticas debidas a maestros japoneses colgaban en los lugares adecuados para que cada una de ellas armonizara con las demás. La sala estaba iluminada exclusivamente por candelas dispuestas dentro de farolillos de papel.

Loren nunca había visto nada que pudiera rivalizar con tanta belleza. Quedó rígida como una estatua, admirando aquel decorado deslumbrante. Mike Diaz daba vueltas alrededor de ella. Finalmente también se quedó quieto y admiró en torno suyo las paredes ricamente adornadas.

Lo único que parecía extrañamente fuera de lugar, que no era característicamente japonés, era la larga mesa del comedor, fabricada en cerámica, que dibujaba en el centro de la sala una serie de curvas y parecía haber sido forjada de una sola pieza gigantesca. Las sillas, a juego con la mesa, y los cubiertos, estaban dispuestos de forma que los comensales no se sentaran codo con codo, sino parcialmente de frente o de espaldas unos con otros.

Toshie, ataviada con un kimono tradicional de seda azul, se adelantó hacia ellos con una reverencia.

—El señor Suma les ruega que disculpen su retraso, pero en breve se reunirá con ustedes. Mientras esperan, ¿puedo servirles alguna bebida?

—Habla usted muy bien el inglés —la cumplimentó Loren.

—Puedo también conversar en francés, español, alemán y ruso

—contestó Toshie con los ojos bajos, como avergonzada por tantos conocimientos.

Loren se había puesto uno de los kimonos que encontró en el armario de su apartamento vigilado. Realzaba espléndidamente su talla alta y esbelta, y la seda tenía un oscuro tono purpúreo que venía a complementar el ligero bronceado que aún conservaba de sus vacaciones de verano. Sonrió amistosamente a Toshie, y le dijo:

—Cómo la envidio. Yo a duras penas puedo encargar una comida en francés.

—De manera que por fin vamos a enfrentarnos con el gran peligro amarillo —murmuró Diaz. No estaba de humor para cumplidos, y había decidido, contrariando su temperamento, mostrarse grosero. Como símbolo de su desafío, había rechazado las prendas de vestir japonesas, y conservaba puesto el mismo equipo de pescador con el que fue secuestrado—. Tal vez ahora descubramos por fin los planes enloquecidos que se están tramando en este lugar.

—¿Sabe preparar un Maiden's Blush? —preguntó Loren a Toshie.

—Sí —contestó ésta—. Ginebra, curaçao, granadina y zumo de limón. —Se volvió a Diaz—. ¿Senador?

—Nada —dijo con sequedad—. Quiero conservar la mente despejada.

Loren se dio cuenta de que la mesa estaba preparada para seis personas.

—¿Quién cenará con nosotros, además del señor Suma? —preguntó a Toshie.

—El señor Kamatori, la mano derecha de Suma, y dos americanos.

—Más rehenes como nosotros, sin duda —murmuró Diaz.

Toshie no contestó sino que se deslizó con gracia detrás de un mueble bar de ébano, pulimentado con incrustaciones de oro, y empezó a preparar la bebida solicitada por Loren.

Diaz se acercó a una de las paredes y empezó a examinar una pintura de grandes dimensiones, que representaba en tinta china una escena narrativa: aparecían varias casas de una aldea vistas a vuelo de pájaro, con sus moradores sorprendidos en sus tareas cotidianas.

—Me pregunto cuánto valdrá esta pintura.

—Seis millones de dólares yanquis —dijo una voz japonesa en un inglés titubeante con huellas de acento británico, debidas sin duda a un tutor inglés.

Loren y Diaz se volvieron a mirar a Hideki Suma, con una dosis no escasa de nerviosismo. Lo identificaron de inmediato, por haberlo visto antes en cientos de fotografías de artículos de revistas y periódicos diversos.

Suma avanzó lentamente por la sala en penumbra. Les contempló benignamente por unos instantes, con una ligera sonrisa inescrutable en sus labios.

—*La leyenda del príncipe Genji*, pintada por Toyama en mil cuatrocientos ochenta y cinco. Tiene usted un excelente olfato comercial, senador Diaz. Se ha detenido a admirar la obra de arte más cara de toda la sala.

Debido a la siniestra reputación de Suma, Loren había esperado encontrar a un gigante; pero, en realidad, era un hombre ligeramente más bajo que ella misma.

Él se aproximó, dedicó una corta reverencia a cada uno de los dos, y estrechó sus manos.

—Hideki Suma.

Las manos tenían un tacto suave, pero la presión era firme.

—Creo que ya conocen ustedes a mi principal ayudante, Moro Kamatori.

—Nuestro carcelero —replicó Diaz en tono agrio.

—Un individuo decididamente desagradable —dijo Loren.

—Pero muy eficiente —añadió Suma, con una inflexión sarcástica. Se volvió a Kamatori—. Al parecer dos de nuestros huéspedes se retrasan.

Apenas había acabado de hablar Suma cuando se escucharon ruidos a sus espaldas. Miró por encima del hombro. Dos robots de seguridad hacían pasar a empujones a Pitt y Giordino por la puerta del comedor. Todavía iban enfundados en sus monos de vuelo, y ambos lucían unos enormes pañuelos de colores chillones anudados al cuello, cortados obviamente de las fajas de los kimonos que habían declinado ponerse.

—Le han faltado el respeto debido —ladró Kamatori. Hizo un movimiento en dirección a ellos, pero Suma le detuvo con un gesto de la mano.

—¡Dirk! —tragó saliva Loren—. ¡Al!

Se precipitó sobre ellos y literalmente brincó a los brazos de Pitt y le besó salvajemente el rostro.

—Oh, Dios mío, nunca me he sentido tan feliz de ver a alguien.

Luego abrazó y besó a Giordino.

—¿De dónde venís? ¿Cómo habéis llegado aquí?

—Estábamos haciendo un crucero turístico —explicó Pitt en tono alegre, después de abrazar a Loren como el padre a quien acaban de devolver a su hijo raptado—. Alguien nos dijo que este lugar era un establecimiento de cuatro estrellas, y decidimos dejarnos caer por aquí a practicar algo de golf y de tenis.

—¿Es verdad que las profesoras de aerobic tienen cuerpos de diosas? —preguntó Giordino con una sonrisa.

—¡Malditos locos! —rompió a reír ella, feliz.

—Bien, señor Pitt y señor Giordino —dijo Suma—. Estoy encantado de conocer a los hombres cuyas hazañas submarinas se han convertido en una leyenda internacional.

—No somos en absoluto del material con el que se fabrican las leyendas —contestó Pitt con modestia.

—Yo soy Hideki Suma. Bienvenidos a la isla de Soseki.

—No puedo decir que me siento honrado al conocerle, señor Suma. Es difícil dejar de admirar sus talentos empresariales, pero sus métodos de actuación vienen a situarse en un punto intermedio entre los de Al Capone y los de Freddie de Elm Street.

Suma no estaba acostumbrado a los insultos. Guardó silencio, al tiempo que miraba a Pitt con atónito recelo.

—Bonito montaje tienen ustedes aquí —dijo Giordino, lanzando una audaz mirada evaluativa a Toshie, al tiempo que se dirigía hacia el bar.

Por primera vez, Diaz se permitió una franca sonrisa, y se apresuró a estrechar la mano de Pitt.

—Acaba de enderezarme un día negro.

—Senador Diaz —dijo Pitt, saludando al legislador—. Encantado de verle de nuevo.

—Habría preferido verle con un equipo Delta a sus espaldas.

—Lo tienen en reserva para la apoteosis final.

Suma ignoró la observación y se sentó tranquilamente en una silla baja de bambú.

—¿Alguna bebida, caballeros?

—Un tequila Martini —pidió Pitt.

—Tequila y vermut seco —contestó Toshie—. ¿Con piel de limón o de naranja?

—De lima, muchas gracias.

—¿Y usted, señor Giordino?

—Un Perro Aullador, si sabe cómo prepararlo.

—Una medida de ginebra, vermut seco, vermut dulce y un golpe o dos de bitter —explicó Toshie.

—Una muchacha brillante —comentó Loren—. Habla varios idiomas.

—Y sabe preparar un Perro Aullador —murmuró Giordino, y sus ojos adquirieron una expresión embobada cuando Toshie le dirigió una provocativa sonrisa.

—¡Al diablo con toda esa mierda de cumplidos! —estalló Diaz con impaciencia—. Estáis actuando como si fuéramos los invitados de una celebración entre amigos.

Dudó un momento, y luego se dirigió a Suma:

—Exijo saber la razón por la que secuestró usted, haciendo uso de la fuerza, a miembros del Congreso, y por qué nos retiene como rehenes. Y quiero saberlo ahora mismo.

—Haga el favor de sentarse y relajarse, senador —dijo Suma en tono tranquilo, pero con la frialdad de un iceberg—. Es usted un hombre impaciente que, erróneamente, piensa que todo lo que vale la pena debe ser hecho de inmediato, al instante. Hay un ritmo de la vida que ustedes, los occidentales, nunca han llegado a percibir. Ésa es la razón por la que nuestra cultura supera a la suya.

—Y los japoneses no son más que unos insulares narcisistas que se consideran una raza superior —escupió Diaz—. Y usted, Suma, es el peor de todos.

Suma era un clásico, pensó Pitt. No se reflejó ninguna expresión de ira en el rostro del hombre, ni de animosidad; nada, salvo una suprema indiferencia. Suma parecía considerar a Diaz poco más que un bebé insolente.

En cambio Kamatori, en pie y con los puños apretados a los costados, mostraba en la expresión de su rostro el odio que sentía por los americanos, por todos los extranjeros. Sus ojos estaban casi cerrados, y los labios dibujaban una línea firme y prieta. Miraba a Diaz como un chacal enloquecido y dispuesto a saltar.

Pitt ya había evaluado antes a Kamatori como un asesino peligroso. Se acercó al bar con aire casual, tomó su bebida, y fue a colocarse sutilmente entre Kamatori y el senador, con una mirada al primero que significaba «primero tendrás que entendértelas conmigo». La estratagema funcionó. Kamatori olvidó la ira provocada por las palabras de Diaz, y observó a Pitt con ojos circunspectos.

Con un perfecto sentido de la oportunidad, Toshie hizo una profunda reverencia a los presentes, colocando las manos entre las rodillas y haciendo susurrar la seda de su kimono, y anunció que la cena estaba dispuesta.

—Continuaremos nuestra discusión después de cenar —dijo Suma, y con un gesto cordial señaló a cada uno el lugar asignado en la mesa.

Pitt y Kamatori fueron los últimos en sentarse. En pie todavía, se miraron recíprocamente sin pestañear, como dos boxeadores que intentan fulminarse el uno al otro con la mirada mientras el árbitro da las últimas instrucciones antes de un combate. La sienes de Kamatori se colorearon ligeramente, y su expresión se hizo siniestra y malevolente. Pitt echó más leña al fuego al sonreír con desprecio.

Ambos hombres sabían que pronto, muy pronto, uno de los dos había de matar al otro.

47

La cena se inició con una antigua forma de drama culinario. Un hombre al que Suma describió como un maestro *shikibocho* apareció de rodillas junto a una bandeja plana en la que había un pescado, que Pitt identificó correctamente como un bonito. El maestro *shikibocho*, vestido con un traje de seda adornado con brocados y una gorra alta terminada en punta, tenía en las manos unas pinzas de acero y un largo cuchillo recto con mango de madera.

Moviendo los instrumentos con las manos a un ritmo vertiginoso, rebanó el pescado dando el número de cortes prescrito. Al concluir aquel espectáculo ritual, hizo una reverencia y se retiró.

—¿Es el *chef*? —preguntó Loren.

Suma negó con un gesto.

—No, es nada más un maestro en la ceremonia del pescado. El *chef*, un especialista en el arte epicúreo de la preparación de los productos del mar, volverá ahora a montar el pescado, y nos lo servirá como aperitivo.

—¿Emplea usted a más de un *chef* en su cocina?

—¡Oh! ¡Desde luego! Tengo tres. Uno que, como ya he mencionado, es experto en los platos de pescado; otro especialista en cocinar carnes y verduras, y un tercero que concentra sus talentos únicamente en las sopas.

Antes de servir el pescado, tomaron un té caliente salado acompañado con pastas dulces. Luego circularon toallas humeantes *oshibori* para que todos se limpiaran las manos. El pescado volvió, y las rebanadas habían sido vueltas a colocar delicadamente en su lugar, para ser consumidas crudas como *sashimi*.

Suma parecía divertido viento la torpeza con que Diaz y Giordino manejaban sus palillos. También mostró una ligera sorpresa al ver que Pitt y Loren utilizaban los dos instrumentos de marfil con tanta soltura como si hubieran nacido con ellos.

Cada nuevo plato fue servido con eficiencia y rapidez por un par de robots cuyos largos brazos recogían y volvían a colocar los platos con una increíble ligereza de movimientos. No cayó ni una sola partícula de alimento, ni se oyó chocar ningún plato contra la dura superficie de la mesa. Sólo hablaban para preguntar a los comensales si habían acabado ya cada uno de los diferentes manjares que componían el menú.

—Parece usted obsesionado por una sociedad automatizada —dijo Pitt, dirigiéndose a Suma.

—Sí, nos enorguellece nuestra conversión en un imperio robótico. Mi complejo industrial de Nagoya es el mayor del mundo. Allí tengo unas máquinas robóticas computadorizadas que construyen veinte mil robots al año.

—Un ejército que produce otro ejército —comentó Pitt.

El tono de Suma se hizo entusiasta.

—Sin saberlo ha dado usted en el clavo, señor Pitt. Ya hemos iniciado la fabricación de las nuevas fuerzas militares robóticas de Japón. Mis ingenieros están diseñando y construyendo buques de guerra completamente automatizados, sin tripulación humana, aviones operados por robots, carros de combate robóticos que avanzan y combaten guiados por control remoto, y ejércitos compuestos por cientos de miles de máquinas blindadas equipadas con armas potentes y sensores de largo alcance, capaces de dar saltos de hasta cincuenta metros y viajar a sesenta kilómetros por hora. La facilidad de su reparación y sus capacidades sensoriales de alto nivel hacen que sean casi invencibles. Dentro de diez años, ninguna fuerza militar de las superpotencias podrá resistirse a nosotros. A diferencia de los generales y almirantes de su Pentágono, que dependen de hombres y mujeres que luchan, se desangran y mueren en el combate, nosotros podremos librar batallas a gran escala sin una sola baja humana.

Pasó más de un minuto en silencio, mientras los americanos sentados a la mesa intentaban asimilar la magnitud de la revelación de Suma. Aquel concepto parecía tan lejano, tan futurista, que a todos les costaba aceptar el hecho de que los ejércitos robóticos estaban a punto de convertirse ya, y allí mismo, en una realidad.

Sólo Giordino parecía indiferente a la inmensa perspectiva de una guerra cibernética.

—Nuestra carabina mecánica asegura haber sido consagrada —dijo, mientras se esforzaba por capturar un pedazo de pescado.

—Nuestra religión, el sintoísmo, y nuestra cultura —contestó Suma— nos enseñan que todos los objetos están dotados de un alma. Ésa es otra de las ventajas que poseemos respecto a ustedes los occidentales. Nuestras máquinas, tanto si se trata de herramientas mecánicas como de una espada de samurai, son reverenciadas como si se tratara de seres humanos. Incluso tenemos máquinas que enseñan a muchos de nuestros obreros a comportarse como máquinas.

Pitt meneó negativamente la cabeza.

—Parece una actitud autodestructiva. Están quitando los puestos de trabajo a su propio pueblo.

—Ése es un mito arcaico, señor Pitt —dijo Suma, colocando sus palillos sobre la mesa—. En Japón, los hombres y las máquinas han desarrollado una relación muy estrecha. Poco tiempo después del cambio de siglo, contaremos con un millón de robots que harán el trabajo de diez millones de personas.

—¿Y qué sucederá con los diez millones de personas que quedarán sin trabajo?

—Los exportaremos a otros países, del mismo modo que exportamos productos manufacturados —respondió Suma con toda tranquilidad—. Se convierten en buenos ciudadanos respetuosos de la ley en sus naciones de adopción, pero siguen ligados al Japón por su lealtad y sus relaciones económicas.

—Una especie de hermandad universal —dijo Pitt—. Ya sé cómo funciona. Recuerdo haber visto un banco japonés que fue construido en San Diego por arquitectos japoneses, aparejadores japoneses y trabajadores japoneses de la construcción, todos los cuales utilizaban equipo japonés y materiales de construcción japoneses, importados en barcos japoneses. Las empresas contratistas y de suministros de la localidad quedaron totalmente al margen.

Suma se encogió de hombros con despreocupación.

—La conquista económica no se sujeta a ninguna norma. Nuestra ética y nuestra moral nacen de un caldo de cultivo diferente del suyo. En Japón, el honor y la disciplina están rígidamente ligados a una serie de lealtades: al emperador, a la familia y a la empresa. No nos sentimos inclinados a venerar principios democráticos ni a exhibir generosidades caritativas. El Camino Unido, el trabajo voluntario, los espectáculos caritativos para recoger fondos para la gente que muere de hambre en África, o las organizaciones que suministran ayuda para educar a los niños de las naciones del Tercer Mundo, son cosas virtualmente desconocidas en mi país. Concentramos nuestros esfuerzos caritativos en cuidar de nosotros mismos.

Hizo una pausa, y luego señaló a los robots que volvían a entrar en la sala cargados con bandejas.

—Ah, aquí llega el próximo plato.

El bonito fue seguido por bandejas individuales de madera que contenían nueces de ginkgo, sin pelar, sobre un lecho de agujas de pino, y una pirámide de oreja de mar cortada en rodajas. Luego apareció una sopa de flores, un caldo claro con una orquídea solitaria flotando en cada cuenco.

Loren cerró los ojos al saborearla.

—Tiene un sabor tan maravilloso como su aspecto —dijo.

—Estoy de acuerdo —dijo Suma—. La alta cocina japonesa ha sido creada para deleitar también la vista, no sólo el paladar.

—Un intento muy logrado de alcanzar la perfección visual y gustativa —observó Pitt.

—¿Es usted un *bon vivant*, señor Pitt? —preguntó Suma.

—Efectivamente, disfruto del placer de una comida de *gourmet*.

—¿Y tiene usted gustos variados?

—Si lo que me pregunta usted es si me agrada comer casi de todo, la respuesta es afirmativa.

—Muy bien. —Suma dio unas palmadas—. Entonces le espera a usted una sorpresa excitante y armoniosa.

Loren creía que la cena estaba ya casi terminada, pero apenas acababa de empezar. Los robots presentaron en rápida sucesión un desfile realmente excepcional de platos sabrosos, con sus ingredientes artísticamente dispuestos. Higos en salsa de sésamo; arroz a la albahaca; otra sopa que contenía yema de huevo, anguila y congrio cortados en lonchas muy finas, rábanos y setas, todo ello acompañado por huevas de erizo de mar; varias clases de pescado, incluidos bogavante, lucio y calamar, presentados sobre un lecho de algas marinas de varias clases; y raíz de loto mezclada con mejillones picados muy finos, pepino y calabacín. Se sirvió una tercera sopa con verduras en juliana, arroz y sésamo. Finalmente llegaron los postres, consistentes en varias frutas dulces, y el festín concluyó con la inevitable taza de té.

—¿Una comida de despedida para los condenados? —preguntó irritado Diaz.

—De ninguna manera, senador —replicó Suma en tono amable—. Usted y la congresista Smith regresarán a Washington dentro de veinticuatro horas a bordo de mi reactor privado.

—¿Por qué no ahora?

—Antes deben ser informados de mis propósitos. Mañana los llevaré personalmente a la congresista Smith y a usted a dar una vuelta por mi Centro del Dragón, con el fin de mostrarles la fuente del nuevo poderío de Japón.

—Un Centro del Dragón —repitió Diaz curioso—. ¿Para qué?

—¿No sabe usted nada, senador, de los coches con bombas nucleares que nuestro anfitrión ha esparcido por medio mundo? —preguntó Pitt en tono provocativo.

—¿Coches bomba? —preguntó Diaz, sin comprender nada.

—Suma, aquí presente, quiere jugar fuerte con los chicos grandes, de modo que ha ideado un plan de chantaje que merece el *cordon bleu*. Tan pronto como su tan pregonado Centro del Dragón esté a punto, podrá apretar un botón y causar la detonación de una bomba nuclear en cualquier localidad en la que sus robots hayan aparcado un coche con una bomba escondida en su interior.

El asombro hizo que Loren abriera los ojos de par en par.

—¿Es verdad eso? ¿Realmente Japón ha construido un arsenal nuclear secreto?

Pitt señaló a Suma.

—¿Por qué no le preguntas *a él*?

Suma dedicó a Pitt una mirada comparable a la que una mangosta dirigiría a una cobra.

—Es usted un hombre muy astuto, señor Pitt. Me han dicho que fue usted quien puso a Jordan y a su equipo de inteligencia sobre la pista de nuestro modo de introducir las cabezas nucleares en su país.

—Admito libremente que ocultarlas en los compresores del aire acondicionado fue una precaución genial por su parte. Casi consiguió rematar con toda limpieza la operación, de no haber sido por la explosión accidental de una bomba a bordo de uno de sus mercantes.

Desconcertada y ceñuda, Loren preguntó:

—¿Qué es lo que espera ganar?

—Nada esotérico o fantasmal —contestó Suma—. Para decirlo con uno de sus proverbios, Japón siempre ha tenido que sufrir que otros empuñaran el mango de la sartén. Los prejuicios antijaponeses son universales y han enraizado muy profundamente en el Occidente blanco. Se nos ha despreciado como una pequeña y exótica raza oriental durante más de trescientos años. ¡Ha llegado el momento de alcanzar la hegemonía que merecemos!

El rostro de Loren se coloreó de ira.

—De modo que va a desencadenar una guerra en la que morirán millones de personas, movido únicamente por el falso orgullo y la codicia. ¿No han aprendido nada de toda la muerte y la destrucción que causaron en los años cuarenta?

—Nuestros dirigentes fueron a la guerra únicamente después de que las naciones extranjeras nos estrangularan mortalmente con embargos comerciales y boicoteos. Lo que entonces perdimos en vidas humanas y destrucción, lo hemos recuperado después de sobras con la expansión de nuestro poderío económico. Ahora nos vemos amenazados de nuevo por el ostracismo internacional y la hostilidad del mundo, únicamente debido a nuestros diligentes esfuerzos y a nuestra dedicación a un comercio y unas actividades industriales eficientes. Y debido al hecho de que nuestra gran economía depende del petróleo y las materias primas extranjeras, no podemos permitir de nuevo que nos gobiernen los políticos de Washington, los intereses europeos o los conflictos religiosos del Oriente Medio. Gracias al Proyecto Kaiten, disponemos de los medios para protegernos a nosotros mismos y a las ganancias obtenidas mediante nuestro duro trabajo.

—¿El Proyecto Kaiten? —repitió Diaz, que no había oído hablar todavía nunca de él.

—Su sórdido plan para chantajear a todo el universo —explicó Pitt en tono cáustico.

—Está jugando con fuego —dijo Loren a Suma—. Los Estados Unidos, la Unión Soviética y Europa se unirán para destruirle.

—Se echarán atrás cuando vean lo que les cuesta —contestó Suma confiado—. Harán poca cosa más que conferencias de prensa y declaraciones de que van a resolverlo todo por medios diplomáticos.

—¡Le importa un pimiento la salvación de Japón! —estalló Diaz de repente—. Su propio gobierno se horrorizaría si supiera el monstruo que ha creado usted. Está metido en esto por usted mismo, por una apetencia personal de poder. Es usted un maníaco del poder.

—Tiene usted razón —contestó Suma con fría tranquilidad—. A sus ojos yo debo parecer un maníaco obsesionado con el poder supremo. No lo oculto. Y como todos los demás maníacos de la historia que se sintieron llamados a proteger su nación y su soberanía, no dudaré en emplear mi poder para guiar la expansión de mi raza en todo el globo, y al mismo tiempo para proteger nuestra cultura de las corrupciones occidentales.

—¿Qué es lo que encuentra de corruptor en las naciones de Occidente? —preguntó Diaz.

En los ojos de Suma apareció una expresión de desprecio.

—Mire a su propio pueblo, senador. Los Estados Unidos son un país de drogadictos, delincuentes mafiosos, violadores y asesinos, gentes sin hogar y analfabetos. A causa de la mezcla de culturas, sus ciudades se ven azotadas por el racismo. Están ustedes en una época de decadencia, como sucedió antes con Grecia, Roma y el Imperio británico. Se han convertido en un pudridero, y el proceso es imparable.

—De modo que usted piensa que América está arruinada y acabada como superpotencia —dijo Loren en tono irritado.

—No encontrará esa decadencia en Japón —contestó Suma con suficiencia.

—¡Dios, es usted un hipócrita! —Pitt rompió a reír, y consiguió que las cabezas de todos los comensales se volvieran hacia él—. Su pequeña y frágil cultura está podrida por una corrupción que alcanza incluso los niveles políticos superiores. Los informes de escándalos llenan diariamente las páginas de sus periódicos y los noticiarios de sus cadenas de televisión. El hampa de su país es tan poderosa que dicta sus leyes al gobierno. La mitad de sus políticos y funcionarios son sobornados y reciben abiertamente dinero por traficar con sus influencias. Venden ustedes tecnología militar ultrasecreta al bloque comunista simplemente por el beneficio económico. El coste de la vida ha crecido para sus ciudadanos de una forma tan ridículamente desmesurada, que se ven obligados a pagar el doble que los americanos por los productos manufacturados por compañías japonesas. Roban ustedes alta tecnología allí donde pueden encontrarla. Tienen mafiosos que revientan las reuniones de los consejos de administración de sus empresas a cambio de una recompensa. Nos acusan de racismo cuando sus mayores éxitos de venta son libros que predican el antisemitismo, sus almacenes exhiben y venden muñecas negras Sambo y en los quioscos callejeros pueden adquirir revistas con fotografías de mujeres atadas y amordazadas. Y *usted* tiene el tupé de sentarse aquí y afirmar que su cultura es superior. Basura y nada más.

—Amén, amigo mío —dijo Diaz, levantando su taza de té—. Amén.

—Dirk tiene un cien por cien de razón —añadió Loren orgullosa—. Nuestra sociedad no es perfecta ni mucho menos, pero comparando a ambos pueblos, en conjunto nuestra calidad de vida sigue siendo preferible a la suya.

El rostro de Suma se había transformado en una máscara de ira. Los ojos tenían la dureza de topacios en una cara tan tersa como el satén. Enseñaba los dientes. Habló como si hiciera restallar un látigo.

—Hace cincuenta años éramos un pueblo derrotado, ¡injuriado por los Estados Unidos! Ahora, de repente, *nosotros* somos los vencedores, y *ustedes* han perdido el juego. Hemos detenido el progresivo envenenamiento de Japón por los Estados Unidos y Europa. Nuestra cultura prevalecerá. Demostraremos ser la nación hegemónica en el siglo veintiuno.

—Habla usted como los señores de la guerra que nos dieron prematuramente por acabados después de Pearl Harbor —le recordó con brusquedad Loren—. Los Estados Unidos han tratado a Japón después de la guerra mucho mejor de lo que hubiéramos podido esperar nosotros de haber sido ustedes los vencedores. Sus ejércitos habrían violado, asesinado y saqueado América, tal como lo hicieron con China.

—Además de nosotros, deberán enfrentarse también a Europa —advirtió Diaz—. La política comercial de sus países no es ni mucho menos tan tolerante y protectora hacia Tokyo como la nuestra. El mercado único de la nueva Comunidad europea va a suponer por lo menos un dique para su penetración económica. Estén o no amenazados por un chantaje nuclear, cerrarán sus mercados a las exportaciones japonesas.

—A largo plazo, nos limitaremos a emplear nuestros miles de millones de reservas en metálico para ir comprando poco a poco sus industrias, hasta conseguir formar una base inatacable. No es una operación imposible si tiene usted en cuenta que los doce bancos mayores del mundo son japoneses, y que por sí solos constituyen casi las tres cuartas partes de la cartera de valores global de todo el resto de bancos extranjeros. Eso significa que nosotros gobernamos el mundo de las grandes finanzas.

—No pueden conservar eternamente a todo el mundo como rehén —dijo Pitt—. Su propio gobierno y su pueblo se levantarán contra ustedes cuando descubran que las cabezas nucleares de todo el mundo apuntan contra las islas japonesas, y ya no contra los Estados Unidos y la Unión Soviética. Y la posibilidad de otro ataque nuclear será muy real en el caso de que alguno de sus coches bomba detone accidentalmente.

Suma negó con la cabeza.

—Nuestras salvaguardas electrónicas están más avanzadas que las suyas o que las rusas. No habrá explosiones a menos que yo personalmente programe la clave correcta.

—No se propondrá realmente empezar una guerra nuclear —dijo Loren tragando saliva.

Suma rió.

—No haré nada tan estúpido ni despiadado como lo que podría esperarse de la Casa Blanca y el Kremlin. Olvidan que los japoneses sabemos en carne propia lo que significa sufrir los horrores de la guerra atómica. No, el Proyecto Kaiten es algo mucho más sofisticado desde el punto de vista técnico que una masa de misiles con cabezas nucleares apuntando a ciudades e instalaciones militares. Las bombas serán trasladadas a zonas estratégicas remotas y despobladas, con el fin de crear una fuerza electromagnética masiva con el potencial suficiente como para destruir toda su economía. Los muertos y los heridos a consecuencia de las explosiones serán mínimos.

—Realmente tiene intención de hacerlo, ¿no es eso? —dijo Pitt, leyendo en la mente de Suma—. Va a hacer estallar esas bombas, de verdad.

—¿Por qué no?, si las circunstancias lo aconsejan. No hay miedo de represalias inmediatas, porque la fuerza electromagnética anulará con seguridad todas las comunicaciones y los sistemas de armas americanos, de la OTAN y de los soviéticos.

El industrial japonés miraba con fijeza a Pitt, y sus ojos eran oscuros, fríos y tiránicos.

—Pero tanto si llego a dar ese paso como si no, señor Pitt, usted ya no vivirá para verlo.

Una mirada asustada asomó al rostro de Loren.

—¿No volverán Dirk y Al a Washington con el senador Diaz y conmigo?

Suma exhaló su aliento en un largo suspiro silencioso, y movió la cabeza a uno y otro lado con deliberada lentitud.

—No... Se los he cedido como regalo a mi buen amigo Moro Kamatori.

—No entiendo.

—Moro es un experto cazador. Su pasión es el juego de la caza del hombre. Ofreceremos a sus amigos, y a los tres agentes secretos que fueron capturados cuando intentaban destruir el centro, una oportunidad de escapar de la isla. Pero sólo a condición de que puedan esquivar a Moro durante veinticuatro horas.

Kamatori dedicó a Pitt una mirada helada.

—El señor Pitt tendrá el honor de ser el primero en intentarlo.

Pitt se volvió a Giordino, con una sombra de sonrisa en su melancólico rostro.

—¿Lo ves? Ya te lo dije.

48

—Escapar —murmuró Giordino, mientras paseaba por el pequeño apartamento bajo la mirada vigilante de McGoon—. ¿Escapar a dónde? El mejor nadador de largas distancia del mundo no podría atravesar un brazo de mar de sesenta kilómetros, de aguas frías y barridas por corrientes de cinco nudos. Y aún en ese caso, los gorilas de Suma estarían esperando para rematarle en el momento en que llegara a cualquier playa de la isla principal.

—¿De modo que cuál será el plan de acción? —preguntó Pitt mientras hacía unos fondos en el suelo de la habitación.

—Seguir vivos todo el tiempo posible. ¿Qué otra opción nos queda?

—Morir como hombres valerosos.

Giordino levantó una ceja y miró a Pitt con recelo.

—Sí, claro, desnudar el pecho, rehusar la venda y fumar un cigarrillo mientras Kamatori levanta la espada.

—¿Por qué luchar contra lo inevitable?

—¿Desde cuándo te das por vencido antes de empezar la partida? —dijo Giordino, que empezaba a preguntarse si a su viejo amigo se le habían reblandecido los sesos.

—Podemos intentar ocultarnos en algún lugar de la isla durante tanto tiempo como podamos, pero es un objetivo sin esperanza. Sospecho que Kamatori hará trampa y nos seguirá la pista por medio de los sensores robóticos.

—¿Y qué será de Stacy? No puedes dejar que ese mierda cara de mono la mate también a ella.

Pitt se alzó del suelo.

—Sin armas, ¿qué esperas poder hacer? La carne y los huesos no pueden derrotar a máquinas cibernéticas y a un experto con una espada.

—Espero que demuestres tener los mismos redaños que en tantos otros peligros que hemos afrontado juntos.

Pitt se apoyó en su pierna derecha, pasó cojeando delante de McGoon y dio la espalda al robot.

—Es fácil para ti decirlo, amigo. Tú estás en buena forma física. Yo me lastimé la rodilla en el aterrizaje forzoso en aquel estanque de peces de colores, y apenas puedo caminar. No tengo la menor oportunidad de escapar de Kamatori.

Entonces Giordino vio el guiño de astucia en la cara de Pitt, y repentinamente lo comprendió todo. Se sintió un completo estúpido. Además de los sensores de McGoon, la habitación debía de tener por lo menos una docena de micrófonos y cámaras de vídeo ocultos en su interior y por los alrededores. Captó la intención de Pitt, y le siguió el juego.

—Kamatori es un samurai demasiado perfecto como para perseguir a un hombre herido. Si tiene una sola partícula de espíritu deportivo, se dará a sí mismo un handicap.

—Tengo que encontrar algo para aliviar el dolor —dijo Pitt, meneando desalentado la cabeza.

—McGoon —dijo Giordino al robot centinela—, ¿hay algún médico en la casa?

—Ese dato no está programado en mis directivas.

—Entonces llama a tu jefe y pregúntaselo.

—Por favor, espere.

El robot permaneció en silencio mientras sus sistema de comunicaciones enviaba el mensaje al centro de control. La respuesta llegó casi de inmediato.

—Hay un pequeño equipo de personas en una clínica de la cuarta planta. ¿Necesita el señor Pitt asistencia médica?

—Sí —respondió Pitt—. Necesitaría una inyección de algún calmante y un vendaje firme, si he de enfrentarme a Kamatori en condiciones no demasiado desventajosas.

—Hace unas horas no parecía cojear —advirtió McGoon a Pitt.

—Tenía la rodilla entumecida —mintió Pitt—. Pero el dolor y la hinchazón han ido en aumento, y tengo dificultades para caminar.

Dio algunos pasos vacilantes y se detuvo con la faz tensa como si experimentara un fuerte dolor.

Como máquina totalmente adecuada para la tarea que desempeñaba, Murasaki, alias McGoon, remitió su observación visual de la patética representación de Pitt al controlador ubicado en algún remoto lugar del Centro del Dragón, y recibió permiso para escoltar a su prisionero hasta la clínica médica. Apareció otro robot-guarda para vigilar por medio del vídeo a Giordino, que de inmediato lo bautizó con el nombre de McGurk.

Representando su cojera con el mismo entusiasmo que si estuviera en juego un Oscar de la Academia, Pitt se arrastró penosamente a lo largo de un laberinto de pasillos, hasta que McGoon lo introdujo en un ascensor.

El robot apretó uno de los botones con un dedo metálico, y el ascensor empezó a descender sin ruido, aunque no con el mismo silencio del instalado en el edificio del Cuartel General Federal.

«Una pena que el equipo EIMA no dispusiera de información sobre un ascensor que descendía desde la superficie de la isla hasta el centro subterráneo», pensó Pitt durante el trayecto. Podría haberse intentado una penetración desde la residencia de la superficie con mayores probabilidades de éxito. Pocos instantes más tarde, las puertas se abrieron de par en par, y McGoon empujó a Pitt a un pasillo brillantemente iluminado.

—La cuarta puerta a la izquierda. Abra y entre.

La puerta, como todas las superficies planas de aquella construcción subterránea, estaba pintada de blanco. Una pequeña cruz roja era la única indicación de que se trataba de un centro médico. No había picaporte, tan sólo un botón empotrado en el marco. Pitt lo apretó, y la puerta se deslizó a un lado sin ruido. Entró cojeando. Una muchacha atractiva, vestida con uniforme de enfermera, fijó en él sus ojos castaños y graves desde detrás de un mostrador. Le habló en japonés, y él se encogió de hombros, perplejo.

—Lo siento —dijo—. Sólo hablo inglés.

Sin decir una sola palabra más, ella se puso en pie, cruzó una sala con seis camas vacías, y desapareció en el interior de un despacho. Pocos segundos más tarde, un joven japonés sonriente, enfundado en unos pantalones tejanos y un jersey de cuello de cisne bajo la bata blanca de rigor, y con un estetoscopio colgado del cuello, se acercó, con la enfermera pisándole los talones.

—¿El señor Pitt, Dirk Pitt? —preguntó en inglés, con el acento de la costa oeste americana.

—Sí.

—Me han informado de que venía usted hacia aquí. Josh Nogami. Es un verdadero honor para mí. He sido un auténtico admirador suyo desde que reflotó el *Titanic*. De hecho, me aficioné al submarinismo por culpa suya.

—Es un placer —contestó Pitt, casi avergonzado—. No habla usted como un japonés.

—Nací y me crié en San Francisco, a la sombra del puente de la bahía. ¿De dónde es usted?

—Procedo de Newport Beach, California.

—No me diga. Yo trabajé como interno en el Saint Paul's Hospital de Santa Ana. Solía bajar a Newport a practicar *surf* en cuanto tenía ocasión.

—Ha ido a parar muy lejos del lugar en el que se crió.

—También usted, señor Pitt.

—¿Le hizo Suma una oferta que no pudo usted rechazar?

La sonrisa se enfrió notablemente.

—También soy un admirador del señor Suma. Acepté su oferta de empleo hace cuatro años, sin necesidad de soborno.

—¿Cree en lo que está haciendo él?

—En un ciento por ciento.

—Perdóneme si le sugiero que le han engañado.

—No estoy aquí engañado, señor Pitt. Soy japonés, y creo en la superioridad de nuestra cultura intelectual y estética sobre la sociedad contaminada en que se ha convertido América.

Pitt no se encontraba de humor para otro debate sobre la filosofía de los distintos estilos de vida. Señaló su rodilla.

—Voy a necesitar esto mañana. Debo de haber sufrido una torcedura. ¿Puede usted amortiguar el dolor de modo que pueda usarla?

—Por favor, enrolle la pernera del pantalón.

Pitt lo hizo con el obligado acompañamiento de unas cuantas muecas y resoplidos para simular dolor, mientras el médico palpaba la rodilla.

—No parece existir hinchazón ni magulladura. Tampoco hay indicación de una rotura de ligamentos.

—Pues duele como el demonio. No puedo doblarla.

—Se hirió al estrellarse contra la residencia del señor Suma.

—Las noticias viajan aprisa.

—Los robots tienen un sistema de «radio macuto» que enorgullecería a los reclusos de San Quintín. Cuando supe de su llegada, subí a la superficie para ver los restos de su aeroplano. El señor Suma no se llevó precisamente una alegría al saber que había matado una carpa preciosa, que le costó más de cuatrocientos mil yens.

—Si sabe todo eso, también estará informado de que me ha tocado el papel de primer plato en la matanza de mañana —dijo Pitt.

La sonrisa desapareció del rostro de Nogami, y su mirada mostró una profunda tristeza.

—Quiero que sepa que, aunque obedezco las órdenes del señor Suma, no me agradan los sanguinarios juegos de caza del hombre que practica el señor Kamatori.

—¿Algún consejo para un condenado?

Nogami mostró la habitación con un amplio gesto del brazo.

—Estas paredes tienen más ojos y oídos que el auditorio de un teatro. Si me atreviera a mostrar simpatía por su suerte, me vería forzado a acompañarle mañana en el campo. No, muchas gracias, señor Pitt. Me apena mucho su suerte, pero no debe culpar a nadie más que a sí mismo por haber conducido su barca hacia aguas turbulentas.

—Pero *hará* usted lo que pueda por arreglar mi rodilla.

—Como médico, haré todo lo posible por aliviarle el dolor. Tengo también órdenes de Kamatori para tratar de que usted esté en la mejor disposición física posible para la caza de mañana.

Nogami inyectó en la rodilla de Pitt alguna droga de nombre impronunciable, que se suponía adecuada para aliviar el dolor, y la cubrió con un vendaje elástico. Luego dio a Pitt un pequeño frasco con píldoras.

—Tome dos cada cuatro horas. No se pase de la dosis, porque lo atontarán y entonces será una presa fácil para Kamatori.

Pitt había vigilado con atención las idas y venidas de la enfermera a una pequeña habitación adjunta, de la que había sacado la venda y las píldoras.

—¿No le importa que ocupe por un rato una de sus camas vacías para descansar? Esos colchones japoneses no han sido fabricados para mis huesos.

—Por mi parte no hay ningún inconveniente. Notificaré a su robotguarda que voy a tenerlo en observación durante una o dos horas. —Nogami lo miró con severidad—. Ni se le ocurra intentar escapar. Aquí no hay ventanas ni puertas traseras, y tendrá a los robots pegados a sus talones en cuanto dé dos pasos hacia el ascensor.

—No se preocupe —contestó Pitt con una sonrisa amistosa—. Lo único que pretendo es reservar todas mis fuerzas para el espectáculo de mañana.

—En ese caso coja la primera cama —asintió Nogami—. Es la que tiene el colchón más blando. La uso yo mismo. Es el único vicio occidental del que no he sabido prescindir. Tampoco yo he podido acostumbrarme a estos malditos tatamis.

—¿El cuarto de baño?

—Al otro lado de la habitación de suministros, a la izquierda.

Pitt estrechó la mano del doctor.

—Le estoy muy agradecido, doctor Nogami. Es una lástima que veamos las cosas desde ópticas diferentes.

Cuando Nogami hubo regresado a su despacho y la enfermera se sentó detrás del mostrador y le dio la espalda, Pitt se levantó y fue cojeando al baño, pero en lugar de entrar, se limitó a abrir y cerrar la puerta con todo el ruido requerido para no despertar sospechas. La enfermera estaba ocupada cumplimentando unos impresos en su mostrador, y no se volvió para observar lo que hacía a través de la puerta de la habitación de suministros.

Luego rebuscó en silencio en los estantes de medicamentos hasta encontrar una caja con bolsas de plástico adosadas a estrechos tubos, terminados en agujas del calibre dieciocho. Las bolsas estaban vacías y llevaban impresa la indicación CPDA-1 Plasma Sanguíneo con solución anticoagulante. Retiró una de las bolsas de la caja y la disimuló debajo de su camiseta. No se notaba el menor bulto.

En una esquina de la habitación había una unidad móvil de rayos X. Se quedó mirándola por unos instantes, mientras una nueva idea tomaba forma en su mente. Empleando las uñas, levantó una tapa de plástico con el nombre del fabricante, y la utilizó para desatornillar el panel trasero. Rápidamente quitó los conectores de un par de pilas secas de seis voltios de batería recargable, y extrajo una de ellas, deslizándola en la parte delantera de sus pantalones. Luego arrancó una porción tan larga de hilo eléctrico como pudo sin que la falta se notara demasiado a simple vista, y la enrolló en torno a su cintura.

Finalmente, entró sin ruido en el cuarto de baño, lo utilizó y tiró de la cadena del lavabo. La enfermera ni siquiera levantó la cabeza cuando él volvió a tumbarse en la cama. En su despacho, Nogami parecía muy ocupado en hablar por teléfono con alguien, en voz baja.

Pitt contempló el techo desnudo y dejó vagar libremente su imaginación. No era exactamente lo que Jordan y Kern hubieran calificado de plan magistral, capaz de conmocionar la faz de la Tierra, pero era todo lo que tenía, y su intención era aprovechar hasta el fondo sus limitadas posibilidades.

49

Moro Kamatori no sólo parecía la encarnación del mal; era realmente malvado. Las pupilas de sus ojos nunca variaban su forma de mirar, siniestra y envenenada, y cuando sus labios finos se abrían en una sonrisa, lo cual no acontecía casi nunca, revelaban una hilera de dientes con más oro engastado que las minas del rey Salomón.

Incluso a aquella hora tan temprana —eran las cinco en punto, y el cielo estaba todavía oscuro—, su aspecto revelaba una enojosa presunción respecto de sí mismo. Iba inmaculadamente vestido con un *hakama*, unos pantalones bombachos tan amplios que casi eran una falda partida, y un *kataginu* del período de Edo, una especie de chaleco de caza de seda con brocados, sin mangas. Iba calzado únicamente con sandalias.

Pitt, por su parte, parecía un refugiado que se había vestido con los harapos encontrados en un cubo de basura. Sólo llevaba una camiseta y un par de calzones cortos, obtenidos al desgarrar las perneras de su mono de vuelo. Cubría sus pies tan sólo con unos calcetines blancos de lana.

Después de ser despertado y escoltado hasta el estudio privado de Kamatori, esperó temblando de frío en una sala sin calefacción, mientras examinaba todos los detalles de unas paredes cubiertas con armas antiguas de las distintas eras históricas y de todo el mundo. Las armaduras, tanto europeas como japonesas, estaban montadas como soldados en posición de firmes, en el centro de la sala. Pitt sintió una oleada de repulsión en el estómago al ver otra clase de trofeos que resaltaban con claridad entre los centenares de espadas, lanzas, arcos y armas de fuego.

Contó hasta treinta cabezas de las desventuradas víctimas humanas de Kamatori, que miraban sin ver el espacio con inmóviles ojos de cristal. La mayoría eran asiáticos, pero cuatro mostraban rasgos caucásicos. La sangre se le heló en las venas al reconocer la cabeza de Jim Hanamura.

—Acérquese, señor Pitt, y tome una taza de café —invitó Kamatori, indicando a Pitt un cojín vacío junto a una mesita baja—. Charlaremos un poco antes de...

—¿Dónde están los demás? —le interrumpió Pitt.

Kamatori le dirigió una mirada helada.

—Están sentados en un pequeño auditorio, en una habitación vecina, y desde allí presenciarán la caza a través de una pantalla de vídeo.

—Como el auditorio de una mala película en el último pase nocturno.

—Tal vez el último en ser cazado pueda aprovecharse de los errores cometidos por quienes le precedieron.

—O tal vez cierren los ojos y se pierdan el espectáculo.

Kamatori estaba sentado muy tieso; la fantasmal insinuación de una sonrisa asomó por un instante a las comisuras de sus labios apretados.

—Esto no es un experimento. Hemos ido perfeccionando los procedimientos gracias a la experiencia. Las presas esperan su turno encadenadas a una silla y, si es necesario, se inmovilizan sus párpados con esparadrapo para que vean. No tendrán más remedio que presenciar su derrota.

—Confío en que hará llegar mis restos a la familia cuando se canse de lucirlos en la pared —dijo Pitt, simulando mirar las cabezas que adornaban las paredes, aunque en realidad trató de evitar la vista de aquella siniestra exposición y concentrarse en un grupo de espadas.

—Muestra usted una buena dosis de valor —observó Kamatori—. No había esperado menos de un hombre de su reputación.

—¿A quién le tocará después? —preguntó Pitt de súbito.

El carnicero se encogió de hombros.

—A su amigo el señor Giordino, o tal vez a la mujer agente. Sí, creo que cazarla a ella enardecerá la furia de los demás, y les incitará a resultar más peligrosos como presas.

—¿Y si no consigue cazar a alguno de nosotros? —insistió Pitt.

—La isla es pequeña. Hasta ahora nadie ha conseguido esconderse de mí durante más de ocho horas.

—Y no da cuartel.

—Ninguno —dijo Kamatori, mientras su malvada sonrisa se ensanchaba—. Éste no es un juego de niños, un escondite con ganadores y perdedores. Su muerte será rápida y limpia. Se lo prometo.

Pitt miró al samurai a los ojos.

—¿No es un juego? A mí me da la sensación de que voy a representar a Sanger Rainsford, y usted al general Zaroff.

—Los nombres no me resultan familiares —dijo Kamatori, al tiempo que sus ojos se estrechaban.

—¿No ha leído *El juego más peligroso*, de Richard Connell? Es una historia clásica: un hombre que caza a otros hombres por deporte.

—No ensucio mi mente leyendo literatura occidental.

—Me complace saberlo —dijo Pitt, añadiendo mentalmente un ligero porcentaje más a sus oportunidades de salir vivo de la prueba.

Kamatori señaló la puerta.

—Ha llegado el momento.

—Todavía no me ha explicado las reglas del juego —dijo Pitt sin moverse de su lugar.

—No hay reglas, señor Pitt. Generosamente le concedo una hora de plazo. Luego empezaré la caza, armado únicamente con mi espada, un arma ancestral que ha pertenecido a mi familia durante generaciones y que ha vertido mucha sangre enemiga.

—Sus antepasados samurais se sentirán muy orgullosos de un descendiente que mancilla su honor matando a personas desarmadas e indefensas.

Kamatori sabía que Pitt le provocaba con toda deliberación, pero no pudo contener su ira creciente ante el americano, que no mostraba el menor signo de miedo.

—Ahí está la puerta —dijo con voz silbante—. Empezaré la persecución dentro de una hora.

La afectación de indiferencia despreocupada desapareció en el momento en que Pitt cruzó la puerta a través de la valla electrificada. Una furia incontenible lo agitó mientras corría a través de la línea de árboles que rodeaba la residencia y se refugiaba a la sombra de las rocas abruptas y desnudas. Se convirtió en un hombre fuera de sí, frío y astuto, con sus percepciones potenciadas hasta un punto anormal, y guiado por una idea obsesiva.

Tenía que salvarse a sí mismo para salvar a los demás.

La apuesta de correr calzado sólo con los calcetines en lugar de conservar las pesadas botas que llevaba puestas al despegar del puente del *Ralph R. Bennett* resultó un acierto. Por fortuna, el suelo rocoso estaba cubierto por varios centímetros de tierra blanda, erosionada a lo largo de los siglos en la lava volcánica.

Corrió con una determinación inflexible, espoleado por la rabia y el temor a fracasar. Su plan era muy sencillo, ridículamente sencillo, aunque la probabilidad de engañar a Kamatori parecía poco menos que imposible. Con todo, tenía la total seguridad de que aquel truco no había sido intentado por ninguno de los hombres cazados anteriormente. La sorpresa podía jugar a su favor. Los demás únicamente habían intentado poner tanta distancia entre la residencia y ellos como fuera materialmente posible, antes de buscar frenéticamente un escondite donde evitar ser descubiertos. La desesperación aviva el ingenio, pero todos ellos habían fracasado, y muerto de una manera horrible. Pitt se disponía a intentar una nueva idea en el juego de la fuga, una idea tan loca que tal vez funcionara.

Tenía otra ventaja respecto de quienes le habían precedido. Gracias a la maqueta detallada que Penner había construido de la isla, Pitt se había familiarizado con el paisaje en general. Recordaba las dimensiones y altitudes con toda claridad, y sabía con precisión dónde tenía que ir; y no era precisamente hacia el lugar más alto de la isla.

Las personas que corren aterrorizadas durante una caza se dirigen inexplicablemente a los lugares altos: en un edificio trepan por las escaleras, en el campo buscan un árbol en el que esconderse o las rocas que coronan la cima de una colina. Todos esos lugares se convierten en callejones sin salida que no ofrecen ninguna posibilidad de escape.

Pitt salió del camino y descendió a campo través hacia la costa oriental, siguiendo una dirección irregular, como si dudara sobre qué camino seguir; en varias ocasiones dio marcha atrás para hacer creer a su perseguidor que erraba perdido en círculos. El accidentado suelo lunar y la escasa luz hacían difícil mantener el sentido de la marcha, pero aunque las estrellas habían empezado a desvanecerse aún podía encontrar el norte buscando la Polar. Se detuvo unos minutos, para recuperar fuerzas y examinar la situación.

Se daba cuenta de que Kamatori, que perseguía a sus víctimas calzado con sandalias, nunca podría seguir el rastro y dar con ellas en tan sólo ocho horas. Un aficionado a la vida al aire libre, con un mínimo de suerte, podría haber evitado la captura durante uno o dos días por lo menos, incluso si intervinieran perros en la persecución..., a no ser que siguiera su rastro un robot provisto de sensores. Volvió a correr de nuevo, todavía aterido de frío pero sin sentirse agarrotado ni exhausto.

Al acabar la hora de plazo, Pitt estaba recorriendo los acantilados al borde del mar. Algunos árboles y arbustos dispersos crecían hasta el filo mismo del precipicio. Disminuyó el ritmo de marcha hasta convertirlo en un ligero trote, y buscó alguna brecha en la línea de rompientes que se extendía casi veinte metros más abajo. Finalmente llegó a un pequeño claro dominado por un alto peñasco. Un pino, con parte de sus raíces al descubierto por la erosión, colgaba de forma precaria sobre las aguas en perpetuo movimiento.

Buscó atentamente alrededor suyo las posibles señales de una cámara de vídeo o de sensores guiados por el calor corporal, y no descubrió ninguno.

Razonablemente seguro de no ser observado, probó su peso en el tronco del árbol. Éste osciló, y la copa poblada de agujas verdes se inclinó cinco centímetros más hacia el abismo. Calculó que, si saltaba con el suficiente impulso a las ramas más altas, el peso añadido arrancaría del suelo las raíces y enviaría a Pitt junto con el árbol desde el borde del acantilado hasta el mar.

Luego estudió el agua oscura y espumeante, como hacen los nadadores que se lanzan desde las rocas de Acapulco. Juzgó que la profundidad de una estrecha grieta entre las rocas debía de ser de tres metros, cuatro en el momento en que la ola irrumpía en ella. Ninguna persona en su sano juicio se hubiera detenido a pensar dos veces la idea que bullía en el cerebro de Pitt mientras examinaba la fuerza de la resaca y la dirección de la corriente. Un nadador que no dispusiera del traje adecuado no podría sobrevivir veinte minutos en el agua fría sin sufrir los efectos de la hipotermia, en el dudoso caso de que sobreviviera a la caída.

Se sentó en una roca, extrajo la bolsa de plástico para el plasma sanguíneo que llevaba sujeta bajo el cinturón de sus calzones, y la depositó en el suelo a sus pies. Extendió el brazo izquierdo y apretó el puño, palpando con la mano derecha hasta encontrar la vena que corría por la articulación interna del codo. Hizo una pausa momentánea, tratando de fijar la vena en su mente e imaginarla como una manguera. Luego tomó la aguja sujeta al tubo de la bolsa de sangre y la clavó en la vena en ángulo.

No acertó, y tuvo que pinchar de nuevo. Finalmente introdujo la aguja en la vena, al tercer intento. Entonces, sentado allí, se relajó y dejó que su sangre fluyera en el interior de la bolsa.

Su oído captó unos débiles ladridos en la lejanía. Lo que en aquel momento parecía una verdad obvia lo sacudió sin embargo con la fuerza de un mazazo. No podía creer que hubiera subestimado a Kamatori. No había especulado con más posibilidades, no había sabido adivinar que seguiría su pista un mastín de carne y hueso. Había aceptado ciegamente, como un hecho consumado, que su perseguidor utilizaría medios electrónicos o robóticos para descubrir a su presa. Podía imaginarse la carcajada del samurai cortapescuezos cuando encontrara a Pitt subido a un árbol para resguardarse de un perro furioso.

Con increíble paciencia, Pitt siguió sentado y esperó a que su sangre llenara la bolsa de plástico, mientras oía aproximarse los ladridos. El perro había encontrado su rastro y ya estaba a menos de doscientos metros cuando el volumen de sangre llegó a los 450 mililitros, y Pitt retiró la aguja de su brazo. Rápidamente ocultó la bolsa llena de sangre bajo un montón de piedras, y acabó de taparla con arena suelta.

La mayoría de los hombres decapitados por Kamatori, presas de un terror pavoroso, habían intentado insensatamente huir del mastín, y habían acabado por caer agotados y ser rematados en el suelo. Sólo los más bravos se habían detenido e intentado enfrentarse al perro con cualquier arma a la que pudieron echar mano, por lo común algún grueso garrote. Todavía inconsciente de la sorpresa que lo aguardaba, Pitt fue un paso más allá. Encontró una rama larga y gruesa, y también recogió dos pesadas piedras. Como defensa final alineó sus rudimentarias armas encima del peñasco que dominaba el claro, y trepó arriba.

Sus pies apenas habían dejado el suelo cuando el perro cruzó aullando entre los árboles y se detuvo al borde del acantilado.

Pitt lo miró atónito. El perro que le perseguía no era en absoluto un juguete afelpado. Era el robot más parecido a un monstruo de pesadilla que Pitt había visto jamás.

Los ingenieros japoneses de los laboratorios de robótica de Suma se habían superado a sí mismos en esta ocasión. La cola, que se alzaba erecta en el aire, era una antena, y las patas rotaban como los radios de una rueda hasta que sus extremos se apoyaban en el suelo, formando un ángulo de 90 grados. El cuerpo era un complejo de aparatos electrónicos agrupados en torno a un sensor de ultrasonidos. Era la última palabra en máquinas de seguimiento, capaz de detectar el olor humano, el calor y el sudor, y capaz también de vadear o trepar por encima de los obstáculos a una velocidad similar a la de un dóberman.

El único parecido entre un perro de verdad y aquel robot-sabueso, si Pitt aguzaba la imaginación y olvidaba los ladridos pregrabados, era un feo sistema de mandíbulas con dientes que circulaban en lugar de abrirse y cerrarse. Pitt introdujo un extremo de su rama en la abertura metálica y vio cómo le era arrancada de las manos y despedazada en medio de una lluvia de astillas.

«Era un milagro que quedara entera cualquier porción del cuerpo de las víctimas de Kamatori después de que les diera alcance aquella monstruosidad», pensó Pitt. Pero el perro artificial no hizo ningún esfuerzo por avanzar y atacarle. Se situó delante de la roca a la que había subido Pitt y guardó la distancia, mientras su cámara de vídeo miniatura registraba los movimientos y la posición de Pitt. Éste comprendió que su función se limitaba únicamente a localizar la presa y acorralarla hasta que Kamatori llegara y ejecutara el asesinato ritual.

Pitt levantó una de las piedras sobre su cabeza, y la lanzó. Pero el robot-sabueso era demasiado ágil; saltó sin aparente esfuerzo a la derecha y la piedra pasó silbando a su lado y fue a chocar contra el suelo.

Pitt levantó la otra piedra, la única arma que le quedaba, e hizo amago de lanzarla, pero interrumpió el movimiento a la mitad y observó cómo el perro daba un nuevo salto a la derecha. Entonces, como haría un bombardero, rectificó el tiro apuntando más a la derecha, y soltó la piedra. El cálculo fue acertado, y la puntería excelente. El perro, programado al parecer para esquivar siempre hacia el mismo lado los golpes que le dirigían durante un combate, recibió de lleno el impacto del proyectil.

No hubo ningún ladrido ni gañido, ni tampoco chisporroteos por cortocircuitos electrónicos, ni llamaradas. El chucho mecánico se limitó a inclinarse perezosamente sobre sus patas radiales, sin llegar a caer, con el ordenador y los sistemas de control destrozados. Pitt casi sintió pena al verlo inerte como un juguete móvil con las baterías gastadas..., pero no demasiada pena, de todos modos. Bajó del peñasco y golpeó metódicamente las tripas electrónicas de aquella cosa, derribándola a un lado. Pitt se aseguró de que la cámara de vídeo no funcionara, y entonces fue a buscar la bolsa de sangre bajo su cubierta de piedras y arena.

Deseó con fervor que la sangre extraída de su vena no le hubiera debilitado demasiado. Iba a necesitar todas sus energías para la tarea que le esperaba.

Kamatori sintió cierta aprensión cuando la imagen de su pequeño monitor de televisión de pulsera se desvaneció de súbito. La última lectura del sensor del robot-sabueso situaba a Pitt aproximadamente a ciento setenta y cinco metros en dirección sudeste, hacia los acantilados que bordeaban la línea de la costa. Le asombró que Pitt se hubiera dejado acorralar ya en los momentos iniciales de la caza. Se apresuró en aquella dirección, pensando al principio que el sistema había tenido un fallo electrónico. Mientras corría hacia la posición del último contacto, empezó a considerar la posibilidad de que el perseguido hubiera sido la causa del problema.

Nunca había ocurrido nada parecido con las presas anteriores. Ninguno de ellos había conseguido derrotar al robot ni siquiera infligirle el menor daño. Si Pitt había conseguido lo que los otros no pudieron hacer, Kamatori decidió que debería aproximarse a él extremando su cautela. Disminuyó el ritmo de su marcha, dejando de preocuparse por la celeridad. Podía emplear todo el tiempo que quisiera.

Tardó casi veinte minutos en recorrer la distancia y llegar al pequeño claro sobre los acantilados. Vio vagamente la silueta del robot-sabueso entre los arbustos. Temió lo peor al darse cuenta de que yacía de costado.

Oculto entre los arbustos, inspeccionó cuidadosamente el peñasco elevado que coronaba el claro. Con toda cautela, Kamatori se arrastró hacia el perro, que seguía silencioso e inerte. Desenvainó la espada y la levantó por encima de la cabeza, aferrando la empuñadura con las dos manos.

Como experto practicante del *kiai*, el poder psicológico de acrecentar en su propio interior la furia bélica y la fiera determinación de aplastar al enemigo, Kamatori inspiró profundamente, lanzó un grito marcial y saltó, esperando caer sobre su odiado rival en el exacto momento en el que Pitt exhalara *su* aliento.

Pero Pitt no estaba allí.

El pequeño claro parecía el escenario de una matanza. La sangre había salpicado todo: el robot-sabueso, las rocas y las hierbas ralas que crecían junto al borde del farallón. Estudió el suelo. Las huellas de los pies de Pitt eran profundas y estaban dispersas en un desorden convulsivo, pero no había ningún rastro de sangre ni de pisadas que se alejara del claro. Miró el mar y las rompientes, y vio un árbol desgajado que la resaca arrastraba hacia el mar abierto sólo para que la siguiente ola volviera a lanzarlo contra las rocas. También estudió el agujero reciente y las raíces quebradas en el borde del precipicio.

Durante varios minutos contempló la escena, examinó la gruesa rama reducida a astillas y la piedra que yacía junto al robot de seguimiento. El robot-sabueso no estaba diseñado para destruir, sino sólo para perseguir y localizar. Pitt debía de haberle hecho frente, y golpeado de alguna forma que alteró el programa del ordenador y lo convirtió en un asesino furioso.

El robot-sabueso, entonces, había atacado a su vez y causado profundas heridas en el cuerpo de Pitt. Sin posibilidad de huir ni medios para combatir contra aquel horror, Pitt debía de haber intentando escaparse trepando al árbol. Pero su peso resultó excesivo y ambos cayeron sobre las rocas de abajo. No había rastro del cuerpo de Pitt, pero ningún hombre podía haber sobrevivido a aquella caída. O bien habría sido absorbido por un remolino, o bien los tiburones, atraídos por la sangre de sus heridas abiertas, lo habrían devorado.

Kamatori fue presa de una ira ciega. Cogió el perro mecánico y lo arrojó por el acantilado. Pitt le había derrotado. La cabeza del aventurero no figuraría en las paredes de su museo junto a los demás macabros trofeos. El carnicero samurai se sintió tan frustrado como si le hubieran hecho trampa. Nadie hasta aquel momento había escapado a su espada.

Se vengaría con los demás presos americanos. Decidió que Stacy sería su próxima presa, e imaginó con intenso placer las caras horrorizadas de Giordino, Weatherhill y Mancuso cuando vieran a todo color cómo la hacía pedazos.

Colocó frente a su vista la hoja de la espada, y experimentó una sensación de euforia cuando el nuevo sol hizo brillar el acero. Luego la blandió en círculo por encima de su cabeza, y finalmente la introdujo en la vaina con un solo y ágil movimiento.

Todavía furioso y frustrado por haber perdido al hombre que con mayor desesperación deseaba matar, emprendió el camino de vuelta, por el pedregoso paisaje, hacia la residencia, anticipando ya en su mente los detalles de la próxima caza.

50

El presidente caminaba por el césped del Congressional Country Club, disputando una partida de golf, a media tarde.

—¿Está seguro de lo que dice? ¿No hay posibilidad de error?

Jordan asintió. Sentado en un carrito de golf, contemplaba cómo el presidente estudiaba un golpe de aproximación en el hoyo catorce.

—Las malas noticias están confirmadas por el hecho de que el equipo lleva cuatro horas de retraso respecto a la hora prevista para el contacto.

El presidente tomó el hierro número cinco que le ofrecía su *caddie*, que ocupaba otro carrito junto a un agente del Servicio Secreto.

—¿Cabe la posibilidad de que los hayan matado?

—La única información que nos ha pasado el agente británico infiltrado en el Centro del Dragón es que fueron capturados casi inmediatamente después de salir del túnel submarino e irrumpir en la instalación del centro de mando.

—¿Dónde ha estado el error?

—No evaluamos con exactitud la fuerza del ejército robótico de seguridad de Suma. Al no contar con presupuesto para desplegar agentes de inteligencia en Japón, ignorábamos sus progresos en robótica. Su tecnología para desarrollar sistemas mecánicos dotados de inteligencia humana, visión y movimiento superfísico nos ha cogido por sorpresa.

El presidente se aproximó a la pelota, hizo oscilar el bastón, y la golpeó enviándola hasta el borde del *green*. Entonces miró a Jordan. Encontraba difícil, por no decir imposible, comprender la existencia de una fuerza de seguridad mecánica.

—¿Robots de verdad, que caminan y hablan?

—Sí, señor, totalmente automáticos, con una gran movilidad y armados hasta los dientes.

—Dijo usted que su gente era capaz de atravesar las paredes.

—No hay nadie mejor que ellos en el oficio. Hasta ahora no habíamos encontrado ningún sistema de seguridad que no tuviera algún fallo. Pero la tecnología de Suma ha creado uno. Nuestros hombres han tropezado con una inteligencia computadorizada que no tienen medio de soslayar; no hay ningún agente del mundo que haya sido entrenado para superarla.

El presidente se colocó al volante del carrito y apretó el pedal del acelerador.

—¿Hay alguna esperanza de enviar una misión de rescate que pueda salvar a sus agentes?

Hubo un momento de silencio; Jordan vaciló antes de contestar.

—Es dudoso. Tenemos razones para creer que Suma tiene intención de ejecutarlos.

El presidente sintió compasión por Jordan. Tenía que ser una píldora muy amarga de tragar el perder un equipo EIMA casi completo. Ninguna operación en la historia de la seguridad nacional había sufrido una racha de mala suerte tan increíble.

—Será difícil de soportar el momento en que Jim Sandecker se entere de que Pitt y Giordono han caído.

—No me atrevo a darle esa noticia.

—Entonces vamos a vernos obligados a hundir esa condenada isla bajo el mar, y al Centro del Dragón con ella.

—Ambos sabemos, señor presidente, que el público americano y la opinión mundial caerían sobre usted como una tonelada de ladrillos, por mucho que alegue que su intención era evitar un desastre nuclear.

—En ese caso enviemos nuestras Fuerzas Delta, y aprisa.

—Tenemos ya varios equipos de las Fuerzas Especiales preparados junto a sus aparatos, en la base de las Fuerzas Aéreas de Anderson, en Guam. Pero yo aconsejaría esperar. Todavía estamos a tiempo de que mis hombres cumplan la misión planeada.

—¿Cómo, si no tienen esperanza de escapar?

—Siguen siendo los mejores, señor presidente. No creo que debamos descartarlos todavía.

El presidente detuvo el carrito junto a la pelota, permaneció inmóvil a tan sólo unos centímetros del *green*. El *caddie* acudió con un hierro del número nueve. El presidente lo miró y movió negativamente la cabeza.

—Sé hacer mucho mejor el golpe corto que picar la pelota. Será preferible que me pases el *putter*.

Al segundo golpe, la pelota cayó en el agujero.

—Desearía tener la paciencia que exige el golf —comentó Jordan cuando el presidente regresó al carrito—. Pero sigo pensando que existen cosas más importantes a las que dedicar mi tiempo.

—Ningún hombre puede funcionar indefinidamente sin recargar las baterías —contestó el presidente. Miró oblicuamente a Jordan mientras conducía hasta el siguiente hoyo.

—¿Qué es lo que quieres de mí, Ray?

—Ocho horas más, señor presidente, antes de recurrir a las Fuerzas Especiales.

—Todavía estás convencido de que tus hombres pueden lograrlo.

—Creo que debemos darles esa oportunidad. —Jordan hizo una pausa—. Y además existen otras dos consideraciones.

—¿Cuáles?

—La posibilidad de que los robots de Suma hagan pedazos a nuestras Fuerzas Delta antes de que lleguen al centro de mando.

El presidente mostró una seca sonrisa.

—Un robot puede no ser vulnerable al ataque de un experto en artes marciales, pero no es inmune al fuego de armas pesadas.

—Lo admito, señor, pero puede perder un brazo y seguir luchando; y no se desangra.

—¿Cuál es la otra consideración?

—No hemos sido capaces de descubrir el paradero de la congresista Smith y el senador Diaz. Sospechamos que muy probablemente se encuentren en la residencia de Suma, en la isla de Soseki.

—Me desconciertas, Ray. Brogan, del cuartel general de la CIA en Langley, sostiene que con toda seguridad Smith y Diaz están bajo custodia en Edo. Fueron vistos e identificados en los apartamentos para huéspedes de Suma. —Hizo una larga pausa—. Sabes condenadamente bien que no puedo permitirme concederte ocho horas más. Si tu equipo no ha restablecido el contacto y completado la operación en cuatro horas, enviaré las Fuerzas Delta.

—La isla de Suma está erizada de sistemas de defensa con misiles. Cualquier submarino que intente desembarcar hombres a menos de veinte kilómetros de la costa será aniquilado, y cualquier avión que intente lanzar paracaidistas, derribado de inmediato. Y aunque las Fuerzas Delta consiguieran poner el pie en Soseki, serían masacradas antes de poder penetrar en el Centro del Dragón.

El presidente contempló el espectáculo del sol poniéndose sobre las copas de los árboles.

—Si tu equipo ha fracasado —dijo pensativo—, me veré obligado a arruinar mi carrera política lanzando una bomba nuclear. No veo otra forma de detener el Proyecto Kaiten antes de que Suma tenga la oportunidad de utilizarlo contra nosotros.

En una sala situada en los sótanos del Edificio C de la Agencia Nacional de Seguridad en Fort Meade, Clyde Ingram, el director de Interpretación de Datos Científicos y Técnicos, estaba sentado en un cómodo sillón estudiando lo que le mostraba una pantalla gigante de televisión. Los detalles que conseguían captar los últimos avances de los satélites de reconocimiento eran increíbles.

Lanzado al espacio en una misión secreta de enlace, el satélite Pyramider era mucho más versátil que su predecesor, el Sky King. No sólo era capaz de proporcionar fotografías e imágenes de vídeo de las tierras emergidas y de la superficie del agua, sino que sus tres sistemas revelaban además detalles subterráneos y suboceánicos.

Por el simple procedimiento de apretar los botones de una consola, Ingram podía situar al *gran pájaro*, como lo apodaban, sobre cualquier objeto del mundo, y dirigir sus poderosas cámaras y sensores de modo que pudieran transmitir cualquier cosa, desde las diminutas letras de las columnas de un periódico colocado sobre un banco en un parque, hasta la estructura de un complejo de misiles subterráneo o lo que estaba cenando la dotación de un submarino que se deslizaba en aquellos momentos bajo una capa de varios metros de hielo.

Esta noche estaba analizando las imágenes del mar que rodeaba la isla de Soseki. Después de examinar los sistemas de misiles ocultos en el área boscosa que rodeaba la residencia, empezó a concentrarse en la búsqueda e identificación de los sensores colocados bajo el agua por las fuerzas de seguridad de Suma para detectar cualquier actividad submarina y prevenir un desembarco clandestino.

Al cabo de una hora, su mirada percibió un pequeño objeto que resaltaba sobre el fondo marino, treinta y seis kilómetros al nordeste de la isla, y a una profundidad de trescientos veinte metros. Envió un mensaje al ordenador central para ampliar el área que rodeaba el objeto. A su vez, el ordenador remitió las coordenadas y dio a los sensores del satélite las indicaciones precisas para colocar aquel objeto en su punto de mira.

Una vez que la señal fue recibida y registrada, el satélite envió una imagen ampliada a un receptor situado en una isla del Pacífico, que a su vez la remitió al ordenador de Ingram en Fort Meade, donde fue realzada y pasada a la pantalla.

Ingram se levantó y se aproximó a la pantalla, mirando con atención a través de sus gafas. Luego volvió a su sillón y marcó un número en su teléfono para llamar al vicedirector de operaciones, que estaba en su automóvil, atrapado en el horrendo embotellamiento de la hora punta del final de la jornada en Washington.

—Meeker —sonó una voz cansada en el teléfono celular.

—Aquí Ingram, jefe.

—¿No se cansa nunca de espiar los secretos más profundos del mundo durante toda la noche? ¿Por qué no se va a su casa y hace el amor con su mujer?

—Admito que el sexo es mejor, pero el observar estas increíbles imágenes resulta casi tan bueno.

Curtis Meeker suspiró aliviado cuando el tráfico se aclaró un poco y le permitió pasar en verde el último semáforo antes de doblar por la calle en la que residía.

—¿Ha visto algo interesante? —preguntó.

—Tengo un aeroplano hundido en el mar, cerca de la isla de Soseki.

—¿Qué modelo?

—Parece un B-Veintinueve de la Segunda Guerra Mundial, o lo que queda de él. Tiene el aspecto de estar seriamente dañado, pero por lo demás en buena forma después de permanecer cincuenta años en el fondo del mar.

—¿Algún detalle?

—Una imagen muy clara de números y letras en el costado del fuselaje y en la cola. También puedo ver una pequeña figura en la proa, debajo de la cabina del piloto.

—Descríbela.

—La imagen no es perfecta, ha de considerar que estamos mirando a través de cientos de metros de agua. Pero yo diría que se trata de un diablo con un tridente.

—¿Algún lema?

—Se percibe con mucha vaguedad —contestó Ingram—. La primera palabra está tapada por un saliente el fondo. —Hizo una pausa y accionó los mandos del ordenador para conseguir mayor nitidez—. La segunda palabra parece ser *Demons*.

—Queda un tanto apartado de las rutas seguidas por la Vigésima Fuerza Aérea durante la guerra —observó Meeker.

—¿Cree que pueda estar relacionado con algo importante?

Meeker movió negativamente la cabeza para sí mismo, al tiempo que doblaba la esquina de su calle.

—Probablemente sólo se trata de un avión perdido después de desviarse de su ruta y estrellarse, como le sucedió al *Lady Be Good* en el desierto del Sahara. Con todo, será mejor comprobarlo, por si puede notificarse a algún pariente vivo de los miembros de la dotación el lugar de su reposo final.

Ingram colgó el receptor y se quedó mirando absorto la imagen del viejo aparato hundido bajo el mar. Se preguntaba cómo habría ido a parar allí.

51

No había habido necesidad de mantener abiertos sus ojos con esparadrapo. Stacy, Mancuso y Weatherhill contemplaron la pantalla con horrorizada fascinación hasta el momento en que la imagen se desvaneció, durante la lucha de Pitt con el robot-sabueso. Luego la tristeza ahogó todas las demás emociones, cuando Kamatori, con expresión diabólica, enfocó con otra cámara el suelo ensangrentado.

Los cuatro estaban sentados, encadenados a las sillas de metal colocadas en semicírculo delante de una pantalla de vídeo de alta resolución empotrada en una pared. Los dos robots que Giordino llamaba McGoon y McGurk montaban guardia con los últimos modelos de rifle automático japonés apuntados a la nuca de los prisioneros.

El inesperado fracaso de sus planes y la impotencia absoluta en la que se encontraban sumidos los había abatido más que la virtual sentencia de muerte. Por sus mentes habían desfilado cientos de planes de fuga. Ninguno de ellos tenía la menor esperanza de prosperar. Ahora, toda su conciencia estaba ocupada por la proximidad de la muerte.

Stacy se volvió a mirar a Giordino, para ver cómo encajaba el golpe demoledor de la pérdida de su amigo. Pero el rostro del italiano estaba totalmente sereno y pensativo, sin ningún rastro de pena o de ira. Giordino estaba sentado allí con una calma helada, y sus ojos seguían curiosos la acción de la pantalla, como si se tratara de la serie de aventuras del sábado por la tarde.

Poco después Kamatori entró en la habitación, se sentó con las piernas cruzadas sobre un colchón, y se sirvió una copa de saki.

—Supongo que han visto ustedes el resultado de la caza —dijo entre dos sorbos—. El señor Pitt no actuó conforme a las reglas. Atacó al robot, alteró su programación y murió a causa de su propia estupidez.

—¡Hubiera muerto a sus manos de todas formas! —estalló Mancuso—. Al menos le ahorró su trabajo de carnicero.

Los labios de Kamatori se curvaron hacia abajo por unas décimas de segundo, y luego dibujaron una sonrisa siniestra.

—Les aseguro que lo que le ocurrió a su amigo no se repetirá. En estos momentos se está reprogramando un nuevo robot-sabueso para que ninguna avería inesperada de sus sistemas derive en un ataque contra su presa.

—Eso es trampa —gruñó Giordino.

—Canalla —dijo Mancuso con voz silbante, con la cara roja de ira y luchando por librarse de sus cadenas—. He visto las brutalidades que hacían hombres como tú a los prisioneros de guerra. Os deleitáis con las torturas ajenas, pero no podéis soportar la idea de sufrirlas vosotros mismos.

Kamatori observó a Mancuso con la misma expresión de disgusto altanero que podría haber mostrado a la vista de una rata que enseñara los dientes en una alcantarilla.

—Será usted el último en salir al campo, señor Mancuso. Sufrirá al ver la agonía de los demás antes de que le llegue el turno.

—Me ofrezco voluntario para ser el siguiente —dijo Weatherhill con calma. Su mente descartó los planes de fuga y empezó a concentrarse en un solo acto. Pensó que, aunque luego no pudiera hacer otra cosa, matar a Kamatori era algo por lo que valía la pena morir.

Kamatori negó lentamente con la cabeza.

—Corresponde a la señorita Fox ese honor. Una agente profesional femenina supondrá un interesante reto. Mucho mejor que Dirk Pitt, espero. Pitt me ha causado una profunda desilusión.

Por primera vez, Weatherhill sintió un escalofrío de náusea en su interior. Nunca había temido a la muerte. Había pasado la mitad de su vida en el filo de la navaja entre la vida y la muerte violenta. Pero estar impotentemente sentado mientras una mujer era brutalmente asesinada, una mujer a la que conocía y respetaba, le ponía enfermo.

El rostro de Stacy palideció cuando Kamatori se puso en pie y ordenó a los guardas robóticos que soltaran sus cadenas, pero se limitó a mirarlo con un desprecio helado. Una señal electrónica abrió los candados, y un empujón la levantó de la silla que había ocupado.

Kamatori señaló la puerta, que se abrió hacia el exterior de la sala.

—Salga —ordenó con voz seca—. Empezaré la persecución dentro de una hora.

Stacy dedicó a los demás la que creía su última mirada. Mancuso parecía abrumado, y Weatherhill le devolvió la mirada con una inmensa pena reflejada en los ojos. Pero Giordano la sorprendió. Le dirigió un guiño, una cabezada de que todo iba bien, y una sonrisa.

—Está malgastando el tiempo de que dispone —dijo fríamente Kamatori.

—No hace falta que salgas a la carrera ahí fuera —dijo una voz desde detrás de los dos guardas robóticos.

Stacy se volvió, segura de que sus ojos la engañaban.

Dirk Pitt estaba en el umbral de la habitación, negligentemente apoyado en el quicio de la puerta y con la vista clavada en Kamatori. Sus dos manos reposaban en el puño de un largo sable cuya punta reposaba en el suelo pulimentado. Sus ojos, de un verde profundo, estaban alerta, y en su rostro curtido aparecía una prevenida sonrisa.

—Lamento llegar tarde, pero he tenido que llevar a un perro a la escuela de adiestramiento.

52

Nadie se movió, nadie habló. Los robots no se movieron, a la espera de una orden de Kamatori, ya que sus procesadores de datos no estaban preparados para reaccionar a la súbita aparición de Pitt. Pero el samurai había sufrido una fuerte conmoción al ver a Pitt de pie en el umbral, sin un solo rasguño en el cuerpo. Abrió la boca y sus ojos se agrandaron; finalmente, las líneas de su rostro, tensadas por la sorpresa, se distorsionaron en un inicio de sonrisa forzada.

—No ha muerto —dijo mientras su mente trataba de recuperarse de la impresión y su rostro se ensombrecía—. Simuló su muerte, y sin embargo, la sangre...

—Pedí prestadas algunas cosas en su hospital —explicó Pitt con desenvoltura—, y doné voluntariamente un poco de mi sangre.

—Pero no tenía ningún lugar a donde ir, salvo al mar o a las rocas que había bajo el acantilado. No podía usted sobrevivir.

—Utilicé el árbol que vio flotando en el agua para amortiguar la caída. Luego me dejé flotar con la corriente hasta alejarme unos cientos de metros de la orilla. Después de ir un rato a la deriva, nadé hasta una pequeña cueva y trepé por los acantilados próximos a la residencia.

La sorpresa de los ojos de Kamatori se transformó en una intensa curiosidad.

—¿Y el perímetro de seguridad? ¿Cómo pudo usted deslizarse inadvertido entre los guardias robóticos?

—Hablando en términos figurados, los he puesto fuera de combate.

—No es cierto —negó Kamatori con la cabeza—. Sus sistemas de detección son infalibles. No están programados para dejar pasar un intruso.

—Le hago una apuesta.

Pitt levantó el sable, clavó la punta en el parqué del suelo y lo soltó, de modo que la hoja quedó vibrando sobre la madera pulimentada. Tomó entonces un pequeño objeto que llevaba bajo el brazo y que resultó ser un calcetín con algo anudado en su interior. Avanzó sin obstáculos hacia uno de los robots, que le daba la espalda. Antes de que pudiera girarse, apretó la cosa que había en el interior del calcetín contra el panel de plástico que protegía la sección media computadorizada. El robot-guarda quedó de inmediato rígido e inmóvil.

Al darse cuenta, demasiado tarde, de lo que estaba haciendo Pitt, Kamatori gritó:

—¡Matadlo!

Pero Pitt se había agachado ya por debajo de las bocachas de los rifles automáticos del segundo robot, y frotado el extraño objeto contra su procesador. Como el primero, quedó inerte.

—¿Cómo lo has conseguido? —preguntó Stacy tragando saliva.

Pitt extrajo del calcetín la pila seca de 6 voltios extraída de la máquina portátil de rayos X y un tubo de hierro con dos metros de hilo de cobre enrollado en él. Mantuvo en alto el aparato para que pudieran verlo.

—Un electroimán. Borró los programas de los discos del ordenador de los robots y obstruyó sus circuitos integrados.

—Un respiro momentáneo, nada más —comentó Kamatori—. He menospreciado gravemente su ingenio, señor Pitt, pero no ha conseguido gran cosa, aparte de prolongar su vida unos minutos más.

—Al menos ahora disponemos de armas —dijo Weatherhill señalando con un gesto los rifles inmóviles que sostenían los robots.

A pesar del giro que habían seguido los acontecimientos, Kamatori no podía ocultar una expresión de triunfo en su rostro. De nuevo tenía el control total de la situación. La casi milagrosa resurrección de Pitt no había servido para nada.

—Los rifles están soldados a los brazos flexibles de los robots. No pueden sacarlos a menos que cuenten con un soplete para cortar metales. Siguen tan inermes como antes.

—Entonces estamos todos metidos en el mismo barco, ahora que hemos desconectado a sus guardaespaldas —dijo Pitt, pasando el electroimán a Stacy.

—Tengo mi *katana*. —La mano de Kamatori se alzó hasta tocar la empuñadura de su ancestral espada japonesa, que descansaba en la vaina colgada a su espalda. La hoja de sesenta y un centímetros estaba forjada en un hierro magnético elástico, combinado con un duro filo de acero—. Y también llevo un *wakizashi*.

De una funda guardada en su faja extrajo un cuchillo de unos veinticuatro centímetros de largo; mostró la hoja antes de volverlo a enfundar.

Pitt regresó al umbral de la puerta que conducía al museo de arsenal antiguo de Kamatori, y arrancó del suelo su sable.

—Tal vez no sea exactamente Excalibur, pero es mejor que tirar almohadas.

El arma que Pitti había tomado de una de las paredes del estudio de Kamatori era un sable de duelo italiano del siglo XIX, con una hoja de noventa centímetros de la empuñadura a la punta. Era más pesado que el moderno sable de esgrima con el que Pitt había practicado durante su época de estudiante en la Academia de las Fuerzas Aéreas, y no tan flexible, pero en manos de un esgrimidor experto podía considerarse un arma temible.

Pitt no se hacía ilusiones respecto al resultado de la pelea que se disponía a entablar. No dudó ni por un instante que Kamatori era un experto en el deporte del *kenjutsu*, el de la lucha con la espada japonesa, mientras que él mismo llevaba más de dos años sin practicar con el sable. Pero si conseguía resistir con vida hasta que Stacy liberara de alguna manera a Mancuso y Weatherhill, o distrajera a Kamatori lo suficiente para permitir alguna ventaja a Pitt, había algún resquicio de esperanza todavía de escapar de la isla.

—¿Se atreve a desafiarme con eso? —se burló Kamatori.

—¿Por qué no? —Se encogió de hombros Pitt—. En realidad, los guerreros samurais apenas eran algo más que ranas hinchadas. Y sospecho que usted está fabricado también con el barro de las mismas charcas.

Kamatori no hizo caso del insulto

—De modo que lleva usted un halo de santidad y juega a sir Galahad enfrentado al Caballero Negro.

—En realidad yo pensaba más bien en Errol Flynn contra Basil Rathbone.

Kamatori cerró los ojos y con un inesperado movimiento cayó de rodillas y entró en una especie de trance. Se había sumergido en el *kiai*, una especie de fuerza interior o poder al que se atribuían efectos milagrosos, en especial entre la clase de los samuris. Una larga práctica mental de unión del alma y la mente consciente y de viaje de ambas potencias hasta una especie de reino divino, que tiene la supuesta virtud de elevar al practicante a un nivel subconsciente que le ayuda a realizar hazañas sobrehumans en el terreno de las artes marciales. Desde el punto de vista físico, el *kiai* incluye el arte de la respiración profunda y prolongada, basado en el razonamiento de que el hombre que posee un mayor volumen de aire en los pulmones será más fuerte que su oponente cuando éste se haya quedado sin resuello.

Pitt presintió un rápido ataque, flexionó las piernas y se puso *en-garde*.

Pasaron casi dos minutos completos y entonces, repentinamente, Kamatori dio un salto con la velocidad del relámpago y extrajo su *katana* de la vaina con ambas manos, en un solo y amplio movimiento circular. Pero en lugar de perder un microsegundo levantando la hoja por encima de su cabeza para herir de arriba abajo, prolongó el movimiento en una diagonal ascendente, intentando sorprender a Pitt con un tajo desde la cadera hasta el hombro.

Pitt había previsto el movimiento y evitó por muy poco el diabólico golpe; luego se lanzó rápidamente a fondo y consiguió rozar el muslo de Kamatori, e inmediatamente tuvo que saltar atrás para esquivar el siguiente ataque salvaje de su oponente.

Las tácticas del *kenjutsu* y el sable olímpico se parecían muy poco. Era como emparejar a un jugador de baloncesto con un zaguero de fútbol americano. La esgrima tradicional se basaba en movimientos lineales combinados con golpes de atrás adelante, mientras que en el *kenjutsu* no hay limitaciones, y quien lo esgrime busca cortar en dos a su oponente con un asalto fulminante. Pero ambas disciplinas se basan en la técnica, la velocidad y la sorpresa.

Kamatori se movía con agilidad felina, sabiendo que un golpe certero bastaría para dar fin a la pelea. Se movía rápidamente de un lado a otro, lanzando gritos guturales para desequilibrar a Pitt. Atacaba con fiereza, y sus molinetes a dos manos desviaban con facilidad las estocadas de Pitt. No parecía haber advertido la herida del muslo, o en todo caso ésta no parecía suponer ningún obstáculo para la rapidez de sus reflejos.

Los golpes a dos manos del *katana* de Kamatori cortaban el aire con una rapidez ligeramente superior y con mayor potencia que el sable que Pitt manejaba con una sola mano. Pero en manos de un esgrimista experto, esa antigua arma de duelista podía invertir el ángulo de ataque con mayor rapidez. Además era casi treinta centímetros más larga, una ventaja que Pitt aprovechó para mantenerse fuera del alcance mortal de los fulminantes ataques de Kamatori. El sable combinaba la punta y el golpe lateral, mientras que el *katana* únicamente cortaba lateralmente.

Kamatori tenía de su parte la ventaja de la experiencia y de una práctica constante con su arma. Pitt se mostraba más torpe, pero era diez años más joven que el experto en *kenjutsu* y, salvo por la pérdida de sangre, estaba en perfectas condiciones físicas.

Stacy y los demás contemplaban sin aliento aquel espectacular despliegue de fintas, ataques y reveses que hacían brillar las hojas de las dos armas como luces estroboscópicas y producían un estruendo cuando sus filos se entrechocaban. Kamatori interrumpió en un momento dado su ataque y retrocedió, cambiando de posición para colocarse entre Stacy, Mancuso y Weatherhill con el fin de impedir que Pitt pudiera liberarlos, y para asegurarse de que la muchacha no intentaba atacarle desde detrás o desde un flanco. Luego lanzó una maldición gutural y reanudó su furibundo asalto contra el odiado americano.

Pitt resistía, lanzando una estocada cuando se le presentaba la ocasión, parando la fuerza explosiva de los golpes de Kamatori y esquivando la increíble ferocidad de sus ofensivas. Intentó aproximarse a Stacy, pero su oponente era demasiado astuto, y le cerró el paso en todas las ocasiones. Aunque Stacy era una experta en judo, Kamatori la habría cortado en dos de acercarse a menos de dos metros de él.

Pitt luchaba dura y silenciosamente mientras Kamatori lo hacía de un modo salvaje, lanzando un grito con cada golpe, y obligando poco a poco a Pitt a retirarse hacia un rincón de la habitación. El japonés esbozó una débil sonrisa cuando un poderoso tajo rozó el brazo extendido de Pitt, que sostenía el sable, y dibujó en él una delgada línea de sangre.

La fuerza brutal del asalto de Kamatori mantenía a Pitt a la defensiva, esquivando los tremendos golpes dados de arriba abajo. Kamatori se movía además a uno y otro lado, intentando luchar en círculo.

Pitt advirtió la intención y se retiró poco a poco, un paso cada vez, para luego atacar a fondo repentinamente, confiando en la hábil utilización de su punta y de su más depurado estilo de esgrima para mantenerse con vida y frustrar los impacientes golpes de Kamatori.

Una estocada alcanzó a Kamatori en el antebrazo, pero no detuvo ni siquiera un instante al maestro de *kenjutsu*. Sumergido en el *kiai*, golpeando en los instantes en que creía que Pitt exhalaba su aliento, no sentía dolor ni parecía advertir que la punta del sable de Pitt había atravesado su carne. Presionó de nuevo a Pitt y cayó inexorablemente sobre él, moviendo su *katana* con molinetes que hacían girar el acero a velocidades increíbles, combinados con golpes cortos y brutales, casi más rápidos que la vista.

Pitt empezaba a cansarse y sentía que su brazo se debilitaba, como el de un boxeador en lucha por el título después del decimocuarto asalto de un encarnizado combate cuerpo a cuerpo. Su respiración se había acelerado y podía sentir los fuertes latidos de su corazón.

También el viejo sable mostraba signos de flaqueza. Su filo no podía compararse con el fino acero del *katana* japonés. La maltratada hoja se había mellado en cincuenta sitios, y Pitt sabía que un golpe fuerte en la superficie plana podía romperla en dos.

Sorprendentemente, Kamatori no mostraba ningún signo de cansancio. Sus ojos aparecían inyectados en sangre, y la fuerza de sus golpes seguía siendo la misma del comienzo del duelo. Era tan sólo cuestión de un minuto o dos el que abatiera a Pitt y segara su vida con la orgullosa espada japonesa.

Pitt se echó atrás y aprovechó, para recuperar aliento, la ligera pausa marcada por Kamatori para observar los movimientos de Stacy con el rabillo del ojo. Estaba sospechosamente quieta, con las manos detrás de la espalda. El japonés intuyó algo y dio un paso hacia ella, pero Pitt lo atacó entonces, doblando la rodilla hacia adelante en una rápida estocada que tropezó en el *katana* y resbaló por su empuñadura, de modo que la punta del sable rasguñó los nudillos de la mano más adelantada de Kamatori.

Pitt cambió de súbito de táctica y se lanzó a la ofensiva, al percibir una oportunidad que antes había omitido. A diferencia de la empuñadura corta del viejo sable de duelo, con su cazoleta que protegía la mano, el *katana* de Kamatori tenía tan sólo una pequeña guarda redonda en la base de una empuñadura más larga. Pitt empezó a dirigir hacia allí sus estocadas, empleando un juego circular de muñeca. Fintó en dirección al tórax de su oponente, y luego desvió la punta de la hoja hacia la izquierda, alcanzando la mano de Kamatori con un sañudo movimiento hacia arriba, que cortó los dedos hasta el hueso.

Por increíble que pudiera parecer, Kamatori se limitó a maldecir en japonés y atacó de nuevo, mientras su sangre salpicaba en todas direcciones hacia las que movía la espada. Si sintió en sus entrañas el peso frío de la derrota, no lo demostró. Inmune al dolor y a la sangre por su inmersión en el *kiai*, redobló sus esfuerzos como un poseído.

Entonces su cabeza se proyectó hacia un lado cuando un objeto de acero le golpeó con fuerza en el ojo derecho. Con puntería infalible, Stacy le había lanzado el candado que aseguraba sus cadenas. Pitt aprovechó el momento y se tiró a fondo, hundiendo la punta de su sable entre las costillas de su adversario hasta perforar el pulmón.

Kamatori se tambaleó momentáneamente y luego siguió enloquecido la pelea. Avanzó hacia Pitt, gritando a cada nuevo golpe mientras la sangre empezaba a manar de su boca. Pero su velocidad y su potencia ya no eran las mismas, y Pitt desvió sin problemas sus debilitados golpes.

La siguiente estocada de Pitt abrió el bíceps derecho de Kamatori. Sólo entonces el *katana* de acero bruñido tembló y se inclinó.

Pitt se adelantó y dio un golpe de sable con toda la dureza que le permitían sus fuerzas, y el *katana* se desprendió de las manos de Kamatori y cayó al suelo. La hoja resonó al chocar con la madera, y Stacy se apresuró a recogerla.

Pitt mantuvo el sable apuntado contra el pecho de Kamatori y se dirigió a él.

—Ha perdido —dijo con una cortesía controlada.

No era propio de un samurai como Kamatori reconocer la derrota cuando todavía se mantenía en pie. En su rostro se produjo un cambio curioso. La máscara de odio y ferocidad desapareció, y sus ojos parecieron concentrarse en una mirada hacia su propio interior. Dijo:

—Un samurai no encuentra honor en la derrota. Puedes cortar un diente del dragón, pero crecerán mil más.

Luego desenvainó el largo cuchillo y se lanzó una vez más sobre Pitt.

Éste, aunque debilitado y jadeante, desvió con facilidad el golpe y detuvo el recorrido circular de la afilada hoja. Blandió el viejo y leal sable por última vez, y cortó la mano de Kamatori a la altura de la muñeca.

El rostro de Kamatori enrojeció por el golpe, por la incredulidad y, un segundo después, por el dolor y la plena conciencia, por primera vez en su vida, de que había sido vencido por un oponente e iba a morir. Se puso en pie y miró ceñudo a Pitt con sus ojos oscuros, presa de una ira incontrolada, con la muñeca seccionada colgando a un costado y la sangre chorreando en el suelo.

—He deshonrado a mis antepasados. Permíteme salvar el honor cometiendo *seppuku*.

La curiosidad hizo que Pitt entrecerrara los ojos.

—¿*Seppuku*? —preguntó, mirando a Mancuso.

—Es el término aceptado, y más elegante, que utilizan los japoneses para definir lo que nosotros llamamos más crudamente «harakiri», y que viene a significar cortarse el vientre. Pide que le dejes tener una «despedida feliz».

—Comprendo —dijo Pitt, en tono cansado pero inflexible—. Lo comprendo muy bien, pero no lo voy a permitir. No morirá de ese modo. No por su propia mano. No después de toda la gente a la que ha asesinado a sangre fría.

—El deshonor sufrido al ser derrotado por un extranjero debe repararse con el ofrecimiento de mi propia vida —murmuró Kamatori por entre sus dientes apretados, mientras la fuerza hipnótica del *kiai* se desvanecía con rapidez.

—Sus amigos y su familia se alegrarán —explicó Mancuso—. El honor lo es todo para él. Considera que morir por su propia mano es hermoso, y por eso pretende hacerlo.

—Dios, esto es nauseabundo —murmuró Stacy, mirando con repugnancia la mano de Kamatori en el suelo—. Átalo y amordázalo. Acabemos nuestro trabajo y salgamos de aquí.

—Vas a morir, pero no como lo deseas —dijo Pitt mirando aquella cara desafiante oscurecida por el odio, que fruncía los labios y enseñaba los dientes como un perro rabioso. Pero Pitt captó también el miedo agazapado en aquellos ojos; no miedo a morir, sino a no poder reunirse con sus antepasados de la manera prescrita por una tradición honorable.

Antes de que nadie se diera cuenta de lo que iba a hacer, agarró a Kamatori por el brazo entero y lo arrastró hasta el estudio que contenía las armas antiguas y la horripilante colección de cabezas humanas cortadas. Con todo cuidado, como si estuviera alineando un cuadro, colocó a Kamatori en la posición adecuada y lo ensartó haciendo entrar la hoja del sable por el culo; tras lo cual, lo dejó erguido contra la pared debajo de las cabezas de sus víctimas.

Los ojos de Kamatori mostraron su incredulidad y su miedo ante una muerte tan miserable y vergonzosa. Y también dolor.

Pitt sabía que estaba delante de un hombre a punto de morir, y dijo la última frase antes de que la muerte borrara la expresión de aquella mirada.

—No hay honores divinos para una asesino de personas indefensas. Reúnete con tus víctimas y ve a tu condenación.

53

Pitt separó las abrazaderas que sujetaban un hacha vikinga a la pared, la empuñó y regresó con ella a la sala del monitor de vídeo. Stacy había forzado ya los candados de las cadenas que sujetaban a Giordino y Mancuso, y se dedicaba en ese momento a liberar a Weatherhill.

—¿Qué has hecho con Kamatori? —preguntó Giordino al tiempo que miraba con curiosidad hacia la sala de trofeos, por encima del hombro de Pitt.

—Lo he montado con el resto de su colección. —Tendió el hacha a Giordino—. Destroza los robots para que no puedan repararlos en bastante tiempo.

—¿Destrozar a McGoon?

—Y a McGurk.

Giordino parecía apenado, pero empuñó el hacha y golpeó con ella a McGoon.

—Me siento igual que Dorotea golpeando al Hombre de Hojalata de Oz.

Mancuso estrechó la mano de Pitt.

—Nos has salvado la vida. Gracias.

—Una bonita exhibición de esgrima —dijo Weatherhill—. ¿Dónde lo aprendiste?

—Eso tendrá que esperar —contestó Pitt impaciente—. ¿Cuál es el grandioso plan de rescate de Penner?

—¿No lo sabes?

—Penner no nos consideró dignos de su confianza.

Mancuso le miró desconcertado y negó con la cabeza.

—No existe ningún plan para una misión de rescate —dijo con expresión de incomodidad—. La idea original era evacuarnos por medio de un submarino, pero Penner decidió que resultaba demasiado arriesgado para el submarino y su tripulación después de examinar en una fotografía de satélite las defensas submarinas de Suma. Stacy, Tim y yo debíamos abrirnos paso hasta el túnel de Edo y escapar desde allí hasta nuestra embajada en Tokyo.

Pitt señaló a Giordino, y luego a sí mismo.

¿Y nosotros dos?

—Se advirtió al Departamento de Estado que debería negociar vuestra liberación con Suma y con el gobierno japonés.

—¿El Departamento de Estado? —gruñó Giordino entre dos hachazos—. Prefiero que negocie por mí el Circo Volante de Monty Python.

—Jordan y Kern no tuvieron en cuenta las siniestras intenciones de Suma y Kamatori —dijo Mancuso con cinismo.

La boca de Pitt se apretó en una línea dura.

—Ustedes, caballeros, son los expertos. ¿Cuál es el próximo paso?

—Acabar la misión encomendada y huir a toda prisa por el túnel —contestó Weatherhill, al tiempo que Stacy conseguía por fin abrir su candado y librarle de las cadenas.

—¿Todavía pensáis en destruir el Centro del Dragón?

—No del todo, pero podemos hincarle el diente.

—¿Cómo? —preguntó Giordino—. ¿Con una electroimán de fabricación casera y un hacha?

—No te preocupes —contestó Weatherhill con aire satisfecho, al tiempo que se masajeaba las muñecas—. Las fuerzas de seguridad de Suma nos quitaron nuestros explosivos al capturarnos, pero todavía disponemos de lo necesario para provocar una explosión menor.

Se sentó y se quitó los zapatos, extrajo unas plantillas de su interior y las amasó hasta convertirlas en una pelota.

—Plástico C-Ocho —dijo orgulloso—. La última palabra en explosivos para los agentes que saben elegir.

—Y los detonadores están ocultos en los tacones —murmuró Pitt.

—¿Cómo lo sabes?

—Espíritu práctico.

—Vámonos de aquí —dijo Mancuso—. Los controladores de los robots y los amigos humanos de Kamatori se preguntarán la razón por la que ha interrumpido su partida de caza privada y vendrán corriendo a investigar.

Stacy se dirigió a la puerta de entrada del apartamento privado de Kamatori, la abrió unos centímetros y miró a través de la rendija el jardín exterior.

—Nuestro primer objetivo es buscar el edificio en el que está el ascensor que lleva al centro subterráneo. Fuimos traídos aquí desde la oscuridad total de nuestras celdas blindadas, y no me veo capaz de recordar su localización exacta.

—Yo os llevaré hasta allí —dijo Pitt.

—¿Conoces el lugar?

—Debería. Me llevaron al hospital.

—Tu electroimán no nos será de mucha ayuda en el caso de que nos tropecemos con un escuadrón de robots —comentó Mancuso preocupado.

—Entonces tendremos que preparar nuevos trucos —dijo Pitt. Se acercó a Stacy y miró a través de la puerta entreabierta—. Hay una manguera de riego debajo de aquellos arbustos, a la izquierda. ¿La ves?

—Junto a la terraza —asintió Stacy.

Él señaló con un gesto el *katana* que llevaba todavía en la mano.

—Arrástrate hasta allí y corta unos cuantos metros.

Ella lo miró intrigada.

—¿Puedo preguntar por qué?

—Si frotas los pedazos pequeños de manguera contra una prenda de seda, desprenderás electrones negativos —explicó Pitt—. Si luego tocas con la punta del pedazo de manguera los circuitos integrados del robot, crearás un cortocircuito electrónico que destruirá sus componentes.

—Una descarga electrostática —murmuró Weatherhill con aire pensativo—. ¿No es así?

Pitt asintió.

—Se puede hacer lo mismo si se acaricia a un gato o se frotan los pies en la alfombra.

—Serías un buen profesor de física de universidad.

—¿Cómo conseguimos la seda? —preguntó Giordino.

—El kimono de Kamatori —contestó Weatherhill por encima del hombro, y corrió a la sala de los trofeos.

Pitt se volvió a Mancuso.

—¿Dónde crees que deberíamos colocar tus petardos para provocar el mayor destrozo posible?

—No tenemos suficiente C-Ocho para lograr una destrucción completa, pero si podemos colocarlos cerca de una fuente de energía, tal vez consigamos retrasar sus planes en varios días, o incluso semanas.

Stacy regresó con una sección de tres metros de manguera.

—¿Cuántos trozos cortamos de aquí?

—Divídela en cuatro partes —contestó Pitt—. Una para cada uno de vosotros. Yo llevaré el electroimán como arma de apoyo.

Weatherhill volvió de la sala de trofeos con jirones arrancados del kimono de seda de Kamatori, algunos de ellos manchados de sangre, y empezó a repartirlos. Sonrió a Pitt.

—Tu colocación de nuestro amigo el samurai lo ha convertido en la pieza más interesante de la decoración mural.

—No hay ninguna escultura —respondió Pitt en tono doctoral— capaz de sustituir con ventaja al original.

—No me gustaría estar en un radio de mil kilómetros cuando Hideki Suma descubra lo que le has hecho a su mejor amigo —comentó Giordino riendo, al tiempo que apilaba los restos rotos de los dos robot-guardas en un rincón de la habitación.

—Sí —dijo Pitt con indiferencia—, pero eso es lo que ha conseguido por tocarnos las pelotas con el lado oscuro del poder.

Loren, angustiada y con el rostro en tensión, observaba con un progresivo aturdimiento el tremendo poder técnico y financiero que sustentaba el imperio de Suma, mientras éste llevaba a Diaz y a ella a un paseo a través del complejo, mucho mayor por cierto de lo que había imaginado. Aquel lugar era mucho más que un centro de control para enviar señales de montar y detonar una instalación de bombas nucleares extendida por todo el mundo. Los aparentemente infinitos pisos y pasillos contenían además incontables laboratorios, amplias unidades experimentales de ingeniería y electrónica, una instalación para investigar la fusión, y una planta generadora de electricidad con un reactor nuclear de un diseño que en los países industrializados de Occidente se encontraba todavía en estudio en los tableros de los proyectistas más avanzados.

Suma dijo con orgullo:

—Las principales instalaciones de ingeniería estructural y las oficinas de administración, más los laboratorios científicos, se encuentran en Edo. Pero aquí, a salvo y bien protegido debajo de la isla de Soseki, está el núcleo central de mis trabajos de investigación y desarrollo.

Los guió hasta un laboratorio y señaló un amplio contenedor abierto, repleto de petróleo crudo.

—No pueden ustedes verlos, pero en suspensión dentro de ese petróleo hay unos microbios de segunda generación, obtenidos por métodos de ingeniería genética, capaces de digerir el petróleo y multiplicarse hasta producir una reacción en cadena que destruye las moléculas de los hidrocarburos. El residuo puede luego disolverse en agua.

—Podría ser un medio excelente para acabar con las mareas negras —comentó Diaz.

—Un objetivo muy útil —asintió Suma—. Otro puede ser el agotar las reservas de petróleo de un país hostil.

Loren lo miró con incredulidad.

—¿Por qué causar todo ese caos? ¿Qué puede ganar con ello?

—Con el tiempo, Japón llegará a ser casi totalmente independiente del petróleo. Toda nuestra potencia generatriz será nuclear. Nuestra nueva tecnología en células combustibles y energía solar pronto se incorporará a nuestros automóviles y sustituirá al motor de gasolina. Si acabamos con las reservas del mundo utilizando nuestros microbios comepetróleo, llegará un momento en que todo el transporte internacional —automóviles, camiones y aviones— quedará paralizado.

—A menos que sea reemplazado por productos japoneses —añadió Diaz en tono frío.

—Toda una vida —dijo Loren en tono escéptico—. Se necesitará toda una vida para secar los miles de millones de litros de petróleo almacenados en nuestras minas de sal subterráneas.

Suma le dedicó una sonrisa paciente.

—Los microbios pueden agotar totalmente las reservas estratégicas de petróleo de Estados Unidos en menos de nueve meses.

Loren quedó aturdida, incapaz de encajar las horrendas consecuencias de todo lo que había visto en las últimas horas. No podía concebir que un solo hombre pudiera desencadenar toda aquella pesadilla de caos. Y también se negaba a aceptar la terrible posibilidad de que Pitt estuviera ya muerto.

—¿Por qué nos está enseñando todo esto? —preguntó en un susurro—. ¿Por qué no guarda el secreto para usted?

—Para que pueda usted contar a su presidente y a sus compañeros del Congreso que los Estados Unidos y Japón ya no están situados en un plano de igualdad. Nosotros tenemos ahora una ventaja irreversible, y por consiguiente su gobierno está obligado a aceptar nuestras exigencias. —Suma hizo una pausa y la miró con fijeza—. En cuanto a lo de divulgar generosamente nuestros secretos, el senador Diaz y usted no son científicos ni ingenieros. Tan sólo pueden describir lo que han visto en los términos vagos de una persona de leyes. No les he mostrado los datos científicos, sino tan sólo una panorámica general de mis proyectos. No se llevarán a su patria nada que pueda resultar útil desde el punto de vista de la copia de nuestros avances técnicos.

—¿Cuándo nos permitirá a la congresista Smith y a mí partir para Washington? —preguntó Diaz.

Suma consultó su reloj.

—Muy pronto. En concreto, serán ustedes transportados por aire a mi aeródromo privado de ciudad de Edo dentro de una hora. Desde allí, uno de mis reactores ejecutivos los llevará hasta su país.

—Cuando el presidente tenga noticia de su locura —explotó Diaz—, ordenará a los militares que conviertan este lugar en un montón de ruinas.

Suma dejó escapar una sonrisa confiada.

—Demasiado tarde. Mis ingenieros y trabajadores robóticos se han adelantado a nuestras mejores previsiones. Ustedes no lo saben, no podrían saberlo, pero el Proyecto Kaiten quedó completado pocos minutos antes de que empezáramos nuestro recorrido por las instalaciones.

—¿Es operacional? —preguntó Loren con un susurro temeroso.

Suma hizo un gesto afirmativo.

—Si su presidente es lo bastante loco como para desencadenar una operación contra el Centro del Dragón, mis sistemas de detección me avisarán con tiempo más que suficiente para dar a los robots la señal de despliegue y hacer detonar los coches bomba.

Calló tan sólo el tiempo preciso para sonreír con una mueca odiosa:

—Como escribió en una ocasión Buson, un poeta japonés: «El viento ha hecho volar su sombrero / y el espantapájaros con su largo pescuezo / sigue allí plantado, impotente». El espantapájaros es su presidente, y está derrotado porque se le ha acabado el tiempo.

54

A paso vivo, pero sin apresurarse, Pitt los guió hasta el edificio de la residencia que albergaba el ascensor. Caminó por terreno descubierto, mientras los demás le seguían saltando de un escondite a otro. No encontró a ninguna persona humana, pero un guarda robótico de seguridad le dio el alto en la entrada al ascensor.

Aquel robot sólo estaba programado para hablar en japonés, pero Pitt no tuvo ningún problema en descifrar el tono amenazador y el arma que apuntaba a su frente. Levantó las manos, con las palmas al frente, y se acercó poco a poco, haciendo de su cuerpo un escudo que protegía a los demás de su localización por el receptor de vídeo y los sensores de detección.

Weatherhill y Mancuso se aproximaron cautelosamente desde los flancos y golpearon con sus mangueras cargadas estáticamente la caja que contenía los circuitos integrados. El robot armado se inmovilizó en mitad de un gesto defensivo.

—Muy eficaz —observó Weatherhill al tiempo que recargaba su pedazo de manguera frotándolo vigorosamente contra la seda.

—¿Crees que habrá dado la alarma a su control de supervisión? —se preguntó Stacy.

—Probablemente no —replicó Pitt—. Mostró una capacidad sensorial bastante lenta para decidir si yo constituía una amenaza o simplemente un miembro no programado del proyecto.

Delante del ascensor, Weatherhill propuso bajar en la cuarta planta.

—La sexta se abre a la instalación principal del centro de control —recordó—. Es mejor buscar una forma de aproximación indirecta y salir a una planta de un nivel más bajo.

—En la cuarta planta están el hospital y las unidades de servicios —le informó Pitt.

—¿Cómo está la seguridad?

—No vi ningún rastro de guardas ni de monitores de vídeo.

—Las defensas exteriores de Suma son tan fuertes que no debe de haberse preocupado mucho de la seguridad interna —dedujo Stacy.

Weatherhill asintió.

—Un robot ladrón debe de ser el menor de sus problemas.

Hubo un momento de tensión cuando el ascensor se detuvo y sus puertas se abrieron de par en par. Por fortuna estaba vacío. Entraron, pero Pitt se quedó atrás, con la cabeza inclinada como si escuchara algún sonido distante. Luego entró, y apretó el botón de la cuarta planta. Unos segundos más tarde, salían a un pasillo desierto.

Avanzaron deprisa, en silencio, detrás de Pitt. Éste se detuvo delante del hospital e hizo una pausa ante la puerta.

—¿Por qué nos detenemos aquí? —preguntó Weatherhill en voz baja.

—Nunca nos orientaremos dentro de este laberinto sin un mapa o un guía —murmuró Pitt—. Seguidme dentro.

Pulsó el botón de la puerta, apretándolo a fondo para bloquear el mecanismo.

La enfermera-recepcionista, boquiabierta por la sorpresa, vio cómo Pitt se precipitaba a través de la puerta. No era la misma que acompañaba al doctor Nogami durante la anterior visita de Pitt. Ésta era fea y su tipo recordaba el de una apisonadora. En cuanto se recuperó de la sorpresa, alargó el brazo hacia el pulsador de la alarma de una unidad de comunicaciones internas. Su dedo estaba apenas a un centímetro cuando el filo de la mano abierta de Pitt la golpeó en la barbilla, catapultándola hacia atrás en una voltereta que la dejó inconsciente en el suelo.

El doctor Nogami oyó el ruido y salió corriendo de su despacho, pero se quedó inmóvil al ver a Pitt y al equipo EIMA, que entraban por la puerta en ese momento para apretar enseguida el botón de cierre. Extrañamente, la expresión de su rostro era más bien de curiosidad divertida que de susto.

—Disculpe la intromisión, doctor —dijo Pitt—, pero necesitamos direcciones.

Nogami contempló a su enfermera, tendida inconsciente en el suelo.

—Desde luego, sabe usted tratar a las mujeres.

—Estaba a punto de dar la alarma —explicó Pitt en tono de disculpa.

—Ha tenido suerte al cogerla por sorpresa. La enfermera Oba entiende tanto de karate como yo de medicina.

Sólo entonces se tomó Nogami unos segundos para observar el heterogéneo grupo de personas que rodeaba a la postrada enfermera. Movió la cabeza con tristeza.

—De modo que ustedes son el mejor equipo EIMA que ha podido organizar la inteligencia de Estados Unidos. Les aseguro que no lo parecen. ¿Cómo demonios se le pudo ocurrir a Jordan reclutar a una gente así?

Giordino fue el único que no se quedó mirando al médico con una sorpresa muda. En cambio, miró a Pitt.

—¿Tienes alguna información que no sabemos nosotros?

—Permitidme que os presente al doctor Josh Nogami, el agente secreto británico que ha estado suministrándonos la parte del león de la información sobre Suma.

—De modo que lo descubrió —dijo Nogami.

Pitt hizo un gesto de modestia.

—Las pistas eran elementales. No hay ningún Saint Paul's Hospital en Santa Ana, California. Pero *sí* que hay una catedral de Saint Paul en Londres.

—No parece usted inglés —dijo Stacy.

—Aunque mi padre era súbdito británico, mi madre procedía de San Francisco y yo seguí los cursos de medicina de la UCLA. Puedo hablar con un acento americano razonable sin demasiado esfuerzo.

Dudó y miró a los ojos a Pitt, al tiempo que su sonrisa desaparecía.

—Supongo que se da cuenta de que al volver aquí ha desbaratado mi cobertura.

—Lamento haberlo sacado a la luz del día —dijo Pitt con sinceridad—, pero tenemos un problema más inmediato. —Señaló a los demás—. Tal vez disponemos tan sólo de diez o quince minutos antes de que descubran a Kamatori y tres de sus robots de seguridad..., digamos..., incapacitados. Es un tiempo condenadamente corto para colocar una carga explosiva y escapar de aquí.

—Espere un minuto. —Nogami levantó una mano—. ¿Me está diciendo que han matado a Kamatori e inutilizado a tres robot-guardas?

—No matarán a nadie más —contestó Giordino en tono alegre.

Mancuso no estaba interesado en charlas cordiales.

—Si nos hace el favor de proporcionarnos un diagrama de este complejo, y aprisa, seguiremos nuestro camino sin molestarle más.

—He fotografiado en microfilm los planos de la construcción, pero no tuve tiempo de pasarlos a su gente después de perder mi contacto.

—¿Jim Hanamura?

—Sí. ¿Ha muerto? —preguntó Nogami, seguro de la respuesta.

—Kamatori le cortó la cabeza —contestó Pitt.

—Jim era un buen hombre. Espero que Kamatori haya muerto lentamente.

—No creo que se haya divertido exactamente en el trayecto.

—¿Puede usted ayudarnos? —insistió Mancuso en tono cada vez más urgente—. Se nos está acabando el tiempo.

Nogami no pareció afectado en lo más mínimo por aquellas prisas.

—Supongo que esperan ustedes salir por el túnel a ciudad de Edo.

—Habíamos pensado en coger el tren —asintió Weatherhill con los ojos clavados en la puerta que daba al pasillo.

—Olvídenlo. —Nogami se encogió de hombros—. Desde el momento en que ustedes penetraron en el complejo por ese camino, Suma ordenó que el ferrocarril quedara bajo la vigilancia de un ejército de robots del lado de la isla, y de una poderosa fuerza de seguridad compuesta por hombres especialmente adiestrados en la terminal de Edo. Ni siquiera una hormiga podría pasar inadvertida.

—¿Qué nos sugiere? —preguntó Stacy.

—El mar. Tal vez tengan suerte y sean recogidos por un buque de paso.

Stacy movió la cabeza en señal de negación.

—Descartado. Cualquier buque desconocido que se acerque a menos de cinco kilómetros será volado al instante.

—Ya tenéis bastantes preocupaciones —dijo tranquilamente Pitt, con los ojos fijos en la pared, como si pudiera ver algo en el otro lado—. Concentraos en colocar los explosivos. Dejad que Al y yo nos ocupemos de la fuga.

Stacy, Weatherhill y Mancuso se miraron entre ellos. Finalmente Weatherhill hizo una señal de conformidad.

—Adelante. Tú nos has salvado la vida y nos has traído hasta aquí. Sería una total impertinencia no confiar en ti ahora.

Pitt se volvió a Nogami.

—¿Qué tal si salimos a dar un paseo, doctor?

Nogami se encogió de hombros y sonrió a medias.

—Me parece bien. Por culpa de ustedes, mi utilidad en este lugar se ha acabado. No tiene sentido quedarme para que Suma me corte la cabeza.

—¿Alguna sugerencia sobre el lugar en el que colocar los explosivos?

—Les mostraré un conducto de acceso a los cables eléctricos y de fibra óptica que alimentan todo el complejo. Si colocan la carga ahí, dejarán fuera de servicio este lugar durante un mes por lo menos.

—¿En qué planta?

Nogami levantó la cabeza hacia el techo.

—La de arriba. Quinta planta.

—Cuando gustes —dijo Weatherhill a Pitt.

—Ahora mismo.

Con mucha cautela Pitt salió al pasillo y regresó hasta el ascensor. Todos le siguieron y se agruparon en silencio en su interior. Al apretar el botón correspondiente a la quinta planta, aumentó la tensión ante lo que podían verse obligados a afrontar cuando las puertas se abrieran. De repente el ascensor se movió hacia abajo, en lugar de subir. Alguien se había adelantado, apretando el botón de una planta más baja.

—Maldición —exclamó Mancuso con amargura—. Lo que nos faltaba.

—¡Atentos todos! —ordenó Pitt—. Empujad las puertas para impedir que se abran. Al, aprieta el botón de «puerta cerrada».

384

El ascensor se detuvo y todos colocaron sus manos en las puertas y apretaron. Las puertas intentaban abrirse hacia los lados, pero sólo conseguían temblar espasmódicamente y seguían cerradas.

—¡Al! —dijo Pitt en voz baja—. ¡Aprieta ahora el *cinco*!

Giordino había apretado el botón de «puerta cerrada» con tanta fuerza que los nudillos estaban blancos. Lo soltó y apretó el botón marcado con el número cinco.

El ascensor dudó por unos momentos, como empujado por dos fuerzas de signo distinto, y finalmente dio una sacudida y empezó a subir.

—Por poco, por muy poco —suspiró Stacy.

—Próxima planta —anunció Giordino—. Menaje del hogar, utensilios de cocina, vajilla y cubertería... —Súbitamente se interrumpió—. Oh, oh, todavía no podemos cantar victoria. Alguien nos espera. La luz del cinco acaba de encenderse.

De nuevo alerta, todos los ojos se volvieron automáticamente al panel y al pequeño indicador encendido en la planta cinco. Luego, como si el mismo mecanismo se hubiera activado en todos ellos, se giraron agazapados, prestos a saltar.

Un ingeniero vestido con una bata blanca estaba parado ante el ascensor, tocado con un casco y estudiando las anotaciones de un bloc. Ni siquiera levantó la vista al entrar en el ascensor. Sólo al advertir que el aparato no se movía echó un vistazo alrededor y descubrió todos aquellos rostros occidentales. Ninguno de ellos le sonreía.

Abrió la boca para gritar, pero Pitt se la tapó con una mano y apretó con la otra las arterias carótidas. Antes incluso de que los ojos quedaran en blanco y el cuerpo inerte cayera al suelo del ascensor, Nogami había salido ya y conducía a los demás hacia un pasillo.

Weatherhill fue el último en seguirlo. Se detuvo un momento y miró a Pitt.

—¿Cuándo y dónde quieres que nos reunamos arriba? —preguntó.

—Dentro de doce minutos en la superficie. Retendremos el taxi.

—Buena suerte —murmuró, y corrió detrás de los demás, no sin preguntarse qué estaría maquinando el astuto hombre de la AMSN.

Giordino miró al ingeniero que yacía, inconsciente.

—¿Y dónde aparcamos *esto*?

Pitt señaló la puerta de acceso en el techo del ascensor.

—Desgarra su bata de laboratorio en tiras, y luego átalo y amordázalo con ellas. Lo dejaremos sobre el techo del ascensor.

Mientras Giordino le despojaba de la prenda y empezaba a destrozar ésta metódicamente, dedicó a Pitt un guiño y una sonrisa de complicidad.

—Yo también la oigo.

Pitt le devolvió la sonrisa.

—Ah, sí. La dulce melodía de la libertad.

—Si conseguimos sintonizarla.

—Optimismo, más optimismo —murmuró Pitt en tono satisfecho mientras el ascensor subía hacia la superficie—. Ahora tenemos que darnos un poco de prisa. La función va a empezar dentro de doce minutos.

55

El equipo EIMA que se movía por los pasillos de las profundidades del Centro del Dragón no debía soportar una tensión tan intensa como los dos hombres sometidos a la agonía de sentir el paso del tiempo, minuto a minuto, en la sala de comunicaciones del edificio del Cuartel General Federal. Raymond Jordan y Donald Kern permanecían sentados delante de un reloj de grandes dimensiones, y en esa posición pasiva esperaban con ansiedad cualquier posible comunicación del equipo, transmitida a través de un satélite situado en posición sincrónica sobre Japón.

Activados por el repentino zumbido de un teléfono situado en la mesa colocada entre ambos, sus ojos intercambiaron miradas y sus rostros se endurecieron. Jordan descolgó el auricular como si fuera un portador de la peste.

—Sí, señor presidente —dijo sin el menor titubeo.

—¿Alguna novedad?

—No, señor.

El presidente guardó silencio por unos instantes, y luego dijo en tono solemne:

—Cuarenta y cinco minutos, Ray.

—Comprendido, señor. Cuarenta y cinco minutos para iniciar el asalto.

—He descartado el asalto de las Fuerzas Delta. Después de una conferencia con otros asesores de seguridad y con la Junta de jefes de Estado mayor, he llegado a la conclusión de que no disponemos de tiempo para una operación militar. El Centro del Dragón debe ser destruido antes de que alcance la plena operacionalidad.

Jordan sintió que todos sus esfuerzos iban a ser echados por la borda. Había jugado y perdido, una vez más.

—Sigo creyendo que el senador Diaz y la congresista Smith podrían encontrarse en la isla.

—Aunque tenga usted razón, sus posibles muertes no alterarían mi decisión.

—¿No cambiará de opinión y me concederá una hora más? —suplicó Jordan.

—Desearía poder encontrar alguna razón para darle el tiempo que me pide, pero nuestra seguridad nacional se encuentra en un grave peligro. No podemos dar a Suma la oportunidad de desencadenar su campaña de chantaje internacional.

—Tiene usted razón, por supuesto.

—Al menos no estoy solo. El secretario de Estado Oates ha informado a los dirigentes de las diferentes naciones de la OTAN y al presidente soviético Antonov, y cada uno de ellos sin excepción ha expresado la opinión de que debemos proceder, en el interés mutuo de todos.

—En ese caso perderemos todo el equipo —dijo Jordan, al tiempo que su frustración aumentaba—, y tal vez también a Diaz y a Smith.

—Lamento profundamente comprometer las vidas de ciudadanos americanos tan destacados, algunos de los cuales son además buenos amigos míos. Lo siento, Ray me encuentro ante la eterna disyuntiva de sacrificar a unos pocos para salvar a muchos.

Jordan colocó de nuevo el auricular en la horquilla. Parecía extrañamente abatido y encogido.

—El presidente —dijo en tono ausente.

—¿No hay prórroga? —preguntó Kern ceñudo.

Jordan hizo un gesto negativo.

—Ha renunciado al asalto y se propone efectuar un ataque nuclear.

—Entonces todo el equipo se va al infierno —exclamó Kern, palideciendo.

Jordan asintió pesadamente; miró el reloj y vio que sólo quedaban cuarenta y tres minutos.

—¿Por qué, en el nombre de Dios, no consiguen liberarse? ¿Qué le ha sucedido al agente británico? ¿Por qué no comunican?

A pesar de sus temores, Jordan y Kern no estaban ni remotamente preparados para el desastre aun peor que se avecinaba.

Nogami condujo al equipo EIMA a través de una serie de pasadizos laterales repletos de tuberías de calefacción y ventilación, evitando las oficinas y talleres más poblados y manteniéndose en lo posible al margen de la corriente de actividad principal. Cuando se encontraban con un robot-guarda, Nogami conversaba con él mientras alguno de los demás se acercaba despacio por un flanco y colapsaba sus circuitos con una carga de electricidad estática.

Llegaron a una sala acristalada, un área muy amplia llena de cables eléctricos y haces de fibra óptica, extendiéndose hacia unos estrechos pasadizos que comunicaban con todas las dependencias del Centro del Dragón. Un robot estaba colocado frente a una gran consola sobre la que se desplegaban varias esferas e instrumentos digitales.

—Un robot inspector —explicó Nogami en voz baja—. Está programado para supervisar los sistemas e informar de todos los fallos y desajustes.

—Cuando estropeemos sus circuitos, ¿cuánto tiempo tardará su supervisor en enviar a alguien que arregle el desperfecto? —preguntó Mancuso.

—Desde el control principal de teleasistencia, cinco o seis minutos.

—Tiempo más que suficiente para colocar la carga y desaparecer —dijo Weatherhill con optimismo.

—¿Qué tiempo indicarás en el detonador retardado? —le preguntó Stacy.

—Veinte minutos. Eso debe bastar para llevarnos sanos y salvos a la superficie y fuera de la isla, si Pitt y Giordino encuentran algún medio de conseguirlo.

Nogami abrió la puerta y se hizo a un lado mientras Mancuso y Weatherhill entraban en la sala y se aproximaban al robot desde lados opuestos. Stacy permanecía en la puerta, vigilando que no apareciera nadie. El inspector mecánico quedó rígido delante de su consola, como una escultura de metal, cuando las mangueras cargadas estáticamente entraron en contacto con la caja que albergaba sus circuitos.

Con rapidez y pericia, Weatherhill insertó el pequeño detonador en el explosivo plástico y ajustó el control digital de tiempo.

—En medio de los cables y las fibras ópticas, supongo.

—¿Por qué no destruir la consola? —dijo Nogami.

—Probablemente cuentan con unidades de repuesto en sus almacenes de suministros, dondequiera que estén —explicó Mancuso.

Weatherhill se mostró de acuerdo, avanzó unos metros por uno de los pasadizos y pegó la carga con cinta adhesiva, detrás de varios haces de cables provistos de una gruesa cubierta aislante y de fibras ópticas.

—Pueden reponer la consola y volver a conectar nuevas terminales de los cables en veinticuatro horas —indicó—, pero si volamos un metro de la parte media de miles de cables, tendrán que sustituir todo el sistema desde un extremo al otro. Les llevará cinco veces más tiempo.

—Parece razonable —se convenció finalmente Nogami.

—Que no se vea demasiado —dijo Mancuso.

Weatherhill lo miró con reproche.

—No se pondrán a buscar algo que no saben que existe.

Dio una palmadita cariñosa al temporizador y salió del pasadizo.

—No hay moros en la costa —dijo Stacy desde el umbral.

Uno por uno salieron furtivamente al pasillo y corrieron hacia el ascensor. Habían cubierto doscientos metros aproximadamente cuando Nogami se detuvo de repente y levantó la mano. Se oía el eco de voces humanas a lo largo de las paredes de cemento a un extremo del pasillo, seguido por el zumbido suave de un motor eléctrico. Nogami les hizo gestos frenéticos para que corrieran hacia adelante, y todos se precipitaron hasta doblar una esquina antes de que los intrusos aparecieron a la vista en el pasillo principal.

—He calculado demasiado por lo bajo su eficacia —susurró Nogami sin volverse—. Ya vienen.

—¿Investigadores? —le preguntó Stacy.

—No —contestó de inmediato—. Supervisores de teleasistencia, con un sustituto para el robot que hemos dejado fuera de servicio.

—¿Crees que han advertido nuestra presencia?

—Si fuera así, enseguida lo sabríamos. Sonaría una alarma general y el ejército de fuerzas de seguridad humanas de Suma, junto con los robot-guardas, ocuparía todos los pasillos y bloquearía las salidas.

—Tenemos suerte de que nadie se haya olido la tostada, con todos los robots que hemos neutralizado —gruñó Mancuso, al tiempo que corría por el pasillo tras los pasos de Nogami.

—Al no haber ningún indicio claro de sabotaje, los supervisores de teleasistencia pensarán que se trata de un simple fallo electrónico.

Llegaron al ascensor y perdieron más de dos minutos esperando a que subiera desde una de las plantas más bajas. Después de lo que les pareció media vida, finalmente las puertas se abrieron y mostraron un interior vacío. Weatherhill fue el primero en entrar y apretó el botón más alto, el correspondiente a la superficie de la isla.

El ascensor, con los tres hombres y la mujer ceñudos y silenciosos, subió con una lentitud torturante. Sólo Nogami tenía reloj, porque los demás habían sido desposeídos de los suyos cuando fueron capturados. Miró la esfera.

—Nos sobran treinta segundos —les informó.

—Hemos escapado del fuego —murmuró Mancuso—. Ahora esperemos no caer en la sartén.

Lo que más les importaba en aquel momento era escapar. ¿Qué plan podía haber elucubrado Pitt? ¿Les habría ocurrido algo a él y a Giordino? ¿Y si los cálculos de Pitt habían fallado, y había sido capturado de nuevo o muerto? Si era así, toda esperanza se desvanecería y se enfrentarían a la nada, sin ningún camino hacia la libertad al haber fracasado su único medio de escape.

Habían perdido la cuenta del número de veces en que se prepararon para lo peor, agazapados y dispuestos a saltar sobre cualquier cosa o persona que les esperara a la salida del ascensor. Cuando las puertas se abrieron, todos se pusieron rígidos.

Fuera estaba Giordino, tan grande como la vida, sonriendo como si acabara de ganar la lotería. Cuando habló, lo hizo como las azafatas de tierra en un aeropuerto.

—¿Sus tarjetas de embarque, por favor?

Ubunai Okuma y Daisetz Kano eran ingenieros de robótica del más alto nivel, adiestrados en la teleoperación de visión por ordenador e inteligencia artificial, además del mantenimiento y reparación de fallos y averías sensorias. En la sala de control de teleasistencia habían recibido la señal de que el robot-inspector eléctrico Taiho, nombre que significaba «gran arma de fuego», había dejado de funcionar, e inmediatamente se dispusieron a sustituirlo para llevarlo a reparar.

Una avería repentina, debida a alguno de los múltiples problemas posibles, no era algo infrecuente. Los robots se averiaban a menudo por causas que sólo llegaban a conocerse después de ser examinados en un centro de reacondicionamiento.

Kano dio la vuelta alrededor del inspector Taiho, para efectuar un primer control visual. Al no advertir nada obvio, se encogió de hombros:

—Parece un fallo de los circuitos.

Okuma echó una ojeada a una tarjeta que llevaba en su tablero.

—Éste tiene un historial de problemas. Las imágenes de su visión han presentado fallos en cinco ocasiones distintas.

—Es extraño, llevamos cuatro informes de fallos en unidades en la última hora.

—Estas cosas siempre van por rachas —murmuró Okuma.

—Los sistemas necesitan una modificación y puesta al día —asintió Kano—. No tiene sentido que hagamos una reparación provisional. Lo programaré para su reconstrucción completa.

Se volvió al robot de repuesto.

—¿Listo para asumir las tareas de inspección, Otokodate?

Brilló una hilera de luces y Otokodate, nombre tomado de un héroe antiguo al estilo de Robin Hood, habló con palabras lentas pero inteligibles.

—Estoy dispuesto a supervisar todos los sistemas.

—Entonces, empieza.

Mientras el robot sustituto ocupaba su lugar frente a la consola, Okuma y Kano izaron el averiado sobre una carretilla motorizada provista de una pequeña grúa. Luego uno de ellos programó una determinada clave en el ordenador de la carretilla, y ésta empezó a moverse automáticamente hacia el área de acondicionamiento, sin control humano. Los dos ingenieros no siguieron al robot inutilizado, sino que se dirigieron a la sala de descanso de los trabajadores, para hacer una breve pausa y tomar té.

Una vez solo, Otokodate concentró su sistema de visión en las esferas y las parpadeantes lecturas digitales, y empezó las operaciones de rutina para procesar los datos de su ordenador. Su capacidad sensoria de alto nivel, increíblemente más avanzada que la de un humano, captó una infinitesimal desviación de medida.

El ritmo de pulsación del láser a través de una fibra óptica se mide en millones de pulsaciones por segundo. Los sensores de Otokodate podían leer las mediciones de los instrumentos con una increíble precisión, al punto que pudieron reconocer un minúsculo descenso en el ritmo, desde el estándar de 44,7 millones de pulsaciones por segundo, a uno de 44,68 millones. Computó el perfil del índice de refracción y llegó a la conclusión de que la luz que transmitía sus ondas a través de dos corrientes, insertas en un haz que contenía miles de fibras ópticas, mostraba un zigzag temporal en algún punto del recorrido.

Indicó al mando de teleasistencia que abandonaba la consola y se disponía a efectuar una inspección de los haces de fibras en el interior de los túneles.

56

Suma se mostraba cada vez más furioso e impaciente. Diaz y Smith no parecían cansarse de discutir con él, revelando el aborrecimiento que les inspiraban sus progresos científicos y amenazándole como si fuera un ladronzuelo de la calle. Llegó al extremo de alegrarse de tener la ocasión de perderlos de vista.

El secuestro del senador Diaz, pensó, había sido un error. Lo llevó a cabo únicamente porque Ichiro Tsuboi aseguraba que Diaz tenía una influencia sustancial en las decisiones del Senado, y un hilo directo con el presidente. A Suma aquel hombre le parecía insignificante y limitado. Después de dejar el Ejército por prescripción médica, Diaz se había abierto camino trabajando en la Universidad de Nuevo México. Después siguió una de las vías tradicionales hacia el poder, al abrir un bufete de abogado y defender causas que le valieron varias menciones en los titulares de la prensa y el apoyo del partido mayoritario en su Estado. Suma lo despreciaba como un ejemplo de político obsoleto, que seguía recurriendo a las monótonas y gastadas arengas sobre el aumento de los impuestos a los ricos para programas de beneficencia que dieran alimento y vivienda a las personas pobres sin empleo. La caridad y la compasión eran rasgos que Suma se negaba a aceptar.

Por su parte, la congresista Smith le parecía una mujer muy astuta. Suma tenía la incómoda sensación de que podía leer sus pensamientos y contradecir cualquier afirmación que él hiciera. Sabía manejar datos y estadísticas, y los citaba con soltura. Loren procedía de una familia acomodada del Oeste, propietaria desde 1870 de un rancho situado en la orilla occidental del Colorado. Educada en la Universidad de Colorado, se presentó a las elecciones y venció al anterior titular, que llevaba treinta años ocupando su escaño. Era capaz de rivalizar con cualquier hombre en el terreno de éstos. Suma sospechaba que su única debilidad era Dirk Pitt, y estaba más cerca de la verdad de lo que imaginaba.

Suma contempló a ambos al otro lado de la mesa, mientras bebía saki y recuperaba fuerzas para un nuevo intercambio de insultos. Estaba a punto de hacer una observación hiriente cuando Toshie entró en la habitación y susurró algo a su oído. Suma dejó su taza de saki sobre la mesa y se puso en pie.

—Ha llegado la hora de que se marchen de aquí.

Loren se irguió con elegancia y fijó la mirada en Suma.

—No me moveré de aquí hasta tener la certeza de que Dirk y Al están vivos y son tratados humanamente.

Suma sonrió con indulgencia.

—Vinieron a escondidas a una tierra extraña, a mi tierra, como agentes de inteligencia al servicio de una potencia extranjera...

—La ley japonesa no es distinta de la nuestra en lo que respecta al espionaje —interrumpió ella—. Tienen derecho a un juicio justo.

Suma rió entre dientes con satisfacción maliciosa.

—No veo razón para proseguir esta discusión. A estas horas el señor Pitt y el señor Giordino, junto con el resto de su equipo de espías, ya deben haber sido ejecutados por mi amigo Moro Kamatori. Tómenlo como mejor les plazca.

Loren sintió su corazón atravesado por una aguja de hielo. Hubo un silencio abrumado, más traumático aun por la conciencia de que aquellas palabras eran probablemente ciertas. El rostro de Loren palideció; vaciló sobre sus pies, con la mente súbitamente en blanco.

Toshie tomó a Loren por el brazo y tiró de ella hacia la puerta.

—Vamos, el avión que debe conducirlos a Edo y al reactor privado del señor Suma está esperando.

—¿No nos conducirá por su asombroso túnel submarino? —preguntó Díaz, con un asomo de desilusión.

—Hay ciertas cosas que no deseo que vean —contestó Suma en tono grosero.

Como en una pesadilla, Loren se dejó llevar por Toshie a través de un vestíbulo, hasta un sendero de piedra que cruzaba un pequeño estanque. Suma se inclinó e hizo un gesto a Díaz de que acompañara a las mujeres.

Díaz se encogió de hombros y avanzó cojeando, apoyado en su bastón, seguido por Suma y dos robot-guardas que cerraban el cortejo.

Al otro lado del estanque, un esbelto aparato movido por dos motores de turbina variable esperaba en el centro de un prado rodeado por un seto alto cuidadosamente recortado. Los motores de reacción estaban en marcha y emitían un silbido suave. Dos tripulantes vestidos con equipo de vuelo de nailon rojo y cascos con visera se habían situado a uno y otro lado de la escalera que ascendía hasta la cabina principal. Ambos eran bajos: uno de ellos era delgado, mientras el otro casi reventaba las costuras de su traje en los hombros. Los dos inclinaron respetuosos la cabeza al aproximarse el grupo de Suma.

Díaz se detuvo de repente.

—Cuando regrese a Washington, convocaré una conferencia de prensa para revelar sus monstruosos planes. Luego lucharé contra usted por todos los medios a mi alcance en ambas cámaras del Congreso, con el fin de que todos los activos que usted posee en los Estados Unidos sean confiscados y nacionalizados. No descansaré hasta que usted haya pagado todos sus crímenes.

Suma replicó con una sonrisa enfurecida:

—Nuestros partidarios en Washington tienen un poder más que suficiente para inutilizar sus patéticos esfuerzos. Contamos en firme con algunos de sus compañeros legisladores, que sienten una debilidad inconfesada por el enriquecimiento fácil, como para que consiga usted ser escuchado. Su voz se perderá en el vacío, senador Diaz. Su gobierno, le guste o no, está podrido y se dedica prioritariamente a programas emocionales en lugar de favorecer la ciencia y la tecnología; por eso es que su país ha pasado a convertirse en una potencia de segunda categoría, y ha caído totalmente bajo el control de los japoneses.

Loren se dirigió a Suma, con una expresión de desprecio que aguzaba sus ojos.

—Hace cincuenta años menospreciaron ustedes la capacidad de lucha de América, y ahora de nuevo comete el mismo error de despertar a un gigante dormido e inculcarle una resolución terrible.

—Las palabras del almirante Yamamoto después del siete de diciembre no tienen aplicación ahora —repuso Suma con fatuidad—. Su pueblo ha perdido la fortaleza moral para sacrificarse por el bien de la nación. Debe usted afrontar la realidad, congresista Smith: la grandeza de América ha desaparecido. No tengo nada más que decir, salvo recomendarles que pongan al corriente a su presidente de las intenciones de Japón.

—Querrá usted decir de *sus propias* intenciones —matizó valerosamente Loren, al tiempo que el color volvía a sus mejillas—. Usted no representa al pueblo japonés.

—Le deseo un feliz regreso al hogar, congresista Smith. Su visita ha terminado.

Suma giró y se dispuso a alejarse, pero apenas había dado el primer paso, los dos tripulantes del avión lo cogieron cada uno por un brazo, lo alzaron del suelo y lo empujaron atrás hasta introducirlo por la portezuela abierta de la cabina del aparato, donde pareció desvanecerse. Todo ocurrió tan aprisa que Loren y Diaz quedaron inmóviles y atónitos. Sólo Toshie reaccionó, atacando a patadas al tripulante más robusto.

—¿Es ésa una manera de empezar una relación íntima? —rió Giordino, sujetando el pie de Toshie y tomándola en sus brazos para pasarla a través de la portezuela a las manos tendidas de Weatherhill y Mancuso, con tanta facilidad como si fuera una muñeca hinchable.

Loren tragó saliva y empezó a decir algo en voz baja a Giordino, pero Stacy la empujó con brusquedad hacia las escalerillas.

—No hay tiempo que perder, señora Smith. Por favor, apresúrese.

Una vez que estuvo Loren en el interior del aparato, Stacy se volvió a Diaz.

—Muévase, senador. Ahórrese los saludos.

—¿De dónde..., de dónde han salido ustedes? —balbuceó mientras Mancuso y Weatherhill tiraban de él a través de la puerta.

—Somos los secuestradores del barrio —contestó Weatherhill en tono alegre—. Para ser precisos, han sido Pitt y Giordino los que han puesto fuera de combate a los tripulantes y los han dejado atados en la bodega de carga.

Giordino hizo subir a Stacy a la cabina y retiró las escalerillas detrás de ella. Luego despidió con un elegante saludo a los dos robotguardas, que tenían sus armas apuntadas hacia él pero mantenían una inmovilidad aturdida.

—¡Sayonara, robot-pavos!

Cerró la puerta de un golpe, y pasó los cerrojos. Luego se volvió y gritó una sola palabra en dirección a la cabina del piloto.

—¡Adelante!

El suave silbido de las dos turbinas creció hasta convertirse en un rugido atronador, y su empuje acamó la hierba detrás de las alas recortadas. Las ruedas se despegaron del suelo húmedo y el aparato se elevó verticalmente en el aire, quedó allí suspendido unos momentos mientras los motores cambiaban a la posición horizontal, y luego partió con una amplia curva en dirección hacia el este, sobre el océano.

Loren abrazó a Giordino.

—Gracias a Dios, estáis todos bien. ¿Dirk está contigo?

—¿Quién dirías que conduce el autobús? —sonrió orgulloso Giordino mientras señalaba la cabina del piloto.

Sin malgastar más palabras, Loren corrió por el pasillo y abrió de par en par la puerta de la cabina. Pitt estaba sentado en el puesto del piloto, concentrado en el control de vuelo de un aparato nuevo para él. No parpadeó ni volvió la cabeza cuando ella pasó las manos por su cuello, las introdujo en su pecho por debajo de su uniforme de vuelo prestado por la Suma Corporation y lo besó al menos una docena de veces.

—Estás vivo —dijo maravillada—. Suma me dijo que habíais muerto.

—No ha sido exactamente un día de reposo —consiguió decir Pitt entre dos besos—. ¿Quieres darme a entender con todo esto que estás contenta de verme?

Ella clavó ligeramente las uñas en su pecho.

—¿No serás capaz de hablar con seriedad, por una vez?

—Señora, precisamente en este momento estoy hablando con toda la seriedad de que soy capaz. Tengo a ocho personas pendientes de mi capacidad de pilotar un avión que nunca antes había tocado. Y será mejor que me dejes concentrarme, o nos veremos todos obligados a practicar un poco de *surfing*.

—Lo conseguirás —dijo ella confiada—. Dirk Pitt puede hacer todo lo que se proponga.

—No me gusta que la gente diga esas cosas —gruñó Pitt. Hizo un rápido gesto con la cabeza a su derecha—. Ocupa el asiento del copiloto y haz funcionar la radio. Tenemos que llamar a la caballería antes de que las fuerzas aéreas samurais emprendan la caza. No tenemos ninguna opción de escapar si nos atacan reactores de caza.

—Suma no puede mandar a los militares japoneses.

—Es el dueño de todo lo que nos rodea. No quiero correr riesgos. Conecta la radio, y yo te daré la frecuencia.

—¿Adónde vamos?

—Al *Ralph R. Bennett* .

—¿Una lancha?

—Un barco —le corrigió Pitt—. Un navío de detección y seguimiento de la Marina de Estados Unidos. Si llegamos hasta él antes de que nos intercepten, estaremos a salvo.

—No se atreverán a atacarnos estando a bordo Hideki Suma.

Los ojos de Pitt pasaron del panel de instrumentos a contemplar el agua que se agitaba debajo de ellos.

—¡Cuánto me gustaría que tuvieras razón!

A sus espaldas, Giordino intentaba sin éxito tranquilizar a Toshie, que chillaba y pataleaba como una gata histérica. Finalmente la agarró por detrás y la inmovilizó con una presa firme.

—Me doy cuenta de que no estoy causando una buena primera impresión —dijo feliz—, pero conocerme es quererme.

—¡Cerdo yanqui! —gritó ella.

—De ningún modo, mis antepasados italianos nunca admitirían que los llamaran yanquis.

Stacy se desentendió de Giordino y la combativa Toshie y ató eficientemente a Suma a uno de los varios sillones de piel de la lujosa cabina principal ejecutiva. La incredulidad estaba pintada en cada una de las líneas del rostro del hombre.

—Bien, bien, bien —dijo Mancuso feliz—. Sorpresa. El gran hombre ha venido en persona a hacernos compañía.

—Estáis muertos. Se supone que todos vosotros estáis muertos —murmuró incrédulo.

—Es tu compinche Kamatori el que está bien muerto —le informó Mancuso en tono sádico.

—¿Cómo?

—Pitt lo clavó en la pared.

El nombre de Pitt pareció actuar como revulsivo. Suma recuperó su equilibrio interior y dijo:

—Han cometido ustedes un error desastroso. Al tomarme como rehén han desencadenado fuerzas terribles.

—Ojo por ojo. Ahora nos toca a nosotros comportarnos de un modo mezquino y desagradable.

La voz humana no puede imitar con exactitud el silbido de una víbora, pero Suma consiguió aproximarse bastante.

—Son demasiado estúpidos para comprender. Mi gente pondrá en marcha el Proyecto Kaiten en cuanto se enteren de lo que ha sucedido.

—Deje que lo intenten —fanfarroneó Weatherhill—. Dentro de tres minutos exactamente, su Centro del Dragón va a sufrir un apagón.

El inspector eléctrico robótico Otokodate encontró muy pronto la carga explosiva adherida al haz de fibras ópticas. La extrajo con habilidad, y rodó de nuevo hasta su consola. Estudió el paquete unos momentos y reconoció la hora marcada en el temporizador, pero su memoria no había sido programada para analizar explosivos plásticos, y no tenía ningún concepto que le ayudara a entender su función. Transmitió un mensaje a su superior del control robótico.

—Otokodate llamando al centro de control cinco.

—Sí, ¿qué ocurre? —contestó un robot monitor.

—Deseo comunicarme con mi superior, el señor Okuma.

—Todavía no ha vuelto de la sala de té. ¿Qué desea transmitirle?

—He encontrado un objeto extraño adosado al haz primario de fibra óptica.

—¿Qué tipo de objeto?

—Una sustancia elástica provista de un temporizador digital.

—Puede tratarse de un instrumento olvidado por un ingeniero del cableado durante la instalación.

—Mi memoria no contiene los datos necesarios para una identificación positiva. ¿Desea que lo lleve a control para su examen?

—No, continúe en su puesto. Enviaré a un mensajero a recogerlo.

—Quedo a la espera.

Pocos minutos más tarde, un robot mensajero llamado Nakajima, programado para moverse a través de cualquier tipo de pasillo o corredor y para pasar por las puertas de todas las oficinas y áreas de trabajo existentes en el complejo, entró en el centro de suministro energético. Tal como se le había ordenado, Otokodate entregó el explosivo a Nakajima, inconsciente de lo que se trataba.

Nakajima era un corredor mecánico de la sexta generación, que podía recibir órdenes de viva voz, pero no darlas. En silencio extendió su mecanismo prensil articulado, recogió el paquete, lo depositó en un contenedor y se dirigió al centro de inspección robótico.

Cuando había recorrido cincuenta metros aproximadamente desde la puerta del centro de suministro eléctrico, en un lugar alejado tanto de los humanos como de toda clase de equipo crítico, el plástico C-8 detonó con un rujido atronador cuyos ecos hicieron retemblar todos los pasillos de cemento de la quinta planta.

El Centro del Dragón había sido diseñado y construido para resistir los terremotos más fuertes, de modo que los daños estructurales fueron mínimos. El Proyecto Kaiten siguió intacto y plenamente operacional. El único resultado que consiguió la carga explosiva colocada por Weatherhill fue la desintegración casi total del mensajero robótico Nakajima.

57

Los robot-guardas comunicaron a su mando de seguridad el extraño suceso ocurrido en el jardín, antes de que Pitt hiciera ascender el aparato movido por turbinas variables desde el recinto vallado. Al principio la alarma dada por los robots fue interpretada como un error en su percepción visual, pero cuando un equipo enviado en su busca no consiguió encontrar a Suma, las oficinas del mando de seguridad se convirtieron en el escenario de una confusión frenética.

Debido a su ego monumental y a su predilección por el secreto, Hideki Suma nunca había dado instrucciones a sus máximos responsables de seguridad para actuar en el caso de que les fuera imposible comunicarse con él. Asaltados por el pánico, los directores de seguridad intentaron recurrir a Kamatori, pero enseguida descubrieron que sus teléfonos privados no contestaban a las llamadas, y sus robot-guardas personales tampoco emitían ninguna señal.

Un equipo especial de defensa, respaldado por cuatro robots armados, acudió al apartamento de Kamatori. El oficial responsable llamó con insistencia, y al no recibir ninguna respuesta, se hizo a un lado y ordenó a uno de los robots que forzara la puerta cerrada. La gruesa división de cristal translúcido quedó muy pronto hecha añicos.

Los oficiales cruzaron con cautela la vacía sala de vídeos; cuando penetraron en la sala de los trofeos, el asombro y la incredulidad casi descoyuntaron sus mandíbulas. Moro Kamatori estaba colgado, con los hombros caídos hacia adelante, pero en posición erecta, los ojos abiertos de par en par y la sangre manando aún de la boca. El rostro estaba desfigurado por el dolor y la ira. El oficial miró sin expresión la empuñadura de un sable que asomaba entre las ingles de Kamatori; la hoja atravesaba el cuerpo y lo mantenía clavado con firmeza en la pared.

Aturdido, el oficial no podía convencerse de que estuviera muerto y le tocó con suavidad el hombro para hablar con él. Después de un largo momento, finalmente comprendió que aquel anacrónico samurai ya no volvería a hablar nunca. Y entonces, por primera vez, el oficial advirtió que los prisioneros habían desaparecido y los robot-guardas de Kamatori estaban rígidos e inmovilizados.

La confusión que reinaba en el mando de seguridad aumentó más aún al conocerse la noticia de la muerte de Kamatori, casi simultáneamente a la explosión en la quinta planta. Los misiles tierra-aire instalados en torno a la isla emergieron de sus silos subterráneos, montados y dispuestos para el lanzamiento, pero inactivos todavía debido a las dudas sobre la presencia de Suma en el aparato.

Pero muy pronto, la acción del mando de seguridad volvió a quedar sometida al control y recuperó el nivel de eficacia habitual. Estudiaron de nuevo las cintas de vídeo grabadas por los robot-guardas, y quedó establecido sin ningún género de duda que Suma había sido obligado a entrar en el avión.

El anciano jefe de los Dragones de Oro, Korori Yoshishu, y el responsable de su poder financiero, Ichiro Tsuboi, estaban en el despacho de éste en Tokyo cuando llegó la llamada del director de seguridad de Suma. Los dos socios de Suma asumieron de inmediato el mando de las operaciones.

Pasados ocho minutos de la explosión, Tsuboi utilizó su considerable influencia ante los militares japoneses para conseguir que despegara una escuadrilla de reactores de caza para perseguir al fugitivo aparato de turbinas variables. La orden asignada era interceptar el aparato y obligarlo a aterrizar de nuevo en la isla de Soseki. Si este objetivo no fuera posible, los cazas debían destruir el aparato con todas las personas que viajaban en él. Tsuboi y Yoshishu se mostraron de acuerdo en que, a pesar de la larga amistad que les unía a Suma, para el Proyecto Kaiten y para su nuevo imperio era preferible que muriera, antes de convertirse en una herramienta de chantaje al servicio de la política extranjera. O peor aun, de que suscitara el escándalo de ser condenado como criminal por la justicia americana. Contaba también, además, la estremecedora certeza de que Suma se vería forzado a revelar detalles de la tecnología secreta puesta a punto por Japón, y de sus planes de supremacía económica y militar, en los interrogatorios realizados por los expertos de inteligencia de los Estados Unidos.

Pitt señaló en la brújula la dirección de la posición que ocupaba el barco en el momento en que él despegó con destino a la isla de Soseki. Forzó los motores peligrosamente, mientras Loren hacía intentos desesperados por establecer contacto con el *Bennett*.

—No consigo comunicar con ellos —dijo frustrada.

—¿Estás en la frecuencia correcta?

—Dieciséis VF.

—Incorrecto. Cambia al dieciséis UF y utiliza mi nombre como clave de llamada.

Loren seleccionó la banda de ultra alta frecuencia y buscó de nuevo el dieciséis. Entonces habló por el micrófono colocado en su casco.

—Pitt llamando a USS *Bennett* —dijo—, Pitt llamando a USS *Bennett*. ¿Me escucha? Conteste, por favor.

—Aquí *Bennett* —la voz sonó con tal claridad y potencia que casi hizo estallar los tímpanos de Loren bajo sus auriculares—. ¿Es usted realmente, señor Pitt? Parece haber cambiado de sexo desde la última vez que nos vimos.

El aparato había sido registrado por los supersensibles sistemas de detección del *Bennett* desde el momento mismo de despegar. Cuando se comprobó que se dirigía hacia el este sobrevolando el mar, fue seguido a través de un sistema receptor electrónico de reconocimiento. Pocos minutos después de darse la alerta, el comandante Harper recorría impaciente la sala de situación. A cada pocos segundos se detenía y miraba, por encima de los hombros de los operadores de la consola, las pantallas del radar y el monitor del ordenador que analizaba y medía las señales, destacando el objetivo en curso de aproximación para establecer una identificación reconocible del mismo.

—¿Pueden distinguir...?

—Se trata de un rotor variable o bien de uno de los nuevos motores de turbina variable —dijo el operador—. Despegó como un helicóptero, pero se aproxima demasiado rápido para las aspas de un rotor.

—¿Dirección?

—Uno-dos-cero. Parece dirigirse a la posición desde la que lanzamos los dos Ibis.

Harper corrió al teléfono más próximo y lo descolgó.

—Comunicaciones.

—Aquí comunicaciones, señor —contestó de inmediato una voz.

—¿Alguna señal de radio?

—Ninguna, señor. Las ondas están en silencio.

—Avíseme inmediatamente si recibe cualquier cosa. —Harper colgó de golpe el teléfono—. ¿Algún cambio de curso?

—Objetivo volando todavía en dirección uno-dos-cero, ligeramente al sudeste, capitán.

Tenía que ser, pero no podía ser Pitt, pensó Harper. Pero ¿quién más volaría hacia aquella posición concreta? ¿Podía tratarse de una coincidencia? Que nadie ganduleara, ladró al oficial ejecutivo que esperaba órdenes de pie a su lado.

—Ordene el regreso a la posición desde la que lanzamos los Ibis. A toda velocidad, hasta nueva orden.

El oficial sabía que Harper prefería la eficiencia al protocolo tradicional, de modo que se volvió sin saludar ni dar el enterado, y transmitió las órdenes al puente.

—De comunicaciones, para usted, Capitán —anunció un marinero.

Harper se abalanzó sobre el teléfono.

—Aquí el capitán.

—He recibido una señal de una mujer que afirma ser la congresista Loren Smith. También asegura que el señor Pitt está a los mandos de un avión robado en la isla de Soseki, y que transporta a ocho pasajeros, entre ellos el senador Michael Diaz y el señor Hideki Suma.

La incredulidad de Harper era explicable y perfectamente justificada, dado que quedaba demasiado alejado de la cadena de mando como para haber sido informado de los secuestros de Loren y Diaz.

—¿Que han robado un avión y secuestrado a Suma? ¿Y de dónde demonios ha sacado Pitt a ese par de políticos en la isla de Soseki? —Hizo una pausa durante la que no paró de menear la cabeza, asombrado, y finalmente dio una orden por teléfono—: Diga a quienquiera que sea el que esté en contacto, que exijo una identificación mucho más concreta.

El especialista en comunicaciones volvió a llamar pasado un minuto.

—La mujer insiste en identificarse como la congresista Loren Smith, y afirma que si no los guiamos y proporcionamos protección en el caso de que los persigan, en la próxima ocasión en que almuerce con Roy Monroe pedirá que le den a usted el mando de un remolcador en el Ártico. Yo no soy quién para darle consejos, mi Capitán, pero si es amiga del secretario de la Marina, me parece que debe ser la persona que asegura ser.

—De acuerdo, me tragaré la historia por el momento —concedió Harper a regañadientes—. Dele instrucciones de que gire veinte grados al sur y continúe después en dirección oeste hasta que nos encontremos...

—Tengo dos aviones que han despegado de la base aérea de Senzu —interrumpió el operador de la consola, atento a las indicaciones del sistema receptor táctico—. La configuración y velocidad indican que se trata de interceptores Mitsubishi Cuervo de las Fuerzas Aéreas de Defensa japonesas. Han tomado la misma dirección que la turbina variable, y están haciendo funcionar sus radares.

—¡Maldita sea! —estalló Harper—. ¡Tenían que mezclarse los militares japoneses! —Se volvió de nuevo a su oficial ejecutivo—. Informe al Mando del Pacífico de la situación. Dígales que me dispongo a entrar en modo de combate. Pretendo disparar sobre los perseguidores si muestran la menor intención de iniciar un acto hostil. Asumo la responsabilidad de proteger a las personas que viajan en el avión de turbinas variables, en la creencia de que se trata de ciudadanos americanos.

El oficial ejecutivo dudaba.

—¿No se estará usted extralimitando, señor?

—De ninguna manera —sonrió con astucia Harper—. ¿Cree usted con seriedad que me llevarán ante un consejo de guerra por derribar aparatos hostiles para salvar las vidas de dos miembros del Congreso?

La lógica de Harper resultaba indiscutible. El oficial ejecutivo sonrió a su vez.

—No, señor. No creo que eso llegue a ocurrir.

Pitt elevó el aparato hasta los cuatro mil metros y lo sostuvo a esa altitud. Había pasado el momento en que era necesario volar en rasante sobre la superficie del mar. Estaba fuera del alcance de los sistemas de misiles de la isla y en contacto con el *Ralph R. Bennett*. Se relajó y se colocó el casco con el micrófono y los auriculares de radio, que colgaba del brazo de su asiento.

—Faltan ochenta kilómetros —dijo en voz baja—. Deberíamos verlo frente a nosotros muy pronto.

Giordino había relevado a Loren en el puesto del copiloto y estudiaba con una mirada preocupada la aguja indicadora del nivel del combustible.

—La tripulación de tierra de Suma escatimaba la gasolina todo lo que podía. Dentro de diez minutos nos vamos a quedar secos.

—Sólo necesitaban llenar parcialmente el depósito para el corto trayecto de ida y vuelta entre Soseki y Edo —dijo Pitt—. En cambio yo he forzado el ritmo y estoy gastando combustible a chorros.

—Será mejor que te lo tomes con calma e intentes conservarlo.

Sonó un chasquido en sus auriculares y luego les llegó una voz profunda.

—Aquí el comandate Harper.

—Encantado de oírle, comandante. Aquí Dirk Pitt. Adelante.

—Lamento darles malas noticias, pero tienen un par de mosquitos japoneses siguiendo su estela.

—Lo que faltaba —murmuró Pitt exasperado—. ¿Cuánto falta para que nos intercepten?

—Nuestros ordenadores dicen que los alcanzarán de doce a quince kilómetros antes de que nos encuentren.

—Si nos atacan nos harán picadillo —comentó Giordino, señalando el nivel del combustible.

—La situación no es tan mala como ustedes creen —dijo Harper con lentitud—. Nuestras contramedidas electrónicas están ya interfiriendo sus sistemas de guiado de misiles. Tendrán que estar prácticamente encima suyo para poder dispararles.

—¿Puede usted detenerlos de alguna forma?

—Nuestra única arma es un Sea Vulcan de treinta milímetros.

—No es mucho mejor que un tirachinas —se quejó Giordino.

—Creí que estaba usted enterado de que ese tirachinas, como lo llama, puede escupir cuarenta y dos proyectiles por minuto a ocho kilómetros de distancia —contestó Harper, picado.

—Es decir, a cinco kilómetros menos de lo necesario, y demasiado tarde —comentó Pitt—. ¿Se le ocurre alguna otra idea?

—Espere un momento. —Pasaron sus buenos dos minutos antes de que Harper volviera a hablar—. Puede colocarse en el radio de nuestro fuego de cobertura si efectúa un picado y mantiene un vuelo rasante. El incremento de velocidad durante el descenso les permitirá mantener la delantera durante unos cuatro minutos más.

—No veo ninguna ventaja —dijo Giordino—. Nuestros perseguidores pueden hacer la misma maniobra.

—Descartado —contestó Pitt a Harper—. En vuelo rasante seremos un blanco totalmente indefenso. Prefiero mantener una altitud en la que disponga de espacio suficiente para maniobrar.

—Son unos tipos muy listos —replicó Harper—. Lo han previsto todo. Están descendiendo a una altitud de mil doscientos metros, dos mil ochocientos metros por debajo de ustedes. Me figuro que pretenden cerrarles el paso.

—Continúe.

—Si emplea la táctica elaborada por nuestros ordenadores, aumentará sus oportunidades de situarse en el radio de nuestro fuego de cobertura. Pero además, y ése es un elemento de importancia vital, cuando ellos se sitúen dentro del alcance de nuestro Vulcan, dispondremos de un campo libre de tiro por encima de su posición.

—Me ha convencido —dijo Pitt—. Empezaremos el descenso dentro de cuarenta segundos.

Se volvió a Loren, sentada en la butaca más cercana a la puerta de la cabina de mando.

—Comprueba que todo el mundo está correctamente sentado y con el cinturón sujeto. Vamos a bailar un poco de rock and roll.

Loren hizo una rápida inspección de la cabina del pasaje, comprobando la posición de Suma y Toshie, y avisando al resto. La alegría que mostraban los supervivientes del equipo EIMA se desvaneció rápidamente, y un sombrío presentimiento se extendió por la cabina. Sólo el industrial japonés pareció súbitamente feliz. Suma sonreía con la expresión beatífica de una estatua de Buda.

En la cabina de mando, Pitt se dedicó por unos momentos a estirar sistemáticamente los músculos, para aliviar la tensión y aflojar las articulaciones. También efectuó una serie de respiraciones profundas y luego se masajeó las manos y los dedos como un concertista de piano que se dispusiera a ejecutar la *Rapsodia húngara* número dos de Liszt.

—Están a dieciocho kilómetros, y acercándose muy deprisa —informó Harper.

Pitt aferró el volante de la palanca de control e hizo una seña a Giordino.

—Al, ve leyendo en voz alta las indicaciones de velocidad y altitud.

—Será un placer —contestó Giordino, sin la menor nota de nerviosismo. Su confianza en Pitt era total.

Pitt apretó el botón de transmisión de la radio.

—Comenzamos el picado —dijo, en el tono de un patólogo que anunciara una incisión en un cadáver. Luego, bien aferrado al volante, inclinó hacia adelante la palanca de control, preguntándose lo que diría cuando encontrara al diablo. El aparato brincó de morro hacia abajo y, con sus turbinas atronando el aire, se lanzó en dirección al amplio mar azul, que llenó toda la extensión del parabrisas de la cabina.

58

Tsuboi tapó el auricular del teléfono con una mano y miró con aire lúgubre, por encima de su mesa de despacho, a Korori Yoshishu.

—Nuestros aparatos de caza informan que el avión de Hideki ha iniciado una acción evasiva. No disponen de tiempo para forzarlo a regresar a la isla de Soseki antes de que llegue hasta el buque americano. Su comandante de vuelo pide confirmación de nuestra orden de disparar a matar.

Yoshishu tardó en contestar. Ya había aceptado mentalmente la muerte de Suma. Aspiró el humo de su cigarrillo y dijo:

—Si no hay alternativa, Hideki debe morir para salvar todo lo que hemos construido en tantos años de lucha.

Tsuboi miró a los ojos del viejo dragón, y únicamente vio en ellos una dureza inflexible.

—Orden de derribo confirmada —dijo de nuevo por el teléfono.

Mientras Tsuboi colgaba el teléfono, Yoshishu se encogió de hombros.

—Hideki es tan sólo uno más de una larga lista de personas que han sacrificado sus vidas por el nuevo imperio.

—Así es, pero el gobierno americano no se sentirá feliz cuando sepa que dos de sus legisladores han perecido en el mismo incidente.

—El presidente se verá sometido a la influencia de nuestros grupos de presión y de nuestros amigos en su gobierno, y dirá poco y hará menos —dijo Yoshishu con astuta confianza—. Todos los truenos se dirigirán contra Suma. Nosotros permaneceremos en la sombra, al resguardo de la tormenta.

—Y sin alharacas, asumiremos el control de las empresas de Hideki.

Yoshishu asintió con lentitud.

—Así lo dice la ley de nuestra hermandad.

Tsuboi observó al anciano con un renovado respeto. Comprendía la razón por la que Yoshishu había conseguido sobrevivir en tanto que muchos otros líderes del hampa y de los Dragones de Oro habían caído en el camino. Sabía que Yoshishu era un maestro en manipular a las personas, y que no importaba quién se cruzara con él ni cuán poderosos fueran sus enemigos, nunca era derrotado. Era el hombre más poderoso del mundo entre los que no ostentaban cargo público alguno, y Tsuboi se daba perfecta cuenta de ello.

—Los medios de comunicación de todo el mundo —continuó Yoshishu—, son como un voraz dragón que devora escándalos. Rápidamente se cansa del gusto de uno, y se abalanza sobre el siguiente. Los americanos olvidan deprisa. La muerte de dos de sus incontables políticos se olvidará pronto.

—¡Hideki estaba loco! —exclamó Tsuboi con voz aguda—. Llegó a creerse un dios. Como la mayoría de los hombres cuando acumulan demasiado poder y autoestima, cometió graves errores. Secuestrar a miembros del Congreso americano en su propia tierra fue una estupidez.

Yoshishu no contestó de inmediato, pero lanzó una mirada furtiva por encima de la mesa de despacho de Tsuboi. Luego se apresuró a decir:

—Eres como un nieto para mí, Ichiro, e Hideki era el hijo que nunca tuve. Soy yo quien merece reproches. Si hubiera cuidado de él con mayor atención, este desastre nunca habría ocurrido.

—Nada ha cambiado. —Se encogió de hombros Tsuboi—. El intento de los agentes americanos de sabotear el Proyecto Kaiten fue controlado. Seguimos siendo tan poderosos como antes.

—Con todo, lloraremos la pérdida de Hideki. Es mucho lo que le debemos.

—No esperaría un trato diferente de encontrarme en su lugar.

—Estoy seguro de que no vacilarías en arrojarte sobre la espada si fuera necesario —dijo Yoshishu con una sonrisa condescendiente.

Tsuboi estaba demasiado seguro de su habilidad para considerar siquiera la eventualidad de un fracaso. Pertenecía a una nueva generación y no tenía la más mínima intención de clavarse un cuchillo en el vientre por ningún motivo.

—Nuestro imperio financiero e industrial seguirá creciendo sin Hideki —dijo sin remordimientos—. Debemos endurecer nuestros corazones y seguir adelante.

Yoshishu veía la llama de la ambición en los ojos de Tsuboi. El joven mago de las finanzas se mostraba demasiado ansioso por sentarse en el sillón de Suma.

—A ti te encargo, Ichiro, que organices una ceremonia adecuada para nuestro amigo, cuando depositemos su espíritu en Yasukuni —dijo Yoshishu, refiriéndose a Suma como si llevara varios días muerto.

Tsuboi alejó la idea con un amplio gesto de la mano. Se puso en pie y se inclinó hacia su interlocutor, por encima de la mesa de despacho.

—Ahora que el Proyecto Kaiten es operacional, Korori, debemos aprovechar el momento para socavar la independencia económica europea y americana.

Yoshishu asintió, con un gesto que hizo caer su cabello blanco sobre la frente.

—Estoy de acuerdo, no podemos dejar que la muerte de Hideki suponga un retraso en nuestro calendario. Debes regresar a Washington de inmediato y dictar al presidente nuestras exigencias para la extensión de nuestros negocios financieros en América.

—¿Y si no acepta nuestras exigencias?

—Llevo años estudiando a ese hombre. Es un realista. Verá que estamos lanzando un salvavidas a su país en trance de naufragar. Conoce nuestro Proyecto Kaiten y sabe lo que podemos hacer. No temas, el presidente de los Estados Unidos negociará, y el Congreso hará lo mismo. ¿Qué otra opción les queda?

—Dos mil doscientos. —Giordino cantaba en voz alta la altitud, en metros, y la velocidad del avión en nudos—. Velocidad cinco veinte.

El océano ascendía con rapidez, y las crestas espumosas de las olas se hacían más grandes. Cruzaron un banco de nubes. La sensación de velocidad era casi inexistente, salvo por el rugido de los motores que Pitt mantenía a toda potencia. Era casi imposible apreciar a simple vista la altitud sobre el nivel del mar. Pitt ponía toda su fe en Giordino, que a su vez confiaba en los instrumentos para advertirle el momento preciso en el que enderezar el vuelo.

—¿Dónde están? —preguntó a su micrófono.

—Aquí Ray Simpson, Dirk —llegó la voz del comandante que les había dado las instrucciones sobre el uso de los Ibis—. Yo voy a guiarlos.

—¿Dónde están? —repitió Pitt.

—A treinta kilómetros, y reduciendo la distancia muy deprisa.

—No me sorprende —dijo Pitt—. Deben contar con mil nudos extra por lo menos respecto de esta cafetera.

—Mil quinientos —leyó Giordino—. Velocidad, cinco noventa.

—Hubiera deseado leer el manual de vuelo —murmuró Pitt entre dientes.

—Mil doscientos metros. Velocidad, seis cincuenta. Esto va bien.

—¿Cómo lo sabes?

—Parecía el momento adecuado para decir algo así —contestó Giordino encogiéndose de hombros.

En ese instante, el zumbido de la alarma empezó a sonar en la cabina de mando. Habían traspasado los límites de seguridad del aparato, y volaban lanzados hacia lo desconocido.

—Mil metros. Velocidad, siete cuarenta. Alas, no nos falléis ahora.

Al llegar dentro del alcance visual, el piloto del caza japonés más avanzado centró el punto rojo, que aparecía en el sistema de su monitor de televisión, en el objetivo de la turbina móvil que descendía en picado. El ordenador óptico realizó automáticamente la secuencia de disparo y lanzó el misil.

—Han disparado un misil aire-aire —dio la alarma Simpson con voz ominosa.

—Avíseme cuando esté a un kilómetro de distancia —contestó Pitt de inmediato.

—Seiscientos metros —avisó Giordino a Pitt—. Velocidad, ochocientos. Ahora es el momento.

Pitt no malgastó saliva en contestar, y tiró hacia atrás la palanca del control. El rotor variable respondió como si fuera un planeador guiado por una mano gigante. Con suavidad, dibujando un arco perfecto, enderezó el rumbo y cambió a un vuelo rasante peligrosamente bajo, a menos de setenta metros sobre el agua.

—Misil acercándose, a tres kilómetros —dijo Simpson, con voz vacía e inexpresiva.

—Al, preparado para máximo cambio en la posición de los motores —dijo Pitt sin dudar.

Casi al instante, o así lo pareció, Simpson exclamó:

—¡Un kilómetro!

—¡Ahora!

Giordino movió las palancas que cambiaban los motores de la posición horizontal a la vertical.

El aparato saltó del vuelo horizontal a un ascenso de casi noventa grados. Las turbinas variables trepidaron, y todos se vieron lanzados hacia adelante por el súbito cambio en el empuje de los motores, que ahora proyectaban al aparato hacia el cielo con toda su potencia.

El misil pasó como un rayo a menos de dos metros por debajo de la panza del avión. Luego se alejó serpenteando, hasta caer en el mar.

—Buen trabajo —llegó la felicitación de Simpson—. Están llegando al radio de acción de nuestro Vulcan. Intenten mantener el vuelo rasante, de modo que tengamos libre el campo de tiro por encima suyo.

—Necesito tiempo para volver a colocar esta cafetera en vuelo rasante —dijo Pitt a Simpson, mientras la frustración se reflejaba en las duras líneas de su rostro—. Hemos perdido toda nuestra velocidad.

Giordino volvió a colocar en posición horizontal las turbinas de reacción, mientras Pitt iniciaba un nuevo picado. Luego niveló el aparato y pasó silbando a unos veinte metros del agua, en dirección a la silueta recién aparecida del buque. Desde la posición de Pitt, apenas por encima del nivel de las olas, parecía un inmóvil barquito de papel en un mar de plástico.

—Los aviones se aproximan, pero no hay indicación de nuevo lanzamiento de misil —se oyó la voz angustiada de Simpson—. Están retrasando el lanzamiento hasta el último momento para compensar su siguiente maniobra. Es mejor que descienda todo lo posible, y a toda prisa.

—Ya estoy rozando las olas —contestó Pitt.

—También ellos. Uno encima del otro, para que usted no vuelva a escapar con otro salto de su platillo volante.

—Deben leer en nuestra mente —dijo Giordino con tranquilidad.

—Como no tienen un mezclador de sonidos para enmascarar sus transmisiones, están oyendo todo lo que ustedes dicen —advirtió Simpson.

—Ahora les toca hablar a ellos.

Pitt veía por el parabrisas el *Ralph R. Bennett*. Le parecía que podría tocar su radar gigante con sólo alargar la mano.

—La siguiente acción les corresponde a ustedes, *Bennett*. A nosotros se nos han acabado los trucos.

—La puerta del fuerte está abierta —llegó de repente la voz de Harper—. Inclínense cinco grados a babor y no olviden agachar la cabeza cuando tendamos la red.

—Misil fuera —gritó Simpson.

—Enterado —dijo Pitt—, pero no puedo hacer nada.

Pitt y Giordino se encogieron instintivamente, anticipando el impacto y la explosión. Estaban tan indefensos como palomas atacadas por un halcón. De súbito, la salvación sobrevino en la forma de una tempestad de fuego que relampagueó frente al morro del aparato de turbina variable y tronó sobre sus cabezas y a sus espaldas.

El Sea Vulcan[6] de treinta milímetros del *Bennett* había entrado en erupción. Las siete bocas de su moderno cañón Gatling giraban disparando a un ritmo de 4.200 proyectiles por minuto , formando una cortina de fuego tan espesa que la trayectoria de las balas podía seguirse a simple vista. Aquella avalancha de proyectiles cruzó el cielo al encuentro del misil que se aproximaba y lo hizo estallar formando un hongo de fuego y humo negro a menos de doscientos metros detrás del aparato fugitivo.

Luego prosiguió su avance hacia el avión de caza más adelantado, y mordió un ala con la facilidad con que los dientes trituran una patata frita. El reactor de caza Mitsubishi Cuervo inició una contorsionada serie de volteretas, con el control perdido, y se precipitó en el mar en medio de un enorme chapuzón. El segundo aparato inició un abrupto giro lateral, consiguió evitar por muy poco la avalancha de proyectiles que corrían sin descanso hacia su escape, y emprendió a toda prisa el camino de vuelta a Japón. Sólo entonces guardó silencio el Sea Vulcan, mientras su última ráfaga cruzaba el cielo azul formando una

6. *Sea Vulcan* significa el volcán marino. (*N. del t.*)

411

parábola e iba a caer al agua, dispersando la espuma blanca de la cresta de las olas.

—Tráigalo aquí, señor Pitt. —El alivio de Harper era claramente perceptible en su voz—. El viento sopla por estribor a una velocidad de ocho nudos.

—Gracias, comandante —dijo Pitt—. Y dele las gracias también a su tripulación. Ha sido una bonita exhibición de tiro.

—Todo consiste en hacer bien el amor con la electrónica.

—Comenzamos la aproximación final.

—Lamento no tener por aquí una banda de música y un comité de recepción adecuado.

—Las barras y las estrellas flotando al viento son suficientes para nosotros.

Cuatro minutos más tarde, Pitt posaba el aparato de turbina variable sobre la plataforma de helicópteros del *Bennett*. Sólo entonces se atrevió a respirar profundamente, recostarse en su asiento y relajarse, mientras Giordino apagaba los motores.

Por primera vez en varias semanas se sentía a salvo y seguro. En el futuro inmediato no percibía ningún riesgo ni peligro inminente. Su participación en la operación del equipo EIMA había finalizado. Sólo pensaba en regresar a su casa, y después tal vez en un viaje para bucear en las cálidas aguas y tostarse al sol tropical de Puerto Rico o Haití, preferentemente con Loren a su lado.

Pitt se hubiera echado a reír con la incredulidad más absoluta si alguien hubiera entrado en la cabina para predecirle que unas semanas más tarde el almirante Sandecker estaría pronunciando un discurso laudatorio en su funeral.

Cuarta parte

Mother's Breath

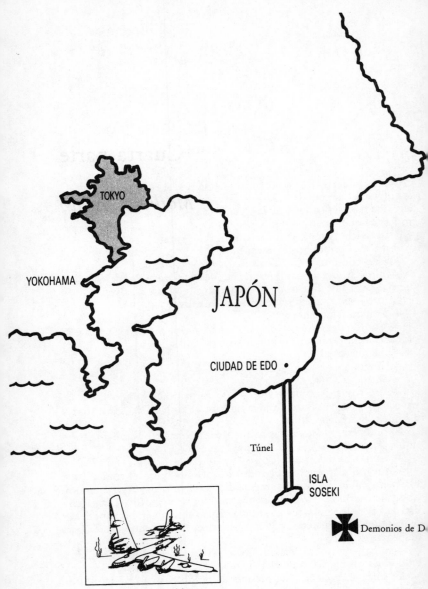

TOKYO

YOKOHAMA

JAPÓN

CIUDAD DE EDO •

Túnel

ISLA
SOSEKI

Demonios de D

Restos sumergidos del B-29

59

—¡Están fuera! —anunció Jordan exultante, al tiempo que colgaba de golpe un teléfono de la Sala de Situación del Consejo Nacional de Seguridad, en los sótanos de la Casa Blanca—. Acabamos de recibir la noticia de que nuestro equipo EIMA ha escapado de la isla de Soseki.

Dale Nichols miró con incredulidad a Jordan.

—¿Es una noticia confirmada?

Jordan contestó con un rotundo gesto afirmativo.

—Información sólida. Fueron atacados por cazas de la Defensa japonesa, pero los eludieron y consiguieron ponerse a salvo.

El presidente se echó adelante en su silla.

—¿Dónde están ahora?

—A bordo del *Ralph R. Bennett*, un buque de vigilancia naval estacionado a un centenar de kilómetros de la isla.

—¿Alguna baja?

—Ninguna.

—Gracias a Dios.

—Pero hay más, mucho más —dijo Jordan tan orondo como un pavo real—. Se han traído a la congresista Smith, al senador Diaz y a Hideki Suma con ellos.

El presidente y los demás se quedaron mirándole boquiabiertos y mudos de asombro. Al fin, Nichols murmuró:

—¿Cómo ha sido posible?

—Aún no disponemos de todos los detalles, pero el comandante Harper, capitán del *Bennett*, me ha dicho que Dirk Pitt y Al Giordino secuestraron el avión que debía transportar a Smith y Diaz a ciudad de Edo. De alguna forma se las arreglaron también para apoderarse de Suma y su secretaria, y aprovecharon la confusión creada para despegar.

—Suma —murmuró Martin Brogan, el director de la CIA, sobrecogido—. Es un regalo caído del cielo.

La sorpresa y alegría del presidente dieron paso a una actitud de meditación.

—Esa noticia imprime un nuevo cariz a toda la situación.

—En las actuales circunstancias, señor presidente —dijo el secretario de Defensa, Jesse Simmons—, mi consejo es cancelar el ataque nuclear contra el Centro del Dragón.

El presidente dirigió una mirada al gran reloj de la cuenta atrás, colocado en una pared de la Sala de Situación. Faltaban nueve minutos para la hora designada.

—Dios, es cierto, desconvóquelo.

Simmons se limitó a hacer un gesto al general Clayton Metcalf, presidente del Estado Mayor Conjunto, que inmediatamente descolgó un teléfono y empezó a impartir órdenes. Apenas medio minuto después, Metcalf anunció.

—Regresan a sus bases de partida.

El secretario de Estado Douglas Oates exhibía una expresión triunfal.

—Poco ha faltado, señor presidente. Yo estuve en contra de ese ataque nuclear desde el principio.

—El Centro del Dragón y el Proyecto Kaiten no han desaparecido —recordó a Oates el presidente—. El peligro que representan subsiste. La crisis simplemente ha pasado de una fase aguda a otra larvada.

—Es verdad —discutió Oates—, pero con Suma en nuestras manos, tenemos sujeta la serpiente por la cabeza, por así decirlo.

—Estoy impaciente por saber lo que consigue sacar de él un equipo de expertos en interrogatorios —se relamía Brogan.

Oates sacudió con energía la cabeza para mostrar su desacuerdo.

—Suma no es uno de los pequeños pececillos del estanque. Es uno de los hombres más ricos y poderosos del mundo. No podemos utilizar una táctica de mano dura con él sin exponernos a graves consecuencias.

—Ojo por ojo —la voz de Jordan rebosaba satisfacción—. No veo motivo para tener compasión de un hombre que secuestró a dos miembros del Congreso y planeaba hacer detonar bombas nucleares en territorio americano.

—Estoy contigo, Ray —dijo Brogan, con una agria mirada a Oates—. Ese tipo está perdido en cuanto lo tengamos en nuestras manos. Apuesto una cena para todos los que estamos en la sala a que el gobierno japonés guarda silencio y no formula ninguna protesta.

Oates se mostraba irreductible.

—No corresponde a nuestro interés nacional el obrar como bárbaros.

—Los buenos chicos siempre acaban perdiendo —contestó Jesse Simmons—. Si hubiéramos jugado duro, como los rusos, no tendríamos rehenes en el Líbano.

—Jesse tiene razón —asintió Nichols—. Seríamos idiotas si le dejáramos regresar a Japón y reanudar su guerra privada contra nosotros.

—El primer ministro Junshiro y su gabinete no se atreverán a armar un escándalo —dijo Brogan—, porque toda esta sórdida operación de chantaje aparecería en los medios de comunicación de todo el mundo, y la opinión pública caería encima de ellos como una tonelada de ladrillos. No, Doug, te equivocas. El paso siguiente para eliminar la terrible amenaza que pesa sobre nuestro pueblo es retorcer el brazo a Suma hasta que nos revele la localización exacta de los coches bomba.

El presidente miró a los hombres sentados alrededor de la mesa con fatigada paciencia.

—El señor Suma no es un amigo de nuestra nación. Todo para ti, Martin. Hazle cantar como un canario. Tenemos que apoderarnos de esas bombas y neutralizarlas a toda prisa.

—¿Cuánto tardará la Marina en disponer el transporte aéreo de Suma desde el *Bennett*? —preguntó Brogan volviéndose hacia Simmons.

—Como no tenemos ningún portaaviones en esa parte del océano —respondió el secretario de Defensa—, deberemos esperar a que el barco esté situado en el radio de alcance de un helicóptero desde la isla Wake, el punto de recogida más próximo.

—Cuanto antes tengamos a Suma en Washington, antes podremos sacarle los datos que nos interesan —comentó Brogan.

—También me interesará oír lo que hayan observado la congresista Smith y el senador Díaz —añadió el presidente.

Don Kern entró en la habitación y habló en voz baja con Jordan, quien hizo señas de asentimiento mientras escuchaba y luego se volvió al presidente:

—Al parecer, nuestros amigos de la AMSN nos han resuelto otro problema. El comandante Harper informa que el aparato de turbina variable robado por Pitt y Giordino para escapar de la isla ha sido reabastecido de combustible a bordo del *Bennett*. Están volando de nuevo, rumbo a la isla Wake, mientras hablamos.

El presidente volvió su atención a Metcalf:

—General, dejo en sus manos la organización del transporte militar de Suma y de nuestros legisladores hasta la capital, tan aprisa como sea humanamente posible.

—Ordenaré al general Duke Mackay, comandante de la base de las Fuerzas Aéreas de Anderson, en Guam, que envíe a Wake su reactor personal. Probablemente estará ya esperando a Pitt cuando éste aterrice.

Luego el presidente se dirigió a Jordan:

—¿En qué estado se encuentra ahora el Centro del Dragón?

—Lo siento, señor —respondió Jordan—. Los informes del comandante Harper han sido muy escuetos. No dijo una palabra de nuestro equipo EIMA ni de si su operación ha sido un éxito.

—Entonces no sabremos nada hasta que lleguen a Wake.

—No, señor.

Oates dirigió una dura mirada a Jordan.

—Si su gente ha fracasado en la misión de impedir que el Centro del Dragón llegue a ser operacional, podemos vernos enfrentados a una terrible calamidad.

—Si han escapado enteros —replicó Jordan, devolviéndole la mirada—, eso significa que han cumplido lo que se les envió a hacer.

—Eso todavía no podemos asegurarlo.

—Aun así, con toda seguridad habremos ganado algún respiro, al tener en nuestras manos al arquitecto y constructor del Centro del Dragón —dijo Simmons—. Los compañeros de conspiración de Suma deben de estar desmoralizados. No intentarán ninguna agresión de importancia mientras su líder esté a buen recaudo.

—Me temo que esa teoría no es demasiado sólida —dijo Jordan con lentitud—. Hemos pasado por alto el mensaje de Harper desde el *Bennett*.

—¿Qué mensaje? —preguntó el presidente.

—La parte referente a que el avión sobrevivió a un ataque de cazas japoneses —señaló Brogan.

Jordan asintió.

—Tienen que haber sabido que Suma estaba a bordo. Y sin embargo, intentaron derribar el aparato.

Simmons garabateaba algo en un bloc de notas.

—Entonces tenemos que asumir que ellos..., sean quienes sean...

—El viejo «padrino» del hampa japonesa, Korori Yoshishu, y su compinche y tesorero, Ichiro Tsuboi —le interrumpió Jordan—. Son los socios criminales del imperio industrial de Suma.

—Entonces tenemos que asumir —repitió Simmons—, que Hideki Suma no es insustituible.

—Cae por su propio peso —dijo Kern, hablando por primera vez.

—Lo cual a su vez significa que Yoshishu y Tsuboi pueden poner en marcha y activar los sistemas de detonación —teorizó el presidente.

La expresión de optimismo de Brogan se iba desvaneciendo poco a poco.

—Con Suma en nuestras manos, es imposible predecir cómo reaccionarán.

—Tal vez debería ordenar un ataque nuclear, a pesar de todo —dijo el presidente de mala gana.

Jordan negó con la cabeza.

—Todavía no, señor presidente. Existe otro camino mediante el cual podemos ganar tiempo y dar un nuevo enfoque a la situación.

—¿Cuál es tu plan, Ray?

—Dejar que los japoneses capten unas señales del comandante Harper informando que el avión que transportaba a Diaz, Smith y Suma sufrió un accidente y cayó al mar, sin que haya habido ningún superviviente.

Brogan lo miró dubitativo.

—¿Crees realmente que Yoshishu y Tsuboi se lo van a tragar?

—Es probable que no —contestó Jordan con una mirada de astucia—, pero apuesto a que pensarán sobre el tema, y espero que sigan pensando hasta que podamos borrar del mapa de una vez por todas el Proyecto Kaiten.

60

Fiel a su palabra, el presidente del Estado Mayor Conjunto hizo que el reactor personal del general Mackay, un C-20 de las Fuerzas Aéreas, estuviera ya aparcado junto a la pista de aterrizaje que cruzaba la isla Wake, en el momento en que Pitt posó su aparato de turbinas variables en la plataforma indicada, frente al pequeño edificio de la terminal.

Mel Penner había acudido desde las Palau y estaba esperando, con los oídos tapados para protegerse del estruendo de las turbinas cuando las ruedas tocan el cemento. El área había sido rodeada y acordonada por una veintena de policías militares. Penner se acercó al avión y aguardó expectante junto a la portezuela. Ésta se abrió por fin, y Weatherhill fue el primero en salir.

Penner se adelantó, y los dos se estrecharon las manos.

—Encantado de comprobar que sigues perteneciendo al mundo de los vivos.

—Comparto ese sentimiento —contestó Weatherhill con una amplia sonrisa.

Miró el cordón de seguridad de la Fuerza Aéreas, y añadió:

—No esperábamos un comité de bienvenida.

—Sois el tema de conversación favorito en la Casa Blanca. ¿Es verdad que os habéis traído a Suma?

—Y a Diaz y a Smith también —contestó Weatherhill.

—Habéis aprovechado el tiempo.

Stacy descendió por la escalerilla y también se sorprendió al ver a Penner y a los policías.

—Tengo la sensación de que no vamos a repostar y seguir hacia las Hawai —dijo, mientras abrazaba a Penner.

—Lo siento, pero no. Hay un reactor de las Fuerzas Aéreas esperando para llevar a Washington a Suma y los legisladores. Serán acompañados y custodiados por un equipo de la inteligencia militar. El resto de nosotros tenemos orden de permanecer aquí, en Wake, para mantener una reunión con un par de peces gordos que nos envían Jordan y el presidente.

—Lamento no haberos podido enviar más datos —explicó Weather-hill—, pero pensamos que sería preferible no transmitir determinados detalles por radio sino informar personalmente.

—Jordan está de acuerdo. Tomasteis la decisión correcta.

Weatherhill tendió a Penner una carpeta repleta de folios pulcramente mecanografiados.

—Un informe completo.

Penner se quedó mirando boquiabierto el informe, con ojos atónitos.

—¿Cómo?

—Suma lo tenía perfectamente equipado para la dirección de sus negocios —explicó Weatherhill con un gesto hacia el interior del aparato—. Lo escribimos durante el vuelo en un procesador de textos.

Mancuso asomó la cabeza por la portezuela.

—Hola, Mel. ¿Has traído gorros de papel y champaña para completar la fiesta?

—Me alegro mucho de verte, Frank. ¿Cuándo podré ver a tus pasajeros?

—Ahora mismo te los mando. Tendrás que esperar un momento a que desate a nuestros buenos amigos japoneses para que puedan desembarcar.

—¿Algún problema con ellos?

—A ratos se han puesto un poco testarudos.

Loren y Diaz parpadearon al recibir la fuerte luz del sol en el rostro, y fueron presentados a Penner, que les informó del plan de vuelo. Luego Mancuso salió con Suma y Toshie bien agarrados, uno de cada mano. Penner hizo una ligera reverencia.

—Bienvenido al territorio de los Estados Unidos, señor Suma, aunque me temo que no disfrutará demasiado de su estancia entre nosotros.

Suma dedicó a Penner la mirada de reojo que reservaba para los subordinados, y actuó como si el agente de la inteligencia fuera invisible.

Toshie miró a Penner con un odio incontrolado.

—Debe usted tratar al señor Suma con el debido respeto. Exige ser liberado inmediatamente y devuelto al Japón.

—Oh, lo será —dijo Penner en tono burlón—. Después de disfrutar de unas vacaciones con todos los gastos pagados en la capital de nuestra nación, por cortesía del contribuyente americano.

—Están violando las leyes internacionales —dijo Suma en tono despectivo—. Y a menos que nos liberen, las represalias serán rápidas, y muchos de sus compatriotas morirán.

Penner se volvió a Weatherhill.

—¿Tiene fundamento esta amenaza?

Weatherhill se encaró con Suma.

—Lo siento, puede usted olvidarse del Centro del Dragón. Hemos cortado la luz.

—¿Tuvisteis éxito? —preguntó Penner—. Ray Jordan y Donald Kern están que se suben por las paredes, esperando noticias.

—Sólo un aplazamiento temporal. No teníamos más que una pequeña cantidad de explosivo, y volamos un haz de cables de fibra óptica. Dentro de pocos días volverán a estar dispuestos.

El doctor Josh Nogami salió del avión y fue felicitado por Penner.

—Es un auténtico placer conocerle, doctor. Le estamos muy agradecidos por sus esfuerzos para proporcionarnos información. Su ayuda ha sido valiosísima.

Nogami se encogió de hombros con modestia.

—Lamento no haber conseguido salvar a Jim Hanamura.

—Pudo haber sido descubierto y asesinado usted también.

—El señor Pitt hizo todo lo que pudo para impedirlo. —Nogami miró a su alrededor, pero no vio ninguna cara conocida—. Me temo que de momento soy un agente en paro.

—Cuando nuestro vicedirector de Operaciones, Don Kern, supo que estaba usted a bordo, solicitó que se le asignara temporalmente a nuestro equipo. Sus superiores accedieron. Si no le importa trabajar con un puñado de colonos por unos pocos días, sus conocimientos sobre la configuración del Centro del Dragón podrán sernos de mucha utilidad.

Nogami hizo un gesto de asentimiento.

—De todas formas, el tiempo en estas latitudes es preferible a la lluvia de Londres.

Antes de que Penner pudiera responder, Giordino saltó del aparato y corrió hacia la patrulla de la policía militar que conducía a Suma y Toshie hacia el C-20 que los esperaba. Se precipitó sobre el oficial al mando y le pidió que detuviera la procesión por un momento.

Giordino era tan sólo medio centímetro más alto que Toshie. La miró directamente a los ojos.

—Corazón, dime que me esperarás.

Ella le devolvió la mirada con una sorpresa furiosa.

—¿De qué me está usted hablando?

—De cortejo, requerimiento amoroso, noviazgo, compromiso, proposición. Tan pronto como pueda reunirme contigo, me propongo convertirte en la mujer más feliz del mundo.

—¡Está loco!

—Ése es tan sólo uno de mis múltiples encantos —dijo Giordino en tono persuasivo—. Descubrirás muchos más en los años venideros.

Por sorprendente que pudiera parecer, Toshie se sintió conmovida. Debido a una razón extraña que ella misma no alcanzaba a comprender, empezaba a encontrar atractivo el método, tan poco japonés, empleado por Giordino para abordarla. Hubo de luchar consigo misma para no dejar entrever la simpatía que le inspiraba aquel hombre.

Giordino se dio cuenta de sus vacilaciones y colocó sus manazas en los tiernos hombros de la muchacha, la besó brevemente en los labios, y sonrió.

—Me reuniré contigo tan pronto como pueda.

Ella seguía mirándole por encima del hombro sin decir palabra cuando Penner la agarró por el codo y bruscamente se la llevó.

Pitt acompañó a Loren hasta el C-20 después de que Suma y Diaz estuvieran ya instalados a bordo. Caminaban en silencio, sintiendo en su piel la cálida caricia del sol y la humedad.

Loren se detuvo a pocos metros del avión, y miró a Pitt a los ojos.

—Al parecer, siempre nos toca a uno de nosotros ir o venir de alguna parte.

—Llevamos vidas separadas, y los dos somos personas muy atareadas —asintió él—. Nuestros programas de actividades nunca coinciden.

—Tal vez algún día... —Su voz quedó colgada en el silencio.

—Algún día —repitió él, comprendiendo.

—¿Volverás pronto? —preguntó ella, dubitativa.

—No lo sé. —Se encogió de hombros—. Al y yo tenemos órdenes de esperar aquí.

—No pueden enviarte de nuevo a la isla. No ahora.

—Soy un ingeniero marino, ¿recuerdas? El último hombre al que pedirían que tomara por asalto el Centro del Dragón con un humeante revólver de seis tiros.

—Hablaré con el presidente y le pediré que os envíe de vuelta a casa, a Al y a ti.

—No te molestes —dijo él, confiado—. Lo más probable es que cojamos el próximo vuelo hacia el este.

Ella se empinó sobre sus talones y le dio un ligero beso en los labios.

—Gracias por todo.

—Cualquier cosa con tal de complacer a una dama bonita —sonrió Pitt.

Loren sintió un vacío en el estómago. Las lágrimas asomaron a sus ojos. Presentía, sin saber la razón, que él no regresaría pronto. De repente dio media vuelta y subió a la carrera las escalerillas del avión.

Pitt se quedó quieto, mirándola. Luego agitó la mano cuando ella apareció en una de las ventanillas; pero cuando Loren lo buscó de nuevo, mientras el avión correteaba hacia el extremo de la pista para despegar, él ya se había ido.

61

Tsuboi no podía creerlo. Después de despedirse de Yoshishu y correr de Tokyo a Edo y de allí al Centro del Dragón para tomar personalmente el mando, paseaba por la sala de control presa de una ira creciente.

—¿Cómo es posible que no puedan detonar ninguno de los coches bombas? —preguntó.

Takeda Kurojima, el director del Centro del Dragón, estaba desolado. Miraba desamparadamente a su alrededor, en busca del apoyo moral de su pequeño ejército de ingenieros y científicos, pero todos ellos mantenían la vista clavada en el suelo como si desearan ser tragados por éste.

—Sólo el señor Suma conoce las claves —contestó Kurojima con un impotente encogimiento de hombros—. Él personalmente programó el sistema de claves para las señales de cebado y detonación de las bombas.

—¿Cuánto tiempo tardarán en programar de nuevo todas las claves?

Kurojima miró de nuevo a su equipo. Todos empezaron a murmurar rápidamente entre ellos. Luego, al parecer de acuerdo en una respuesta, uno se adelantó y musitó algo en voz tan baja que Tsuboi no pudo oírlo.

—¿Cómo...? ¿Qué ha dicho?

Kurojima se atrevió por fin a mirar a Tsuboi a los ojos.

—Tres días. Tardaremos tres días como mínimo en borrar las claves de mando del señor Suma y reprogramar los sistemas.

—¿Tanto tiempo?

—No se trata de un procedimiento rápido ni sencillo.

—¿En qué situación están los conductores robóticos?

—El programa de los robots es accessible —respondió Kurojima—. El señor Suma no insertó en ellos ninguna clave para poner en marcha sus sistemas de guiado hasta el punto de destino.

—Dos días, cuarenta y ocho horas. Ése es el plazo que tienen para poner en condiciones plenamente operacionales el Proyecto Kaiten.

Tsuboi apretó los labios y tensó las mandíbulas. Empezó a recorrer a largas zancadas la sala de control del Centro del Dragón. Maldijo la tortuosa mente que lo había creado, por pretender ser más lista que todas las demás. Suma no había confiado en nadie, ni siquiera en su amigo más antiguo e íntimo, Yoshishu.

Repiqueteó un teléfono, y uno de los técnicos lo descolgó. Se puso rígido, y tendió el auricular a Tsuboi.

—El señor Yoshishu desde Tokyo, para usted.

—Sí, Korori; aquí Ichiro.

—Nuestros servicios propios de inteligencia han interceptado un informe del barco americano. Aseguran que el avión de Hideki fue derribado. ¿Vieron efectivamente nuestros pilotos caer al agua el avión de Hideki?

—Sólo regresó uno de ellos. Me han informado que el piloto superviviente estaba demasiado ocupado intentando evitar el fuego defensivo del barco como para comprobar si su misil alcanzaba o no el objetivo.

—Podría ser un farol de los americanos.

—No lo sabremos hasta que podamos programar alguno de nuestros satélites de observación para que sobrevuele la zona.

—¿Y si nos muestra que el aparato está a bordo?

Yoshishu dudó.

—Entonces sabremos que es demasiado tarde. Habremos perdido a Hideki.

—Y estará protegido por el fuerte cordón de seguridad de las fuerzas de la inteligencia americana —añadió Tsuboi.

—Nos encontramos ante una situación extremadamente grave y delicada. En manos de la inteligencia americana, Hideki puede llegar a suponer un inconveniente muy agudo para Japón.

—Un interrogatorio a base de drogas le hará revelar sin duda la localización de los coches bomba.

—Entonces debemos actuar con rapidez para preservar el Proyecto Kaiten.

—Hay otro problema aún —dijo Tsuboi enfurruñado—. Sólo Hideki conocía las claves operacionales que activan las señales de cebado y detonación.

Hubo un silencio al otro lado de la línea. Luego Yoshishu dijo lentamente:

—Siempre hemos sabido que tenía una mente muy ingeniosa.

—Demasiado —asintió Tsuboi.

—En ese caso, te confío el cuidado de dictar nuevas instrucciones.

—No traicionaré esa confianza.

Tsuboi colgó el auricular y miró por la ventana de observación. En la sala de control se hizo el silencio; todo el mundo estaba pendiente de sus palabras. Tenía que haber otra solución para efectuar alguna acción de represalia contra los Estados Unidos y otras naciones occidentales. Tsuboi era un hombre inteligente, y sólo tardó unos segundos en idear algunos planes alternativos.

—¿Es muy complicado hacer detonar una de las bombas manualmente? —preguntó a los ingenieros y científicos reunidos en la sala de control.

Las cejas de Kurojima se alzaron, interrogadoras.

—¿Detonarla sin una señal codificada?

—Sí, sí.

El técnico que había encabezado el Proyecto Kaiten desde el comienzo hasta el final inclinó la cabeza y contestó.

—Existen dos métodos para convertir en subcrítica una masa de material fisionable, y hacerla estallar. Uno consiste en rodear la masa con un anillo de explosivos cuya detonación produce en cadena la del material fisionable. El otro es bombardear al mismo tiempo dos masas con un aparato de tipo cañón.

—¿Cómo podemos hacer explotar un coche bomba? —preguntó Tsuboi impaciente.

—Velocidad —respondió escuetamente Kurojima—. El impacto de una bala a altas velocidades que atraviese la caja del compresor y llegue al interior de la masa puede lograrlo.

Tsuboi lo miró con curiosidad.

—¿Me está diciendo que las bombas pueden estallar tan sólo con un disparo efectuado con un rifle?

Kurojima hizo una nueva reverencia.

—A corta distancia, sí.

A Tsuboi aquella respuesta le parecía de una sencillez casi inverosímil.

—En ese caso, ¿por qué no programar a uno de los robots para que dispare un rifle de gran potencia contra la caja del acondicionador de aire?

—De nuevo se trata de un problema de tiempo —replicó Kurojima—. Los robots programados para conducir los coches hasta los puntos de detonación no han sido construidos ni programados para ninguna otra función.

—¿Podría modificarse uno de los robot-guardas?

—Sucede a la inversa. Los robots de seguridad han sido diseñados para tener movilidad propia y disparar armas. No están diseñados para conducir un automóvil.

—¿Cuánto tiempo puede costar diseñar un robot para esa tarea?

—Varias semanas; probablemente no menos de un mes. Debe darse usted cuenta de que tenemos que crear un mecanismo muy complejo. No existe ningún robot en producción capaz de conducir un automóvil, moverse sobre piernas articuladas, levantar el capó del coche y disparar un arma. Un robot que incorpore esos movimientos debe ser diseñado desde el comienzo, y la tarea requiere tiempo.

Tsuboi se quedó mirándole con fijeza.

—Necesitamos detonar uno en las próximas cinco horas, para hacer pensar a los americanos que el sistema es operacional.

Kurojima había recuperado la confianza. Su miedo a Tsuboi se había desvanecido, y de nuevo controlaba la situación. Dirigió al financiero una mirada larga y penetrante.

—Bien, en ese caso tenemos que buscar a un humano capaz de hacer el trabajo.

Eran aproximadamente las cinco de la tarde, y hacia el este el cielo iba adquiriendo un tono azul oscuro, mientras el C-20 volaba sobre el Pacífico en dirección a California. Tan sólo se detuvo dos horas en una escala técnica para repostar, en Hickam Field, Hawai. Loren miró hacia abajo, forzando la vista en el intento de percibir mejor la esbelta silueta y el velamen blanco de un barco, pero sólo pudo ver la extensión llana del mar, con algunas crestas de olas coronadas de espuma, dispersas aquí y allá.

Hizo girar el sillón ejecutivo en el que estaba sentada y quedó frente a Suma. El hombre estaba sentado en una postura arrogante, bebiendo un vaso de agua mineral carbónica. Hacía tiempo que se había desvanecido el estado de choque debido al secuestro y al disgusto por comprobar que Yoshishu había ordenado su muerte; ahora estaba relajado, totalmente confiado en recuperar la iniciativa desde el momento en que llegaran a Washington.

La miró y sus labios dibujaron una ligera sonrisa:

—De modo que intenta usted promover una legislación que cierre todos sus mercados a los productos japoneses.

—A la luz de lo que he visto y experimentado en los últimos días —contestó Loren—, ¿qué puede usted reprocharme?

—Los japoneses hemos programado el futuro a muy largo plazo, y previsto también esa posibilidad. Nuestra economía sobrevivirá porque ya hemos invertido fuertes cantidades en los mercados europeos y asiáticos. Muy pronto ya no necesitaremos al consumidor de los Estados Unidos. El cierre de sus mercados es nada más que otra táctica desleal de ustedes los americanos.

Loren se echó a reír.

—¿Qué saben ustedes de lealtad en las prácticas comerciales?

Luego añadió con mayor seriedad:

—Ningún extranjero puede vender sus productos en Japón sin ser perseguido a muerte por sus barreras comerciales, discriminado por sus corruptos sistemas de distribución y torpedeado por la competencia de las empresas nacionales. Y mientras tanto no paran de decir que los extranjeros no comprendemos su cultura.

—Su comportamiento, congresista Smith, tiene una obvia motivación en sentimientos racistas antijaponeses. No nos sentimos culpables por intentar acrecentar nuestra cuota de participación en los mercados internacionales. Empezamos sin nada, al acabar la guerra. Y ahora ustedes pretenden arrebatarnos lo que hemos construido.

—¿Arrebatárselo? ¿Su derecho autoproclamado a gobernar el mundo de la economía? —Loren pudo detectar un asomo de frustración en la mirada de Suma—. En lugar de recogerlos de entre las cenizas y ayudarlos a construir una economía que ha obtenido éxitos enormes, tal vez deberíamos haberlos tratado del mismo modo que trataron ustedes a Manchuria, Corea y China durante los años de la ocupación.

—Buena parte de la prosperidad que han alcanzado esos países después de la guerra se ha debido a la dirección imprimida en la época japonesa.

Loren meneó asombrada la cabeza ante aquella negativa cerrada a reconocer hechos históricamente comprobados.

—Al menos los alemanes se han mostrado apesadumbrados ante las atrocidades de los nazis, pero su pueblo actúa como si la matanza de millones de personas en toda Asia y en el Pacífico nunca hubiera ocurrido.

—Hemos liberado nuestras mentes de aquellos años —explicó Suma—. Los acontecimientos negativos fueron desafortunados, pero estábamos en guerra.

—Sí, pero la guerra la empezaron ustedes. Nadie atacó a Japón.

—Todo eso está sumido en el pasado. Nosotros pensamos únicamente en el futuro. El tiempo demostrará quién posee una cultura superior —declaró, lleno de desprecio—. Como todas las demás naciones occidentales desde la antigua Grecia, ustedes caerán debido a la decadencia interna de sus instituciones.

—Tal vez —dijo Loren con una suave sonrisa—, pero en ese caso, sin duda lo mismo sucederá con Japón.

62

Penner se levantó de su silla, dio media vuelta y quedó frente a los miembros supervivientes del equipo EIMA, sentados en un despacho situado en el interior de uno de los hangares de aviones comerciales. Golpeó su pipa para verter las cenizas en un recipiente con arena que tenía junto a su mesa, y señaló con un gesto a dos hombres, uno sentado y el otro en pie y apoyado en la pared del fondo.

—Voy a ceder el uso de la palabra a Clyde Ingram, el caballero de la camisa hawaiana oscura. Clyde ostenta el bonito título de Director de Interpretación de Datos Científicos y Técnicos. Él les explicará su descubrimiento. Luego Curtis Meeker, un antiguo amigo de mis días en el Servicio Secreto y en la actualidad Vicedirector de Operaciones Técnicas Avanzadas, les explicará lo que ha ideado su tortuosa mente.

Ingram se acercó a un caballete sobre el que había una manta extendida. Sus ojos azules miraban a través de unas costosas gafas de diseño exclusivo, sujetas a una cadena que colgaba de su nuca. Tenía el pelo castaño esmeradamente peinado y llevaba su cuerpo, de estatura media, cubierto en su parte superior por una camisola negra típicamente hawaiana que parecía haber sido paseada en Ferrari por todo Honolulu por Tom Selleck interpretando el personaje de Thomas Magnum.

Retiró la manta que cubría el caballete y señaló con el pulgar una gran fotografía en la que aparecía un avión antiguo.

—Lo que ven aquí es una Superfortaleza B-Veintinueve de la Segunda Guerra Mundial, que reposa en el fondo del océano a una distancia de treinta y seis millas marinas de la isla de Soseki y a una profundidad de trescientos veinte metros o, para aquellos de ustedes que tengan dificultades con el sistema métrico decimal, a algo más de mil pies bajo la superficie.

—La imagen es muy clara —dijo Stacy—. ¿Ha sido tomada la fotografía desde un sumergible?

—El aparato fue localizado por nuestro satélite de reconocimiento Pyramider Once, en órbita sobre la isla de Soseki.

—¿Pueden conseguir una imagen tan nítida del fondo del mar desde un satélite en órbita? —preguntó ella, incrédula.

—Podemos.

Giordino estaba sentado al fondo de la habitación, con los pies apoyados en el respaldo de la silla que tenía delante.

—¿Cómo funciona el invento?

—No les daré una explicación detallada porque requeriría varias horas pero digamos que trabaja utilizando ondas sonoras pulsátiles que interactúan con un radar de muy baja frecuencia para crear una imagen geofísica de objetos y paisajes submarinos.

Pitt se estiró para aliviar sus músculos en tensión.

—¿Qué ocurre después de recibirse la imagen?

—El Pyramider suministra la imagen, poco más que una mancha, a un satélite de seguimiento y repetidor de datos que la retransmite a White Sands, Nuevo México, para su ampliación y refuerzo mediante ordenador. Luego la imagen pasa a la Agencia de Seguridad Nacional, donde son analizados tanto personalmente como por ordenador. En este caso particular, despertó nuestro interés y solicitamos la presencia de un SR-Noventa Casper a fin de obtener imágenes más detalladas.

Stacy levantó una mano.

—¿El Casper utiliza el mismo sistema de obtención de imágenes que el Pyramider?

Ingram se encogió de hombros en un gesto de disculpa.

—Lo siento, todo lo que puedo revelar sin meterme en líos es que el Casper obtiene imágenes en tiempo real y las registra en una cinta analógica. Podría decirse que comparar los sistemas del Pyramider y el Casper es como comparar la luz de un flash con la del láser. La primera cubre una amplia extensión, mientras que la otra selecciona un punto pequeño y muy determinado.

Mancuso inclinó la cabeza y observó con curiosidad la fotografía ampliada.

—¿Y cuál es el significado de ese viejo bombardero hundido? ¿Qué posible conexión tiene con el Proyecto Kaiten?

Ingram dirigió un rápido guiño a Mancuso y luego golpeó la fotografía con un lápiz.

—Este avión, o lo que queda de él, será el encargado de destruir la isla de Soseki y el Centro del Dragón.

Nadie le creyó, ni siquiera por un instante. Todos le miraban como si fuera un charlatán de feria que intentara vender un elixir contra todo mal a un grupo de paletos.

Giordino rompió el silencio.

—Será una bagatela hacer emerger el avión y repararlo para una operación de bombardeo.

El doctor Nogami sonrió con esfuerzo.

—Yo diría que se necesitará bastante más que una bomba de cincuenta años de antigüedad para destruir el Centro del Dragón.

Ingram devolvió la sonrisa a Nogami.

—Créame, la bomba guardada en el interior de ese B-Veintinueve tiene la potencia suficiente como para cumplir el encargo.

—La trama se espesa —declaró Pitt en tono sombrío—. Me huelo otro trabajito especial.

Ingram se apartó ostensiblemente a un lado.

—Esa parte de las instrucciones le corresponde a mi cómplice en el crimen, Curtis Meeker.

La mirada sardónica de Penner se desplazó de Ingram a Meeker.

—Ustedes dos, junto a Ray Jordan y Don Kern, deben jugar todos en el mismo equipo.

—Ocasionalmente nos hemos encontrado aquí y allá —contestó Meeker sin sonreír.

Ingram regresó junto al caballete, retiró la fotografía y la colocó sobre una silla, revelando un primer plano de un diablillo pintado en un lado del morro del avión.

—Los *Demonios de Dennings* —dijo, señalando con el lápiz las letras borrosas que aparecían debajo del diablillo—. Mandados por el comandante Charles Dennings. Observen, por favor, que el demonio apoya los pies en un lingote de oro marcado como de veinticuatro quilates. Los miembros de la tripulación afirmaban en broma ser buscadores de oro, después de recibir una reprimenda por haber destrozado una cervecería durante su período de instrucción en California.

—Veo que se trata de la clase de tipos que más me gustan —comentó Giordino.

—Desconocida, olvidada y enterrada en los archivos de Langley hasta que hace pocos días Curtis y yo sacamos a la luz lo ocurrido, ésta es la historia de un grupo de hombres muy valerosos a los que se les encomendó la misión ultrasecreta de lanzar una bomba atómica sobre Japón...

—¿Se les encomendó qué? —La incredulidad de Weatherhill era sólo un reflejo de la del resto del grupo.

Ingram continuó sin hacer caso de la interrupción.

—Aproximadamente a la misma hora en que el coronel Tibbets despegaba en el *Enola Gay* de la isla de Tinian, en el Pacífico, con la bomba conocida como *Little Boy*, el comandante Dennings despegaba de la isla de Shemya, al norte de las Aleutianas, con su bomba, llamada en clave *Mother's Breath*. Lo que queda del informe de la misión ha sido objeto de una fuerte censura, pero creemos que el plan de vuelo de Dennings consistía en un trayecto sólo de ida, hasta dejar caer la bomba sobre su objetivo, probablemente Osaka o Kyoto, y luego aterrizar en Okinawa para repostar antes de continuar hasta Tinian. Como sabemos por los libros de historia, Tibbets consiguió lanzar su bomba sobre Hiroshima. Por desgracia, Dennings desapareció, y su misión fue ocultada a los medios de información por orden presidencial.

—Aguarde un momento —dijo Mancuso—. ¿Quiere decir que en el cuarenta y cinco se construyeron más de tres bombas?

Stacy carraspeó para aclararse la garganta.

—A excepción de *Little Boy, Trinity*, la primera bomba que se hizo detonar en Los Álamos y *Fat Man*, que se lanzó sobre Nagasaki, no hay más bombas registradas.

—Todavía no conocemos la cantidad exacta, pero al parecer hubo por lo menos seis. La mayoría eran del tipo de implosión, como *Fat Man*.

—La bomba de Dennings es la número cuatro —dijo Penner—. Quedan dos.

—Una bomba con el nombre en clave *Mother's Pearl* fue cargada a bordo de una superfortaleza llamada *Lovin' Lil* en Guam, no mucho después de que la isla fuera liberada de manos de los japoneses. *Lovin' Lil* volaba con destino a Japón cuando *Bock's Car*, pilotado por el comandante Charles Sweeney, arrojó *Fat Man* sobre Nagasaki. En cuanto se supo que el lanzamiento había tenido lugar según el plan previsto, se ordenó a los pilotos del *Lovin' Lil* que regresaran a Guam, y allí la bomba fue desmontada y enviada de nuevo a Los Álamos.

—Queda una.

—*Ocean Mother* estaba en la isla de Midway, pero nunca se llegó a cargar en un avión.

—¿A quién se le ocurrieron esos nombres horrorosos? —murmuró Stacy.

—No tenemos ni idea —contestó Ingram con un encogimiento de hombros.

Penner miró a Ingram.

—¿Formaban parte Dennings y las tripulaciones de Guam y Midway del Escuadrón Cincuenta y nueve de Bombardeo del coronel Tibbets?

—También lo ignoramos. El ochenta por ciento de los archivos han sido destruidos. Sólo podemos adivinar que el general Groves, el director del proyecto de bomba *Manhattan*, y su equipo, prepararon un complicado plan de apoyo de última hora, debido a que existía un fuerte temor a que los mecanismos de detonación de las bombas no funcionaran correctamente. También existía la posibilidad, aunque muy improbable, de que el *Enola Gay* o *Bock's Car* se estrellaran al despegar, las bombas detonaran y todo el Cincuenta y nueve desapareciera, de forma que no quedara personal entrenado ni equipo para lanzar las bombas adicionales. Además de todo eso, Groves y Tibbets tenían que afrontar aún una multitud de peligros: la amenaza de bombardeos japoneses sobre Tinian; fallos mecánicos durante el vuelo, que forzaran a la tripulación a desprenderse de la bomba sobre el mar; o un derribo por cazas enemigos o por fuego antiaéreo, en el curso de la misión. Sólo en el último momento se dio cuenta Groves de los negros nubarrones que se amontonaban sobre la operación de bombardeo planeada. El comandante Dennings y sus *Demonios*, más las tripulaciones de Guam y Midway, recibieron una instrucción apresurada, que duró menos de un mes tras la cual a cada uno de ellos se les asignó las correspondientes misiones.

—¿Por qué se ha mantenido en secreto la historia después de acabada la guerra? —preguntó Pitt—. ¿Qué daño podía hacer a nadie la historia de los *Demonios de Dennings*, cincuenta años más tarde?

—¿Qué puedo decir yo? —Ingram mostró las palmas de las manos en un gesto de perplejidad—. Pasados treinta años, al aprobarse la ley de libertad de la información, un par de capitostes políticos encargados de la revisión del expediente decidieron por cuenta propia que el público americano, que de paso era quien pagaba sus salarios, no tenía la suficiente madurez para que pudiera confiársele aquella revelación trascendental. Volvieron a clasificar el caso como de máximo secreto y lo archivaron en los sótanos de la CIA en Langley.

—Tibbets se llevó la gloria, y Dennings una segunda inmersión en las profundidades —comentó Weatherhill, filosófico.

—Pero ¿qué tienen que ver los *Demonios de Dennings* con nosotros? —preguntó Pitt a Ingram.

—Será mejor que pregunten a Curtis —contestó Ingram señalando con un gesto expresivo a Meeker, y se sentó.

Meeker se dirigió a una pizarra colocada en una de las paredes laterales, con un pedazo de tiza en una mano. Trazó un burdo bosquejo del B-29 y una larga línea desigual que cruzaba toda la pizarra y representaba el fondo marino para terminar alzándose de súbito en la isla de Soseki. Afortunadamente para todos los que estaban en la habitación, el pizarrín no chirrió. Finalmente después de añadir algunos detalles geológicos del fondo marino, se volvió con una cálida sonrisa.

—Clyde sólo les ha dado una orientación muy somera respecto a nuestros sistemas de vigilancia y detección por satélite —empezó—. Existen otros que poseen la capacidad de penetrar a través de impresionantes distancias en materiales sólidos y medir una amplia gama de diferentes fuentes de energía. No voy a preocuparme de informarles sobre ellos porque Clyde y yo no hemos venido aquí a dar clases; me limitaré a revelarles el dato de que el artefacto explosivo que colocaron ustedes en el interior de la red eléctrica del Centro del Dragón no cumplió su objetivo.

—Nunca he colocado un explosivo que no haya detonado —gruñó Weatherhill, a la defensiva.

—La carga detonó perfectamente —explicó Meeker—, pero no en el lugar en que la colocó usted. Si el doctor Nogami estuviera todavía infiltrado en el interior del complejo de mando, él podría decirle que la explosión tuvo lugar a más de cincuenta metros del centro de suministro eléctrico.

—No puede ser —protestó Stacy—. Yo misma vi cómo Timothy colocaba la carga detrás de un haz de cables de fibra óptica, en un pasadizo de acceso.

—Lo quitaron de allí —dijo pensativo Nogami.

—¿Cómo?

—El robot inspector observó probablemente una ligera caída en el ritmo de pulsaciones de la energía, buscó y encontró la carga. Debió quitarla de allí y notificar la novedad a su control robótico. El temporizador habrá hecho estallar la carga cuando ésta era transportada por los pasillos hacia el control robótico para su análisis.

—Entonces el Centro del Dragón es plenamente operacional —dijo Mancuso con un sombrío presentimiento.

—Y por consiguiente las bombas del Proyecto Kaiten pueden ser cebadas y detonadas —añadió Stacy, mientras en su rostro aparecían señales de disgusto.

—Me temo que ésta es la situación —confirmó Meeker.

—Entonces nuestra operación para inutilizar el Centro ha resultado un fracaso —dijo Weatherhill con frustración.

—En realidad no —explicó pacientemente Meeker—. Capturaron a Suma, y sin él los coches no pueden ser detonados.

Stacy lo miró, confusa.

—¿Qué puede impedir a sus socios en la conspiración hacer detonar las bombas?

Pitt dirigió a Nogami una mirada pensativa.

—Sospecho que el buen doctor conoce la respuesta.

—Es un pequeño fragmento de información que recogí después de hacerme amigo de algunos de los técnicos de los ordenadores —explicó Nogami con una amplia sonrisa—. Me dejaban pasear sin restricciones por su centro de datos. En una ocasión me coloqué detrás de un programador y miré por encima de su hombro cuando solicitó unos datos relativos al Proyecto Kaiten. Memoricé la clave de entrada, y en la primera oportunidad entré en el sistema. Constaba la localización de los coches bomba, que ya habíais obtenido, pero me quedé bloqueado cuando intenté insertar un virus en el sistema de detonación. Descubrí que sólo Suma tiene acceso a las claves de detonación.

—De modo que nadie salvo Hideki Suma puede poner en marcha el Proyecto Kaiten —dijo Stacy, con sorpresa y alivio.

—Una situación que sus socios están intentando modificar a marchas forzadas —contestó Meeker, con una mirada circular a todo el equipo EIMA—. Pero las felicitaciones siguen en el orden del día; acertaron ustedes el pleno. En efecto, sus esfuerzos inutilizaron temporalmente el Centro del Dragón y han obligado a los japoneses a reprogramar sus sistemas de cebado y detonación, lo cual nos da tiempo suficiente para poner en marcha un plan capaz de destruirlo de una vez por todas.

—Lo cual, si no lo interpreto mal —señaló Pitt en tono tranquilo—, nos lleva de nuevo a los *Demonios de Dennings*.

—Tiene toda la razón —reconoció Meeker. Dudó unos instantes mientras se sentaba detrás de una mesa. Después entró sin más preámbulos en el meollo de la cuestión:

—El presidente estaba dispuesto a comprometer su carrera política dando el visto bueno a un ataque nuclear contra el Centro del Dragón. Sólo anuló la orden cuando llegó la noticia de que habían logrado escapar. Su operación le ha proporcionado algún tiempo, no mucho, pero sí el suficiente como para cumplir lo que hemos planeado para las escasas horas de que disponemos.

—Pretenden hacer detonar la bomba que está en el interior del B-Veintinueve —dijo Pitt, con los ojos entrecerrados por el cansancio.

—No —suspiró Meeker—, será necesario moverla un cierto trecho.

—Maldito si entiendo el daño que puede hacer a una isla habitada a casi cuarenta kilómetros —masculló Giordino.

—Un grupo de los oceanógrafos y geofísicos más acreditados en la profesión opina que una explosión atómica submarina podría hacer desaparecer el Centro del Dragón.

—Me gustaría saber cómo —dijo Stacy mientras sacudía un papirotazo a un mosquito que se había posado sobre sus rodillas desnudas.

Meeker volvió a acercarse a la pizarra.

—El comandante Dennings no podía saber, por supuesto, que su avión, derribado sobre el mar y hundido en el fondo del océano, iba a quedar en una situación casi perfecta para eliminar una grave amenaza contra su país, cuarenta y ocho años más tarde. —Hizo una pausa y trazó otra línea quebrada que cruzaba el fondo del mar desde el avión hasta la isla de Soseki, y luego se inclinaba hacia el sur—. Ésta es una sección de un importante sistema de fallas sísmicas del Pacífico. Pasa casi directamente debajo del Centro del Dragón.

Nogami meneó la cabeza, dubitativo.

—El Centro ha sido construido para soportar un terremoto de gran potencia y un ataque nuclear. Si se hace estallar una bomba atómica antigua, contando con que pueda detonar después de cinco décadas sumergida en agua salada, con el fin de causar una grieta en la falla geológica, lo más probable es que todo sea un esfuerzo baldío.

—El doctor Nogami se ha expresado con mucha sensatez —dijo Pitt—. La isla está formada casi enteramente por roca sólida. No oscilará ni temblará aunque se produzca un fuerte maremoto.

Meeker calló por unos momentos, y se limitó a sonreír. Luego dio el golpe perfecto:

—No, no oscilará ni temblará —repitió con una cínica sonrisa—. Pero *se hundirá*.

63

Aproximadamente cuarenta kilómetros al nordeste de Sheridan, Wyoming, justo al sur de la frontera con Montana, Dan Keegan cabalgaba en busca de huellas de cazadores furtivos. Mientras se aseaba para la cena, había oído el eco distante de dos disparos de rifle, y de inmediato dijo a su mujer que dejara el pollo frito en el horno para mantenerlo caliente. Luego cogió un viejo rifle Mauser de cerrojo y ensilló su caballo favorito.

Los cazadores que hacían caso omiso de sus vallas y de los letreros que prohibían el paso eran una fuente constante de irritación para Keegan. Apenas hacía dos meses, un tiro perdido había abatido una ternera de su rebaño. El cazador había disparado a un gamo adulto, y falló; la bala salió un poco alta, y fue a herir a la ternera a casi dos kilómetros de distancia. Desde entonces, Keegan no quería ni oír hablar de cazadores. Del mismo modo podían herir a cualquier persona en su propiedad.

Keegan siguió una senda que cruzaba la cañada de la Mujer Colgada. Nunca había sabido el origen de ese nombre. La única mujer de la que sabía que había sido ahorcada en Wyoming era Ella Watson, conocida como «Cattle Kate». Los rancheros más importantes del lugar, disfrazados de «vigilantes», la habían apresado y ejecutado sumariamente como ladrona de ganado en 1889. Pero aquello había ocurrido junto al río Sweetwater, trescientos kilómetros al sudoeste.

Los rayos del sol poniente adquirían mayor intensidad debido al viento frío y cortante, y pintaban las colinas de los alrededores de brillantes tonos amarillos y anaranjados. Salió a un campo raso y empezó a estudiar el suelo. Keegan pudo distinguir enseguida las huellas de neumáticos y las siguió hasta encontrar un casquillo vacío y un rastro de pisadas de botas que conducía hasta una mancha de sangre en el suelo arenoso. Los cazadores y la presa abatida habían desaparecido.

Después de cabalgar un corto trecho, tiró de las riendas.

El viento traía el débil zumbido de un motor de automóvil. Aguzó el oído. En lugar de alejarse, como había supuesto que harían los cazadores, el ruido se aproximaba. Espoleó su caballo por la ladera de una pequeña meseta, escudriñando la llanura que se extendía a sus pies. Un vehículo avanzaba por el camino, dejando una estela de polvo detrás suyo.

Había esperado ver una camioneta o un todo terreno emerger de la maleza que rodeaba la carretera. Pero cuando finalmente se acercó lo bastante como para identificar el vehículo, Keegan se sorprendió al ver que se trataba de un automóvil corriente, un sedán de cuatro puertas y color marrón, de una marca japonesa.

El conductor frenó y se detuvo en un espacio despejado del camino. El coche quedó inmóvil por unos momentos, mientras el polvo levantado se posaba mansamente sobre el techo del vehículo y sobre la hierba que crecía al borde del camino. El conductor salió del coche, abrió el capó y se inclinó brevemente sobre el motor. Luego lo rodeó por un costado, levantó la portezuela trasera y sacó del interior del maletero una especie de teodolito. Keegan contempló lleno de curiosidad cómo el intruso ajustaba el instrumento a un trípode y dirigía la visual a los puntos más prominentes del paisaje; luego anotó las distancias calculadas en un bloc de notas, y las comparó con un mapa geológico que desplegó en el suelo.

Keegan tenía experiencia en trabajos con teodolito y nunca había visto unos cálculos efectuados de aquella forma. El extraño parecía más interesado en confirmar simplemente su situación que en establecer una línea base. Vio cómo el hombre arrojaba descuidadamente el bloc entre los arbustos y se dirigía a la parte delantera del coche, mirando de nuevo el motor, como hipnotizado. Luego pareció sacudirse sus pensamientos, volvió a entrar en el coche y extrajo un rifle del interior.

Con lo que había visto, a Keegan le bastaba para comprender que el intruso actuaba de una forma demasiado extraña como para ser un perito agrónomo enviado por las autoridades del condado a hacer alguna medición, y que de paso, por cuenta propia, se detenía a disparar sobre algún gamo; aparte de que en tal caso no iría vestido con traje de ciudad y corbata. Sin desmontar, se acercó en silencio y por la espalda; el extraño intentaba en ese momento introducir una bala en la recámara del rifle, algo al parecer desacostumbrado en él dada la torpeza con que actuaba. No había oído acercarse a Keegan por detrás. El sonido de los cascos del caballo quedaba amortiguado por la tierra blanda y la hierba seca. Keegan tiró de las riendas cuando estuvo a tan sólo ocho metros, y sacó el Mauser de la funda de cuero sujeta a su silla.

—¿Sabe que está usted en una propiedad privada, señor? —preguntó al tiempo que apoyaba el arma en el hueco del brazo.

El conductor del coche marrón dio un salto y se giró, dejando caer al suelo una bala y golpeando el tambor del arma contra la portezuela. Sólo entonces pudo ver Keegan que se trataba de un asiático.

—¿Que és lo que desea? —preguntó el hombre, sobresaltado.

—Está usted en mi propiedad. ¿Cómo ha entrado en ella?

—La puerta estaba abierta.

Tal como había pensado Keegan, los cazadores furtivos habían forzado la entrada.

—¿Qué está haciendo aquí con un teodolito? ¿Para quién trabaja usted, para el gobierno?

—No... Soy un ingeniero de Miyata Communications. —Hablaba inglés con un fuerte acento japonés—. Estamos buscando un lugar para instalar un repetidor.

—¿No le parece que los fulanos de su compañía deberían pedir permiso antes de invadir mi propiedad? ¿Cómo demonios saben que voy a permitirles construir lo que sea?

—Mis superiores tendrían que haberse puesto en contacto con usted.

—Claro que sí —murmuró Keegan. Estaba deseando regresar a su casa para cenar antes de que se hiciera totalmente de noche—. Ahora será mejor que se largue, señor. Y la próxima vez que quiera entrar en mis tierras, pida permiso antes.

—Lamento profundamente las molestias que le he causado.

Keegan sabía juzgar con tino el carácter de un hombre, y por la voz de aquél pudo apreciar que no lo sentía lo más mínimo. Sus ojos se mantenían cautelosamente fijos en el Mauser de Keegan, y parecía inquieto.

—¿Tenía intención de hacer algunos disparos? —comentó Keegan indicando con un gesto el rifle de alta potencia que el hombre sujetaba aún torpemente con una mano, haciendo oscilar su boca hacia el cielo oscuro.

—Sólo quería probarlo.

—Bueno, pues no puedo permitirlo. Tengo ganado pastando en las cercanías. Le agradecería que guardara sus cosas y se marchara por donde ha venido.

El intruso se mostraba dócil. Rápidamente guardó en el maletero el teodolito y el trípode, y colocó el rifle en el asiento trasero. Luego regresó a la parte delantera del coche y miró a través del capó levantado.

—El motor no suena como es debido.

—¿Arrancará? —preguntó Keegan.

—Creo que sí. —El perito agrónomo japonés se inclinó hacia la ventanilla y accionó la llave del encendido. El motor se puso en marcha sin ningún inconveniente.

—Listo —anunció.

Keegan no advirtió que el capó estaba bajado, pero no asegurado.

—Hágame un favor; anude esta cadena en la puerta cuando salga.

—Encantado.

Keegan se despidió con un gesto de la mano, volvió a colocar el

Mauser en su funda, y empezó a cabalgar hacia su vivienda, a más de cuatro kilómetros de distancia.

Suburo Miwa apretó el pedal del acelerador, hizo dar la vuelta al coche y se dirigió de nuevo hacia la carretera. El encuentro con el ranchero en aquel lugar desolado había sido un imprevisto, pero en todo caso no había representado ningún peligro para la realización de su misión. Tan pronto como el automóvil se hubo alejado doscientos metros de Keegan, Miwa pisó súbitamente el freno, saltó del coche, cogió el rifle del asiento trasero y levantó de nuevo el capó.

Keegan oyó apagarse el sonido del motor y se dio la vuelta para mirar por encima del hombro, preguntándose la razón por la que el coche se había detenido de una manera tan brusca.

Miwa mantenía con firmeza el arma entre sus manos sudadas y adelantó el cañón hasta situarlo a escasos centímetros del compresor del aire acondicionado. Se había presentado voluntariamente para esta misión suicida sin ninguna reserva, en cuanto se lo solicitaron, porque consideraba un honor dar la vida por el nuevo imperio. Otras consideraciones que habían pesado en su decisión fueron su lealtad a los Dragones de Oro, la promesa hecha personalmente por Korori Yoshishu de que cuidaría de que su mujer no pasara apuros económicos en el resto de su vida, y la garantía de que sus tres hijos tendrían pagados los estudios en la universidad que eligieran. Las inspiradas palabras de Yoshishu en el momento de la marcha de Miwa a los Estados Unidos volvieron a su mente por última vez.

—Vas a sacrificarte por el futuro de cien millones de hombres y mujeres de tu nación. Tu familia te honrará como un héroe a lo largo de incontables generaciones. El éxito de tu empresa será al mismo tiempo el éxito de todos ellos.

Miwa apretó el gatillo.

64

En una milésima de segundo, Miwa, Keegan, el coche y el caballo quedaron vaporizados. Se produjo una enorme y brillante luz amarilla, que fue variando hacia el blanco al irrumpir por los terrenos ondulados del rancho. La onda de choque formó un amplio e invisible temblor de tierra. La bola de fuego se expandió y se elevó sobre el suelo como el sol se alza sobre el horizonte al amanecer.

Cuando la bola de fuego se hubo separado del suelo y ascendido hacia el cielo, se fundió con las nubes y se tornó de un color púrpura debido a la radiación luminosa. Aspiró detrás suyo un gran remolino de tierra y fragmentos radiactivos, formando una nube en forma de hongo de una altura de trece kilómetros, que poco a poco fue dispersándose en la dirección en que los vientos transportaban el polvo en suspensión.

Las únicas vidas humanas perdidas fueron las de Keegan y Miwa. Murieron además montones de conejos, perros de las praderas, serpientes y veinte vacas de Keegan, la mayoría de ellos a causa de la onda de choque. A cuatro kilómetros de distancia, la señora Keegan y tres asalariados que trabajaban en el rancho sólo sufrieron cortes debidos a los vidrios rotos. Las colinas protegieron las edificaciones de los efectos más dañinos de la explosión, y a excepción de algunas ventanas destrozadas, los daños fueron escasos.

La terrible explosión dejó un enorme cráter de cien metros de ancho y treinta de profundidad. La maleza seca y la hierba ardieron como yesca de un amplio círculo a su alrededor, añadiendo un humo negro a la nube de polvo pardusco.

Los ecos amortiguados de la onda de choque resonaron a través de colinas y cañones. Sacudió las casas vecinas y arrancó los árboles de las pequeñas aldeas y granjas de vacuno, antes de ir a desembocar en el campo de batalla de Custer, en el Little Bighorn, 112 kilómetros al norte.

En un área de descanso de la autopista, en las afueras de Sheridan, un asiático estaba en pie junto a un coche alquilado, sin hacer caso de las personas que hablaban excitadas y señalaban con gestos asustados el enorme hongo que se alzaba a lo lejos. Miraba absorto a través de unos binóculos la nube que ascendía en la oscuridad de la noche, ya lo bastante alta como para quedar iluminada por los últimos resplandores del sol oculto tras el horizonte.

Lentamente bajó los binóculos y caminó hasta la cabina de teléfonos vecina. Introdujo una moneda, marcó un número y esperó. Pronunció en voz baja algunas palabras en japonés y colgó. Luego, sin una sola mirada a la nube hirviente que había ascendido hasta las capas más altas de la atmósfera, subió a su automóvil y se alejó.

La explosión quedó registrada en las estaciones sismográficas de todo el mundo. La más próxima al epicentro era el Centro Sismográfico Nacional de la Escuela de Minas de Colorado, en Golden. La línea trazada por el sismógrafo saltó de repente de forma abrupta arriba y abajo en los registros gráficos, alertando al geofísico Clayton Morse del movimiento de tierra, justo en el momento en que terminaba su jornada y estaba a punto de marchar a su casa.

Frunció el ceño y de inmediato corrió al ordenador para obtener más datos. Con los ojos fijos aún en el monitor de su ordenador, marcó el número de teléfono de Roger Stevenson, el director del centro, que aquel día se había quedado en su casa, enfermo.

—Hola.

—¿Roger?

—Sí, al habla.

—Caramba, debes estar muy mal. No he reconocido la voz.

—La gripe me ha dejado fuera de combate.

—Lamento molestarte, pero acabamos de recibir un temblor.

—¿California?

—No, el epicentro se sitúa en algún lugar de la frontera entre Wyoming y Montana.

Hubo un breve silencio.

—Es extraño, esa zona no puede clasificarse como sismológicamente activa.

—El temblor ha sido artificial.

—¿Una explosión?

—Y muy grande. Por los datos deducibles de la escala de intensidades, parece una explosión nuclear.

—Dios mío —murmuró Stevenson con voz débil—, ¿puedes estar seguro?

—Quién puede estar seguro de una cosa así —contestó Morse.

—El Pentágono nunca ha hecho pruebas en esta parte del país.

—Tampoco hemos recibido aviso de ninguna prueba subterránea.

—No es su estilo realizar pruebas sin avisarnos previamente.

—¿Qué opinas? ¿Deberíamos hacer una llamada de comprobación a la Comisión Reguladora Nuclear?

Stevenson podía estar postrado por la gripe, pero su mente estaba perfectamente sana.

—Sáltate los escalones jerárquicos y pica todo lo alto que puedas. Llama a Hank Sauer, nuestro mutuo amigo de la Agencia Nacional de Seguridad, y descubre qué demonios es lo que ha ocurrido.

—¿Y si Sauer no quiere decírmelo? —preguntó Morse.

—¿Qué importa? Lo principal será que habremos depositado el misterio en sus manos, y que podremos sentarnos a esperar tranquilamente el próximo gran terremoto de California.

Sauer no podía decir lo que ignoraba. Pero sabía reconocer una emergencia nacional cuando la veía. Pidió a Morse datos adicionales e inmediatamente pasó la información al director de la Central de Inteligencia.

El presidente estaba a bordo de un reactor de las Fuerzas Aéreas, en vuelo hacia una cena política de recogida de fondos en San Francisco, cuando recibió la llamada de Jordan.

—¿Cuál es la situación?

—Nos llegan informes de una explosión nuclear en Wyoming —respondió Jordan.

—¡Maldición! —dijo entre dientes el presidente—. ¿Nuestra o de ellos?

—Con toda seguridad no es nuestra. Tiene que haber sido uno de los coches bomba.

—¿Se sabe algo sobre las pérdidas humanas?

—Ínfimas. La explosión tuvo lugar en un área del Estado muy poco poblada; en su mayor parte, terrenos de ranchos.

El presidente temía plantear la siguiente pregunta:

—¿Hay signos de explosiones adicionales?

—No, señor. Por el momento, la de Wyoming es la única.

—Creí que el Proyecto Kaiten estaba en suspenso durante cuarenta y ocho horas al menos.

—Así es —contestó Jordan con firmeza—. No han dispuesto de tiempo suficiente para reprogramar las claves.

—¿Cómo se explica entonces, Ray?

—He hablado con Percy Nash. Cree que la bomba fue detonada *in situ* por medio del disparo de un rifle de alta potencia.

—¿Por un robot?

—No, un humano.

—De modo que el fenómeno kamikaze no ha desaparecido.

—Así parece.

—¿Qué sentido tiene ahora esta táctica suicida? —preguntó el presidente.

—Probablemente una advertencia. Están razonablemente seguros de que tenemos a Suma, y tratan de equilibrar las apuestas con un ataque nuclear de farol, mientras luchan frenéticamente por reprogramar las claves de detonación del conjunto del sistema.

—Pues se lo han tomado muy en serio.

—Ahora tenemos todos los triunfos en la mano, señor presidente. Nos asisten todas las razones del mundo para ordenar un ataque nuclear como represalia.

—Muy cierto, pero ¿qué pruebas sólidas tenemos de que el Proyecto Kaiten no sea operacional? Los japoneses bien pueden haber conseguido un pequeño milagro y reprogramado las claves. Supongamos que no se trata de ningún farol.

—No tenemos una evidencia completa de que así sea —admitió Jordan.

—Si lanzamos un misil con cabeza nuclear contra la isla de Soseki y los controladores del Centro del Dragón detectan su aproximación, su decisión terminante será dar la señal de detonación de los coches bomba antes de que los robots los lleven a sus puntos de destino en lugares desiertos del país.

—Esa posibilidad es horrible, señor presidente. Y aun lo es más si consideramos las localizaciones que conocemos de los coches bomba. La mayoría de ellos están ocultos en áreas metropolitanas o en sus alrededores.

—Esos automóviles deben ser encontrados, y sus bombas neutralizadas, tan rápida y silenciosamente como sea posible. No podemos permir que el público llegue a conocer esa horrenda amenaza; no ahora.

—El FBI ha movilizado un ejército de agentes que están peinando todo el país.

—¿Saben cómo desmontar las bombas?

—Cada equipo de trabajo incluye un físico nuclear para llevar a cabo esa tarea.

Jordan no podía ver los rasgos de preocupación del rostro del presidente.

—Es nuestra última oportunidad, Ray. Ese nuevo plan suyo es la última tirada de dados.

—Me doy perfecta cuenta, señor presidente. Mañana por la mañana, más o menos a esta hora, sabremos si nos hemos convertido o no en una nación sometida.

Aproximadamente a la misma hora, el agente especial Bill Frick, del FBI, y su equipo, avanzaba hacia la cámara que guardaba los coches bomba en el área subterránea de aparcamiento del hotel Pacific Paradise de Las Vegas.

No había guardas, y las puertas de acero estaban abiertas. Un mal presagio, pensó Frick. Su aprensión aumentó cuando sus especialistas en electrónica descubrieron que los sistemas de seguridad habían sido desconectados.

Cautelosamente hizo cruzar a su equipo las puertas de lo que parecía una habitación aneja con suministros. En el extremo más alejado, una amplia puerta metálica aparecía alzada hasta el techo. Era lo bastante ancha y alta para permitir el paso de un semirremolque.

Entraron en un amplio espacio abovedado y lo encontraron completamente vacío; no quedaba ni un átomo de suciedad, ni una telaraña. Había sido limpiado con pulcra eficiencia.

—Tal vez nos hemos equivocado de área —dijo con optimismo uno de los agentes de Frick.

Frick examinó los muros de cemento, se concentró en la boca del ventilador por donde había reptado Weatherhill, y luego observó las huellas apenas discernibles de neumáticos sobre el suelo cubierto por una capa de resina epoxídica. Finalmente hizo un gesto negativo con la cabeza.

—Éste es el lugar, sin duda. Coincide con la descripción de la Central de Inteligencia.

Un físico nuclear, de baja estatura y con una tupida barba, se adelantó hasta donde estaba Frick y contempló la cámara desierta.

—¿Cómo voy a desarmar las bombas si no están aquí? —dijo con amargura, como si la desaparición de los coches fuera culpa de Frick.

Sin responder, éste cruzó a paso vivo el área subterránea de aparcamiento hasta el camión de mando. Entró en él, se sirvió una taza de café y luego sintonizó una determinada frecuencia en la radio.

—Caballo Negro, aquí Caballo Rojo —dijo con voz cansada.

—Adelante, Caballo Rojo —contestó el director de operaciones del campo de FBI.

—Golpe en el vacío. Los ladrones de ganado se nos adelantaron.

—Acércate por el club, Caballo Rojo. La mayor parte del rebaño también ha desaparecido. Sólo Caballo Azul en Nueva Jersey y Caballo Gris en Minnesota encontraron los garañones en el corral.

—¿Continuamos la operación?

—Afirmativo. Tienen doce horas. Repito, doce horas, para seguir el rastro de su ganado hasta su nueva localización. Se le envían por fax datos adicionales; y se ha alertado a la policía, los sheriffs y las unidades de patrulla en las autopistas que detengan todos los camiones y semirremolques que coincidan con las descripciones suministradas por la Central de Inteligencia.

—Necesitaré un helicóptero.

—Puede contar con una flota entera, si eso nos permite encontrar esos coches bomba.

Frick apagó la radio y se quedó mirando fijamente su café.

—Lástima que no nos manden por fax instrucciones sobre cómo encontrar una aguja en un millón de kilómetros cuadrados de desierto en doce horas —masculló para sí mismo.

Cuando Yoshishu salió del tren Maglev al extremo del túnel, procedente de ciudad de Edo, Tsuboi lo esperaba en el andén y le dedicó un efusivo saludo.

—Gracias por venir, viejo amigo —dijo Tsuboi.

—Quiero permanecer a tu lado en el momento en que estemos dispuestos para dar el gran golpe —contestó el anciano, caminando con una energía que Tsuboi no había visto en él desde hacía meses.

—La explosión tuvo lugar en un estado del medio oeste, tal como habíamos planeado.

—Bien, bien, eso hará que el gobierno americano tiemble de miedo. ¿Ha habido alguna reacción por parte de la Casa Blanca?

El rostro de Tsuboi mostró una expresión preocupada.

—Nada. Parece como si intentaran ocultarlo.

Yoshishu le escuchó impasible. Luego sus ojos brillaron.

—Si el presidente no ha enviado una cabeza nuclear contra nosotros, es que está atemorizado por la perspectiva que intuye.

—En ese caso, hemos ganado la partida.

—Tal vez, pero no podremos celebrar la inmensidad de nuestro triunfo hasta que el Proyecto Kaiten esté listo.

—Takeda Kurojima me ha prometido tener listo el programa para mañana por la tarde.

Yoshishu colocó su mano sobre el hombro de Tsuboi.

—Creo que ha llegado el momento de abrir una línea de comunicación directa con el presidente, e informarle de nuestras condiciones para el nuevo Japón.

—Y para una nueva América —añadió Tsuboi en tono pomposo.

—Sí, en efecto —Yoshishu contempló orgulloso al hombre que se había convertido en su principal discípulo—. Una nueva América japonesa.

65

El Lockheed C-5 Galaxy, el mayor avión de carga del mundo, se posó con toda la torpe gracia de una albatros embarazada en la pista de aterrizaje de la isla Wake, y rodó hasta detenerse. Un automóvil se aproximó y frenó a la sombra de una de sus enormes alas. Pitt y Giordino salieron de él y entraron en el avión por una pequeña escotilla situada justo detrás de los compartimientos de las ruedas del aparato.

El almirante Sandecker los esperaba en el interior. Después de estrechar sus manos, los guió a través de la inmensa bodega de carga, que podía alojar seis autobuses de dos pisos con capacidad para cien pasajeros sentados cada uno de ellos. Pasaron ante un Vehículo de Minado de Aguas Profundas de la AMSN, sujeto a un par de carriles anchos de acero inoxidable. Pitt se detuvo junto a él y, pasando la mano por una de las grandes cadenas tractoras, contempló por unos momentos la enorme máquina, recordando su inverosímil huida en el *Big John*. Este VMAP era un modelo posterior y recibía el apodo de *Big Ben*.

Los dos grandes brazos articulados con la pala excavadora y las tenazas instalados normalmente en los vehículos de aguas profundas habían sido reemplazados por extensiones articuladas, provistas de una variedad de manipuladores a distancia para sujetar y cortar metal.

La otra modificación, según pudo observar Pitt, era una inmensa envoltura de nailon colocada encima del cuerpo superior y de la cabina de control. Del interior de la envoltura surgían gruesos cables, sujetos a numerosos puntos de anclaje alrededor del vehículo.

Giordino meneó tristemente la cabeza.

—Tengo la sensación de que vamos a ser utilizados de nuevo.

—Realmente se han pasado con nosotros en esta ocasión —dijo Pitt, preguntándose cómo podría despegar del suelo el avión, con todo aquel peso en la panza.

—Será mejor que vayamos delante —dijo Sandecker—. Ya están listos para el despegue.

Pitt y Giordino siguieron al almirante a un compartimiento parecido a un despacho, con una mesa y sillas clavadas al suelo. Estaban abrochándose los cinturones de seguridad cuando el piloto empujó hacia adelante los aceleradores, haciendo rodar el enorme aparato sobre las veintiocho ruedas de su tren de aterrizaje. El enorme C-5 Galaxy, apodado afectuosamente Gigante Amable, se elevó en el cielo tropical con un rugido atronador y ascendió lentamente, efectuando un amplio giro lateral para poner rumbo al norte.

Giordino consultó su reloj.

Tres minutos. Ha sido una media vuelta rápida.

—No tenemos tiempo que perder —dijo Sandecker en tono serio.

Pitt se relajó y estiró las piernas.

—Me huelo que tiene usted un plan.

—Los mejores cerebros de la especialidad han dedicado en este caso muchas horas extra para ponerlo a punto.

—Eso es obvio, porque el avión y el *Big Ben* se han presentado menos de veinticuatro horas después de su demanda.

—¿Qué os contaron Ingram y Meeker? —preguntó Sandecker.

—Nos iluminaron con la historia secreta del B-Veintinueve posado en el fondo del mar —contestó Pitt—, y nos dieron una breve conferencia sobre la falla estructural geológica y sísmica que rodea Soseki. Meeker también nos aseguró que, si hacemos detonar la bomba atómica guardada todavía en el interior del aparato, la onda de choque puede hacer que la isla se hunda bajo el mar.

Giordino encendió un cigarro que ya había escamoteado al almirante Sandecker.

—La idea más estrafalaria que he oído en mi vida.

Pitt se mostró totalmente de acuerdo.

—Y luego Mel Penner nos ordenó a Al y a mí que nos quedáramos a disfrutar de unas vacaciones en las playas arenosas de la isla Wake, mientras él y el resto del equipo regresaban a toda prisa a los Estados Unidos. Cuando intenté averiguar por qué nos dejaba atrás, guardó un silencio hermético, y tan sólo condescendió a decirnos que usted venía de camino y nos lo explicaría todo.

—Penner no soltó prenda —comentó Sandecker—, porque no sabía nada más. Y tampoco Ingram y Meeker pudieron informaros de todos los detalles de «Arizona», por la misma razón.

—¿«Arizona»? —preguntó Pitt, curioso.

—El nombre en clave de nuestra operación.

—¿*Nuestra* operación? —preguntó Giordino en tono circunspecto.

—Por supuesto —dijo Pitt con sarcasmo—, no tiene ninguna relación con el *Big Ben* ni con el hecho de que Arizona es el nombre de un Estado, o más precisamente el de un acorazado hundido en Pearl Harbor.

—Es un nombre tan bueno como cualquier otro. Los nombres en clave nunca tienen ningún sentido, de todos modos.

Sandecker observó con cuidado a sus amigos. El día de descanso les había sido muy útil pero aún parecían mortalmente cansados y en baja forma. Notó un agudo sentimiento de culpa. Era responsabilidad suya que hubieran soportado ya tantas cosas. Y ahora, una vez más, había recomendado sus servicios a Jordan y al presidente, convencido de que ninguna persona en el mundo podía medirse con su experiencia y su talento en el medio submarino. Era una terrible injusticia arrojarlos de nuevo, tan pronto, a otro torbellino letal. Pero no tenía ninguna otra persona a la que recurrir en toda la extensión de la Tierra. Sandecker sentía en su boca el gusto amargo del remordimiento. Y se consideraba tanto más culpable cuanto que sabía que Pitt y Giordino nunca se negarían a hacer lo que les pidiera.

—De acuerdo, no voy a endilgaros ninguna mierda de discurso ni a cantar *América es hermosa*. Seré tan conciso como pueda.

Sacó y extendió sobre la mesa un mapa geológico que mostraba el fondo marino en una distancia de cincuenta kilómetros en torno a la isla de Soseki.

—Vosotros dos sois las personas más cualificadas para hacer el esfuerzo final que necesitamos para acabar con el Centro del Dragón. Ningún otro cuenta con vuestra experiencia en la utilización de un Vehículo de Minado de Aguas Profundas.

—Es hermoso saber que te necesitan —murmuró Giordino en tono fatigado.

—¿Qué has dicho?

—Al se estaba preguntando qué es exactamente lo que se nos pide que hagamos.

Pitt se inclinó sobre el mapa y examinó con atención la cruz que indicaba la situación del *Demonios de Dennings*.

—Supongo que nuestra misión consiste en utilizar el VMAP para detonar la bomba.

—Suposición correcta —dijo Sandecker—. Cuando lleguemos a la vertical sobre el objetivo, vosotros saldréis del avión en el interior del *Big Ben* y descenderéis hasta el agua en paracaídas.

—Odio esa palabra —dijo Giordino, hundiendo la cabeza entre las manos—. La mera mención de ese artefacto me da escalofríos.

Sandecker le dirigió una breve mirada y continuó:

—Después de amerizar, seguiréis viaje hacia el fondo, conservando los paracaídas para hacer más lento el descenso. Una vez allí, conducís el *Big Ben* hasta el B-Veintinueve, extraéis la bomba atómica del interior de su fuselaje, la transportáis al área indicada en el mapa, y la hacéis detonar.

Giordino estaba tan rígido como si hubiera visto un fantasma.

—¡Oh, Dios, es mucho peor de lo que imaginaba!

Pitt dirigió a Sandecker una mirada glacial.

—¿No cree que nos está pidiendo demasiado?

—Más de cincuenta científicos e ingenieros de distintas universidades, el gobierno y diversas industrias de alta tecnología han participado en un programa conjunto para desarrollar «Arizona», y os doy mi palabra de honor de que han creado un plan perfecto e infalible.

—¿Cómo pueden estar tan seguros? —dijo Giordino—. Nadie se ha lanzado hasta ahora desde un avión, metido en un vehículo submarino de treinta y cinco toneladas de peso.

—Todos los factores han sido calculados y evaluados hasta eliminar la menor posibilidad de un fallo —aseguró Sandecker, mirando de soslayo el costoso cigarro suyo que Giordino se estaba fumando—. Tocaréis la superficie del agua con tanta suavidad como una hoja caída de un árbol sobre un gato dormido.

—Me sentiría más seguro saltando desde un trampolín a una pila de fregar platos —gimió Giordino.

Sandecker le dirigió una comprensiva mirada.

—Soy consciente del peligro, y puedo entender vuestro recelo, pero no vamos a quedarnos paralizados por vuestra actitud de Casandras.

Giordino se volvió a Pitt con una mirada de extrañeza.

—¿Actitud de qué?

—La de alguien que profetiza desgracias —explicó Pitt.

Giordino se encogió de hombros, con un gesto de mal humor.

—Yo sólo intentaba expresar mis sentimientos más sinceros.

—Es una lástima que no podamos descargar al *Big Ben* por la rampa de un barco de superficie y dejarlo flotar hasta el fondo con tanques de presión variable, como hicimos con el *Big John* en el Rancho Empapado.

—No podemos permitirnos las dos semanas que costaría traer aquí el VMAP por mar —replicó Sandecker en tono indulgente.

—¿Puedo preguntar quién va a instruirnos sobre la forma de extraer una bomba atómica de entre los restos de un avión destrozado, y después detonarla? —preguntó Pitt.

Sandecker les tendió unos sobres que contenían cuarenta páginas de fotografías, diagramas e instrucciones.

—Todo está aquí. Tenéis tiempo de sobra para estudiar y practicar los procedimientos mientras llegamos a la zona de lanzamiento.

—La bomba ha estado sumergida en el agua y dentro de un avión destrozado durante cincuenta años. ¿Cómo puede alguien garantizar que todavía estará en condiciones de ser detonada?

—Las fotografías del sistema de imagen del Pyramider muestran que el fuselaje del B-Veintinueve está intacto, lo que indica que la bomba no sufrió daños durante el accidente. *Mother's Breath* fue diseñada y forrada de modo que pudiera permanecer bajo el agua. Los componentes blindados y la cubierta balística se ajustaron por medio de ma-

quinaria de precisión, y las piezas encajan con unos índices de toleran-
cia que aseguran que el agua no se ha filtrado en su interior. Los hombres aún vivos de los que participaron en su construcción aseguran
que podría seguir en el fondo del mar quinientos años más y ser detonada sin el menor problema.

—La detonación se efectuará con temporizador, supongo —dijo
Giordino con una mirada cargada de recelo.

—Dispondréis de una hora antes de la detonación —contestó
Sandecker—. La velocidad punta del *Big Ben* es bastante superior a la
del *Big John*. En el momento de la explosión deberíais estar lo bastante lejos como para no sentir ninguno de sus efectos.

—¿Qué distancia es suficiente? —insistió Pitt.

—Doce kilómetros.

—¿Cuál será el resultado final?

—La idea es inducir un terremoto submarino con la vieja bomba
atómica, y causar un conjunto de circunstancias similar al que acabó
con Rancho Empapado.

—La situación es totalmente diferente. La explosión en la superficie pudo causar un movimiento del fondo, pero nuestra construcción
fue destruida por una avalancha combinada con miles de kilogramos
de presión del agua. Esas fuerzas no son aplicables a una roca firme
que está en la superficie.

—La presión del agua, no. La avalancha, sí. —Sandecker señaló un
punto del mapa con su dedo—. La isla de Soseki se formó hace millones de años por la acción de un volcán extinguido que volvió a entrar
en erupción, junto a la costa de Japón, y vomitó un río de lava dentro
del mar. Hubo una época en la que ese lecho de lava formaba un brazo de la costa de Japón, y se elevaba hasta doscientos metros sobre el
nivel del mar. Sin embargo, descansaba sobre capas blandas de antiguos sedimentos. Gradualmente la fuerza de la gravedad fue hundién-
dolo en ese fondo blando hasta dejarlo sumergido bajo el agua, a excepción de la punta más pequeña y elevada, que permaneció emergida.

—¿Soseki?

—Sí.

Pitt estudió el mapa y dijo lentamente:

—Si lo he captado bien, la onda de choque de la bomba y el temblor submarino consiguiente removerán y debilitarán los sedimentos
sobre los que descansa la estructura rocosa de la isla, de modo que ésta
se hundirá bajo el agua.

—Algo parecido a lo que sucede cuando estás de pie en la playa,
al borde del agua, y la acción de las olas va hundiendo poco a poco
tus pies en la arena.

—Parece todo muy sencillo.

Sandecker movió negativamente la cabeza.

—Ésa es tan sólo la mitad de la historia. Las ondas de choque no bastan por sí solas para hacer el trabajo. Por esa razón es preciso arrastrar la bomba unos diez kilómetros desde el avión antes de hacerla detonar.

—¿Hacia dónde?

—La ladera de una profunda zanja que corre paralela a la isla. Además de producir un choque suboceánico, se espera que la magnitud de la explosión atómica derrumbe una sección del muro de esa zanja. La tremenda energía que se desatará cuando millones de toneladas de sedimentos arrancados de las paredes de la zanja colaboren al unísono con las ondas de choque de la bomba, creará una de las fuerzas más destructivas de la naturaleza.

—Un *tsunami* —se anticipó Pitt al almirante—. Un maremoto de origen sísmico.

—La isla habrá empezado a sumergirse debido a los temblores sísmicos —continuó Sandecker—, pero la ola gigante dará el golpe decisivo, cayendo sobre ella a una velocidad de trescientos a cuatrocientos kilómetros por hora y con una altura de diez metros. Lo que quede en ese momento de la isla de Soseki sobre la superficie de las aguas se sumergirá por completo, y el Centro del Dragón quedará inundado.

—¿*Nosotros* vamos a desatar esa monstruosidad? —preguntó Giordino, suspicaz—. ¿Los dos solos?

—Y el *Big Ben*. Ha sido una carrera contra reloj, pero hemos conseguido modificar el vehículo de forma que pueda hacer cualquier cosa que se le pida.

—Las islas principales de Japón —dijo Pitt—. Un fuerte temblor de tierra seguido por un *tsunami* en la costa puede matar a miles de personas.

Sandecker movió negativamente la cabeza.

—No ocurrirá semejante tragedia. Los sedimentos marinos más blandos absorberán la mayor parte de la fuerza de la onda de choque. Los puertos y las ciudades situados en la zona próxima al litoral no experimentarán más que un ligero temblor. La onda sísmica será pequeña en comparación con la escala de la mayoría de los *tsunamis*.

—¿Cómo puede estar seguro de que la ola ascenderá sólo a diez metros? Se han conocido *tsunamis* tan altos como un edificio de doce pisos.

—Las proyecciones de los ordenadores estiman en menos de diez metros la altura de la cresta de la ola que se abatirá sobre la isla. Y al estar Soseki tan próxima al epicentro, su masa actuará como una barrera y amortiguará los efectos del empuje de la ola. En el momento en que la primera masa de agua llegue a la costa, en un momento de marea baja, debo añadir, la cresta habrá disminuido hasta una altura de metro y medio, y no provocará por consiguiente ningún daño grave.

Pitt midió mentalmente la distancia desde el bombardero hasta el punto marcado en la ladera de la zanja submarina indicado para la detonación. Juzgó que debía de estar a unos veintiocho kilómetros. Una distancia increíble para arrastrar una bomba atómica inestable, de una antigüedad de cuarenta y ocho años, a través de un terreno desigual y desconocido.

—Después del espectáculo —se preguntó Pitt—, ¿qué pasará con nosotros?

—Llevaréis al *Big Ben* hasta la costa más próxima, y allí seréis recogidos por un equipo de las Fuerzas Especiales que os estará esperando para evacuaros.

Pitt lanzó un profundo suspiro.

—¿Tienes algún problema con alguna parte del plan en particular? —le preguntó Sandecker.

Los ojos de Pitt reflejaron un mundo de dudas interiores.

—Éste es el plan más loco que he oído en mi vida. De hecho es peor aún. Es un simple y condenado suicidio.

66

Avanzando a su máxima velocidad de crucero, 460 nudos por hora, el C-5 Galaxy devoraba los kilómetros mientras la oscuridad invadía el Pacífico Norte. En la bodega de carga, Giordino se dedicaba a una comprobación meticulosa de los sistemas electrónicos y eléctricos del *Big Ben*. Sandecker trabajaba en el compartimiento despacho, desde donde suministraba las últimas informaciones y respondía a las preguntas del presidente y de su Consejo Nacional de Seguridad, que seguían el curso de la operación directamente desde la Sala de Situación. El almirante estaba asimismo en comunicación constante con geofísicos que le suministraban nuevos datos de la geología del fondo marino, y también con Percy *el Paquete*, que respondía a las preguntas de Pitt sobre la forma de extraer la bomba del interior del avión y de hacerla detonar.

Cualquiera que observara a Pitt durante la última hora de vuelo habría considerado su comportamiento como muy peculiar. En lugar de intentar un postrer esfuerzo para memorizar los mil y un detalles de la operación o de inspeccionar el VMAP junto a Giordino, se dedicó a reunir todas las raciones de comida enlatada que pudo pedir o comprar a la tripulación. También acaparó hasta la última gota de agua potable disponible, treinta litros, y la producción completa de la cafetera del avión, cuatro litros; y almacenó todo ello en el interior del *Big Ben*.

Fue a buscar al ingeniero de vuelo de las Fuerzas Aéreas, que conocía el C-5 mejor que ninguna otra persona a bordo. Juntos enrollaron un cable utilizado para sujetar la carga en un pequeño cabrestante eléctrico situado sobre el compartimiento de los aseos de la tripulación. Complacido después de toda esa industriosa y anómala recolección de objetos diversos, entró en el VMAP y ocupó el asiento del operador, desde donde meditó sobre la casi imposible misión que tenía en perspectiva.

Cortar el fuselaje del B-29 para extraer la bomba y detonarla era ya bastante grave, pero encima recorrer doce kilómetros por terreno desconocido para escapar de la explosión era una hazaña de consecución más que dudosa.

Menos de un minuto después de que el transporte de las Fuerzas Aéreas aterrizara en la base de Langley, Loren y Mike Díaz fueron trasladados a toda prisa a una limusina con escolta armada y conducidos a la Casa Blanca, mientras Suma y Toshie eran introducidos en un sedán color crema con destino a algún lugar secreto en Maryland.

A su llegada, se condujo a Loren y a Díaz a la Sala de Situación, en los sótanos. El presidente se levantó del extremo de la mesa y se acercó a saludarlos.

—No saben cuánto me complace verlos —dijo, radiante. Dio a Loren un ligero abrazo y un beso en la mejilla, y luego abrazó a Díaz como si el senador fuera un pariente próximo.

La tensa atmósfera se aclaró cuando los presentes felicitaron por turno a los rehenes recién escapados. Jordan se aproximó y les pidió en voz baja que lo acompañaran a un despacho adjunto. El presidente los siguió y cerró la puerta a sus espaldas.

—Les pido disculpas por presionarlos de esta forma —dijo—, y me doy perfecta cuenta de que deben necesitar un buen descanso, pero es de todo punto vital para Ray Jordan el recibir sus informes, porque está en curso una operación destinada a eliminar la amenaza del Proyecto Kaiten.

—Lo comprendemos —dijo Díaz, feliz por encontrarse de nuevo en medio de la vorágine de la actividad política—. Estoy seguro de interpretar los sentimientos de la congresista Smith al decirle que estaremos encantados de poder ayudar de alguna manera.

El presidente se volvió cortésmente a Loren.

—¿Le importa?

Loren sentía una imperiosa necesidad de darse un buen baño. No llevaba maquillaje, tenía el cabello revuelto, y llevaba bragas y pantalones de una talla demasiado pequeña, prestados por la mujer de un operario de mantenimiento del aeródromo de la isla Wake. A pesar de todo eso, y de su agotamiento, seguía estando notablemente bonita.

—Por favor, señor presidente, ¿qué desea saber?

—Podemos prescindir de momento de los detalles de sus secuestros, del tratamiento a que fueron sometidos por Hideki Suma y de su increíble fuga —dijo con tranquila firmeza Jordan—, pero nos gustaría saber todo lo que puedan contarnos sobre las operaciones de Suma y el Centro del Dragón.

Loren y Díaz intercambiaron miradas tensas, que conjuraban de modo más temible aun que las palabras el espectro de horrores y amenazas creados en la ciudad de Edo y bajo la isla de Soseki. Ella hizo un gesto deferente a Díaz, para que hablara él primero.

—Por todo lo que hemos visto y oído, me temo que la amenaza que representa el programa de coches bomba creado por Suma es tan sólo la punta del iceberg.

—Quince minutos para el lanzamiento, caballeros —se oyó la voz del piloto a través de los altavoces de la bodega de carga.

—Es hora de embarcar —dijo Sandecker, con rostro tenso

Pitt colocó su mano sobre el hombro de Giordino.

—Será mejor visitar los aseos antes de ir.

—¿Por qué? —le miró Giordino, perplejo—. En el *Big Ben* hay un sistema de evacuación.

—Un procedimiento de seguridad. No sabemos lo duro que puede ser el choque contra la superficie del agua. Los corredores de Fórmula Uno y de las Quinientas Millas de Indianápolis siempre vacían la vejiga antes de la carrera con el fin de prevenir lesiones internas en caso de accidente.

—Si insistes —dijo Giordino con un encogimiento de hombros. Caminó hasta los aseos para la tripulación, ubicados detrás de la cabina de mando, y abrió la puerta.

Apenas había entrado, Pitt hizo una señal al ingeniero de vuelo. En respuesta, varios metros de cable descendieron y se enrollaron estrechamente alrededor de la cabina del lavabo, bloqueando por completo la puerta.

Giordino comprendió al instante lo que ocurría.

—¡Dirk, no! ¡Dios, no me hagas esto!

También Sandecker se dio cuenta de lo sucedido.

—No puedes hacerlo solo —dijo, sujetando el brazo de Pitt—. Todos esos procesos exigen la presencia de dos personas.

—Un hombre solo puede operar el *Big Ben*. Es estúpido arriesgar *dos* vidas —contestó Pitt con una mueca, mientras los esfuerzos de Giordino por salir del cubículo se hacían más y más frenéticos. El pequeño italiano podría haber hundido con facilidad las paredes del aluminio, pero el cable de acero enrollado en torno a ellas resistía sus esfuerzos.

—Decidle a Al que lo siento, y que algún día le compensaré por esta faena.

—Puedo ordenar a la tripulación que lo saque de ahí.

—*Puede* hacerlo —respondió Pitt con una sonrisa tensa—, pero para liberarlo tendrán que pasar por encima mío.

—¿No te das cuentas de que estás comprometiendo el éxito de la operación? ¿Qué sucederá si resultas herido en el impacto? Sin Al, no cuentas con ningún tipo de apoyo.

Durante un largo momento, Pitt miró con fijeza a Sandecker. Por fin, respondió:

—No quiero que mi mente se vea coartada por el miedo a perder un amigo.

Sandecker sabía que no podría convencer a su director de Proyectos Especiales. Lentamente, estrechó la mano de Pitt entre las suyas.

—¿Qué te gustaría que tuviéramos preparado para ti cuando regreses?

Pitt dedicó al almirante una sonrisa radiante.

—Una ensalada de cangrejo y un tequila *on the rocks*.

Luego dio media vuelta, trepó a través de la escotilla del VMAP, y la cerró herméticamente.

El C-5 había sido modificado especialmente para permitir lanzamientos áereos. En la cabina de mando, el copiloto tiró de una manija roja situada a su lado en el panel de instrumentos, activando los motores eléctricos que abrieron de par en par una amplia sección del puente de carga.

Sandecker y dos miembros de la tripulación estaban frente al VMAP, con los cuerpos rodeados por arneses de seguridad sujetos con cintas elásticas a unos anillos en el techo. Se inclinaron hacia adelante, luchando con el viento que entraba por la enorme abertura, fijos los ojos en Pitt, que aparecía sentado en la cabina de control del *Big Ben*.

—Sesenta segundos para la zona de lanzamiento —se oyó la voz del piloto a través de los auriculares colocados en los cascos—. Vientos de superficie de una velocidad de cinco nudos. Cielos claros y luna en tres cuartos. Mar ligeramente picada, con olas de un metro. El radar no muestra ningún buque en la superficie.

—Condiciones aceptables —confirmó Sandecker.

Desde su posición frente al VMAP, todo lo que podía ver Sandecker era el inmenso bostezo del agujero negro abierto en el puente de carga. Mil metros por debajo, la luna ribeteaba de plata la superficie del agua. Él hubiera preferido un lanzamiento a la luz del día, sin viento y con la mar en calma, pero se sentía afortunado de que al menos no soplara un tifón.

—Veinte segundos, y contando —dijo el piloto, y empezó la cuenta atrás.

Pitt esbozó un breve saludo a través del morro transparente del enorme vehículo. Si estaba preocupado, su rostro no mostraba el menor signo. Giordino seguía golpeando la puerta de los aseos, lleno de rabia y de frustración, pero sus golpes quedaban ahogados por el viento que rugía a través de la bodega de carga.

—¡Cinco, cuatro, tres, dos, uno, fuera!

Unas bombas hidráulicas levantaron de repente los extremos delanteros de los grandes raíles y el *Big Ben* se deslizó hacia atrás a través de la abertura, precipitándose en la oscuridad en un movimiento que duró tan sólo tres segundos. Sandecker y los tripulantes se sintieron momentáneamente aturdidos al ver desaparecer con tal rapidez aquel armatoste de treinta toneladas. Se asomaron con cautela al borde de la abertura del puente, y miraron hacia abajo.

La enorme masa del VMAP apenas podía verse a la luz de la luna, precipitándose hacia el mar como un meteorito.

67

El sistema de paracaídas múltiples funcionó de manera automática, fieramente azotado por el viento nocturno a medida que los tres grandes bultos de tela se desplegaban sucesivamente en el cielo oscuro. Luego se abrieron e hincharon, y el monstruoso vehículo disminuyó la velocidad de su descenso y comenzó a flotar con lentitud hacia las olas.

Pitt observó el tranquilizador espectáculo y empezó a respirar con mayor libertad. «He pasado el primer obstáculo», pensó. Ahora, todo lo que tenía que hacer el VMAP era llegar a la superficie del océano en posición equilibrada y caer a lo largo de 320 metros de agua sin contratiempos, hasta posarse en el fondo marino en una sola pieza y sin volcar. Reflexionó que esa parte de la operación quedaba totalmente fuera de su control. No podía hacer otra cosa que permanecer sentado y disfrutar del paseo, no exento de una ligera trepidación.

Miró hacia arriba y pudo distinguir con facilidad el C-5 Galaxy iluminado por la luna, mientras giraba en lentos círculos por encima del VMAP. Se preguntó si Sandecker habría sacado ya a Giordino de los aseos. Podía imaginar a su amigo contaminando el aire con sus pintorescas maldiciones.

¿Cuánto tiempo había pasado desde que el equipo de la AMSN se había instalado en el Rancho Empapado? ¿Tres meses, cuatro? Se diría una eternidad. Y sin embargo, había ocasiones en que el desastre que había destruido aquella estación submarina parecía haber ocurrido ayer mismo.

Miró de nuevo arriba, hacia los paracaídas, y se preguntó si suministrarían la misma resistencia al avance debajo del agua que en el aire.

Los ingenieros que habían ideado esta misión demencial habían decidido que sí. Pero estaban a miles de kilómetros del lugar que ocupaba Pitt, y todos ellos se basaban en un montón de fórmulas y en las leyes físicas que rigen la caída de los objetos pesados. No habían experimentado con modelos ni efectuado ningún lanzamiento a escala real. Era un juego de azar a una sola tirada, en el que se jugaba la vida de Pitt en caso de que los cálculos fallaran.

Juzgar la altitud sobre el mar resulta extremadamente difícil de día y casi imposible de noche, pero Pitt captó el reflejo de la luz lunar en la espuma levantada por el ligero viento en las crestas de las olas. Calculó que el impacto tardaría menos de quince segundos en producirse. Reclinó el asiento y se apoyó en el cojín extra que había colocado allí algún alma previsora. Dirigió un saludo final con la mano al avión que seguía volando en círculos, sin sentido según pudo apreciar. Estaban demasiado lejos para poder verlo en la oscuridad; el piloto se veía obligado a guardar una distancia de seguridad para impedir que los paracaídas de Pitt se vieran afectados por las turbulencias generadas por el avión.

El súbito y desagradable impacto fue seguido por un enorme chapuzón, debido a que el VMAP incidió en el agua en un seno formado entre dos olas. El vehículo abrió un enorme cráter en el mar, alzando en torno suyo un muro circular de agua que relampagueó con un brillo fosforescente. Luego se hundió y desapareció de la vista mientras el mar se cerraba sobre él como si cicatrizara una gigantesca herida.

El golpe no resultó tan duro como había esperado Pitt. Él y el *Big Ben* habían sobrevivido al lanzamiento en paracaídas sin roturas ni fracturas. Volvió a colocar el respaldo del asiento en posición vertical e inmediatamente empezó a comprobar todos los sistemas eléctricos, feliz al ver encenderse luces verdes en la consola de instrumentos, en tanto que el monitor del ordenador informaba que no existía ninguna avería. A continuación encendió las luces exteriores y las dirigió hacia arriba. Dos de los paracaídas seguían desplegados, pero el tercero estaba torcido y enredado en sus propios hilos de sujeción.

Pitt dirigió rápidamente su atención a la pantalla del ordenador, al tiempo que apretaba las teclas indicadas para controlar su descenso. Los números parpadearon en la pantalla e hicieron brillar una llamada de alerta. El VMAP estaba descendiendo hacia el negro abismo a una velocidad de sesenta y un metros por minuto. La velocidad máxima de descenso se había calculado en cuarenta y dos. El *Big Ben* caía diecinueve metros por minuto más aprisa de lo debido.

—¿Demasiado ocupado para hablar? —la voz de Sandecker llegaba confusa a través de los auriculares de Pitt.

—Tengo un pequeño problema —contestó Pitt.

—¿Los paracaídas? —preguntó Sandecker, temiendo escuchar la respuesta.

—Uno de ellos se ha enredado, y he perdido resistencia a la caída.

—¿Cuál es tu velocidad de descenso?

—Sesenta y uno.

—Malo.

—Cuéntame algo más sobre el tema.

—Esa posibilidad se previó. Se ha elegido el lugar de lanzamiento en función de su geología; el fondo es plano, y lo alfombran sedimentos blandos. A pesar del excesivo ritmo de caída, el impacto será menor que el que has sufrido al chocar con la superficie del agua.

—No me preocupa el impacto —dijo Pitt, muy ocupado en observar el monitor de televisión, cuya cámara enfocaba el fondo hacia el que caía rápidamente el VMAP—. Pero sí en cambio la posibilidad de que una máquina de treinta toneladas se entierre a sí misma bajo diez metros de barro. Al no disponer de pala excavadora, el *Big Ben* no puede abrirse camino como lo hizo el *Big John*.

—Te sacaremos —prometió Sandecker.

—¿Y la operación?

Sandecker balbuceaba algo en voz tan baja que Pitt apenas conseguía oírlo.

—Renunciaremos a...

—¡Aguarde! —le interrumpió de repente Pitt—. El fondo está a la vista.

El feo color pardo del fondo marino surgió de la oscuridad Pitt contempló con aprensión cómo aquel terreno desolado se precipitaba hacia la cámara. El VMAP chocó con el fondo y se hundió en él como un puño en un pastel de merengue. Una espesa nube de barro invadió el agua fría y negra, e impidió toda visibilidad.

A bordo del avión, como movidos por un temor compartido, los ojos de Giordino y Sandecker se elevaron hasta posarse en el equipo de comunicaciones. Sus rostros estaban tensos y serios, esperando el próximo contacto con la voz de Pitt.

La rabia de Giordino se había desvanecido al ser liberado de su prisión en los aseos. Ahora su rostro reflejaba únicamente una intensa preocupación, mientras esperaba noticias de lo ocurrido a su amigo en las profundidades del mar.

Muy por debajo de ellos, Pitt no podía determinar de forma inmediata si el VMAP había quedado o no enterrado bajo el fondo marino. Su única sensación era que una firme presión lo mantenía sujeto a su asiento. No disponía de visión de ningún tipo. Las cámaras y las luces exteriores sólo registraban un barro pardusco. No había ninguna forma de saber si la cabina de control estaba cubierta por una fina película de barro o bien hundida bajo cinco metros de tierra semejante a arena movediza.

Por fortuna, los paracaídas fueron arrastrados por una corriente de tres nudos, y empujados hacia un lado del VMAP. Pitt accionó un botón que soltó los ganchos a los que estaban sujetas las cuerdas de los paracaídas.

Conectó los sistemas de energía nuclear y movió la palanca de avance del *Big Ben*. Pudo sentir las vibraciones de las cadenas tractoras cuando clavaron sus ganchos en el barro y empezaron a girar. Durante un larguísimo minuto, no ocurrió nada. Las cadenas parecían resbalar en torno a los ejes de sus ruedas, sin ninguna indicación de tracción hacia adelante.

Luego el *Big Ben* se escoró hacia estribor. Pitt ajustó los controles e hizo girar de nuevo hacia babor el VMAP. Pudo sentir cómo se movía ligeramente hacia el frente. Repitió el proceso, moviendo a uno y otro lado el enorme vehículo hasta que, centímetro a centímetro, empezó a ganar adherencia, adquiriendo impulso y acrecentando su movimiento de avance.

De repente, rompió la succión y se precipitó arriba y adelante, recorriendo más de cincuenta metros hasta traspasar la nube de polvo y conseguir una clara visibilidad.

Pasaron varios segundos; por fin, una vaga sensación de triunfo invadió el cuerpo de Pitt. Permaneció allí sentado, en silencio y relajado, dejando que el VMAP cruzara el fondo marino bajo su propio control. Encendió el piloto automático y estableció en el ordenador un rumbo de navegación hacia el oeste; luego esperó unos momentos para comprobar que el VMAP operaba sin ningún problema. Por fortuna, el *Big Ben* alcanzó muy pronto su velocidad máxima y rodó por la desierta llanura submarina con tanta suavidad como si estuviera roturando un maizal en Iowa.

Sólo entonces contactó Pitt con Sandecker y Giordino para informarles que marchaba en dirección al *Demonios de Dennings*.

68

En Washington, diez husos horarios más en dirección oeste, era ya media mañana cuando Jordan recibió el mensaje de Sandecker. El presidente había regresado a su dormitorio, en el piso alto de la Casa Blanca, para ducharse y cambiarse de ropa. Estaba de pie delante del espejo, anudándose la corbata, cuando recibió la llamada de la Sala de Situación.

—Lamento interrumpirle, señor presidente —dijo Jordan en tono respetuoso—, pero he pensado que le gustaría saber que el lanzamiento se ha efectuado con éxito. Pitt y el Vehículo para el Minado de Aguas Profundas están ya en movimiento.

—Es espléndido empezar el día con buenas noticias, para variar. ¿Cuánto tardará en llegar hasta el bombardero?

—Una hora, quizás algo menos si el fondo es llano y no presenta ninguna sorpresa de tipo geológico.

—¿Y la detonación?

—Dos horas para extraer la bomba, tras más para llegar al lugar previsto para la explosión y colocar los detonadores; incluyo en el plazo el tiempo necesario para que el VMAP se ponga a salvo, fuera del área crítica.

—¿No ha habido ningún problema? —preguntó el presidente.

—El almirante Sandecker ha informado de que el descenso bajo el agua resultó bastante más rápido de lo previsto, pero el VMAP sobrevivió al impacto sin novedad. El único otro inconveniente, si quiere usted llamarlo así, consiste en que Pitt se las arregló de alguna manera para dejar atrás a Giordino, y está actuando en solitario.

El presidente se sintió secretamente complacido.

—No me sorprende. Es la clase de hombre capaz de sacrificarse a sí mismo antes que poner en peligro a un amigo. ¿Alguna novedad con respecto a los coches bomba?

—Los equipos encargados de su búsqueda han descubierto veintisiete hasta el momento.

—Yoshishu y Tsuboi tienen que saber que les estamos pisando los talones. Si dispusieran la clave para hacer detonar las bombas, ya habríamos tenido noticias suyas.

—Muy pronto sabremos si hemos ganado la carrera o no —contestó Jordan con concisión.

El ayudante especial del presidente, Dale Nichols, se precipitó hacia él en cuanto salió del ascensor. El presidente reconoció de inmediato la urgencia en la expresión del rostro de Nichols.

—Parece que estés pisando un hormiguero, y descalzo, Dale. ¿Qué ocurre?

—Será mejor que venga a la sala de comunicaciones, señor presidente. Ichiro Tsuboi ha conseguido introducirse de alguna forma en nuestro sistema de seguridad y ha ocupado la línea del vídeo.

—¿Está ahora transmitiendo?

—Aún no. A la espera, y exige hablar únicamente con usted.

—Avise a la Sala de Situación para que puedan sintonizar nuestra conversación.

El presidente entró en una habitación situada bajo el Despacho Oval y se sentó en un sillón de cuero, en el extremo de un pequeño estrado, frente a una gran abertura rectangular en la pared más alejada. Apretó un botón de la consola instalada en el brazo del sillón y esperó. Súbitamente, tiempo y espacio se fundieron en ese lugar y momento, y la imagen tridimensional y de tamaño natural de Ichiro Tsuboi se materializó al otro lado del estrado.

Gracias a la tecnología mágica de la fotónica —transmisión por fibra óptica— y de los ordenadores, los dos hombres podían conversar sentados como si estuvieran en la misma habitación. El detalle llegaba a extremos tan increíbles que la imagen de Tsuboi quedaba perfectamente definida, sólida, sin la menor indicación de transparencias ni vaguedades.

Tsuboi estaba arrodillado muy tieso sobre un colchón de bambú, con las manos enlazadas descansando sobre los muslos. Vestía un caro traje de corte, pero no iba calzado. Hizo una ligera reverencia cuando la imagen del presidente apareció en su terminal de transmisión.

—¿Desea usted entablar un diálogo, señor Tsuboi? —dijo el presidente para romper el hielo.

—Así es —respondió Tsuboi, evitando con grosería deliberada emplear el título al dirigirse a él.

El presidente decidió acortar el preámbulo.

—Bien, desde luego ha atraído usted mi atención con esa explosión nuclear en Wyoming. ¿Se supone que constituía un mensaje?

El impacto producido por las palabras del presidente se vio incrementado por su aparente indiferencia. El presidente era, además de un consumado político, un astuto juez del carácter de los hombres. Rápi-

464

damente detectó una tensión perceptible en la mirada de Tsuboi, y dedujo que el japonés no negociaba desde una posición de fuerza.

El mago de las finanzas internacionales, heredero visible del imperio criminal y financiero de Suma, intentaba dar una sensación de tranquilidad y control, pero el silencio del presidente con respecto a la explosión había conseguido inquietarlo. Yoshishu y él no entendían por qué el jefe del ejecutivo la había virtualmente ignorado.

—Podemos ahorrar muchas palabras, señor presidente —dijo Tsuboi—. Conoce usted nuestros avances técnicos y nuestra superioridad en tecnología de la defensa; a estas alturas el senador Diaz y la congresista Smith, más su personal de inteligencia, le habrán proporcionado información sobre nuestras instalaciones de la isla de Soseki.

—Soy muy consciente de la existencia de su Centro del Dragón y del Proyecto Kaiten —replicó el presidente, observando pensativo que Tsuboi no había mencionado a Hideki Suma—. Y si cree usted que no ordenaré una represalia masiva en el caso de que elijan la vía demencial de hacer detonar alguno más de sus coches bomba, cometerá un tremendo error.

—Nuestra intención original no era matar a millones de personas —insistió Tsuboi.

—Sé lo que pretendía. Inténtelo, y le prometo que el día del Juicio Final habrá llegado para usted.

—Si lo que desea es pasar a la historia como el mayor monstruo desde Adolfo Hitler, por la realización de un acto totalmente irracional, entonces tengo poco más que añadir.

—Debe usted haberme querido decir algo; de otro modo, ¿para qué comunicarse conmigo?

Tsuboi hizo una pausa, y luego insistió.

—Deseo poner sobre la mesa algunas propuestas.

—Estoy dispuesto a escucharlas.

—Debe desconvocar la búsqueda de los coches. Si se apoderan de alguno más, mandaremos las señales de detonación. Y si intenta lanzar un arma del mismo tipo sobre mi pueblo, le aseguro que no dudaré en hacer estallar las bombas restantes en áreas pobladas.

El presidente contuvo con dificultad su creciente ira.

—Estamos empatados, entonces. Usted mata a algunos millones de nuestros ciudadanos, y nosotros diezmamos a su población.

—No, usted no hará eso. El pueblo de la gran nación blanca y cristiana de América no respaldará semejante carnicería.

—No todos somos blancos y cristianos.

—Las minorías que socavan su cultura nunca respaldarán su posición.

—Sin embargo, también ellos son americanos.

—Aunque así fuera, mi pueblo está dispuesto y preparado para morir por el nuevo imperio.

—Eso es una maldita mentira —estalló el presidente—. Hasta hora, usted, Suma y el resto de su banda de facinerosos han actuado en secreto. El pueblo japonés no tiene la menor idea de que han jugado con sus vidas como apuesta para conseguir el dominio del mundo económico. No querrán arriesgarse a la devastación de su nación por una causa alimentada por la codicia de algunos criminales. Usted no los representa a ellos ni a su gobierno.

La huella casi imperceptible de una sonrisa asomó al rostro de Tsuboi, y el presidente comprendió que se había dejado provocar.

—Está en sus manos evitar ese terrible holocausto para nuestros dos países, por el sencillo medio de aceptar mis propuestas.

—Querrá decir sus exigencias.

—Llámelas como guste.

—Exponga sus pretensiones —dijo el presidente, cuya voz empezaba a tener un tono tenso. Había perdido el equilibrio, y se sentía furioso consigo mismo.

—No habrá nacionalización ni expropiación de compañías de capitales japoneses, ni interferencias judiciales en nuestros proyectos de compras de empresas o de terrenos.

—Eso no es gran cosa. La nacionalización nunca ha sido un procedimiento que haya interesado a los Estados Unidos. Tampoco se ha aprobado nunca, en nuestros doscientos años de existencia, ninguna legislación basada en esa premisa anticonstitucional. En cuanto a la última cuestión, a ninguna firma japonesa que yo conozca se le ha impedido por decisión judicial comprar un negocio o un terreno en Estados Unidos.

—No se exigirá a los ciudadanos japoneses ningún visado de entrada en los Estados Unidos.

—Para eso deberá dar una batalla en el Congreso.

Tsuboi prosiguió en tono frío:

—No habrá barreras comerciales ni aumentos de las tarifas sobre los productos japoneses.

—¿Puedo contar con reciprocidad en ese punto?

—No es negociable —contestó Tsuboi obviamente preparado para la pregunta—. Hay poderosas razones por las que muchos de sus productos no son gratos en Japón.

—Prosiga —dijo secamente el presidente.

—El Estado de Hawai se convertirá en territorio japonés.

El presidente ya había sido advertido de esa irrazonable exigencia.

—La población de la isla ya está furiosa por la subida de los precios del terreno edificable que han llevado a cabo ustedes. Dudo que accedan a cambiar las barras y las estrellas por el Sol naciente.

—También el Estado de California.

—«Imposible» y «ofensivo» son las palabras que acuden de inmediato a mi mente —contestó el presidente con ironía—. ¿Por qué se detiene? ¿Qué más desea?

—Ya que nuestra moneda es la que sostiene sus tambaleantes finanzas pedimos representación en su gobierno, incluidos un puesto en el gabinete y la colocación de gente nuestra en lugares destacados de los departamentos de Estado, Tesoro y Comercio.

—¿Quién desginará a esas personas: Yoshishu y usted o los dirigentes de su gobierno?

—El señor Yoshishu y yo.

El presidente estaba pasmado. Aquello suponía invitar al crimen organizado a participar en los más altos niveles de gobierno.

—Lo que pide usted, señor Tsuboi, es absolutamente irrealizable. El pueblo americano no consentirá en convertirse en esclavo económico de una potencia extranjera.

—Pagarán un precio muy alto si usted rechaza mis condiciones. Por otra parte, si se nos da voz en la gestión del gobierno americano y de sus comunidades comerciales, sin duda toda su economía dará un gran salto adelante y proporcionará unos niveles de vida superiores a sus ciudadanos.

El presidente apretó los dientes.

—Si existe un monopolio, los precios y los beneficios de los productos japoneses subirán como la espuma.

—También descenderá el desempleo y la deuda nacional —prosiguió Tsuboi, haciendo caso omiso de la observación del presidente.

—No puedo hacer promesas que el Congreso se negará a apoyar —dijo el presidente, calmada ya su rabia, mientras su mente buscaba el modo de recuperar la iniciativa. Bajó los ojos y aparentó estar perplejo.

—Usted conoce bien cómo funcionan las cosas en Washington, señor Tsuboi. Tiene experiencia sobre la forma de trabajar de nuestro gobierno.

—Tengo muy presentes las limitaciones de su ejecutivo. Pero hay muchas cosas que puede hacer sin necesidad de la aprobación del Congreso.

—Deberá excusarme unos instantes mientras digiero la enormidad de sus demandas. —El presidente hizo una pausa para recapitular sus ideas. No podía mentir y pretender que accedía a todas las ridículas exigencias de Tsuboi. Eso podría crear la sospecha de una trampa, de un truco para ganar tiempo. Tenía que ofrecer una brusca resistencia, parecer nervioso. Levantó la vista y clavó los ojos en los de Tsuboi—. No puedo en buena conciencia aceptar lo que serían los términos de una rendición incondicional.

—Son mejores que los que nos ofrecieron ustedes en el cuarenta y cinco.

—Nuestra ocupación fue mucho más generosa y benévola de lo que su pueblo tenía derecho a esperar —dijo el presidente, con las uñas clavadas en el respaldo del sillón.

—No estoy aquí para discutir diferencias de criterio históricas —respondió Tsuboi con brusquedad—. Ya ha oído las condiciones y conoce las consecuencias. La indecisión o las dilaciones por su parte no retrasarán la tragedia.

No había ningún signo de impostura en los ojos de Tsuboi. El presidente se daba cuenta de que la amenaza era todavía más horrible debido a los automóviles ocultos en ciudades densamente pobladas y a los maníacos suicidas que esperaban tan sólo una señal para hacer detonar las bombas.

—La perentoriedad de sus exigencias no deja mucho margen a la negociación.

—Ninguno en absoluto —contestó Tsuboi en un tono que desafiaba la réplica.

—No puedo chasquear los dedos y producir el milagro de una cooperación con la oposición política —dijo el presidente, con fingida desesperación—. Sabe usted condenadamente bien que no puedo imponer nada al Congreso. El senador Diaz y la congresista Smith tienen mucho predicamento en ambas cámaras y ya están azuzando a sus compañeros legisladores en contra de ustedes.

Tsuboi se encogió de hombros con indiferencia.

—Me doy perfecta cuenta de que las ruedas de su gobierno chirrían debido a un exceso de emociones, señor presidente. Y sus representantes elegidos votan en función de consignas de partido, sin tener en cuenta el bien de la nación. Pero pueden ser persuadidos para aceptar lo inevitable si usted les informa de que dos de los coches bomba están siendo conducidos a Washington mientras nosotros hablamos.

Malo. La pelota estaba de nuevo en el terreno del presidente. Consiguió con un monumental esfuerzo permanecer impasible y dar en cambio muestras de angustia.

—Necesito tiempo.

—A las tres en punto de esta misma tarde, su hora habitual, aparecerá por la televisión respaldado por sus consejeros y por los portavoces del Congreso, y anunciará los nuevos acuerdos de cooperación entre Japón y los Estados Unidos.

—Pide demasiado.

—Es lo que debe hacerse —dijo con sencillez Tsuboi—. Y una cosa más, señor presidente. Cualquier signo de ataque contra la isla de Soseki tendrá la inmediata réplica de los coches bomba. ¿Me he explicado con claridad?

—Como el cristal.

—Entonces, buenos días. Espero verle por la televisión esta tarde.

La imagen de Tsuboi se hizo borrosa y luego se desvaneció con rapidez.

El presidente dirigió la mirada al reloj de la pared. Solamente quedaban seis horas. El mismo lapso de tiempo que Jordan preveía para que Pitt hiciera estallar la antigua bomba atómica y desencadenara el terremoto submarino y el *tsunami*.

—Dios mío —susurró en la habitación vacía—. ¿Qué pasará si la operación fracasa?

69

El *Big Ben* avanzaba por el amplio paisaje submarino a quince kilómetros por hora, casi una velocidad de relámpago para un vehículo inmenso que se movía bajo el agua sobre el piso formado por el limo abisal. Una gran nube de finísimo barro se alzaba a su paso y se extendía por la oscura inmensidad antes de disiparse y volver a posarse de nuevo en el fondo.

Pitt estudió una pantalla conectada a la unidad láser-sonar que proporcionaba visión en tres dimensiones del fondo marino, reforzando sus principales características. El desierto submarino reservaba pocas sorpresas, y a excepción de un rodeo forzado por la existencia de una grieta estrecha pero profunda, pudo mantener una buena marcha.

Exactamente cuarenta y siete minutos después de haber soltado los paracaídas y puesto en movimiento al *Big Ben*, divisó la maciza silueta del B-29, que fue creciendo hasta llenar todo el monitor. Las coordenadas proporcionadas por el satélite Pyramider, programadas en el ordenador de navegación del VMAP, había conducido a éste directamente hasta su objetivo.

Pitt estaba ya lo bastante cerca como para ver los restos del aparato en el radio de alcance de sus luces exteriores. Disminuyó la marcha del *Big Ben* y rodeó el avión solitario y destrozado. Parecía un juguete roto, olvidado en el fondo del estanque de un jardín infantil. Lo examinó con la emoción peculiar que experimentan los buceadores la primera vez que se aproximan en el fondo del mar a un objeto construido por el hombre. Ser el primero en ver o en tocar un automóvil sumergido, un avión derribado o los restos de un barco naufragado, es una experiencia a un tiempo sobrecogedora y melancólica, compartida tan sólo por quienes se atreven a pasear por una casa encantada después de la medianoche.

El *Demonios de Dennings* estaba hundido algo más de un metro en el barro. Faltaba un motor, y el ala de estribor estaba doblada hacia atrás y hacia arriba como un grotesco brazo extendido hacia la superficie. Las palas de las tres hélices restantes se habían torcido hacia atrás debido al impacto con la superficie del agua, como los pétalos mustios de una flor marchita.

La sección de cola, como de tres pisos de altura, mostraba los efectos del fuego de ametralladora. Se había partido y yacía a varios metros de distancia, detrás y ligeramente de costado con respecto al cuerpo principal del fuselaje. El puesto del cañonero de cola aparecía destrozado y acribillado, y los enmohecidos cañones de 20 milímetros se habían hundido en el limo.

Las superficies de aluminio del fuselaje tubular, de 30 metros de largo, estaban cubiertas de lodo e incrustaciones pero las ventanillas de cristal plomado que rodeaban el morro seguían intactas. Y el diablillo pintado debajo de la ventana lateral del piloto aún aparecía dibujado con nitidez y se diría que sus dimensiones habían aumentado. Pitt podía haber jurado que aquellos ojillos brillantes le miraban con malicia y que los labios se contraían en una sonrisa satánica.

Tenía mejores cosas que hacer que dejar correr su imaginación o detenerse a contemplar los esqueletos de la tripulación, todavía en sus puestos de combate, los cráneos con las mandíbulas caídas en un silencio mortal, las órbitas de los ojos vacías y ciegas. Pitt había pasado bajo el agua el tiempo suficiente, nadando en torno a buques hundidos, como para saber que las sustancias orgánicas blandas del cuerpo humano eran las primeras en desaparecer, y servían de alimento a las criaturas de los fondos marinos. Más tarde, también los huesos llegaban a disolverse en la helada temperatura del agua salada. Por extraño que parezca, la ropa es lo último en desintegrarse, en especial las cazadoras de vuelo y las botas, hechas de cuero resistente. Pero pasado el tiempo también ellas desaparecen, como todo el aparato.

—Objetivo a la vista —anunció a Sandecker, que seguía a la escucha en el C-5, volando en círculos.

—¿En qué condiciones se encuentra? —preguntó con rapidez la voz incorpórea de Sandecker.

—Un ala presenta serios daños. La cola está partida, pero el fuselaje principal parece intacto.

—La bomba está en la bodega delantera. Debes colocar al *Big Ben* en ángulo en el punto de unión del borde de ataque del ala con el fuselaje. Y desde ahí, cortar el techo del aparato.

—La suerte se está portando bien esta noche —dijo Pitt—. El ala de estribor está doblada hacia atrás y permite un acceso fácil. Puedo situarme en el lugar perfecto para perforar los mamparos de este lado.

Pitt hizo maniobrar el VMAP hasta colocar los brazos manipuladores sobre la bodega de bombas delantera del aparato. Introdujo la mano en un mando parecido a un guante, que controlaba electrónicamente los brazos mecánicos, y de las tres herramientas acopladas en la muñeca del manipulador izquierdo eligió una rueda multidireccional para aserrar metales. Haciendo funcionar el sistema como una prolongación de su propio brazo, y de su mano, extendió el brazo mecánico y midió el corte que debía realizar en un monitor que proyectaba vistas de las secciones internas de los componentes estructurales del aparato. Pudo llevar a cabo la difícil operación gracias a la observación en el vídeo de varios primeros planos desde ángulos distintos, en lugar de depender de la observación directa a través del frontal transparente del VMAP. Colocó la rueda en posición contra el revestimiento de aluminio del bombardero y programó las dimensiones y la profundidad del corte en el ordenador. Luego puso en marcha la herramienta y observó cómo atacaba el cuerpo del *Demonios de Dennings*, con la precisión del bisturí de un cirujano.

Los finos dientes del disco giratorio atravesaron el aluminio de la armazón con la facilidad con que una cuchilla de afeitar rasga una cuartilla de papel. No hubo esquirlas, ni calentamiento debido a la fricción. El metal estaba demasiado reblandecido y el agua demasiado fría. Las vigas de refuerzo y los haces de cables eléctricos fueron también aserrados con facilidad y eficiencia. Cuando cincuenta minutos más tarde quedó completado el corte, Pitt extendió el otro manipulador. La muñeca de éste estaba provista de un gran mecanismo prensil, en el que sobresalían unos dedos en forma de pinza.

La garra mecánica asió la cubierta de aluminio y un mamparo estructural; las pinzas se cerraron y el brazo se alzó y retrocedió, retirando al hacerlo una gran parte del techo y del costado del avión. Pitt giró con cuidado el manipulador en un ángulo de noventa grados e hizo descender muy despacio los restos arrancados hasta depositarlos en el barro del fondo sin levantar una nube que obstaculizara la visión.

Ahora tenía frente a él una abertura de tres metros por cuatro. La bomba de tipo *Fat Man*, llamada en clave *Mother's Breath*, era claramente visible desde su posición; estaba sujeta con firmeza por una ancha cadena provista de abrazaderas ajustables.

Pitt tenía todavía que abrir huecos en algunas secciones del pasillo que, pasando por encima de la bodega de bombas, conectaba la cabina de mando con el compartimiento del artillero del centro del aparato. Una parte de esa estructura había sido ya retirada previamente, por ejemplo las pasarelas de la bodega, con el fin de poder introducir la inmensa bomba en el vientre del aparato. También debía cortar los raíles de guía, instalados para asegurar que las aletas de la bomba no se engancharan en ningún obstáculo en el momento del lanzamiento.

También en este caso la operación se realizó rápidamente. Los obstáculos aún subsistentes pronto formaron un montón informe sobre los restos ya aserrados anteriormente. La parte siguiente de la operación, la extracción de la bomba, fue más trabajosa.

Mother's Breath mostraba, ya por su apariencia externa, que estaba destinada a la muerte y la destrucción. Con sus cerca de tres metros de largo y su metro y medio de diámetro, parecía un huevo grueso y feo, manchado de orín, con aletas cuadradas en un extremo y una cremallera en la parte central.

—Muy bien, voy por la bomba —informó Pitt a Sandecker.

—Tendrás que emplear los dos manipuladores para extraerla y transportarla —advirtió Sandecker—. Pesa cerca de cinco toneladas.

—Necesitaré un brazo para cortar la cadena y las abrazaderas.

—El peso será excesivo para un solo manipulador. No podrá sostener la bomba sin averiarse.

—Me doy cuenta, pero tendré que esperar a haber cortado la cadena antes de reemplazar el disco de corte por uno prensil. Sólo entonces podré levantarla.

—Espera un momento —ordenó Sandecker—. Voy a comprobar los datos; enseguida vuelvo.

Mientras esperaba, Pitt ajustó en su lugar la herramienta de corte y colocó el mecanismo prensil del otro brazo en la argolla superior de la cadena.

—¿Dirk?

—Le escucho, almirante.

—Deja caer la bomba.

—Repítalo.

—Corta los cables de sujeción de la cadena y deja caer la bomba. *Mother's Breath* es una bomba de implosión y los golpes por duros que sean, no la afectan.

Cuando Pitt miraba aquella horrenda monstruosidad balanceándose en el extremo de la cadena, a escasos metros de distancia, no podía dejar de imaginar que en cualquier momento se convertiría en la famosa bola de fuego que aparecía constantemente en las películas y documentales.

—¿Estás ahí? —preguntó Sandecker, con un visible nerviosismo en su voz.

—¿Es un hecho comprobado o un rumor? —preguntó a su vez Pitt.

—Un hecho histórico.

—Si oyes una gran explosión submarina, sabrás que me has estropeado el día.

Pitt hizo una inspiración profunda, soltó el aire, cerró maquinalmente los ojos y aproximó el disco de corte a los cables de la cadena. Comidos por la herrumbre tras casi cincuenta años bajo el agua, los cables y las argollas se rompieron en seguida al ser atacados por los dientes del disco, y la gran bomba cayó sobre las portezuelas cerradas de la panza de la bodega; la única explosión que se produjo fue la salpicadura del barro acumulado allí durante tantos años.

Pasó un largo y fantasmal minuto; Pitt permaneció inmóvil y aturdido, escuchando el silencio mientras esperaba que los sedimentos volvieran a posarse y la bomba se hiciera visible de nuevo.

—No oigo ninguna explosión —le informó Sandecker con una calma exasperante.

—La oirá, almirante —contestó Pitt, recuperando a duras penas la facultad de pensar con claridad—. La oirá.

70

La esperanza perduraba, y poco a poco se iba afirmando. A falta de dos horas para cumplirse el plazo, el *Big Ben* avanzaba por el fondo del mar con *Mother's Breath* firmemente sujeta en los mecanismos prensiles de sus manipuladores. Como en los minutos finales de un partido de fútbol, cuando el resultado final está todavía por decidir, la tensión en el C-5 Galaxy y en la Casa Blanca crecía a medida que la operación se aproximaba a su clímax.

—Lleva dieciocho minutos de adelanto con respecto a lo programado —dijo Giordino en voz baja—, y parece que las cosas pintan muy bien.

—«Como alguien que en un sendero solitario camina entre el temor y la angustia» —citó Sandecker, abstraído.

Giordino lo miró sobresaltado.

—¿Cómo dice, almirante?

—Coleridge —le contestó Sandecker con una sonrisa de disculpa—. *El viejo marinero.* Pensaba en Pitt ahí abajo, solo en las profundidades, cargando sobre sus hombros con la responsabilidad de millones de vidas, a tan sólo unos centímetros de la aniquilación instántanea...

—Yo debía haber estado con él —dijo Giordino con amargura.

—Todos sabemos que tú le hubieras encerrado *a él* si se te hubiera ocurrido antes.

—Es verdad. —Se encogió de hombros Giordino—. Pero no lo hice. Y ahora él está desafiando la muerte mientras yo sigo aquí sentado como el maniquí de un escaparate.

Sandecker miró el mapa y la línea roja que mostraba el trayecto de Pitt a través del fondo marino hasta el B-29, y desde allí hasta el lugar elegido para la detonación.

—Lo hará y regresará vivo —murmuró—. No es la clase de hombre que muere con facilidad.

Masuji Koyama, un técnico de Suma experto en defensa y detección, estaba de pie detrás de un operador ante la pantalla de un radar de vigilancia, señalando un punto a Yoshishu, Tsuboi y Takeda Kurojima, agrupados alrededor de él.

—Un transporte muy grande de las Fuerzas Aéreas americanas —explicó—. El ordenador muestra que se trata de un C-5 Galaxy, capaz de transportar cargas muy pesadas y voluminosas a largas distancias.

—¿Dice que está actuando de forma muy extraña? —preguntó Yoshishu.

Koyama asintió.

—Se aproximó desde el sudeste siguiendo la ruta hacia la base de las Fuerzas Aéreas americanas de Shimodate, un pasillo para el tráfico aéreo utilizado por sus aparatos militares que pasa a una distancia de entre setenta y cien kilómetros de nuestra isla. Mientras lo vigilábamos, observamos que un objeto se desprendía de él y caía al océano.

—¿Se desprendió del avión?

—Sí.

—¿Pudieron identificarlo? —preguntó Tsuboi. Koyama negó con la cabeza.

—Todo lo que puedo decirles es que parecía caer con mucha lentitud, como si estuviera sujeto a un paracaídas.

—¿Tal vez un aparato sensor submarino? —aventuró Kurojima, el director en jefe del Centro del Dragón.

—Es una posibilidad, aunque en apariencia era demasiado grande para un sensor sónico.

—Muy extraño —musitó Yoshishu.

—Desde entonces —continuó Koyama—, el aparato ha permanecido en el área, volando en círculos.

Tsuboi lo miró.

—¿Durante cuánto tiempo?

—Casi cuatro horas.

—¿Ha interceptado transmisiones de voces?

—Algunas señales muy breves, pero desfiguradas electrónicamente.

—¡Un avión de inspección! —exclamó Koyama como si hubiera tenido una revelación.

—¿Qué es un avión de inspección? —preguntó Yoshishu.

—Un aparato con sistemas de detección y comunicaciones muy sofisticados —explicó Koyama—. Se utilizan como centros de mando volantes, para coordinar asaltos militares.

—¡El presidente es un maldito mentiroso! —estalló Tsuboi de súbito—. Fabricó una cortina de humo y simuló estar en un aprieto para ganar tiempo. Ahora está claro, pretende lanzar a sus hombres al ataque contra la isla.

—Pero ¿por qué mostrarse de un modo tan evidente? —dijo Yoshishu con tranquilidad—. La inteligencia americana conoce bien nuestra capacidad para detectar y observar objetivos a esa distancia.

Koyama se quedó mirando el reflejo el aeroplano en la pantalla del radar.

—Podría tratarse de una misión destinada a comprobar por medios electrónicos la solidez de nuestras defensas.

El rostro de Tsuboi estaba lívido de ira.

—Abriré una nueva línea de comunicación con el presidente y le exigiré que se aleje de nuestras aguas.

—No, tengo un plan mejor. —Los labios de Yoshishu se entreabrieron en una sonrisa siniestra y glacial.

—¿Cuál es tu plan, Korori? —preguntó Tsuboi con respeto.

—Muy sencillo —contestó Yoshishu sin mostrar la menor emoción—. Destruirlo.

Al cabo de seis minutos, dos misiles infrarrojos tierra-aire Toshiba abandonaban sus rampas de lanzamiento y partían en busca de la desprevenida tripulación del C-5. El avión, indefenso y atrozmente vulnerable, no llevaba ningún sistema de alerta contra posibles ataques. Seguía dedicado a su tarea de supervisar los progresos del *Big Ben*, girando en círculos sobre el mar en una feliz ignorancia del terror que se precipitaba en la oscuridad sobre su enorme mole.

Sandecker había pasado al compartimiento de comunicaciones para enviar un informe de situación a la Casa Blanca, mientras Giordino mantenía el contacto con Pitt. Estaba inclinado sobre la mesa y estudiaba el informe de los geólogos marinos sobre la zanja que Pitt debería cruzar para llegar a salvo hasta las costas japonesas. Comprobaba la distancia quizá por quinta vez en el momento en que el primer misil alcanzó el aparato y penetró en su interior con un gran estruendo. La onda de choque y la presión fueron tan fuertes que arrojaron a Giordino contra la mesa. Apenas acababa de incorporarse sobre los codos, aturdido, cuando el segundo misil impactó en la bodega inferior de carga y abrió un enorme agujero en el vientre del fuselaje.

El final podía haber sido rápido y espectacular, pero el primer misil no hizo explosión al primer contacto. Pasó a través de la sección superior del avión, atravesando varios mamparos, y explotó en la bodega de carga, cuando penetraba entre las costillas de las armazón de la pared opuesta. La fuerza principal de la detonación se perdió en el aire de la noche, lo que evitó que el avión quedara partido en dos.

A pesar de encontrarse todavía bajo los efectos del choque, Giordino no pudo dejar de pensar: «Va a caer. No podrá mantenerse en el aire». Pero se equivocó en los dos casos. El gran Galaxy no era una presa fácil de derribar. Milagrosamente se había librado de un incendio; tan sólo había quedado averiado uno de sus sistemas de control de vuelo. A pesar de los boquetes abiertos en su estructura, se mantuvo firme en el aire.

El piloto efectuó un picado abrupto y no enderezó el renqueante aparato hasta encontrarse a tan sólo treinta metros sobre el nivel de las olas. Entonces puso rumbo hacia el sur, alejándose de la isla de Soseki. Los motores funcionaban con normalidad, y a excepción de la vibración y el aumento de la resistencia aerodinámica debidos a los agujeros del fuselaje, el principal motivo de preocupación para el piloto era la avería del control de altitud.

Sandecker se dirigió hacia la cola, acompañado por el ingeniero de vuelo, para evaluar los daños sufridos. Encontraron a Giordino arrastrándose a cuatro patas por la bodega de carga. Sujeto a la manija de un mamparo, miraba con ojos espantados a través de la abertura recién formada el mar plateado y, como el azogue, en perpetuo movimiento.

—Que me ahorquen si salto —gritó para hacerse oír sobre el viento turbulento que soplaba a través del aparato.

—Tampoco a mí me apetece —contestó Sandecker, vociferando del mismo modo.

El ingeniero de vuelo contemplaba todo con atemorizado asombro.

—¿Qué demonio ha ocurrido?

—Hemos recibido un par de impactos de misiles tierra-aire —aulló Giordino.

Giordino se colocó a la altura de Sandecker y señaló hacia adelante para salir de la zona azotada por el viento. Ambos se abrieron paso hasta la cabina de mando, mientras el ingeniero de vuelo empezaba una inspección de los daños en la destrozada bodega inferior. Encontraron a los pilotos luchando en tensa calma con los controles y conversando en voz baja, como si estuvieran siguiendo un cursillo de instrucciones de emergencia en un simulador de vuelo.

Giordino se derrumbó agotado en el suelo, agradecido por seguir con vida.

—No puedo creer que este pajarraco siga volando —murmuró feliz—. Recuérdenme que dedique un beso a los diseñadores.

Sandecker se inclinó sobre la consola situada entre los dos pilotos y les informó brevemente de los daños sufridos. Luego preguntó:

—¿Qué oportunidades tenemos?

—Todavía disponemos de energía eléctrica y algo de hidráulica, y de un control de maniobra suficiente —contestó el primer piloto, comandante Marcus Turner, un enorme tejano de facciones toscas, normalmente alegre y bullicioso, pero ahora tenso y ceñudo—. Pero la explosión debe de haber seccionado los conductos del depósito principal de gasolina. Las agujas de los niveles han descendido de forma alarmante en tan sólo dos minutos.

—¿Puede mantenerse en vuelo estacionario más allá del alcance de los misiles?

—De ninguna manera.

—Considérelo una orden respaldada por el presidente.

Turner no pareció feliz, pero tampoco cedió.

—No es ninguna falta de respeto, almirante, pero este aparato puede partirse en dos en cualquier momento. Si usted desea morir, es cuenta suya. Mi deber es salvar a mi tripulación y a mi avión. Como usted es un profesional de la Marina, sin duda sabe de qué estoy hablando.

—Simpatizo con usted, pero mantengo la orden.

—Si no se parte en dos pedazos y economizamos el combustible —dijo Turner sin inmutarse—, podemos llegar al aeródromo de Naha, en Okinawa. Es la pista de aterrizaje larga más próxima fuera de las fronteras de Japón.

—Okinawa está demasiado lejos —señaló secamente Sandecker—. Debemos situarnos fuera del alcance de los sistemas de defensa de la isla pero mantener la comunicación con el hombre que está en el fondo. Esta operación es demasiado vital para la seguridad nacional; no podemos abandonar. Manténganos en el aire tanto tiempo como pueda. Si sucede lo peor, intente un amerizaje.

La cara de Turner había adquirido un color rojo brillante y empezaban a asomar en ella gotitas de sudor, pero consiguió esbozar una tensa sonrisa.

—De acuerdo, almirante, pero será mejor que se prepare para nadar un buen rato hasta la costa más próxima.

Entonces, como para añadir el insulto a la injuria, Sandecker sintió en el hombro una mano. Se volvió a toda prisa. Era el operador de comunicaciones. Miró a Sandecker y sacudió la cabeza con un gesto de impotencia que presagiaba malas noticias.

—Lo siento, almirante, pero la radio se ha averiado. No podemos transmitir ni recibir.

—Eso zanja la cuestión —dijo Turner—. No tiene ningún sentido volar en círculo con la radio estropeada.

Sandecker miró a Giordino, y la tristeza y la angustia se reflejaron en cada uno de los surcos profundos del rostro del almirante.

—Dirk no lo sabe. Creerá que le hemos abandonado.

Giordino miró sin expresión a través del parabrisas, hacia un punto situado en alguna parte entre el cielo negro y el negro mar. Sentía que el corazón le fallaba. Era la segunda ocasión en las últimas semanas en que dejaba abandonado a su suerte a su mejor amigo. Por fin miró hacia arriba y, por extraño que parezca, sonrió.

—Dirk no nos necesita. Si hay alguien en el mundo capaz de hacer explotar esa maldita bomba y aparcar luego al *Big Ben* en alguna playa, ese alguien es él.

—Yo también apuesto por Dirk —dijo Sandecker, con una convicción total.

—¿Okinawa? —preguntó Turner mientras su mano aferraba con firmeza los controles.

Con mucha lentitud, con dificultad, como si estuviera disputándose su alma con el diablo, Sandecker miró a Turner y asintió.

—Okinawa.

El enorme avión giró para cambiar de rumbo y desapareció en la oscuridad. Pocos minutos más tarde, el ruido de sus motores se extinguió. Detrás quedó un mar silencioso y completamente vacío; salvo por la presencia de un hombre.

71

Con la bomba grotescamente colgada de sus manipuladores, el *Big Ben* se mantenía en equilibrio al borde de la gran zanja submarina de diez kilómetros de anchura y dos de profundidad. En su interior, Pitt observaba ceñudo la pendiente que descendía por delante de él, hacia la oscuridad.

Los geofísicos habían elegido un punto situado mil doscientos metros por debajo del filo superior de la zanja como la posición óptima para que la explosión desencadenara un corrimiento de tierras capaz, a su vez, de originar la gran oleada sísmica. Pero la pendiente era por lo menos un cinco por ciento más abrupta de lo que indicaban las fotografías de los satélites. Y lo que era aun peor, mucho peor, la capa superficial de los sedimentos que formaban las paredes laterales de la zanja tenía una consistencia pulverulenta y oleosa.

Pitt había activado una sonda telescópica hacia el interior del limo, y no dio precisamente saltos de alegría ante los resultados de la prueba geológica que pudo leer en la pantalla del ordenador. Se dio cuenta del peligro de su posición. Debería tener mucho cuidado para evitar que el pesado vehículo se deslizara por el limo resbaladizo hasta el fondo de la zanja.

Una vez que comenzara el descenso con el *Big Ben* desde el borde, no habría posibilidad de retorno. Los ganchos de las cadenas tractoras no conseguirían una adherencia lo bastante firme como para permitir el VMAP volver a ascender la cuesta y ponerse a salvo antes de la explosión. Después de activar la bomba, decidió continuar su curso en diagonal a lo largo de la pendiente lateral de la zanja, hacia abajo, como haría un esquiador al atravesar una colina cubierta de nieve. Su única oportunidad, y aún ésa era poco más que inexistente, consistía en aprovechar la gravedad para incrementar la velocidad y llevar el *Big Ben* más allá de los límites de la avalancha, para evitar ser arrastrado por su fuerza, absorbido por ella y enterrado para los próximos diez millones de años.

Pitt se daba cuenta de cuán estrecho era el filo que separaba la supervivencia de la muerte. Pensó con ironía que la ley de Murphy sobre la mala voluntad que nos muestran los objetos inanimados nunca se toma vacaciones. Lamentó no tener a Giordino a su lado y se preguntó por qué razón habían cesado de repente las comunicaciones del Galaxy. Debía de existir alguna buena razón. Giordino y Sandecker nunca desertarían sin un buen motivo. Ahora era demasiado tarde para explicaciones y demasiado pronto para el último adiós.

Se sentía extraño y solitario al no percibir ninguna voz humana para sostener su moral. Notaba que la fatiga se apoderaba de él en grandes oleadas viscosas. Se recostó en su asiento y todo optimismo desapareció. Examinó las coordenadas del lugar de detonación y consultó por última vez su reloj.

Entonces tomó el mando manual del *Big Ben*, colocó la marcha adelante y empezó a descender la abrupta pendiente con el enorme tractor.

El impulso creció con rapidez pasados los primeros cien metros, y Pitt empezó a preguntarse si podría detener el VMAP antes de que rodara hasta el fondo de la zanja. Muy pronto descubrió que aplicar el freno no bastaba para controlar la velocidad. No existía fricción entre los ganchos de las cadenas y el barro resbaladizo del suelo. La enorme bestia mecánica empezó a deslizarse lateralmente por aquella superficie inclinada como si fuera un camión remolque sin control por una carretera cuesta abajo.

La rotunda bomba se balanceaba salvajemente entre las garras de los manipuladores. Como colgaba directamente delante de su campo de visión frontal, Pitt no podía evitar ver aquella cosa maligna, aunque intentaba no ocupar su mente con la idea de que lo que veían sus ojos era el instrumento de su propia muerte inminente.

De súbito, otra idea horrible lo asaltó. Si se soltaba y rodaba cuesta abajo, nunca sería capaz de encontrarla. Se irguió, presa de un temor desesperado, no de la muerte, sino de la posibilidad de fallar cuando estaba tan cerca ya de la meta.

Pitt avanzaba ahora con lentitud, sin importarle haber asumido unos riesgos que ningún hombre cuerdo aceptaría. Puso la marcha atrás, a toda la potencia. La drástica acción inversa de las cadenas hizo perder impulso al vehículo sobre el barro resbaladizo y el *Big Ben* disminuyó poco a poco su velocidad hasta moverse de forma imperceptible.

Un muro de barro enterró el vehículo cuando éste se detuvo por completo. Esperó con paciencia a recuperar la visibilidad y volvió a avanzar otros cincuenta metros, para luego dar marcha atrás y detener de nuevo el VMAP. Continuó esa serie de maniobras hasta recuperar un firme control del vehículo y sentir la interacción entre la cadena tractora y el suelo.

Ahora sus movimientos ante el panel de instrumentos eran más apresurados. Cada minuto que pasaba hacía aumentar su desesperación. Por fin, después de treinta minutos de intensos esfuerzos para conducir el enorme VMAP hacia el lugar al que se dirigía, el ordenador de navegación le indicó que había llegado a su destino. Por fortuna, encontró una pequeña cornisa horizontal que sobresalía de la pendiente. Desconectó los sistemas eléctricos y aparcó.

—He llegado al punto de detonación y me dispongo a armar la bomba —anunció a través de su teléfono de comunicaciones, con la remota esperanza de que Sandecker y Giordino pudieran escucharle en algún punto, allá arriba.

Pitt invirtió muy poco tiempo en bajar los brazos del manipulador y colocar la bomba sobre los sedimentos blandos del suelo. Luego soltó los mecanismos prensiles y cambió las tenazas por herramientas de trabajo. Una vez más introdujo la mano en el control del manipulador y con exquisito cuidado utilizó una sierra metálica para cortar el panel, colocado en la ahusada cola de la bomba, donde se ocultaba el compartimiento de la espoleta principal.

En aquel espacio se albergaban cuatro unidades de radar y un conmutador de presión barométrica. Si la bomba hubiera sido lanzada tal como se había planeado, las unidades de radar habrían captado con sus señales la aproximación al objetivo de tierra. Luego, a una altitud predeterminada, la coincidencia en la lectura de dos de las unidades enviaría la señal de fuego al sistema de espoleta montado frente a la esfera de implosión. El segundo sistema para armar la bomba era el conmutador barométrico, también preparado para cerrar el circuito de fuego a una altitud preestablecida.

Los circuitos de la señal de fuego, sin embargo, no podían cerrarse mientras la bomba estuviera aún en el avión en vuelo. Debían ser activados por conmutadores operados mediante un reloj, que no entraban en funcionamiento hasta que la bomba se hubiera alejado a una considerable distancia de la bodega de bombas. De otra forma, el *Demonios de Dennings* podría haber quedado envuelto en la bola de fuego de una explosión prematura.

Después de abrir el panel, Pitt colocó una cámara miniatura de vídeo en el extremo del manipulador izquierdo. Rápidamente encontró el conmutador barométrico y se concentró en él. Estaba construido en bronce, acero y cobre y, aunque mostraba señales de corrosión, seguía intacto.

A continuación, Pitt acopló una mano alargada con tres pinzas en el otro manipulador. Flexionó el brazo hacia atrás, hasta situarlo sobre la parte frontal del VMAP; allí las pinzas abrieron el pesado engranaje de la tapa de un cajón de herramientas y extrajeron un extraño objeto de cerámica que parecía un balón de fútbol desinchado y de pequeñas dimensiones. En la parte inferior, cóncava, tenía incrustada una placa de cobre, rodeada de un material adhesivo plegable. Su aspecto era decepcionante. En realidad el objeto era un contenedor presurizado muy sofisticado, relleno de un compuesto inerte de plástico y ácido, parecido exteriormente a la masilla. La cubierta de cerámica que rodeaba la sustancia cáustica había sido torneada de forma que se ajustara a la perfección al conmutador barométrico y formara una cubierta impermeable al agua.

Pitt utilizó la mano metálica articulada para colocar el contenedor de cerámica sobre el conmutador. Una vez que estuvo firmemente colocado en su lugar, quitó con mucho cuidado un minúsculo tapón, permitiendo de esa forma la penetración del agua, gota a gota, en el interior del contenedor. Cuando el compuesto inerte del interior entrara en contacto con el agua salada, se tornaría químicamente activo y adquiriría una alta causticidad y poder corrosivo. Una vez que hubiera corroído la placa de cobre —cuyo grosor se había calculado para asegurar una hora de plazo—, el compuesto ácido atacaría el cobre del conmutador barométrico, creando rápidamente una carga eléctrica que activaría la señal de fuego y detonaría la bomba.

Cuando Pitt retiró los manipuladores y dio suave marcha atrás al *Big Ben* para alejarse de aquella odiosa monstruosidad que yacía como un grueso y sucio bulto en el lodo, dedicó una rápida ojeada al reloj digital de su consola de instrumentos.

Tenía que darse prisa. *Mother's Breath* iba a estallar con cuarenta y ocho años de retraso, y sin embargo tal vez lo hiciera demasiado pronto para el nuevo plazo de que ahora disponía.

—¿Alguna novedad? —preguntó el presidente, ansioso, desde el Despacho Oval.

—Se ha producido un corte inesperado en las comunicaciones —explicó Jordan desde la Sala de Situación.

—¿Han perdido al almirante Sandecker?

—Me temo que sí, señor presidente. Hemos intentado por todos los medios a nuestra disposición restablecer el contacto con su avión, pero no hemos podido conseguirlo.

El presidente sintió crecer en su interior un miedo paralizante.

—¿Qué es lo que salió mal?

—Sólo podemos hacer conjeturas. El último paso del Pyramider ha revelado que el avión se había apartado del Vehículo para el Minado de Aguas Profundas y marchaba rumbo a la isla de Okinawa.

—Eso no tiene ningún sentido. ¿Por qué iba Sandecker a interrumpir la misión cuando Pitt había conseguido ya extraer la bomba del interior del *Demonios de Dennings*?

—No lo haría, a menos que Pitt haya sufrido un accidente grave y se vea incapacitado para llevar a cabo la detonación.

—Entonces todo ha acabado —dijo el presidente con voz ominosa.

Cuando Jordan respondió, su voz tenía el timbre hueco de la derrota.

—No sabremos la historia completa hasta que el almirante establezca contacto de nuevo.

—¿Cuáles son las últimas noticias sobre la búsqueda de los coches?

—Los equipos del FBI han descubierto y neutralizado otros tres, todos ellos en ciudades importantes.

—¿Y los conductores humanos?

—Todos eran seguidores fanáticos de Suma y de los Dragones de Oro, dispuestos a sacrificar sus vidas. Pero no han opuesto resistencia ni intentado detonar las bombas cuando los agentes del FBI los han arrestado.

—¿Por qué han sido tan dóciles y complacientes?

—Sus órdenes eran hacer explotar las bombas de sus respectivos vehículos únicamente cuando recibieran una señal en clave desde el Centro del Dragón.

—¿Cuántas bombas hay todavía ocultas en nuestras ciudades?

Hubo una tensa pausa, y luego Jordan respondió con lentitud:

—Por lo menos diez.

—¡Por Dios! —La conmoción que el número revelado por Jordan produjo al presidente fue seguida por un miedo y una incredulidad intolerables.

—No he perdido mi fe en Pitt —dijo Jordan en voz baja—. No tenemos constancia de que haya fracasado en el intento de activar los sistemas de detonación de la bomba.

Un pequeño atisbo de esperanza asomó de nuevo a los ojos del presidente.

—¿Cuándo lo sabremos con certeza?

—Si Pitt ha podido ajustarse con toda precisión al horario preestablecido, la detonación deberá producirse más o menos dentro de doce minutos.

El presidente contempló con expresión vacía la superficie de la mesa de su despacho. Cuando finalmente habló, lo hizo en un susurro tan apagado que Jordan apenas consiguió percibir sus palabras.

—Mantén los dedos cruzados, Ray, y desea con fuerza que todo salga bien. Es todo lo que nos queda por hacer.

72

Cuando el compuesto ácido reaccionó al contacto con el agua salada, fue corroyendo poco a poco la placa; una vez traspasada ésta, atacó el conmutador de presión barométrica. La acción del ácido sobre el cobre creó una carga eléctrica que unió los contactos y cerró el circuito de detonación.

Después de una espera de casi cinco décadas, los detonadores colocados en treinta y dos puntos diferentes alrededor del núcleo de la bomba se encendieron y llevaron a cabo la ignición del increíblemente complicado fenómeno de la detonación, que ocurre cuando los neutrones penetran en el plutonio que los rodea y activan la reacción en cadena. Ésta produjo una fisión que estalló generando millones y millones de grados y de kilogramos de presión. Bajo las aguas se formó una gaseosa bola ígnea que ascendió hasta quebrar la superficie del mar y generar una inmensa ola, dispersada en el aire nocturno por la onda de choque.

Como el agua es incompresible, constituye un medio casi perfecto de transmisión de las ondas de choque. Viajando a casi dos kilómetros por segundo, el frente de choque alcanzó al *Big Ben* y lo rebasó cuando el vehículo se abría paso a través de la ladera de la zanja a tan sólo ocho kilómetros de distancia, cuatro menos de los calculados, debido al ritmo agonizantemente lento del vehículo al marchar sobre el barro resbaladizo. La presión de la onda de choque golpeó al enorme VMAP como un martillo pilón contra un yunque de acero, pero éste encajó el golpe con la inflexible dureza con la que un delantero del equipo de fútbol americano de Los Ángeles Rams soporta el placaje de un defensa contrario.

Aun entonces, mientras la onda de choque y el enorme torbellino de barro alzado del fondo se precipitaban sobre el VMAP e impedían toda visión, Pitt sólo sintió júbilo. La explosión acabó con los temores a fracasar. A ciegas, fiándose únicamente de las sondas del sonar, prosiguió a través de aquella tormenta de sedimentos su viaje irreal hacia lo desconocido. Seguía un largo rellano situado a media altura de la pendiente de la zanja, pero su avance era apenas algo más rápido que si hubiera seguido por el fondo de la depresión. La adherencia de las cadenas tractoras al barro del suelo sólo mejoraba en algunos trechos. Cualquier intento de conducir el gran monstruo mecánico en línea recta se hacía imposible. Resbalaba por la pendiente como un camión por una carretera helada.

Pitt se daba plena cuenta de que su vida pendía de un finísimo hilo y de que estaba empeñado en una carrera sin esperanzas por escapar del radio de acción del corrimiento de tierras que iba a producirse.

En la superficie, invisible en la oscuridad, el surtidor de espuma se alzó hasta 200 metros y luego volvió a caer. Pero en las profundidades de la zona de falla, debajo del fondo de la zanja, las ondas de choque originaron un deslizamiento vertical de la corteza terrestre. Un nuevo choque siguió el primero cuando la fractura de la corteza se levantó, descendió y se ensanchó, dando origen a un terremoto de gran magnitud.

Las numerosas capas de sedimentos depositadas a lo largo de millones de años fueron sacudidas en distintas direcciones, empujando hacia el fondo la pesada roca volcánica de la isla de Soseki, como si hubiera estado asentada sobre arenas movedizas. Los sedimentos blandos subyacentes actuaron de amortiguadores, de modo que la gran masa rocosa de la isla pareció inmune a las ondas de choque iniciales, durante los primeros minutos del terremoto. Pero luego empezó a hundirse en el mar y el agua ascendió por sus acantilados rocosos.

La isla de Soseki continuó su caída hasta que las capas de barro situadas debajo se comprimieron y el descenso de la masa flotante de roca se hizo cada vez más lento, asentándose gradualmente en un nuevo nivel. Las olas ya no se estrellaban contra la base de los acantilados, sino que irrumpían por las grietas de sus bordes superiores y sumergían los árboles situados más allá.

Unos segundos después de la explosión y de las sacudidas sísmicas que la siguieron, una enorme sección de la pared oriental de la zanja se resquebrajó y arqueó peligrosamente. Luego, con un enorme estruendo, cientos de millones de toneladas de barro se precipitaron sobre el fondo de la zanja. El corrimiento generó una onda de presión de una increíble energía, que ascendió hacia la superficie formando un muro submarino de agua en forma de montaña.

Había nacido el indestructible *tsunami*.

Cuando sólo había superado en un metro el nivel de la superficie marina, aceleró rápidamente hasta alcanzar una velocidad de 500 kilómetros por hora, en dirección este-oeste. Irresistible, aterrador por su poder destructivo, no existe ninguna fuerza en la tierra que pueda superarlo. Y a tan sólo veinte kilómetros de distancia, la isla semihundida de Soseki se encontraba directamente en su camino.

El escenario del desastre estaba dispuesto.

La muerte del Centro del Dragón era inminente.

Tsuboi, Yoshishu y sus hombres estaban todavía en la sala de control de defensa, siguiendo la trayectoria del baqueteado C-5 Galaxy hacia el sur.

—Dos impactos de misil y sigue volando —comentó Yoshishu, asombrado.

—Aún puede estrellarse... —Tsuboi se interrumpió de repente al sentir, más que oír, el trueno lejano producido por la explosión de *Mother's Breath*.

—¿Habéis oído eso? —preguntó.

—Sí, muy débil, como el estallido de un trueno en la lejanía —dijo Koyama sin apartar los ojos de la pantalla del radar—. Probablemente se trate de una tormenta eléctrica y estamos oyendo los ecos a través de los ventiladores.

—¿También tú lo sientes?

—Siento una ligera vibración —respondió Yoshishu.

Kurojima se encogió de hombros, indiferente. Los japoneses están acostumbrados a los terremotos. Cada año se registran en las islas principales más de mil movimientos sísmicos; nunca pasa una semana sin que los ciudadanos de Japón tengan noticia de un nuevo temblor de tierra.

—Un terremoto. Estamos situados en las cercanías de una falla sísmica. Ocurre continuamente. No hay por qué preocuparse. La isla tiene una estructura de roca sólida y el Centro del Dragón se construyó de forma que pudiera resistir los terremotos.

Los objetos de la habitación trepidaron ligeramente cuando la ya menguante energía debida a la explosión de la bomba pasó a través del centro. Luego la onda de choque procedente del corrimiento de la falla suboceánica golpeó la isla de Soseki como si se tratara en un gigantesco ariete. Todo el Centro del Dragón templó y se vio sacudido en todas direcciones. Los rostros de aquellos hombres mostraron primero sorpresa; enseguida la sorpresa dio paso a la ansiedad, y la ansiedad al miedo.

—Es muy fuerte —dijo Tsuboi, nervioso.

—Nunca hemos sufrido uno de tanta intensidad —susurró Kurojima desconcertado, apoyando la espalda y los brazos extendidos en la pared, en busca de estabilidad.

Yoshishu seguía de pie, bastante tranquilo, aunque furioso por lo que estaba sucediendo.

—Sáquenme de aquí —ordenó.

—Estamos más seguros aquí que en el túnel —gritó Koyama en respuesta, por encima del creciente tumulto.

Quienes no habían tenido la preocupación de buscar un asidero sólido se vieron arrojados al suelo cuando el choque de la ola socavó los sedimentos profundos asentados bajo la roca volcánica. El centro de control sufrió una sacudida todavía más violenta en el momento en que la isla inició su descenso hacia el fondo. Los instrumentos y el equipo que no estaban sujetos al suelo empezaron a volcarse con estrépito.

Tsuboi, aturdido, se arrastró con esfuerzo hasta un rincón y dijo aturdido a Kurojima:

—Parece que estemos cayendo.

—¡La isla se hunde! —gritó Kurojima, aterrado.

Lo que los horrorizados hombres del Centro del Dragón no sabían, ni tenían medios de saber, era que la titánica masa del *tsunami* se precipitaría sobre ellos tan sólo dos minutos después del paso de las ondas de choque.

Con Pitt a los mandos manuales, el *Big Ben* seguía su lento y tortuoso camino a través del barro, deslizándose cada vez más cerca del fondo de la zanja. Las cadenas tractoras perdían continuamente adherencia y hacían que el VMAP se deslizara lateralmente hacia abajo, hasta que los bordes de ataque excavaban el barro amontonado y recuperaban la fricción.

Pitt se sentía como un ciego conduciendo el tractor en un mundo ciego, en el que su única guía eran algunas esferas e indicadores, y una pantalla en la que aparecían letras pequeñas de distintos colores. Analizó la situación exterior, tal como la revelaba el explorador sonar-láser, y llegó a la conclusión de que, en la medida en que seguía sumergido en el barro, su única posibilidad de escape era un milagro. Según los cálculos de los geofísicos, no se había alejado lo suficiente como para escapar a los efectos previstos del deslizamiento de tierras.

Todo dependía de que encontrara suelo firme o una estructura de roca lo bastante estable como para resisitr el golpe de la avalancha. E incluso en ese caso, el mayor obstáculo seguiría siendo la propia zanja. Estaba en el lado peor. Para llegar sano y salvo a la costa japonesa debería bajar con el enorme vehículo hasta el fondo y trepar por la ladera opuesta.

No vio, y su aparato explorador no podía decírselo, que no había terreno firme ni pendientes suaves por las que el VMAP pudiera ascender hasta terreno llano. Por el contrario, la gran fractura del fondo marino se hacía más profunda y giraba hacia el sudeste, sin ofrecer ninguna vía de salida a lo largo de más de ochocientos kilómetros. Y sólo ahora, demasiado tarde, el explorador reveló el poderoso deslizamiento sísmico de tierras que se precipitaba a lo largo de la ladera oriental de la zanja, de la misma manera en que se extienden los granos que fluyen en la esfera inferior de un reloj de arena, cayendo sobre él a una increíble velocidad.

El *Big Ben* seguía luchando por avanzar sobre aquel suelo resbaladizo y blando cuando la avalancha lo alcanzó. Pitt sintió que la tierra desaparecía bajo las cadenas del vehículo y supo que había perdido la carrera. El rugido de la avalancha parecía el trueno de una catarata al precipitarse sobre un tejado. Vio el dedo de la Muerte, que se acercaba hasta tocarlo. Tuvo tan sólo tiempo para poner su cuerpo en tensión antes de que un enorme muro de barro cubriera el VMAP y lo enviara dando vueltas de campana hacia el vacío negro de las profundidades, donde quedó enterrado bajo el sudario mortuorio del lodo informe.

El mar pareció enloquecer cuando la poderosa masa del *tsunami* se alzó en la oscuridad de la noche, con un furioso frenesí destructor. Surgió de la oscuridad, creciendo todavía más al entrar en contacto con los bajíos de la isla, mostrando toda la magnitud de su poder, inconcebible para la mente humana.

Al disminuir el frente su velocidad debido a la fricción con el suelo que se alzaba, el agua que llegaba detrás se amontonó, elevándose con una velocidad fantástica hasta la altura de un edificio de ocho pisos. Más negro que la misma noche, con la cresta iluminada por una luz fosforescente que crepitaba como un insólito espectáculo de fuegos artificiales, y cruzando el mar con un rugido semejante al estampido de un avión supersónico, aquella gigantesca pesadilla se alzó como una montaña y se desplomó sobre los ya semihundidos acantilados de la isla indefensa.

Aquel muro imparable de muerte y devastación arrancó y arrasó árboles, plantas y edificios de la residencia como si fueran briznas de hierba en un tornado. Ninguna creación del hombre ni de la naturaleza resistió aquella fuerza catastrófica. En un abrir y cerrar de ojos, trillones de litros de agua lo arrasaron todo a su paso. La isla fue aplastada como por un puño gigantesco.

La mayor parte del astronómico poder del *tsunami* quedó absorbida en el asalto a la masa de tierra. Se creó una corriente contraria, como una especie de resaca, que envió la masa principal de la ola de nuevo hacia la inmensidad del océano. La energía restante del impulso generado hacia el oeste llegó hasta las costas de la isla principal de Japón, Honshu, pero la altura de la ola había descendido a menos de un metro, y aunque causó daños materiales en algunos puertos de pesca, no hubo ninguna víctima humana.

En su avance, el *tsunami* nacido del *Mother's Breath* dejó la isla de Soseki y su Centro del Dragón sumergidos bajo un mar turbulento, del que no volverían a emerger nunca más.

En las profundidades de la isla prosiguieron las consecuencias de las sucesivas ondas de choque. El rugido era parecido al tornar de la artillería pesada. Al mismo tiempo, incontables toneladas de agua negra irrumpieron por los conductos de los ventiladores y el túnel del ascensor, con la presión del enorme peso, que gravitaba sobre ellas. Grandes chorros de agua brotaron a través de las grietas abiertas en el techo de cemento y de las fracturas ocasionadas en la roca volcánica por la presión de las fuerzas desatadas durante el hundimiento de la isla.

Todo el Centro del Dragón se llenó de súbito del rugido del agua que irrumpía desde arriba. Y detrás de ese rugido llegó el trueno, más potente y profundo, del agua que invadía las salas y los pasillos de las plantas superiores hasta hacerlos reventar. Empujada por una fantástica presión, la riada penetró hasta el corazón del complejo, precedida por una poderosa ráfaga de aire.

Todo era confusión y pánico. De una forma tan repentina como paralizadora, los centenares de trabajadores se dieron perfecta cuenta de que se enfrentaban a una muerte cierta. Nada podía salvarlos, no había ningún lugar a salvo de la inundación. El túnel quedó partido en dos cuando la isla se sumergió, de modo que el mar se precipitó por el hueco abierto e inundó la ciudad de Edo en el otro extremo.

La presión del aire hacía zumbar los oídos de Tsuboi. Desde el exterior de la sala de control llegaba un inmenso trueno, que reconoció como un muro de agua que avanzaba inconteniblemente hacia la sala de control de defensa. Apenas pudo ya pensar en ninguna otra cosa. En el mismo instante, un súbito torrente de agua irrumpió en la sala. No hubo tiempo de correr, ni siquiera de gritar. En esos instantes finales vio cómo su mentor, el viejo y malvado archicriminal Yoshishu, era despedido de la columna a la que se agarraba, igual que una mosca por el chorro de una manguera. Con un débil grito desapareció en el torbellino de agua.

La ira dominó a todas las restantes emociones del Tsuboi. No sentía miedo al dolor ni a la muerte, sino tan sólo una rabia dirigida contra los elementos que le negaban el liderazgo del nuevo imperio. Una vez desaparecidos Suma y Yoshishu, todo le hubiera pertenecido a él. Pero aquello fue únicamente la fugaz alucinación de un moribundo.

Tsuboi se sintió a su vez absorbido y empujado por la corriente de agua que irrumpía desde el pasillo. Sus oídos reventaron debido a la presión. Sus pulmones se comprimieron hasta estallar. Luego la ola lo precipitó contra una pared y su cuerpo quedó destrozado.

Tan sólo habían transcurrido ocho minutos desde la explosión de *Mother's Breath*; no más. La destrucción del Centro del Dragón había sido aterradoramente completa. El Proyecto Kaiten había dejado de existir, y la isla que los antiguos llamaban Ajima era ahora únicamente un montículo hundido bajo el mar.

73

El presidente y sus asesores del Consejo Nacional de Seguridad, considerablemente aliviados, acogieron la noticia de la destrucción total del Centro del Dragón con cansadas sonrisas y algún tímido aplauso. Todos se sentían demasiado agotados como para entregarse a cualquier exhibición de alegría desaforada. A Martin Brogan, el jefe de la CIA, le recordó la noche que pasó en vela esperando en el hospital que su mujer diera a luz a su primer hijo.

El presidente bajó a la Sala de Situación para felicitar personalmente a Ray Jordan y Don Kern. Estaba exultante e irradiaba una luz de gratitud que brillaba como las balizas de un aeropuerto.

—Su gente ha hecho un trabajo endemoniadamente bueno —dijo el presidente mientras sacudía la mano de Jordan—. La nación le debe mucho.

—El equipo EIMA es el que merece todos los honores —dijo Kern—. Lo cierto es que han conseguido realizar lo imposible.

—Pero no sin sacrificios —murmuró Jordan con voz profundamente triste—. Jim Hanamura, Marv Showalter y Dirk Pitt; ha sido una operación costosa.

—¿No se sabe nada de Pitt? —preguntó el presidente.

Kern negó con la cabeza.

—Parece haber pocas dudas de que él y su Vehículo para el Minado de Aguas Profundas se vieron arrastrados y enterrados por el corrimiento sísmico de tierras.

—¿El Pyramider no ha descubierto ninguna huella de él?

—Durante el primer paso del satélite después de la explosión y el terremoto, había una turbulencia tan grande que las cámaras no pudieron detectar ninguna imagen del vehículo.

—Tal vez puedan localizarle en el siguiente paso —dijo el presidente, con un optimismo voluntarista—. Si existe la más ligera esperanza de que siga con vida, quiero que se monte una operación a gran escala para salvarle. Debemos a Pitt nuestras vidas, y no estoy dispuesto a olvidarlo.

—Cuidaremos de ello —prometió Jordan, pero su mente empezaba a ocuparse ya de proyectos distintos.

—¿Qué se sabe del almirante Sandecker?

—Su avión de vigilancia fue alcanzado por misiles lanzados desde el Centro del Dragón. El piloto consiguió realizar un aterrizaje forzoso sobre la quilla en el aeródromo de Naha, en Okinawa. Según los primeros informes, el avión quedó seriamente dañado y perdió todas las comunicaciones.

—¿Alguna baja?

—Ninguna —respondió Kern—. Ha sido un milagro que sobrevivieran sin más daños que algunos cortes y rasguños.

El presidente asintió, pensativo.

—Al menos sabemos por qué perdimos el contacto.

El secretario de Estado, Douglas Oates, se adelantó:

—Aún hay más buenas noticias, señor presidente —dijo con una sonrisa—. Los equipos de investigación soviéticos y europeos han descubierto casi todas las bombas ocultas en sus territorios.

—Hemos de agradecerlo al equipo EIMA, que consiguió apoderarse del mapa con las localizaciones —explicó Kern.

—Por desgracia, eso no ha ayudado demasiado en nuestro propio país —dijo Jordan.

Kern asintió.

—Los Estados Unidos representaban la principal amenaza para el Proyecto Kaiten; no tanto la Comunidad europea ni los países del Este. Cuando Tsuboi y Yoshishu supieron con certeza que Suma estaba en nuestras manos, ordenaron cambiar de lugar los coches ocultos en territorio americano y eso nos desconcertó.

El presidente se dirigió a Jordan.

—¿Se ha encontrado algún más?

—Seis —contestó el Director de la Central de Inteligencia, con una ligera sonrisa—. Ahora que tenemos un respiro, podremos dedicarnos a buscar el resto sin afrontar más riesgos para la seguridad nacional.

—¿Tsuboi y Yoshishu?

—Creemos que perecieron ahogados.

El presidente no sólo parecía complacido; lo estaba en realidad. Dio media vuelta, de modo que se encaró a todos los presentes.

—Caballeros —anunció—, en nombre del agradecido pueblo americano, que nunca sabrá por cuán poco han conseguido ustedes salvarlo del desastre, les doy las gracias.

La crisis había pasado, pero inmediatamente surgió otra. Aquella misma tarde se produjo un tiroteo en la frontera entre Irán y Turquía, y además llegaron informes acerca de un incidente en el que un Mig-25 de las Fuerzas Aéreas cubanas había derribado un avión comercial de pasajeros estadounidenses, lleno de turistas que regresaban a Jamaica.

La búsqueda de un hombre se olvidó en el revuelo producido. La tecnología del satélite Pyramider se desvió hacia acontecimientos mundiales de mayor trascendencia. Pasaron casi cuatro semanas antes de que los sistemas del satélite volvieran a explorar el fondo de los mares que rodean Japón.

Pero no se encontró la menor huella del *Big Ben*.

Quinta parte

Necrológicas

74

Se ha sabido en el día de hoy que Dirk Pitt, Director de Proyectos Especiales de la Agencia Marina y Submarina Nacional, desapareció y presumiblemente ha muerto a consecuencia de un accidente ocurrido en aguas japonesas.

Aclamado por sus hazañas en tierra y bajo el mar, que incluyen el descubrimiento de los restos del navío bizantino precolombino *Serapis* en aguas de Groenlandia; del increíble escondite de la biblioteca de Alejandría; y del tesoro de *La Dorada*, entre otros, Pitt también dirigió la recuperación del *Titanic*.

Hijo del senador George Pitt, de California, y de su esposa Susan, Pitt nació y se educó en Newport Beach, California. Estudió en la Academia de las Fuerzas Aéreas, donde jugó de zaguero en el equipo de fútbol de Falcon, y se graduó con el número doce de su promoción. Como piloto, Pitt permaneció diez años en el servicio activo, siendo ascendido al rango de comandante. Tras lo cual quedó definitivamente adscrito a la AMSN, a requerimiento del almirante James Sandecker.

El almirante dijo brevemente ayer que Dirk Pitt era un hombre extraordinariamente audaz y lleno de recursos. En el curso de su carrera salvó numerosas vidas, entre ellas las del propio Sandecker y la del presidente, durante un incidente ocurrido en el golfo de México. Pitt destacó siempre por su ingenio y creatividad. Ningún proyecto era tan difícil como para que dejara de llevarlo a cabo.

No era un hombre al que se pueda olvidar con facilidad.

Sandecker estaba sentado en el estribo del Stutz, en el hangar de Pitt, y miraba con tristeza el artículo necrológico del periódico.

—Hizo tantas cosas, que parece injusto condensar su vida en tan pocas palabras.

Giordino, con rostro inexpresivo, paseaba alrededor del reactor de caza Messerschmitt ME-262-1a de la Luftwaffe. Fiel a su palabra, Gert Halder había mirado hacia otro lado mientras Pitt y Giordino se llevaban el aparato del refugio. Lo izaron, oculto bajo una lona, a un camión-remolque, y se las ingeniaron para trasladarlo a bordo de un carguero danés con destino a los Estados Unidos. El buque había llegado a Baltimore hacía tan sólo dos días y Giordino se había cuidado del transporte hasta el hangar de Pitt en Washington. Ahora reposaba sobre su tren de aterrizaje triciclo, entre el resto de las obras maestras clásicas de la mecánica que formaban la colección de Pitt.

—Pitt debía haber estado aquí para verlo —dijo Giordino apesadumbrado. Pasó la mano por el morro del fuselaje moteado de verde, con la panza de color gris claro, y contempló las bocachas de los cuatro cañones de treinta milímetros que asomaban por la cubierta de la proa—. Le hubiera gustado tocarlo con sus manos.

Era un momento que ninguno de ellos había previsto ni había podido imaginar jamás. Sandecker se sentía como si hubiera perdido un hijo, y Giordino un hermano.

Giordino se detuvo a mirar el apartamento, que dominaba desde su posición superior los automóviles y aviones clásicos.

—Yo debía haber estado en el VMAP con él.

—En ese caso también habrías desaparecido y probablemente muerto —dijo Sandecker, mirando también hacia arriba.

—Siempre lamentaré no haber ido con él —contestó Giordino, distraído.

—Dirk murió en el mar. Así querríamos morir nosotros también.

—Podría estar aquí ahora si uno de los manipuladores del *Big Ben* hubiera contado con una pala excavadora, en lugar de herramientas de corte —insistió Giordino.

Sandecker sacudió la cabeza con cansancio.

—Tu imaginación desbocada no nos lo devolverá.

Los ojos de Giordino se alzaron hacia el apartamento de Pitt.

—No puedo quitarme la idea de que bastaría llamarle en voz alta para que baje tranquilamente por esas escaleras.

—La misma sensación he tenido en más de una ocasión —confesó Sandecker.

De repente la puerta del apartamento se abrió; momentáneamente los dos se pusieron rígidos, pero se relajaron cuando apareció Toshie cargada con tazas y una tetera sobre una bandeja. Con una increíble gracia y ligereza, descendió delicadamente los escalones circulares de hierro y se deslizó hacia Sandecker y Giordino.

Sandecker enarcó las cejas, asombrado.

—Para mí es un misterio que consiguieras convencer a Jordan de que te encargara de su custodia.

—No hay ningún misterio —sonrió Giordino—. Fue un trato. Me la dio como regalo, a cambio de conservar la boca cerrada con respecto al Proyecto Kaiten.

—Has tenido suerte de que no te encajara los pies en una pieza de cemento y te tirara al Potomac.

—Sólo estaba bromeando.

—Ray Jordan no es tonto —dijo Sandecker con sequedad—. Lo sabía perfectamente.

—De acuerdo, entonces ella es un obsequio a cambio de los servicios prestados.

Toshie colocó la bandeja sobre el estribo del Stutz, al lado del almirante.

—¿Té, caballeros?

—Sí, gracias —contestó Sandecker poniéndose en pie.

Toshie se puso de rodillas con ligereza y llevó a cabo una breve ceremonia del té, pasando las tazas humeantes a los dos hombres. Luego se levantó y contempló admirada el Messerschmitt.

—Qué hermoso aeroplano —murmuró, pasando por alto el polvo que lo cubría, los neumáticos deshinchados y la pintura resquebrajada.

—Me propongo restaurarlo hasta devolverlo a su estado original —declaró Giordino en voz baja, al tiempo que se representaba mentalmente aquel aparato astroso tal como debió de ser al salir de la fábrica—. Como un favor a Dirk.

—Hablas como si fuera a resucitar —dijo Sandecker, tenso.

—No ha muerto —murmuró Giordino con sencillez. A pesar de su rudeza, las lágrimas asomaban a sus ojos.

—¿Podré ayudar? —preguntó Toshie.

Giordino se secó los ojos y la miró con curiosidad.

—¿Entiendes de mecánica?

—Ayudé a mi padre a construir y mantener en servicio su bote de pesca. Él se sentía muy orgulloso de mí cuando reparaba los fallos del motor.

El rostro de Giordino se iluminó.

—Una pareja hecha en el cielo. —Hizo una pausa y miró el vestido desangelado que habían dado a Toshie al liberarla de manos de Jordan.

—Antes de que tú y yo empecemos a hacer pedazos ese muñeco, voy a llevarte a visitar las mejores tiendas de Washington y a comprarte un vestuario nuevo.

Los ojos de Toshie se agrandaron.

—¿Tienes mucho, mucho dinero, como el señor Suma?

—No —gruñó Giordino, enfurruñado—, sólo un montón de tarjetas de crédito.

Loren sonrió y saludó con la mano por encima de la multitud que almorzaba en el elegante restaurante Twenty-One Federal de Washington, cuando el *maître* condujo a Stacy, a través del comedor decorado con maderas claras y mármoles, hasta su mesa. Stacy se había sujetado el pelo en una larga cola e iba vestida con informalidad: un jersey de casimir color avena con cuello de cisne bajo un chal de lana gris, y pantalones a juego.

Loren llevaba un chaquetón cruzado de lana a cuadros sobre una blusa caqui y una falda tableada de lana color gris marengo. A diferencia de muchas mujeres, que hubieran permanecido sentadas, se levantó y tendió la mano a Stacy.

—Me alegra mucho que hayas podido venir.

Stacy le dirigió una cálida sonrisa y estrechó la mano de Loren.

—Siempre me había apetecido comer aquí. Te agradezco la oportunidad.

—¿Quieres imitarme y tomar una bebida antes del almuerzo?

—Fuera corre un viento frío horrible. Me gustaría un Manhattan seco para entrar en calor.

—Me temo que yo no pude esperar. Ya me he tomado un Martini.

—Entonces será mejor que tomes el segundo para combatir el frío que pasaremos al salir de aquí —rió Stacy de buena gana.

El camarero anotó el pedido y desapareció camino del bar. Loren volvió a colocar la servilleta sobre su regazo.

—No tuve oportunidad de darte las gracias en la isla Wake; fue todo tan precipitado.

—Dirk es el único a quien debemos estar agradecidos.

Loren se giró. Creía haber llorado ya todas las lágrimas de su cuerpo al enterarse de la muerte de Pitt, pero de nuevo sintió agolparse el llanto detrás de sus ojos.

La sonrisa de Stacy se desvaneció, y miró comprensivamente a Loren.

—Siento mucho lo de Dirk. Ya sé que vosotros dos erais muy amigos.

—Hemos tenido nuestros altibajos a lo largo de los años, pero nunca nos separamos del todo el uno del otro.

—¿Alguna vez pensasteis en el matrimonio? —preguntó Stacy.

Loren negó con una breve sacudida de la cabeza.

—Nunca tocamos el tema. Dirk no era la clase de hombre que pudiera ser poseído. Su esposa era el mar, y yo tenía mi trabajo en el Congreso.

—Tuviste suerte. Tenía una sonrisa devastadora, y aquellos ojos verdes, Dios mío, hacían derretirse a cualquier mujer.

Súbitamente, Loren se puso nerviosa.

—Tendrás que perdonarme. No sé lo que me ocurre, pero el caso es que necesito saber.

Dudó por un momento, como si temiera continuar, jugueteando con una cuchara. Stacy miró a los ojos a Loren con expresión de franqueza.

—La respuesta es no —mintió—. Fui a su casa una noche, pero por orden de Ray Jordan, para darle instrucciones. No pasó nada; me marché a los veinte minutos. Desde ese momento hasta que nos separamos en la isla Wake, todo fue estrictamente cuestión de trabajo.

—Sé que debo parecer una tonta. Dirk y yo fuimos a menudo cada cual por su camino, él con otras mujeres y yo con otros hombres; pero quería estar segura de haber sido la única tan cerca del fin.

—Estabas más enamorada de él de lo que nunca pensaste, ¿no es así?

Loren hizo un pequeño gesto de asentimiento.

—Sí, me he dado cuenta demasiado tarde.

—Vendrán otros —dijo Stacy, en un intento de mostrarse alegre.

—Pero ninguno ocupará su lugar.

El camarero volvió con las bebidas. Stacy levantó su copa.

—Por Dirk Pitt, un hombre condenadamente bueno.

Las copas se tocaron.

—Un hombre condenadamente bueno —repitió Loren, mientras las lágrimas volvían a rodar por sus mejillas—. Sí..., eso era.

75

Jordan estaba sentado a la mesa en el comedor de una casa franca situada en algún lugar de la campiña de Maryland, almorzando con Hideki Suma.

—¿Hay algo que pueda hacer para que su estancia sea más confortable? —preguntó Jordan.

Suma hizo una pausa para saborear el delicado aroma de una sopa de fideos con pato y escalonias, aderezado con rábano y caviar dorado. Habló sin levantar la vista.

—Puede hacerme un favor.

—¿Sí?

Suma señaló al agente de seguridad que montaba guardia junto a la puerta y al otro que servía la mesa.

—Sus amigos no me permiten saludar al *chef*. Es muy bueno. Deseo felicitarle.

—*Ella* hizo su aprendizaje en uno de los mejores restaurantes japoneses de Nueva York. Se llama Natalie y ahora trabaja para el gobierno con un contrato especial. Y no, lo siento pero no podemos presentársela.

Jordan observó el rostro de Suma. No reflejaba hostilidad ni frustración por el aislamiento y la reclusión bajo una fuerte custodia..., nada excepto una suprema complacencia. Apenas mostraba señales de haber sido drogado con sustancias muy sofisticadas y obligado a soportar largas horas de interrogatorio durante cuatro semanas. Los ojos conservaban la dureza del ónice, bajo la mata de cabello grisáceo. Pero así era como debía ser. Los expertos en interrogatorios del equipo de Jordan lo habían sometido a sugestión posthipnótica; Suma no recordaba nada ni era consciente de que había suministrado un arsenal de datos técnicos a un equipo de ingenieros y científicos curiosos. Su mente estaba siendo sondeada y sometida a un riguroso escrutinio, de forma tan exhaustiva como lo harían ladrones profesionales que, después de registrar una casa, dejaran en ella todo el botín encontrado.

Debía ser, meditó Jordan, una de las escasas ocasiones en que la inteligencia americana obtenía realmente secretos industriales extranjeros que podían resultar provechosos.

—Es una pena —dijo Suma con un encogimiento de hombros—. Me gustaría contratarla cuando me marche de aquí.

—Eso no va a ser posible —contestó Jordan con franqueza.

Suma acabó la sopa y puso el bol a un lado.

—No puede continuar reteniéndome como a un delincuente común. No soy ningún campesino arrestado por borrachera y escándalo. Creo que obrará usted sensatamente si me deja ir sin retenerme por más tiempo.

Ninguna palabra dura, tan sólo una velada amenaza por parte de un hombre que no había sido informado de que su increíble poder se había desvanecido después de anunciarse su muerte por todo Japón. Se habían celebrado ceremonias y su espíritu ya había sido depositado en Yasukuni. Suma no tenía la menor idea de que, en lo que respectaba al mundo exterior, él ya había dejado de existir. Tampoco sabía nada de las muertes de Tsuboi y Yoshishu, ni de la destrucción del Centro del Dragón. Hasta donde él sabía, los coches bomba del Proyecto Kaiten seguían todavía escondidos y a salvo.

—Después de lo que se proponía hacer —dijo Jordan con frialdad—, es usted un hombre afortunado por no tener que comparecer ante un tribunal, acusado de crímenes contra la humanidad.

—Tengo el derecho divino de proteger a Japón.

La voz, tranquila y autoritaria, llegaba a los oídos de Jordan como desde lo alto de un púlpito.

La irritación que sentía hizo colorearse las mejillas de Jordan.

—Además de ser la sociedad más insular de la Tierra, el problema que tiene Japón con el resto del mundo reside en que sus hombres de negocios no tienen ética ni sentido del juego limpio tal como se concibe en Occidente. Usted y sus compañeros, los ejecutivos de las grandes compañías, están convencidos de que pueden hacer a otras naciones lo mismo que no toleran que se haga con la suya.

Suma tomó una taza de té y la vació de un trago.

—La sociedad japonesa es altamente honorable. Nuestras lealtades son muy profundas y arraigadas.

—Por supuesto, hacia ustedes mismos y a expensas de los demás, es decir, de todos los extranjeros.

—No vemos diferencia entre una guerra económica y una guerra militar —contestó Suma en tono satisfecho—. Vemos a las naciones industriales como meros contrincantes en un campo de batalla en el que no existen códigos de conducta ni tratados comerciales que merezcan ser respetados.

Aquella combinación de megalomanía y de fría apreciación de la realidad le pareció de repente ridícula a Jordan. Vio que carecía de sentido discutir con Suma. Tal vez aquel loco tenía razón, y a largo plazo los Estados Unidos se dividirían en naciones diferentes, gobernada cada una por una raza distinta. Sacudió de su mente aquella incómoda idea y se levantó de la mesa.

—Debo irme —anunció con cortesía.

—¿Cuándo podré regresar a Edo? —preguntó Suma, mirándole con fijeza.

Jordan le observó, pensativo, durante unos instantes.

—Mañana.

—Me parece muy bien —dijo Suma—. Por favor, cuide de que uno de mis aviones privados me esté esperando en el aeropuerto Dulles.

Vaya ínfulas se daba el tipo, pensó Jordan.

—Lo arreglaré con su embajada.

—Buenos días, señor Jordan.

—Buenos días, señor Suma. Confío en que sabrá perdonar cualquier inconveniencia que pueda usted haber sufrido.

Los labios de Suma se apretaron hasta formar una línea amenazante, y miró de refilón a Jordan a través de sus ojos semicerrados.

—No, señor Jordan, no le perdono. Puede estar convencido de que pagará un precio muy alto por la cautividad a que he sido sometido.

Luego, Suma pareció olvidarse por completo de Jordan para servirse otra taza de té.

Kern esperaba a Jordan al otro lado de las puertas blindadas que separaban el vestíbulo de entrada de la sala de estar.

—¿Ha tenido un buen almuerzo?

—La comida era buena, pero la compañía asquerosa. ¿Y usted?

—Escuché mientras almorzaba en la cocina. Natalie me ha preparado una hamburguesa.

—Hombre de suerte.

—¿Qué me cuenta de nuestro amigo?

—Le he dicho que voy a liberarle mañana.

—Lo he oído. ¿Se acordará de hacer las maletas?

Jordan sonrió.

—Mis palabras quedarán borradas durante la sesión de interrogatorio de esta noche.

Kern hizo un lento gesto de asentimiento.

—¿Cuánto tiempo cree que podremos seguir así?

—Hasta que sepamos todo lo que sabe y hayamos revelado todos los secretos, todos los recuerdos que guarda en su materia gris.

—Eso puede durar uno o dos años.

—¿Y qué?

—¿Y cuando le hayamos exprimido hasta dejarlo seco?

—¿Qué quiere decir?

—No podemos tenerle eternamente escondido de todo el mundo.

Y dejarle libre para volver a Japón sería tanto como rebanarnos nosotros mismos el pescuezo.

Jordan miró fijamente a Kern; su expresión no varió en lo más mínimo.

—Cuando Suma ya no tenga nada que darnos, Natalie pondrá un ingrediente extra en su sopa de fideos.

—Lo siento, señor presidente pero, para decirlo en su idioma occidental, mis manos están atadas.

El presidente miró a través de la mesa de conferencias de la sala de gabinete al hombrecillo sonriente de pelo blanco cortado a cepillo y ojos castaños desafiantes. Parecía más un comandante de un veterano batallón de infantería que el primer ministro de Japón.

El primer ministro Junshiro, que había venido a los Estados Unidos en visita oficial, estaba flanqueado por dos de sus ministros y cinco secretarios especiales. El presidente estaba sentado frente a él, con sólo un intérprete a su lado.

—Yo también lo siento, señor primer ministro, pero si cree que puede barrer sencillamente debajo de la alfombra las tragedias de las últimas semanas, será mejor que cambie cuanto antes de idea.

—Mi gobierno no es responsable de esas supuestas acciones de Hideki Suma, Ichiro Tsuboi y Kororí Yoshishu. Si en efecto, tal como usted afirma, ellos estaban detrás de las bombas nucleares que hicieron explosión en su Estado de Wyoming y en alta mar, actuaron en función de sus propios fines, y en secreto.

La reunión entre los dos jefes de Estado no prometía ser agradable. Junshiro y su gabinete habían bloqueado cualquier investigación y reaccionado con indignación, como si los servicios de inteligencia occidentales hubieran fabricado toda aquella historia.

La dura mirada del presidente pasó sucesivamente por todos los hombres que se sentaban al otro lado de la mesa. Los japoneses no saben negociar sin un comité.

—Le agradecería que fuese tan amable de pedir a sus ministros y secretarios, con la excepción del intérprete, que abandonen la sala. Dada la delicada naturaleza de nuestra conversación, creo que será más beneficioso para todos que hablemos en privado.

La faz de Junshiro se ensombreció cuando le tradujeron la petición. Era evidente que no le gustaba lo que oía. El presidente sonreía, pero el buen humor no brillaba en sus ojos.

—Debo pedirle que reconsidere su propuesta. Estoy seguro de que adelantaremos mucho más si mis asesores están presentes.

—Como puede ver —contestó el presidente, con un gesto hacia la mesa de caoba en forma de riñón—, yo no tengo asesores.

El primer ministro se sentía confuso, tal y como esperaba el presidente. Conversó en un japonés vertiginoso con los demás hombres, que se agruparon a su alrededor voceando sus objeciones.

El intérprete del presidente mantuvo su sempiterna semisonrisa.

—No les gusta —murmuró—. No es su estilo de hacer negocios. Opinan que es usted excesivo y muy poco diplomático.

—¿Y un bárbaro?

—Sólo según sus costumbres, señor presidente, sólo según sus costumbres.

Finalmente Junshiro se volvió hacia el presidente.

—Debo protestar por este protocolo tan poco convencional, señor presidente.

Al oír la traducción, el presidente respondió en tono helado:

—Estoy cansado de este juego, señor primer ministro. O sus hombres se marchan, o lo haré yo.

Después de un momento de cavilación, Junshiro hizo un gesto de asentimiento con la cabeza.

—Como usted desee.

Y luego señaló la puerta a sus acompañantes.

Cuando se cerró la puerta, el presidente le dijo a su intérprete:

—Traduzca con exactitud lo que iré diciendo, sin circunloquios ni eufemismos para evitar las palabras fuertes.

—Comprendido, señor.

El presidente dirigió una mirada dura a Junshiro.

—Así pues, señor primer ministro, el hecho es que usted y los miembros de su gabinete conocían perfectamente y aprobaron de manera informal la construcción de un arsenal nuclear por parte de las Industrias Suma. Un proyecto financiado en parte por una organización criminal llamada los Dragones de Oro. Ese programa condujo a su vez al Proyecto Kaiten, un odioso plan de chantaje internacional, preparado en el más absoluto secreto y que ahora se trata de ocultar con mentiras y falsas protestas de inocencia. Usted lo sabía desde el primer momento y sin embargo lo refrendó con su silencio y su no intervención.

Cuando oyó la traducción, Junshiro golpeó la mesa con el puño, presa de una iracunda indignación.

—No es cierto nada de lo que ha dicho. No existe absolutamente ningún fundamento para esas absurdas acusaciones.

—La información de fuentes de inteligencia muy diversas deja escasas dudas sobre su implicación personal. Usted aplaudía secretamente mientras conocidos criminales de los bajos fondos se dedicaban a la construcción de lo que llamaban el «nuevo imperio». Un imperio basado en un chantaje económico y nuclear.

El rostro de Junshiro palideció, pero no dijo nada. Veía los signos escritos a mano en la pared y presentía un desastre político y un inmenso desprestigio personal.

El presidente mantuvo los ojos fijos en él.

—Lo que menos necesitamos ahora es andarnos con hipocresías de mierda. Siempre existirá un conflicto básico entre los intereses americanos y los japoneses, pero no podemos existir los unos sin los otros.

Junshiro comprendió que el presidente acababa de echarle un cable, y se abalanzó sobre él.

—¿Qué es lo que propone?

—Para salvar a su nación y a su pueblo de la vergüenza de un escándalo, usted dimitirá. La confianza entre su gobierno y el mío se ha roto en mil pedazos. El daño es irreparable. Sólo un nuevo primer ministro y un gabinete compuesto por personas honradas y decentes, sin conexiones con el crimen organizado, podrán aportar de nuevo una cooperación mutua entre nuestros dos países. Espero que de entonces podamos trabajar en estrecho entendimiento para resolver nuestras diferencias culturales y económicas.

—¿Lo ocurrido permanecerá en secreto?

—Le prometo que todos los datos que poseemos sobre el Centro del Dragón y el Proyecto Kaiten serán archivados sin darse a la publicidad por nuestra parte.

—¿Y si me niego a dimitir?

El presidente se echó hacia atrás en su butaca y extendió las manos.

—En ese caso presiento que los hombres de negocios japoneses deberán prepararse para una recesión.

Junshiro se puso en pie.

—¿Debo entender, señor presidente, que está usted amenazando con cerrar el mercado estadounidense a todos los productos japoneses?

—No habrá necesidad de hacerlo —contestó el presidente. Su rostro experimentó un cambio curioso. Los ojos azules perdieron el brillo de la agresividad y adquirieron un aspecto pensativo—. Porque si se filtra la noticia de que una bomba nuclear japonesa introducida secretamente en Estados Unidos estalló en las montañas donde pacen el gamo y el antílope... —Hizo una pausa para reforzar el efecto—, dudo con toda seriedad que el consumidor americano esté dispuesto a comprar sus productos nunca más.

76

Muy lejos de los circuitos turísticos usuales, la isla Marcus, situada 1.125 kilómetros al sudeste de Japón, reposa en su prístino aislamiento. Es un atolón de coral, oculto en un rincón del océano y sin otras islas próximas; sus costas forman un triángulo casi perfecto, en el que cada lado mide aproximadamente kilómetro y medio de longitud.

A excepción de una fugaz notoriedad cuando fue bombardeada por las fuerzas navales americanas en el curso de la Segunda Guerra Mundial, pocas personas habían oído hablar de la isla Marcus hasta que un empresario japonés fue a parar por casualidad a sus playas desiertas. Adivinó su potencial como punto de destino de una selecta clientela de japoneses hartos de invierno, y muy pronto construyó un complejo residencial de lujo.

Decorado en un estilo polinesio contemporáneo, el complejo conservaba la atmósfera de una aldea aborigen e incluía un campo de golf, un casino, tres restaurantes con salas para celebraciones y pistas de baile, un teatro, una gran piscina en forma de loto y seis pistas de tenis. El conjunto de edificios dispersos, más el campo de golf y el aeródromo, ocupaba toda la superficie de la isla.

Cuando finalizó la construcción y se hubo equipado el complejo con el personal preciso, el empresario movilizó a un ejército de escritores de guías turísticas, que disfrutaron de una estancia allí con todos los gastos pagados y regresaron a sus puntos de origen a divulgar la novedad. De inmediato, las instalaciones se llenaron de turistas de espíritu aventurero, ansiosos por conocer nuevos lugares exóticos y alejados. Pero el lugar no atrajo predominantemente a los japoneses; por el contrario, empezaron a llover las reservas de otras áreas del Pacífico, y muy pronto las satinadas arenas de la isla, de un color blanco lechoso, se cubrieron de cuerpos australianos, neozelandeses, taiwaneses y coreanos.

La isla también se convirtió rápidamente en escenario de idilios apasionados y en una meca para las parejas en luna de miel, que o bien participaban en las numerosas actividades deportivas, o bien se limitaban a pasear cogidas de la mano y a hacer el amor en sus bungalows discretamente ocultos entre las palmeras.

Brian Foster, de Brisbane, salió del agua color zafiro de la cadena de arrecifes y cruzó la playa hacia el lugar donde su esposa, Shelly, tomaba el sol en una tumbona. La arena fina ardía bajo sus pies desnudos y el sol de la tarde relucía en las gotas de agua marina que resbalaban por su cuerpo. Mientras se secaba con una toalla, echó una ojeada a su alrededor.

Una pareja coreana, Kim y Li Sang, que ocupaba el bungalow vecino, estaba tomando lecciones de *windsurf*, asesorada por uno de los amables monitores con que contaba el complejo. Más allá, Edward Cain, de Wellington, buceaba entre los arrecifes mientras su flamante esposa, Moira, se dejaba llevar por la brisa tumbada sobre un colchón neumático.

Foster dio un ligero beso a su mujer y le palmeó cariñosamente el estómago. Se tendió en la arena al lado de ella, se puso unas gafas de sol y observó perezosamente a las personas que estaban en el agua.

Los Sang parecían tener dificultades para dominar la técnica y la coordinación que exige el pilotaje de la tabla. Pasaban la mayor parte del tiempo subiéndose a ella y tirando de la vela, después de perder una y otra vez el equilibrio y caer al agua.

Foster dedicó su atención a los Cain y admiró a Moira, que había conseguido darse la vuelta sin caer del colchón. Llevaba un bañador dorado de una sola pieza que ocultaba muy pocos detalles de su espléndida figura.

De súbito, algo llamó la atención de Foster en la entrada del canal que cruzaba la barrera de arrecifes y se adentraba en el mar abierto. Algo ocurría bajo el agua. Estaba seguro de que alguna *cosa* o criatura estaba moviéndose bajo la superficie. No podía ver de qué se trataba, sino únicamente que avanzaba entre los arrecifes en dirección a la laguna.

—¡Hay algo ahí fuera! —gritó a su mujer, al tiempo que se ponía en pie de un salto. Corrió al agua y empezó a gritar y a señalar el canal. Sus gritos y ademanes violentos alertaron rápidamente a los demás, y pronto se formó una pequeña multitud con las personas procedentes de la cercana piscina y de los restaurantes dispersos a lo largo de la playa.

El monitor de *windsurf* de los Sang oyó a Foster, y sus ojos se volvieron hacia la dirección indicada por el dedo apuntado del australiano. Vio el remolino de agua que se aproximaba y se apresuró a llevarse a los Sang hacia la orilla. Luego saltó a un bote y cruzó apresuradamente la laguna en dirección a los Cain, que se dejaban llevar tranquilamente por la corriente justo hacia el lugar por el que avanzaba la desconocida aparición.

Edward Cain nadaba inconsciente del peligro, con su mujer flotando a su lado en el colchón, contemplando el jardín esculpido por los corales a través de su máscara submarina, subyugado por la fantasía de los vivos colores y las formas ondulantes de los peces que habitaban allí.

Oyó a lo lejos un zumbido mecánico, pero pensó que debía de tratarse de alguno de los clientes del complejo que paseaba por el agua en una motora. Luego, como si se tratara de un movimiento de precisión largo tiempo ensayado, los peces que le rodeaban aceleraron bruscamente sus movimientos y desaparecieron. Cain sintió el aliento del miedo en su piel. El primer pensamiento que cruzó por su mente fue que un tiburón había entrado en la laguna.

Cain levantó la cabeza sobre la superficie del agua, convencido de que vería una aleta vertical cortando el agua. Por fortuna, no había ninguna a la vista. Todo lo que pudo ver fue un bote que se deslizaba hacia el lugar en que estaban él y su esposa sobre el colchón hinchable. Oyó los gritos en la playa, se volvió y vio el grupo de huéspedes y empleados del complejo que hacían gestos frenéticos al tiempo que señalaban algo en la entrada del canal.

Le pareció que una extraña vibración agitaba las aguas y sumergió la cabeza bajo la superficie. ¿Qué era aquello, en el nombre de Dios?, se preguntó. A través de aquella extensión color turquesa y apenas a cincuenta metros de distancia, vio una gran masa informe cubierta de barro verdoso y pardo que avanzaba reptando por el fondo.

Agarró por una esquina el colchón neumático de su mujer y empezó a remolcarla a toda prisa hacia un arrecife de coral que se alzaba sobre la superficie del agua. Ella no sabía por qué lo hacía y se resistía, pensando sencillamente que él estaba de humor juguetón y quería zambullirla en el agua.

La cosa horripilante los ignoró, cruzó la línea de arrecifes hasta la laguna y se encaminó directamente hacia la playa. Como un monstruo indescriptible salido de una película de terror ambientada en las profundidades marinas, lentamente emergió de la laguna. La atónita multitud de clientes del complejo turístico se hizo a un lado mientras la cosa inmensa, chorreando agua por los costados y haciendo temblar la arena bajo su peso, salió a tierra firme entre dos palmeras, y allí se detuvo definitivamente.

En un silencio total, la miraban a respetuosa distancia. Ahora podían ver que se trataba de un gran vehículo mecánico que se movía sobre unas anchas cadenas y tenía en la parte superior una cabina de gran tamaño, en forma de cigarro puro. Dos brazos mecánicos se alzaban en el aire, como las antenas de un insecto gigante. Colonias de crustáceos se habían alojado en las hendiduras del exterior, por lo demás rebozado con una espesa costra de barro y de sedimentos endurecidos, que impedían la vista a través del morro, normalmente transparente.

Se oyó el sonido apagado de la escotilla del techo al abrirse y caer hacia atrás.

Poco a poco apareció una cabeza adornada por un remolino de cabello negro y una barba. El rostro era enjuto y afilado pero los ojos, rodeados por profundas ojeras, tenían un intenso brillo verde. Miraron a su alrededor a los atónitos espectadores y finalmente se detuvieron en un joven que aferraba con las dos manos una bandeja redonda.

Entonces los labios se abrieron en una gran sonrisa luminosa, y se oyó una voz ronca y algo rasposa:

—¿Estoy en lo cierto al pensar que es usted un camarero?

—Sí..., señor.

—Espléndido. Después de una dieta a base de café y bocadillos secos de mortadela durante el pasado mes, estoy deseando zamparme una ensalada de cangrejo y un tequila *on the rocks*.

Cuatro horas más tarde, con el estómago saciado, Pitt estaba sumido en el sueño más grato y satisfactorio de toda su vida.